Ullstein

ÜBER DAS BUCH:

Die junge Luise von Clairmont lernt im Haus ihres Vaters in Trier François Frécourt, einen Offizier der französischen Besatzungsarmee nach dem Ersten Weltkrieg, kennen. Sie verlieben sich ineinander. Doch Herr von Clairmont, ehemaliger deutscher Geheimdienstoffizier, untersagt seiner Tochter bis zu ihrem achtzehnten Geburtstag jeglichen Briefwechsel mit dem inzwischen von Trier nach Frankreich Zurückgekehrten. Die Liebe der beiden »Feinde« aber ist stärker als alle Widerstände ... Dieser 1947 erstmals erschienene Roman, der mit dem Rheinischen Literaturpreis ausgezeichnet wurde, gilt als eines der Hauptwerke von Stefan Andres: ein Buch der Liebe und Versöhnung.
»*Die Hochzeit der Feinde* ist erzählt, als stamme Andres aus dem Lande Balzacs. Der Roman ist ein episches Meisterwerk, so raffiniert im Aufbau wie echt in den Charakteren.« (*Heidelberger Tageblatt* zur Erstveröffentlichung)

DER AUTOR:

Stefan Andres wurde am 26. Juni 1906 als Sohn eines Müllers in Breitwies bei Trier geboren. Zum Priester bestimmt, besuchte er zunächst eine Klosterschule. Später studierte er Theologie, Kunstgeschichte, Philosophie und Germanistik an den Universitäten Köln, Jena und Berlin. Ausgedehnte Reisen führten ihn nach Italien, Ägypten und Griechenland. 1933 veröffentlichte er seinen ersten Roman, *Bruder Luzifer*. Weitere Werke: *Der Mann von Asteri, Wir sind Utopia, Die Sintflut, Der Knabe im Brunnen, Die Biblische Geschichte, Ägyptisches Tagebuch* u. a. Stefan Andres, Träger vieler Literaturpreise und hoher italienischer und deutscher Ordensauszeichnungen, starb am 29. Juni 1970 in Rom.

Stefan Andres

Die Hochzeit der Feinde

Der Roman einer großen Liebe

Ullstein

ein Ullstein Buch
Nr. 22893
im Verlag Ullstein GmbH,
Frankfurt/M – Berlin

Ungekürzte Ausgabe

Umschlagentwurf:
Hansbernd Lindemann
unter Verwendung einer
Zeichnung von Franz von Stuck
Archiv für Kunst und Geschichte, Berlin

Taschenbuchausgabe mit Genehmigung
von Langen Müller in der F. A. Herbig
Verlagsbuchhandlung GmbH, München

Printed in Germany 1992
Druck und Verarbeitung:
Ebner Ulm
ISBN 3 548 22893 3

Dezember 1992
Gedruckt auf Papier
mit chlorfrei
gebleichtem Zellstoff

Vom selben Autor
in der Reihe
der Ullstein Bücher:

Die Biblische Geschichte (22356)
Sehnsucht nach Italien (22408)

Die Deutsche Bibliothek –
CIP-Einheitsaufnahme

Andres, Stefan:
Die Hochzeit der Feinde: der Roman einer
großen Liebe / Stefan Andres. –
Ungekürzte Ausg. – Frankfurt/M; Berlin:
Ullstein, 1992
(Ullstein-Buch; Nr. 22893)
ISBN 3-548-22893-3
NE: GT

Inhalt

Das Haus auf dem Apollonsberg

Es gibt eine Macht, die in das Feld der menschlichen Strebungen sozusagen von außen her Richtpfeile setzt. Niemand kann über diese Macht mehr aussagen, als daß sie im selben Maße wirklich als verborgen ist. Abwechselnd wird sie Schicksal oder Vorsehung oder Zufall genannt, je nachdem der Mensch einsam-tragisch oder gläubig oder ratlos ist. Es gibt auch solche, die diese Macht für eine Selbsttäuschung denkträger Menschen halten. Sie sagen, daß man alles, was den Menschen von außen, ja sogar aus seinem eigenen Innern her erreicht und sein Handeln und Leben bestimmt, wie einen Faden, der sich von der Spule der Ursächlichkeit abwickelt, nach rückwärts verfolgen könne. Und sie sagen, daß das scheinbar Geheimnisvolle in dem Eingreifen dieser Macht nur darin bestehe, daß wir nie genau wüßten, wann wir in den Kraftbereich der neuen Notwendigkeit getreten seien; und daß wir überdies diese Notwendigkeit, die wie ein Baum zahllose Wurzeln habe, denkend niemals ganz durchdringen könnten, – und das nicht etwa, weil sie ihrer Natur nach den Verstand übersteige, sondern weil dieser an die Zeit gebunden und seine Tätigkeit dadurch begrenzt sei.

Da steht nun eine Tür offen, eine Tür, die eigentlich geschlossen sein müßte. Der Mensch, der durch sie eintritt, nur weil sie offen und die Tür daneben, in die er hätte eintreten sollen, geschlossen ist, – dieser Mensch verändert mit einem solchen geringfügigen Irrtum sein Leben und das seiner Angehörigen, und, auf die Zukunft gesehen, vielleicht das Leben unbestimmbar vieler Wesen. Was kann es dem Menschen, der eines Tages merkt, daß er durch die falsche Tür eintrat, nützen, wenn er sämtliche Ursachenreihen, bis auf den Mann, der die erste Tür erfand, zurückgeht? Was ihn bei diesem Eintritt durch die falsche Tür allein aufregt, ist nicht die Frage: wie kam es zu diesem Irrtum? sondern: warum verbanden sich mit ihm ganz bestimmte Umstände, die ihn erst wirksam und folgenschwer machten? Es konnte sich ja auch in dem Zimmer mit der offenen Tür eine Person befinden, die häßlich, unfreundlich, abstoßend war und – was noch wichtiger ist – deren Lebenskreise auch nicht im Verborgenen die des Eintretenden jemals berührt hatten. Ja, warum befand sich in der französischen Kommandantur an jenem gewissen regnerischen Märztag nicht Lieutenant Brun, der doch eigentlich Dienst hatte, sondern Capitaine Frécourt, der so gutmütig war und sich auch in seinem Quartier so sehr langweilte, daß er jeden Kameraden, der ihn bat, zu vertreten pflegte? Lieutenant Brun hätte der Dame, die nach dem Herrn Obersten fragte, einfach die Zimmernummer zugerufen, und nichts von alledem, was später geschah, wäre je geschehen. Aber nun vertrat Capitaine Frécourt also Lieutenant Brun. Und er hatte die Tür offenstehen, weil er gerade den Entschluß gefaßt hatte, zu seinem Obersten zu gehen. Er wollte nun doch den Dienst quittieren. Er konnte ebensogut in der Touraine seiner Frau nachtrauern wie hier in der Fremde, in der schönen und langweiligen Stadt Trier, das hatte er endlich eingesehen. Diese Einsicht war die Frucht einer Folge von Briefen, die ihm sein Onkel geschrieben hatte, und Capitaine Frécourt war nun doch endlich entschlossen, dem Rat des Onkels Charles, der ihm ja ungefähr Vater war, zu folgen und auf sein Weingut nach Vouvray heimzukehren. So hatte er die Tür geöffnet, war noch einigemal, die Arme vor der Brust gekreuzt, auf und ab gegangen, als er, breit und hoch im Türrahmen stehend, die etwa vierzigjährige Dame und neben ihr ein halbwüchsiges Mädchen in einem Matrosenkleid herankommen sah. Daß er sich seinen goldblonden Schnurrbart, den er sonst durch Wochen einfach wachsen ließ, so säuberlich hatte stutzen lassen, war ebenfalls auf Onkel Charles' brieflichen Rat erfolgt. Frécourt hatte dem Alten ein Zufallsphoto geschickt, worauf dieser bemerkt hatte, daß er mit solch traurigen Wollflusen im Gesicht weder seiner nun endlich doch einmal siegreichen Nation noch der armen Denise – das war Frécourts verstorbene Frau – im Ausland Ehre einlegen könne. Überhaupt fange viel Unglück in der Welt mit der Verachtung der Friseure an. So war also Onkel Charles schuld daran, daß die Dame im Nähertreten sehen konnte, daß der großgewachsene Herr, der sie und die Kleine im Matrosenkleid mit einem freundlichen, aber doch auch wie von weit herkommenden Lächeln streifte, einen vollen, roten Mund und eine Oberlippe wie ein gutartiger, gefühlvoller Junge hatte. Seine Augen waren fast so blau wie seine Uniform. Die Dame nun nahm an, er sei der Oberst und redete ihn an, und zwar auf französisch. Sie entschuldigte sich, als Capitaine Frécourt ein wenig verwirrt schwieg, daß sie sich nicht schriftlich für diesen Besuch angemeldet habe, aber sie werde ihm diese Unförmlichkeit erklären.

Nun hätte der mit seinem Vorgesetzten verwechselte Hauptmann auf den kleinen Irrtum aufmerksam machen können, aber er tat es nicht. Er bemerkte nämlich, wie das Mädchen – er schätzte es auf gut sechzehn, wiewohl es erst fünfzehn war – ihn mit einem Blick anschaute, in dem sich Ehrerbietung mit einer mitleidigen Anteilnahme mischte. Es war ihm, als ob die Kleine etwas von seiner Einsamkeit und Schwermut gewittert hätte. Ihre Augen waren wie die ihrer Mutter hell und voll einer ruhigen Aufmerksamkeit; das Haar, das über die Schläfen in schaukelnden Zopfgehängen herabfiel, war fast silbrig blond.

Frau von Clairmont, wie sich die Dame vorstellte, hatte – man sah es ihrem beobachtenden Blick förmlich an – einen Sinn für die stumme Sprache der Gesichter. Ihr Auge bewegte sich so langsam und forschend, als hätte sie Sorge, etwas Wichtiges zu übersehen. Sie sah auch sofort, auf welche Weise der fremde Offizier ihre Tochter anblickte, nämlich erstaunt und auch ein wenig verwirrt. Schließlich errötete er sogar. Frécourts Verlegenheit dauerte aber keine drei Sekunden. Er wies auf seine artig behutsame Weise, die seinem großen und breiten Wuchs entsprach, in das öde Büro, schob den Besuchern die Stühle zurecht, ging hinter den Schreibtisch, entzündete sich eine Zigarette, und als er den ersten Zug getan hatte, zog er noch einmal die Zigarettenschachtel heraus und hielt sie Frau von Clairmont, sich entschuldigend und mit einem fragenden Lächeln hin. Sie schüttelte kaum merklich den Kopf und blickte ihn weiterhin mit diesem forschenden Ausdruck an.

Und da sagte Capitaine Frécourt, daß er leider nicht der Oberst sei, er bedaure es in diesem Augenblick wirklich, – er blickte dabei das Mädchen mit einem kurzen Lächeln an; aber vielleicht könne auch er, ein ganz gewöhnlicher Hauptmann der Reserve, trotzdem etwas für die Damen tun. Darauf sagte Luise, ihrer Mutter kurz die Hand auf den Unterarm legend: »Erzähl, Mutter, erzähl alles!« Sie hatte das auf französisch, aber in einem Tonfall mühelosen Nebenbeis gesagt, ohne ihren Blick von dem Herrn hinter dem Schreibtisch zu lösen, so daß dieser nun wieder errötete, die Brauen hob und Frau von Clairmont lächelnd zunickte: »Ich glaube, die Kleine hat recht. Oder ist es schlimm, was Sie mir zu berichten haben?« Er setzte sich, und seine Miene wurde, als er nun Frau von Clairmont fragend anblickte, ernst.

»Wir wissen nicht, ob es schlimm ist«, fiel das Mädchen Luise wieder ein, »darum sind wir ja hier! Aber mein Vater ist ein Ehrenmann, er hat sicherlich nichts Böses getan!«

Capitaine Frécourt blickte nun Luise an, als hätte er plötzlich eine unbestimmte Angst vor den beiden Menschen, die ihn mit so viel Ernst und Gespanntheit in den Mienen ansahen, seit sie eingetreten waren.

»Ja, mein kleines Fräulein«, sagte er schließlich und schaute

auf den Schreibtisch nieder, seine verrauchte Stimme klang viel rauher als zuvor, »was das angeht: man kann durchaus ein Ehrenmann sein und doch...«, er schüttelte, als wäre er von einem bestimmten Gedanken angewidert, den Kopf und stieß die halbgerauchte Zigarette in den Aschenbecher.
Und nun setzte Frau von Clairmonts Stimme ein mit ruhiger Bestimmtheit. Sie sagte, daß es überflüssig sei, hier noch zu überlegen, ob sie besser rede oder schweige. Es müsse gesagt werden, alles, und sie schätze sich glücklich, in ihm, dem Besatzungsoffizier, einen, wie sie vermute, gütigen und ritterlichen Mann angetroffen zu haben. Sie werde zu ihm ganz offen sprechen und nicht einmal den Versuch machen, etwas Wesentliches zu verschweigen oder in einem andern Licht als dem der Wahrheit darzustellen.
Hier unterbrach sie Capitaine Frécourt, der, die Ellbogen aufgestützt, eine Weile beide Hände vor das Gesicht gepreßt hatte, mit den Worten: »Madame, ich hoffe nicht, daß Sie mir etwas zu sagen haben, was – wenn es gesagt ist – ich nicht mehr ungesagt machen kann, Sie verstehen?« Er hatte die Hände auf den Schreibtisch fallen lassen und starrte sie an, als wollte er sie in ihrem Entschluß zu diesem Bericht wankend machen. Aber sie schüttelte ruhig den Kopf. »Monsieur, irgendwo muß es doch niedergelegt sein. Ich habe ja keine Wahl, fürchte ich.«
Sie begann einleitend: ihr Mann, um dessentwillen sie auf die Kommandantur gekommen sei, wisse von diesem Besuch nichts. Darauf erzählte sie, ohne Capitaine Frécourt noch einmal anzublicken, was sie für wesentlich an dieser Sache hielt. Sie schaute, während sie ruhig vor sich hinsprach, auf das schadhafte Parkett. Luise aber sah den fremden Offizier an, der ihrer Mutter so gespannt zuhörte, daß er sie offenbar vergessen hatte.
Herr von Clairmont, der beim Ausbruch des Weltkrieges als ein bekannter Internist in Berlin wirkte, hatte sich gleich in den ersten Kriegstagen freiwillig der deutschen Spionageab-

wehr zur Verfügung gestellt. Aus einer Hugenottenfamilie stammend, die das französische Kulturerbe durch mehr als zwei Jahrhunderte im Schoße der Familie geradezu hartnäkkig bewahrt hatte, kam er nach langem Hin und Her zu dem Entschluß, endlich Farbe zu bekennen und aus der nationalen Unentschiedenheit herauszutreten. Mit diesem besonderen Einsatz seiner Person und seiner Fähigkeiten beabsichtigte er, feierlich und für alle Zeit niederzulegen, daß die Clairmonts endlich über die Grenze herübergefunden hätten. Einige Jahre war er nun hinter der deutschen Front tätig gewesen. Von den Bewohnern der Stadt, wo er seinen Dienst tat, wurde er als ein aus dem Osten Frankreichs stammender Franzose angesehen, der, weil er an einem Beinleiden litt, nicht einberufen worden war.

Clairmonts Familie hatte bis zum Ende des Krieges in Berlin gelebt. Als vor etwa zwei Jahren eine Tante von Frau von Clairmont starb und ihr im Testament ein Haus in Trier und einige Weinberge an der Mosel hinterließ, nahm Clairmont diese Erbschaft zum Anlaß, um sozusagen über Nacht nach Trier umzusiedeln.

»... und hier begann etwas...«, sagte Frau von Clairmont nach einer abwägenden Pause, zuckte aber dann nur die Achsel und schwieg. »Ich habe zum Beispiel nie verstanden«, fuhr sie, von dem Schweigen ihres Gegenübers genötigt, fort, »warum er seinen Beruf aufgab. Er geht zwar noch manchmal in die hiesige Nervenheilanstalt, aber mir wär's lieber, er ginge nicht zu den Irren... Und überhaupt, daß er nach Trier zog, in den Bereich der französischen Besatzungsarmee...«

»Das zeigt eben«, sagte Capitaine Frécourt, nachdem er seine Stimme klar geräuspert hatte, »daß sicherlich nichts besteht, was ihm von seiten der Besatzungsbehörden – ah – Sie verstehen?«

»Das eben weiß ich nicht! Wenn es so wäre, wie Sie annehmen, wäre ich nicht zu Ihnen gekommen, Monsieur le Capitaine! Ich kann einfach nicht annehmen, daß mein

Mann etwas Gemeines oder Unmenschliches getan haben könnte, – andererseits bin ich sehr besorgt um ihn... Er ist ein anderer geworden, seit er wieder zu Hause ist...«
»Ah, das sind viele, und das sind nicht die Schlechtesten. Dieser Krieg... Ich habe einen Onkel, der sagt immer – aber...«, der Sprecher hob den Kopf und blickte auf und fuhr sich mit der großen Hand über die Stirn, »vielleicht – ich wollte Sie nicht unterbrechen, Madame! Hat Ihr Gatte je mit Ihnen ausführlich über seine Tätigkeit von damals gesprochen?«
»Kaum, Monsieur, nur Andeutungen!«
»Wo war er – ich meine, wie heißt die Stadt in Frankreich?«
»Lille, Monsieur.«
»Lille?« Capitaine Frécourts schwerer Schädel stieß, als er dies helle Wörtchen sagte, nach vorn, es sah aus, als hätte er geschlafen, und der Name dieser Stadt habe ihn schrill geweckt.
»Kennen Sie diese Stadt? Sie soll ziemlich häßlich sein.«
»Mein Schwager lebt dort, der Bruder meiner Frau, er ist dort Pfarrer.« Capitaine Frécourt sagte das mit halber Stimme.
»Wenn ich nur wüßte...«, sagte Frau von Clairmont mit fast derselben Stimme, ohne den Satz zu beenden. Das Gespräch floß seit einigen Minuten in einem Tonfall dahin, daß Luise sich vorzustellen begann, der Herr hinter dem Schreibtisch sei nur geträumt, in Wirklichkeit läge sie zu Hause im Bett und Mutter sitze auf dem Bettrand und flüstere mit ihr, was sie in Vaters Sachen tun müßte. Das waren fast dieselben Worte, dieselbe bohrende Genauigkeit in der leisen Stimme: »Das soll er mir nicht weismachen, daß er um dieser Erbschaft willen nach Trier zog, in diese Kleinstadt, in diese entlegenste Provinz... Und daß er nicht mehr praktiziert... Gewiß, wir können leben, aber er – er kann nicht leben, so leben, meine ich... Er ist übrigens krank, Angina pectoris. Aber erst seither, seit er zurückkam, früher war er gesund. Auch das, nicht wahr, gibt mir mancherlei zu denken. Aber

dann, daß er immerfort davon spricht, er müsse sich nun seinem Schicksal stellen... Er müsse sich auf allerlei gefaßt machen und darum – ja, darum müsse er seinem Schicksal entgegenziehen, nach Westen. Ja, das hat er einmal wörtlich gesagt, und zwar, noch ehe meine Tante gestorben war. Und als wir dann den Brief des Anwalts erhielten, der uns von dem Testament meiner Tante in Kenntnis setzte, sagte er mit einer, ich muß schon sagen, unangenehmen Vergnügtheit: ›Siehst du, die Stimme aus dem Westen!‹ Was meinen Sie, Monsieur le Capitaine, habe ich nicht allen Grund, besorgt zu sein, daß doch – etwas geschehen ist, – etwas, mit dem er nicht fertig wird? Und vielleicht erwartet er geradezu, daß die französischen Behörden ihn zur Rechenschaft ziehen, sehen Sie, das fürchte ich! Und ich halte diese Ungewißheit nicht mehr länger aus. Er wird krank, er ist schon krank, seelisch krank, meine ich. Auch daß er sich derart von den Geisteskranken in der Nervenheilanstalt angezogen fühlt... Könnten Sie nicht eingreifen, Monsieur le Capitaine, in irgendeiner Form? Vielleicht ihn ausweisen?... Dann zögen wir wieder nach Berlin zurück, und er praktizierte wieder, und ich habe nicht mehr diese Angst...« Capitaine Frécourt blickte, als wäre er sehr verlegen, die kleine Luise an und schüttelte dann in einem kaum merklichen Lächeln den Kopf. »Aber Madame«, flüsterte er, »Sie sehen wahrscheinlich zu schwarz. Wie lange wohnen Sie in Trier?«
»Ungefähr zwei Jahre.«
»Na also!« Er schlug mit der flachen Hand auf den Tisch. »Das heißt, daß unsere Polizei sich in all der Zeit Ihres Gatten nicht erinnert hat. Ein gutes Zeichen! Überdies – mein Onkel würde sagen: rühr nicht eher an den Dreck, als bis es keiner mehr ist. Pardon – das klingt sehr derb, aber, – Sie verstehen! Das Unangenehme, meint mein Onkel, sollte man sich selbst überlassen, bis es sich verwandelt hat, bis es nicht mehr da ist! Es geht ja manches durch den Abfluß, und die Polizei hat das Nachsehen, wen bedrückt's!«

»Siehst du, Mutter«, mit diesen Worten sprang Luise auf, »und jetzt bitte Monsieur le Capitaine, daß er Papa besucht. Dann sprechen die beiden Herren miteinander, und Monsieur le Capitaine sieht sofort ein, daß Papa nichts gemacht hat. Und du wirst wieder ruhig, und Papa wird wieder gesund.«

Frécourt rieb sich mit dem Daumen mehrmals heftig über das säuberlich gestutzte Schnurrbärtchen, seine Augen verkniffen sich vor Vergnügtheit, und er fragte, sich gegen Frau von Clairmont vorbeugend, ob sie etwas gegen diesen Vorschlag der Tochter, den Fall zu untersuchen, einzuwenden habe.

Frau Luise hatte sich ebenfalls erhoben und sie beteuerte nun Frécourt, daß sie sich allen Ernstes über seinen Besuch sehr freuen würde; zu wissen, daß man eines Tages vielleicht einen Freund auf der Gegenseite habe, sei für eine Frau in ihrer Lage kein geringer Trost.

Dieser kaum eine Viertelstunde dauernde Besuch der beiden Luisen – Tochter und Mutter trugen denselben Namen – sollte sich folgenschwerer erweisen als der ganze Umzug nach Westen. Denn während dieser nur eine Annäherung an das Schicksal bedeutete, in Clairmonts Augen sogar eine stumme Herausforderung, war jener Besuch die Berührung des wartenden dasitzenden Schicksals selbst – und es erhob sich.

Das Haus auf dem Apollonsberg aber blickte mit seiner frisch geweißten fünfeckigen Südseite über die Stadt hin, und hatte der neue Bewohner es auch mit dieser eigenwilligen Bezeichnung – wohl nur noch bei Merian dem Älteren gibt es in Trier einen Apollonsberg – sinnbildlich aus der Zeit rücken wollen, so sehr, daß die Post den neuen Anwohner zunächst nicht fand, so war es ihm doch nicht gelungen, sein Haus vor dem Anrücken des großen, unheimlichen Gastes zu verbergen.

Nicht als ob Clairmont seine eigene Person hätte verbergen wollen vor »dem Notwendigen«, wie er gern sagte, aber er wollte, falls ihm etwas geschehen würde – es sollte ja sogar geschehen –, daß die Seinen unbelästigt blieben, zumal vor der Neugier, wie sie die Halbverunglückten umgibt, um sie ganz unglücklich zu machen.

Hier in Trier kannte sie niemand. Der Apollonsberg lag eine Viertelstunde vor der Stadt, und das nächste Haus lag eine Minute tiefer am Fahrwege. Es gab nur Bäume und Himmel um sie her – und die gute Babette, die Herr von Clairmont vor Jahren aus Frankreich mitgebracht hatte, und das Hausmädchen.

Der Apollonsberg war also, das hatte Clairmont sofort erkannt, ein idealer Platz, um das Ungewisse zu erwarten.

Aber daß es so käme, daß es in der Gestalt dieses wohlgenährten Capitaine aus der Touraine sein Haus betreten könnte, friedlich, behaglich und augenzwinkernd, das sich auszudenken wäre ihm nie in den Sinn gekommen, – einfach weil es zu ausgefallen, zu furchtbar war.

Indes – auch ein »klar erkanntes Schicksal« kann sich von einem Augenblick zum andern noch viel klarer zu erkennen geben, so klar, daß es dem Betroffenen zuviel wird und er die Augen abwendet und es wieder über die Schwelle hinausdrücken will, um es weiter als das Ungewisse im Rücken zu haben.

Herr von Clairmont lag an jenem entscheidenen Tage zu Bett, – er wußte nicht einmal, daß Frau Luise das Haus verlassen hatte.

An solchen Tagen, die er mit wegwerfendem Scherzen »Atempausen« nannte, hatte eigentlich nur Babette in das kleine Zimmer neben der Bibliothek erwünschten Zutritt. Clairmont hatte seiner Frau diese rundliche, adrette und stets wohlgelaunte Babette schon Jahre vor dem Weltkrieg und anfänglich nur als Köchin mitgebracht. Doch bald hatte sie die Führung des ganzen Hauswesens in der Hand, jedoch auf eine so unauffällige, dienende und heitere Weise, daß Frau Luise, die jünger war als Babette, es nicht unangenehm empfand. Und durch Babette wurde auch die Tradition im

Clairmontschen Hause, im engsten Familienkreis sich des Französischen zu bedienen, wieder aufgenommen. Sie fühlte sich bei den Clairmonts vom ersten Tage an ganz zu Hause. Vor allen Dingen entwickelte sie bald für die kleine Luise eine an Abgötterei grenzende Liebe. Sie flüsterte es dem ohnehin schon eigenwilligen Kinde jeden Tag beim Kämmen, Schleifenbinden, Strümpfeheraufziehen ins Ohr, oder wenn sie ihm eine Näscherei gab, wenn sie es weckte, wenn sie es ins Bett brachte: daß sie »absolument« das reizendste Geschöpf auf der Welt sei: ihr Täubchen, ihr blondes Kükchen, ihr Mirabellenbaum, ihr Zitronenfalter, ihr Goldhäschen! Der fast zwei Jahre ältere Wilhelm kam dagegen zu kurz, denn er war nicht blond und auch nicht hübsch, hatte die nachtschwarzen Augen der Clairmonts, war mager und moralisierte von Kindesbeinen auf – und schon als Tertianer war sein Entschluß gefaßt, Staatsanwalt zu werden, ein Beruf, den Babette rücksichtslos als »unanständig und herzlos« bezeichnete.
Babette hatte Clairmonts Absicht, so weit in den Westen zu ziehen, begrüßt. Sie hegte die unklare Hoffnung, daß man in den Trierer Läden etwas französisch spreche. Auch das Haus der toten Tante gefiel Babette und den Kindern über die Maßen. Es lag fast auf der Höhe des Berges, etwa hundert Meter über dem Fluß, auf einem Sandsteingeklüft mitten im Grünen. Die fünfeckige Giebelseite mit dem Balkon blickte gegen Süden auf die Stadt, die Nordseite trug einen Schuppenpanzer aus Schiefer gegen den Regen. Um die Dachkammern, wo die Zimmer von Wilhelm und Babette und auch die Gästezimmer lagen, regten sich die Äste von zwei uralten Nußbäumen, und man schlief da oben fast wie in einem Nest. Im Erdgeschoß gab es nur die Küche, das Eßzimmer und den Salon, und hier weilte die Familie einzig zu den Mahlzeiten. Der Mittelstock enthielt die Bibliothek und die Zimmer der übrigen Hausbewohner; das war der Kern des Hauses, von dem die seltsame Stille ausging und alle Räume

unter diesem spitz ragenden und mannigfach abgewinkelten Dache ausfüllte.
Seit man auf dem Apollonsberg eingezogen war, hatte das häusliche Zusammenleben der Clairmonts ein anderes Gesicht bekommen, geradezu plötzlich, kam es Babette vor. Die Kinder, die aufs Gymnasium gingen, fehlten oft den ganzen Tag; aber wenn sie auch da waren – etwa an Sonntagen –, hörte man sie nicht, während sie in der Berliner Wohnung doch oft sogar Babette zu laut wurden. Auch das Kommen und Gehen der Patienten ging Babette ab, und wenn sie auch auf dem Apollonsberg nicht für die Zukunft der Familie zu bangen brauchte – sie wußte ja, Herr von Clairmont hatte allerlei liegenden Besitz –, so ärgerte es sie doch, wenn sie in den Läden täglich mehr bezahlen mußte, daß es jetzt keine Patienten gab, die ebenfalls mehr bezahlen mußten.
Was nun die zunehmende Stille im Hause betraf, so hatte Babette wohl bemerkt, von wo sie ausging. Wie bei einem Luftzug, wenn die Fensterflügel ein wenig offenstehen, so kam dieses Strömen lastenden Schweigens zwischen Herrn und Frau Clairmont hervor – nein, sie waren nicht mehr eins. Babette wußte auch, daß dieser Spalt, ehe Herr von Clairmont aus dem Kriege nach Hause kam, nicht existierte. Doch wiewohl sie sehr neugierig war, hier ging Babette selbst in Gedanken nur ungern weiter. Indes – sie sah, auf welche Weise man bei Tisch zusammensaß (sie aß mit der Familie, während das Dienstmädchen servierte). Herr von Clairmont war zwar nie während der Mahlzeit gesprächig gewesen, aber er hörte doch gerne zu, und Frau Luise hatte in jener schönen Zeit, wenn auch meist auf deutsch, was Babette nur annähernd verstand, mit ihrem Gatten und den Kindern geplaudert. Jetzt aber mußten Babette und die Kinder ihre Kleinigkeiten vorbringen, um nicht »wie Tiere« bei Tisch zu sitzen, wie Babette oft zu Luise bemerkte.
Herr von Clairmont hatte überdies im ganzen Hause Läufer und Brücken und Teppiche legen lassen, und wenn er seine

Atembeschwerden bekam und sich auf das Zimmerchen neben der Bibliothek zurückzog, mußte Babette sogar in die Haustürschwelle einen Tampon stecken. Auf der Treppe zum ersten Stock gab es eine Stufe, die, wenn man darauf trat, knarrte, und die Stille im Hause auf dem Apollonsberg war so dicht und allgemein geworden, daß Babette manchmal erschrak, wenn diese Stufe unversehens aufquarrte. Mitunter lief sie mit Luise in den Garten, um dort ein wenig »ungezwungen wie kleine Gänse« zu sein, so sagte sie gern.
Daß Herr von Clairmont, sobald er sich wegen seiner Atembeschwerden zurückzog, die Kinder nicht sehen wollte, begriff Babette, denn der arme Monsieur lag an solchen Tagen so matt und elend da, daß sein Anblick die Kinder unbedingt bedrücken mußte; aber daß sie, Babette, und nicht Frau Luise, sich um ihn kümmern sollte, das begriff sie nicht.
Herr von Clairmont lag dann in seinem Schlafzimmer, wo er, seit sie das Haus auf dem Apollonsberg bezogen hatten, allein schlief, in dem niedrigen Bett, das eigentlich nur aus Matratzen auf einem unsichtbaren Gestell bestand. So über seine Füße wegblickend, konnte er durch die stets offene Doppeltür in die Bibliothek sehen, wie durch den dunklen Raum eines Fernrohres – bis zu der anderen Doppeltür, die auf den Balkon führte. Dort vor dem gegenstandslosen Himmel trieb der Wind gelegentlich mit dem Zweig einer Zierpflanze sein Spiel, es war ein Gartenschneeball, und wenn er in Blüte stand, nickten die Dolden im Winde wie Kinderköpfchen.
Was da Bibliothek hieß, verdiente eigentlich nicht mehr den Namen, denn nur noch in drei Fächern der Regale, die bis zur Balkendecke hinauf rings um den ganzen Raum liefen, über die drei Doppeltüren und eine kleine Seitentür hinweg, befanden sich Bücher: alte medizinische Zeitschriften, theologische Werke, Moralisten, vor allem aber zahlreiche Werke über Fortifikationswesen und Kriegsgeschichte. Schöne Literatur, Kulturgeschichte und Philosophie waren ausgewan-

dert in die übrigen Zimmer des Hauses, und in die so leer gewordenen Fächer waren im Laufe der Zeit die Festungsmodelle eingerückt, die Herr von Clairmont mit eigener Hand gebastelt hatte. Und wenn er nun von seinem Lager in die derart verwüstete Bibliothek blickte, hatte er in späteren Jahren in den Holzregalen zur Rechten Deutschland und zur Linken Frankreich, das heißt nur die befestigten Grenzpunkte der beiden Länder. Und die waren wie zwei Kinnladen gegeneinander gerichtet, deren blinkende Zähne, nämlich die alten und neuen Festungen, Sperrforts und schon geschichtlich gewordenen Waffenpunkte, wie gewachsen und durch den Gebrauch zurechtgebissen dalagen. Aus Gips und Pappmaché, aus geleimter Leinwand und Draht, aus Ton und Stein und allen klebenden und körperschaffenden Stoffen war da auf Holzuntersätzen das natürliche und kriegerische Relief aufgebaut. Am Rande, rechts vorn, stand in kartographischer Strenge der Maßstab eingekerbt. In diesen spielzeughaften Landschaftsabschnitten standen da und dort schwarze Pfeile, Hinweise auf die militärischen Punkte, ähnlich wie auf Abbildungen in medizinischen Büchern ein Pfeil auf eine gewisse Stelle zeigt, wo die noch unsichtbare Wunde hervorbrechen muß.

Als Frécourt seinen ersten Besuch bei den Clairmonts machte, war es in der Bibliothek so dämmerig gewesen, daß er der Festungsmodelle kaum ansichtig geworden war.

Frau von Clairmont hatte Frécourt an der Tür empfangen und ihm in halbem Flüsterton versichert, ihr Mann wisse nicht, daß sie ihm gegenüber etwas von seiner Tätigkeit in der Abwehr erwähnt habe. Er wisse nicht einmal, daß sie den Besuch auf der Kommandantur aus eigenem Antrieb gemacht habe. Vielmehr glaube er, was sie ihm in ihrer Not vorgelogen habe, daß sie nämlich, wie sie es sonst auch tue, zu Pater Hänsel, einem Ordensgeistlichen in der Stadt, gegangen sei. Ihm habe sie ja auch in Wirklichkeit schon viele Male von ihrer Angst erzählt, in der sie wegen ihres

Mannes schwebe. Nun sei es also, das habe ihr Mann sofort geglaubt, der Ordensgeistliche, der sie an Capitaine Frécourt empfohlen habe.

»Und wie wird Ihr Gatte meinen Besuch aufnehmen?« flüsterte Frécourt und senkte mit einem Ausdruck von Spannung in der Miene das Gesicht zu Frau von Clairmont.

Sie schwieg einen Augenblick und sah auf diese ihre suchende Weise auf die Fliesen. »Es scheint so, als ob er sich freue, ohne Sie doch zu kennen... Es scheint so, sage ich, ich weiß ja von meinem Mann nicht mehr viel, seit er aus dem Krieg heimgekehrt ist. Oder was soll das bedeuten, wenn ich ihm Ihren Besuch ankündige, und er hebt das Gesicht langsam und sagt: ›Ein französischer Offizier? Sieh an! Vielleicht bin ich entdeckt...‹ Ah – er meint nicht Sie, nicht die Franzosen, Monsieur, er meint – ich weiß nicht – jemanden – aus der andern Welt, jemanden, der ihn beobachtet, verfolgt...«

Und als Frécourt mitleidsvoll, aber auch ziemlich verständnislos den Kopf schüttelte, fügte sie hinzu: »Ah, seien Sie gut zu ihm, Monsieur, helfen Sie ihm, er ist – glaub ich – krank, in seiner Seele, manchmal glaub ich: in seinem Gewissen, wie soll ich mich ausdrücken. Aber er hat nichts getan«, fügte sie schnell hinzu und blickte Frécourt geradezu streng an, »Sie können ihn ja prüfen; er weiß ja nicht, was ich Ihnen erzählt habe. Sehen Sie, so weit gehe ich, nur um Ihnen zu beweisen, daß er – sauber dasteht, daß Ihre Polizei ihm nichts anhaben kann, wenn sie gerecht und ohne Rachsucht verfährt.«

»Aber natürlich«, Frécourt war bemüht, mit diesen nichtssagenden Worten die aufgeregte Frau zu beruhigen. »Wir tun ihm nichts.« Er versuchte zu lächeln, sah sich diskret um, sie standen noch immer in der Halle. An den weißgekalkten Wänden hingen in schweren Goldrahmen einige Porträts, offenbar Vorfahren des Herrn von Clairmont, sie sahen zumindest sehr französisch aus, empfand Frécourt; einige der aus schwarzen Augen ziemlich düster dreinblickenden Herren trugen noch Perücken.

»Und doch wäre es vielleicht das Beste«, Frau von Clairmont senkte den Kopf, hob die ineinandergeflochtenen Hände ans Kinn und blickte suchend auf die dunklen Brücken und hellen Fliesen, als überlegte sie eine andere Anordnung, »ich sage vielleicht«, und sie schob einen alten Messingleuchter auf der Truhe weiter an die Wand, »wenn man uns hier auswiese, vielleicht das Haus sogar beschlagnahmte, wenn wir wieder nach Berlin zurückmüßten... Aber ich weiß ja nicht, was eigentlich – eigentlich ist! ...Ach, Monsieur, sprechen Sie mit ihm, ich habe Vertrauen zu Ihnen.«

»Verzeihung, Madame«, Frécourt errötete bis hinter die Ohren und schwieg einen Augenblick, »aber – die Kleine ist wohl nicht zu Hause? Ich möchte ihr« – und er legte eine Schachtel Pralinen auf die Truhe.

»In der Schule«, Frau von Clairmont lächelte, »sie üben an einem Theaterstück. Sobald sie heimkommt, schick ich sie hinein.«

»Es ist nämlich heute ein ziemlich trister Tag«, murmelte Frécourt. »Regen! Und dann so früh Nacht! Ich leide unter dem frühen Nachtwerden, Sie nicht? Meinen Onkel macht das manchmal richtig krank, dann legt er sich ins Bett und weint – stellen Sie sich vor, nur weil es so früh dunkel wird.«

Frau von Clairmont nickte. »Ich kann Ihren Onkel sehr gut verstehen!« Mit diesen Worten führte sie ihn die Treppe hinauf.

So war also Herr von Clairmont von der eigenen Frau in einen Zustand versetzt worden, in dem seine Aufrichtigkeit, ohne daß er es wußte, auf die schärfste Probe gestellt war. Und es nahm Capitaine Frécourt sehr für Herrn von Clairmont ein, als dieser, kaum daß die Rede auf den Krieg kam, bald von seiner Tätigkeit in der Abwehr zu sprechen begann. Als nun Frécourt die gewisse Frage stellte, die ihm die Wahrheitsliebe seines Gegenübers ein für allemal erhärten sollte, die Frage nämlich, in welcher Stadt er seinen Dienst getan habe, sagte Clairmont: »In Lille, Monsieur!«

In diesem Augenblick wurde das Licht der Stehlampe, als wär's ein blakendes Petroleumlicht, dunkler und wieder heller und wieder dunkler. Clairmont blickte nervös zur Lampe hin und sagte mit einer auffällig gereizten Stimme etwas über den unerträglichen Zustand in der Stromversorgung. Fast noch im selben Tonfall fragte er Frécourt, ob er Lille kenne.

»O ja!« Der so Gefragte nickte, »mein Schwager ist dort Pfarrer, und meine Frau – war in Lille. Sie ist dort...«

Frécourt hatte den Satz noch nicht beendet, als das Licht erlosch. In das Dunkel hinein, die Fensterläden waren schon geschlossen, sagte er, seinen halben Satz ganz auslöschend – »ah, lassen wir das, Monsieur!«

»Verzeihen Sie, Monsieur le Capitaine«, sprach es aus dem Dunkel, »meine Frau nannte mir zwar Ihren Namen, aber ich behalte nur noch schwer Namen, und ich bin doch erst fünfzig. Dabei hatte ich früher ein außerordentlich gutes Gedächtnis«, fügte er leise hinzu, und zwar, als Frécourt seinen Namen langsam und deutlich in das Dunkel gesagt hatte.

Nach einer Stille, die keine drei Sekunden dauerte, war das Licht wieder da. Und nun entdeckte Frécourt, daß sein Gegenüber ihn mit weitaufgerissenen Augen anstarrte und zugleich von dem wiedergekehrten Licht wie körperlich getroffen zusammenzuckte. Er fuhr sich hastig mit der Hand übers Gesicht und stand ungestüm auf.

»Wer hält denn so etwas aus«, rief er mit überscharfer Betonung der Konsonanten; es hörte sich an, als ob ein Kessel durch eine feine Düse Dampf auslassen müßte. »Licht ist mir wichtiger als Brot«, fuhr er im gleichen erregten Ton fort.

Diese letzten Worte verwischten in Frécourt die Spur des Unheimlichen, das Clairmonts grimassenhaft verzerrtes

Gesicht sozusagen in seinen Nerven hinterlassen hatte; denn sein Bewußtsein hatte sich des Eindrucks noch nicht richtig bemächtigt. »Ja, das Licht«, sagte er so, »ich erzählte vorhin Ihrer Gattin, wie mein Onkel sich ins Bett legt, wenn es früh dunkel wird und manchmal richtig weint, nur weil es schon wieder Nacht ist und er keine Frau hat. Das heißt, ich habe Ihrer Gattin nichts davon erzählt, daß er weint, weil er keine Frau, keine mehr hat, er hatte früher eine hübsche Auswahl. Jetzt ist er um die siebzig herum, wie er zu sagen pflegt. Er sagt nie: ich bin dreiundsiebzig oder vierundsiebzig; nein: um die siebzig herum! Aber er weint manchmal. Er lebt nun einmal so gerne...«

»Ein seltsamer Mensch«, murmelte Clairmont leise.

»Ach, Monsieur, solange man liebt – vielleicht sogar, solange, als man sich an die Liebe erinnert...«

»Schrecklich, das ist doch das Schrecklichste, sich an eine vergangene Liebe erinnern, an eine endgültig vergangene Liebe, an eine durch den Tod in die Vergangenheit gestoßene Liebe. Was bleibt denn da noch vom Leben zurück? Hülsen, leere Kartuschen! Nichts!«

Das Schweigen, das nach diesen müde geflüsterten Worten zwischen ihnen einbrach, begann nach einigen Sekunden bereits auf Frécourt zu lasten. Er kam sich unbeholfen, ja wie ein Klotz vor und er fühlte sich über die Maßen unbehaglich. Da hörte er einen leichten Schritt auf dem Läufer vor der Tür, eine Hand griff nach der Klinke, die langsam und fast vorsichtig niedergedrückt wurde. Dann trat Luise herein, und gleich darauf folgte ihre Mutter. Und Frécourt merkte, wie ihm sofort die Sprache zurückkam.

Als Frécourt knapp eine Woche später seinen zweiten Besuch machte, kam er gegen vier Uhr. Die Sonne schien, und der Nordwind hatte einen klaren Himmel über Trier geschaffen. In der Bibliothek befanden sich Herr von Clairmont, seine Frau, Luise und diesmal auch Wilhelm, er mochte etwa siebzehn sein, schätzte Frécourt. Der Junge

gab ihm die Hand, machte eine steife und, Frécourt empfand es wenigstens so, hartnäckige Verbeugung und ohne noch ein Wort zu verlieren, kehrte er dem Gast den Rücken und betrachtete ein – wie Frécourt feststellte – kleines Festungsmodell. Es standen damals etwa ein halbes Dutzend in den Bücherregalen. Monsieur Frécourt glaubte, es handle sich um Basteleien des Gymnasiasten, er lobte ihn deswegen, froh darüber, dem Jungen, der seine Ablehnung gegen den französischen Offizier so offen zeigte, ein Kompliment »über diese hübsche Rekonstruktion häßlicher Dinge« zu machen. Doch fragte er, kopfschüttelnd immerfort mit dem Finger die minutiöse Ausführung nachfühlend, ob er nicht lieber seine historische Neigung auf kulturelle Gegenstände hinlenken möchte, wozu er ja in einer solchen Stadt wie Trier eine unerschöpfliche Fülle von Anregungen vorfinde: etwa römische Villen, Tempel, Bäder – oder sogar ein römisches Kelterhaus? Er selbst sei nämlich Winzer von Haus aus, er habe ein Gut in Vouvray und er könne ihm noch eine alte römische Kelter, wie er sie sich vorstelle, aufzeichnen – ob er Papier habe? Aber da sagte Wilhelm, mit dem Kinn auf Herrn von Clairmont zeigend, der mit einem verkrampften Lächeln daneben stand: da, sein Vater habe das gemacht... Und er grüßte höflich und ging hinaus; es war, als ob der Junge die Verlegenheit der beiden Männer nicht mit ansehen wollte.
Erst bei seinem nächsten Besuch fragte der behagliche Tourainer, den fleischigen Lidspalt ein wenig kneifend, als müßte er sich zu der Frage, die er auf den Lippen hatte, sammeln; er fragte also, sich im voraus für seine Kühnheit und auch Unwissenheit entschuldigend, was diese Miniaturfestungen in den Regalen da nun eigentlich bezweckten? Denn er könne bei so viel Akribie und Hingabe in der Ausführung unmöglich – und noch dazu bei einem solchen Thema – einfach nur auf Zeitvertreib schließen, auf eine müßige Spielerei!
Herr von Clairmont hob in kurzem Prüfen das breite, hän-

gende Augenlid und schüttelte nach einer kleinen Pause den Kopf. »Da haben Sie recht, Monsieur. Aber kommen Sie, ehe ich antworte, zeige ich Ihnen etwas.«
Und er führte seinen Gast in das anstoßende Schlafzimmer und wies stumm auf ein Gemälde, das an der Wand, genau dem Kammerfenster gegenüber, hing. Von hier empfing seine vom Alter dunkel überwachsene Fläche einiges Licht. Man hätte glauben mögen, das Ölgemälde in dem verblichenen Barockrahmen sei eine Darstellung des heiligen Christophorus. Allerdings mochte dieser heilige Riese in Samtschößen und Seidenweste, der, das Kindlein auf den Schultern, so angstvoll in dem schäumenden Wasser stand, seine Füße sehr wohl zum Menuett setzen können, falls er je das rettende Ufer erreichte: die geschwungene Goldleiste nämlich, es blieb ihm kein anderes, der Fluß wogte waagrecht bis an den Rahmen heran. Das Knäblein, dessen großer Hut wie ein dunkler Heiligenschein gegen den nächtlichen Himmel stand, war sehr klein gemalt, und so mußte der Beschauer annehmen, daß der Maler dadurch den Eindruck des Riesenhaften in der Gestalt des Mannes beabsichtigt hatte. Denn das Gemälde wies in seiner handwerklichen Glätte und Sicherheit auf einen Urheber hin, dem die Anwendung richtiger Proportionen keine Schwierigkeiten bereitete. Der lächelnde Ausdruck des Kindes, sehr im Gegensatz zu der Sorge und Angst in den Augen des Riesen, schien ebenfalls bestimmt, die Parallele zur Christophoruslegende herzustellen. Von dem großen, dunklen Hut des Knäbleins ging etwas wie eine Feder aus, jedoch spitzte sich diese, statt auseinander zu fließen, an ihrem äußeren Ende zu, was den Beschauer zuerst verwunderte. Bei näherem Hinblicken entdeckte er jedoch mit einem leisen Erschrecken, daß diese Federn nichts anderes waren als das Mündungsfeuer zweier Musketen, die von kleinen und schattenhaften Schützen auf den dunklen Hügeln des Hintergrundes gegen die beiden im Fluß watenden Menschen abgefeuert wurden: die Musketen Ludwigs

des XIV. auf seine um ihres Glaubens willen das Land heimlich verlassenden Untertanen. Auf einer grünen Woge des Vordergrundes aber stand mit roten Lettern geschrieben: »Gehe fort aus deinem Vaterland und aus deiner Freundschaft in ein Land, das ich dir zeigen werde!« Indes – diese Absage an die Heimat, sie war auf französisch geschrieben. Herr von Clairmont wies mit einem kleinen Lächeln darauf hin und fügte hinzu, noch sein Großvater sei sehr schlecht im Deutschen gewesen. Damit führte er seinen Gast wieder in die Bibliothek zurück. Frau Luise trug soeben eigenhändig den Tee herein, ging aber sogleich hinaus.

Erst als sie allein waren, begann Herr von Clairmont mit einer knappen Bewegung gegen die Modelle zu beiden Seiten des Raumes hin, bevor er sich vor dem niedrigen Glastisch niederließ: »Sehen Sie, Monsieur, ich wohne sozusagen zwischen Frankreich und Deutschland – auf dem Niemandsland, hier zwischen dem Festungsgürtel auf dieser und jener Seite. Ich weiß natürlich auch, daß das kein hinreichender Grund ist, Festungsmodelle zu basteln« – und er schüttelte stumm den Kopf und rührte in seinem Tee.

»Jeder«, begann er so mehr vor sich selber hinsprechend, »beschäftigt sich mit seinem Schicksal, sobald er merkt, daß es auf ihn zukommt. Übrigens kein angenehmes Gefühl! Es lebt sich doch vielleicht besser im Ungewissen, sogar in Illusionen. Aber die hören dann eines Tages auf.« Clairmont brach jäh ab und starrte vor sich hin. Es war Monsieur Frécourt nicht entgangen, wie selten, und dann nur flüchtig und fast ausweichend, ihn ein Blick aus diesen so auffällig dunklen Augen getroffen hatte.

Clairmont hatte eine mühsame Art zu sprechen, er fuhr fort: »Ja – und hat man sein Schicksal erkannt, hört es auch mit der Philosophie auf. Man bringt es in keinem System mehr unter, für jeden Menschen müßte man ein neues schaffen.« Der Sprechende lachte kurz und tonlos auf.

Hier fragte Monsieur Frécourt rücksichtsvoll, fast sanft, wie denn ein Mensch dahin kommen könne, sein Schicksal zu erkennen? Vielleicht auf dem Sterbebett, das schon, aber bei Lebzeiten? ...

»Sehr leicht!« Clairmont hob flüchtig die schweren Lider, und sein Blick betupfte Monsieur Frécourts Gesicht, doch nicht anders wie der Finger einen heißen Gegenstand. »Nicht, daß Sie denken, Monsieur, ich hielte mich für besonders hellsichtig. O nein! Es gibt jedoch Menschenschicksale, die sind so präzis gearbeitet, wie ... da, wie Ihre Uhr da am Puls.«

»Schrecklich, was Sie da sagen, Monsieur Clairmont!«

»Ach, danke, ich merke, Sie haben Gemüt und Phantasie. Es ist wirklich schrecklich! Vor allem, wenn Sie bemerken, daß diese Uhr – bleiben wir bei dem Vergleich – sich niemandem öffnen kann und darf – niemandem! Sie läuft, solange sie läuft, eine Reparatur innerhalb dieses Getriebes ist nicht möglich, einfach nicht möglich! Kein Uhrmacher kennt dieses System. Es wuchs nämlich – und zwar nach seinem eigenen Gesetz. Das Getriebe funktioniert präzis – und doch ist alles unheilbar.«

Monsieur Frécourt rutschte einmal verlegen in seinem Sessel herum und hüllte sich in den Rauch seiner Zigarette. Endlich fragte er, ob diese höchst pessimistische Auffassung des persönlichen Schicksals seinen Ausgangspunkt etwa in der traditionellen Feindschaft ihrer beiden Völker habe, oder wie das Ganze zu verstehen sei? Sie seien ja von den Festungsmodellen ausgegangen. Und fast hilfesuchend blickte der blonde Tourainer zu der bunten, gegenständlichen Welt in den Regalen hinüber, er fühlte sich sehr unglücklich bei diesem Gespräch. Vor allem fehlte ihm das Mädchen Luise, und im stillen fühlte er ein süßes Mitleid mit ihr, daß sie im Schatten dieses Vaters heranwachsen mußte, dessen Darlegungen über das »klar erkannte Schicksal« er in einer bänglichen Unentschiedenheit bald hart an Geistesgestörtheit angrenzen ließ, dann wieder für das Produkt eines in Pessimismus erstarrten Geistes ansah.

Clairmont hatte ebenfalls einen Blick zu den Regalen getan, doch nebensächlich und wie von oben herunter.
»Ach – das da? Alles leere Kartuschen! Oder – wenn Sie wollen – Ansichtspostkarten! Aber was vermittelt schon so eine Ansichtskarte von der Stimmung dessen, der sie schrieb. Sie sind aber auch an niemanden gerichtet, ehrlich gesagt. Höchstens an mich selber. Ich erinnere mich genau an alles, was ich während der Arbeit dachte... Das halten Sie wohl für unmöglich? Aber es ist doch so. Ich denke nämlich fast immer dasselbe... Was jedoch unsere Völker – die Völker überhaupt angeht, mein Gott, es läuft alles auf eine leichte Variierung desselben Unsinns hinaus, genau wie im persönlichen Leben. Die Völker sind noch stupider und unkontrollierbarer als das Einzelwesen, was können wir da erwarten! Gewiß, man will neuerdings die Kriege abschaffen. Und auch Sie sind, wie jeder einigermaßen anständige Franzose, im stillen so etwas wie Pazifist. Aber geben Sie nur acht: Frankreich ist in diesem Falle Ihre Frau – man kann sie Ihnen abnehmen, Vorsicht! Können Sie etwa Ihr Leben einrichten, wie Sie wollen? Das wäre zu schön, Monsieur Frécourt! Aber der Mitmensch redet da ein Wörtchen mit. Und in uns selber lauert ja ebenfalls noch so ein Mitmensch, ein ganz gefährlicher, er lauert, ja: auf uns! Jeder Mensch ist insofern eine Zweiheit, ja, jeder hat seinen Mitmenschen, wirklich! Ihr Franzosen von heutzutage wollt das Leben genießen. Das versuchte ich auch einmal. Vor allem strebt ihr nach Sicherheit. Und auch das tat ich, nach Sicherheit – vor mir selbst. Aber gibt es sie wirklich? Nein, exakt gefragt: gibt es eine im Praktischen siegreiche Vernunft? Ist das, was wir so selbstgefällig und so frech-dreist nach der unendlichen Kette von Versagern so nennen, ist es wirklich Vernunft? Oder ist's nicht jedesmal nur eine Rekonstruktion dessen, was wir hätten tun sollen? Also eine Art Reue – oder wenn sie der Geschichtsphilosoph anwendet: konstruktive Einsicht in das, was war. Aber hilft sie für das, was wird? Oder entstand die

Vernunft nicht aus dem Räsonieren über die Folgen von höchst unvernünftigem Handeln? Was übrigens mein Leben angeht«, Clairmont lächelte jetzt bitter, »so ist es ein Beweis für meine These. Ich war in meiner Jugend noch vernünftiger, noch strenger in moralischer Hinsicht als er, ich meine, als mein Sohn Wilhelm. So sind wir Clairmonts, es liegt wohl in der Familie, ich weiß es nicht. Ganz plötzlich explodiert die so eifrig zusammengetragene Vernunft, ein Funke genügt, etwa der aus einem schönen Auge... Die Leidenschaft bedeutet bekanntlich stets die Katastrophe für die praktische Vernunft, gegen eine richtige Katastrophe aber ist nichts zu tun. Oder? Man kann an einem einzigen Tag die Vernunft eines ganzen Lebens aufbrauchen, ad absurdum führen und sogar reuelos auf den Trümmern sitzen und Festungen kleben.«
»Mein Gott!« Frécourt sagte das mit einem tiefen Seufzer und starrte in das bleiche Gesicht vor sich. Clairmont hatte in seiner Gegenwart noch nie so viel auf einmal gesagt. »Wie können Sie leben, Monsieur Clairmont, ich meine, mit solchen Ansichten. Reden Sie auch so mit Ihren Kindern?« Das kam fast ungläubig, und Monsieur Frécourt sah, daß diese Frage den andern überraschte.
Clairmont schüttelte energisch den Kopf. »Mit den Kindern? Wie sollte ich! Leider – mit meiner Frau habe ich über mancherlei geredet... die Uhr wollte sich öffnen, Sie verstehen? Aber es bekam meiner armen Frau sehr schlecht. Ihnen jedoch – Ihnen, ja – glaubte ich einige Andeutungen schuldig zu sein.«
»Warum?« Diese Frage kam von den vollen und harmlosen Lippen des Tourainers so knabenhaft einfältig und überrascht, daß ihn Clairmont einen Augenblick wie in einem fernen Prüfen betrachtete. Frécourt saß da, breit und kraftvoll, doch ein wenig bedrückt; wäre aber Luise zur Tür hereingekommen, hätte sich sein Gesicht sofort aufgeheitert, und seine Frage wäre vergessen gewesen, so dachte Clair-

mont. Und kaum, daß er es gedacht hatte, geschah es auch. Es klopfte. Frécourts großes Gesicht drehte sich sofort zur Tür, und als die Gestalt des Mädchens auf der Türschwelle erschien, blies er wie nach einer schweren Arbeit den Atem von sich, lehnte sich in den Sessel zurück und rief: »Eh, Mademoiselle Luise«, er sprach ihren Namen deutsch aus, »aus der Schule? Was haben Sie heute studiert?«

Und das Mädchen begann sofort die Turnlehrerin zu schmähen und die ganze Turnerei, wo man, wie sie sagte, lauter Bewegungen machen müsse, die nie im Leben vorkämen, über welche Bemerkung Monsieur Frécourt ausgiebig lachte. Auch Herr von Clairmont entspannte sich ein wenig, als er seine Tochter nachdenklich betrachtete. Er ließ Luise neben sich niedersitzen und fragte, warum Wilhelm nicht komme. Luise sagte, der wolle nicht, das sei nun mal ein Rappelkopf, »ein nationalistischer Dickkopf«, fügte sie sich verbessernd hinzu. Herr von Clairmont zuckte mit einem schnellen Blick gegen Monsieur Frécourt die Achsel: »Wie gesagt, Monsieur, es ist umsonst. Von tausend ist einer vernünftig – in tausend Jahren sind es vielleicht zwei, vielleicht auch keiner. Machen wir uns keine Illusionen.«

Eros auf der Suche

Monsieur Frécourt kam bald nach den ersten, in wöchentlichen Abständen gemachten Besuchen jede Woche wenigstens zweimal, und bald war man im Hause über den eigentlichen Antrieb seines Kommens nicht mehr im Zweifel. Doch außer Wilhelm äußerte sich niemand dazu, und der nur dann, wenn er mit Luise allein war, wie er dann überhaupt das Ohr der Schwester dazu benutzte, um sich über alles, was ihm in der Schule, im Elternhaus, in der Stadt und im Staate, ja in der ganzen Welt nicht gefiel, in scheltendem Belehren Luft zu machen.
Wilhelm hatte bereits einen würdigen Baß, und der stand, wie Luise den Bruder häufig hänselte, zu seinen dürren Hasenläufen in keinerlei Zusammenhang. Er glich dem Vater, doch das Gesicht der Clairmonts: länglich scharfzügig, braun, mit den nachtschwarzen Augen, paßte – wie Wilhelm es vom Vater in scherzendem Trösten vernommen hatte – nicht in das zartere Alter, er müsse Geduld haben, bis die Jahre ihn zu solchem Aussehen berechtigten. Aber Wilhelm litt nicht unter seiner vorläufigen Häßlichkeit, wußte er doch, daß er einmal wie ein richtiger Clairmont aussehen werde, und das gab ihm eine angestrengte Zuversicht auf die Zukunft. Trotz dieses Familienstolzes aber schlug er Luise gelegentlich vor, man solle endlich den französischen Namen übersetzen, etwa in »Hellberg«, und zwar »von Hellberg«, denn der Adel sei echt, wenn er auch aus Frankreich stamme. Er meinte überdies, es sei notwendig, endlich und endgültig mit der französischen Sprache im Familienkreis zu brechen – sie sprachen nur mit der Mutter deutsch –, und er verstieg sich gelegentlich zu der Luise geradezu entsetzenden

Forderung, Babette zu entlassen und nach Paris »zurückzuspedieren, bei so viel Arbeitslosigkeit im Reich«. Was er am meisten in der Welt haßte, waren die »Roten«, die er »für die Niederlage des siegreichen Heeres« allein verantwortlich machte. Manchmal haßte er auch am meisten »die Franzosen« und überhaupt »die westlichen Demokratien«. Und da er trotz seiner katholischen Mutter den Papst und die Papisten haßte, ferner die Kriegsgewinnler, Schieber, Juden, die Parlamentarier, die Hamsterer; aber ebenso die habgierigen Bauern, die würdelosen deutschen Mädchen – auf wen das ging, merkte die hübsche Zuhörerin sogleich –, aber in einem Atem auch gelegentlich »die schlappen Österreicher«, »die treulosen Italiener«, »die Ignoranten von Professoren, die verpfafften und verdummten Trierer«, da sein Index also der hassenswerten Menschen und Völker und Bekenntnisse und politischen Richtungen sich immer mehr ausdehnte, fragte ihn eines Tages Luise, ganz ohne Spott, was *er* denn eigentlich liebe? Und in der Tat: Wilhelm war auf die Frage nicht vorbereitet. Er brauchte einige Zeit, bis er antwortete, und da kam dies seltsame Wort, zögernd vor Nachdenklichkeit, und als wäre es nur das erste, vorläufige, in einer Reihe, er sagte also: »Ich... zum Beispiel Bismarck!« Luise war so überrascht, daß sie ebenfalls eine Weile brauchte, bis ihr ein befreiendes Lachen gelang. Endlich sagte sie: »Aber der war doch, soviel ich weiß, kein reformierter Christ?«
Dieser Einwand mußte Wilhelm im ersten Augenblick unwiderlegbar erschienen sein, denn er griff sie ganz plötzlich mit der Person des Monsieur Frécourt an, mit »diesem rothaarigen Franzosen«, denn es sei doch klar, daß er nur ihretwegen in ihr Haus komme; und das sei eine Schande, für sie alle, für sie aber im besonderen; »ja – und du bist eben erst vierzehn geworden.«
Und nun geschah etwas, das noch überraschender war als sein Ausfall gegen Frécourt. Die Geschwister befanden sich auf einem ihrer häufigen Spaziergänge über den Palliener-

berg, es hatte am Morgen geregnet. Das Mädchen nun blieb stehen und sagte mit einer Stimme, die sanft klang und korrigierend: »Rot sagst du? Er ist blond, Wilhelm!«
»Dann ist jeder Fuchs blond!« rief Wilhelm und lachte.
»Er ist blond, Wilhelm«, wiederholte sie inständig, aber immer noch leise, »blond wie helles Gold«, sie flüsterte die letzten Worte.
»Wenn der blond ist, bin ich weiß«, sagte Wilhelm verstockt und wollte weitergehen. Als sie aber an derselben Stelle stehenblieb und unbeweglich auf den roten, lehmigen Boden des Weges schaute und sich langsam vorbeugte, kam Wilhelm näher, neugierig, was es da zu sehen gäbe. Und da griff sie, ohne daß er einen Grund dafür ersehen konnte, in den glänzenden Lehmbrei, hob zwei Hände davon hoch, mit einer so vorsichtigen Bewegung, als hätte sie junge Vögelchen darin, und ebenso kam ihre Stimme: »Schau mal, *das* ist rot!« Und ehe noch Wilhelm den Mund zu einer Frage öffnen konnte, hatte er die feuchte Wegerde im Gesicht – und stand allein da, keines Wortes fähig. Luise auf ihren langen, dahinfedernden Beinen einzuholen, schien seinem Körper wohl möglich, nicht aber seinem Stolz. So säuberte er sich langsam und dachte eigentlich nicht an die ungezogene Urheberin dieser Kränkung, sondern an den Urheber, und das war dieser Franzose, der für ihn nun auf immer nur rothaarig sein konnte. Und er beschloß, noch ehe er einen Schritt von der Stelle tat, diesen feindlichen Ausländer, wie er auch gerne Frécourt nannte, von heute ab nicht einmal mehr zu begrüßen, ja fernerhin keines Blickes zu würdigen. Durch ihn allein war es zu diesem – das war Wilhelm sofort klar – ernsten Zerwürfnis zwischen ihm und seiner Schwester gekommen. Wie oft hatte er seinen Kameraden gegenüber Luise gerühmt als das nicht nur schönste, sondern auch intelligenteste Mädchen, dem er je begegnet sei. Daran mußte er auf dem Heimweg, das lehmbeschmutzte Schnupftuch in der Hosentasche knetend, denken – und dabei fiel

ihm denn auch ein, daß er eigentlich sehr wenig Mädchen begegnet sei, ja eigentlich nur dieser seiner Schwester, die übrigen kannte er nur über den großen Abstand hinweg, den, wie er sich sagte, die Verschiedenheit des religiösen Bekenntnisses immer schafft. Außerdem, auch damit tröstete er sich gerne: es war noch zu früh zu so folgenschwerer Begegnung. Die ungefähre Zeit, die er sich anberaumt hatte, eine Lebensgefährtin zu suchen, lag für ihn hinter dem Assessorexamen; bis dahin hatte man sich ganz im allgemeinen vorzubereiten, und das hieß in Wilhelms Denkweise: Studium, körperliche Ertüchtigung, die für ihn im Wandern bestand und in strenger Enthaltsamkeit bis in den Traum hinein. Die Bekenntnisse des heiligen Augustinus lagen griffbereit stets auf seinem Nachttisch, desgleichen eine Auswahl aus Calvins Schriften, den er nicht zuletzt auch darum so verehrte, weil dieser sittenstrenge Reformator vor seiner theologischen Zeit Jurist gewesen war.
Und Wilhelm vergaß nicht, was er sich an diesem Nachmittag vorgenommen hatte. Frécourt kam meist am Samstag- und Donnerstagnachmittag, nämlich dann, wenn Luise nicht in der Schule war. Sofort nach dem Mittagessen trat Wilhelm, bei jedem Wetter kniefrei, in Schillerkragen und nötigenfalls mit einer Wetterjacke bekleidet, seinen Spaziergang an – und er ahnte nicht, daß er damit Frécourt und auch Luise den größten Gefallen erwies.
Sein brummiges, abweisendes Wesen gegen den freundlichen Gast war jedermann vom ersten Tag an aufgefallen. Und alles, was von der breiten und achtlosen Freigebigkeit Frécourts in die Küche geriet oder sonstwie von Luise oder der Mutter in seine Nachbarschaft dirigiert wurde, rührte Wilhelm nicht an. Da der Vater diese Geschenke duldete, nicht etwa, weil die Zeit danach war, sondern der Geber dieser selten gewordenen Dinge einfach auf sein Recht, schenken zu dürfen, pochte, wagte Wilhelm keine offene Bemerkung gegen »diesen« Kaffee, »diese« Butter, »diesen«

Käse, »diese« Schokolade, und gegen was sonst noch alles; jedoch er sagte: »Danke, diesen Roquefort esse ich nicht!« Legte ihm Luise ein Stück Nougat auf den Nachttisch, blieb es da liegen, bis Luise ihre Verführungskünste aufgab, allerdings mit einem Seufzer der Anerkennung. Sie fand Wilhelm zwar »schrecklich«, aber, so meinte sie zu Babette, der sie über diesen Punkt mehr vertraute als der Mutter, »er ist doch ein Mann!« Worauf Babette nur mit einem flinken Augenaufschlag meinte, – gewiß, aber die arme Frau, die es einmal mit ihm zu tun kriege... »Da ist doch der Monsieur le Capitaine ein ganz anderer«, fügte sie hinzu, aber mit einem fast traurigen Blick auf Luise, die doch wohl noch zu jung sei, kam es ihr vor, um zu ermessen, wer da auf so eifrige Weise um sie warb.

Frécourt war bei seinen Besuchen stets in der Bibliothek empfangen worden. Frau Luise pflegte den Tee zu bringen, sich aber dann mit irgendeiner Entschuldigung zurückzuziehen. Es mußte Frécourt auffallen, daß Frau von Clairmont, die ihm anfänglich so vertrauensvoll begegnet war, nunmehr kaum noch einmal das Wort an ihn richtete. Wenn sie ihn anblickte, geschah es so flüchtig, ja scheu, daß es aussah, als fürchte sie sich vor ihm. Zuerst nahm er an, Luisens Mutter sei nicht damit einverstanden, daß er dem Mädchen, das ja wirklich noch sehr jung war – er sah es selber ein! – derart offen seine zärtliche Bewunderung zeigte. Aber er durfte sehen, wie Luise bei jedem seiner Besuche anwesend war, und mit einer großen Erleichterung nahm er an, daß der neue Abstand, den Frau von Clairmont zu ihm hielt, einen andern Grund haben müßte. Er betrachtete die immer noch gut aussehende Frau von Mal zu Mal mit größerer Aufmerksamkeit, und er mußte sich sagen, daß sie bei jedem seiner Besuche bleicher aussah, ja, daß sie anfing, eine kranke Farbe zu bekommen, die ihm wehtat, denn es war ja Luisens Mutter. Manchmal fragte er sich, ob sie nicht am Ende dumm sei: ihr scheues und zugleich unangenehm demütiges

Verhalten ihm gegenüber; ihr schräg von unten oder aus den Augenwinkeln kommender und so flüchtiger Blick, der dem seinen nie standhielt, das waren Anzeichen einer Unsicherheit, wie man sie eben nur an beschränkten oder seelisch kranken Menschen beobachtet. Aber dann dachte er daran, wie klug diese Frau bei der ersten Begegnung in all ihrer Ratlosigkeit und Angst gesprochen und sich verhalten hatte. Es fiel Frécourt auch nachträglich auf, wie selten die beiden Eheleute das Wort aneinander richteten. Wenn Frau von Clairmont ihren Gatten anblickte, dann – so glaubte er schließlich zu beobachten – wurde ihr Auge fast genauso scheu und flüchtig wie ihm gegenüber. Nur wenn sie mit Luise sprach – und wie hätte es auch anders sein können! –, löste sich die graue Gespanntheit ihrer Züge, und es war, als sickerte ein wenig Licht durch die welke Haut.
Immerhin – das eine glaubte Frécourt ermittelt zu haben: in diesem Hause stand nicht alles zum Besten. Es gab hier eine Stelle, und sie lag – das fühlte er so bestimmt wie Babette – zwischen den Eheleuten, – eine Stelle, ja eine tote Zone, wo die Schwingungen der Liebe und des Vertrauens, wie sie vielleicht immer noch aus ihrer beider Herzen hin und her zu gehen bestrebt waren, einander trafen und aufgehoben wurden. Er hatte es in seinem eigenen Leben erfahren, wie eine solche Zone des Schweigens entstand und was für Folgen sie für ihn mit sich gebracht hatte. Aber warum Zone? Es ist immer ein Mensch, der sich zwischen ein solches Paar als eine neue seelische Ausdehnung legt. Ja, da geht man in die liebgewohnte Richtung und ist – man will es noch nicht fühlen – allein und tappt weiter und kommt dann wirklich ans Ende der Welt. Das war so Onkel Charles' Ausdruck, damals, als man einsehen mußte, daß Denisens Briefe, die sie aus Lille an die Front geschrieben hatte, nur noch aus Mitleid bestanden, dann aus Selbstanklagen und zum Schluß aus Verzweiflung. Und weil er in dieser Zone seine Erfahrungen gemacht hatte, merkte Frécourt mehr, als ihm angenehm

war. Frau von Clairmont und ihr Gatte waren nicht minder am Ende der Welt angelangt als er mit Denise. Und war er auch kein Menschenkenner, so verstand er doch so viel von den Frauen, um sozusagen auf den ersten Blick zu erkennen, daß es nicht die sanfte, ganz an den Gatten gebundene Frau war, die zuerst aus der alten Einheit herausgetreten war. Frécourt erinnerte sich an die Andeutungen, die sie ihm bei seinem ersten Besuch gemacht hatte, daß sie nämlich von ihrem Gatten nicht mehr viel wisse, seit er aus dem Krieg heimgekehrt sei.

Alle diese Überlegungen stellte er aber nie geordnet und in strengem Folgern an, sondern mehr im Nebenher und von plötzlichen und unangenehmen Eindrücken genötigt, etwa auf dem Nachhauseweg oder abends im Bett, wenn Luisens Bild und im Zusammenhang mit ihm auch oft das der Eltern bis an die Schwelle des Traumes ihm nachging und darüber hinaus bei ihm blieb.

Und so hatte er mancherlei traurige Einzelheiten in dieser Familie, deren Schicksal ihm um Luisens willen so naheging, durch Beobachten, Nachdenken und Vergleiche ermittelt; warum aber Frau von Clairmont sich ihm gegenüber ein wie's andre Mal und in zunehmendem Maße derart scheu und unangenehm demütig verhielt, das blieb ihm auch weiterhin in quälende Ungewißheit gehüllt, und schließlich freute er sich, wenn Luisens Mutter gleich nach seiner Ankunft das Zimmer verließ und nicht mehr erschien, ja später sogar nicht einmal mehr hereinkam, um ihn zu begrüßen.

Clairmont gegenüber fühlte er sich freier, einfach weil der sich mit ihm unterhalten konnte. Doch waren die Gespräche und auch Clairmonts Stimme meist derart, daß Frécourt immer wieder seinen breiten Brustkorb dehnte und reckte und die Augen, sooft es ihm unauffällig möglich war, gegen Luise richtete. Sie war für ihn »in dieser bedrückenden Bibliothek wie ein, wenn auch vergittertes, Fenster ins

Freie«, wie Frécourt einmal an seinen Schwager nach Lille schrieb, »und ich begreife nicht«, fuhr er in diesem Schreiben an den Curé Quinquepivoix fort, »wie ich es wagen kann, dieses halbe Kind jede Woche zweimal – leider nur zweimal – zu besuchen. Ich bin zwanzig Jahre älter als sie, ja so weit bin ich bereits, den Unterschied des Alters zu ermessen.« Er versicherte zugleich dem Bruder seiner Frau, und zwar zu verschiedenen Malen, daß er keineswegs »auf die übliche Weise verschossen« sei. Es ziehe ihn einfach jede Woche zweimal in die Bibliothek, »in diesen Schraubstock«, so drückte er sich aus. Er habe sich schon vormachen wollen, daß er es nur tue, um dem lieben Kind die düstere Atmosphäre des Elternhauses ein wenig aufzuheitern, »aber das glaube ich mir selbst nicht. Ich weiß, ich bin ein Filou und will immer auf meine Kosten kommen.«
Das Seltsame nun war, daß der sonst so strenge Curé dem eifrig Briefe schreibenden Schwager in Trier keineswegs Vorhaltungen machte. Er schwieg sich aus, einmal nur schrieb er: »Lieber François, wenn Du die Eltern dieses Mädchens einen Schraubstock nennst, dann ist das Mädchen in der Hand der Vorsehung vielleicht die Feile, die an Deinem Herzen arbeiten soll, denn Deine Liebe, mein Freund, ist, das Alter des Mädchens in Betracht gezogen, einseitig, und du wirst verzichten müssen und eines Tages, wenn Du heimkehrst, wieder allein sein. Das Mädchen wird Dich, wie es natürlich ist, vergessen und damit in der Erinnerung an Deinem Herzen feilen. Wer seine Liebe auf das Unerreichbare richtet, muß leiden, ich denke, das weißt Du? Aber halte Dich nicht für einen Toren!«
Dieser Brief des Curé bewirkte nur, daß Frécourt von da ab Luise mit einem scheuen, fast ängstlichen Blick betrachtete. Und er überlegte oft, ob sie ihn denn wirklich vergessen werde, er hatte an diese Möglichkeit noch nie gedacht, einfach weil er, solange er Luise kannte, noch nie an den Abschied gedacht hatte, und er rückte nun immer näher.

Onkel Charles schrieb ungefähr jede Woche einen seiner Briefe, die dem Neffen in den Ohren klangen, als säße der Alte leibhaftig vor ihm und knutterte mit ihm. »Du wirst ja Dein Wunder erleben, wenn Du heimkommst, aber keines von Kana. Kann ich mich denn um alles kümmern? Zum Angeln komme ich überhaupt nicht mehr. Da hat doch der Jean die Kupfervitriolkalkbrühe von der vorigen Woche zum Spritzen ausgegeben, einen Rest, er sollte nicht verderben, sagte mir der dumme Knüppel – und natürlich war sie nicht gezuckert und mit Milch und Nitroglyzerin, oder wie das Dreckszeug heißt, dauerhaft gemacht. Muß ich denn herumlaufen und an jeder giftigen Brühe lecken, während Du da in Trier herumhockst, ich wollte schon was anderes sagen, und angeblich vor Deiner toten Frau Angst hast. Ich versichere Dir, ich würde mit Denise, wenn sie mir als Geist erschiene, spazierengehen, so gerne habe ich sie gehabt. Wäre sie bei mir geblieben, wäre alles nicht passiert. Aber wegen der Peronospora kann ich Dir nichts garantieren, wenn Du nicht sofort kommst, sofort – hast Du gehört? Ich vermute, es ist auch zuviel Stickstoff im Boden »Hinter der kleinen Mauer« wo wir die neuen Rebfelder angelegt haben. Denkst Du übrigens auch mal gelegentlich daran, daß Du uns bald eine Frau hierherbringst? Es geht, bei Gott, nicht mehr lange so weiter. Wenn man um die siebzig herum ist, will man sich nicht mehr mit Haushälterinnen herumzanken. Seit Denise nach Lille abreiste, hab ich kein anständiges Frühstück mehr gesehen. Letztens kaufte die Person Schinken in Tours, er schmeckte richtig nach Stadt. Da dachte ich an Denise und ihr Chateaubriand mit – ah, großer Gott, und wenn sie Kastanien mit Sellerie servierte! Überhaupt, wie sie schon einen Teller hinsetzte, da war doch Liebe drin, diese Fingerchen, nicht zu lang, nicht zu kurz, nicht zu dick, nicht zu dünn, und die Grübchen obendrauf...«
In dieser Tonart ging es viele Seiten dahin, aber von Brief zu Brief wurden Onkel Charles' Vorstellungen ernster: »Du

mußt kommen, oder dieser Herbst steht im Kellerbuch als ein Tintenklecks, und den hast Du gemacht! Ich lasse jetzt schon langsam die Lesekübel und Mostbütten dämpfen und brühen. In mir sieht es aus! Ich muß ja auch an alles denken! Wir mußten ja jetzt auch füllen, viertausend zunächst. Und dann hab ich gute Reinhefe bestellt, von Martin & Co. Und neue Gärtrichter! Für die Lese hab ich mir diesmal selber ein Dutzend Mädchen ausgesucht, das kann der Jean nicht. Sie schlafen im Heu. Paar hübsche Dinger dabei und sehen aus, als könnten sie gut pflücken, man muß auf kleine Fingerchen achten. Wenn Du aber nicht in vierzehn Tagen hier bist, ist mir alles einerlei. Wenn die Dauben aus den Reifen fallen, zank nicht mit dem Faß, sondern mit dem Küfer. Ich hab lange genug alles in Ordnung gehalten.«

Frécourt sah ein, daß er nicht mehr länger warten durfte. Er hatte dem Alten mit keiner Silbe angedeutet, was allein ihn noch in Trier festhielt. Und – so kam es ihm vor – er würde es auch nie fertigbringen, Onkel Charles von seiner Liebe zu einem so jungen Mädchen zu berichten; Luise war im Juni sechzehn geworden. Die lüsternen Hänseleien des Alten, so fürchtete er, würden ihm unerträglich sein, und es könnte am Ende noch zu einem Zerwürfnis zwischen ihm und dem Onkel kommen.

Eines Tages faßte er den schweren Entschluß und kündigte Onkel Charles seine Ankunft für den ersten Oktober an, das war Onkel Charles' Geburtstag. Luise aber hatte er, so oft es ihn auch drängte, noch keine Andeutung gemacht, bis er schließlich bei seinem vorletzten Besuch in eine Pause hineinseufzte: »Ja – Monsieur Clairmont, was ich Ihnen übrigens sagen wollte, ich quittiere in den nächsten Tagen nun doch meinen Dienst und reise nach Hause. Ich muß dringend nach dem Rechten sehen.«

Und da war Luise aufgestanden und hatte die Herren für einige Minuten allein gelassen. Als sie zurückkam, trug sie etwas unterm Arm: ein Bild, eine Zeichnung, bemerkte

Frécourt, und Clairmont fragte mit gedehnter Stimme: »Nun? Was soll denn das?«
Luise aber suchte dem Bild die beste Beleuchtung aus und fand sie auf dem Bücherregal, nahe an der Fenstertür. Sie lehnte vorsichtig die gerahmte Zeichnung gegen irgendeine Festung (Paris zur Zeit Napoleons I.) und begann: ja, das habe sie Monsieur Frécourt schon immer einmal zeigen wollen, amüsant, wie? Ob Papa nicht erzählen möge, wie sich das mit dieser Zeichnung verhalte?
Doch Herr von Clairmont sagte nur knapp: jaso, das sei eine Graphitzeichnung seines Urgroßvaters, eines Berliner Goldschmiedes, der diesen Entwurf für Friedrich II. von Preußen gemacht und das dargestellte Thema für den König in Gold ausgeführt habe, als ein königliches Präsent für die berühmte Barberina, die spätere Gräfin Kaschau.
Frécourt näherte sich sofort mit allen Zeichen der Neugier, und sein blutvolles Gesicht wurde noch um einen leichten Ton röter, was bei ihm sonst von besonderer Vergnügtheit zeugte; diesmal schien es etwas anderes zu bedeuten – er räusperte sich sehr leise.
Und so betrachtete er stumm den von Luisens Urahn erfundenen Erosknaben, wie er, den Bogen angezogen und den Pfeil fertig zum Schuß, suchend den Körper verdreht und pirschend ins Weite blickt, derweil auf dem Dreispitz, seinem einzigen Kleidungsstück, sich der, wie Wilhelm einmal bemerkte, ebenfalls höchst unzureichend bekleidete Leib der Tänzerin, der goldene Leib der Barberina, erhebt. Sie steht auf den Zehen des rechten Fußes, während sie mit dem linken um das Haupt des Liebesgottes eine kreisende Bewegung macht; und während sie den Kopf leicht vorgebeugt hat, wartend auf das ärgerliche »Wo ist sie?« des göttlichen Schützen, scheint der weit davon entfernt, zu ahnen, daß sie es wagen könnte, ihm auf dem königlichen Dreispitz herumzutanzen.
Und während Frécourt nur einige Male nickte und lächelte, begann Luise die kärglichen Erklärungen des Vaters zu

erweitern und erzählte, »wie sie es doch wagte, die Barberina«, und darüber zur Gräfin Kaschau wurde.
Die Statuette war als königliche Liebesbotschaft gedacht, und die Verehrte war die von ganz Europa gefeierte Tänzerin, deren Ruhm vorerst den Ruhmreichen anzog, deren Stimme sodann (und nicht die grenadierhaften Waden, wie der Hofklatsch es wollte, warf Clairmont in das Geplauder der Tochter) den König bezwang und zum Cavaliere servente der schönen Barberina machte. Der König hatte sie für sein Berliner Ballett in Kontrakt genommen. Der Neid nun wollte den immer Siegreichen wenigstens auf der Bühne bezwingen, und man erzählte der verwöhnten Frau solche Schrekkensgeschichten über Berlin und die soldatischen Manieren des Königs, daß die Arme Angst bekam und, statt ihrem Kontrakt nach Berlin zu folgen, mit einem Lord St. nach Venedig entfloh, ohne freilich zu ahnen, daß diesem seltsamen König eine Frau nicht zu gering sei, um gegen sie in voller Schlachtordnung aufzustehen. Und so gab der preußische Gesandte in Wien an maßgebender Stelle zu verstehen, daß der König von Preußen, falls die kontraktbrüchige Barberina nicht ausgeliefert würde, die venezianischen Behörden für die sich ergebenden Folgen verantwortlich mache. Und noch keine vierundzwanzig Stunden später saß die Barberina von der venezianischen Polizei gefangengenommen und ausgeliefert, sich mit ihrem Fazilett die Augen tupfend, in ihrem fürstlichen Reisewagen. Und nun nahm die im Triumph in Berlin empfangene Tänzerin Rache an ihrem Bezwinger und engagierte ihrerseits das Herz ihres Despoten. Aus dieser königlichen Not entstand der Auftrag an Guillaume de Clairmont.
Clairmont machte noch einige Bemerkungen über die Geschichte der Statuette und bedauerte, daß es ihm nie gelungen sei, diesem goldenen Erosknaben wieder auf die Spur zu kommen. Bald nach dem Tode der als Stiftsleiterin in Schlesien fromm verstorbenen Barberina sei die Statuette in

den Besitz von deren Nichte übergegangen, aber wer könne wissen, was diese, gewiß eine ungebildete und vielleicht bigotte Person, damit angestellt habe.
Frécourt fand abschließend, er habe dem Preußenkönig gar nicht so viel Charme zugetraut, »aber«, so sagte er, halb zu Luise gewandt, »da sehen Sie, es ist die Liebe, die aus einem König einen Menschen macht und«, er lächelte verschämt, offenbar, weil er wagte, ein Bonmot zu sagen, »aus einem Menschen einen König.«
Luise hatte, Frécourt in die Augen blickend, geradezu atemlos die letzten Worte vernommen, und da wurde sie rot, doch nicht auf die Weise, als wäre sie beschämt. Und sie tat etwas, was sie sich einfach nicht erklären konnte: sie machte einen Knicks. Als sie sah, daß die beiden Herren nur mit Mühe ernst blieben, bemerkte sie erst, wie verrückt sie sich benommen hatte, und rannte zur Tür hinaus.
Es war nach diesem Besuch Frécourts, daß Frau Luise sich mit einem heftigen Gallenanfall zu Bett begab. Die Kinder wollten sofort vom Arzt im Hause alles mögliche über die Galle, ihre Funktion und ihre Krankheiten erfahren, aber Clairmont war sehr wortkarg. Bei einer Krankheit handle es sich nie um die Gestörtheit eines einzigen Organs. Das sei ungefähr so wie in einer Familie: wenn da ein Mitglied ein Unglück träfe, welcher Art auch immer, nähmen die übrigen Familienmitglieder mit oder gegen ihren Willen daran Anteil. Die Geschwister entnahmen daraus, daß die Mutter kränker sei, als sie geglaubt hatten.
Es ging gegen Abend, und es regnete in Strömen, als Frécourt zu seinem Abschiedsbesuch kam. Indem er in die Bibliothek trat, bemerkte Luise, wie der Vater das Deckenlicht ausschaltete, so daß nur die grüne Schreibtischlampe ein unbestimmtes Licht in den weiten Raum warf. Im Augenblick, da ein Gast eintrat, das Licht zu schmälern, das mußte dem Mädchen auffallen, besonders weil sie an ihrem Vater eine nahezu kalte Sicherheit in Taktfragen gewohnt war.

Das Gespräch zwischen den beiden Herren kam nur mühsam in Gang, und sie hörte den Vater häufig auf diese Weise Atem schöpfen, wie er es nur tat, wenn er seine Beschwerden hatte; manchmal klang es wie ein Keuchen. Luise brachte selber den Tee und entschuldigte die Mutter. Frécourt bedauerte Frau von Clairmonts Krankheit und äußerte seine guten Wünsche für ihre Genesung. Da sagte Clairmont wie aus dem Traum heraus: »Mein Gott, Genesung...« Doch gleich fuhr er mit dem Gesicht auf, und als wollte er dieses Wort, das ihm offenbar wider Willen entfahren war, verwischen, kam er in ziemlich gewaltsamem Übergang mit einigen Fragen auf das Thema, nach welchen Grundsätzen eigentlich Besatzungsoffiziere ausgewählt würden, ob dieser Dienst freiwillig sei und ob zum Beispiel für Frécourt Schwierigkeiten bestanden hätten, aus dem Dienst entlassen zu werden.
Frécourt nahm das Thema dankbar auf, und da erst erfuhr Luise, was sie vor Wilhelm stets abgestritten hatte: daß ihr verehrter Monsieur le Capitaine in der Tat freiwillig diesen Dienst in der Besatzungsarmee übernommen hatte.
»Ja«, lächelte er plötzlich schwermütig, »ich wollte nämlich nicht nach Hause, so wenig wie ich 1914 zum Militär wollte. Damals – ja, da hielt einen etwas zu Hause fest – jetzt hielt's mich in der Fremde, weil zu Hause... nun ja. Es ging vielen so. Meine Frau ist tot. Aber ich glaube«, er wandte sich, die Brauen nachdenklich zusammengezogen, an Clairmont, »das habe ich Ihnen doch erzählt?«
»Sie irren sich«, sagte Clairmont mit einem höflichen Kopfschütteln, »bedenken Sie, ich hätte das bestimmt nicht vergessen.«
»Nein, gewiß nicht, ich bitte Sie! Ich muß um Entschuldigung bitten, ich bin heute ziemlich durcheinander. Sie wissen weswegen. Morgen um neun reise ich ab. Und ich bin in Ihrem Hause mittlerweile so daheim, daß ich wirklich glaubte... Alles ist mir so bekannt... Nein, ich habe es nicht

erzählt, die Sache mit meiner Frau. Warum auch? Gewiß, ich hätte Gründe, es hier zu erzählen, aber ich tue es beinahe nie... Vor vierzehn Tagen erzählte ich es einem Kameraden, er hat ähnliches erlebt, und da hat es einen Sinn. Aber hier... sehen Sie, deshalb tat ich es nicht: die lichte Nachbarschaft... ich meine, warum soll Luise so etwas wissen. Jedoch – Sie dürfen es, Sie sollen es wissen, Mademoiselle Luise, ja, meine Frau ist tot! Aber mehr möchte ich nicht erzählen... Es wird ja nichts besser dadurch. Vergessen... man muß vergessen!« Damit ließ er den Kopf hängen.
»Das geht nicht«, sagte Clairmont in einem kalten Eifer, ohne sich zu bewegen und ohne sein Gegenüber anzublicken.
»Es müßte aber gehen«, seufzte Frécourt, seine verrauchte Stimme klang rauh. »Mein Gott, wie soll man denn sonst leben, weiterleben? Denise will das auch nicht... ah, so heißt meine Frau, ja, so hieß sie. Sie war, ich möchte sagen heroisch. Und ich habe es nie gemerkt. Sie hat sich vergiftet, im Hause meines Schwagers. Sie hatte sich in Spionage eingelassen. Ah, der Krieg, der verfluchte Krieg! Sie wollte niemand verraten! Und ich weiß es genau, sie will nicht, daß ich ewig... Ein Grab gibt keinen Kuß zurück.«
»Das ist wahr!«
»Ja, Gott weiß es!« Frécourt saß, die Ellbogen auf die Knie gestützt, nach vorn gelehnt.
Luise konnte sein Gesicht nicht sehen; das ihres Vaters aber sah sie, es war bleich.
Plötzlich fuhr Frécourt in die Höhe, den Mund voll Rauch, er hatte den letzten Zug an der Zigarette getan und zerstieß sie heftig im Aschenbecher.
»Weiterleben, das ist es! Weiterleben! Oder ist das gottlos? Und wenn ich immer an sie denke, wie soll das gehen? ...Man muß vergessen, und es geht und muß gehen!«
Clairmont hob kurz und scharf die Achsel. Und zwischen den Zähnen hervor sagte er: »Wer's kann! Das Leben ist...«,

doch mit einem jähen Blick auf Luise ließ er den Satz unbeendet. Und er schüttelte heftig den Kopf. »Ich wollte eine Banalität sagen«, er lächelte müde, »und Banalitäten können manchmal entsetzlich wirken, es kommt auf die Umstände, die Umgebung an. Überhaupt, ein Wort ist noch nichts, es kommt stets darauf an, zu wem man es sagt.« Er blickte einige Male zwischen Frécourt und Luise hin und her, aber so, als wären seine Gedanken anderswo. Sein Zeigefinger kratzte nervös an seiner schwarzen Hose, genau auf dem Knie, Luise war der Anblick dieses langen kratzenden Fingers unangenehm. Sie bemerkte überdies, daß des Vaters Gesicht noch bleicher und unbeweglicher war als sonst, maskenhaft, so hatte sie öfters gelesen, jetzt begriff sie, was so ein Ausdruck sagen wollte.

Clairmonts Schweigen hatte etwa eine halbe Minute gedauert. Frécourt war an solche Pausen gewöhnt, und auch diesmal, da ihm vor Clairmont nie etwas Richtiges einfallen wollte, wartete er darauf, daß dieser zuerst spreche.

»Mein Gott«, murmelte Clairmont schließlich, aber ganz im ruhigen Tonfall des Betrachters, »das Vergessenkönnen ist eine große Kunst. Was Sie uns da erzählen, ich muß Ihnen gestehen – selbst Ihre Geschichte zu vergessen, Ihr Unglück, das wird mir nicht leicht fallen, auch wenn Sie uns jetzt verlassen.«

»Ich bin gerührt«, murmelte Frécourt.

»Spionage«, fuhr Clairmont auf dieselbe Weise fort, »Spionage in Kriegszeiten – Spionage ohne Handschuhe, in unmittelbarer Berührung mit dem Gegner, das ist – nichts für eine Frau, für eine Frau, wie die Ihre ohne Zweifel eine war. Denise hieß sie, sagten Sie?«

»Ja!« Frécourt nickte.

»Übrigens, Sie sagten, in Lille war sie tätig?«

»In Lille, ja, da wohnte sie bei ihrem Bruder.«

»Ich glaube, ich erzählte Ihnen, daß ich vorübergehend auch in Lille in der Abwehr tätig war.«

»Ich erinnere mich.« Frecourt nickte.
»Jetzt gibt es diese lächerlichen Filme über Spioninnen«, Clairmont verzog das Gesicht. »Übrigens – aber ich möchte Sie nicht mit dieser Frage in unangenehme Erinnerungen versetzen, indes das furchtbare Los Ihrer Gattin – Sie begreifen, wenn wir etwas mehr darüber erfahren möchten... Wurde sie entdeckt – oder... aber wenn es Ihnen unangenehm ist...«
Frécourt zog tief den Atem ein, hob die Schultern und ließ dann den Körper auf die Ellbogen niederfallen, die sich auf den breiten Knien fingen; in diesem schweigenden Niedersinken lag Müdigkeit, Schmerz, ja etwas wie Ekel.
»Was sie tat, weiß ich nicht genau, ich habe es nie wissen wollen. Ich weiß nur, sie hätte es nicht tun sollen. Das sagte ich auch meinem Schwager, dem Pfarrer, und er gab mir recht. Ich habe nie mehr mit ihm über Denise gesprochen. Er hält sich für mitschuldig an ihrem Tod, und jedes Wort über die Tote wäre für den armen, übergewissenhaften Menschen zuviel...« Er starrte zwischen seinen Knien hindurch auf den Teppich, zog an der Zigarette und sagte in brummendem Hinterdrein: »Einzelheiten sind vom Teufel, wenn wir mit unsrem Wissen nichts mehr an einer vollendeten Sache ändern können. Man vergiftet sich nur. Ich weiß nichts, als daß sie sich das Leben nahm. Sie ging auf Numero Sicher. Sie wollte offenbar niemanden verraten, das ist die einzige Erklärung. Ich meine, das verstehen Sie doch!« Frécourt blickte Herrn von Clairmont von unten her mit einem fast scheuen, sich verständigenden Blick an und nickte so einmal leicht, kaum merkbar. »Solch einem Verhör ist eine Frau meist nicht gewachsen, bestimmt nicht eine Frau wie Denise.«
»Ich habe, Gott sei Dank, nie eigentlich Verhöre anstellen müssen. Aber ich muß Ihnen recht geben. Nein, lassen wir wirklich ab von – von diesem Bereich. Man sollte nie darüber sprechen. Wirklich, vergessen ist das Beste! Nirgendwo zeigt

sich der Mensch entsetzlicher als im Krieg – aber auch nirgendwo ist der Krieg entsetzlicher als hier, wo die Intelligenzen sich feindlich begegnen. Haben Sie schon einmal zwei Schlangen miteinander kämpfen gesehen?«
Frécourt schüttelte eifrig den Kopf und verzog verekelt das Gesicht.
»Ich auch nicht«, fuhr Clairmont fort, »aber ich kann es mir vorstellen. Die Tiere sind ja Symbole.«
»Wie?« Frécourt hielt nicht verstehend den Kopf schief – und von hier, vom Tier als Symbol, wich Clairmont von diesem Thema ab, ohne es nochmals zu berühren.
Luise saß nahe bei den Herren in ihrem Sessel und hörte zu, bald ihren Vater, bald Frécourt anblickend. Sie hätte, obgleich die beiden immerzu vom Vergessen sprachen, was sie nicht recht begriff, eigentlich gern Denises traurige Geschichte vernommen, ganz von Anfang bis zum Ende. Daß François keine Einzelheiten wissen wollte, kam ihr fast ein wenig herzlos vor. Aber dann sah sie, wie er dasaß, so gequält, ja unglücklich, und sie ließ ab, in dieser Richtung weiterzudenken. Außerdem drängte sich jeden Augenblick und stets bitterer der Gedanke ein, daß er nun abreise. Doch tröstete sie sich mit der Überlegung, er habe ja alles Notwendige gesagt: nämlich, daß er sie, seine kleine Luise, liebe, daß er sie nie vergesse, ja, eines Tages wiederkommen werde, um sie zu heiraten. Freilich, so ganz deutlich hatte er es nicht gesagt, aber Blicke, das wußte man nun doch endlich, waren viel eindeutiger als Worte. François hatte seine Liebeserklärung in die Unterhaltung mit dem Vater einfließen lassen, genau wie sie die ihre das letzte Mal in das Vorzeigen des Erosknaben. Und François hatte ihr heute die Antwort gegeben, nein, schon das letzte Mal, als er sagte, daß die Liebe aus dem Menschen einen König mache. Aber heute war er ganz deutlich geworden: wie soll man denn leben (ohne dich, Luise, war hier zu ergänzen)... sie war heroisch und diskret, seine Denise (sie hat also nichts gegen eine zweite Ehe)...

Und vor allem das Wort: »Ein Grab gibt keinen Kuß zurück«, das sagte ihr alles.
Diese versteckte Liebeserklärung, und Luise war ganz sicher, daß François es so gemeint hatte, stimmte sie über den Abschied ruhig. Ganz gewiß: François würde schreiben und eines Tages wiederkommen und beim Vater um ihre Hand anhalten. Und sie würde von der Mutter weinend Abschied nehmen, und die Eltern würden sie in Frankreich in der Touraine besuchen, und sie würden miteinander einen Ausflug machen zu jenem Schloß, es mußte dort in der Nähe sein, wo Leonardo da Vinci gestorben war. Und sie wäre mit spätestens achtzehn Jahren Madame Frécourt, und Wilhelm würde zwei Semester in Paris studieren und manchmal zu ihnen nach Vouvray kommen. Und sie würde von François eine kleine Tochter haben, und die hieße Denise und müßte womöglich mit süßem Wein und Eselsmilch aufgezogen werden. Von dieser Milch hatte sie irgendwo gelesen, daß sie Kinder klug mache. Und klug vor allem müßte ihre Tochter sein, Menschen- und Tiersprachen verstehen, alle Heilkräuter kennen und vor allem die Kunst, in die Seele des Menschen zu schauen, ob er gut ist oder böse, und müßte alle Arten seines Kummers begreifen, ja, das vor allem, und das rechte Wort finden, ihn zu heilen. Denn Denise müßte die Menschen froh machen. Und später würde man von ihr erzählen, in hundert Jahren, daß sie mit Tieren wie mit Menschen sprach, und daß selbst Generale geweint hätten, wenn sie nur vorübergegangen sei. Und sie konnte sogar Wasser zu Wein machen, es schmeckte wenigstens wie Wein, wenn Denise es jemandem reichte. Kein Wunder, würden die Leute sagen: bei so einem Vater, der war sein Lebtag ein großes Kind und konnte keine Fliege töten. Und er liebte seine Frau wie selten ein Mann und machte einen Wein, der selbst Erzbösewichte lächeln ließ.
Als sich Frécourt – wie es Luise vorkam – plötzlich und wie mit einem Ruck erhob, fuhr sie aus ihren Träumen auf.

»Ja, es muß sein«, sagte er, und der Vater, nachdem er von seinem Gast mit herzlichem Händedruck sich verabschiedet hatte, bat Luise, Monsieur Frécourt an die Haustüre zu begleiten.
Draußen auf der Straße hatte es einige Male gehupt, das war Frécourts Bursche. Er sollte, so erklärte Frécourt dem Mädchen im Hinabgehen, erst das Zeichen zur Abfahrt geben, wenn er mit seinen Erledigungen in der Küche fertig sei. Denn das müsse man ihm gestatten, daß er sich, so gut er könne, noch eine Weile in dem Hause, wo er gastlich aufgenommen worden sei, in guter Erinnerung halte. Luise dankte, ohne aufzublicken, und sie sagte: »Ich könnte von Ihnen nie ein Geschenk ablehnen – aber nie mehr von einem andern so mich beschenken lassen!«
Frécourt blieb auf der Treppe stehen, genau auf der Stufe, die stets mit diesem Aufseufzen sich bemerkbar machte. Luise blieb seit diesem Tage öfters auf dieser Stufe stehen.
»Sie sind sehr gut zu mir, Luise«, murmelte er und drückte ihre Hand, die er, ohne sie in die Höhe zu heben, fast schamhaft, als dürfte er es nicht, ergriff. Und die Schulter hebend und einmal tief Atem schöpfend, sagte er: »Und wenn ich es sagen darf«, Luise bebte in Erwartung, »für Ihre Jugend sind Sie sehr weit. Nun, bei solch einem Vater!« Er schwieg mit gesenktem Kopf, als wagte er sie nicht anzuschauen, er hielt auch bereits nicht mehr ihre Hand. »Aber«, er schüttelte den Kopf und blickte in der kleinen Halle, in welche die Treppe sich einschlang, wie suchend umher, »ist man nicht ein wenig bedrückt – in diesem Hause? Verzeihen Sie meine Indiskretion, aber manchmal spürt man etwas gegen seinen Willen.«
»Mein Vater ist krank«, murmelte Luise.
»Ich dachte, auch die Mutter.«
»Ja, sie auch. Ach Gott, und bei Ihnen ist niemand zu Hause!« Er blies hörbar den Atem von sich, nickte, blickte ihr, als wäre er noch nachträglich überrascht, ins Gesicht,

doch war's Luise, als forschte sein Auge nach etwas in dem ihren.
»Ich sage ja«, murmelte er, nickte und ging die wenigen Stufen hinab.
Als sie an der Küchentür vorbeikamen, sie hatte ein Glasfenster, sahen sie, wie der Soldat, ein brünetter Mensch mit schwarzen Stielaugen, dem Küchenmädchen eine Mohrrübe ins Gesicht hielt.
»Er ist von Beruf Friseur«, murmelte Frécourt. Wahrscheinlich wollte der junge Mann dem bleichgesichtigen Mädchen, das heftig weiter seine Mohrrüben schabte und so tat, als wäre ihr das Ganze zuwider, seinen Beruf erklären, und sie verstand es nicht, oder verstand es auch falsch, wer konnte das wissen.
Auf dem Tisch und auf dem Boden standen eine Reihe Kisten, und Luise sagte, darauf hinweisend: »Das ist zuviel, Monsieur Frécourt.«
»Wirklich?«
Genau in diesem Augenblick, als Luise das sagte, hatte der Bursche das Mädchen über den Tisch zu sich herübergezogen und küßte es. Die bis dahin sich störrisch Gebärdende hielt das Messer weit von sich ab, in einer vollständig sinnlosen Bewegung, denn man konnte nicht einsehen, warum sie es tat – sicher nicht um zuzustoßen.
Und Frécourt ergriff, kaum daß er sein behagliches »Wirklich?« ausgesprochen hatte, Luise am Arm und zog sie mit einem Schritt von der Fenstertür zurück. Er schaute sie an und war noch röter als sonst im Gesicht. Seine Augen glänzten auf sie ein, er lachte leise.
»Bis Sie fertig sind«, murmelte er. Und dann: »Luise, ja, ich muß davon! Aber ich komme wieder, glauben Sie mir das?«
Luise nickte einfach und sie hauchte ein kleines Ja hinterdrein. Darauf ging er auf die Küchentür zu, sagte vernehmlich und ohne weiter hinzusehen: »Allons, Emile, es wird Zeit! Hast du alles ausgepackt?«

Es brauchte einige Sekunden, bis die Antwort aus der Küche kam und Emile erschien.
Es regnete nicht mehr, und Luise ging mit bis zum Wagen. Und da nun stellte sich heraus, daß die Reifen alle kreuz und quer zerschnitten waren. Frécourt betrachtete sie, die Taschenlampe in der Hand und den Kopf schief auf die Schultern gelegt, alle vier Reifen. Endlich sagte er, als wäre gar nichts geschehen, ja, da stecke man schön drin. Emile müsse in die Stadt, einen andern Wagen holen.
Luise bot dem Burschen sofort Wilhelms Fahrrad an; sie rief dem noch ganz verwirrten Küchenmädchen, es zu bringen.
»Nein«, Luise schüttelte langsam den Kopf und zu dem Wagen gewandt, fuhr sie fort: »Welche Gemeinheit, Ihnen die Reifen zu zerschneiden, ausgerechnet Ihnen!«
»Mir?« Er blickte sie einen Augenblick in scherzendem Forschen an, sagte aber nur wegwerfend: »Ich denke, das galt eher dem französischen Staat. Insofern ist es nur eine Dummheit. Aber was wollen Sie, Luise, die Welt ist voll solcher Dummheiten, die Politiker machen noch ganz andere Sachen als Reifen zerschneiden.«
Sie ging hinauf zu Herrn von Clairmont, er saß am Schreibtisch und las. Als Luise eintrat, fragte er ohne aufzublicken: »Ist er endlich fort?«
Während Clairmont sonst immer, zumal wenn er aus Gedanken auffahrend irgendein Wort des Überganges suchte, französisch sprach, hatte er diese Worte auf deutsch hervorgebracht. Luise war so entsetzt, daß sich ihre Erklärung überstürzte. Doch wunderte sie sich, wie schnell der Vater die Situation erfaßte. Er stand sofort auf und widmete sich dem Gast, der offenbar kein Wort verstanden hatte. (Frécourt wußte zwar eine Menge deutscher Wörter und Redensarten, doch sprach er sie so eigenwillig aus, daß ihm sein Wissen wenig nützte.) In diesem Augenblick war Luise glücklich, daß François so unbegabt für Sprachen war – und auch, daß der Vater gerade über einem deutschen Buch gesessen hatte,

denn sie war sicher: wäre er aus einer französischen Lektüre aufgefahren, hätte er französisch gesprochen.
Die Herren unterhielten sich über die zerschnittenen Reifen, und Herr von Clairmont war der Ansicht, der Täter müsse wohl unter jenen irregeführten Jugendlichen zu suchen sein, die, statt ihren Livius zu lesen, lieber bei verbitterten Offizieren in die Schule gingen.
»Dabei übersehen diese Reifentöter sogar den kleinen Umstand«, Clairmont lächelte mokant, »daß wir armen Steuerzahler für diese vier Reifen aufkommen müssen – und ich schätze, für vierzig sogar.«
Frécourt schüttelte den Kopf und schmunzelte, o nein, er werde die Sache vertuschen. »Nur«, er hob leicht seine Stimme, »vielleicht daß man den jugendlichen Täter warnt, es könnte ihm sonst doch sehr unangenehme Folgen eintragen, zumal, wenn ich jetzt fort bin.«
»Wie meinen Sie das?« Clairmonts Stimme kam stockend.
»Verzeihen Sie sehr«, Frécourt warf den Kopf so im Bogen herum, »aber was soll ich vor Ihnen meine Gedanken verbergen, da wir Freunde sind.« Er lächelte wieder. »Ja, unser Freund Wilhelm möchte mich am liebsten auffressen. Das ist so. Und er hat ja auch allen Grund.« Er blickte damit Luise neckisch an. »Falls jedoch in Zukunft ein anderer französischer Capitaine hier Besuch machen würde, soll er nur beim Handwerk bleiben, nein, sich noch ganz andere Terrorakte ausdenken.«
Er lachte vergnügt, und das war der Augenblick, daß Herr von Clairmont wie ein Besessener aufsprang. Frécourt begriff zuerst nicht warum, da sah er Frau Luise mitten im Zimmer stehen – im Nachthemd. Die blonden Zöpfe hingen über ihre Brust, sie sah elend aus. Als sie die ersten Laute des männlichen Gelächters her vom Fenster vernahm, wo Frécourt die ganze Weile stand, fuhr sie mit einem leichten Aufschrei herum. Sie hatte wohl an der Bibliothekstür gehört, wie Frécourt Abschied genommen hatte, und nahm also an, er sei fort.

Frécourts natürliche und ruhige Art hätte kaum eine Frau, die sich im Nachthemd überrascht sah, genieren müssen. Sein Lachen brach jäh ab. Er sagte – ja, so schnell habe er sich selber die Rückkehr nicht vorgestellt, bat um Entschuldigung und wandte sich dann zu der Stelle, wo Luise das Bild des entschwundenen Eros damals hingesetzt hatte, und er fragte leise: »Hing hier nicht die Zeichnung von dem kleinen Erosknaben? Ich sehe statt dessen nur einen Stich, ah, Paris zur Zeit Napoleons! Kaum noch wiederzuerkennen!«
Luise erklärte ihm, dankbar über die Möglichkeit, die er der Mutter zum unbemerkten Fortgehen gab, die Zeichnung hänge drunten im Salon. Dabei blickte sie ängstlich über die Schulter und sie mußte sehen und konnte es doch nicht begreifen, daß die Mutter blieb, daß sie nicht fortging. Sie machte vielmehr gegen ihren Gatten, der jetzt an den Schreibtisch gelehnt stand – aber wie zum Sprung, kam es Luise vor –, mit der Linken eine halb abwehrende Bewegung, und die Rechte hob sie langsam gegen Frécourt, aber nicht zeigend, sondern so, als wäre ihre Hand mit etwas Unsichtbarem gefüllt. Und sie rief leise – und jetzt freute sich Luise, daß ihre Mutter selten mit ihnen französisch sprach – sie rief also: »Wie hältst du das denn aus? Mein Herz zerbricht daran, und du, bist du kein Mensch?! Warum hast du es mir gesagt, Wilhelm? Ihren Namen mir gesagt? Ich höre ihn immer – Denise!«
Doch da war auch schon Herr von Clairmont auf den Beinen. Luise hatte den Vater selten in einer hastigen Bewegung gesehen. Nun aber sprang er die drei Schritte über das Parkett, alles an ihm wirbelte. Er faßte die Frau an den Schultern und halb sie forttragend, halb sie zerrend, rief er immerzu: »Still, sei doch still! O Wahnsinn, Wahnsinn!«
Luise stand dicht neben Frécourt, sie hielt alle acht Fingerspitzen im Mund und biß darauf. Er zupfte mit der Rechten an seinem Schnurrbärtchen. Schließlich rief er: »Eh, Luise, Sie beißen sich Ihre schönen Finger ab!« Er zog ihr die Hände

vom Gesicht, und als sie nur immerzu flüsterte: »Verzeihung, Verzeihung!« legte er seine große Hand auf ihre Schulter und sagte, an seiner Zigarette vorbei seufzend, die er langsam zum Munde führte: »Ach, mein Kind, dies Haus ist nicht leer – und doch und doch! Aber sehen Sie, Luise, ich wußte es ja.«
Nach einer Weile murmelte er: »Wie muß Ihr Vater leiden.«
Luise starrte wortlos in den leeren Raum. Sie spürte gar nicht, wie er ihr die Hand auf die Schulter legte, doch hörte sie seine in schwermütigem Plauderton daherkommenden Worte. Oh, er wollte sie ablenken, das Schreckliche überbrücken, diesen Abgrund, so kam es ihr vor, er sagte: »Ja ist es nicht seltsam, kein Tier – nur der Mensch, nicht wahr? Und unter den Menschen meist die Edelsten, die Sensibelsten. Manche können alles ertragen, immer wieder das Gleichgewicht finden, es ist eine große Gnade. Ich glaube, das ist die starke Seite meines Wesens, ja Luise, ich kann viel ertragen. Aber sehen Sie, nur weil ich ein bißchen oberflächlich sein will. Ich bin nicht sehr gescheit, hab wenig studiert. Immer faul gewesen. Aber so gescheit war und bin ich doch: man darf sich nicht zu weit vorwagen. Ich bin ein gläubiger Katholik – und ein Filou. Verstehen Sie? Ich lasse die heiligen Väter sich für mich die Köpfe plagen. Ich denke mir: ihr wißt viel, aber der liebe Gott weiß noch ein bißchen mehr. Denise war anders. Sie hielt mich im stillen wohl für einen Dummkopf.«
»Nein!« Das kam sehr heftig aus dem Mund des Mädchens, sie blickte ihn geradezu empört an.
»Nein?« In seinem Gesicht ging ein kurzes Licht auf, aber nur zögernd, mühsam. Schließlich blickte er wieder wie sonst drein, man wußte nicht, ob behaglich oder schwermütig, auf jeden Fall wie ein großer guter Junge, kam es Luise vor, der jemanden suchte, mit dem er spielen darf, aber es nicht sagen kann, nicht aus Schüchternheit, sondern weil er gerade geweint hat.
»Auf jeden Fall, das ist sehr nett von Ihnen, Luise, wenn

Sie so von mir, nein, eigentlich von Denise denken. Auch mein Onkel – er hat mich aufgezogen, meine Eltern sind früh gestorben – sagt immer: François, du hast recht, du hast immer recht, du hast tausendmal recht! Mein Gott, das hört sich nach nichts an, aber er meint etwas ganz Bestimmtes damit. Mein Onkel ist nämlich ein fröhlicher Mann. Aber manchmal hat er furchtbare Langeweile. Langeweile auf dieser Erde, so nennt er das. Doch das überfällt ihn nur für Stunden, oft nur für Minuten. Und ich hab ihn einmal vom Strick abgeschnitten, ja, er wollte sich – nun ja. Aber sonst ist er wirklich ein ausnehmend fröhlicher Mensch.«
»Hier ist niemand fröhlich«, flüsterte Luise. »Aber meine Mutter ist nicht – was Sie denken.«
»Ach Kind, lassen wir das«, er legte ihr wieder die Hand auf die Schulter, und da trat Herr von Clairmont herein. Frécourt zog seine Hand sofort zurück. Herr von Clairmont entschuldigte sich, seine Frau habe in der letzten Zeit »Zustände – Zustände«, er zog das Wort in die Länge, nickte dabei vor sich hinblickend und knetete seine Hände.
Plötzlich begann er wieder von der Reifengeschichte und betonte, daß sein Sohn Wilhelm damit unmöglich etwas zu schaffen haben könne. Wilhelms Nationalismus sei zwar von allen Seiten geschürt »und nicht zuletzt auch, Sie verzeihen meine Offenheit, durch gewisse Vorkommnisse, wie sie ja bei jeder Art von Besatzungsarmee nicht ausbleiben. Vor allem, daß Frankreich uns mit Schwarzen besetzt, wie er sich ausdrückt, erscheint ihm als eine ausgesprochene Erniedrigung der deutschen Nation, und er prophezeit gelegentlich, daß Frankreich jeden Schlag, den es seinen Schwarzen auf Deutsche gestatte, selber zurück erhalte, von denselben Schwarzen. Darauf ist er natürlich nicht von selbst gekommen. Man hört ja genau, woher die Jungen das haben. Aber im übrigen hört er noch auf mich. Und ich habe ihn nicht im unklaren darüber gelassen, was unsere Herren Generäle in Ihrem schönen Lande anstellten, von den Erschießungen bis

auf die abgehackten Obst-, vor allem Spalierbäume, die in Pommern und auf den Zuckerrübengütern Ostelbiens nicht gedeihen. Ich will nicht behaupten, daß ich gegen den preußischen Komplex in der Vorstellungswelt meines Sohnes bereits aufgekommen bin, aber es bleibt mir noch eine Hoffnung. Ja, denken Sie, das sage ich Ihnen zum Abschied: diese Hoffnung zu seiner Heilung heißt: ein neuer Krieg! Gegen den Wahnsinn kommen Sie nur auf, wenn Sie ihn loslassen. Sie sind entsetzt, ich auch. Indes – ich verkonsumiere mein Entsetzen in täglichen Dosen. Ich habe Europa aufgegeben. Ich sehe es an meinem Sohn. Jedoch, Reifen zerschneiden, das tut er nicht – ein Clairmont macht keine halben Sachen!« Der eifrig Sprechende reckte sich dabei einen Augenblick. »Wilhelm wird nach einem Naturgesetz in zehn Jahren spätestens seine nationalen Ressentiments so weit aufgeforstet haben, daß er darin wie in einem Irrwald sich verliert. Meine Stimme wird nur noch dazu dienen, daß er in diesem seinem Wahnsinn Disziplin und Anständigkeit behält. Man könnte«, Herr von Clairmont lachte bitter auf, »von einem gewissenhaften Wahnsinn sprechen, damit hätte man zugleich den Nationalsozialismus – und nicht nur den deutschen! – umschrieben. Aber ich sagen Ihnen, mein Sohn ist ein guter Junge.« Wieder lachte er. »Indes – ohne Hassenkönnen kommt er nicht aus, das ist vielleicht eine Altersfrage. Ich bin übrigens der festen Ansicht, daß er Sie ebenso gern lieben möchte. Aber sein Gewissen verbietet ihm das. Jedoch Reifen zerschneiden? Nein! Meine Frau bittet übrigens ebenfalls um Entschuldigung, das hätte ich beinahe vergessen. Sie regte sich derart wegen der Reifengeschichte auf – aber auch sie ist der Meinung, Wilhelm tut so etwas nicht. Freilich kann der Haß ebensogut wie die Liebe den Menschen oft zu erniedrigenden Handlungen verführen, eigentlich wollte ich sagen: die Liebe ebensogut wie der Haß... sogar zu ehrlosen Handlungen. Jedoch verraten selbst solche entarteten Handlungen immer noch die Art des

Individuums, nicht wahr? Oder denken Sie darüber anders, Monsieur Frécourt?«

Luise stand mit niedergeschlagenen Augen da, sie wagte es nicht, den Vater anzublicken. Sie schämte sich auf eine unbestimmte Weise über dessen bemüht ruhiges, ja überlegenes Sprechen, unter dem die Erregung noch nachbebte. Und sie schämte sich, weil er log, die Mutter hatte ja nichts über Reifen gesagt... Doch konnte ihr Verstand, ihre Einsicht bei all den Wahrnehmungen der letzten Stunde ihrem instinkthaften Fühlen nicht folgen. Sie tappte wie blind durch einen Irrgarten hin, litt und war müde, trotz François' Gegenwart. Und als der jetzt, statt auf Clairmonts zahlreiche Themenstellungen einzugehen, was ihm ohnehin eine Qual gewesen wäre, wie erleichtert den Kopf hob und sagte: »Ah – Emile!« – das Hupenzeichen ertönte auf der Straße –, da nahm sie noch einmal Abschied, und diesmal begleitete Herr von Clairmont seinen Gast an die Haustür.

Babette, die von einer Abendandacht zurückkam, sah nur noch das Rücklicht des entschwindenden Wagens – und auf den andern, der vor der Tür stand, zeigend, sagte sie, von Enttäuschung voll: »Wieso denn fort? Da steht doch noch sein Wagen.« Und als ihr Clairmont kurz erklärte, was vorgefallen war, rief sie empört aus: »Nein, diese Boches, unserem Monsieur le Capitaine! War er zornig? Nein? Ah, sehen Sie, Monsieur, das ist ein Mann, dem würde ich, wäre ich in der Lage, zehn Töchter anbieten – der kann mit Leichtigkeit zehn glücklich machen, zehn«, sie hob die Finger und ging so mit einem strafenden Blick, von dem sie selber nichts wußte und der auch eigentlich ganz unbegründet war, an Herrn Clairmont vorüber in die Küche.

Leere Zeit und weiße Gefühle

Fast ein Jahr lang war François Frécourt im Hause auf dem Apollonsberg zweimal in der Woche erschienen. Nun, da sein Wagen nicht mehr vorfuhr, war für Luise das Haus über Nacht leer und tot. Sie konnte nicht mehr von Donnerstagabend auf den Samstagvormittag warten und vom Samstagabend auf den Donnerstagnachmittag. Das Ziel, auf das sie nun zu warten entschlossen war, lag vor ihr in einem ganz und gar unbestimmten Zeitraum, und zum ersten Male empfand sie, was das Wort Zukunft alles in sich barg. Es kam ihr vor wie ein Tor aus Wolken. Zwar hörte sie manchmal Musik dahinter, eine verlockende und in Schwermut schwelgende Musik, aber bald kam sie darauf, daß diese Töne aus ihrem eigenen Innern stammten.

»Ich höre, was ich mir wünsche«, schrieb sie in den ersten Tagen des Alleinseins in ihr »Spiegelbuch«; über das Wort »Tagebuch« hatte sie zu oft bei ihren Mitschülerinnen gespottet und wollte es nun nicht wahrhaben, daß auch sie solche sentimentalen Faxen trieb, wie sie gerne sagte.

Aus einer der Kisten, die Frécourt in der Küche zurückgelassen hatte, holte Babette ein kiloschweres, rosarotes Marzipanferkelchen heraus. Daran hing ein Brief und darauf stand: »Das liebe Tierchen soll Sie an mich erinnern. Es hat kleine Äugelchen, ist rosig und wohlgenährt und angenehm eigentlich nur für den, der sich näher mit ihm abgibt. Es stammt aus der Heimat zweier unkriegerischer Dichter, die auch die meine ist: aus der hellen Touraine.« Das Schweinchen war auf einige Werke von Rabelais und Balzac gebettet, und Luise trug alles auf ihr Zimmer, stellte die Bücher auf das Nachttischchen und das Schweinchen davor, und Wilhelm bemerkte einmal bei Tisch, das Ganze wirke eindeutig wie ein Hausaltar. Im übrigen – auch das sagte er einmal – solle sie sich nichts einbilden: noch ehe das Ferkelchen verzehrt sei, habe der »rosarote Capitaine« sie bereits vergessen. Seltsam war, und auch Wilhelm war davon beeindruckt, daß sie nichts entgegnete, nicht ein Wort. Was jedoch das Marzipanferkelchen anging, es blieb unberührt, als wäre es aus Porzellan oder gar vergiftet.

War Luise nicht in ihrem Zimmer, so war sie nebenan, in dem der Mutter. In der ersten Zeit, als Frau Luise krank dalag, fiel es dem Mädchen schwer, aus ihrem eigenen Bereich in den der Mutter hinüberzuwechseln. Bitterkeit lag über beiden, aber in dem, wo François als stummer König herrschte, gab es doch manchmal ein sanftes Lächeln und jene ferne Musik, die für Augenblicke alles vergoldete; in dem der Mutter jedoch war das Bittere ganz nah und bedrängend, ja geradezu körperlicher Natur. Es stieg aus den Medizingläsern in die Nase – und aus Mutters Zügen in ihre Augen. Die Kranke lag regungslos unter der Decke, nur manchmal massierte sie mit einer müden Bewegung das Herz oder rieb über die senkrechten Falten der Stirn. Das einst strahlende Weiß der Augen war gelb geworden und unterschied sich kaum noch von der Haut. Der Kopf schien geschrumpft unter der Pracht der Haare, und Luise mußte an eine ihrer Puppen denken, die Babette ihr einmal vor vielen Jahren gemacht: zu dem winzigen Köpfchen hatte sie die Perücke einer zerbrochenen Porzellanpuppe benutzt, aber so viel schönes Haar hatte die Armseligkeit des Stoffpüppchens in ein zu grelles Licht gesetzt, und Luise hatte die Perücke eines Tages selber abgenommen und dem Püppchen eine Kapuze angefertigt.

Die Mutter redete wenig, blickte nur die Tochter oder den Sohn gelegentlich einige Minuten unverwandt an, als wollte sie etwas fragen oder sagen, um sich plötzlich abzuwenden, zur Wand hin. Einmal flüsterte sie: »Nein, ich darf es ja nicht.«

Und als Luise fragte, was sie nicht dürfe, schüttelte sie nur den Kopf. Luise suchte diesen Blick der Mutter zu begreifen. Er war unentschlossen, unruhig, manchmal angstvoll und immer so unsagbar müde.
Zu einem vertrauten Gespräch konnte es ohnehin nicht kommen, da der Vater, kaum daß Luise oder Wilhelm bei der Kranken eingetreten waren, einige Augenblicke später erschien, stets im schwarzen Schlafrock, irgendeine Arznei in den bleichen Händen, die Augen vor Schlaflosigkeit blau gerändert. Seine flüsternde Stimme knisterte wie eine Flamme und war zugleich von einer Wärme, wie sie Luise an ihrem Vater nie bemerkt hatte, es wäre denn in jener glücklichen Zeit vor dem Kriege. Wenn Luise nun, da schon Wochen nach Frécourts Abschied vergangen waren, die Eltern so nah beieinander in diesem Krankenzimmer sah, mußte sie immer häufiger an den letzten Besuch ihres François denken. Bruchstücke jenes Gespräches stiegen in ihr auf, und der schöne Name von François' Frau: Denise. Bisher hatte sie kaum an all das gedacht, der Abschiedsschmerz hatte alles andere auf die Seite gedrängt. Aber nun, wenn sie die Eltern so nah und schweigend nebeneinander sah – der Vater saß nur da und hielt Mutters Hand oder half ihr auf irgendeine Weise –, wenn das Schweigen zu flüstern begann, ähnlich wie die Dunkelheit anfing mit Sternen zu funkeln, dann war es dieser Name in ihrem Innern, aus dem das Flüstern sich zu ergießen schien: Denise! Und das Flüstern umspielte Mutters Dastehen an jenem Abend in der Bibliothek und ihre Worte: »Wie hältst du das aus? Bist du kein Mensch?« Nicht immer erinnerte sich Luise genau, bald trat dieser, bald jener Satz aus ihrer Erinnerung hervor – es waren im ganzen, so kam es ihr vor, etwa drei oder vier Sätze. Doch glaubte sie manchmal allen Ernstes, Mutter habe mehr, viel mehr gesagt, und sie selber habe das übrige vergessen. Was aber unvergeßlich blieb, war Vaters Erregung.

Einmal fragte sie Mutter, es war spät am Abend, warum sie nie mit ihr allein sich ausspreche, immer komme Vater gleich hinterher.
»Ah, was denn? Ich darf nicht, darf nicht – wirklich, Kind, ich darf nicht – ich habe es ihm versprochen.« Und gleich kam Frau Luisens Hand unter der Decke hervor, hielt sich den Mund zu und rief: »Geh, ruf mir den Vater, geh schnell!«
Es war am Tage darauf, als Clairmont seine Tochter bat, sie möge ins Josephskloster in die Feldstraße gehen und Pater Hänsel bitten, daß er sofort zur Mutter komme; sie wolle Frieden mit ihrer Kirche schließen.
Da Frau Luise ohne kirchliche Erlaubnis die Ehe mit Clairmont eingegangen war und sich in einer reformierten Kirche hatte trauen lassen, zugleich mit der Einwilligung, daß ihre Kinder kalvinistisch erzogen würden, war sie exkommuniziert, und manchmal, wenn sie mit Luise eine katholische Kirche betrat, blieb sie irgendwo allein hinter einem Pfeiler stehen, und wenn die Tochter wiederkam, fand sie die Mutter dabei, wie sie hastig ihre Tränen abtrocknete.
Luise hatte lange dieses stille Leid der Mutter nicht begreifen können, während Wilhelm dazu auf seine Weise Stellung nahm und sagte, er würde niemals heiraten, wenn ihm nicht »die Vorsehung eine reformierte Christin über den Weg schickte«. Luise fand dieses Wort lächerlich, so sehr, daß es sich ihr unvergeßlich einprägte. Trotzdem sah sie an Mutters heimlichen Tränen, wie schwer es für sie war, so allein zu stehen, sowohl in der Kirche wie zu Hause. Sie löste diese Frage ihrerseits dahin, daß sie erklärte, sie werde die Religion ihres künftigen Mannes annehmen: wenn der ein ganzer Mann sei, habe er auch eine ganze Religion. Im übrigen – das hatte sie von ihrem Vater, der nicht aus konfessioneller Gebundenheit, sondern aus Familientradition dies Opfer von seiner Frau verlangt hatte, ja, sie hatte es von ihm hundertmal gehört, daß die Menschen auf der Erde in einem geheim-

nisvollen Dunkel lebten, das von keiner Religion und keiner Philosophie je wahrhaft erhellt würde. Einer solle des andern Glauben und Werte respektieren, die Familie aber müsse sich als eine Ganzheit an die Tradition halten; der einzelne jedoch solle versuchen, ein Mensch zu werden und die gute Tat zu tun. Es geschähen, so sagte Herr von Clairmont des öfteren, so wenig wirklich gute Taten auf dieser Erde, daß eine jede – so wunderbar sei sie – einen Tempel verdiene. »Eine gute Tat, wie ich sie meine«, so schloß er solche Exkurse.

Luisens Natur gefielen die katholischen Kirchen weit besser als die reformierten, und sie ging im Vorbeigehen gerne hinein. Indes, daß »der Papst«, wie sie sagte, »meine Mutter ausgestoßen hat, nur unsretwegen, das ist grausam. Sie konnte doch nicht des Papstes wegen auf Papa verzichten!«

In der Feldstraße, in dem nüchternen roten Ziegelbau, wartete Luise nun auf den Pater. Als er durch die Klausurtür, noch an seinem Mantel knöpfend, sanft lächelnd in das Sprechzimmer eintrat, war sie über sein Aussehen so verwirrt, daß sie ihn beinahe mit Pater »Gretel« angeredet hätte. Denn er sah wirklich nicht wie ein Hänsel oder überhaupt nur wie ein Mann aus, sondern eher wie eine feine, allerdings noch nicht sehr alte Großmutter. Sein Lächeln kam allein aus den ganz blauen Augen hinter der Messingbrille, er war aufmerksam und doch sehr entrückt. Die Backen waren voller roter Äderchen, und die Haut war fast so weiß wie der hohe Stehkragen. Er sprach leise, und seine farblose Stimme fügte überall ein Ja ein. Von seinem Körper sah man nichts, denn als Pater Hänsel den Mantel zugeknöpft hatte, sah er wie ein langer, schmaler Ballen schwarzen Stoffes aus. Er hatte, als er eintrat, den Hut kurz gelüftet, und kaum daß er Luisens Wunsch vernommen, nickte er, er nickte immerzu: »Ja, ja, ganz recht!« – »Die Mutter, ja!« ... »Dann gehen wir, ich weiß, wo ihr wohnt!«

Luise sagte, ein Taxi warte draußen.

»Schön, schön, ja! Dann geht es schnell. Sie sind nicht katholisch?«

»Nein«, sagte Luise, »nur meine Mutter.« Und sie erzählte ausführlicher, derweil der Pater sie in die Kirche führte. Er kniete vor einem Marienbild, dem von der »Immerwährenden Hilfe« nieder, ohne sich um sie zu kümmern. So verharrte er eine Weile. Schließlich stand er auf, nahm Weihwasser, reichte ihr einen Tropfen mit dem Finger, und als sie zögerte, murmelte er: »Ach so, ja!« und bekreuzigte sich selber.

Unterwegs saß er still neben ihr. Als sie an einer Kirche vorbeifuhren, lüpfte er feierlich den Hut. Und in einem fort lag ein kaum merkliches Lächeln um seine schmalen Lippen.

Plötzlich sagte er leise, Luise nur flüchtig anblickend: »Haben Sie auch schon daran gedacht, was dann ist, ja?«

»Wie bitte?« Luise näherte höflich ihr Ohr.

»Ich meine, was dann ist, wenn Ihre Mutter zu Gott heimgekehrt ist?«

»Um Gottes willen, Herr Pater!« Luise war es, als müßte sie ersticken. Am liebsten hätte sie dem Fahrer zugerufen zu halten, damit sie aussteigen, fortlaufen könne.

»Ja, Kind, fast jeder Mensch verliert, wenn er nicht vor ihr stirbt, eines Tages eine Mutter! Meine Mutter ist voriges Jahr gestorben, auf Weihnachten.«

»Herr Pater, nein ... hören Sie bitte auf«, Luise sagte das nun in einer Art von ängstlichem Zorn, doch diese abwehrende Erregung stellte sich gegen eine andere, viel stärkere, die wie ein Sog sie ins Bodenlose hinauszog. Es war in diesem Augenblick, daß sie den Tod der Mutter erlebte.

Sie saß rückwärts gegen das Polster gelehnt: in ihren Ohren summte und dröhnte es, und ein scharfes, nagendes Weh strömte aus allen Teilen ihres Körpers dem Herzen zu. Die Welt verging in einem öden Dröhnen und Summen, und in dem Maß, als alles um sie her verging, füllte sie eine süße

Öde an, und sie wußte nur eines noch: allein, allein! Und darin lag ebensoviel Erfüllung wie letzte Entäußerung.
Pater Hänsel blickte sie kurz von der Seite her an, und sofort ging sein Blick wieder ins Freie.
»Wir müssen sterben, Kind«, sagte er so, aber fast ohne jede Anteilnahme, als stünde dieser Satz in einer langen Reihe von unbetonten, wie mit leiser Stimme gelesenen Sätzen. »Gott hat dem Menschen die Augen geöffnet für das Ende, ja, und da wurde das Tier zum Menschen! Hier ist der Anfang aller Weisheit, ja – und das ist die Furcht Gottes. Fürchten wir aber Gott, fürchten wir nicht mehr den Tod. Doch ich wollte Ihnen etwas anderes sagen: haben Sie keine Angst, wenn Ihre Mutter stirbt. Gott ist nicht nur ein Vater, er ist auch eine Mutter, das heißt für den Fall, daß Sie ihn so anreden. Und diese Erde ist nicht alles, unser Leben geht schneller vorbei als diese Autofahrt.«
Das sagte er gerade, als das Taxi auf der Höhe angekommen war und vor dem Hause hielt.
Pater Hänsel blieb etwa eine halbe Stunde bei der Kranken. Als er sie verließ, stand Herr von Clairmont in der offenen Tür der Bibliothek. Er blickte – auch Luise öffnete soeben ihre Zimmertür – den Ordensmann mit einem Blick an, darin die ganze Dunkelheit der Clairmontschen Nacht lag. Pater Hänsel senkte das Gesicht, knöpfte den Mantel auf und griff, sich zur Seite beugend, in die Habittasche; er zog ein blaues, ausgewaschenes und mit weißen Punkten gemustertes Taschentuch heraus.
»Verzeihung, ja«, murmelte er dabei, »ich spüre meinen Schnupfen wiederkommen, es war die letzten vierzehn Tage ganz gut, wirklich ja – aber so ganz plötzlich«, und er schaute, das Taschentuch in der Hand bereit, Clairmont gespannt an, und dann gab es ein Dröhnen, das bis zu Babette in die Küche drang.
Und das Gesicht mit dem Taschentuch noch halb verhüllend, sagte er, als hätte er die ganze Zeit davon gesprochen: »Ja,

nun, Ihre Frau Gemahlin hat soeben eine Generalbeichte abgelegt, schicken Sie jemand bitte zum Pfarrer dieser Gemeinde, ja, daß er zum Versehgang kommt – und zwar heute noch, wirklich! Ich kann aber selber den Pfarrer benachrichtigen, ja, ich werde es tun, es eilt nämlich.«
Und plötzlich, sich zu Luise wendend, die er während der ganzen Zeit nicht angeblickt hatte, sagte er: »Sie gestatten, Herr von Clairmont, daß ich fünf Minuten mit Ihrer Tochter spreche?«
»Bitte!« Clairmont machte mit der Hand erst jetzt eine einladende Bewegung, und Luise trat hinter Pater Hänsel in die Bibliothek ein. Der setzte sich, aber nur auf den Rand des Sitzpolsters, er hielt den großen Hut in der Hand. Luise bemerkte jetzt, daß er kurzes, noch blondes Haar hatte – und gewiß noch nicht fünfzig war.
»Ihre Mutter, Kind«, begann Pater Hänsel, ohne sich auch während des Folgenden mehr als mit einem flüchtigen Blick an Clairmont wendend (er sah das Mädchen oder seinen Hut an), »ja, wirklich, Ihre Mutter – ich kenne sie –. Ihre Mutter hat viel gelitten. Sie steht nun an der Schwelle. In ihrem Herzen blieb sie der Kirche treu, ja! Bevor sie nun geht, dachte ich, müßte man ihr noch eine Freude bereiten. Ich weiß von Ihnen, mein Kind, ich kenne Sie, ohne Sie zu kennen ... ja wirklich, daß Sie in Ihrer jetzigen Konfession nur äußerlich zu Hause sind. Wenn ich Ihre Kenntnisse im Katechismus einer Prüfung unterzöge, fielen Sie durch, als Kalvinistin, meine ich, ja wirklich. Sie würden nun Ihrer lieben Mutter die letzten Tage oder auch Stunden, vor allem aber die letzten Stunden so viel leichter machen, wenn Sie ihr versprächen, katholisch zu werden.«
Pater Hänsel schwieg eine Weile, legte in dem sich auftuenden Schweigen eilig seinen Hut auf den Teppich, griff in den Ärmel, wohin er das Taschentuch gesteckt hatte, zog es heraus und wartete. Und wieder blickte er Herrn von Clairmont an, auf diese gespannte, das Niesen erwartende Weise.

Und schon kam der Schlag, so unerwartet kraftvoll und männlich, daß Luise gar nicht mehr an Pater »Gretel« dachte. Er sah auch nicht mehr wie eine gute Großmutter aus; wie er jedoch aussehe, womit er zu vergleichen sei, hätte sie in diesem Augenblick und auch später nicht zu sagen gewußt.
Herr von Clairmont räusperte sich endlich und blickte seine Tochter an, düster und doch in einer versteckten Neugier. Und da sagte Luise:
»Gerne, ich werde sowieso katholisch!«
»Ah so, wirklich, ja?« Pater Hänsel stopfte mit eifriger Bewegung das Taschentuch in den Ärmel und nickte auf seine feine Weise einigemal, jetzt lächelte sogar sein Mund.
»Ich heirate ja einen Katholiken«, fuhr sie fort, »einen Herrn aus der Touraine.«
Die ersten Worte waren ihr fast unbewußt hervorgekommen, aber als sie sah, wie die beiden auflauschten, der Vater ungehalten, der Priester überrascht, errötete sie, und daß sie weitersprach, war reiner Trotz.
»Ah, einen Franzosen?... Ja, wirklich! Das wollen Sie tun?... Aber Sie sind ja noch ein Kind!«
»Ich bin über sechzehn«, sagte Luise kühl und legte den Kopf zurück.
»Gewiß, gewiß, das Leben geht schnell vorbei, bald sind Sie fünfzig, mein Kind, wirklich ja... aber trotzdem! Einen Franzosen?... In dieser Zeit?... Sie müssen auf jeden Fall in diesem Punkt dem Urteil Ihres Herrn Vaters vertrauen. Doch das sind Angelegenheiten der Familie. Ich wollte Sie nur bitten, der Mutter noch eine Freude zu machen. Ich muß gehen«, er erhob sich, »ich werde dem Pfarrer Bescheid sagen. Ach bitte, sorgen Sie für einen weißgedeckten Tisch, ja! Haben Sie ein Kruzifix? Ah – etwas Weißbrot auf einem Teller, ein bißchen nur, damit der Priester nach der letzten Ölung die Finger daran säubern kann, ja, und vielleicht einige Blumen. Es ist das Abschiedsfest. Und machen Sie

Ihrer Mutter dies eine Geschenk, Sie können ihr sonst nichts mehr schenken. Ja, und jetzt muß ich gehen.«
Er verbeugte sich, zog sein Taschentuch heraus und ging schnell zur Tür. Luise wollte ihn hinunterbringen, aber Clairmont hielt sie mit einem Blick zurück, und bis zum Treppenhaus den Ordensmann begleitend, rief er dort über das Geländer gebeugt Babettes Namen. Sie kam sofort und begleitete Pater Hänsel zur Tür. Babette flüsterte und Clairmont hörte, wie Pater Hänsel seine Anordnungen für Frau Luisens »Abschiedsfest« wiederholte – auf französisch, in der Tat, Pater Hänsel sprach mit Babette französisch.
Nachdem Clairmont einige Minuten im Krankenzimmer geweilt hatte, kam er zu Luise herein, die immer noch in der Bibliothek am Fenster stand und auf die Dächer und den Fluß hinunter starrte.
Die Wolken hingen tief und machten über der Stadt und den Hügellehnen im Umkreis eine Kuppel, die auf den fernen, blau vergehenden Hunsrückbergen aufgestützt schien. Unter dieser Kuppel war alles: die Dächer, die Straßen, die Eisenbahnstränge von diesem schiefrigen Wolkengrau erfüllt: eine endlose Wiederholung in der Ferne, die Uferwiesen an der Mosel und die Gärten gaben ein falbes Graugrün in das Bild, und die Bäume da und dort einen Tupfen Braun; man wurde, falls man es noch nicht war, traurig, wenn man lange genug hinschaute.
Sie hörte die Bibliothektür gehen und den Schritt des Vaters auf dem Teppich näher kommen.
Er räusperte sich vorsichtig und stellte sich neben die Tochter. Luise liebte diese Art stillen, wortlosen Sprechens an ihrem Vater, etwa indem er seinen Sessel näher an den ihren rückte; sich zu ihr eine Weile still ins Zimmer setzte und durch ihr Fenster blickte; an ihrer Bettdecke abends ein wenig zupfte oder, wie jetzt, sich stumm neben sie stellte. Im selben Maße, als das Leben neben ihm in diesen letzten Jahren, da ihr überhaupt erst das Bewußtsein für Nachbar-

schaft und Nähe aufgegangen war, sie bedrückt hatte, empfand sie diese stummen Zwiegespräche mit dem Vater als eine Beglückung.
Sie mußten wohl zwei Minuten so gestanden haben, als sie fragte, wie es Mutter gehe.
»Sie schläft«, sagte er und dann, »die Beichte hat ihr gut getan, das ist wahr!«
Über ihr Gefühl von Mutters Sterben, wie sie es im Taxi erlebt hatte, konnte sie nichts sagen.
»Ich habe auch nichts dagegen, wenn du Mutter damit – erleichtern willst«, sagte er ruhig.
»Du glaubst also auch, daß sie ...«, ihre Stimme versagte.
»Natürlich!« Er nickte. »Doch ist es sehr gut möglich, daß sie noch Wochen lebt, jetzt, da ihre Seele wieder ruhig ist. Doch kann auch ihr Herz sich derart ergeben, daß sie sehr bald frei ist. Denn es ist eigentlich das Herz – nicht die Galle.«
Luise begann plötzlich zu schluchzen. Er legte seinen Arm um ihre Schulter, und sie mußte daran denken, daß es genau an dieser Stelle war, als François ihr seine große Hand auf die Schulter gelegt hatte. Luise empfand diesen Gedanken an den andern als eine Treulosigkeit an diesem ihrem Vater, der sie jetzt leise in seinem Arm hin und her wiegte, als wäre er ein ruhiger Abendwind und sie ein junger Baum, der sich vor der Nacht fürchtet.
Er sagte nur einigemal ruhig ihren Namen. Und da war es ihr, als ob auch er nicht sie, sondern eine andere meinte. Und sie hatte recht. Denn plötzlich flüsterte er, aber ganz ruhig: »Sie war sehr schön und sehr sanft, eine gute Frau, deine Mutter! – Wir waren eine kleine Weile sehr glücklich miteinander. Später kam das Schicksal über uns ... Ah, Luise!«
Er schwieg wieder, endlich sagte er, fast drohend: »Ja, du heiratest einmal, gewiß! Aber ich sage dir etwas, Tochter: bleibe immer du selber, sei nicht Wachs in deines Mannes Hand! Wenn er Rot liebt, liebe du weiter Blau – deine Farbe ist doch Blau, nicht wahr?«

»Ich weiß es nicht, Papa.« Luise war verwirrt.
»Doch, du liebst das Dunkelblau. Das zum Warmen sich neigende Blau. Und wenn dein Mann dir ein Kleid kauft, ändre es ein wenig um. Und schenkt er dir einen Ring, trag ihn nicht immer oder zeig es ihm nicht so sehr, daß du ihn immer trägst. Halte deine Kassette geschlossen, auch wenn sie leer ist... Ich schenke dir eine Kassette zur Hochzeit, mit drei Schlüsseln. Kind, ziehe ihm Grenzen, um die er ewig kämpft, ich meine deinem Mann, wer auch immer es sein wird. Und zankt euch auch ein wenig, wenigstens einmal im Monat. Gib ihm nicht immer recht. Ja, Tochter, ein richtiger Mann liebt so lange, als er Nahrung findet für seinen Hunger... Sei haushälterisch – nicht geizig, aber haushälterisch mit dir selber.«
»Aber Papa, was hast du nur?« Sie merkte, daß Vaters Stimme schwankte. Er wandte sich ab und ging, das Licht am Schreibtisch anzuzünden.
»Übrigens, dieser Pater da – was denkst du von ihm, Luise?« Das kam mit ganz neuer Stimme.
»Ich weiß es wirklich nicht, Papa!«
»Er versteht sein Handwerk«, murmelte jetzt Clairmont, indem er sich hinsetzte, »aber diese verschmitzten Heiligen sind mir zuwider. Im Unbeweisbaren sind sie geistig und seelisch verankert, in der Praxis sind sie trotzdem höchst logisch und weilen auf realistische Weise mitten im Alltag, wo unsereiner sich nicht zu Hause fühlt... Sünden vergeben, ich bitte sehr, Tollheit – gewiß, aber sehr gesucht. Ich meine ein gesuchter Mann, der das versteht: Sünden zu vergeben. Ja, siehst du, dann ist hinterher alles nicht mehr existent, was man getan hat. Und du selbst liegst da, bekennst, bereust, und das übrige tut für dich ein anderer. Ach, Luise, wenn es so leicht wäre, wie die sagen. Wir sitzen im Dunkel, um uns lauter Geheimnisse. Auch um dich. Hier in diesem Hause. Spürst du auch die Nachbarschaft des Todes? Nein, ich bin nicht grausam... Sage doch Babette, daß sie alles besorgt... Was sagte er noch: ein Kreuz, Blu-

men, Leintücher, nein, Tischtücher, Brot – ah, Kerzen, richtig, viele, viele Kerzen, laß viele Kerzen aufstellen!«
Das Letzte sagte er, das Gesicht auf die Hände gelegt. So saß er, als wäre er eingeschlafen, am Schreibtisch.
Frau Luise lag noch acht Tage so da, ruhig und nichts mehr verlangend. Seit die Tochter ihr ins Ohr geflüstert hatte, daß sie katholisch würde, blickte sie jedesmal, wenn Luise eintrat, sie in einem seligen Einverständnis an.
Sie starb in der Nacht, als alle, außer Babette, um sie versammelt waren, kaum daß sie es merkten. Ihr Leib, wie eine Gliederpuppe fast schon vergessen und zurückgelassen, zuckte einmal ein wenig auf und streckte sich dann. Ob sie bei Bewußtsein war, konnten sie nicht sagen. Sie saßen alle drei müde und abgespannt und in einer Art verzagten Wartens da, bald zu Boden, bald die Gestalt in den Kissen anblickend. Und als es geschehen war, neigte sich Clairmont über seine Frau, stützte beide Hände zu beiden Seiten ihres Kopfes auf, betrachtete sie lange, küßte ihre Stirn, blickte sie wieder an, schüttelte wie in zagendem Verwundern den Kopf und ging hinaus. Seit diesem Augenblick sah ihn niemand mehr bis zur Beerdigung.
Luise und Wilhelm trösteten sich gegenseitig.
Und dann kam, nach der Beerdigung, eine neue Zeit vollständiger Leere für das Mädchen.
Das Marzipanferkelchen, dem sie mit einer großen Musselinschleife eine Art Anzug gemacht hatte, wurde ganz zugedeckt. Oben darauf lagen einige Gegenstände von Mutter: ihr Stopfei, ihr Manikürkästchen, Wachs von der Kerze ihres Totenbettes in einem Rähmchen unter Glas und darum herumgelegt eine Locke von Mutters Zöpfen und noch andere kleine Dinge. Und während sie vor ihrem Arbeitstisch saß, am Fenster ihres Zimmers, vor einem aufgeschlagenen Schulbuch, lag hinter ihr das schweigende Haus. Sie wußte, über ihr in seinem Dachkämmerchen saß Wilhelm, zwar nicht träumend wie sie, doch seiner Trauer mit kühnem

Fleiß entweichend auf dem Floß der Fakten eines historischen Abschnittes oder auf den Geleisen der mathematischen und chemischen Formeln; in der Bibliothek saß der Vater wie in einem Gefrierhaus, denn der Anblick seiner Festungs-Basteleien, mit denen er bald nach Mutters Beerdigung wieder begonnen hatte, wirkte auf das Mädchen neuerdings quälend. Sogar winzige Bleisoldaten, lebendige, verwundete und tote, begann er nun in selbstentworfenen und von einer Fabrik bezogenen Formen zu gießen, um dem ohnehin schon gespenstischen Mauerwerk mehr Nachdruck zu verleihen. Diese Soldaten in allen möglichen Stellungen und aus jeder Epoche, gewissenhaft uniformiert und in pedantischer Genauigkeit polychromiert, waren kaum anderthalb Zentimeter groß, und wie sie dastanden oder -knieten oder -lagen, liefen, stürzten oder die Beine von sich streckten auf die höchst naturalistische Weise der Toten; wie um sie her Granaten einschlugen, deren Explosion mit feurig bemalten Bleigarben dargestellt war – diese militärische Miniaturwelt hätte auf irgendeinen Jungen, wie sie meist sind, als der Gipfel einer Weihnachtsbescherung wirken müssen. Indes – Luise, die noch vor einem halben Jahr mit Babette vor diesen Zwergenfestungen stand und sie gedankenlos und mit Pläsier belächelt hatte, sah sie nun mit andern Augen an und nur weil sie wußte: das war nicht zum Spiel da – und auch nicht aus spielerischer Laune gemacht. Sie hatte mancherlei gehört, was der Vater über seine Basteleien sagte, und sie hatte ihn gesehen, wie er diese kriegerische Scheinwelt zusammenfügte, mit einer Miene, als wäre es die Wirklichkeit. Trotzdem, sie begriff nicht, warum er das tat. Manchmal hatte sie darüber nachgedacht, aber sie kam zu keinem Ergebnis.

Einmal fragte sie ihn, ob er »das alles« für irgendein Anti-Kriegsmuseum anfertige, aber da hatte er nur einen Augenblick überrascht den Kopf gehoben und alsbald bitter aufgelacht. So gewöhnte sie sich an den Anblick seiner ihr unbegreiflichen Beschäftigung und dachte kaum noch einmal darüber nach, wie es möglich sei, daß ein vernünftiger Mensch so viel Zeit und Kraft auf etwas verwandte, das doch weder schön, noch gut, noch irgend jemandem nützlich war.

Sie hatte nach François' und Mutters Weggehen auf ihrem Zimmer sitzend allerlei entdeckt und trug es in ihr »Spiegelbuch« ein, und von der »unsinnigen Beschäftigung« ihres Vaters ausgehend, fand sie, daß fast das meiste, was die Menschen taten, »unsinnig, unschön, ungut und keineswegs nützlich« sei. Allein schon, wenn man an Babette dachte: dieser Hausputz nach dem Tode der Mutter, acht Tage lang, in allen Räumen, »als wäre die Gute über Nacht verrückt geworden«, schrieb Luise, »so fing sie an zu putzen, zu schrubben, zu schmirgeln, zu polieren. Kein Ding blieb stehen, wo es stand, alles wurde verschoben, um dann doch wieder hernach am alten Platz zu stehen, wo es gestanden hatte. Und schließlich wird ja auch alles wieder schmutzig. Und warum gerade nach Mutters Weggang? Das ist doch alles unsinnig, aber Babette sagt: wenn jemand sterbe, müsse man Hausputz halten, und es sei auch gut für einen selber.«

Luise empfand diese Frage, welches Tun wesentlich sei und welches nicht, als sehr wichtig. Was ihr eigenes Tun anging, so hielt sie ihre Wachträume, ihre schattenhaften Gedanken also um François und die Mutter, für das Wesentliche in ihrem jetzigen Leben. Die Schulaufgaben zum Beispiel erschienen ihr zum größten Teil unwesentlich, dumm, geschmacklos, hirnverbrannt, beschäftigter Müßiggang. Das Mathematikheft lieferte sie stets mit einer großen Null versehen ab und einmal erklärte sie dem empörten Professor, sie habe in diesem Fach alles Notwendige gelernt: sie könne den Marktzettel überprüfen und habe einen Schauer vor dem unendlich Großen und dem unendlich Kleinen, das genüge ihr. In den Naturwissenschaften dagegen, falls keine Zahlen vorkamen, war sie mit wärmster Neugier dabei, und bei

einem physikalischen Versuch konnte sie die Augen so weit aufreißen, daß der Lehrer gelegentlich versucht war anzunehmen, sie wolle entweder ihn oder seine schiefe Ebene verhöhnen.
Dem Deutschlehrer brachte sie Erzählungen von Lesskow oder Tschechow oder Tolstoi mit und sagte ihm einfach, er solle daraus vorlesen, statt den gewissen Akt aus »Wallenstein« zu behandeln. Eine Novelle von Friedrich Hebbel gab sogar – es war ungefähr ein halbes Jahr nach dem Tode der Mutter, und man stand vor den großen Ferien – den dramatischen Anlaß, daß Luise vom Gymnasium entlassen wurde. Der frühere Deutschlehrer, ein nachgiebiger, alter Herr mit einigem Urteil und Geschmack, war plötzlich gestorben. Und Luise, die sich den neuen Lehrer überhaupt nicht angeschaut hatte – es gab für sie nur einen Mann –, verfuhr mit ihm wie mit dem alten und sagte ihm, das Reclam-Heftchen mit den Hebbelschen Novellen auf die Schulbank werfend, das sei »ein richtiger Stuß«. Der neue Studienrat war ein büffelhafter, schwarzhaariger Mann. Er nahm vor den literarischen Berühmtheiten des eigenen Volkes, sofern sie nur gestorben waren, ungefähr dieselbe Haltung ein wie vor seinen militärischen Vorgesetzten, – er war im Krieg zum Hauptmann avanciert. Und ein Werk von Hebbel als »Stuß« zu bezeichnen, das war in seinen Augen fast so schlimm, wie etwa einen General absichtlich vor den Bauch zu tippen. Er hatte überdies seiner Klasse dieses Heftchen, »Der Rubin«, als Lesestoff zu kaufen befohlen und zwar mit den Worten, daß es ihm am Herzen liege, im Deutschunterricht zu moderner und guter Privatlektüre anzuregen. Die Novelle »Herr Haydvogel und seine Familie« erschien ihm als ein geeigneter Anfang.
»Zunächst«, so begann der neue Deutschlehrer, vor Zorn sofort errötend und den Kopf einziehend, »zunächst muß ich Sie rügen, daß Sie das Wort ›Stuß‹ an diesem Ort und in diesem Zusammenhang brauchen. Es ist bekanntlich hebräi-

scher Herkunft, und wir befinden uns hier nicht in einer Judenschule.« Er lächelte an dieser Stelle, als hätte er der Klasse ein feines Lob erteilt.
Diese Bemerkung entfachte in Luise unmittelbar alle Geister des Widerspruchs, nicht weil sie etwa mit den Juden sympathisierte: sie kannte kaum einen, und die ganze Frage, womit Wilhelm sie öfters geödet hatte, ließ sie gleichgültig. Die Antisemiten dagegen, die sie gelegentlich kennenlernte, waren ihr einfach verhaßt. Es war auch vielleicht ihr französischer Name und das Schicksal ihrer vertriebenen Familie, das, ihr ganz unbewußt, sie dazu trieb, für die Minderzahl und die Angegriffenen einzutreten, was sie übrigens immer tat, selbst wenn der Schwächere im Unrecht war, einfach aus Instinkt: denn sie liebte das Kleine, Schwache und Hilflose von Jugend auf, und den kleinsten Puppen gab sie stets noch kleinere zu Gespielen, und in ihrer Jugend war das Wort petit und klein für sie gleichbedeutend mit lieb und süß.
Sie warf also den Kopf zurück und fixierte den sehr männlich ausgefüllten Anzug und den Kopf darauf, und ihr Blick war voll von einer trotzigen Herausforderung, wie sie nur Menschen eigen ist, die ohne Übergang aus dem festen Schloß ihrer Träume herausgekommen sind. Und sie sagte: »Wie kann ich das wissen, Herr Studienrat, daß Stuß...«, aber da verschleierte sich ihr Auge, vielmehr es wurde für eine Sekunde vollständig ausdrucksleer, wie immer, wenn sie nachdachte – sie stierte. Und dann fuhr sie fort, sie sprach ganz schnell: »Sie heißen doch mit Vornamen Jakob, das ist doch auch hebräisch!« Das war ihr plötzlich eingefallen.
In der Klasse begann ein Gekicher, der neue Deutschlehrer ließ seine Augen rollend über die Köpfe gehen, lächelte aber sofort, doch Luise ahnte nicht, daß dieses so gutmütig scheinende Lächeln nur ein Rückzug aus dem gefährlicheren Bereich der Lächerlichkeit in den der Autorität mittels der Überlegenheit war – und zugleich eine Falle darstellte. Der

neue Lehrer begann nun zu fragen, warum sie denn in diesen Novellen von Friedrich Hebbel »Stuß« erblickte.

Luise begann ganz offenherzig und leichthin: ja, sie habe gestern abend noch diesen sauberen »Herrn Haydvogel« gelesen, alles bis zum Schluß, aber das sei doch alles sinnlos: sowohl etwas Derartiges zu schreiben, wie es zu lesen.

»Sinnlos, so! Warum?« Und der neue Lehrer lächelte weiter und strich sich den Schnurrbart.

Ja, fuhr sie fort, wen denn so ein Mensch etwas angehe, so ein hohler, eitler Schwätzer, der kein Geld habe, dann einen Geldsack finde, ihn wieder abgeben müsse und zum Schluß über seine Frau hin eine Erbschaft mache, die aber diese dann für sich in Verwaltung nehme. Auch ihr Vater habe öfters gesagt, Geldsorgen seien kein Thema, – »für den Dichter, mein' ich«, fügte sie schnell hinzu.

»Ah, Sie wollen nur mit reichen, feinen und eleganten Menschen in der Literatur Umgang pflegen, mein Fräulein? Verstand ich recht?«

Luise schob verächtlich die Lippen vor. »O nein, wirklich nicht, aber doch mit Menschen! Kennen Sie ›Die Kuh‹, Herr Studienrat?«

»Herrschaften«, der Deutschlehrer prallte ein wenig zurück, »Himmel, Donnerwetter, welche Kuh in aller Welt meinen Sie?«

»Die von Friedrich Hebbel – die Novelle, was er so nennt, sie steht im selben Bändchen, im ›Rubin‹, Herr Studienrat!«

»Was er so nennt? ... So! Sie meinen: die er so nennt!«

Luise seufzte verächtlich: »Das ist doch nicht zum Weinen und nicht zum Lachen, auch nicht zum Nachdenken, es ist einfach ein dummer Ulk mit ernsten Dingen, Herr Studienrat! Wenn unsere Babette zu Hause Möbel rückt und so viel rumort, so steckt in solchem Tun mehr Sinn dahinter als in so einem Stuß!«

»Wissen Sie«, fauchte jetzt der neue Deutschlehrer, »wen Sie vor sich haben? Einen der größten deutschen Dichter!«

Luise entging die komische Doppeldeutigkeit im Satz ihres Lehrers nicht, außerdem fand sie sein Benehmen genau so grotesk wie das von Hebbel innerhalb der »Kuh«. Sie warf dem Mann einen kurzen Blick zu und lächelte nur. Dieser Blick – die Klasse fuhr zusammen – schien in dem gewaltigen Brustkorb des Mannes wie der Kurzschlußfunke eine Sprengladung getroffen zu haben, – seine Stimme war berstend.
Luise fuhr zusammen und wurde bleich. Dann setzte sie sich, drückte den linken Ellbogen gegen die Bank und die Brust gegen den Ellbogen, ihr Herz pochte wild. Sie hörte gar nicht mehr, was der Mann vor ihr an Worten entlud. Plötzlich war er dicht vor ihr, sie blickte in verzweifelter Ruhe geradeaus, an ihm vorbei.
Er forderte sie mehrmals auf, sich zu erheben, und als sie es nicht tat, schrie er, sie habe sofort zu widerrufen, sie habe »die Ehre eines der größten deutschen Geistesheroen anzutasten gewagt« – »meisterliche Perlen der Erzählkunst in den Staub getreten« – »Sie sechzehnjährige Schafsnase!«
Da sprang Luise auf, kaum daß der Mann es gewagt hatte, sie so zu bezeichnen. »Ich«, rief sie, »ich bin in meinem Urteil über die Kuh von Hebbel und über den Herrn Haydvogel und seine ganze hungrige Familie, die mich einen Dreck angeht, ob sie nun zu essen haben oder nicht – ich bin viel weniger eine Schafsnase als Sie!«
Und damit griff sie unter das Pult, denn sie war sich ganz über die Folgen dieses einzigen Satzes im klaren, packte ihre Schultasche und erhob sich, noch einmal den Lehrer kurz und kalt musternd. Dann ging sie.
Doch der bullenhafte Mann kam mit klirrenden Schritten, so empfand sie, hinter ihr her und schnitt ihr den Weg ab.
»Sie widerrufen!« keuchte er.
»Ich habe eine Schafsnase gegen die andere gesetzt«, sagte sie leise, mit flimmernden Augen ihren Gegner anstarrend. »Sie begannen mit dem Spiel!«
»Hinaus!« brüllte er darauf, leicht den Kopf schüttelnd, als

vibriere er von der eigenen Stimme. Und sie: »Wie gerne! Aber das möchte ich Ihnen noch sagen, Herr Studienrat: Hebbel gefällt mir wirklich nicht, niemals! Selbst wenn er außer der ›Kuh‹ noch etwas Schöneres geschrieben haben sollte. Wissen Sie, warum nicht?«

Ihre Augen flimmerten wieder, sie fühlte, wie sie älter wurde, unter dieser Schultür, vor dem harthaarigen schwarzen Schnurrbart dieses gedunsenen Gesichts, unter diesen vor Wut glotzenden Augen, die ihr plötzlich, so aus der Nähe gesehen, wie die aus der ganzen Welt zusammengeronnene Dummheit vorkamen, nein, wie das dumpf umherstapfende Schicksal in Hebbels »Kuh« selber, das innerhalb von zehn Minuten ein Kind, seinen Vater, seine Mutter, den Knecht und die Kuh an einer dürren Zufallsstrippe, als wären es Gliederpuppen, in die Vernichtung reißt, und nicht einmal so, daß der Leser eine Gänsehaut bekäme. So, genau so sah er aus – der Herr Studienrat!

»Wissen Sie, warum nicht?« wiederholte sie leise, sie dachte, wie schon die ganze Zeit, nicht an die Mitschüler; sie stand ganz allein diesem Mann gegenüber und nur mit einem Gefühl, dem des Ekels, genau desselben Ekels, den sie beim Lesen dieser stumpfsinnigen Vernichtungsgeschichte vor Tagen empfand. Eine gewisse deutsche Willensrichtung, so hatte ihr der Vater klargemacht, drücke sich in dieser Novelle aus, danach werde das Schicksal als »Groteske« aufgefaßt. Entgöttlichung des Denkens, dämonischer Willensdrang und Halbbildung böten die Essenzen zu solchen »deutschen Grotesken«, die sich von den wirklichen, den geistvollen Spielereien des echten Künstlers wesentlich unterschieden.

»Weil ich«, sagte Luise noch leiser, »wenn ich in Zukunft Hebbel lesen sollte, stets Sie vor Augen habe, Herr Studienrat. Guten Tag!«

Er hatte nur verdutzt den Kopf eingezogen. Doch ehe er noch etwas sagen oder tun konnte – wahrscheinlich hätte er ihr eine Ohrfeige versetzt –, war Luise hinaus.

Als sie so am hellen Vormittag in die Bibliothek eintrat, weder stürmisch noch niedergedrückt, sondern im Gefühl, so gehandelt zu haben, wie sie mußte, erzählte sie alles der Reihe nach dem Vater – und zum Schluß bat sie, auch falls sie nicht geschaßt würde, sie doch »von dieser sinnlosen Anstalt« wegzunehmen. Sie versprach ihm zugleich, jeden Tag vier Stunden zu studieren, er könne sie jeden Tag abhören, aber nur wesentliche Sachen, betonte sie, – und er lächelte: »Also, was denn, was nennst du wesentlich?«

»Ja, Papa«, sie warf den Blick einmal in ausweichendem Suchen durch den Raum, »wesentlich ist, was mich angeht, mein Leben, meins! Ich will glücklich werden, sein – ich möchte studieren, was mir gefällt, oder was, wenn's mir nicht gefällt, doch unerläßlich ist. Zum Beispiel kann ich gar nicht kochen. Und es gefällt mir auch gar nicht. Aber das ist doch unerläßlich. Ich habe neulich im ›Wegweiser der Hausfrau‹ gelesen, zum Beispiel wie man alle Arten von Flecken entfernt, aus Seide, Samt, Leinen, Kammgarn und so weiter. Du, Papa, könntest mir zum Beispiel Medizin beibringen, was eine Frau und Mutter davon unerläßlich wissen muß. Und zum Beispiel: wie hält man die Haut frisch? Das ist doch wichtiger, als zu wissen, wo Cäsar mit dem Vercingetorix zusammenstieß. Ich mag ihn sowieso nicht, diesen Cäsar, ein ruhmsüchtiger Affe! Ich möchte auch zu Beispiel ein Zimmer einrichten können. Ich habe noch in keinem der Häuser, wo ich hier zu Besuch war, wirklich geschmackvolle Zimmer gesehen. Du, Papa, hast viel Geschmack – warum zeigst du mir das nicht, wie man das macht. Und Babette zum Beispiel kann herrliche Blumensträuße machen – zu Mutters Beerdigung, der Kranz, erinnerst du dich? Und dann Kleider machen, sich wirklich schick anziehen. Überhaupt – es gibt so viel zu lernen! Und dann lesen, lesen, lesen! Geschichte, Geographie, ich weiß ja rein gar nichts! Und diese Studienräte sind zufrieden, wenn man weiß, was in der Goldenen Bulle steht. Ja, als ich neulich fragte, wie das Ding ausgesehen habe, warum es so heiße, ob es – und wenn, wo – aufgehoben würde, da nannte der Mann das naseweise Fragen, ich wolle ihn wie üblich nur von der Sache abbringen. Die Sache! Für mich ist die Hauptsache an der Sache immer das Drum und Dran.«

Clairmont nickte lächelnd: »Du bist also auf Kulturgeschichte eingeschworen. Schön! Du sollst lesen! Und wie ist es mit der Religion?«

Sie hielt den Kopf nachdenklich schief, dann setzte sie sich dem Schreibtisch gegenüber und blickte den Vater langsam an. »Sie interessiert mich sehr und auch wieder gar nicht, wie soll ich das sagen! Ich werde katholisch, aber nicht wegen des Papstes, auch nicht, weil ich glaube, daß nur dort die Wahrheit ist – sondern weil ich in dieselbe Kirche wie mein Mann gehen möchte.«

Herr von Clairmont hob langsam das Gesicht und blickte zum Fenster hinaus, er lächelte, sehr herablassend, kam es Luise vor, und das reizte sie.

»Monsieur Frécourt hat übrigens schon zweimal geschrieben«, sagte er jetzt und blickte Luise voll an, nicht streng oder befehlend, im Gegenteil, sehr ruhig. »Er grüßt dich! Im übrigen muß ich von dir fordern, ihm nicht mehr zu schreiben. Wenn ich das nicht früher von dir forderte, so geschah das mit Rücksicht auf den Tod der Mutter. Wenn du achtzehn geworden bist, gestatte ich dir zu korrespondieren, mit wem du willst! Ich schrieb dasselbe Monsieur Frécourt. Er wird sich als Ehrenmann, der er ist, daran halten. Das nur nebenbei! Was aber dein Benehmen in der Schule angeht, so finde ich es, wiewohl reichlich ungezogen, doch in den wesentlichen Punkten begreiflich. Du wirst also jetzt hier im Hause studieren. Für den Herbst habe ich irgendwo ein gutes freiheitliches Institut für dich gefunden, ich sehe mich um. Du sollst wachsen – und auch eine Weile außerhalb des Hauses sein, es ist ohnehin für dich hier nicht die richtige Luft ...«

So war Luise nun von dem »unwesentlichen Schulbesuch«

frei geworden. Der Vater gab ihr die Bücher, die sich alle an einen bereits erwachsenen Geist wandten und die keine Seite überschlagende, gewissenhafte Leserin mit den Wogen ihres Wissens einfach zudeckten. Doch sie kämpfte mit dem fremden Element und schwamm verbissen weiter, auch wenn es ihr manchmal voller Angst bewußt wurde, daß sie über dem Bodenlosen schwebte, nämlich von all dem, was sie las, nur die Hälfte begriff. Dann kam sie sich dumm und verloren in einer fremden Welt vor – und sie sackte langsam ab und träumte, mit offenen Augen und noch mehr mit geschlossenen.
Vaters Befehl, nicht mehr an François zu schreiben – sie hatte nur einen kleinen Brief gewagt, in dem sie schrieb, daß das Marzipanferkelchen noch ganz intakt sei –, lastete auf ihr; Schwereres hatte er ihr wirklich nie befohlen. Aber da er ihr zugleich so viel Freiheit gab und ihr in Aussicht gestellt hatte, wenn sie achtzehn Jahre alt geworden sei, könne sie ihm schreiben, ergab sie sich drein. Indes – einen Brief wagte sie dann doch, nur einen noch – und der ging so:
»Lieber Monsieur Frécourt! Dieser Brief ist der letzte, vorläufig. Vater hat mir die Korrespondenz mit Ihnen verboten, bis ich achtzehn bin. Welche Gründe ihn dazu veranlassen, weiß ich nicht, aber es können nur wohlwollende Gründe gegen mich sein, denn er liebt mich. Und ich möchte mich unterwerfen, so schwer es mir auch fällt. Wie schwer es mir aber wirklich fällt, kann ich Ihnen nicht ausdrücken. Dies hier ist der letzte Brief für fast zwei Jahre (das ›zwei‹ war dick unterstrichen.) Am 14. Juni 1924 werde ich achtzehn. Am 16. Juni spätestens erhalten Sie, lieber Monsieur Frécourt, meinen nächsten Brief. Ich wurde vom Gymnasium geschaßt, weil ich einen Dichter schlecht fand und mich nicht von einem dummen Lehrer ›Schafsnase‹ nennen ließ. Nein, wie häßlich wirkt doch die Dummheit an Männern, auch an Frauen, aber besonders an Männern. Ich liebe intelligente, ruhige, aber auch begeisterungsfähige Männer, ich kann nur nichts Groteskes vertragen, diese Entgött-

lichung des Denkens im Mann, dieser dämonische Willensdrang, der sich ja meistens mit der Halbbildung liiert. Das Marzipanferkelchen steht noch auf einem Tisch in meinem Zimmer, es ist noch nicht angenagt, nur am Bauch, wo man es nicht sieht, ein bißchen. Es hat eine grüne, große Schleife an, sehr adrett! Der Studienrat, der mit der ›Kuh‹ – ah, das verstehen Sie nicht – war auch Hauptmann im Krieg! Ein wirkliches Glück, daß Sie ihm nie begegnet sind, ich meine mit der blanken Waffe, ein rücksichtsloser Bulle! Aber ich habe ihm gezeigt, daß mir Brutalität und groteskes Wesen keinen Eindruck machen. Aber nicht daß Sie denken, unsre Studienräte seien alle so, es gibt feine Köpfe darunter. Manchmal, lieber Monsieur Frécourt, glaub ich, ich sei schon achtzehn, aber wenn ich Ihnen schreibe, komm ich mir noch so kindisch vor! Haben Sie Geduld mit mir! In einem Jahr und sieben Monaten schreib ich wieder, merken Sie sich das Datum: am 14. Juni schreib ich.
Es grüßt Sie ergebenst und von Herzen Ihre kleine, ach noch viel zu kleine

Luise Clairmont.

PS. Hören Sie bitte nicht darauf, was andere von mir sagen oder von uns Deutschen im allgemeinen. Das Leben vergeht schneller als eine Autofahrt. Seit Mutter tot ist, bin ich so viel älter geworden. Auch Babette sagt das, sie grüßt Sie ebenfalls. Aber auch Babette darf wohl nicht an Sie schreiben, das wäre ja gegen den Sinn des Verbotes! Und ich bin für das Wesentliche und Sinnvolle! Ich lese jetzt ein schönes Buch über Amenophis IV. Die alten Ägypter heirateten übrigens ihre Schwestern. Ich kann ihnen das so nachfühlen, ich meine – großer Gott – ich hasse Wilhelm, was das angeht, aber in der wahren Liebe werden die beiden sich Liebenden doch auch wie Bruder und Schwester. Oder irre ich mich? Ich las neulich, daß die Frau nur eine Hälfte sei und der Mann eine Hälfte.... Wie wahr und wie tief! Aber zur Zeit versteht mich niemand auf der Welt, oder habe ich zuviel

gesagt? Mein Vater baut noch immer Festungen. Das ist auch so sinnlos! Aber die meisten Menschen tun nicht, was schön und gut ist! Wird der Wein gut dieses Jahr? Sind Sie gesund? Womit heitern Sie sich auf, wenn Sie traurig sind? Sind Sie noch oft traurig? Denken Sie, wenn Sie traurig sind, daß es gut ist, einen Spaziergang zu machen, ein Bad zu nehmen – das las ich gestern im heiligen Augustinus. Ich lerne auch weiter Latein, bei Wilhelm. Und man soll sich nicht zu wichtig nehmen, sagt Babette, dann ist man nicht allzu traurig. Aber Sie nehmen sich ja nicht wichtig genug. Das scheint mir auch nicht richtig. Doch jetzt muß ich aufhören. Leben Sie wohl – bald bin ich wieder da, am 16. Juni 24!
In der Zwischenzeit stets Ihre an die schönen Tage der Vergangenheit gedenkende L.C.
PS. Sie haben mir viel zu wenig von sich erzählt. Ich möchte über Sie viel, viel mehr wissen. Noch eins: verbrennen Sie um Gottes willen den Brief, erwähnen Sie ihn nie! Ich war ungehorsam, aber dies eine Mal mußte ich es sein, damit Sie nicht im unklaren über mein Schweigen seien. Nochmals Sie ergebenst grüßend

stets Ihre

d. O. Vergessen Sie mich nicht!«

Daß der Vater ihr François' Briefe nicht gezeigt hatte, nahm sie hin, wie sie auch Vaters Bastelarbeiten an den Festungen hinnahm. Man begriff es nicht, und wiewohl es sinnlos erschien, mußte doch ein Sinn darin sein, dessen war sie sicher. Denn, wie bedrückend ihr auch oft des Vaters in sich versunkene Nachbarschaft vorkam, so verehrte und liebte sie ihn doch, als wäre er ein in Menschengestalt verbanntes höheres Wesen. Schon der Umstand, daß der Vater einmal ein bekannter Arzt war und nun diese Kunst so verbarg, und sein Leben in Einsamkeit, Lesen und diesen dummen Basteleien verbrachte, um, wenn es einmal nötig, sofort sein Wissen zu öffnen und einen Menschen zu heilen, was er gelegentlich tat, das grenzte ihr ans Geheimnisvolle. Und manchmal konnte er aus seinem Schweigen auffahrend etwas sagen, das ihr so schön und tief vorkam, daß sie ihn im stillen für einen Zauberer ansah. Hätte er eines Tages gesagt, er könne Flugmaschinen bauen, Gedichte schreiben oder Hieroglyphen lesen, sie hätte es ohne weiteres geglaubt.

Jedoch sie träumte von einem andern Mann, der, das wußte sie sehr gut, mit Vater nicht zu vergleichen war in Hinsicht auf Geist und Wissen – und auch Vornehmheit (denn der Vater erschien ihr als die Vornehmheit selber). Diesen andern aber hatte sie einmal, auf jenem Bittgang mit der Mutter, fremd und mächtig hinter einem Schreibtisch gesehen. Und dann war er so treu jede Woche zweimal gekommen; und sie hatte gesehen, wie seine Augen, wenn er sie anblickte, sofort einen andern Ausdruck bekamen. Sie kam sich selbst, wenn sie an François dachte, wie ein Licht vor, das ohne sein Zutun, sobald es auf einen Gegenstand fällt, ihn aus dem Dunkel holt und ihm Farbe und Glanz gibt. Das vermerkte sie selber in ihrem Spiegelbuch so: »Wenn mich Fr. anschaute, wurde ich sofort warm, als wäre ich eine kleine Sonne! Bin ich das? Oder ist er meine Sonne? Wer hat die ersten Strahlen gesandt? – o Frage, ewig unbekannt!«

Wenn sie über diesen Zentralpunkt ihres jetzigen Lebens nachdachte, war sie versucht, alles schön und immer noch schöner zu sagen – und infolgedessen schrieb sie auch Gedichte, diese auf deutsch, wie sie denn auch in ihr Spiegelbuch fast alles in deutscher Sprache eintrug. Die Gedichte aber zerriß sie bald hinterher, weil sie beim nächsten Lesen nicht mehr jenes Gefühl erweckten, das Luise über der Niederschrift empfand. Und Luise lernte aus diesem ihrem Nichtvermögen und forderte von einem Gedicht, daß es »ein sterbliches Gefühl unvergänglich« machen müßte, und Herr von Clairmont fand diese Definition gut, wenn auch nicht vollständig.

Er war im stillen über das schnelle Reifen seiner Tochter ebenso erfreut wie beunruhigt, denn damals noch glaubte er

zu wissen, welcher Gärungsstoff diesen beschleunigten Reifeprozeß bewirkte.
Und Luise träumte von François. Was sie gelegentlich im Wachen träumte, wiederholte sich hernach im Schlaf. Eine Vorstellung, François' Grab auf dem Friedhof in Vouvray zu besuchen, verfolgte sie hartnäckig. Sie war nicht Witwe, sie hatte nie geheiratet. Man kannte sie in Vouvray ein wenig als die komische Alte, die jedes Jahr zum Friedhofsbesuch kam. Zu Hause, bei ihrem Bruder, dem Staatsanwalt, wo sie als alte Jungfer lebte, sagte sie, sie fahre mal schnell eben nach Paris in den Louvre. Aber auch die Leute in Vouvray bekamen nicht heraus, welches Grab sie eigentlich besuchte. Sie kam immer spät, hatte ein kleines Windlicht, ging zwischen den Kreuzen entlang und endlich langte sie am gesuchten Ort an. Da blieb sie sitzen, die ganze Nacht. Und sie war eigentlich zwei Personen, denn sie hatte auch ihre Mutter mitgebracht, unsichtbar, als Geist. Und sie sprach, und der Wind sprach, die Nachtvögel riefen, der Mond strich leise über die Steine, ein Marder raschelte, in der Ferne schrie ein Hahn.
Im Traume der Nacht kehrte diese Vorstellung, oft verzerrt oder auch ins Weiche und Weite gesteigert, einige Male wieder. Dann weinte sie am Grab, die Lampe erhob sich, und sie schwebte ihr nach – zum Mond hinauf, und sie wußte: Mutter war die Lampe, und der Mond war François. Aber man langte nie an, ewig blieb er fern und still und gütig; ein unerreichbares Glück.
Einmal traf sie im Traum François in einem Kino, sie hatte sogar mit ihm ein paar Worte gewechselt, aber ohne ihn zu erkennen, doch so zärtlich, daß es ihr unschicklich schien, sich so gehen zu lassen. Nun erst sah sie, wer das war, mit wem sie gesprochen hatte. Aber da stand er ein paar Bankreihen von ihr entfernt, alles starrte auf die Leinwand, sie glaubte, in der Spannung zwischen Angst und Sehnsucht toll zu werden. Und da sprang sie wirklich auf, vor allen Leuten, lief auf ihn zu, ah – und sie mußte es erleben, daß er

kopfschüttelnd sagte: »Aber nein doch, wie benehmen Sie sich!« Und er fragte sie, ob sie ihre Schulaufgaben beendet habe. Die Leute schüttelten derweil, alle auf sie starrend, die Köpfe. Sie erwachte in Schweiß gebadet.

Einmal rettete er sie auf der Ebene von Pfalzel, nahe bei Trier, aus der Gewalt von Spahis, die sie verfolgten und alle so aussahen wie der neue Deutschlehrer. Sie lief vor den berittenen schwarzen Studienräten einfach in die Mosel – und da sank sie immer tiefer, stundenlang, glaubte sie, bis sie in ihrem Zimmer durch die Decke sank, auf ihr Bett. Und da saß bereits ein Spahi in seinem weißen Mantel auf dem Stuhl am Fenster – es war François. Und er schlug den Mantel zurück und stellte ein Marzipanferkelchen auf den Boden, und das lief kreuz und quer durchs Zimmer, während François lachte.

Der Traum hatte eine solche Eindringlichkeit, daß sie erwachte und nachguckte, wo sich ihr Marzipanferkelchen nun wirklich befand. Es war an derselben Stelle – freilich, aber auf dem Stuhl saß kein Spahi, sie war ganz allein.

Im Herbst noch desselben Jahres ging sie, von ihrem Vater begleitet, in die Schweiz. Wenn sie später an dieses Jahr im Institut zurückdachte, hatte sie stets, wie sie gerne sagte, ein »weißes Gefühl«. Der Glanz der schneebedeckten Berge, die Milch zu jeder Mahlzeit, die gelackten Türen, die weißen Kragen der Schülerinnen, die strahlenden Schürzen des Personals, die Tischtücher; aber auch die künstliche Harmlosigkeit der ganzen Institutsatmosphäre, das Fehlen aller unmittelbar kräftigen Lebensfarben in den Geschehnissen und im Erzählen – alles dies mochte beigetragen haben zu diesem »weißen Gefühl«, wie es ihr als umfassende Erinnerung blieb.

Überdies: es gab in diesem Institutsleben für Luise keine lauten oder heftigen oder schmerzlichen Übergänge innerhalb ihrer äußeren oder inneren Welt. Gewiß, sie durfte François nicht schreiben, aber an ihn denken, das durfte sie;

und diese verborgene Verbindung mit dem Geliebten bedeutete in Wirklichkeit, auch wenn sie es nicht wußte, ebensoviel Wonne wie Leid.
Niemand konnte sie stören, denn niemand ahnte, bei wem sie in ihren Gedanken war. Selbst der Vater, wenn sie in den Ferien zu Hause weilte, fand keinen Grund anzunehmen, unter Luisens »weißen Gefühlen«, von denen sie ihm lächelnd sprach, möchte noch ein anderes hinziehen, ein rosarotes und ruhig-starkes Gefühl, ein ganzer Strom, der noch unterirdisch dahinfloß. Er hielt sie noch für ein Mädchen und bedachte nicht, daß dies nur die blühende Oberfläche ist, darunter die tragende Erde liegt, das Weib – wie im Versteck.
Sie mußte ihre Liebe verbergen und infolgedessen ihre eigentliche Person – im Institut und zu Hause. Dieser Zwang nun, nicht zur Verstellung, aber doch zum Verborgensein, schärfte ihren Blick für die Welt um sie herum.
Das väterliche Haus, kam sie aus den weiten Institutsräumen in die Ferien heim, war ihr plötzlich geschrumpft; das Schweigen um den Vater war ihr, die noch das tadellose, keimfreie Geplapper der Mitschülerinnen im Ohr hatte, unheimlich geworden. Sein Festungsgebastel vollends war ihr nie so sinnlos, ja wirklich krampfhaft vorgekommen wie damals, da sie in den ersten Weihnachtsferien daheim weilte. Sie begann sich vor dem »militärischen Teufelsspuk« langsam zu fürchten. Wilhelm sagte ihr zu diesem Punkt einmal spröde, schließlich gebe es ja auch Leute, die nichts täten als Briefmarken sammeln. Vater habe sich wenigstens einer ernsten Beschäftigung hingegeben. Die Modellsammlung des Vaters – »wohlbemerkt, aus seinen schlaflosen Nächten gesammelt« – bekomme eines Tages kriegsgeschichtlichen Wert, und die Stadt Trier werde dann so etwas wie ein Grenzlandmuseum schaffen und diesen Modellen einen Ehrenplatz anweisen. Ob sie das denn nicht merke, daß der Vater an einem »Memento« seiner Art schaffe? »An einem

Memento des Krieges«, fragte sie nur, »aber warum denn? Vergessen wir es doch lieber, was geschah!«
»Die Geschichte vergißt nichts«, sagte Wilhelm hart.
»Aber wer ist das denn, die Geschichte? Sitzt sie nicht in unsern Köpfen, bedient sie sich nicht unsres Gedächtnisses?« fragte sie ungehalten.
»Wie du siehst«, und Wilhelm wies auf die Modelle hin. Und er fügte hinzu: »Eine Ungerechtigkeit ruft die andre, das ist so! Und es ist nicht zu ändern! Ich glaube, ich weiß, was Vater sagen will. Es gibt keine Versöhnung auf dieser Welt, ich meine innerhalb der Politik, das darfst du nicht vergessen. Darum war ich auch derart gegen deine Neigung zu dem Franzosen. Zwei Einzelwesen haben eben nicht das Recht, Einzelbrücken über den Abgrund zwischen ihren Völkern zu schlagen. Tun sie es doch, sind sie ekelhafte Egoisten und müssen es eines Tages furchtbar büßen. Stell dir vor Luise, du liebst den Franzosen immer noch und in ein paar Jahren hättest du ihn geheiratet. Und dann? Der neue Krieg ist einmal da! So sicher wie wir beide hier stehen! Und du säßest in Frankreich, und ich müßte ... nein, das wollen wir uns lieber nicht ausmalen!«
»Nicht wahr«, sagte sie leise und ließ den Bruder stehen, aber noch im Weggehen seufzte sie wegwerfend: »Ich werde wohl einen Schweizer heiraten oder einen aus Monaco – oder gar einen Luxemburger, die machen nie Krieg!«
»Du denkst immer nur an dich«, rief ihr Wilhelm ernst nach.
»Nein – an meine Kinder«, sagte sie ruhig und wandte sich um, »sie sollen nicht wie diese Bleisoldaten herumstehen und -liegen, verstehst du mich?«
Wenn sie wieder im Institut war, nahm Luise angestrengten Anteil an ihrer Umgebung. Sie versuchte, die Düsterkeit des Vaterhauses zu vergessen und manchmal auch den Traum-François, einfach weil sie sich schlecht vorkam, so allein mit ihrem heimlichen Schatz, an dem sie doch Gefährtinnen nicht konnte teilnehmen lassen. Dann hatte sie das Bedürf-

nis, ihnen ganz nahe zu sein. Aber das war nicht mehr möglich. Diese unbeschwerten Seelchen fühlten, daß Luise ältere Augen als sie hatte, daß sie stiller war und sozusagen nur zum Schein an ihrem Leben teilnahm. Sie hatte keine eigentliche Freundin, selbst jene Mitschülerinnen, die älter waren als Luise, waren in Wirklichkeit jünger. Einige hatten wohl Photographien von jungen Herren und zeigten sie oft. Luise hatte kein Bild von François, und hätte sie selbst eins gehabt, es wäre vor jedem Blick verborgen geblieben. Sie wußte genau: diese Mädchen, die von ihren Freunden, Schätzen und zukünftigen Verlobten zwitscherten oder schwärmten, die sogar offen oder heimlich Briefe an diese jungen Herren schrieben und solche erhielten, sie waren noch nicht da angekommen, wo die Liebe stumm macht. Denn auch das wußte Luise, ohne daß es ihr jemand gesagt hatte: zuerst würde man stumm an der Liebe – dann erst würde man singen oder auch weinen, wer könnte das wissen!

Aber bereits jetzt, da sie noch stumm war, weinte sie manchmal in der Nacht. Auch vielleicht von dem Linnen, das am Morgen wieder so weiß war wie am Abend, stammte ein Teil dieses »weißen Gefühls«, aber das wußte niemand.

Nur Babette wußte, daß Luise noch an François dachte. Im ersten Augenblick des Alleinseins, meist in der Küche, Luise hatte noch nicht den Vater begrüßt, fragte sie die ersten Male, wenn sie heimkehrte: »Ist etwas angekommen von Vouvray?« Aber jedesmal mußte Babette den Kopf schütteln. Gleich hinterdrein sagte sie fast immer das gleiche: »Eines Tages schreibt er, das kann gar nicht anders sein, mein Täubchen!«

Es waren, nachdem Luise im Institut weilte, nur drei Briefe aus Vouvray angekommen, wenigstens soweit Babette wußte, die jeden Posteingang auf diesen einen Brief sorgfältig untersuchte; später kam nichts mehr. Luise fragte schließlich auch nichts mehr, und Babette war erleichtert, daß Luise nicht mehr fragte,

doch sie zweifelte keinen Augenblick weder an ihrem Täubchen noch an Monsieur le Capitaine. Und sooft sie den Briefkasten diese zwei Jahre öffnete, netzte sie auf die gleiche Weise den Finger, runzelte auf die gleiche aufmerksame Weise die sonst so glatte Stirn und seufzte schließlich auf die gleiche Weise: »Nichts«; manchmal fügte sie auch ihrem resignierten Nichts ein »Garnichts« (rien du tout) hinzu.
Luise begann sich schließlich zu fragen, warum François nicht schrieb. Durfte er ihr nicht schreiben, warum schrieb er denn nicht Vater? Hätte sie doch aus solchen Briefen wenigstens erfahren, daß er noch lebe und sogar noch mehr: daß er das Haus auf dem Apollonsberg nicht vergessen habe. Aber nicht einmal eine Ansichtskarte, wie sie doch selbst ein Dienstmädchen von seinem Freier erhält. Es gab Augenblicke, da sie sich in ihrer Herzensnot dieses Schweigen mit einem harten Entweder-Oder zu deuten wagte: nämlich mit Treulosigkeit oder dem Tod des Geliebten. Doch wagte sie nie, sich lange und sozusagen gründlich bei diesem fürchterlichen Entweder-Oder aufzuhalten. Außerdem teilte sie diese beiden Möglichkeiten nach dem Ort auf, wo sie gerade lebte. Im Institut nahm sie in ihren Träumereien mehr die Rolle der Verlassenen an, das große Haus wurde zu einem Kloster, sie selber zu einer Nonne und sie wollte nichts mehr von der Welt wissen. Wenn die Mitschülerinnen ein Photo von einem Jüngling oder Mann, aber meist von Filmdarstellern, vorzeigten, schüttelte sie nur sanft den Kopf und sagte so resigniert, als sie es vermochte: »Ich wünsche euch viel Glück!« Zu Hause aber, im Schatten dieses väterlichen Schweigens, in Mutters Zimmer, wenn sie selbst das Nachthemd der Verstorbenen und manchmal eigens zu diesem düsteren Traumtheater anzog und sich in Mutters Sterbebett ausstreckte, dann seufzte sie auf, ächzte, weinte: »Ach, François, du weilst nicht mehr unter den Lebenden.«
Doch ging diese Entladung ihrer Bedrücktheit nie eigentlich bis zum Rande, etwas in ihr blieb stets Zuschauer vor diesem

Prachtaufzug ihrer düsteren Liebesgefühle, wenn sie den Sarg von François einhertrugen. Dieses Etwas genoß sie richtig wie im Theater, und sie konnte nur darum die eigenen Tränen genießen, weil sie wohl wußte, daß diese Traurigkeit ganz anders war als etwa die um die Mutter. Wenn Luise an sie dachte, an die liebe Gebärerin, die sie warm und stumm wie dieses Bett einst umfangen hatte, an die gütige, sanfte, selbstlose Frau, dann vermied ihre Traurigkeit unbedingt, ausführlich zu werden, Gesten zu machen, kurz, sich in Szene zu setzen. Diese Trauer um die Mutter rollte sich igelhaft in sich selber zusammen und streckte widerborstig gegen jede Berührung von außen her die Stacheln aus. Sie vermied, daran zu denken, an das Unabänderliche; an François jedoch dachte sie jeden Tag und an manchen Tagen jede Stunde. Bei aller Bedrücktheit ihres Wartens war sie doch gelegentlich voll rüstiger Hoffnung. »Filou«, sagte sie manchmal vor sich hin. »Gauner, Halsabschneider, Herzzerquetscher!« Aber wäre François' Verhalten zu ihr von einem dieser Schimpfwörter wirklich umschrieben gewesen, hätte ihr Instinkt sich wohl gehütet, das so nackt vor sich selber einzugestehen.
Gegen Ende der Institutszeit kam eine ganz andere Angst über sie, die im selben Maße, als sie der Wirklichkeit zu entsprechen schien, ihr mehr und weit mehr zusetzte als die früheren Phantastereien. Sie begann sich zu fragen, wie sie eigentlich dazu gekommen sei, von Treulosigkeit seitens Frécourts zu reden, da er ihr doch keineswegs ein Versprechen dieser Art gemacht hatte.
Monsieur François Frécourt lebte, das mochte sehr gut sein, auf seinem Weingut mit seiner neuvermählten Frau und erzählte ihr lächelnd, o gar nicht höhnisch, nein, mit viel Sympathie, ja zärtlicher Erinnerung und mit dem besten Gewissen gegen sich selber, gegen Denise und auch: gegen sie, Luise, seiner neuen Frau von jenem »reizenden Abenteuer« mit einem kleinen deutschen Mädchen, das noch aufs

Gymnasium ging. »Stell dir vor, Hortense, sie war ganze sechzehn Jahre damals, ein reizender Hasch, intelligent, o ja – und auch ziemlich hübsch. Ich hatte tatsächlich ein bißchen Feuer gefangen, und sie auch, ein frühreifes Geschöpf. Aber dann – nicht wahr ... ich kann ja schließlich kein Schulmädchen heiraten. Nun, sie hat ihr Marzipanferkelchen wahrscheinlich längst vergessen, was meinst du?« Und Hortense würde sagen: »Ach, mein Lieber, die Mädchen, die schwärmen! Und die Kleine konnte sich doch wohl nicht einbilden, daß du wartest, bis sie flügge sei.« Und Monsieur Frécourt wird wieder lächelnd den Kopf schütteln: »Gewiß nicht, meine Liebe! Ich denke, du bist nicht eifersüchtig?« Und Hortense: »Ei, geh, du bist aber eingebildet!« Gedanken dieser Art kamen und gingen, und Luise hatte, derweil sie dieselben hervorbrachte, manchmal das Gefühl, als ließe sie wilde Tiere gegen den Trauerzug ihrer eigenen Gefühle vor, manchmal auch empfand sie dieselben einfach wie eine eiskalte Dusche und sie schnappte richtig nach Atem. Es war bezeichnend für den wirklichen Ernst dieser Erwägungen, daß sie dieselben mehr und mehr zu unterdrücken suchte.
In diesem Zustand befand sie sich um die Zeit, als sie aus dem Institut heimkehrte, um nun bei dem Vater zu Hause zu bleiben und weiter zu warten; der Stichtag zu einem Brief nach Vouvray war noch nicht da. Luisens Gehorsam hatte so viel Stolz, daß sie auch nicht einen Tag früher geschrieben hätte, schon allein darum, weil Frécourt das Datum wußte. Er sollte sehen, wer sie war. Sie wollte beweisen, daß sie alt genug sei, einem Manne zu folgen, da sie imstande gewesen, sich ihm auch nicht eine Stunde früher zu nähern, als es beschlossen war. Denn dieses Datum, vom väterlichen Willen ausgegangen und von ihr selber gehorsam angenommen hatte für sie eine schicksalhafte Bedeutung bekommen, und sie hätte in einer geradezu abergläubischen Scheu nicht gewagt, den Termin zu brechen. Außerdem: wenn François

sie noch liebte, blickte er ebenfalls wartend auf dieses Datum; hatte er sie vergessen – nun, dann war ihr noch die Frist einiger Wochen als Tummelplatz der Hoffnung gelassen.

Ihrem Vater gegenüber erwähnte sie in diesen letzten Maiwochen ebensowenig wie zuvor Monsieur Frécourt auch nur mit einer Silbe. Sie begann sogar, das Marzipanferkelchen am Bauche auszuhöhlen und behauptete betont genäschig, wiewohl sie es nicht aß, gutes Marzipan halte sich ewig. Herr von Clairmont betrachtete heimlich die endgültig heimgekehrte Tochter, etwa wenn sie in der Bibliothek am Fenster stand oder sich an einem Schreibtisch den Füller aus der Tintenflasche verproviantierte. Ihr Körper war schmiegsam geblieben, doch gut gewachsen. Sie trug neuerdings oft Pullover in verschiedenen Farben. Ihre junge Brust, nicht mehr einem Mädchen und noch nicht einer Frau gehörend, glich den Weinberghügeln draußen jenseits des Flusses; sie rundeten sich der Sonne entgegen und dachten von ferne her schon der Säfte, welche das wachsende Jahr und die Wärme von überall her aus der Tiefe hervorlocken sollten. Und diese beiden Hügel, fast zur Höhe gerichtet, ein mehr festliches als üppiges Gefild und wie ihre ganze Gestalt fest und nicht auffällig in den Einzelformen, sie versprachen einen gesegneten Lebenstrunk für ein neues Geschlecht. Doch, so schien es dem Vater dann in einer Art von spähendem Umherblicken, wo findet sich der Mann für dieses Mädchen? Denn er hatte das geradezu unbehagliche Gefühl, daß Luise einen Hauch von Einsamkeit um sich habe, fast wie ein Kunstwerk.

Sie hatte gesunde Wangen wie früher, ihre Augenbrauen waren dunkler und schwerer geworden, fast zu schwer für ein Mädchen. Überhaupt hatte ihr Kopf an Kraft, ja Gewicht, so schien es ihm, zugenommen. Das zum Entsetzen des Vaters bis auf die Schultern abgeschnittene Haar warf sie mit einer scharfen Bewegung, die sie nur mit dem Kopf allein ausführte, nach hinten, als scheuchte sie eine unsichtbare Fliege. Und wenn sie, sobald sie sich allein glaubte, das Kinn in die offene Hand gestützt, den Ellbogen auf den Knien, in lässigem Sichversinken die Schultern nach vorne kommen ließ, um weiterzulesen oder der Katze zuzuschauen – sie hatte sich neuerdings eine angeschafft – oder durchs Fenster starrte in den erregten Mai, dann hatte Herr von Clairmont eben dies stolze und zugleich beängstigende Gefühl, daß es nicht leicht sein werde, den zu finden, der ihr den Schleier abnehmen dürfte. Und er begriff, warum die Alten im Gott der Wege und Wanderer, im Seelenführer Hermes, auch zugleich den Hüter des Brautgemaches erkannten. Und manchmal entfuhr ihm die Bitte an den allgegenwärtigen Götterboten: »Koinos Hermes!« und es war ihm mehr als ein frommer Scherz.

Luise hatte übrigens in diesem Mai, einfach aus einer Laune heraus, dem Bruder nach Bonn ein Telegramm geschickt, der Vater wünsche ihn sofort nach Hause.

Clairmont bewies ihr zunächst seinen Unwillen und fragte, was sie sich dabei eigentlich gedacht habe, und sie: »Ach, der soll nicht so viel studieren, ich möchte ein bißchen mit ihm plaudern!«

Einen Tag später, nachdem sie dieses Telegramm abgeschickt hatte, machte sie einen ihrer Spaziergänge nach Sankt Mattheis in die uralte Kathedrale. Nach einer mehr zufällig begonnenen und allmählich liebgewordenen Gewohnheit pflegte sie in dieser Kirche zu sitzen, und zwar in einer Seitenkapelle vor dem Bilde einer Muttergottes, an welcher Byzanz, Spanien und Frankreich nacheinander gearbeitet zu haben schienen: so kostbar, vornehm und grazil wirkte die mädchenhafte Frau ohne Kind in diesem Bilde, die Augen züchtig niedergeschlagen, das längliche Gesicht von einem blauen, mit Perlen verzierten Schleier eng umschlungen und die knapp und streng umhüllte Brust mit gemaltem Seidenbrokat bedeckt. Nur Babette, die dieses Bild kannte und Luise davon erzählt hatte, wußte, wohin das Mädchen spazieren ging, wenn Luise sagte: »Ich lauf mal nach Sankt Mattheis«, oder: »Ich geh mal zu meiner Freundin, Babette!« Luise saß dort in der abgelegenen Kapelle oft eine ganze Stunde lang. Die Kerzen und die Ewige Lampe und auch die alten Frauen, die mit dem Rosenkranz rispelnd wie Kleiderhaufen vor dem Bild knieten, konnten Luises vertrauliche und sozusagen außerkirchliche Einstellung zu diesem Bilde nicht ändern. Sie hatte etwa ein Stückchen Schokolade im Munde, wenn sie so im Kerzendämmer dahockte, beguckte sich zwischendurch die Beterinnen oder das Schattenspiel, das von der Lampe und den Kerzen ausging. Manchmal auch starrte sie in das Innere ihrer langen Hände. Und dann nickte sie plötzlich, richtete ihren Blick auf das Gesicht der fremdartigen und kindlich vornehmen Frau, ohne dabei etwas anderes zu denken und zu empfinden als etwa: »Schön, daß ich heute gekommen bin, daß man sich mal wieder sieht. Wie sind Sie immer so gleichbleibend ruhig und glücklich, Frau Maria. Hier bei Ihnen ist alles so schön gleichmäßig temperiert. Nichts Lautes, Erregtes, nichts Albernes – für den Opferkasten können Sie ja nichts.« So plauderte Luise, ohne daß sie die Lippen bewegte. Es war ein Glück für Luise, daß die frommen Beterinnen nichts von ihrem Gespräch mit dem Bilde verstanden. Luise wäre im übrigen auch nicht darauf gekommen, was denn anderes sie dem Bilde hätte sagen sollen. Es war ein Besuch bei einer jungen, königlich schönen und sensiblen Frau. Sollte man da etwa mit seinen Sorgen anfangen? Oder mit den schlimmen Zeiten im allgemeinen? O nein, man wußte, was sich gehörte. Aber gar Intimitäten, also Herzenskummer vor diesen niedergeschlagenen, zuhörenden Augen auszupacken, das, so glaubte Luise damals noch, schicke sich nicht. Darüber sollte man überhaupt mit niemandem sprechen, am wenigsten mit einer so kindlich unschuldigen und so engelhaft entrückten Frau wie dieser. Freilich, ohne Worte, ein paar Gedanken lang an solche süßen Bitterkeiten zu denken, vor ihren Augen daran zu denken, während man ganz etwas anderes sagt, das wärmte und löste und ließ den Atem ruhiger und von viel tiefer herkommen.

»Ave Maria«, flüsterte sie, sich erhebend zum Gruß, ehe sie ging: »Maienkönigin!«

Der Brief aus Vouvray

Luise gedachte, von Sankt Mattheis heimkommend, dem Bruder einige Zigarren mitzubringen. Er hatte ihr geschrieben und in den Ferien vorgeführt, daß er »täglich drei schwere Zigarren« rauche, und Luise war überzeugt, daß es sich anfänglich für Wilhelm bei der Vertilgung dieser Tabakrollen um einen Opferdienst gehandelt hatte, um ein Brandopfer vor dem Altar seiner Männlichkeit. Wahrscheinlich hatte dieser schreckliche Moralist sogar das ganze erste Semester zum Studium verwandt. In eine eigentliche Verbindung war er nicht eingetreten, er nannte sie einfach »anmaßende Brutstätten volks- und zeitfremder Romantik« und gehörte dafür einem wissenschaftlichen juristischen Verband an, wo man mit gediegenen Männern zusammentreffe, so hatte er ihr geschrieben. Luise war immerhin zufrieden, daß ihr Bruder mit heilem Gesicht heimkehren würde. Sie hatte sich im Namen seiner zukünftigen Frau versprechen lassen, »auf diese akademischen Hackbrettbacken« doch aus gutem Geschmack zu verzichten. Wilhelm war dabei gleich feierlich geworden, er sagte: »Mädchen, ich denke zu ernst über Ehrendinge, als daß ich sie von einem mehr oder minder guten Fechtunterricht abhängig machen will!« Und er fügte, halb sich abwendend, bei: »Kleinkaliberschießen scheint mir wichtiger – und auch nicht etwa, um auf meine persönlichen Beleidiger zu zielen!« Luise war ihm mit der Hand von unten her schnell übers Gesicht gefahren und, ein bißchen mühsam, hatte sie gescherzt: »Eh du, mit deinen zwanzig Jahren!« Und sie fragte ihn auch noch, ob er Tanzunterricht nehmen werde, und er, sofort mit protestierender Stimme, was sie ihm zumute! Ob er sich denn – seine Worte blieben

ihr unvergeßlich – in der Gangart von Lackschuhnegern und fetthüftigen Inflationisten bewegen solle?
Als Luise in einen Tabakladen auf dem Hauptmarkt trat, sah sie – und sofort erkannte sie ihn – ihren ehemaligen Deutschlehrer. Er war soeben dabei, seine Brasil in der Ledertasche zu verstauen, eine frisch angebrannte in den vorgestülpten Lippen, als er sie erblickte – und, wie sie bemerkte, mit ausgesprochenem Wohlgefallen von der Seite her betrachtete, das heißt, er wandte sich ihr nicht zu, sondern schielte, halb den Kopf wendend, sie an. Doch hatte er sie nicht erkannt, denn als sie unvermittelt sagte: »Nun, Herr Studienrat, wie geht es Ihnen?« schmunzelte er unsicher und stotterte etwas wie, daß er nicht wisse, mit wem er das Vergnügen habe.
»Ist das möglich!« Und als ein angestrengtes Sicherinnernwollen in seine schwarzen Augen ein Glotzen brachte, fuhr sie, statt ihren Namen zu sagen, nicht ohne Bosheit fort und begann von Herrn Haydvogel und seiner Familie zu sprechen. Doch da mußte sie feststellen, daß der Herr Studienrat vollständig verwirrt wurde und schließlich sagte: »Aber verzeihen Sie, Fräulein Haydvogel?«
»Ach nein, ich rede von Herrn Haydvogel, jenem gewissen, der den Geldsack fand. Sie erinnern sich wirklich nicht? Dessen Frau die Erbschaft machte? Na, aber hören Sie, Herr Studienrat, der Onkel bekam doch den Schlaganfall gerade zur richtigen Zeit!«
»Haydvogel... Haydvogel...«, murmelte der Studienrat in einem Nachdenken, das ebenso angestrengt wie entgegenkommend, ja behaglich zu nennen war, denn es schien ihm angenehm zu sein, mit der »hübschen Person« – so hätte er Luise gewiß umschrieben – einen gemeinsamen Bekannten zu haben. »Herrschaften«, murmelte er schließlich, geradezu erstaunt über sein Sichnichterinnern, »wenn Sie mir nähere Anknüpfungspunkte geben, gnädiges Fräulein, wohnte er hier in Trier?«

»Nein«, sie schüttelte ernsthaft den Kopf, »aus Norddeutschland, denk ich!«
An dieser Stelle mischte sich der Zigarrenverkäufer, ein würdiger Bürger mit weißem Haar, nachdem er Luisens Geld kassiert hatte, lächelnd ein und bemerkte, ob da nicht eine Verwechslung vorliege und es sich um den Herrn Vogelbeer handle. Der stammte aus Norddeutschland und habe vor drei Monaten von seiten seiner Frau eine bedeutende Erbschaft gemacht. »Gulden«, flüsterte der Zigarrenhändler und lehnte sich dabei über die Theke, als hätte er einen angenehmen Ohnmachtsanfall angesichts des fremden Glückes erlitten.
»Nein, nein«, sagte Luise, der das Gespräch ein immer größeres, aber auch böses Vergnügen bereitete, »Herr Haydvogel lebte gar nicht in Trier – so wenig wie Hebbels Kuh!«
Ob es nun der Name des Dichters oder das Tier war oder die Verbindung von beiden – immerhin, der Studienrat erinnerte sich. Seine Augen sprangen vor und zugleich sein Kopf, und Luise stand dem dunkelroten Mannsgesicht so nah, daß sie seine rotdurchäderten, schmutzigen Augäpfel sehen konnte. Und ihr Traum fiel ihr ein, in dem die vielen schwarzen Studienräte in Spahi-Uniformen sie in die Mosel gejagt hatten; solche Gesichter wie dieser Mann da vor ihr hatten diese wilden Reiter im Traum, nur daß man sich jetzt nicht fürchtete. Sie lächelte sogar ein wenig, als sie den vor Zorn Verstummten fragte, was für moderne Deutschlektüre man denn jetzt zur Zeit auf dem Gymnasium betreibe? Und als ihr Gegner nicht antwortete: »Ich zum Beispiel, Herr Studienrat, vergesse nie ein Buch, wenn ich es wirklich liebte! Aber Stuß, da haben Sie recht, den soll man sogar lieber vergessen. Na also, guten Morgen, Herr Studienrat! In der Schweiz lasen wir übrigens gute Sachen in der Schule, zum Beispiel ›Jud Süß‹!« Damit ging sie, nur der Zigarrenhändler grüßte.
Die Erwähnung dieses Buchtitels geschah in einer Art von Gnadenstoß für den ehemaligen Deutschlehrer, sie kannte

das Buch überhaupt nicht, sie erinnerte sich nur dunkel eines solchen oder ähnlichen Titels.
Während sie federnden Schrittes dahinging, überlegte sie, warum sie sich eigentlich so häßlich zu diesem Manne betragen hatte. Und wieder wie damals in der Schule fand sie, es müsse wohl der Ekel gegen einen ganz bestimmten Typ von Männern sein. Auch François, so mußte sie denken, hat einen schweren Körper; auch sein Blick und seine Gebärden sind langsam – aber doch nicht schwerfällig und dumpf wie bei diesem Studienrat. Doch sie fühlte, daß sie den Unterschied nicht herausbekam – aber es ist ein gewaltiger Unterschied, dachte sie stolz, wie zwischen Wein und Bier, o François!...
Wie dumm dieser Studienrat doch ist, dachte sie, fast eilfertig von François die Gedanken ablenkend. Und was er einmal anpries als »Perlen von deutschen Geistesheroen« und vielleicht, wenn er zufällig wieder darauf stößt, noch einmal auf diese Weise seiner Klasse anpreist, hat er selbst vergessen. Was aber Luise viel schlimmer erschien und sie an der Sache nachträglich aufregte, war, daß so ein Mann seine Autorität als Vorgesetzter dort ins Spiel geworfen hatte, wo er nicht nur keine Autorität besaß, sondern sogar nicht einmal mit dem Herzen dabei war. Dieser »Autoritätsfimmel«, wie Luise vor sich hinmurmelte, empörte sie noch hinterher derart, daß sie es bereute, ihrem ehemaligen Deutschlehrer nicht noch deutlicher gekommen zu sein.
Als sie das Haus auf dem Apollonsberg betrat, kam ihr Babette prall wie ein Segel vor dem Wind entgegen. Mit einer alles versprechenden Gebärde hatte sie Luise sofort in den Salon gezogen und die Tür geschlossen.
Eigentlich bestand die Mitteilung in drei Fakten: es war ein Brief aus Vouvray angekommen, der Vater hatte plötzlich einen seiner Anfälle von Atemnot und im übrigen, aber das schien Babette weniger wichtig, Wilhelm war vor fünf Minuten erschienen und befand sich nun in Vaters Schlafzimmer. Babette war im Namen des Monsieur le Capitaine, so schien

es fast, gekränkt, daß Luise keinen Freudenschrei ausstieß, sondern nur die Stirn senkte und Babette düster anstierte. Dabei hatte die Berichtende doch, ehe sie den Ortsnamen geradezu wie ein geheimes Orakelwort aussprach, noch zuvor die welken Blättchen ihrer Lippen mit der Zunge hurtig angefeuchtet, den Kopf vorgestreckt und die Finger gespreizt, genau wie sie es tat, wenn sie einen raffinierten Würzeinfall über einer Soße wagte. Schließlich hatte sie die Mitteilung wiederholt. Als auch jetzt die Wirkung ausblieb, hatte sie ihre Formel angebracht, mit der sie seit zehn Jahren zu resignieren pflegte: »Ich bin nun über mein fünfzigstes hinaus, aber das ist mir noch nicht passiert!«

Hier hatte Luise gefragt, an wen der Brief denn gerichtet sei, und als Babette, die Augen niederschlagend, zugeben mußte, an Monsieur le père, sagte Luise nur: »Na also!«

Hier folgte nun die zweite Mitteilung, daß es Vater schlecht gehe, und die dritte, daß Wilhelm soeben angekommen und bei Vater eingedrungen sei, so sagte Babette. Und als sie jetzt geradeheraus fragte, warum denn Luise, ihr Täubchen, sich nicht über den Brief freue, zuckte die nur schroff die Achsel und ging einfach auf ihr Zimmer.

Indem sie an der Bibliothek vorüberging, hörte sie Wilhelms Stimme ... auch die Stimme des Vaters vernahm sie ... doch war sie von Babettes Mitteilung zu voll und zu erschöpft, um auch nur einen Augenblick hinzuhören oder gar einzutreten. Kaum, daß sie in ihrem Zimmer allein war, erschien noch einmal Babette.

Die Alte machte ein bittendes Gesicht. Sie stellte einen Glasteller mit einer Weincreme auf Luisens Schreibtisch, zupfte ein bißchen an dem geblümten Bettüberwurf und sagte, mehr vor sich hinsprechend: »Aber das können Sie nun auch für mich tun! Daß Sie sich nichts merken lassen, ach, wegen des Briefes, verstehen Sie doch! Monsieur fragte mich so nebenher allerlei, so daß ich merkte: er wollte wissen, ob ich die Post durchgeguckt hätte. Ich tue so was nie, Luise, das heißt, ich tat es immer nur in den letzten Jahren, im Hinblick, Sie wissen doch, auf diesen Brief. Ich stellte mich natürlich ahnungslos, und das müssen Sie nun auch tun. Sie dürfen nichts von diesem Brief wissen, bis die Herren Ihnen Bescheid geben. Das werden die Herren«, sie machte bei »Messieurs« jedesmal eine vorsichtige Bewegung zur Tür hin, »das werden die Herren gewiß tun!« Luise zog die dunklen Brauen zusammen und kämmte sich mit allen zehn Fingern das Haar zurück. Sie dachte nach. Dann zeigte sie wieder die Zähne und zwinkerte gegen Babette hin, nur in die Richtung. »Ob sie das werden, die Herren? Wollen sehen!«

Luise hatte sich mit einem Buch am Fensterplatz niedergelassen, doch ihr Blick unter der gesenkten Stirn stieg immer wieder aus den Zeilen der Buchseite hoch und schließlich blieb er, als wäre ihm das Hin und Her durch die kleinen, schwarzen Furchen zu mühsam geworden, durch das geöffnete Fenster gerichtet. Die Schleife des Flusses, um die ebenen Fluren von Trier und Pfalzel sich schlingend, lag wie ein lichtes Fragezeichen im wolkenlosen, langen Licht dieses Nachmittages. Ohne die grätigen Uferklippen zu gewahren, an deren Spitzen der Spiegel des Wassers zerbrach, hätte man glauben können, die Brücken spannten ihre Bögen über eine mit Licht gefüllte Lücke, die sich durch das Feste hinzog. Über dem Streifen der grünenden Kornfelder und über dem Geblink der fernen Dörfer lag ein weiches Geflimmer, aus dem Luise in ihrer Versunkenheit manchmal den Stundenschlag einer Kirchenglocke zu hören glaubte, und zwar stets im selben hohen Ton, der kindlich und traurig zugleich klang. Doch hing diese Glocke wohl im Gebälk ihres schwermütigen Traumes, der ohne Bild und Gedanken einfach ins Weite hinausschwang bis über die ruhigen Züge der Hunsrückberge, die schwarz waren von Wald und bläulich von Ferne. Lange verharrte sie so.

Endlich begann sie in ihrer Schreibtischlade zu kramen und

aus dem hinteren Winkel zog sie den fertigen Brief an Monsieur François Frécourt, Vouvray, heraus, der genau an ihrem achtzehnten Geburtstag abgehen sollte. Er war schon verschlossen, sonst hätte sie ihn doch noch einmal gelesen. Aber sie konnte ihn beinahe auswendig, wiewohl er ziemlich ausführlich die zwei Jahre beschrieb, seit François von Trier Abschied genommen hatte. Sie begann schließlich den Brief, nachdem sie ihn lange angestarrt, mit heftigen Bewegungen zu zerreißen.

Und sie glaubte einen Augenblick, den François aus Vouvray zu hassen, ja, richtig wie einen Störenfried. Der andere, der ihrer Träume, schien gerade eifersüchtig auf diesen da, der so täppisch war, nicht ihren Brief abzuwarten, sondern vierzehn Tage vorher zu schreiben, nachdem er es fast zwei Jahre ausgehalten hatte, sie so im unklaren zu lassen. Und wieder überkam sie die Frage, warum er nicht an Vater regelmäßig oder doch wenigstens einigemal im Jahr eine Postkarte geschickt hatte, einfach als ein Lebenszeichen. Nein, dieser Mann aus Vouvray war ein anderer als jener François, um dessentwillen sie Nonne gewesen, Witwe, Wallfahrerin zu seinem Grabe, ein wartendes Ritterfräulein und was sonst noch alles. Ja, sie schämte sich sogar, daß sie ihren Gefühlen derart nachgegangen war um eines Mannes willen, der schreiben konnte und durfte – und es doch nicht tat, und der sich jetzt plötzlich meldete und ihr diesen langen Brief unmöglich machte, diese Freude vergällte. Denn in dem Brief stand auch, daß sie sich so fürchtete, es könne ihm etwas zugestoßen sein, er möchte vielleicht gar nicht mehr unter den Lebenden weilen, so weit war sie gegangen, um ihm anzudeuten, wie sie gelitten hatte.

Trotzdem, sie konnte es nicht leugnen: sie war sehr aufgeregt, und ihre Kälte bei Babettens Nachricht war doch zum großen Teil nichts als ein seelisches Spiel, nicht so sehr vor Babette, als vor dem Blick des eigenen Bewußtseins. Denn kaum daß sie den Namen Vouvray vernommen hatte, war etwas wie ein gewaltiges und sehr feines Getriebe in ihrem Innern in Bewegung geraten, und die Empfindung, daß es jetzt ernst würde, verwirrte sie, sie spürte sogar etwas wie Angst.

Als es an ihrer Zimmertür klopfte – es dämmerte schon –, schrak Luise zusammen. Sie sprang auf und fuhr sich mit beiden Händen von unten her übers Gesicht und wieder hinab und schließlich rief sie: »Ja, Wilhelm, komm nur. Siehst du, ich wußte es doch!«

Noch in seinen Kuß hinein fragte sie, ob er Vater begrüßt habe? Wie es ihm gehe, sie habe von Babette vernommen, daß ihn ganz plötzlich seine Atemnot überfallen habe.

»Ja«, Wilhelm blickte angestrengt an Luise vorbei zum Fenster hinaus, als suchte er etwas in dem Dämmer draußen, »es ist wohl mein plötzliches Kommen schuld an seinem Anfall!«

»Wieso? Er wußte doch, daß ich dich bestellt hatte.«

»Ach so, richtig, natürlich wußte er das. Aber schließlich – wie dem auch sei – er hat sich trotzdem aufgeregt. Und ich ebenfalls, ich meine, als ich dein Telegramm erhielt. Du mußt so etwas nicht mehr tun!«

Luise hatte das Deckenlicht mit einem Griff neben dem Türpfosten eingeschaltet, ohne ihren Platz zu verlassen. Wilhelm kniff die Augen und rückte mit zwei Fingern die schwarze Hornbrille zurecht, die er neuerdings immer zu tragen pflegte, wiewohl sie eigentlich gegen eine leichte Weitsichtigkeit verschrieben war.

»Das versteh ich nicht«, sagte Luise kopfschüttelnd. »Vaters Herz hat sich eigentlich in der letzten Zeit ziemlich gut betragen. Dein Kommen ist doch weiter nicht erschütternd, oder?«

»Ehrlich gesagt... ich weiß auch nicht... daß ihn das so angriff. Vielleicht ist's auch ein anderer Grund.«

»Das glaub ich auch.« Luise nickte und schaute den Bruder harmlos an.

»Und vielleicht liegt überhaupt kein – ich möchte sagen

äußerlicher Grund vor«, sagte Wilhelm in einem Tone, als überredete er sich selber. »Auf jeden Fall geht es ihm gar nicht gut.«
»Ich werde mal zu ihm hinübergehen«, sagte Luise.
Doch sofort hielt Wilhelm sie am Ellbogen fest: »Bitte nicht, er schläft, glaub ich, vielleicht morgen, nicht vorher!«
»Seltsam«, sagte Luise, »er hat sich doch ziemlich lange mit dir unterhalten?«
»Hörtest du uns?«
Luise steckte die Zunge in die Backe und schüttelte so ahnungslos, als sie konnte, den Kopf. »Ich hörte euch reden, das durfte ich doch, wie? Oder hattest du Vater so dicke Sachen zu beichten? Du hast doch keine Schulden gemacht?«
Da lachte Wilhelm geradezu mit einem Anflug von Übermut.
Bei Tisch saßen Babette und die beiden Geschwister sich zuerst ein wenig wie gelangweilt gegenüber. Plötzlich begann Wilhelm auf deutsch: ob man das schöne Wetter nicht ausnutzen solle, um einmal irgendwohin zu gondeln? – Er sprach sehr leger, blickte aber Luise nur flüchtig an, als wäre er zu sehr in das Nachsalzen des Salats vertieft. – Ja, so eine geschwisterliche Tour, vielleicht zu den Eifelmaaren oder auf den Erbeskopf, um bei den Hochwaldbauern anzuhören, was sie über die Zeitereignisse dächten. Oder die Mosel hinunter, mit der Moseltalbahn und aussteigen, wo es einem gerade paßte. – »Und dann spielen wir mal Brautpaar, es glaubt ja doch keiner, daß wir Geschwister sind.« Luise hatte mit ständig wachsender Aufmerksamkeit zugehört. Wilhelm war unter ihren gelegentlichen ihm geradezu ins Gesicht stoßenden Blicken leicht verwirrt geworden und so machte er verlegen den Scherz von ihrer beider ungleichem Aussehen.
Als er das gesagt hatte, nickte Luise, ebenso gewaltsam lustig. »Nein, uns glaubt wirklich keiner, daß wir Geschwister sind! Aber für ein Brautpaar hinwiederum können uns nur sehr

unerfahrene Leute halten.« Wilhelm wurde rot. Luise wandte sich augenzwinkernd an Babette: »Er will mich verschleppen, die Mosel runter!« Sie sah Wilhelms Hand mit der Gabel auf den Teller zurückkommen. »Verschleppen«, fragte er nun auch auf französisch, und »verschleppen« echote Babette mit einem hohen Gelächter, über das Wilhelm sich zu ärgern schien.
»Aber weil ich deinen Vorschlag so reizend finde, mache ich mit«, sagte Luise nun. Ihre Stimme sank auf halbe Stärke zurück, das letzte flüsterte sie fast. Und sie beugte sich über den Teller. »Früher gingst du nur mit deinen Kameraden auf so große Ausflüge«, begann sie wieder und blickte Wilhelm langsam an. Am erneuten Ausweichen seiner dunklen Augen, er hob verlegen lächelnd die Achsel, merkte das Mädchen immer mehr, daß dieser charmante Vorschlag des Bruders mit dem Brief aus Vouvray in einer bestimmten Verbindung stand. In Babettes Augen hatte sie denselben Verdacht aufsteigen sehen. Wilhelm sagte, wieder auf deutsch: »Du redest von früher. Ich habe eben manches dir gegenüber nachzuholen.« Sie übersah ganz den aufrichtigen Ernst in diesem Blick. Luise mußte an den Ausspruch einer Institutsgefährtin denken: »Ich könnte wohl nie einen Mann mit schwarzen Augen heiraten!« Wie konnte man so etwas sagen! Indes – die Clairmontschen Augen sind so dunkel wie eine Nacht ohne Sterne! Ich wäre auch vorsichtig, schoß es Luise durch den Kopf.
Dann fragte sie unvermittelt: »Was sagte der Vater dazu?«
»Oh, er freute sich, er hat nichts dagegen!« Wilhelm hob indessen die Hand zum Bernsteinball der Tischklingel.
»Du hast also mit ihm darüber gesprochen, eh du mich fragtest?«
»Es ergab sich im Gespräch!« Und Wilhelm fügte hinzu: »Du hast einen ausgesprochenen Verhörston, warum?«
»Ach«, Luise lachte, »weil ich das alles so reizend von dir, von euch beiden finde, mich so zu überraschen. Und wir fahren, das steht fest.«

Wilhelm betrat an diesem Abend noch einmal leise die Bibliothek des Vaters. Als er in dem dämmerigen Raum stand, bückte er sich zu dem Türschloß und drehte den Schlüssel herum. Falls Luise, was nicht zu vermuten war, noch zu so später Stunde den Vater besuchen wollte, war ihr die verschlossene Tür keine ungewohnte Sache, denn Herr von Clairmont pflegte sich häufig auf diese einfache Weise vor den Hausbewohnern zu sichern.
Wilhelms Schritt verging auf der weichen Brücke, welche die Tür der Bibliothek und die zum Schlafzimmer des Vaters verband. Er hatte das Licht nicht eingeschaltet, durch die offene Balkontür kam ein Stück matten nächtlichen Scheins, im Süden über den Hügeln stand der zunehmende Mond.
Der Eintretende verhielt an der Doppeltür, die zum Schlafgemach Herrn von Clairmonts führte, für einen Augenblick den tastenden Schritt. Es war ihm, als hätte er einen unterdrückten Seufzer aus der Dunkelheit vernommen, doch konnte der Laut auch von einem leichten Windstoß am Kammerfenster gekommen sein: den ganzen Tag über war heute hier auf der Höhe die Luft in einer atmenden, die Dinge leicht anstoßenden Bewegung.
»Schläfst du, Vater?« Die flüsternde Stimme erhielt in echohaftem Hinterdrein Antwort aus dem Dunkel: »Wie witzig!« Wilhelm blieb unsicher stehen, dann faßte er an den Flügel der Tür, um sich vorzutasten. Als die Angel in einem leisen katzenhaften Miauen zu quietschen begann, ließ er schnell los. »Man müßte die Tür einmal ölen«, sagte er nebenbei, und gleich wieder rührte sich die müde Stimme aus der Dunkelheit: »Warum? Die Tür steht seit Jahren so sperrangelweit offen!« Und nach einer Weile fügte Clairmont hinzu, als beteuerte er vor sich selber die eigenen Worte: »Wirklich, ich habe noch nie die Stimme dieser Tür gehört.«
Sie schwiegen, und es war, als wären beider Gedanken beschäftigt mit diesem lächerlichen Befund, daß zwei Tür-

flügel eine so lange Zeit warteten, um bewegt zu werden; daß ein gewisser Laut als Möglichkeit durch Jahre im Schweigen dicht neben den Ohren nistete, um endlich Wirklichkeit zu werden.

»Was sagte Luise?« fragte plötzlich die Stimme aus dem Dunkel. Wilhelms Antwort, daß Luise durchaus bereit sei, kam leise, er schien damit seinen Zuhörer um einen vertraulicheren Ton zu bitten. »Und du glaubst bestimmt, daß Babette und somit auch Luise nichts von Frécourts Brief wissen?« Das schien Wilhelm gewiß, denn sonst hätte sie ja den Vater längst gefragt, so sagte er.

»Aber, Wilhelm«, Clairmont sagte das ungeduldig, »Luise ist eine Frau und überdies meine Tochter!« Wilhelm schüttelte im Dunkel wegwerfend den Kopf und legte dar, daß Luise diesen Herrn Frécourt längst vergessen habe, denn, so behauptete er, die Frauen vergäßen ja die Personen schneller als die eigenen Gefühle, die sie für sie hegten. Der Sprechende kam nicht weiter.

»Wo hast du solchen Unfug gelesen, Wilhelm?« Herrn von Clairmonts Worte zuckten nervös.

»Verzeihung, Vater, es sind meine Ansichten.«

»Noch schlimmer!«

Wilhelm begann wieder: »Ich wollte sagen: aber auch dann, nämlich für den Fall, daß Luise mit Frécourt fertig wäre – und sie ist mit ihm fertig wie mit ihren übrigen Backfischgefühlen –, triebe sie doch die weibliche Neugier, zu wissen, wie es Frécourt geht, warum er so plötzlich wieder schreibt und so fort. Hörte sie gar, daß er übermorgen uns überrumpeln will – und es ist eine Überrumpelung –, dann würden keine Zaubersprüche sie aus diesem Haus herausholen können. Sie würde die alten Gefühle hervorkramen und dem alten Gegenstand um den Hals legen, zum Anprobieren, einfach aus Vergnügen am seelischen Putz! Und merkte sie gar, daß Frécourt ihretwegen gekommen sei, nach so langer Zeit, dann – rette sie, wer kann! Wenn sie aber nach unserer

Rückkunft so im Vorbei hört, Frécourt sei auf einen Sprung bei dir gewesen, dann wirst du es ja sehen, bestimmt. Du wirst es sehen, Vater: sie wird es bedauern, gewiß – ach, wie schade, mein Marzipanferkelchen! Ist er noch beim Militär? Wie sieht er aus in Zivil? und so fort. Aber nichts, gar nichts von all dem, was du befürchtest.«

Die Gestalt auf dem Linnen war in dem mehligen Mondschein, der durch das Fenster an der andern Bettseite stäubte, Wilhelm allmählich deutlicher geworden. Die Decke, die das Lager fast bis zur Erde umhüllte und auch über das Fußende, das ohne Aufbau war, herabhing, lag wie aus Marmor gemeißelt.

Wilhelm war bedrückt. Zuerst glaubte er, der Vater sei eingeschlafen; dann überlegte er, ob man sich vielleicht trotz aller Vorsicht dumm ausgedrückt habe, wenigstens nach der Meinung des Vaters. Auf ausgesprochene Dummheiten aber, das war Wilhelm von einigen Begebenheiten her unvergeßlich, pflegte Herr von Clairmont mit einem gleichgültigen Schweigen zu antworten.

Wilhelm räusperte sich noch einmal, und da fragte die Stimme vom Bett her, ganz nah und nüchtern: »Was liest du eigentlich für seltsam männliche Bücher zur Zeit?« Wilhelm fragte gedehnt: »Bücher?«

»Ja! Deine psychologischen Erkenntnisse über die Frau haben nur eine Entschuldigung, nämlich die, daß sie angelesen sind!« Herr von Clairmont durchschwieg die Verblüffung seines Sohns, dann fügte er hinzu: »Lassen wir das! Nur wollte ich dir sagen, daß Luise ein bißchen gewichtiger und auch intelligenter ist, als du es ihr zubilligst.« »Aber Vater!« Wilhelm schöpfte tief Atem und schüttelte, als wollte er verzagen, den Kopf. Herr von Clairmont jedoch blieb zäh. »Denk dir, Wilhelm«, sagte er mit seiner nach Luft schnappenden Stimme, »es wäre möglich: Luise hätte von dem Brief erfahren! Babette ist eine Pariserin, die wissen nicht, was das eigentlich so richtig ist: Lüge! Und Babette liebt Luise wie ihr Kind. Sieh an! Und wir locken das Mädchen aus dem Haus. Gut, sie liebt Frécourt nicht mehr, auch ich glaube das annehmen zu dürfen. Wenn sie jedoch erfährt, daß er hier war, daß wir sie täuschten, was kann daraus entstehen? Nun, ich sage es dir: die Liebe beginnt aufs neue. Ich kenne meine Tochter. Dann liebt sie aus Trotz, aus Selbständigkeitsdrang! – Und vor allem: was soll ich sagen, wenn er nach ihr fragt?«

Wilhelm überstürzte sich: »Wenn er fragt? Wenn er das wagt – wie einfach: wir sind seit zwei Wochen unterwegs! Oder ist das nicht einfach?«

»Du sagst, es sei einfach, daß Frécourt nicht erfährt, an welchem Tag du mit Luise abreistest?«

»Ganz einfach!« versetzte Wilhelm erstaunt.

»Geh nicht ins Straffach, falls du überhaupt dem Jus treu zu bleiben gedenkst. Da ist noch Babette!«

Wilhelm, noch betroffen über den Rat, das wirklich angestrebte Strafrecht zu meiden, ja, fast gekränkt, fuhr bei dem Namen Babettes in die Höhe. »Ja, aber bitte, ich setze voraus, daß Babette zum Hause gehört.«

Vom Bett her kam nun ein leises Lachen, es lag Nachsicht darin: »Simplizius! Ach, Wilhelm, man muß dich trotz allem gern haben. Aber denk doch, Babette, wenn sie von dem Brief weiß – das kann nämlich sein –, wird sie es so sicher Frécourt stecken, wie ich hier im Bett liege und mit dir dieses unwürdige Komplott schmiede. Und sie sagt erstens, wann ihr verreist seid und zweitens, wo ihr euch aufhaltet!«

»Das zweite kann sie nicht wissen!« Wilhelm sagte das geradezu ingrimmig. »Und daß du von Komplott redest, von unwürdigem Komplott! Was wir tun, ist doch unsere Pflicht! Es ist sogar doppelte Pflicht: das eine Mal gegen Luise und das andere Mal gegen unsere – Nation!«

»Du bist toll«, sagte Clairmont leise und müde, aber doch sehr bestimmt. »Nein«, fügte er in verbesserndem Tone hinzu, »du bist ein Nationalist, und darum redest du wie ein Robespierre und Spießbürger!«

Wilhelm trat mit einem Schritt, in dem Scheu und gleichzeitig Entschiedenheit lag, an die Lagerstatt. Er suchte auf dem Bettrand und ließ sich dann vorsichtig auf der Kante nieder.
Herr von Clairmont blieb unbeweglich liegen. Er scheute diese Art von Vertraulichkeit, das wußte Wilhelm, aber der junge Mann biß die Zähne zusammen und blieb sitzen. »Vater«, hob er endlich auf deutsch an, »verzeih mir, aber wir müssen uns doch nun endlich entscheiden!«
»Wegen Luise?« fragte Clairmont, in seiner Stimme lag ein kühles Dirigieren, doch es nützte nichts.
»Nein, wegen unseres Volkes, Vater! Ich gehöre zu diesem Land – und meine Schwester darf keine Französin werden! Niemals, wir müssen endlich all unser Blut auf die eine Seite ziehen!«
»Gewiß, um unbeschwerter gegen die andere Seite loslegen zu können.« Wilhelms Atem ging einmal keuchend auf und ab.
»Du sprichst wie einer dieser falschen Völkerbundsapostel!«
»Und du wie ein aufrichtiger General!«
Wilhelm erhob sich ungestüm vom Bettrand, er ging in dem dunklen Raum mit langen Schritten auf und ab. »Wie soll ich mir das nur erklären, Vater«, begann er, »vor Tisch warst du ganz meiner Meinung, daß Luise nicht anwesend sein dürfe, jetzt plötzlich ...«
»O nein, ich bin auch jetzt noch derselben Ansicht: Luise soll Frécourt unter keinen Umständen treffen!«
Wiewohl der Satz zu Ende war, fühlte Wilhelm, daß der Vater zuerst weitersprechen wollte, dann aber wie in einem Entschluß abbrach. Er hob, als wollte er Witterung nehmen, den Kopf. »Hast du etwa einen anderen Beweggrund als ich, wenn du nicht willst, daß die beiden sich treffen?«
Herr von Clairmont wartete eine Weile mit der Antwort, schließlich sagte er bestimmt: »Ja, ich habe einen andern Grund, einen ganz andern. Genug davon! Hier, gib mir deine

Hand: versprich, über das, was hier geredet wurde, nie einem andern Menschen ein Wort zu sagen!«

Wilhelm versetzte fast störrisch: »Was hast du denn Vertrauliches gesagt?«

»Nichts! Ich merke an deiner Frage, daß du dazu auch noch viel zu jung wärest. Gute Nacht!«

Nun trat Wilhelm noch einmal an das Bett, reichte dem Vater die Hand und ließ sie einige Atemzüge in den kalten Fingern des Vaters ruhen. Er sagte: »Das weiß ich seit langem, daß in diesem Zimmer, in diesem Hause etwas ist, etwas lebt, das ich noch nicht zu Gesicht bekam, etwas Dunkles, ja ...«

Er sackte mit der Stimme ab zu einem Flüstern, dennoch hob er noch einmal an: »Schon damals, als wir herkamen, wenn ich unter dem Nußbaum stand, wenn ich zur Schieferwand aufschaute, da ich in den Jahren die langsame Umwandlung deiner schönen Bibliothek in ein kriegerisches Miniaturmuseum erlebte: ich ahnte in all dem dieses Gespenst. Ja, Vater, und als Mutter starb! Ich besuchte sie selten, nicht aus Herzlosigkeit! Und wenn ich in deinem Hause nie ein lautes Lachen wagte, nie ein Geschrei, wie es doch zu einem Hause, in dem Jungen aufwachsen, gehört ... Du weißt ja alles! Was brauch ich es zu sagen! Aber ich bin so bedrückt davon. Und Luise ebenfalls! Und du kannst mir nicht sagen, was es ist? ... Nein, ich will es auch nicht wissen! Ich weiß, es gibt Dunkelheiten, in denen kein anderer sich zurechtfindet. Ja, Vater!«

Herr von Clairmont hielt noch immer die heiße Hand des Sohnes. Als der schwieg, preßten sich seine Finger langsam und fest wie Eisenklammern um Wilhelms Hand. Der hatte zuerst ein Gefühl von Überraschung, als er diese unvermutete Kraft in den sonst welk erscheinenden Händen spürte. Dann aber kam ihm das jähe Bewußtsein von einem innigen, dunklen Verbundensein mit diesem Mann, den er bis zur Stunde mehr verehrt als geliebt hatte – aber das war jetzt anders geworden.

Die brennende Schwelle

Als Wilhelm gegangen war, schaltete Herr von Clairmont die Leselampe über seinem Lager ein. Er wollte dem alles verwischenden Schein des Mondes damit begegnen. Die Gardinen vorziehen mochte er nicht; er brauchte die Luft, das Atmen war ohnehin eine Arbeit, zumal nach einem so langen Gespräch mit einem so gefährlichen Partner, gefährlich, weil er ohne Unterlaß zum Vertrauen verführen kann. Jene aber, die uns zum Vertrauen reizen, überlegte Herr von Clairmont, stehen uns meist zu nahe, als daß wir die Belastungsprobe durchführen dürften. Und warum auch! Man weiß zwar, ein verschleiertes Ding kann den davor herum Ahnenden zur Verzweiflung bringen, und er trägt die bittere Wirklichkeit von Angesicht zu Angesicht meist mit einer für die Stumpfheit des Menschen – oder sein tapferes Herz? – bezeichnenden Fassung. Manches aber kann nicht entschleiert werden. Wo der Schleier die Haut des Geheimnisses wurde, ah, wer könnte diese Hülle abreißen? Und was wäre das für ein Anblick! Das Schweigen ist ein Schleier geworden, und der Schleier eine Haut. Es ist etwas geschehen, und dieses Etwas nimmt nach und nach Besitz von seinem Gastfreund, und hernach ist der ganz aufgezehrt, und statt des Menschen ist da nur noch der großgewordene Parasit. Nur die Haut, das Schweigen, die Kraft des Schweigenkönnens, die ist allein noch übrig.

Herr von Clairmont saß mit aufgestützten Ellbogen und rang um Atem. Die Augen quollen ihm vor, in den Fingern der Linken knisterte der Brief, dieser furchtbare Brief... Man lag wie angenagelt auf diesem Lager, starrte durch die Flügeltüre... Jahre stand sie nun schweigend und offen. Wieviel

Stunden hatte man in diesen Jahren durch die Balkontüre in das vergehende Weiß des Himmels gestarrt – in die lichte, saugende Leere. Man hatte gewartet, selber nicht genau wissend, auf was. Da kam der kleine Wind und fingerte im Geäst des Schneeballstrauches und stieß den frühen Ball in das leere Rechteck. Wie weit muß man doch abgetrieben sein von den andern, um in der Leere eines lichten Nachmittagshimmels Grauen und in einem dagegenhangenden Blütenball Trost zu finden. Man kann das Angesicht des Schrecklichen ertragen, indem man sich ihm voll zuwendet, indem man Wochen und Monate seinen Blick aushält und sich martern läßt, derweil man Festungen baut, en miniature, und in den Fingerspitzen, welche die Gips- und Pappwände formend berühren, es zucken spürt vom Aufschlag der glühenden Metalle. Man sieht die spielerischen Gebilde auf seinem Tisch ins Riesenhafte wachsen; das eigene Gesicht wird zum schweigenden Himmel darüber. Die Panzertürme und Kasematten, die Stollen und Geschütztürme, alles Gemäuer über und unter der Erde ist wie eine vielgegliederte Retorte, in welcher brodelnd und dennoch kühl – wütend laut und dennoch stumm, jagend und dennoch ohne Hast als einziges Ergebnis der Tod hervorgebracht wird. Und der Zuschauer, der mit dem Blick in die Vergangenheit die Geschichte jeder einzelnen Kampfstätte kennt, betrachtet die Entwicklung der Schlacht mit wissendem Auge in einer gottähnlichen Voraussicht, jedoch mit einem Herzen, das fühlen kann, mit einem überdies gespaltenen Herzen, von dem die eine Hälfte hüben und die andere drüben ist. Und nie hat man gesiegt, immer hat man nur gelitten. Doch immer aufs neue hielt man das Auge zu diesem mörderischen Schrecken hingerichtet, man will sich nicht abwenden; denn sofort, da die Dinge sich einem im Rücken abspielen, wird aus dem offenen Schrecken ein unbestimmtes Grauen. Aber spielen sie sich trotz allen Bemühens um Vergegenständlichung, um anschaubare Gegenwart nicht doch eigentlich hinter dem Rücken, nämlich in der Zukunft ab? Im Grunde genommen war es doch einfach so: die Vergangenheit macht der Gegenwart Angst vor der Zukunft! Und ist nicht dieser Brief eine furchtbare Bestätigung im eigenen, engen Bereich, daß das Verhängnis unaufhaltsam ist? Man handelt und weiß doch ganz genau, alles geschieht wie im Traum, ohne verändernde Eingriffe in der Wirklichkeit zu hinterlassen. Man läuft und kommt nicht von der Stelle. Alle die Jahre glaubte man, sich vorbereitet zu haben für die große Begegnung mit ihm, das man so diffus und hilflos Schicksal nennt. Als es dann vor über drei Jahren in der Gestalt dieses Tourainers bei einem eintrat, ahnungslos, gutmütig und verliebt, und trotzdem das Schicksal, o ja, da hatte man seine ganze Nervenkraft und die letzte Frechheit – ja, auch das – aufgebraucht, um sich als perfekter Gastfreund aufzuspielen, derweil man bebend darauf wartete, daß es wieder gehe. Und es ging – und man atmete auf. Aber von der trotzig-demütigen Bereitschaft, alles auf sich zu nehmen, was man verdient hatte, war nichts geblieben. Wäre es als Richter erschienen – dieses Schicksal, man hätte seinen Kopf hingehalten. Doch das Grausige war: es kam als Gast, als Liebender, als Bewerber um die Hand der Tochter. Und da man schon glaubte, endlich seiner sicher zu sein, kehrte es wieder und meldete sich von neuem an. »Cher ami«, war seine Anrede, wie oft hatte er diesen Brief schon gelesen, aber wieder las er ihn, als könnte er es noch immer nicht fassen. Und wieder begann die kleine, so harmlose Schrift zu ihm zu sprechen: »Sie müssen mir verzeihen, wenn ich nach Jahren des Schweigens Ihnen mit diesem Brief einfach meinen Besuch anmelde. Da Sie kaum verreisen, nehme ich an, daß Sie zu Hause anzutreffen sind. Sollten Sie nicht zu Hause sein, werde ich in Trier so lange warten und an Ihrem Hause täglich vorbeikommen, bis ich Sie, und, was soll ich es verschweigen, Ihr Fräulein Tochter, wiedersehe. Daß Sie alle noch am Leben und gesund sind, erfuhr ich regelmäßig von

einem Bekannten, der noch heute in der Trierer Garnison liegt. Verzeihen Sie auch diesen vielleicht indiskret erscheinenden Weg, mich über Sie und die Ihren in gut unterrichtetem Zustand erhalten zu haben. Hören Sie, mein teurer Freund, ein Mann, dem nichts fehlt auf dieser Welt als seine tote Frau und eine neue Gefährtin – gesteht Ihnen ein, daß er einigermaßen unglücklich ist. Er kann die Tote nicht vergessen und zugleich ist er in neuer Liebe entbrannt, und zwar zu Fräulein Luise. Was kann ich tun? Ich habe – aber nicht nur deshalb, weil Sie immer zurückhaltender über Luise in Ihren letzten Briefen wurden – meine aufsteigende Neigung zu übertölpeln versucht, jedoch umsonst. Ich spreche mit meiner toten Frau über die Lebende, und ich möchte mit der Lebenden über die Tote sprechen. Macht Ihnen das Angst für Ihre Tochter, indem Sie glauben, sie sei nur eine Stellvertreterin? Sie sollten dann wissen, daß kein Mensch einen andern ersetzen kann, wenigstens nicht in den Dingen des Herzens, ist es nicht so? Verzeihen Sie mir, ich bin ein Weinbauer und kein Mann der Feder! Deshalb komme ich, um Ihnen alles mündlich zu sagen! Ich schrieb diesen Brief in Lille, in der Stadt, wo Denise begraben liegt; doch erst in Vouvray gab ich ihn auf, weil ich noch einmal überlegen wollte. Mein Schwager, der Bruder von Denise, ist – das erzählte ich Ihnen doch – ein armer Curé in Lille. Er ist ein Priester, wie sie selten sind. Als ich meinem Schwager von Ihnen und Luise erzählte, sagte er gleich: ›Wer so viele Jahre warten kann, darf seiner Gefühle sicher sein!‹ Ja, so sagte mein Schwager. Der Arme hält sich übrigens immer noch mitschuldig am freiwilligen Tode meiner Frau! Natürlich ganz zu Unrecht, wie Sie sich bei einem solchen Menschen denken können!
Mein teurer Freund, erlassen Sie mir jedes weitere Wort hier auf dem Papier. Ich werde kommen, und Sie werden meinen Einbruch in Ihr so stilles Haus, das meinen Schmerz sehr linderte, verzeihen.«

Als wäre jedes Wort ein Tropfen Gift gewesen, das er langsam und mit Widerwillen aufzunehmen genötigt war; und als wäre das letzte Wort genau der Tropfen gewesen, der ihm als Maß zur Tötung berechnet worden sei, so sank Clairmont mit leisem Ächzen zurück, noch immer den Brief in der Hand. Er schaltete das Licht aus und starrte eine Weile auf seine Füße, die gegen das ferne Rechteck der Balkontür sich nebeneinander erhoben, fast in der Form eines schwarz ausgefüllten lateinischen M. Die Bettdecke sah im Augenblick, als die Lampe ausging, gegen das hellere Rechteck schwarz aus. Herr von Clairmont hatte die huschende Vorstellung eines Bahrtuches. Doch das konnte ihn nicht weiter erschrecken. Er mußte an den Curé denken, Curé Quinquepivoix! Er bildet sich eine Schuld ein. Er kann sich diesen Luxus leisten! Eine Schuld ist kein Schoßhündchen, es ist ein wilder, ausgehungerter Hund: die am Kreuz Hingerichteten schauten in ihrer unbeweglichen Stellung diesen Bestien zu, wie sie ihnen die Füße abnagten – oh, das geht alles so langsam!

Herrn von Clairmont überlief ein Frösteln. Es ist der Durchzug, man sollte das Kammerfenster schließen, die Balkontür steht so weit offen. Indes, er ist zu müde, zu gleichgültig. In der Balkontür erscheint soeben der zunehmende Mond. Es ist, als wäre er um das Haus herumgegangen und gucke durch alle Öffnungen, o wie neugierig! Und nun, da er so unter dem Sims der Balkontür hereinblickt, wie der gekrümmte Finger eines silbergepanzerten Riesen –, ahnt man diesen selber irgendwo, kann ihn aber nicht sehen. Der unbeweglich ausgestreckte, fröstelnde Mann unter der Decke hat das seltsame Gefühl, daß nun alles entschieden sei, daß der Größere komme – durch die so lange Zeit hindurch immer sperrangelweit geöffnete Tür.

Der Finger bewegt sich. Das Blütenwölkchen kommt zuerst in neckischem Schwanken hinter der Mauer hervor, in das Rechteck der Tür. Dann, wie der Finger schärfer winkt, biegt

sich der Blütenquast wie ein Kopf geduldig hin, und der Finger ist wie ein Messer, schneidet zu, und der kleine Strauß liegt auf dem Balkon.
Clairmont lacht, als wollte er nichts von diesem Vorgang verstanden haben, er sagt: »Entschuldigen Sie bitte, das ist mein Strauch. Er soll am Stock verblühen, ich liebe keine Schnittblumen!« »Nein?« fragt es mit harter, ferner Stimme, und dann wächst in das helle Rechteck langsam zu dem Finger die Hand – eine Hand, die durchsichtig ist und dennoch Körperlicht besitzt, wie Eis! Auf der silbernen Haut dieser Hand gibt es Knochengebirge und dazwischen Kraterporen und Schründe, wie Wunden. Und der Träumende sieht sie tiefer sinken und schließlich wie einen Schlangenkopf sich langsam heben und dicht unter der Balkondecke der Bibliothek entlang schweben. Und er empfindet, worüber er sich bis in den Traum wundert, nicht den leisesten Schrecken. Er stellt nur mit einem atemlosen Verwundern den Widerspruch fest, daß eine solche Hand in diesem Raume Platz findet, ihn nicht einmal füllt, eine Hand, welche die Sterne gleich Bällen durchs Weltall hätte schlagen können. Und an diesem Widerspruch erkennt er ihn, es war etwas wie der Tod, immerhin ein Wesen, dem das letzte Wort gegeben war. Und die silberne Hand mit dem vorgestreckten Finger richtet sich langsam gegen seine Brust herab, gegen die Mitte, nicht wo das Herz sitzt, sondern dorthin, wo der Mensch in Atemnot verzweifelt hingreift wie zu der Schleuse des Lebens. Und nun sieht der im Traum sich seltsam ruhig Gebärdende nichts mehr als den Finger des Gegenübers. Er ist durchsichtig wie Glas, und darin strömt bis zur Spitze ein türkisblauer Strahl. An der Spitze biegt sich der Strahl in den Finger zurück und wird rot, und als der Schauende das erkennt, merkt er, wie ihm langsam das Blut aus der Brust strömt. Und er spürt, wie das Blut seinen Körper durch diesen furchtbaren Finger verläßt, langsam, aber stetig; er spürt das und sieht zu und ist etwa wie ein Hirte an dem

geöffneten Pferch, dem die Schafe entströmen. Und er sieht jeden Blutstropfen dahingehen, es dauert lange. Dabei stellt er Überlegungen an, ruhiger, nebensächlicher Art. Er läßt sich allerlei Särge zur Auswahl in die Bibliothek schieben. Der Händler will ihm einen sehr kostbaren aufreden, und da er nicht darauf eingeht, glaubt der geschäftige Totenputzer, es sei Geiz und fängt an zu handeln. Doch der Sterbende verharrt auf einem unauffälligen Stück. Er nimmt das Maß und ist sehr zufrieden, daß der Sarg paßt. Dann kommen die Kinder, wie der Sterbende selber sehr gleichgültig und ganz nüchtern. Sie fragen, wie man ihn begraben solle. Welch eine Frage? Ja, ob der Pastor kommen solle. Er bestellt, ohne zu überlegen, den Curé aus Lille. Wilhelm entsetzt sich: »Aber der ist doch katholisch!« »Macht nichts, ich habe einen besonderen Grund dabei!« Und was für ein Lied er sich wünsche, das fragt Luise. »Ach, warte ein wenig, ich weiß eines, das Denise einmal sang, da sie sich das Haar ordnete vor dem Spiegel.« Man schaute mit ihr in den gleichen Spiegel. Und aus dem Spiegel lächelte ihn Denise an, und er, viel ernster, lächelte ihr Bild im Spiegel an. Oder war das nicht so, war das ein Traum? Ihre Blicke in dem Spiegel mußten sich so überkreuzen. Sie sang:

»Mehr als ich gab, hab ich nicht zu vergeben!
Vergiß mein Angebinde nicht, ich bin es selbst!«

Luise findet das Grablied sehr eindrucksvoll und passend, wie sie sagt. Endlich kommt noch das Testament! Alles wird aufs Härchen genau festgelegt: dies Wilhelm, dies Luise! Bis auf die Modelle in der Bibliothek! Die? Ah, die bekommt mein Schwiegersohn: François Frécourt, nicht wahr? Er wird doch zur Beerdigung kommen? Und da ist er auch schon da, strahlend und gut aufgeräumt; er sieht ein bißchen dick aus in Zivil. Man ißt und trinkt, plaudert und nimmt den Kaffee, und zwischendurch, als erinnerte man sich, blicken alle plötzlich den noch nicht Beerdigten, ja noch nicht einmal Gestorbenen wartend an. Sie sind höflich und können nicht

geradezu sagen: »Nun, mach voran, die Beerdigung ist angesagt. Wir können nicht alle Welt zur Pünktlichkeit anhalten, wenn du es nicht zuerst bist!« Allein – der noch nicht Gestorbene legt alle Höflichkeit ab; er weiß wohl: in der Schlafkammer wartet der Tod; und er denkt: er wartet auch noch, bis ich wiederkomme, der Finger des Todes! »Ich bleibe noch ein bißchen bei euch«, ruft er und lacht aus vollem Halse, wie er es nie in seinem Leben getan hat. Und dabei klatscht er François Frécourt auf den dicken Oberschenkel: »Nicht wahr, mein teurer Freund, mein guter Schwiegersohn, nicht wahr, oder hast du es so eilig?« »Aber gewiß nicht, wir können noch ein Stündchen warten!« »Ein Stündchen?« Er wird ärgerlich und stürzt ein Glas Wein hinab, »ein Stündchen? Bin ich euch nicht mehr wert?« »Warum aber wartest du so, hast du Angst?« fragte Luise. Er schüttelt den Kopf: »Ich weiß es eben nicht, was ich nun haben soll: Angst, Gleichgültigkeit oder Freude? Was soll man denn für ein Gefühl haben? War das Leben nur ein dummer Witz, wie? Oder ist's eine fürchterlich ernste Sache? Könnt ihr mir das sagen, du, Wilhelm? Luise? Du, François?« Da nickt François einmal ganz langsam, er steht auf, hebt das Glas, leert es und wirft es hin: »Auf den Tod meiner Frau Denise! Ich sage dir, Wilhelm von Clairmont, das Leben ist eine fürchterlich ernste Sache, das Leben, nicht der Tod!«
Und da stürzte Herr von Clairmont mit der Stirn zur Erde, schrie laut den Namen Denise... und wieder und wieder schrie er ihn...
Herr von Clairmont lag vollständig erschöpft in Luisens Armen. Das Mädchen, das schlaflos in ihrem Zimmer saß, war auf den Schrei des Vaters mit gesträubten Haaren herbeigeflogen. Es fand den Betäubten neben seinem Bette liegen. Ein Gerinnsel Blut lief von seiner Stirn. Er war im Hinfallen gegen die scharfe Ecke des Tischchens geschlagen und empfand heftige Schmerzen. Dennoch ließ er nicht zu, daß Babette komme. Luise stand ihm bei, bis er wieder in seinem

Bette lag. Endlich fragte sie, die Augenbrauen angstvoll zusammengezogen und beinahe vorsichtig über den Erschöpften gebeugt:
»Kann ich dir helfen, Vater?«
»Nein«, seufzte es matt aus dem Dunkel, dann sofort hinterdrein: »Habe ich gesprochen?«
Luise zögerte kurz: »Ich hörte dich schreien, Vater, da kam ich.«
»Schreien? Ja, gewiß, aber was denn... was schrie ich?... Ah, du antwortest nicht...«
»Ich hörte einen Namen, Vater...«
»Einen Namen – ja – das kann sein... Aber geh jetzt schlafen. Morgen sprechen wir miteinander, morgen ja... Nein, jetzt nicht, geh bitte, Luise... Gute Nacht!«
Sie verließ langsam das Zimmer und setzte sich wieder an ihren Platz am Fenster, wo sie saß, als sie die Stimme des Vaters vernahm, diese furchtbare Stimme.
Und jetzt erst war's, daß sie zitterte. Sie zog über den Morgenrock einen Pullover, aber das fröstelige Zittern ließ nicht nach.
Der Mond trieb nach Westen. Die Stadt am Fluß, die ihr noch einige Minuten zuvor Anlaß zu schwermütig schwärmerischen Empfindungen gewesen, wirkte nun auf sie wie ein verrufener, unheimlicher Ort; die Häuser waren Abfallhaufen, der Fluß eine tote Schlange, die Straßenlaternen aber blinkten wie Taubnesseln im Geröll. Und die große Ruhe im Hause drinnen und draußen unter den wenigen Sternen kam ihr plötzlich verdächtig vor.
Dieser Name... Luise gab auf das Frösteln acht, es lief außen an der Haut den Rücken von oben nach unten – und dabei, wie seltsam, brannte es von innen, ja, das kam von innen! Ihr Inneres hatte sich entzündet, stand in Flammen; auf der Schwelle war es geschehen, auf der Schwelle, die zwischen der Bibliothek und dem Schlafraum des Vaters liegt. Da hatte sie den Namen gehört. Bis zu diesem Augenblick wußte sie

nicht, daß in diesem Namen Feuer enthalten sei. Aber aus der Stimme des Vaters hatte sie gespürt, wie es brannte.
Wie nackt kann eine Stimme sein, nackt wie eine Flamme. Der Traum ist oft ein Verlies, dieser Traum des Vaters war ein Verlies voller Feuer. Und aus diesem sprang das eingesperrte Feuer auf einmal und steil heraus. Aber das Verlies zog die Flamme wieder herein, und sie sprang wieder hervor! Wie oft rief er nach ihr? War es überhaupt ein Rufen? Doch, es hörte sich an wie ein Ruf am Ufer, bei Wassernot – aber auch noch ganz anders. Ein Mensch hat meist ein bißchen Hoffnung in der Stimme, daß er gehört wird. Aber wenn ein Hund heult in einer einsamen Mondnacht... wenn ein Verzweifelter an der Bahre weint... wenn ein ungeliebtes Kind sich in den Schlaf wimmert, ja, wenn keine Antwort mehr erwartet wird...
Luise schauerte zusammen und einen Augenblick überlegte sie, ob sie nicht in Vaters Schlafzimmer eilen müßte, um ihn zu umarmen, zu küssen, den Elenden in seinem Verlies – ihren Vater!
Aber nach dem ersten Zusammenraffen der Knie empfand sie eine unbestimmte Angst. Allwissender Gott, was lag nur hinter dieser Schwelle?
Das letztemal als François zu Besuch war, da hatte man zum erstenmal diesen Namen gehört, oder war es das vorletzte Mal? Daß François ihn so lange verschwieg! Er hatte dafür Gründe, gewiß, mancherlei Gründe... Es fiel ihm schwer, von ihr zu erzählen. Aber dann, nachdem er so lange geschwiegen hatte, redete er. Warum hatte er nicht auch noch diese eine Stunde geschwiegen? Und auch Mutter – warum hat sie diesen Namen ausgesprochen? Was wäre ihr dieser Name, heute, in dieser Nacht, wenn sie nicht wüßte, wen er ausdrückte, wohin er gehörte, in welchen Zusammenhang...
Luise erhob sich und schritt langsam auf das zerwühlte Bett zu. Sie betrachtete es eine Weile und überlegte, ob es für sie

möglich sei, hineinzusteigen, sich zuzudecken, ah, und zu schlafen. Indes – sie spürte: sie brauchte Wärme, die Zähne klapperten ihr, und der Kopf war ihr wie mit Blei ausgegossen, bald ist es heiß, bald kalt, dies öde leblose Blei.
Sie streifte den Pullover ab, den Morgenrock, und da, als sie das Nachthemd an sich sah, das Nachthemd der Mutter, kam ihr der Gedanke, es könne etwa dasselbe sein, das Mutter trug, damals als sie in die Bibliothek trat und François wegen der zerschnittenen Reifen zurückgekommen war.
Luise ahmte, als wäre sie in die Vergangenheit eingetreten, ihrer Mutter Dastehen nach, ihre klagende Handbewegung gegen François hin. Und sie tat es, mit gesenktem Kopf und zusammengezogenen Brauen, um Mutters Worte zurückzufinden, alle, es war ihr, als hätte Mutter damals sehr viel gesagt...
Schließlich stand sie, die Hände vor dem Gesicht, regungslos da. Die Worte wichen vor ihr zurück, wenig hatte sie behalten, davon sie sicher war, daß Mutter es gesagt hatte. Aber das eine schien ihr gewiß: Mutter hatte Mitleid mit François bezeugt – ja, Mitleid! Und ihr letztes war »Denise«.
Und auch dies war sicher: Vater war in der Spionageabwehr und François' Frau hatte sich in Spionage eingelassen, und beide wohnten wenigstens eine Zeitlang in Lille, das wußte sie aus dem, was der Vater selber zu François gesagt hatte, bei diesem seinem letzten Besuch. Freilich, damals, als Vater das erzählte, dachte man so wenig wie François daran... woran?
»O mein Gott!« Luise ließ sich ächzend über das Bett fallen und blieb so ganz ohne Gedanken eine Weile liegen.
Aber sie hat sich doch selbst getötet... Dieser Gedanke beruhigte sie für eine kurze Weile. Sie riß die Decke über sich, legte sich auf die Seite und zog die Knie bis zum Kinn herauf. Und sie fühlte sich klein, unerwachsen und sehr allein! Wäre eine Puppe auf dem Zimmer gewesen, sie hätte sie sich ins Bett geholt. Sie dachte schon an die Katze, aber sie hatte Angst, aus dem Zimmer zu gehen, an Vaters Tür vorbei.

Wenn er noch einmal schreien sollte, in dieser Nacht, nein, sie könnte es nicht ertragen, sie könnte nicht zu ihm gehen. Aber das kommt nicht vor, dachte sie mit tiefem Atemholen, es ist jetzt vorbei, zweimal träumt man nicht so schwer. Es könnte ja auch vielleicht wirklich nur ein schlimmer Traum gewesen sein. Aber daß er fragte... Er hatte sich im Verdacht, ja er wußte, er hatte zuviel gesagt, genau wie François – ehe er ging. Ach François – warum schwiegst du nicht länger?

Ihre Gedanken gehen in Vaters Leben hin und her, suchend, mißtrauisch, ängstlich. Sie hatte vor kurzem ein Buch über Alchimie gelesen. Als Ergebnis des müden, zusammenhanglosen Nachdenkens über den Vater sah sie ihn plötzlich in seinem schwarzen Schlafrock so wie einen Alchimisten in der Bibliothek sitzen: schweigsam; und wenn er sprach: meist in rätselhaft fertigen und verschlossenen Sätzen. Und wenn er einen anblickte, stets dieser traurige und aus großer Ferne kommende Blick. Freilich, in diesem Blick war so viel Zärtlichkeit, aber in dieser Nacht kam sie Luise wie gefesselt vor, hilflos, ratlos; er war zärtlich, als hätte er Mitleid mit ihr, mit seiner Luise. Etwa gar Mitleid, daß sie solch einen Vater hatte?

Ich muß fort, dachte sie plötzlich, ich reise morgen mit Wilhelm fort, irgendwohin! Mit Wilhelm – und da sah sie ihn, wie er ihr am Abendtisch gegenübersaß... Von François' Brief kein Sterbenswörtchen, dafür eine Einladung, mit ihm zu reisen, wohin einerlei! Wilhelm mag ja viel studiert haben, aber er ist doch dumm, dachte Luise. Nein, sie schüttelte den Kopf, dumm vielleicht nicht, aber er kann nicht lügen. Und ein frecher Kerl ist er, schon allein, weil er sich einbildet, mich derart hinters Licht führen zu können. Aber auch weil er mich aus dem Haus holen will – denn, natürlich: er kommt, François kommt!

Erst in diesem Augenblick wurde ihr das ganz klar. Und schon sprang sie aus dem Bett, holte den Koffer vom Schrank und begann ihn in fieberhafter Eile zu packen. Die Vorstel-

lung, François morgen oder übermorgen begegnen zu müssen, jetzt... sie lauschte erschrocken in das Haus... die Katze... die Katze lief im Haus umher... Luise zitterte und packte weiter. Nein, jetzt durfte sie François nicht sehen, niemals mehr durfte sie ihn sehen... Darum, ja natürlich – darum hatte man ihm nicht schreiben dürfen... Sie stand wieder sinnend da, in jeder Hand einen Schuh. »Darum... Darum?...« Sie murmelte das in leisem Fragen vor sich hin und stellte die Schuhe nieder und suchte im Schrank. »Warum... was such ich denn?... ah, nichts, gar nichts... den weißen Puder für die Schuhe, Babette weiß, wo er ist... ich muß Babette fragen... Babette, nein, die sagt nur, ich müsse hierbleiben, ihn sehen, treffen, nach drei Jahren...«
Und ich darf ihn nicht sehen, so sagt der Vater, so sagt Wilhelm; ich sage: ich kann ihn nicht sehen.
Luise gibt der Einwilligung des Vaters zu dieser Reise erst jetzt das volle Gewicht. Sie setzt sich auf den Koffer, als wollte sie ihn schließen, wiewohl an den Seiten überall Kleidungsstücke heraushängen. Sie läßt sich, die Zähne aufeinandergebissen, aber ganz gedankenlos, einigemal auf den Koffer herabfallen. Man will mich fortschaffen, fort, fort... Es geht nicht anders... Wie soll er denn... sonst muß er ja alles François sagen... alles... was nur?
Luise hat den Koffer vergessen, sie sitzt reglos, das Kinn in die Hand gestützt und starrt in die Zimmerecke.
Sie haben sich geliebt, aber ist das so schlimm? Luise fragt sich das allen Ernstes. Und sie fragt sich wieder: wenn es sogar schlimm war, so schlimm, war nicht gerade dann Schweigen am Platze?... Muß er es wirklich François sagen?... Warum ging er nicht beichten – wie Mutter, ehe sie starb?... Mutter wußte alles, darum hielt sie sich den Mund zu, darum... Darum wollte Vater sie nie allein mit den Kindern lassen... Ach ja, darum...
Luise seufzte. Sie kam sich wie tief unter der Erde in einem verlassenen Bergwerk vor, nur ein kleines Licht in der

Hand – ihr tastendes Ahnen. Und dieses Bergwerk war die Seele ihres Vaters.

»Er ist nicht böse«, sagte sie plötzlich und stand kerzengerade da, eine Falte zwischen den Brauen, die immer tiefer und entschiedener wurde. Nein, nein, Vater ist nicht böse, nicht schlecht, nicht gemein! Er log wohl damals, einmal log er, ja! – bei der Reifengeschichte, als er sagte, er habe Mutter alles erzählt... Aber da hatte er auch gesagt, daß ein Clairmont keine halben Sachen mache... Doch sagte er noch mancherlei zu François, als er über die Reifen sprach, über Wilhelm. Auch über das Böse sprach er... Wirklich, über das Böse?... Sie schwankte langsam zu ihrem Bett. Und niederknieend begann sie plötzlich das Gebetchen zu sagen, das Mutter sie vor so vielen Jahren gelehrt hatte, es kam ihr später zu einfältig vor, sogar ein bißchen kindisch. Aber jetzt flüsterte sie es – und schließlich kam sie vor Schluchzen nicht mehr weiter: »Du mein Schutzgeist, Gottes Engel, weiche, weiche nicht von mir, leite mich durchs Tal der Mängel... bis... bis...« Und hier versagte ihr die Stimme, denn sie hatte plötzlich das Bewußtsein, als ob sie den Namen dieses Schutzgeistes wüßte: Denise!

Bewegungen ins Leere

Als am Morgen des folgenden Tages Babette auf dem Tragbrett das Frühstück in die Bibliothek brachte, fand sie die Doppeltür verschlossen. Sie pochte leise und rief weckend: »Ihr Frühstück, Monsieur!« Ihr Mund stand so dicht an der Tür, daß der Messingbeschlag unter ihrem Atem erbleichte. Von drinnen kam sofort der Bescheid, das Frühstück vor die Tür zu stellen. Als sie fast entsetzt fragte: »Vor die Tür? Etwa aufs Parkett?« sagte Herr von Clairmont, es gebe ja einen Tisch in der Bibliothek. Babette hob die Brauen in die Stirn, sie kam sich gekränkt vor, doch wußte sie nicht recht weswegen und von wem. Mit einem hochmütigen Schwung setzte sie das Tragbrett auf den äußersten Rand des großen Arbeitstisches, neben einen niedlichen Berg, der von einem blaubemalten Flußband umschlungen und mit winzigem Gemäuer bedeckt war. Dies Werk ihres Herren, das in dessen einsamen Nachtstunden im Laufe der letzten Wochen entstanden war, kannte sie noch nicht. Clairmont hatte tagsüber stets einen riesigen Karton darüberzustülpen sich angewöhnt, auf dessen Rand »Glas, nicht stürzen«, gedruckt war.

Babettes kindliche Neugier, die so gern einmal den Karton gelüftet hätte, war nun entzückt, daß wieder eines dieser »charmanten Spielzeuge für den König von Amerika«, wie sie Herrn von Clairmonts Modelle manchmal benannte, seiner Vollendung entgegenging. Sie war nunmehr der einzige Mensch im Clairmontschen Hause, der an dieser kriegerischen Miniaturwelt weder Anstoß nahm noch von ihr bedrückt wurde. Sie konnte sich über den Durchschnitt eines Forts oder die Ganzansicht einer Sperrgürtelanlage beugen

und die Finger vor Entzücken spreizen und sagen: »Nein, wie klein! Und hier schlafen die Soldaten! So niedliche Kanonen, damit kann man auf Flöhe schießen! Die Häuschen, Luise, könnte man sich das hier nicht mieten? Welche Aussicht! Und gleich das Wäldchen zum Spazierengehen dahinter!« In Babettes Augen war allein der ein vornehmer und glücklicher Mann, der sich seine Beschäftigung nach Belieben aussuchen konnte. Wie man aber den Gegenstand von Herrn Clairmonts, so glaubte sie, spielerischer Neigung als bedrückend und trostlos empfinden konnte, das blieb Babette vollends verschlossen. »Was wollen Sie, mein Kind«, pflegte sie manchmal zu Luise in munterer Erklärung zu sagen, »das ist der Rest vom Krieg! Wie die Kriegermäler und die Wunden der Soldaten! Es ist der Rest, jetzt ist alles beendigt, es kommt nichts mehr, das da ist ein kleines Museum! Spielzeug für den König von Amerika!« Und manchmal kam ihr angesichts der französischen Namen vorn auf dem Sockel der Modelle ein verträumtes Lächeln um die mädchenhaft gebliebenen, aber trocken gewordenen Lippenblättchen. Sie las etwa Belfort und sagte mit einem zarten Seufzer: »Das liegt doch in Frankreich, nicht wahr?«
Und wenn Herr von Clairmont nickte, fragte sie wohl: »Ist das weit von Paris?« Sie erwartete auf solche Fragen eigentlich keinen Bescheid. Sie dachte sich nur dabei: wie schön es wäre, wenn man eines Tages in die Lage versetzt würde – Gott weiß durch wen –, nach Paris zu kommen und wieder einmal im Jardin des Luxembourg mit einem Strickstrumpf sitzen zu können, vielleicht neben einer Bonne, die einen Roman liest, während das Kleine im Wägelchen schläft. Es müßte richtig heiß sein, Juli oder August, und gegen Abend gehen. Diese Zeit hatte sie stets sehr gern. Am großen Rondell nähme man sich einen Stuhl für einen Sou – heut wird alles teurer geworden sein –, und man guckt den Jungen zu, die ihre Segelschiffchen auf dem Bassin treiben lassen. Es gab immer so einen besonders goldigen Staub um diese Stunde.

Er stieg unter den Schuhen der Kinder auf, die schon die Beine schleppen ließen: es war Zeit fürs Bett! Im Westen vom Palais des Luxembourg standen die Bäume wie die großen, verstaubten Kulissen im Odeon, wenn man ein Stück von Molière aufführte. Ach, da oben unter dem Dach des Theaters, man mußte sich förmlich bücken, um noch eine Zehe von den Schauspielern zu erhaschen; doch es war billig, sehr billig, und die Leute konnten so fein deklamieren. Und dem alten Geizhals zuzuschauen, wie der seine Tochter verschachern wollte, ei, ei, es gab sehr wunderliche Männer auf der Welt! Sogar böse Männer! Gott sei Dank, man war ihnen entwischt, und gerne würde man eine kleine Dankeswallfahrt auf den Montmartre machen und in den Opferstock der weißen Basilika droben einen Franc hineintun – oder gar ein Marmortäfelchen stiften, zum Zeichen der Anerkennung für die heilige Jungfrau, daß sie einen vor einem bösen Manne bewahrt und einem doch so ein liebes Kind wie die Luise beschert hatte.
Wenn Babette freilich sich auf solchen Gedanken traf, erschrak sie meist ein wenig und schüttelte den Kopf und guckte Luise oder Herrn von Clairmont an, ob sie auch nichts gemerkt hätten. Man stünde als ein richtig undankbares Geschöpf da, das in seinen Wünschen heimlich aus dem Hause entwischte, wo der gute Gott einen doch hingestellt hatte als an den richtigen Platz. Was wäre aus euch armen Boches geworden, wenn es keine Babette gäbe, murmelte die Alte manchmal an einem Abend, da sie irgend etwas erzürnt hatte, derweil sie sich die Bettschühchen anzog und die Schlafhaube unterm Kinn zusammenknüpfte zu einem richtig sitzenden Schleifchen.
Als Babette an diesem Morgen, da ihr das Frühstück nicht abgenommen worden war, so vor dem fertigen Modell stand, bückte sie sich zum Schluß und las den Namen auf dem Sockel: Montroyal. Ja, das war auch ein königlicher Berg. Wo in dem gesegneten Frankreich mochte er nur liegen?

Dann las sie die Namen, die auf den roten Pfeilen eingeschrieben standen: vers Wolf, vers Traben, vers Enkirch. Und sie schüttelte den Kopf. Welche Namen! ... Dieser Montroyal mußte wohl in der Auvergne gelegen sein, wenn er so unaussprechliche Städte in der Nachbarschaft hatte.
Plötzlich schrak Babette zusammen. Neben ihr stand Luise, vollständig angezogen, in einem weißleinenen Reisekostüm. »Wie Sie mich erschrecken, mein Kind«, lächelte sie. Dann wies sie auf die verschlossene Tür und flüsterte: »Monsieur le père hat nicht geöffnet, denken Sie nur. Das erstemal seit ich mich erinnern kann, daß er seine Haferflocken kalt werden läßt.« Sie wies bedauernd auf das Tragbrett. Luise warf einen Blick auf den Tisch. Als sie das Modell erblickte, trat sie näher. Sie betrachtete eine Weile den kahlen Miniaturberg, der wie ein längliches, vorn sich erweiterndes Brot zwischen dem blauen Band des gemalten Flusses lag. Ihre Lippen bewegten sich im Nachsprechen der angegebenen Richtungsbezeichnungen. Babette war hinausgegangen, sie hatte aus Luisens zerstreut abweisendem Benehmen geschlossen, daß sie nicht weiter am Platze sei.
Kaum war Babette hinaus, als Herr von Clairmont im schwarzen Hausrock durch die Doppeltür seines Schlafgemaches trat. Er trug am Kopf eine weiße Mullbinde, darüber war ein schwarzes Hauskäppchen, das er sonst gelegentlich im Winter trug, wenn er im Garten auf und ab spazierte.
Sie begrüßten sich. Luise bot dem Vater mit niedergeschlagenen Augen die Wange zum Kuß, dann fragte er: »Im Reisekostüm, wie ich sehe! Wilhelm erzählte mir gestern abend, daß ihr einige Tage ausfliegen wollt!« Luise hielt eine Weile, als überlegte sie die nächste Bewegung, den Kopf gesenkt. Dann warf sie mit ruhigem Schwung das Haar zurück, strich einigemal mit dem kleinen Finger der Rechten das Ohr von einer Locke frei und, als kitzelte dabei ein kleines Haar das Innere ihres Ohres, zuckte sie mit dem Kopf, verzog das Gesicht und sagte in einem: »Ich denke, daß es dir recht ist!«

Herr von Clairmont packte seine sehr dünne Nasenwurzel zwischen Zeigefinger und Daumen der Rechten, verdeckte mit der übrigen Hand die Augen und murmelte so: »Natürlich, mein Kind! Du hast die Abwechslung sehr nötig!« Sie hatten sich bis jetzt noch nicht angeschaut.
Endlich sagte Herr von Clairmont: »Wegen der Nacht möchte ich dir noch sagen: Frécourt war im Traum bei mir. Er hat mir früher einmal, ich glaube, du warst sogar anwesend, von seiner Frau erzählt. Und nun, wie es so geht im Labyrinth unserer Träume: ich sah sie und schrie ihren Namen. Ich sah sie, sag ich – ja, wie man eben im Traum jemand sieht, den man nie sah. Kennst du das?«
»Nein, Vater!« Sie schüttelte sanft den Kopf und blickte auf das Modell des Montroyal.
»Nein? Du träumst also nur von wirklichen Personen, ich meine, von Menschen, die du kennst?«
»Soweit ich mich erinnere, ja!«
»Vielleicht ist die Traumwelt eines jungen Menschen realistischer eingerichtet, aber es kommt hier sehr auf die Natur des einzelnen an. Ich träumte neulich von Semiramis, ich sah sie so deutlich, daß ich mich noch jetzt ihrer Züge ziemlich gut erinnere.«
»Du sahst vielleicht ein Bild von Semiramis oder eine Frau, die so war, daß du im Traum sie für Semiramis hieltest.«
»Wie gescheit«, Herr von Clairmont sagte das in scherzendem Spott, »du glaubst offenbar an den Satz, daß nichts im Menschen ist, was nicht durch die Sinne in ihn eintrat?«
»Ich höre den Satz zum erstenmal, aber er leuchtet mir sofort ein.«
»Wirklich? Wo bringst du dann aber die Phantasie unter, die Intuition? Du glaubst also im Grunde, das Traumbild meiner Semiramis sei nur ein Kaleidoskopbild aus einer Summe von zufälligen Sinneseindrücken? Damit sprichst du aber dem Menschen die geistige Zeugekraft ab. Phantasie ist mehr als ein Auffinden und Umformen des Fundes. Wir zeugen,

natürlich nicht aus nichts! Aber du kannst nicht aus verschiedenen Einzelheiten ein Gesicht komponieren, wenn nicht die Intention vorliegt, das Gesicht zu schaffen.«

»Versteh ich recht, Vater, dann müßtest du doch die Intention gehabt haben, Denise zu sehen! Wie wäre das aber möglich, wenn du nicht Denise wirklich gesehen hättest! Und das kann ja nicht sein!« Das letzte sagte sie sehr schnell. Herr von Clairmont hob kurz den Kopf an und schüttelte ihn dann auf eine so überlegene Weise, wie Luise es gar nicht an ihm gewohnt war.

»Nach dem streng sensualistischen Prinzip – du siehst es ja – kommst du zu der Folgerung, die nicht stimmt, wie du selbst sagst, nämlich, daß ich Denise gesehen haben müßte. Ich habe sie aber nicht gesehen – und doch lag die Intention vor, sie zu sehen, weil ich von ihr hörte. Und die Intention schuf ihr Bild, natürlich nicht der Wirklichkeit entsprechend, sondern durch die Hilfe der Phantasie, die wiederum ihrerseits durch Vorstellungen bestimmt ist, aber durch welche, frag ich mich?... Doch ich merke, du kannst mir noch nicht folgen. Sagen wir's also ganz einfach und unwissenschaftlich«, er zögerte und blickte gegen die Tür, die zum Flur ging, und fuhr dann fast eilig fort, »ich war im Traum vielleicht von Mitleid für den armen Frécourt erfüllt – und auch für diese Denise. Ein Beweggrund zu diesem Mitleid mit einer Unbekannten liegt vielleicht in dem Umstand, daß sie Spionin und in Lille tätig war. Es mag sogar noch eine Art Angst losgelöst worden sein, ich hätte selbst in meiner Tätigkeit womöglich auf diese Denise stoßen und Anlaß zu ihrem traurigen Tode werden können. Solch nachträgliche Angst um mögliche, aber nicht vollzogene Handlungen spielt im Traumleben eine große Rolle. Man zahlt im Traum sozusagen auch für seine möglichen Taten und – Sünden! Diese Angst wirst du noch kennenlernen. Nun haben wir aber mächtig philosophiert. Doch merk dir das: genaues Durchdenken ist gut gegen die Angst – gegen jede Art von Angst.«

Luise nickte folgsam. Schließlich sagte sie, ohne jedoch den Vater anzublicken: »Gewiß – ich habe das alles vielmals durchdacht!«

»Das alles? ...«

»Ja«, Luise sprach gleichgültig, wenn auch mit gesenktem Kopf, »wie alles so kam. Das ging mir gerade heute morgen, als ich aufwachte, durch den Kopf. Wärst du, Vater, zum Beispiel nicht bei der Abwehr gewesen, so hätte uns Monsieur Frécourt nie besucht, denn Mutter und ich hätten nie den Bittgang gemacht und ihn kennengelernt. Und auch bei ihm ist es ja so: wäre seine Frau nicht in der Spionage gewesen, hätte sie sich nicht getötet. Und er, Monsieur Frécourt, wäre gleich nach dem Kriege heimgegangen. Aber nun ist er ja endlich zu Hause. Komisch nur, daß er nie mehr etwas von sich hören läßt ...« Sie hielt einen Atemzug lang inne, dann fuhr sie ebenso ruhig fort: »Das Ganze ist doch wie – wie ein Uhrwerk, du sagst das ja so gerne! Wirklich, sehr präzis – oder nicht?«

Clairmont versuchte in das Gesicht der Tochter zu sehen, doch das Haar hing, da sie so mit gesenktem Kopf sprach, davor, er räusperte sich vorsichtig: »Präzis, gewiß, sehr präzis sogar, auch wie du es sagst! Nur daß diese Ursachenreihe, die, sagen wir, von Lille her führt, nun zu Ende ist. Es beginnt dafür eine neue! Ah, die Reihen, die Logik! Sie ist vor dem Menschen da, möchte man annehmen, sie ist das Schicksal, die Logik, und gar nicht so langweilig, wie man sie sich vorstellt.«

»Was meinst du damit ... mit der Logik?«

»Genau, was ich sage. Alles geschieht mit einer ungeheuren Folgerichtigkeit. Und Menschen, die das nicht sehen und glauben, werden es einmal einsehen, wenn es ihnen nichts mehr nützt. Man muß allerdings eine Auge haben für diese dirigierende Kraft der Folgerichtigkeit in allem. Denn es ist allem Lebendigen eigen, unlogisch zu erscheinen, um in seinen Tiefen um so sicherer und ungestörter seine geheim-

nisvollen Folgerungen zu ziehen. Glaub es mir, Luise, sogar die Lüge ist eingebaut in dieser Logik. Und das Böse! Ich habe dir noch viel zu sagen – aber vielleicht auch nichts mehr... Ich meine, mein Gott, mir tut der Kopf weh! Hier, nimm etwas Geld, damit du unabhängig von unserem lieben Moralisten bist. Geh nur dahin, wohin es dich treibt. Vielleicht sieh dir auch mal den Montroyal an, ein sehenswerter Punkt. Und gute Reise! Übrigens, was wirst du Wilhelm über meinen Sturz aus dem Bett sagen?«
Luise hob jetzt das Gesicht und blickte den Vater kurz und in einer großen Zärtlichkeit an. »Nichts«, sagte sie. »Ich werde ihm sagen, daß du aus dem Bett gestürzt bist. Das ist die Wahrheit.«
»Gewiß, das ist die Wahrheit. Gott vergelte dir diese Lüge!« Und er nahm ihren Kopf zwischen die Hände und küßte sie auf die Stirn.
Gegen Mittag bestiegen die beiden Geschwister die Moseltalbahn. Der Zug stand auf dem Endgeleise der öden Holzstraße, wo es nur Kasernen zur einen Seite und zur anderen den Bahndamm der Staatsbahn gab, nichts verriet die schönen Möglichkeiten dieser Geleise. Ein paar Bauernfrauen stiegen mit Körben und Hotten ein, ein Junge mit einer dicken Backe kletterte unbeholfen an der Hand eines feierlichen Bauern im Sonntagsrock die steilen Tritte hinauf.
Die Geschwister schauten aus ihrem Fenster herab dem ganz ohne Grund steif-eiligen Treiben der Bauersleute zu, die allein von der Vorstellung des Zugfahrens erregt schienen. In das einzige Polsterabteil stieg außer den beiden niemand ein, es glich einem verstaubten, altmodischen Salon, doch waren die Spuren der bösen Zeit noch überall sichtbar: die Zugriemen an den Fenstern fehlten, das rote Plüschpolster war übel mitgenommen, aber dafür war das Wetter um so schöner.
Sie waren sich einig geworden, bis zur Endstation Bullay zu fahren und von da auf die Marienburg zu pilgern. Dort

wollten sie sich umschauen und in die Weite schnuppern, wohin es sie weiterziehe.
Luise stand am breiten Fenster und schaute auf den trägen, schmalen Lauf der Mosel, die bald die Schatten der Weinberge, bald Scherben von Himmelsblau und den gleißenden Widerschein des Sonnentages in ihrem Spiegel trug.
Die Krippen griffen aus dem Weidengebüsch der Uferwiesen in den Fluß, und am Ende dieser steinernen Gräten standen glitzernde Lichtstreifen. Die dunklen Köpfe der Nußbäume kamen bei einer plötzlichen Biegung des Schienenstranges manchmal fast an die Fenster des Zuges heran, als wollten sie zustoßen. In den Wiesen warteten das Gras und die Blumen auf die Sense, in den Weinbergsträßchen blinkten Hemdsärmel auf und verschwanden. Frauen in weißen Kopftüchern, die Rechen auf den Schultern, winkten dem Zuge nach, und die kleine Lokomotive mit den zwei rumpelnden Wagen füllte das enge Tal mit dem unaufhörlichen Gebimmel der Warnungsglocke. Das einspurige Gleis lief bald mitten durch das Grün der Wiesen, bald am Uferweg entlang. Da und dort standen an den unbewachten Bahnübergängen Kinder, die offensichtlich zu überlegen schienen, ob sie noch dem läutenden Zug zuvorkommen und das Gleis überschreiten oder lieber warten sollten. Luise winkte ihnen zu, die Kinder schwenkten lachend die Arme. Manchmal hatte sie sich in die Kleinigkeiten beim Aus- und Einsteigen an den winzigen Bahnhöfen derart vertieft, daß Wilhelm sie mehrmals anrufen mußte, um ein Wort mit ihr zu reden.
Er lag auf der breiten Polsterbank ausgestreckt und fuhr sich mit seiner Zigarre genießerisch und mit ernster Miene unter der Nase hin und her. Zwischendurch versuchte er in die andächtige Betrachtung der Schwester mit allerlei kleinen Erzählungen von der Universität einzudringen. Da es keine Langeweile und ebensowenig Eifersucht auf die andersgerichtete Aufmerksamkeit der Schwester sein konnte, nahm Luise an, daß er sich verpflichtet fühle, sie zu unterhalten,

was bedeutete, sie von ihren Gedanken abzubringen. Da er sie aber immer wieder aus dem angenehmen Schweifen weckte und mit dem Bittern verband, dem sie schauend und träumend zu entgehen trachtete, wurde sie schließlich ärgerlich. »Laß mich doch in Frieden mit deinen dämlichen Professoren«, rief sie. Wenn die Geschwister allein waren, sprachen sie in den letzten Jahren meistens deutsch, und Luise liebte es dann, besonders kräftige Worte zu gebrauchen. Sie hatte oft das Gefühl, wenn sie aus dem Französischen ins Deutsche überging, als sprängen ihr von selber ein paar Knöpfe von einem zu eng sitzenden Kleid ab. »Dämlich?« wiederholte Wilhelm beinahe entsetzt, dann fragte er, ganz unvermittelt – der junge Mann pflegte solche fraulichen Entgleisungen durch Nichtbeachtung zu strafen: »Warum hat eigentlich Vater den Kopf umwickelt gehabt heute morgen?« »Warum hast du ihn nicht selber gefragt?« versetzte Luise. Wilhelm empfand die Demütigung, die in dieser Frage lag, zu gut. Dennoch – er gedachte des Händedruckes am Abend zuvor und er verspürte eine seltsam sanfte Regung in sich und sagte: »Ob er Kopfschmerzen hatte?« »Er fiel aus dem Bett und stieß sich an dem kleinen Tisch! Stell dir vor!« Luise sagte das, ohne sich umzublicken, sie stand schon fast eine Stunde so am Fenster. »Aus dem Bett – er fiel?« Wilhelm hatte sich umständlich aufgerichtet, er saß nun und schaute durch das Fenster der gegenüberliegenden Seite. »Es ist etwas mit unserem Vater.« Das sagte er sehr leise, er glaubte, Luise habe es im Gerumpel der lockeren Fenster nicht vernommen. Doch nach einer Weile sagte sie: »Ach, du sprichst sehr ahnungsvoll für dein Alter!« Das klang wiederum so unbarmherzig hohnvoll, daß der junge Mann vorsichtig ihren Rücken anstarrte. Und er überlegte bei sich: daß das noch eine schöne Reise geben könne, wenn Luise nun etwa doch ahnen sollte, was für eine unsichtbare Lokomotive diesem romantischen Bummelzug vorgespannt war; zugleich aber schien es ihm unmöglich, daß sie von Frécourts Kommen etwas wüßte, wie wäre sie sonst so leichten Herzens mitgekommen!

Es war um die späte Vormittagsstunde des folgenden Tages, – die Geschwister machten sich soeben aus ihrem Hotel, wo sie lange und schweigend gefrühstückt hatten, auf den Weg nach der Marienburg – da trat François Frécourt unter das Glasdach am Eingang des Clairmontschen Hauses auf dem Apollonsberg. Er betrachtete einige Augenblicke das schwarze Marmortäfelchen mit den goldenen Antiqualettern: Clairmont. Sodann griff seine Hand in einer schlecht gehüteten Hast nach dem Messingring darunter. Man mußte ihn aus der Sandsteinmauer herausziehen, – es war alles unverändert, auch das blaue Gardinchen im ovalen Guckfenster neben der Tür war dasselbe geblieben, die kleinen Dinge harren am treuesten aus. Als der mit irgend etwas gedämpfte Klingelton oben im Hause, kaum noch für den Außenstehenden hörbar, vergangen war, hob Frécourt einmal in einem tiefen Atemholen die Schultern. Und er ließ den Atem in kleinen, rhythmischen Stößen durch die Nase entgleiten und nickte dazu, ein kleines Lächeln schrieb sich um seine von dem rötlichen Schnurrbärtchen überdeckten, vollen Lippen.
Babette, die ihm öffnete und mit rückwärts gelegtem Kopf ihn selig anlächelte, blieb bei ihrer alten Anrede, wiewohl Monsieur le Capitaine in Zivil war. Sie griff mit der Rechten nach dem Hut, mit der Linken nach dem Stockschirm, war am Kleiderbrett und wieder zurück, hob das Köfferchen auf, ließ es aber wieder auf die Fliesen und stand schon hinter Frécourt, griff, sich reckend, nach dem Kragen seines Staubmantels und mit der Zunge an den Lippen spielend, zog sie ihm den Gabardine herunter mit derselben geschickten und zärtlichen Gewaltsamkeit, mit der sie sonst einem Hasen das Fell herabzog. Und auf ähnliche Weise, wie sie die abgehäutete Beute mit einem schnellen Blick abschätzte und dabei nichts anderes als den Genuß der andern im voraus genoß,

so maß sie nun die breiten Schultern der ragenden Gestalt, die sonnenverbrannte Sandsteinfarbe seiner Haut und das blaue Flimmern der Augen, deren schöne Erregung Monsieur Frécourt nicht verkneifen und auch nicht mit verbindlichen Fragen nach Babettens Gesundheit ganz verbergen konnte. »Sie haben sich gut gehalten, Madame«, hörte sie ihn sagen, doch sie wußte zu genau, wie das gemeint war. »Zu liebenswürdig, Monsieur le Capitaine«, lächelte sie zurück, eigentlich hatte sie mit den Augen, mit ihrem Lächeln gesagt: ja, es geht ihr gut, unserer Luise! Ein Mädchen wie für Sie gemacht, Monsieur! – Sie öffnete die Tür zum Salon, und Frécourt trat, das Taschentuch in den Händen knetend, an ihr vorüber. Sie sagte: »Wenn Sie sich vielleicht erfrischen wollen...«, doch dann hielt sie ein und blickte Frécourt ins Gesicht. Auf der breiten, kräftigen Stirn des Mannes stand der Schweiß; es war aber gar nicht so heiß heute, und er war in einem Taxi vorgefahren. In diesem Augenblick empfand es Babette eigentlich erst ganz, daß Luise ja nicht zu Hause, daß sie verreist sei.
»Ich bin sehr traurig«, flüsterte indessen Babette, sie blickte, tief Atem holend, auf ihre Finger, die am Brustlatz der weißen Schürze nestelten, »Monsieur Clairmont ist allein zu Hause!« Frécourts Hand hielt in der Bewegung des Schweißtupfens inne, blieb aber so gegen die Stirn gedrückt. Er sah aus wie ein Mensch, der soeben einen Schlag erhielt und die getroffene Stelle preßt. Er schwieg, schließlich verzog sich das Schnurrbärtchen zu einem Lächeln, ach, wie traurig sah er nun aus, dachte Babette. »Mademoiselle ist mit ihrem Bruder verreist, gestern!« Frécourt blinzelte einmal und zog den Kopf zurück, so als wollte er etwas sehen, das keinen Zentimeter weit entfernt von seinen Augen in der Luft hing. »O wie schade«, sagte er schließlich sehr ruhig, fast im Nebenher. Und ebenso nach einer kurzen Pause: »Und mein Brief, kam er nicht an?« Babette hörte im Treppenhaus eine Stiege knarren, es war die erste unter dem Absatz am Fen-

ster. »Kerri!« machte es immer, wenn einer langsamen Schrittes darauftrat, unter Babettens Füßen machte es nur »Krr«, aber diesen Ton konnte keiner der andern in den letzten Jahren aus dieser Stufe herausbringen, sie hatten alle einen langsameren, ernsten Schritt bekommen in diesem Haus.

Kaum hatte die Alte diesen Laut vernommen, hob sie mit einer leidenschaftlichen Gebärde die Arme und rief fast: »Ich weiß nichts von einem Brief, Luise auch nicht! Wenn sie es wüßte, mon Dieu! – War er denn eingeschrieben, Ihr Brief, Monsieur le Capitaine? Ich glaube nicht, ich trage ja immer das Postbuch hinauf!«

Babette hatte sich selber, Herrn von Clairmont hinter sich spürend, verteidigen wollen. Sodann hatte sie auch Luise in die Verteidigung einbezogen, vor dem Vater und dem Gaste – und nun, ohne es recht zu wollen, hatte sie auch Herrn von Clairmont verteidigt, hatte ihm einen Ausweg geschaffen... Sie wurde sich dessen mit einer Mischung von Rachelust und Mitleid gegen Herrn von Clairmont bewußt. Jetzt sollte er vor ihren Augen lügen müssen, was blieb ihm sonst übrig?

In diesem Augenblick, da Babette mit ihren starr gewordenen Augen gleichsam hinter sich schaute, ertönte Herrn von Clairmonts tiefe, ruhige Stimme: »Wie, Monsieur Frécourt? Ich hörte Babette Ihren Namen rufen. Seien Sie uns willkommen!« Babette hatte sich, als wäre sie leicht erschrocken, umgedreht. Sie blickte Clairmont prüfend an, sehr schnell, dann bückte sie sich über Frécourts Köfferchen, sie wollte ihre Erregung verbergen. Herr von Clairmont müßte nun annehmen, so dachte sie, daß seine Babette durchaus ebenso ahnungslos sei, wie er nun vor seinem Gast zu spielen versuchte. Man mußte nämlich an seiner ruhigen, auf Freude präparierten Stimme entnehmen, daß er das Lügenseil, welches ihm Babette in der Eile gedreht hatte, aufzuschnappen suchte. Oh, er brauchte ihr nie dafür zu danken. Wenn nur Monsieur le Capitaine nicht glaubte, daß man

seines Besuches wegen Luise deportiert hatte, deportiert, jawohl, wie könnte man das anders ausdrücken?
Die beiden Männer waren längst die Treppe hinaufgegangen, das Hausmädchen schälte Kartoffeln, und als Babette durch die Küchentür wie ein brummender Kreisel ihre ruhigen und zugleich geladenen Hin- und Hergänge antrat, duckte sich das Mädchen ein wenig. Wenn die Alte so brummte, war sie entweder allerbester oder schlimmster Laune, und in beiden Fällen hieß es, sich zu verhalten, als wäre man nicht da.
Babette beachtete sie nicht, sondern indem sie in vollständig sinnlosem Tun Töpfe und Siebe hin- und hertrug, das Küchenmesser verlegte und wieder suchte, den Kalender zwischendurch abriß und ihre weiße Schürze mit einer noch weißeren wechselte, deklamierte sie mit leiser Stimme: »Eh bien, wenn man nur wüßte, warum? Deportiert! – Schön – aber ist er denn ein Ritter Blaubart, unser Capitaine! Dieser Mann, der am Tag der unschuldigen Kinder Namenstag feiern müßte! Gewiß, er ist ein Franzose, und er hat den Krieg gewonnen, Gott sei Dank, das haben wir, jawohl! Einer mußte ja schließlich gewinnen! Sonst wäre ja der Unfug noch am Ende der Welt im Gange! Aber deshalb einem Mann die Tochter vorenthalten, einem solchen Mann, der nach zwei Jahren noch an meine kleine Luise denkt! Als ob er nicht hundertmal in Frankreich sich eine hätte nehmen können: ein hübsches Katzengesicht aus der Bretagne; eine mit Mandelaugen aus der Provence, wie mein Bruder sich eine nahm, die Königin von Saba könnte neben ihr ruhig den Schleier lüften! Oh, wir sind nicht so arm, wie ihr Boches euch das so ausmalt. Aber er kommt, nach zwei Jahren – und das Haus ist leer! Keinen Kuchen durfte ich backen, nichts herrichten, durfte es nicht wissen und wußte es doch, wußte es... Vielleicht denkt sich mein Herr, er sei zu alt für seine Tochter! Er ist bestimmt noch nicht vierzig! Da fangen die Männer gerade an, den richtigen Schritt zu bekommen: eins,

zwei – ich bleib dabei; drei und vier – mein Platz ist hier! Diese Fünfundzwanziger soll der Teufel reiten! Das dürfte doch Monsieur le père wissen! Aber ja, die Väter! Immer sind sie Geizhälse. Entweder verschachern sie die Tochter, oder sie sperren sie am liebsten in den Kassenschrank! Wie töricht, und in diesem Falle – jawohl, Monsieur de Clairmont! – wie unhöflich!«
Als wäre die Alte vor ihrer eigenen Kühnheit erschrocken, blickte sie sich erwachend um. Gott sei Dank, man war allein, nur das bleichsüchtige Mädchen saß da! »Kartoffel genuk jetzt!« rief Babette mit befehlendem Ton, »allez, nim Biciclette, Marie! Fleisch kauffen! Oer zu: eins Kilo Filet – Salade – gutte kesse, was da – Aprikoß, großes Schachtelschen! Mais vite, vite!« Das Mädchen stand auf, schnappte im vorbei den Korb vom Zapfenbrett und war schon hinaus.
Und nun trat Babette in die Mitte der Küche, stemmte graziös die Arme in die Hüfte, legte den Finger der Rechten an die Stirn, blickte langsam an Herd, Schrank und Regalen entlang – und ihr Gesicht, das eben noch von vielerlei Gedanken verwirrt war, wurde klar und fest. Sie war in ihre Welt zurückgekehrt und war nichts weiter mehr, als was der junge Wilhelm in unangebrachter Überheblichkeit eine perfekte Köchin nannte.
Derweil hatten die beiden Männer die üblichen Höflichkeiten miteinander getauscht, Monsieur Frécourt saß vor einem Glas Sherry, und Herr von Clairmont nippte an einem Gläschen, das mit Rosmarin gewürzten Wein enthielt, wie Babette ihn herzurichten verstand. Er wirke beruhigend auf das Herz, erklärte Herr von Clairmont lächelnd und auf seinen Verband deutend fügte er bei, daß er leider immer aufmerksamer sich dem langweiligen Kult seiner Gesundheit widmen müsse. Er sei die vorletzte Nacht in einer Herzschwäche plötzlich hingestürzt. Ach nein, gar nicht so schlimm, die Wunde sei unbedeutend, doch ergäben sich daraus sehr lästige Vorsichtsregeln, Monsieur Frécourt ent-

schuldigte sich nun wegen seines so plötzlichen Besuches, er tat hier einen langen Zug an seiner Zigarette. Und richtig fiel auch Herr von Clairmont, wie Frécourt es erwartet hatte, ein: von plötzlich könne keine Rede sein, der Brief sei doch eine hinreichende Vorbereitung gewesen. Monsieur Frécourt verbeugte sich leicht, er war über und über errötet. Er spürte wenigstens, wie ihm das Blut ins Gesicht schoß, doch hoffte er, daß er rotbraune Schleier, den die Sonne der Loire ihm übergezogen hatte, seine Beschämung verbergen würde.
Sie saßen nahe an der geöffneten Balkontüre an einem niedrigen Tisch, über dem eine Glasplatte lag. Das dunkle Nußbaumholz darunter ließ ihn, da er sich vornüber neigte, als bedankte er sich, sein Gesicht sehen wie in einem dunklen Gewässer. Und er rutschte einmal im Sessel hin und her und blickte geradezu bittend, aber sehr flüchtig Clairmont an und begann so: »Ja – der Brief, ich muß gestehen, er ist sehr überspannt! Das sagt auch mein Onkel, wissen Sie, derselbe, der mich aufgezogen hat. Ah, er weiß alles von mir! Als er den Brief gelesen hatte, sagte er, ich hätte das alles kürzer fassen sollen, aber er wußte auch nicht, was man nun hätte wegstreichen können. Er sagte: du hast recht, tausendmal recht, François, nur mußt du es anders fassen! Jedoch wie gesagt, ich bin kein Mann der Feder, das schrieb ich ja auch – und was die Gefühle angeht, so weiß man nie, ob man zuviel oder zuwenig zeigt! Auf jeden Fall dachte ich, der Brief hätte zumindest erhellen lassen ... Sie verstehen!«
Clairmont nickte. »Ihr Brief, lieber Freund, erfüllte voll und ganz seinen Zweck ... und er ging mir sehr nahe, um so mehr, als ich gar keine Möglichkeit sah, meine Tochter mit dem Inhalt desselben bekannt zu machen.«
»Nein? ... Keine Möglichkeit? ... Gestatten Sie, aber das verstehe ich nicht.«
Clairmont blickte jetzt einmal kurz seinen Gast an, schaute aber, während er sprach, auf den Balkon hinaus. »Ich habe«, begann er so, liebevoll und doch sehr bestimmt, »glauben Sie

es mir, lieber Freund, ich habe es mir hin und her überlegt und kam dann zu dem Entschluß, meine Tochter mit ihrem Bruder die schon lange geplante Reise tun zu lassen. Ich dachte dabei an Sie, Monsieur, und an meine Tochter... Luise war, wie ich Ihnen wohl schrieb, lange in der Schweiz und hat sich sehr verändert. Sie ist sehr verschlossen, und manchmal möchte ich annehmen, daß es sich bei ihrem Geheimnis um das übliche in diesen Jahren handelt. Das Institut, wo sie lebte, ist sehr freiheitlich, und soviel ich weiß – und ich hatte im Prinzip nichts dagegen –, fuhr Luise öfters nach Genf, das heißt in die Nachbarschaft. Sie sagte sogar einmal zu ihrem Bruder, daß sie einen Schweizer heiraten werde. Von Ihnen sprach sie nie mehr, das heißt: nein, gestern morgen vor der Abfahrt sagte sie nur – ich weiß nicht mehr den Zusammenhang – ›seltsam, daß Monsieur Frécourt nichts mehr von sich hören läßt‹.«
»Und da war mein Brief doch schon angekommen?«
»Gewiß, aber verstehen Sie doch, ich dachte auch an Sie, wie ich vorhin bemerkte. Ich dachte nämlich, daß es für Sie sehr bitter sein müßte, diese andere Luise wiederzusehen...«
Frécourt senkte einmal kurz seinen erregten Blick in die nachtschwarzen Augen Clairmonts, dann schaute er seine Zigarette an. »Ich bezweifle nichts von dem, was Sie sagen, ich meine, wie soll ich es ausdrücken? Verzeihen Sie, Monsieur, aber eine Frage.« Frécourt hob schwer Atem schöpfend die Schultern. »Ich meine, ich könnte nicht einen Augenblick bei einer Persönlichkeit wie der Ihren annehmen, daß Sie die Unwahrheit sagten; ich bezweifle nur, ob Sie Ihre Tochter wirklich kennen, in diesem Punkte, versteht sich... Ja, darf ich wissen: haben Sie selbst diese Äußerung gehört, daß Luise einen Schweizer heiraten wollte – oder hat Monsieur Wilhelm Ihnen das erzählt?« Frécourt betonte das »erzählt« und kniff dabei ein wenig das rechte Auge, was in Anbetracht seiner fast ängstlich zu nennenden Miene komisch wirkte.

Clairmont hob die schweren Oberlider einmal sehr hoch und so sagte er: »Erzählt, ja, aber Wilhelm lügt nicht, wenn ihn nicht die Umstände, wie uns alle gelegentlich, dazu nötigen. Und dann lügt er sehr ungeschickt, noch ungeschickter als ich! Aber wir Clairmonts lügen wirklich selten«, der Sprechende lächelte in müder Selbstironie. »Immerhin«, fuhr er fort, »warum sollte mir Wilhelm so etwas erzählen?«
»Weil er mich nicht mag«, Frécourt versuchte ein Lachen, »ich möchte sogar wetten, daß Wilhelm diese Bemerkung Luisens, wenn nicht ganz erfunden, so doch gefärbt hat, einfach treu seiner Hauspolitik, keinem Franzosen die Schwester zu geben! Ich trag ihm das nicht weiter nach.« Er sagte das letzte mit gesenktem Gesicht, er schien an etwas ganz anderes zu denken. Und er ließ den Leib mit den Ellbogen nach vorn auf die Knie fallen. So fuhr er fort, seine Stimme brummte vor Nachdenklichkeit, ja Trauer.
Gewiß, auch er habe auf der Herreise manchmal gedacht, zwei Jahre... zwei Jahre... eine lange Zeit für ein junges Mädchen, das so viel sieht und erlebt. Und wie oft habe er schreiben wollen, »aber ich merkte es zu deutlich, Sie, Monsieur, wollten keine Briefe von mir haben...«
Er hielt inne. Als Clairmont schwieg, fuhr er fort: und an Luise zu schreiben, sei ihm ja versagt gewesen. Da habe er sogar eine Zeitlang in der Tat versucht, Luise zu vergessen. Ihre Jugend, die Ferne, der Widerstand des Vaters, das Andenken an seine tote Frau – alles das habe er erwogen, ja, und versucht, sie zu vergessen... »Aber mein Onkel sagte, daß ich solche Langeweile auf dieser Erde empfände, das komme nur daher, weil ich ein Dummkopf sei und meinem Herzen nicht recht gäbe. Ich sage Ihnen, Monsieur, ich ging manchmal schon ins Bett, wenn es noch hell war, nur um zu schlafen – aber soviel schlafen kann man gar nicht! Und soviel trinken! Das viele Schlafen geht auf den Kopf und das Trinken aufs Herz! Und man kann ja auch nicht immer arbeiten! Wozu?... Und Lesen – sehen Sie, auch das ver-

suchte ich, aber das ist ganz schlimm. Da kommt immer das vor, was einem gerade weh tut! Ja, glauben Sie es mir! Da habe ich denn diesen Brief geschrieben! Und jetzt... ach ja, und jetzt... aber ich kann es mir einfach nicht vorstellen!«
Er sprang auf und ging mit großen Schritten um den Arbeitstisch, darauf das Modell der Festung stand. Indes – er achtete nicht darauf, sondern ging wie angezogen in die Nachbarschaft des Fensters, wo zwischen den Regalen die Graphitzeichnung des Erosknaben hing. Luise hatte sie in den letzten Wochen, ohne den Vater zu fragen, dort befestigt.
Er betrachtete lange die Zeichnung und nickte schließlich fest und bestimmt. »Mein Gott!« murmelte er, »das war doch gestern!«
Auch Clairmont war aufgestanden und hatte sich genähert. »Ja, die Zeit! Sie stiehlt uns das Leben und läßt uns dafür Erinnerungen! Sie prägten übrigens einen schönen Satz vor diesem Erosknaben.«
»Ich?« Frécourt wandte sich, sichtlich erstaunt, um.
»Ja, Sie sagten, auf Friedrich von Preußen anspielend, die Liebe könne einen König zum Menschen und einen Menschen zum König machen!«
»Das gefiel ihr?«
»Wem? – Ach so, meiner Tochter! Nun, die Mädchen in diesen Jahren lassen sich leicht beeindrucken, und das bedeutet leider auch – leicht ablenken!«
Frécourt schien auf diese letzten Worte gar nicht zu hören oder hören zu wollen, er blickte träumerisch durch die Bibliothek, und seine Stimme bekam dieses nasale Brummen, das sich sogar zwischen die körperlichen Dinge wie ein vereinigendes Medium legen kann, er sagte: »Nein, nein, das waren Stunden, in diesem Raum, zwischen diesen Möbeln... sehr schöne Stunden, die bleiben uns! Nein, was Sie da sagten von der Zeit... ich weiß nicht, die Zeit stiehlt nichts, glaub ich manchmal!«
»Wie man's nimmt, Monsieur Frécourt, vielleicht sind die

Erinnerungen überhaupt das ganze Leben, bei manchen Menschen ist das wenigstens so, bei solchen, die einmal was erlebten und dann nichts mehr und sich nur noch erinnern. Ich gehe, wiewohl knapp fünfzig, bereits wie ein Seiler in die Zukunft, den Rücken voran! Es ist allerdings gefährlich, man kann stolpern. Doch wenn man überzeugt ist, wenn man weiß, daß einem nichts Wesentliches geschieht, das nicht in einem ebenso geheimen wie präzis logischen Zusammenhang mit unserm innersten Wesen steht, dann ist es ohnehin einerlei, ob man mit dem Gesicht oder dem Rücken nach vorne fällt. Allerdings, man sieht sich doch vor... Jeder wehrt sich seiner Haut, bis zuletzt! Ich träumte die letzte Nacht, ich hätte ein Duell – ich kannte den Fremden nicht, er trug eine Maske. In der letzten Zeit träumte ich viel und ziemlich anstrengend. Ich hatte gerade einen Blick in Casanova getan – das hätten Sie wohl von mir nicht vermutet, wie? Nun, man täuscht sich, keiner kennt keinen... Aber ich wollte Ihnen meinen Traum erzählen... Wir gingen mit dem Degen aufeinander los. Ich meine nicht *wir* beide«, Clairmont lachte spitz auf. »An dem Degen war etwas wie die Glocke an einem Florett. Diese Glocke wuchs wie meine Angst. Und der Degen wurde immer schwerer. Ich beschränkte mich auf die Verteidigung, aber mein Gegner, der eine Maske trug, hatte eine Technik, die ich nicht kannte. Im Traum ist das erlaubt, Monsieur Frécourt, leider ja und auch außerhalb des Traumes ist dieser Herr mit der Maske keineswegs bereit, sich Vorschriften machen zu lassen. Es ist ein Kampf ohne jede Ritterlichkeit, ohne Rücksicht, ein Kampf, wie ihn Raubtiere miteinander austragen, nur unendlich raffinierter.«

In diesem Augenblick ertönte im Treppenhaus der Gong; Clairmont fuhr leicht zusammen.

»Ein seltsamer Traum!« murmelte Frécourt, »und wer war es, ich meine, der Herr mit der Maske?«

»Ach so – bitte«, er machte gegen Frécourt eine einladende

Bewegung zur Tür, »ich denke, Sie sind hungrig... Ja, dieser Maskierte – wer es war?... bitte schön!«
Frécourt schritt gerade an Clairmont vorüber durch die Bibliothekstür und blickte seinen Gastgeber lächelnd an.
»Sie waren es nämlich, Monsieur Frécourt«, sagte Clairmont indem ganz nebensächlich, »Ihr Brief ging mir sehr nahe, an diesem Traum mögen Sie es ablesen, wie nahe er mir ging. Und dann mischten sich diese Casanova-Geschichten drein. Ja, wie entsteht ein Traum... Ich sagte Ihnen vorhin, daß *wir* nicht miteinander kämpften, und das stimmt ja auch... ich habe so viel – freundschaftliche Gefühle für Sie, Monsieur Frécourt! Gestatten Sie mir, das Ihnen zu sagen, daß ich am liebsten Ihnen stundenlang von mir und meinem Leben erzählte, von meinen Freuden und Leiden und meiner ganzen Vergangenheit...«
Clairmont hielt seinen Gast am Ellbogen fest, sie standen auf der obersten Treppenstufe; Babette blickte zu ihnen herauf, verschwand aber sofort in der Küche.
»Das ehrt mich«, murmelte Frécourt verwirrt, er blickte unsicher die Treppe hinunter.
»Aber«, sagte Clairmont und ließ Frécourts Arm los, »so aufschlußreich Ihnen auch manches sein müßte, wir kämen uns nicht näher, wirklich nicht. Der Raum zwischen den Menschen ist nicht leer, sowenig der zwischen den Sternen leer ist. Aber mögen Sie es mir glauben, wenn ich sage, daß ich die Kluft zwischen Ihnen und Luise tief bedaure...«
»Die – Kluft?« Frécourt sagte das kopfschüttelnd und setzte sich langsam vor Clairmont, wie ein Spielzeug leicht angeschoben, in Bewegung, sie schritten die Treppe hinunter.
»Die Kluft, ja, an der Sie freilich ebenso wenig wie Luise, die Schuld haben!«
»Was heißt hier Schuld?«
»Ist das eine Frage, Monsieur Frécourt? Ich denke nicht, ich wollte sagen, das Mädchen kann nichts dafür, daß es noch so jung ist, und, nicht wahr, Sie verstehen... Ich werde es ja

noch sehen, wer dieser Schweizer ist. Auf jeden Fall, Sie wären mir als Schwiegersohn lieber gewesen.«
Damit betraten sie das Speisezimmer. Babette lächelte ihnen entgegen, sie hatte wohl das Wort Schwiegersohn vernommen und deutete es auf ihre Weise.

Genau um diese Zeit war es, daß die Geschwister über die große Eisenbahnbrücke bei Bullay schritten, sie beabsichtigten um die Mittagszeit auf der Marienburg zu sein. Beide waren sehr schweigsam. Als Wilhelm soeben etwas sagen wollte, fuhr ein D-Zug auf die Brücke, sie hatten ihn nicht kommen sehen. Das eiserne Gepolter verschlang Wilhelms Worte.
»Wie bitte?« schrie Luise, sich plötzlich umwendend, ihm ins Ohr. Sie sah bei dieser Kraftanstrengung sehr zornig aus, kam es Wilhelm vor.
Er hob, gegen den Zug weisend, beschwichtigend den Arm; als er vorüber war, sagte er: »Ach, eigentlich nichts. Ich wollte nur sagen, daß wir uns ein schönes Wetter bestellt haben für unsere Reise.«
»Ich habe mir nichts bestellt«, murmelte Luise.
Und Wilhelm, deklamierend, aber mehr, als wäre das nur für ihn selber bestimmt:

»Wonnig ist in Frühlingstagen
Nach dem Wanderstab zu greifen...
Und den Blumenstrauß am Hute
Gottes Ga...«

»Bitte, verschone mich mit diesem altväterlichen Blödsinn!«
»Aber bitte, Luise, schau doch mal in die Luft, in den Himmel:

Droben ziehn die weißen Wolken,
Unten gehn die blauen Bäche;
Rings in neuen Kleidern prangen...«

»Die Mosel ist kein Bach, sondern ein Fluß – und grün dazu«, sagte sie nur, »und was deine neuen Kleider angeht, so kommst du mir in diesen Knickerbockern vor wie eine Mischung aus Osterhase und Derwisch. Ja, wenn du Waden hättest! Und ›Dreizehnlinden‹, das ist für Tertianer bestimmt und nicht für angehende Staatsanwälte! Jawohl, guck nicht so, das ist alles so einwandfrei wie sterilisierte Watte! Und: ›nicht das Herz nach seinen Wünschen, nach der Pflicht frag dein Gewissen‹, nicht wahr, Elmar?« Sie lachte ihn höhnisch an und ging weiter und zwar so schnell, daß Wilhelm Mühe hatte, ihr zu folgen. Er war verwirrt und blickte angestrengt in die Weite. Der Pfad auf der andern Moselseite führte durch Fichten und junges Eichenholz den Berg in steilem Zickzack hinan. Aber Luise sprang die vom Wasser ausgewaschenen Schieferblöcke so leichtfüßig und schnell hinauf, daß Wilhelm merkte, es sei besser, sie sausen zu lassen, wie er unwillig murmelte.

Erst droben, wo der Wald aufhörte, verhielt Luise keuchend ihren Schritt. Auf der sanft ansteigenden, kahlen Kuppe, unter dem sparsamen Grün, wo da und dort die Erinnerung an Ringmauern schläft in Gestalt von terrassenhaften, verwachsenen Erdstufen, in welchen geschichteter Schiefer violett blinkt; genau auf dem Punkt, der zuoberst gegen den Himmel steht, ragt die Chorruine in schmaler Strenge. Die von zierlichem Maßwerk überwimperten Fenster – die spitzbogigen und die kleinen, ovalen droben am First – haben den Himmel mit ziehenden Wolken in ihrem Grund und sie starren über alles Sichtbare fort in einer gequälten Anstrengung – ins Uferlose.

Luise machte eine Bewegung, als wollte sie jemand hinter sich zurückhalten, sie dachte dabei gar nicht an den Bruder, der noch weit zurück war. Sie meinte vielleicht nur die Bäume oder den Wind, vielleicht auch die eigene Erinnerung an das, was hinter ihr lag, drunten... Sie hatte die Empfindung, als stände sie auf einem sehr hohen Berg, ganz entgegen dem Höhenmesser, der nicht viel über zweihundert Meter angibt. Sie wagte kaum, Luft zu schöpfen in der Stille, ihr keuchender Atem störte sie: der Berg steht gar nicht in dieser Moselschlinge; nein, weit fort steht er, irgendwo in einem zeitlosen, unbekannten Gewässer; nein, er schwimmt, der Berg, er ist ein Schiff, man weiß nicht mehr, wo in der Welt man sich befindet... Vogelstimmen zucken und perlen hinter ihr durch den Wald, aus dem Himmelsgewölbe hängt es wie eine Kette aus Kristallkugeln, durch die ein gläserner heller Klang von oben nach unten zieht: Lerchen!

Und wie Luise lange genug dagestanden und den vom Lauf heftig gewordenen Atem beruhigt hat, vernimmt sie ein Summen und gleich darauf Heuschreckengezirp aus der Erde, und nun kommt alles zusammen: das ferne und nahe Gezwitscher und Summen und Rispelgetöne; und dann gar, aus der Tiefe hinter Wald und Weinbergen vom Fluß herauf die Mittagsglocke, erst eine von Süden her, dann eine höher gestimmte und bald eine tiefere von Osten, von Westen. »Der Engel des Herrn brachte Maria die Botschaft«, hörte sie eine Stimme sagen, ah, Babettens eng gewordene und so zärtliche Stimme. Wenn die Alte die Angelusglocke vernahm, schlug sie – und wäre sie dabei gewesen, einen Pfannkuchen in die Luft zu werfen – alsbald das Kreuz, und was sie auch tat, wurde von den Worten des Engelsgrußes begleitet. »Siehe, ich bin eine Dienstmagd des Herrn, mir geschehe nach deinem Wort!« Das sagte Babette hingebungsvoll und zugleich mit solch schlichter Würde, als hätte sie mit einem halben Knicks die Tür zur Bibliothek aufgetan und gefragt: »Monsieur, Sie haben geschellt? Bitte, was wünschen Sie?«

Luise stand, hörte den Glocken zu, dachte an die Frau Maria von Sankt Mattheis und an Babette und flüsterte: »Und das Wort ist Fleisch geworden und hat unter uns gewohnt!« Bei diesem Worte schlug sich Babette, manchmal einen Löffel oder Eierschläger in der Hand, gegen die Brust, gegen ihren weißen Schürzenlatz. Man wußte nicht ganz, was die Bewegung zu bedeuten hatte, Babette wußte es vielleicht selber nicht, sie hatte es übernommen. Und dann zum Schluß betete Babette: »Herr, gib allen abgestorbenen Seelen die ewige Ruhe! Das ewige Licht leuchte ihnen, sie sollen ruhen in Frieden! So geschehe es!« Luise nickte: »Sie sollen ruhen in Frieden, meine Mutter und – Denise, mein Schutzgeist!« Die Glocken waren verstummt, die grüne flimmernde Bergkuppe aber tönte fort mit Gesumm und Gewispel und Gezwitscher, das Licht fiel herab wie ein goldener Hammer, und die Erde zitterte amboßhaft und sang aus allen Poren. Plötzlich fuhr Luise zusammen.

»Nun, hab ich nicht recht gehabt, wenn ich dich hierhin entführte!« Wilhelm war über das grüne Polster mit leisen Schritten herangekommen. Sie wandte sich mit einem Ruck um und blickte ihn mit stieren Augen an, als müßte sie sich erinnern, wer dieser jugendliche, schwarzhaarige und ungelenke, magere Mann vor ihr sei.

»Was ist denn mit dir?« fragte darauf Wilhelm, seine Stimme klang streng, er stützte sich förmlich auf ihre Strenge, so unsicher fühlte er sich unter ihren blauen, verloren blickenden und schließlich in Erinnerung aufblitzenden Augen. Sie klappte das Band des weißen Leinenhutes, den sie wie einen Kindersüdwester vorn aufgeschlagen trug, über die Augen herunter und dabei sagte sie mit verhangener Stimme: »Komm, ich habe Hunger!«

Sie fanden im schattigen Wirtschaftsgarten nur ein älteres Ehepaar, nach Wilhelms taxierender Aussage wenigstens mußte es so sein. »Die gehören zusammen wie Messer und Gabel und ebenso gleichgültig sind sie auch zueinander!« Luise legte die Speisekarte mit leisem Aufschlagen auf den wackeligen Tisch und sagte amüsiert: »Ach, Herr Staatsanwalt, ich seh dich bereits mit fünfzig neben deinem reformierten Eheweib auf dieser Bank dort sitzen: Glatze, Brille, schiefsitzende Krawatte, Spitzbauch, goldene Uhrkette, verbeulte Hosen und Ziehschuhe. Neben dem Teller drei Zeitungen und das Fachblatt, auf dem Herzen die Brieftasche, rechts in derselben Höhe die Zigarrentasche! Und einen halben

Meter daneben die Frau, die Gott dir über den Weg schickte! Und woran ihr denken werdet? Du etwa: Alles in allem: vier Jahre Zuchthaus, hier muß ein Exempel statuiert werden. Und deine Frau denkt: Um Gottes willen, hoffentlich wird er kein Bier in den Gurkensalat trinken!«

Wilhelm, der Luise gegenübersaß, hob in verächtlichem Augenverdrehen den Kopf und blickte in das wispernde, grünfleckige Blätterdach, das Licht und Schatten in flimmerndem Mosaik auf die blaugewürfelten Decken der Tische herabwarf. Luise fuhr fort: »Gewiß, ich weiß sehr gut, ich brauch mich deinetwegen weniger zu sorgen, als du dich meinetwegen sorgst.« In diesem Augenblick kam die aufwartende Frau mit der Suppenschüssel und wünschte ein gesegnetes Mahl. Wilhelm legte seinen Löffel in den Teller und rührte in der Suppe, als suchte er darin angestrengt nach irgend etwas, das nicht hineingehörte. »Luise«, murmelte er endlich, »du bist heute und auch gestern schon seltsam aggressiv. Ich möchte wissen, warum?«

Ihre Hand fuhr ungestüm gegen ihn, sie sprach französisch: »Warum? Iß deine Suppe! Mon Dieu, und jetzt hat er sich sogar den Mund verbrannt, spuck doch aus, so! Ach, der arme, kleine Junge!« Wilhelm war glühend rot geworden! Er betupfte sich mit dem Mundtuch die Zunge. Und wieder rührte er in der Brühe, die ihn mit vielen runden Fettaugen anzugrinsen schien. Er hätte den Teller am liebsten gegen die nächste Mauer geschleudert, doch er zog nur die Brauen zusammen, schöpfte unauffällig tief Atem, krümmte die Zehen einmal in der Verborgenheit seiner Schuhspitzen und blieb still. Sie aßen schweigend. Luise lauschte einem Buchfink. Manchmal lächelte sie.

Nach Tisch führte Wilhelm die Schwester in das Innere der efeuumrankten Mauern der Chorruine. Und er begann zu erzählen, daß dieser Berg schon früh eine keltische Kultstätte gewesen sei, bis er in christlicher Zeit sich zum Mons sancti Petri verwandelt habe. Aus den Dörfern der weiten Mosel-

schlinge herauf, vom Hunsrück und aus der Eifel seien die Gläubigen gekommen, und der Berg habe das Kloster empfangen und sei zum Castrum beatae Mariae geworden, wo die adligen Damen im Chor das Brevier sangen und hinter dem Gitter ihrer Zelle die Nadel zum Flachstich brokatener Stickereien hin und her zogen. Allein, schon die geistigen Enkel oder Urenkel der noch zuchtvollen Pfründnerinnen – Wilhelm wurde bei diesem Punkte zum moralisierenden Kleinmaler – vertauschten den heiligen Chordienst und den besinnlichen Flachstich mit lustigen Gelagen und dem Schreiben von lateinischen Liebesverslein, die an ihre Seelenführer, die Augustinerchorherren im Kondelwald, gerichtet waren. Und das Castrum beatae Mariae bekam einen böslustigen Klang. Bischöfe und sogar Päpste suchten ermahnend und drohend die alte Ordnung zu beschwören; »indes«, so schloß Wilhelm das Kapitel, »wenn eine Nonne und ein Pfaff sich einmal lieben, kann selbst der Papst mit seinem Bannstrahl einpacken!«
»Warum auch nicht?« entfuhr es Luise in einem grimmigen Beifall, »hat man sie nicht eingesperrt, ungefragt und gegen ihren Willen, die armen Mädchen und auch die armen Jungen, die nachgeborenen Kinder, die nur da sein sollten, um für die Erstgeborenen zu beten und zu fasten und ihnen Platz zu machen! Nur ein unreifer und selbstgerechter Mann wie du kann sie verurteilen!« »Ich bin zwar Kalvinist«, versetzte Wilhelm ruhig und mit Beherrschtheit, »und muß infolgedessen diese unnatürliche Lebensweise wie auch die Hüter derselben ablehnen. Nichtsdestoweniger stehe ich als Jurist auf der Seite der Hierarchen, die fordern müssen, daß die privaten Gefühle sich immer und auf jeden Fall der höheren Ordnung zu unterwerfen, beziehungsweise einzugliedern haben!«
Die Geschwister standen inmitten des gotischen Gemäuers, durch das von oben der Himmel und von unten, durch den Rest der Fliesen, die Erde mit Gras und Moos hereindrängte. Das Mädchen hatte bei den letzten Worten des Bruders ihre

schmale, doch kräftige Gestalt leicht gereckt. Bei dem Wort »beziehungsweise« lachte sie einmal hoch auf und schlug sich mit der Hand vor die Stirn. So blieb sie eine kleine Weile stehen. Wilhelm wäre am liebsten auf der Stelle davongegangen. Seine Ausführungen waren ohne jede Doppelsinnigkeit gemeint, doch bei dem Wort »private Gefühle« sah er, wie Luisens Augen plötzlich klein geworden waren, und durch den gekniffenen Schlitz traf ihn ein blaues Gefunkel, das kühl prüfend und dann in heißem Zorn in seine Augen drang, wie Feuer.

»Private Gefühle«, begann sie endlich, »so nennst du das, das Eine – das Einzige, was der Mensch hat, du – du Idiot!« Luise hatte ihren Satz fast geflüstert, doch das letzte Wort drang getrichtert und drall durch das den Schall einfangende Gemäuer Wilhelm ins Ohr. Er erbleichte: »Luise«, flüsterte er. Es war ihm nun klar, sie wußte alles, die Absicht dieser Reise und Frécourts Besuch! Doch sofort schüttelte er diesen Verdacht, so sehr Luisens Verhalten ihn auch nahelegte, aus Vorsicht ab; denn man durfte jetzt das höchst unangenehme Spiel nicht zu früh abbrechen, so überlegte er schnell. Außerdem, dieser Ausdruck in der Miene des Mädchens flößte ihm etwas ganz Ähnliches wie Furcht ein. Nein, man konnte mit der vollen Wahrheit jetzt nicht herausrücken, selbst wenn sie von Frécourts Brief und Ankunft Wind bekommen hatte, was aber noch keineswegs erwiesen war. Nur das eine glaubte Wilhelm mit Sicherheit aus diesen Augen lesen zu müssen: Liebe! Denn wie konnte sonst das Verhältnis dieser Äbtissin Ottilia von Kesselstadt mit einem Augustinerchorherrn ein Mädchen über die Schranken von ein paar Jahrhunderten und auch über die Schranken der Moral und jeder zarteren Zurückhaltung weg – so überlegte Wilhelm, die Ruinen betrachtend – derart in Eifer bringen, nein, richtig in die Rolle des Verteidigers! Wenn sie aber liebte, dann nur ihn, den verwünschten Franzosen...

Luise hatte ihn und den Vater hinters Licht geführt, sie war mit dem Franzosen gegen Vaters Verbot in brieflicher Verbindung geblieben, hatte sich vielleicht sogar mit ihm einige Male getroffen und heimlich verlobt. Von seinem Brief freilich und seiner Ankunft gar wußte sie nichts. Daraus ergab sich für ihn, auf dem eingeschlagenen Weg zu verharren und sie um jeden Preis von diesem Eindringling fernzuhalten, heute speziell und morgen oder übermorgen im allgemeinen. Nachdem Wilhelm so die Lage der Dinge in seinen Gedanken kurz geordnet hatte, überlegte er zugleich sein Vorgehen für die nächsten Stunden, denn man mußte zäh und bedachtsam jeden weiteren Schritt auf seine Wirksamkeit, zumal in psychologischer Hinsicht, überprüfen... So gab er das Herumstöbern in dem Efeugemäuer nach irgendeiner steinernen Denkwürdigkeit dran, trat auf Luise zu, die auf den zerbrochenen Fliesen, als träumte sie, hin und her schritt, seufzte einmal in einem Anflug von tragischer Entschlossenheit und begann: »Ja, Luise, hast du dir auch schon die Frage gestellt, die dieser Ort einem jeden denkenden Menschen mit Allgewalt aufdrängt?«

Sie blieb stehen und hob überrascht das Gesicht. »Welche?«

»Nun, die Frage, wer diese einzigartige Schönheit in Trümmer legte?«

»Ach! Und diese Frage soll sich also jedem denkenden Besucher aufdrängen? Nun, dann halte mich ruhig für eine dumme Gans, ich habe wirklich noch nicht daran gedacht! Es ist doch schön hier, oder nicht?«

»Ohne Zweifel! Aber stell dir vor: dies alles wäre noch intakt!«

»Das habe ich mir die ganze Zeit vorgestellt, und darin, denk ich, besteht ja zum Teil der Reiz der Ruinen, daß unsere Phantasie sie aufbaut! Aber auch so – das Zerstörte rührt doch das Herz. Oder?«

»Ruinenromantik! Eine intakte Kirche wäre mir lieber.«

»Warum? Möchtest du beten, – das kann man auch hier, in Ruinen, vielleicht sogar noch besser.«

»Ich sage ja! Ich muß also die Frage wiederholen: wer legte diesen Ort in Trümmer?«
»Du hast aber Sorgen! Die Zeit natürlich!«
»O nein, mein Kind, das ist ja gerade der Punkt. Nicht die Zeit zerstörte diesen Ort, sondern die Mordbrenner Ludwigs XIV.«
Sie blickte überrascht den Bruder an, aber auf eine so genaue Weise, wie sie es immer tat, wenn sie nach einem kurzen Überlegen ihm dartun wollte, daß er eine Dummheit gesagt hatte. Wilhelm kam es vor, als hätte sie das dem Vater abgeguckt. »Ja – und nun?« sagte sie endlich.
»Und nun! ... Ist das wirklich die ganze Wirkung, die ein so trauriges geschichtliches Faktum auf dich ausübt?«
»Ja, du denkst doch nicht etwa, ich sollte jetzt auf diesen französischen Mordbrenner schimpfen? Oder gar nach Frankreich gehen und dort Kirchen in Brand stecken? Rate mir doch, wie die Wirkung auf mich beschaffen sein soll!«
»Ja, spürst du denn nicht, du – eine Clairmont, die es diesem königlichen Banditen verdankt, aus Frankreich verjagt zu sein ...«
Luise lachte laut auf. »Nun hör mal! Ich meine, du kannst die Franzosen nicht riechen. Jetzt grollst du, daß man die Clairmonts verjagte.«
»Spotte nicht inmitten dieser Trümmer!«
»Und du sag bitte keine Dummheiten am laufenden Band.«
»Was hier dumm ist, wollen wir jetzt nicht untersuchen.«
»Es wäre aber wichtig, sonst kommen wir an kein Ende.«
»Bitte, Luise, mir ist diese Fragestellung von eminenter Wichtigkeit. Ja, ich gestehe dir, ich habe dich eigens hierher gebracht, um es dir vorzuführen ...«
»Das sieht dir ähnlich ...«
»Unterbrich mich bitte nicht – um dir vorzuführen, wie das Wort ›gloire‹ und ›prestige‹ auf deutschem Boden von den Franzosen ausgesprochen und verwirklicht wurde. Wohlbemerkt, ohne Grund, einfach aus Übermut, aus Machtwillen,

aus Frechheit, aus Haß gegen alles, was deutsch ist. Aus teuflischem Vernichtungswillen!«
»Wilhelm«, Luisens Stimme kam sehr leise, »du wirst zunehmend häßlicher, wenn du in diesen Ton verfällst. Das ist doch krankhaft, was du sagst. Ich bin überzeugt, das haben dir Leute beigebracht, die von der Mentalität dieses französischen Ludwigs nicht sehr verschieden sind. Ich bin nicht so stark wie du in Geschichte, aber einiges habe ich gelesen. Mir genügte sogar Vaters Modellsammlung, um festzustellen: es steht immer eine Festung gegen eine andere! Und eine Tat gegen eine vorhergehende Tat! Weißt du, was Babette einmal sagte, – diese perfekte Köchin ist gescheiter, als du es je zugeben wirst, – sie sagte, so ungefähr: die Franzosen und die Deutschen, die sind wie ein Ehepaar, das eigentlich sehr glücklich miteinander sein könnte. Aber da ist mal was vorgefallen. Und beide können nicht vergessen. Jetzt ist ihre Ehe ein ewiger Zank, und die Nachbarn profitieren davon!«
Luise suchte das sie langweilende Thema damit abzubrechen, indem sie Wilhelm erzählte, wie Babette ihr einmal ein gewisses wirkliches Ehepaar beschrieb, »wo auch so etwas vorgefallen« sei. Babette besuchte diese Leutchen des öfteren. Der Mann war Uhrmacher und saß meist still an seinem Tisch und arbeitete. Und Babette sprach mit der Frau. Da konnte es nun geschehen, daß der Mann aufstand, auf seine Frau zukam und ihr eine fürchterliche Ohrfeige versetzte, um dann wieder ohne ein Wort an seinen Tisch zu gehen und weiterzuarbeiten. Die Frau hatte vor Jahren den Mann einmal betrogen, und wenn ihn die Erinnerung überkam, packte ihn plötzlich die Wut derart, daß er sich rächen mußte, »durch die Ewigkeit der Ewigkeiten«, so hatte Babette ihre Geschichte geschlossen.
Wilhelm zuckte die Achseln und fand die Geschichte nicht sehr geeignet für ein junges Mädchen, da hier ein versteckter sadistischer Zug in dem Verhalten des Mannes zutage trete.
Luise lachte: »Du bist doch ein Esel!«

Wilhelm wurde rot: »Ich verbitte mir diese Bezeichnung!« Und Luise darauf mit einer zusammengerafften Stimme: »Und ich verbitte mir deinerseits – wenn ich schon versöhnlich gestimmt bin und dir Geschichten erzähle, so schöne Geschichten –, mich eine Sadistin zu schimpfen!«
Als Wilhelm sie in unsicherem Prüfen anblickte, fuhr sie aber sogleich mit leichterer Tonlage fort: »Vor allem, belästige mich bitte nicht an dieser schönen Stelle mit deinen nationalistischen Ressentiments, vielmehr mit denen deiner politischen Instruktoren. Ich meinerseits will dir fernerhin keine unanständigen Geschichten erzählen.«
»Dir ist es also wirklich gleichgültig, daß hier einmal...«
»Ja, voll und ganz! Weniger gleichgültig ist mir allerdings, was unsre Soldaten im letzten Krieg in Frankreich anstellten, einfach weil das zeitlich näherliegt! Und weil wir es taten! Man sollte sich«, bei diesen Worten blickte sie Wilhelm plötzlich scharf an, »mehr um seine eigenen Sünden kümmern als um die der andern, überhaupt um seine eigenen Angelegenheiten... findest du nicht auch?«
Wilhelm blickte sie beunruhigt, ja verwirrt an. »Wie meinst du das?« murmelte er.
»Aha!« Sie lächelte listig. »Wie ich das meine, du wolltest doch wohl fortfahren: in unserm Fall? Ich sage es dir: kümmre dich lieber um dein deutsches Mädchen, als um den französischen Liebhaber deiner Schwester. Es hat nämlich keinen Zweck, weißt du das? Ich liebe überdies die Franzosen keineswegs besonders – Völker kann man nicht lieben, ich liebe einen Einzelmenschen! Und der ist Franzose! Das ist so – und Schluß!«
»Eben nicht!« fiel Wilhelm heftig ein, es war ihm nun einerlei, wie das Gespräch enden würde, »es ist nicht Schluß damit, denn dann fängt es gerade an! Es kommen die Kinder!«
»Hoffentlich!«
»Und die werden Franzosen, deine Kinder!«

»Allerdings! Und sogar gute Franzosen, aber zuerst anständige Menschen! Menschen, die nicht den Namen einer andern Nation aussprechen, als handelte es sich dabei um Menschenfresser! Wie verhetzt du doch bist – du, der im Vergleich zu einem gewissen Monsieur Frécourt wie drei, nein zehn Franzosen aussieht!«

»Es kommt nicht auf das Aussehen an, mein Herz ist deutsch!«

»Verzeih, aber ich komm mir dir gegenüber wie eine Großmutter vor... Du wirkst auf mich mehr komisch als deutsch! Ich weiß, es ist nicht deine Schuld! Aber deine politischen Seelenführer – ja, die sollte man, paß auf, was ich sage: aufhängen sollte man sie, richtig aufhängen! Es sind Verbrecher! So und nun möcht ich ein Glas Wein trinken.«

Sie wandte sich mit einer geradezu herrisch entschiedenen Gebärde dem Ausgang zu und strebte zum Wirtsgarten unter den Bäumen; Wilhelm folgte. Er sprach derweil gegen Luisens Rücken, aber sie wandte sich nicht um: wie sie bereits allein durch diese Wahl ganz auf die andere Seite getreten sei und nun alles falsch und verzerrt sehe, was jenseits des Rheines, in Deutschland, geschehe. Und da geschehe bereits allerlei, darauf könne sie Gift nehmen. Frankreich solle sich nicht einbilden, »mit einem Rudel hündischer Trabantenstaaten« Deutschlands Anspruch auf Weltgeltung dauernd niederzuhalten... Das Diktat von Versailles werde Frankreich noch schwer im Magen liegen. Was es redlich beabsichtigt habe, Deutschland zu zerstören, werde ihm nie glücken. Wohl aber sei es Monsieur Clemenceau und seinem Anhang geglückt, den Deutschen endgültig die Augen zu öffnen für das wahre französische Gesicht, für dies Volk, das immer Vernunft und Maß der Welt predige, um bei jeder ersten Gelegenheit sich von seinem gallischen Haß richtig blenden zu lassen.

Wilhelm hatte seine improvisierte Rede über die Franzosen, die gewiß fünf Minuten dauerte, ziemlich fließend vorgebracht, so daß man versucht war, anzunehmen, er habe sie schon einmal gehalten oder doch vor kurzem irgendwo gelesen oder gehört.

Luise ging ruhig weiter, in die Ferne blickend, doch ihr Gesicht, das Wilhelm nicht sehen konnte, zeigte eine gequälte, ja verekelte Miene.

Als sie an den Holztisch traten, eine vom Regen ausgewaschene Platte, die auf vier in die Erde gerammten Pfählen ruhte, und sich auf den ebenso einfachen Bänken niederließen, einander gegenüber, schloß Wilhelm soeben seinen Vortrag mit dem Bemerken, daß Frankreich, wie die Statistiker schlagend nachwiesen, sich »überhaupt auf dem Aussterbeetat« befinde, und nur noch die Wahl habe, »zu verniggern oder einzugehen«, denn das Volk sei »in seinem Mark vergreist und siech«, man brauche nur auf seinen sprichwörtlichen Geiz, die Kinderarmut und seinen Pazifismus hinzuweisen, drei Symptome, die bei allen alten Völkern auftauchten. In diesem Augenblick näherte sich die Wirtsfrau, eine dralle, rotwangige und freundliche Person. Luise rief ihr zu, ohne sie nähertreten zu lassen: sie wünsche etwas Wein, irgendeinen, nur nicht zu sauren.

Dann blieb sie reglos sitzen und starrte an Wilhelm vorbei ins Nirgendwohin.

Sie hatte jedes Wort des Bruders vernommen, doch mehr wie eine unangenehme Störung der mittäglichen Bergesstille.

Als die Frau mit den zwei Pokalen ankam und einen kurzen, forschenden Blick in Luises Gesicht getan hatte, sagte sie leise »Zum Wohlsein« und ging sofort.

Luise faßte den Pokal, und ohne Wilhelm zuzuprosten, trank sie ihn mit geschlossenen Augen halb leer und verzog dann, sich schüttelnd, das Gesicht. »All diese sauren Jahrgänge!« murmelte sie und richtete den Blick auf Wilhelm, und noch einmal trank sie, den Bruder über das Glas scharf anblickend. Auch er trank jetzt.

Kaum hatte sie den Pokal hingesetzt, sagte sie, hart und

ruhig: »Und nun mal zur Hauptsache. Er hat also seinen Besuch angesagt?«
»Wer? Von welchem Besuch redest du?« Wilhelm war in den Schultern hochgefahren, verdrehte die Augen, sein Erröten unter der braunen Haut war kaum zu bemerken.
»Mach keine Faxen!«
»Was heißt hier Faxen!« Wilhelm tat empört.
»Nun zeig mal dein deutsches, so aufrichtiges Herz! Ist er bereits beim Vater?«
»Ich verstehe hier nur eins nicht«, begann Wilhelm, nun wirklich verwirrt bei der Überlegung, daß Luise von diesem unseligen Besuch wußte und dennoch mit ihm so gefügig abgereist war.
»Du brauchst nichts zu verstehen«, sagte sie kurz, »sag mir nur, ist er angekommen?«
»Wie kann ich das wissen?«
»Was stand in dem Brief?«
»Aha, du weißt also –«
»Was stand in dem Brief, frage ich, gib mir Antwort und versuch nicht, mir wie einem unerwachsenen Mädchen an der Nase vorbeizufaseln, dafür bist du nicht der Richtige! Das einzig Schöne an dir, daß du ein so aufrichtiger Depp bist! Also, mach voran!«
»Dieser Tonfall ist mir gegenüber zwecklos, ohne jeden Erfolg«, protestierte Wilhelm und versuchte die Augen zu rollen.
»Ich kann dir auch eine Ohrfeige anbieten«, murmelte sie, griff nach dem Glase und leerte es. »Du hast es gestern und heute ein bißchen toll getrieben«, sagte sie so im selben murmelnden Tonfall, »immerzu, indirekt und direkt, mit Worten und Taten!«
Und nun, als hätte sie ihn vergessen, blickte sie geradezu plötzlich wieder an ihm vorbei, mit diesem schönen Starren, als wäre er gar nicht da.
Wilhelm bekam nun wirklich Angst, nicht etwa vor der

angedrohten Ohrfeige. Er sah seine Schwester, die er doch über alles liebte, vor sich sitzen richtig wie ein Rätsel. Sie war mit ihm gegangen und wußte also – oder ahnte doch, daß der Franzose seinen Besuch angesagt hatte. Da blieb nur eine Annahme offen: der Vater hatte sie einfach aus dem Haus geschickt, sie konnte ruhig wissen, wer kam, durfte aber nicht da sein. Und das kam nun Wilhelm schrecklich vor, er schämte sich nun fast für Luise, daß man sie so behandelte – wie ein Kind. Und daß sie gehorsam war, ja, das beängstigte ihn, denn es war ihm klar, hier waren der Macht des Vaters Grenzen gesetzt. Und so wie die Gestalt des Vaters in Wilhelms Gedanken aufgetaucht war, ängstigte er sich noch mehr. Was für einen Beweggrund mochte der Vater wohl haben, wenn es, wie er selbst gesagt hatte, nicht dieser war, seine Tochter keinem Franzosen zu geben?

»Was starrst du mich so an, als wäre ich Fräulein Medusa persönlich! Zieh dir doch mal die Krawatte gerade, dein goldnes Kragenknöpfchen blendet mich. Dann sage mir, was du auf dem Herzen hast!«

»Hör mal, Luise«, begann Wilhelm, derweil er folgsam an der Krawatte zog. Doch sie unterbrach ihn sofort: »Komm, laß mich! Eine Krawatte ist keine Strippe! Mein Gott, hast du keinen Taschenspiegel?«

»Ich bin kein Geck!«

»Mag sein, aber du mußt ja nicht gerade mit neunzehn Jahren wie ein deutscher Professor herumlaufen!«

»Die französischen Professoren haben bestimmt ebensowenig Taschenspiegel wie die deutschen. Mir Pasteur zum Beispiel vorzustellen, wie er sich vor einem Taschenspiegel den Schlips zurechtzupft, das ist doch lächerlich!«

»Wenn du mal so kleine Tierchen festgestellt hast wie Pasteur, kannst du sogar ohne Krawatte herumlaufen. Aber du wolltest mich etwas fragen?«

»Ja – hat Vater dich mit mir geschickt?«

»Vater? Keine Spur!«

»Sagst du die Wahrheit?«
»Die volle und ganze Wahrheit, Herr Staatsanwalt. Soll ich schwören?«
»Du, mir ist nicht zum Scherzen! Ich verstehe dich dann nämlich überhaupt nicht mehr! Wie konntest du denn mit mir gehen, wenn du nicht von Vater dazu gezwungen wurdest? Wenn du doch wußtest, daß er kam! Du liebst ihn doch?«
»Das geht dich zu allerletzt etwas an, daß ich – ihn – ihn... Sag mir lieber, warum sollte Vater mich aus dem Haus schicken wollen?«
»Ja, Luise, das ist mir selber rätselhaft. Aber nein«, rief er plötzlich, »ich will und darf darüber nicht reden!«
»Worüber? Du machst mich neugierig!« Sie schob in scherzender Betontheit den Kopf vor. Wilhelm war vollständig verwirrt, er sah, ihr Gesicht war bleich.
»Laß mich in Frieden, laß mich in Frieden!« rief er plötzlich, sprang auf und lief einfach den Berg hinunter. Zum Glück hatte Luise Geld bei sich, um den Wein zu zahlen. Sie blickte dem Bruder mit zusammengezogenen Brauen lange nach, während sie auf die Frau wartete, die das Wechselgeld zurückbrachte. Das einzige, was sie dabei dachte, war: wahrscheinlich weiß er noch weniger als ich! Und was ich weiß, das ist wenig und doch schon viel zuviel...

Der Geist in der Flasche

Sofort nach dem Mittagessen hatte Herr von Clairmont seinen Gast gefragt, ob er die Gewohnheit habe, nach Tisch zu ruhen. Er selbst sei leider durch seinen Zustand dazu genötigt.

Monsieur Frécourt gestand, er sei sehr dankbar, wenn er sich ein wenig ausruhen könne. Und kaum hatte sich Clairmont zurückgezogen, nahm sich Babette des Gastes an. Zunächst begann sie ihm das Haus zu zeigen, im Erdgeschoß nur den Salon, – wo nie jemand außer einem Besuch hereinkomme, bemerkte sie. Dann führte sie ihn die Treppe hinauf, und leise auf dem Läufer an der Bibliothekstür vorbeihuschend, zog sie den Gast in Luisens Zimmer, schloß hinter sich die Tür und stand da, ohne ein Wort zu sagen.

Frécourt trat nur zögernd über den blauen Teppich in das helle Zimmer, er zog den Atem in versteckter Inbrunst ein, als wäre der Raum ein einziger Blütenkelch. Es roch nach Lavendel, freundlich – und, so kam es ihm vor: so natürlich. Auch ein wenig nach parfümiertem Puder, aber der Lavendelduft war stärker.

Die Möbel waren alle aus Birkenholz. Als er am Nachttischchen stand, sah er Balzac und Rabelais, und es war ihm einen Augenblick, als hörte er sein Herz wie ein kleines Hündchen anschlagen. Dann blickte er durchs Fenster, fuhr streichelnd aber nur sehr kurz über den Studiertisch. Sich drehend, blickte er noch einmal zu dem Jungmädchenbett.

Da begann an der Tür Babettes Geflüster: »Ja, nicht wahr, das soll nun ein Bett sein. Aber ich darf es nicht wie ein Bett zurechtmachen, das will sie nicht, das will hier niemand im Haus. Immer so einen Teppich über alles, damit man ja nicht

ans Schlafen denkt, ach, und schlafen ist so angenehm, finden Sie nicht, Monsieur? Wenn man so einen Tag rund und voll hinter sich hat und sich so zurechtmacht, als schöbe man sich selber wie ein Brot in den Backofen! Und die Träume, mein Gott! Was ich schon alles geträumt habe!«
»Sie träumen auch so viel, Madame?« fragte Frécourt, er war plötzlich wieder ernst.
Sie führte sodann den Gast in den zweiten Stock, wo sie und Wilhelm Tür an Tür hausten, und wo überdies noch die Gaststube und die Mädchenkammer war.
Wilhelms Zimmer öffnete sie mit dem Bemerken, daß dieser junge Mann nur das Mädchen zum Putzen einlasse, sonst aber, wenn er zu Hause sei, wie ein Eremit hause.
Das Zimmer sah wie die Studierstube eines Gelehrten, aber eines sehr ordentlichen Gelehrten aus. Die Bücher füllten in den Regalen zwei Wände bis obenhin; auf dem Schreibtisch vor dem Fenster lag nur ein einziges Buch, daneben eine dicke Taschenuhr, und in weitem Abstand davon stand ein Aschenbecher aus Terracotta, aber ohne ein Stäubchen.
Auf dem Nachttisch lag eine Nagelschere, eine Feile und ein Lederetui für irgend etwas. Und ein Buch, Frécourt beugte sich aus einer ganz bestimmten Neugier für diesen Bruder seiner geliebten Luise darüber und las: »Confessiones Sancti Augustini.«
»Mein Gott!« murmelte er überrascht und schüttelte den Kopf. »Ja, der liest Latein«, sagte Babette mit einem gewissen Stolz, doch fügte sie einschränkend hinzu, daß er sich bereits die Augen verdorben habe, der Monsieur Guillaume!
Frécourt hatte gerade in diesem Jahre, als er wieder heimgekehrt war, zu den »Bekenntnissen« des heiligen Augustinus gegriffen und er hatte sich genötigt, das Buch ganz zu lesen, wiewohl es ihm überhaupt nicht gefiel. Er begann sogar abends seinem Onkel daraus vorzulesen, doch der sagte bald, daß dieser Herr, als er das Buch abgefaßt habe, gewiß eine große Langeweile auf dieser Erde empfunden haben müßte.

Als die Stelle kam, wo Augustinus seinen Augen grollt, daß sie sich an einem laufenden Hasen erfreuen, da lachte der Onkel, bis er Tränen in den Augen hatte und er nannte das Buch seither »die Hasenpostille«. Frécourt vermochte es nicht, so unehrerbietig zu sein, aber sein Gefühl war stets das gleiche: was muß das doch für ein Mensch sein, der sich so unbehaglich auf dieser Welt fühlt.

Babette öffnete die nächste Tür und sagte: »Wenn Sie gestatten, Monsieur, mein kleines Zimmer! Ich zeige es Ihnen nur, weil es in der Reihe liegt – und auch, sehen Sie, das ist noch ein Bett, wie?«

Frécourt riß einen Augenblick die Augen auf. Oh, diese Zimmer kannte er, und immer waren es dieselben, diese Tanten- und Großmütterzimmer seiner Heimat, diese Miniaturmuseen zärtlicher Herzen, die nichts vergessen konnten. Die Jahre hatten gleich abgeernteten Gärten die längst vergilbten und eingetrockneten Früchte vieler Andenken auf Simsen, Wandborden und Tischlein abgeladen: Photographien in Muschelrahmen, Blumen hinter Glas, gedrechselte Büchschen, Schachteln mit Rosabändern umwickelt, Segenssprüche auf Seide gestickt, Heiligenbilder, gehäkelte Decken und Deckchen – und das alles zum Schauen hingeordnet, poliert und sauber, ohne ein Mückendreckchen und das Atom eines Staubkorns. Der Boden aus Linoleum war gewachst und glänzte wie ein Spiegel, der plüschene Bettvorleger sah nicht aus, als hätte ihn je ein sterblicher Fuß betreten. Über der aus lindgrüner Wolle gehäkelten Zierdecke auf dem drallen Federbett – jetzt noch im Mai – hing an der Wand eine schwarzgerahmte Hinterglasmalerei: die heilige Jungfrau, die den Besuch des Engels empfängt. Der bäuerlich ungelenke Gabriel biegt Kopf und Beine nach hinten, als hätte ihn die Freude der Botschaft wie einen Bogen gespannt. Daneben hing ein schlimmer Öldruck der Basilika von Montmartre, anschließend ein ausgezeichneter, getönter Kupferstich von Notre Dame.

Frécourt war, ohne ein Wort zu sagen, mit einem langsamen Schritt in das Zimmer getreten und betrachtete stumm und eingehend alle die Bilder, Photographien und Gegenstände, die es zu sehen gab. Babette stand still dabei, auch sie sprach kein Wort. Endlich flüsterte sie: »Monsieur, wenn Sie wollen, auch große Herren sind manchmal traurig, können Sie in mein kleines Zimmer gehen, ich bin ja nur mittags und in der Nacht darin, hier sind Sie ganz chez vous!«
Frécourt wandte sich langsam der Frau zu. Er blinzelte einmal so vor sich hin, endlich nickte er: »Hier ist Frankreich. Sie, Babette, Sie sind Frankreich!«
»Sie belieben zu scherzen«, lächelte Babette unschuldig. Dann sagte sie ernst: »O ja, man muß, was man hat, behalten, sonst ist man ein verlorenes Huhn auf dem Trottoir!«
»Wo stammen Sie her, Madame?«
Babette verneigte sich ein wenig: »Mein Vater aus Chateaudun, Monsieur, und meine Mutter, ah, aus der Rue de Seine.« Sie ergriff eine kleine Photographie von der Wand. »Sehen Sie, hier sind die beiden. Er war Bäcker und heiratete die Tochter eines Bäckers – und dann hatte er viel Unglück und starb, und Monsieur de Clairmont, dem ich in Paris kochte und wusch, nahm mich mit. Wissen Sie, Monsieur, er war immer wie ein Vater zu mir, und ich zu ihm – wie eine Mutter.« Babette lachte vergnügt vor sich hin. »Er ist ein vollendeter Gentilhomme«, fügte sie leiser hinzu, mit einem ehrfurchtsvollen Blick gegen die Türe, »und nie, Monsieur, nie in all den Jahren ist etwas vorgefallen, worüber ich ihm böse gewesen wäre, bis er vorgestern – verzeihen Sie meine Indiskretion –, bis er vorgestern meine kleine Luise mit ihrem Bruder aus dem Hause schickte.« Babette verstummte in Frécourts ausdruckslosem Blick und spielte wie ein Mädchen an ihren Fingern. Es war Frécourt, als hätte das kurze Gespräch stundenlang gedauert. »Sagen Sie mir«, flüsterte er plötzlich, sein Gesicht blieb aber dabei vollständig unbewegt, »wissen Sie, ob Luise eine Ahnung von meinem Brief hatte?«

Babette überlegte einen Gedanken lang, dann nickte sie: »Ja, sie wußte es, mein Trotzköpfchen! Aber weil der Brief nicht an sie gerichtet war, vous comprenez...« Babette versuchte ein zartes Lächeln, Frécourt biß sich, ohne es zu bemerken, auf die Lippen. Babette sah, Monsieur versuchte ein Lächeln zu verbergen.

Er murmelte, sich zum Gehen wendend: »Meine teure Babette! Ich bin überzeugt, daß Sie Ihr Trotzköpfchen gut kennen! O ja, ich bin überzeugt!« Er lachte nun wirklich, still strahlend Babette ins Gesicht. »Was glauben Sie, wann wird sie wiederkommen?«

Babette wiegte überlegend den Kopf. »Luise, je nun, so genau weiß man das nicht, aber in drei Tagen bestimmt, länger hält sie es gewiß in der strengen Nachbarschaft des Monsieur frère nicht aus.«

Damit öffnete sie die Tür des Gastzimmers und ließ ihn, nachdem sie noch einmal alles überprüft und ihm das Bad gezeigt hatte, allein.

François Frécourt ging mit kurzen, langsamen Schritten auf dem Läufer hin und her, auf dem violetten, mit gelben Rauten gerandeten Läufer, der zwischen den zwei Bettbergen der Gaststube sich hinzog, bis zu den schweren Kugelfüßen des Schrankes, der in einer Art würdevoller, ja sakraler Verschlossenheit hinter seinen barock geschwungenen Türen eher alte Paramente, Kelche und andere Kostbarkeiten zu verwahren bestimmt schien als die Bettwäsche und die Kleider des Gastes.

Frécourt betrachtete jedesmal, wenn er sich gegen den Schrank auf seinen Gängen umkehrte, das Möbel mit einer Art vergnügt zu nennender Ehrfurcht. Denn der Schrank war, ob er ihn im Rücken oder im Blick hatte, als eine angenehme Empfindung in die Unterströmung seiner in Fluß geratenen Vorstellungen eingedrungen, ohne daß der Sinnende einen bestimmten Gedanken an ihn oder an irgendeinen anderen Schrank gehabt hätte.

In drei Tagen bestimmt, hörte er es von Babettes zärtlicher, enger Stimme in sich nachklingen, bestimmt! Das stand also fest! War nicht zu verrücken! – Trotzköpfchen! Durch zwei Jahre stand also Balzac und Rabelais auf ihrem Bücherschrank neben ihrem Bett. Zumindest standen sie heute dort. Ach, dieser kleine, fast ängstliche Schritt vorhin in ihr Zimmer an Babettens Kinderfrauenhand. Die Bücher standen also beide immer noch dort – oder wieder dort? Was wäre schöner: das immer noch oder das wieder?
So ein Trotzköpfchen! Aber man wird ebenso trotzig sein, doch anders: man wird einfach bleiben und sich schwerfällig stellen! Warum nicht einmal im Leben unhöflich sein, so süß schwerfällig, unempfindlich und beharrlich! Vielleicht könnte man einfach krank spielen! Unvorstellbar schön, in diesem Zimmer drei Tage lang zu hungern und zu warten, regungslos und stumm. Man könnte später seine Kriegslist Luise und auch Herrn von Clairmont erzählen! Allerdings ist der Gastgeber Arzt und wird die Krankheit bald durchschauen. Indes – man kann einfach einige Ausflüge machen und, wenn es Clairmont zuviel werden sollte – er ist ein kranker Mann –, könnte man im Hotel wohnen und nach drei Tagen einfach wiederkommen.
Der mit gesenktem Kopf so hin und her Schreitende wurde durch ein leises Pochen an der Tür aus seinem Sinnen geweckt, er öffnete, und da stand Babette. Nein, es sei noch nicht Zeit zum Tee, erklärte sie, als er überrascht auf die Uhr blickte, es ging gegen vier. Monsieur Clairmont sei plötzlich zu den Barmherzigen Brüdern gerufen worden.
»Zu den Barmherzigen Brüdern?« Frécourt hob erstaunt den Kopf.
Ja, erklärte Babette leichthin, das sei ein großes Krankenhaus, und da gehe Monsieur manchmal hin, »wenn besonders komplizierte Fälle vorliegen«, sagte sie, die Stirn gewichtig runzelnd, »wenn die andern nicht Bescheid wissen, Monsieur ist eine Kapazität, die haben da auch Geistes-

kranke, verstehen Sie, und darauf versteht er sich besonders gut.«

»Geht er öfters zu den Barmherzigen Brüdern?« fragte Frécourt harmlos.

»Nein, dann und wann, nur in besonders komplizierten Fällen.«

»Hat man ihn gerufen?«

Babette zögerte einen Augenblick. Frécourt sah ihre Augen für den Bruchteil einer Sekunde nach innen blickend, das heißt sie wurden ausdrucksloser, sie überlegte. Dann antwortete sie, ein wenig eilig, als wollte sie die kurze Pause verwischen, sie lächelte: »Gerufen? – ah, Sie meinen bestellt? Ja natürlich, sonst wäre er nicht gegangen, sonst hätte er Sie, seinen Gast, nicht hier allein gelassen. Ich bedaure es sehr, daß da gerade heute ihn jemand brauchte, wahrscheinlich so ein Irrer! Aber diese Leute haben oft innerhalb eines Monats nur eine halbe Stunde lang einen hellen Augenblick, wie soll ich das sagen, Sie verstehen! Und dann muß Monsieur schnell machen und auf ihn einwirken. Er kann«, sie flüsterte, vor Ehrfurcht die Stirnfalten gegen den grauen Haaransatz schiebend, »hyp-noti-sieren, so sagt man doch, wie? Er sagt dann etwas zu so einem Kranken, und der glaubt das. Luise hat mir das, erst vor zwei Wochen war es, erklärt. Er guckt den Kranken an – man muß natürlich irre sein, glaube ich, sonst geht's nicht, weiß das aber nicht genau – er guckt Sie also an, Monsieur, ich meine nicht Sie, ach, scherzen Sie doch nicht mit so einer alten unwissenden Frau, er guckt also den Kranken an und sagt etwas: Na, heute fühlst du dich aber ausgezeichnet! Du strahlst ja richtig! Du kannst bald nach Hause gehen! Und dann glaubt ihm der Kranke das und wird gesund, nicht wahr! Aber dazu muß der Kranke einen hellen Augenblick haben, in der übrigen Zeit ist er ja eine Büchse, eine Dose, eine Flasche, Sie verstehen, wo niemand hinein kann. Bei der Flasche fällt mir ein, sie steht noch auf dem Tisch in der Bibliothek. Monsieur läßt

Ihnen sagen, Sie sollten sie als seine Entschuldigung ansehen, sie muß gut sein...« Babette leckte sich kurz über die Lippen. »Und Sie sollten sich die Modelle ansehen und es sich bequem machen, ganz wie zu Hause.«
Frécourt versuchte seine Enttäuschung, so gut er konnte, vor Babette zu verbergen, als er mit ihr, willig wie ein kleiner Junge, in die Bibliothek schritt.
Auf dem Glastisch am Balkonfenster stand eine Flasche, er betrachtete das Schild. Was er entziffern konnte, war: »Trabener 1921«, und einen Augenblick erhellte sich sein Gesicht, den Ort kannte er nicht, aber das Jahr um so besser.
»Ganz wie zu Hause« – diese Worte Babettens gingen ihm wieder und wieder durch den Sinn, während er so allein in der Bibliothek saß. Wie gerne hätte er Ernst mit diesen Worten gemacht, aber falls sie auch von Monsieur Clairmont stammen sollten, von diesem seltsamen Gastfreund, der sich mit ihm im Traum duellierte und es ihm dann auch noch erzählte; der die Tochter vor ihm wegschickte und es auch noch sagte –, falls diese so warmen Worte wirklich von ihm stammen sollten und nicht aus Babettens gütigem Herzen, so war es ihm doch nunmehr schwer, wenn nicht unmöglich, sie bis ins Herz vordringen zu lassen und da zu verwirklichen – in einem Gefühl von Geborgenheit, Hoffnung und ruhiger Erwartung seiner kleinen Luise. Und indem er die Bibliothek – er hatte die Flasche vergessen – mit seinem kurzen Schritt, als wäre er irgendwohin unterwegs, durchstapfte, wußte er es plötzlich deutlicher als je zuvor: er hatte sich nie auch nur einen Augenblick hier in diesem düsteren Raum wirklich wohl gefühlt.
Er blieb vor der Zeichnung des kleinen Erosknaben stehen – und lächelte schwermütig: ja, wo ist sie nun? Tanzt nicht auch sie ihm auf dem Kopf herum? Wäre sie nicht gewesen, sie, die kleine Luise, dies eigenwillige, stolze Persönchen, mit diesen Augen, die sich ihm stets wie ein Sommermorgen auftaten; wäre sie nicht hier gewesen, ah, wie eine schöne,

unschuldige Falle, man wäre kein zweites Mal zurückgekommen, nein, kein zweites Mal.
Er ließ sich schwer an dem runden Tisch nieder und starrte gegen den Sessel hin, der mit seinem Rücken nahe am Schreibtisch stand.
Da saß er, Monsieur Clairmont, als man seinen ersten Besuch machte, ja, genau so war's. Luise weilte nicht im Zimmer, Frécourt kam es in der Erinnerung wenigstens so vor, als wäre sie erst später gekommen, als es geschehen war. Aber was war denn nun eigentlich geschehen? Und er suchte sich, wie so oft schon, noch einmal genau zu erinnern.
Ja, damals versagte manchmal das elektrische Licht, das war der Ausgangspunkt. Sie hatten soeben voreinander Platz genommen, Monsieur Clairmont hatte mit vollendeter Höflichkeit die bei einer solchen ersten Begegnung üblichen Fragen an ihn gerichtet. Da war es dann geschehen, daß das Licht ausging und plötzlich Dunkelheit zwischen sie fiel. Es hatte nur Sekunden gedauert, kam es Frécourt später vor, als mit einem Sprung das Licht wieder zwischen ihnen war. Und Monsieur Clairmont saß da, so glaubte wenigstens Frécourt bemerkt zu haben, und starrte ihn, als das Licht anging, auf eine furchtbare Weise, wirklich fratzenhaft an. Frécourt hätte damals gewiß geglaubt, einer Sinnestäuschung infolge des jähen Wechsels von Licht und Dunkelheit zum Opfer gefallen zu sein, zumal da der Eindruck ihn nur sehr kurz und in geradezu huschendem Vorbei traf; aber Clairmont war sich einmal schnell mit der Hand übers Gesicht gefahren, auch dessen erinnerte sich Frécourt genau. War es doch gerade diese Bewegung von Clairmonts Hand, die dem unangenehmen Vorgang Wirklichkeit gab, denn die jähe Bewegung sagte ihm, daß Clairmont von seinem Gesichtsausdruck wußte und ihn tilgen wollte.
Nach seiner Heimkunft hatte Frécourt einmal seinem Onkel von dieser Sache erzählt. Onkel Charles, bereits ein wenig im Weine drin, war ziemlich erregt darauf eingegangen. Da

müsse er sich versehen haben, so sagte er, das könne doch nicht sein, niemals, nein, nein! Und als Frécourt fragte, was da nicht sein könne, begann Onkel Charles, der im Gegensatz zu seiner üblichen fröhlichen Aufgeklärtheit für Stunden richtig ein Stück Mittelalter lebte und furchtbar düster sein konnte, er begann also: nein, nein, er könne doch nicht »einem solchen« begegnet sein, und die hätten auch keine Kinder, oder doch nur in den seltensten Fällen. Durch weiteres Fragen erfuhr Frécourt, daß es sich bei »einem solchen« um »den Gewissen« handle, der bei Tag und Nacht ganz gut aussehe, wie jedermann, aber in der Finsternis sofort sein wahres Gesicht annehme. Onkel Charles behauptete, daß ein plötzliches Licht, besonders aber ein Blitz, hier sehr gut sei, um ihn zu entlarven, denn seine Verstellungskunst sei wohl schnell, aber nicht so schnell wie das Licht. Denn wie sehr »dieser Gewisse« sich auch dem Licht anzupassen verstehe – er habe darin eine verteufelt gute Übung –, so tue es ihm doch weh, jedesmal, denn er erschrecke beim Licht, und so ein plötzliches Umkrempeln sei selbst für ihn nicht leicht. Doch, so bedeutete Onkel Charles, dieser Monsieur Clairmont könne nicht »der Gewisse« sein, denn sonst hätte er, sein Neffe, die unangenehmen Folgen eines solchen Blickes aus dem Finstern bei so großer Nachbarschaft an sich längst bemerkt, nicht wahr?
Der Alte erging sich noch eine Weile über diesen Punkt, und als Frécourt versetzte, er habe noch nie, weder von ihm noch von jemand anderem, von dieser abstrusen Sache gehört, nickte Onkel Charles nur, auch ihn habe man über diesen Punkt erst aufgeklärt, als es nötig gewesen sei. Und dann schwieg er darüber und kam nie mehr darauf zurück.
Frécourt tat es um Clairmonts willen leid, daß er vor Onkel Charles von dieser ihn bedrückenden Wahrnehmung gesprochen hatte. Die Geschichte übrigens von »dem Gewissen« blieb, wenn er sich auch einer solchen bäuerlich-abergläubischen Interpretation himmelhoch überlegen fühlte, als

ein unangenehmes und störendes Licht auf seinem Bilde von Clairmont liegen, selbst wenn er es nur in der Vorstellung ansah. Und da Frécourt so vor der Flasche Trabener saß – Babette hatte vergessen, sie zu entkorken – und sie düster anstarrte, kam es ihm vor, als ob er stets vom wahren Wesen dieses Monsieur Clairmont wie durch eine Glaswand getrennt geblieben sei... Ja, dieser Mann war für ihn und wahrscheinlich auch für jedermann sonst, sogar für die eigene Tochter, wie dieser Wein da einsam in seinem Gehäuse geblieben: man kannte sein Alter, seinen Namen, seine Herkunft; darüber hinaus konnte man nur vermuten, ahnen, tasten. Man wußte einen Traum von Monsieur Clairmont, aber nur einen, und der war unheimlich genug, das ist das richtige Wort. Zum Teufel, ja, dieser Mann ist unheimlich, trotz seiner Tochter...

Frécourt blickte wie hilfesuchend sich im Kreise um, aber da fiel sein Blick auf die Regale mit den Festungen. Luise ist nun achtzehn... Damals, als man zum erstenmal kam, war sie ein wenig über fünfzehn. Drei Jahre lang also hatte dieser Mann Miniaturfestungen gebaut und zwischendurch ein paar Geisteskranke behandelt... Fast möchte man annehmen, er sei selber nicht klar im Kopf, ja, es wäre geradezu erlösend, eine so einfache Deutung für sein mysteriöses Verhalten zu haben. Er will nicht, das ist nun ganz klar... Er verbietet mir und Luise, miteinander Briefe zu wechseln; er schickt die Tochter aus dem Hause, damit ich sie nicht sehe, lügt und durchbricht wiederum seine Lügen selber mit Andeutungen und schließlich reißt er vor mir aus, denn wie soll man diesen plötzlichen Krankenbesuch anders nennen! Babette hat sich verplappert und aus Höflichkeit widerrufen, aber niemand hat ihn bestellt, allen Barmherzigen Brüdern und Irren auf der ganzen Welt zum Trotz wag ich das anzunehmen... Und Frécourt nickte düster, als wäre er damit dem Geist in der Flasche ein großes Stück näher gekommen, doch gleich zuckte er die Achsel und lachte lautlos durch die Nase, indes – verächtlich gegen sich selber. Er kam sich wie ein vollendeter Dummkopf vor, nicht weil er hier saß, noch immer saß, wiewohl er nicht erwünscht war, sondern weil er nicht dahinterkam, warum man ihn hier nicht mochte.

Es klopfte, und Babette wallte mit rotem Kopf herein, den Korkenzieher ein Stück vor sich herhaltend. Sie entschuldigte sich, ah, was für ein Durcheinander – sie schlug sich dabei vor die Stirn –, in ihrem Kopf, wollte sie sagen, so etwas sei ihr noch nie in ihrem Leben passiert, »wirklich nicht, Monsieur le Capitaine, das ist ja der Gipfel!« Und sie griff mit einer geradezu zornigen Bewegung nach der Flasche, stach ebenso mit dem Korkenzieher zu, aber Frécourt bat, sie solle doch ihn das tun lassen. Doch sie schüttelte nur den Kopf, streng und freundlich zugleich, drehte mit großer Emsigkeit weiter, und schließlich hob sich mit einem schwachen Laut der Korken. Babette schnupperte an dem Flaschenmund und wie sie einschüttete, entspannte sich ihre Miene, und als sie sagte: »Auf Ihr Wohl, Monsieur le Capitaine«, lag ein Ausdruck von verklärter Zärtlichkeit auf ihrem Gesicht.

»Möchten Sie nicht ein Glas mit mir trinken, Babette?« Sie zögerte einen Augenblick, betrachtete ihn stumm, dann ging sie schweigend und kam mit einem zweiten Glas wieder, Frécourt füllte es ihr. »Nicht soviel – nur halb – ah, das ist zuviel! Zwischen dem Essen, wissen Sie, Monsieur le Capitaine ...«

»Das geht dann ins Blut, wie?« Frécourt lächelte, und sie hoben die Gläser, blickten sich an und tranken.

»Donnerwetter!« sagte Frécourt, das Glas hinsetzend und gleich, fast eilig, noch einmal daran nippend, »da versteh ich Sie sehr gut, wenn Sie den Daumen draufhalten und nicht aufmachen wollen!« Er lächelte verschmitzt.

»Ach, Sie sind schlimm, aber ich hab's verdient!«

»Unser Pfarrer in Vouvray würde sagen: ›Meßwein! Den darf man nur am Altar trinken – und für einen Mönch sogar hier noch zu schade!‹ Das ist ein Filou, wissen Sie.«

»Wirklich?« Babette wagte kein ganzes Lachen, sie hatte sich halb auf einen Sessel gesetzt und blickte Frécourt beinahe mitleidig und auch ein wenig scheu an.
»Sie sind traurig, Madame?«
Babette zog schnell die Schultern hoch und schüttelte eifrig den Kopf: »Ich, wieso, warum? Ich freue mich so, daß Sie hier sind.«
»Das weiß ich, Madame, aber ich weiß auch, daß sich nicht alle in diesem Hause freuen.«
»Oh, Monsieur le Capitaine, was Sie sagen! Monsieur hat mir eigens aufgetragen – diese Flasche für Sie, denken Sie! Ah, da fällt mir ein: er sagte, ich solle Ihnen zeigen, wo der Wein gewachsen ist, er legte eigens die Karte von der Mosel heraus. Sehen Sie«, sie erhob sich, ging zum Tisch und winkte Frécourt. Neben dem Modell des Montroyal lag lang, schmal und bunt ein Bild der gewundenen Mosel, darauf nur die Weinorte und die baulichen Altertümer und diese in sinnbildlichen und vereinfachten Zeichnungen eingetragen waren.
»Hier«, Babette suchte und schließlich mit dem Finger eifrig zustoßend, »ja, hier, sehen Sie, Monsieur, Traben!« (Sie sagte »Trabang«.) »Schön, wie? Hier wuchs dieser Wein, das sollte ich Ihnen eigens zeigen.«
»Ja, wirklich? ... Trabang!« Frécourt blickte ein wenig verlegen und nicht recht wissend, warum er sich diesen Kartenpunkt ansehen sollte, in der Nachbarschaft von Babettens Zeigefinger umher. »Hm... sehr krumm, diese Mosel, wie?«
»Sie kommt aus Frankreich«, murmelte Babette stolz, das hatte sie von Luise gelernt. »Es ist ein schöner Fluß, finden Sie nicht, Monsieur? Eigentlich gehört er zu Frankreich!«
»Warum?« Frécourt lächelte kaum merklich.
»Mein Gott, weil er aus Frankreich stammt, das ist doch klar. Wir könnten ihn ja auch, wenn wir wollten, den Boches einfach absperren. Und was dann?«

»Aber Madame, dann würden wir doch Frankreich ersäufen – überschwemmen!«
»Meinen Sie, nun, ich dachte nur so! Was mich angeht, ich gönne den Boches alles, auch die schöne Mosel. Es sind ja Menschen wie wir! Ich fühle mich hier ganz zu Hause! Besonders abends auf meinem Zimmer! Und wenn Luise bei mir ist, verstehen Sie?... Auch Monsieur ist so gut zu mir, wie ein Vater, sage ich Ihnen. Er ist ein Gentilhomme vom Kopf bis zu den Füßen. Nie laut, nie albern oder abgeschmackt!« Babette hielt den Kopf in Gedanken schief und lächelte: »Ich habe ihn noch nie laufen gesehen.«
Da sagte Frécourt wie aus tiefer Erinnerung heraus:
»Doch – ich sah ihn einmal laufen – als Madame noch lebte – es war kurz vor ihrem Tode...«
»Ja?« Babette zog das Wort so in die Länge, daß es höchstens Unglauben verriet, und sofort ihre Unhöflichkeit bemerkend, seufzte sie: »Ach, das war aber auch eine schlimme Zeit!«
»Warum, wenn es nicht indiskret ist, so zu fragen?«
»Warum? Ich weiß es nicht, Monsieur«, Babette flüsterte das schwermütig. »Die Krankheit, ja, auch das! Ich habe damals dafür gesorgt, daß Madame sich mit der Kirche aussöhnte, sie starb gut, sie war eine – eine gute Frau!« Sie schüttelte darauf den Kopf, als wollte sie hier nicht weitersprechen.
Frécourt suchte ein wenig verlegen auf der Karte umher, und gegenüber Traben sah er eine Festung und darunter stand auf einem an der Seite gerollten Band: »Montroyal«! Er las den Namen halblaut, Babette sagte, glücklich über die Ablenkung: »Montroyal? Wieso denn? Liegt der denn nicht in der Auvergne? Das ist er doch!« Sie wies betroffen auf das Festungsmodell neben der Karte.
Frécourt begann schweigend das Modell zu studieren. Er las vor allem die richtungsangebenden Ortsnamen auf den Ecken des Modells: »vers Wolf«, »vers Enkirch« und blickte wieder vergleichend auf die Karte. Und nun erst sagte er: »In

der Auvergne? Durchaus nicht, hier, sehen Sie, hier liegt der Montroyal – gegenüber Trabang!«

»Nun also«, sagte Babette befriedigt, »ich sagte ja, die Mosel ist französisch. Früher war sie wenigstens bestimmt einmal französisch. Die Boches haben sie uns gemopst, jawohl, das geht daraus hervor! Ich dachte schon wegen der unaussprechlichen Namen müßte diese schöne Festung in der Auvergne liegen ...«

»Madame«, Frécourt hob halb tadelnd, halb erklärend die Hand, »in früheren Zeiten gehörte die Mosel wirklich zu Frankreich, auch der Rhein und die andern deutschen Flüsse, aber die Loire und die Seine und die andern französischen Flüsse gehörten zu Deutschland.«

»Aber Monsieur, Sie belieben zu scherzen und wollen mich hinters Licht führen ...«

»Durchaus nicht! Ja stellen Sie sich vor, früher, als noch der Kaiser Charlemagne lebte, das sind jetzt mehr als tausend Jahre her, waren wir Franzosen Deutsche und die Deutschen Franzosen ...« Frécourt war um den runden Tisch gegangen und hatte sich ein neues Glas eingeschenkt und mit dem Glas in der Hand kam er zurück.

»Aber, aber ...«, Babette lächelte jetzt Frécourt ziemlich spöttisch an, »ich weiß, was ich weiß«, schien sie zu sagen.

»Doch, im Ernst, in dieser glücklichen Zeit waren Deutschland und Frankreich noch nicht zerrissen. Die Enkel des Charlemagne gingen dann nach Verdun und dort nahmen sie ein großes Schwert aus der Tasche, sie zogen es vielmehr aus der Scheide und machten aus dem schönen Ganzen zwei oder gar drei Teile; ja, mit dem großen Schwert schnitten sie das schöne ganze Reich auseinander, weil jeder ein Stück zum Herrschen haben wollte ...«

»Wirklich?« Babette schüttelte den Kopf und sagte jetzt, als sie es schließlich glaubte: »Diese Kretins! Warum hat man sie nicht guillotiniert!«

»Ah, bravo Babette, auf Ihr Wohl!« Er leerte das Glas lang-

sam und wieder zum runden Tisch gehend, kam er mit dem gefüllten Glase zurück. »Nur«, begann er, »damals gab es noch keine Guillotine! Hätte es aber so ein häßliches Ding damals schon gegeben, dann wäre, indem man jeweils ein oder zwei der Königssöhne, für die keine Krone da war, guillotinierte, unendlich viel Leid und Unheil und all der Krieg zwischen Frankreich und Deutschland verhindert worden. Aber wie gesagt, es gab damals noch keine Guillotine, und die Leute wußten noch nicht, daß ein Reich nicht dem König gehört, und daß er's darum auch nicht unter seine Kinder teilen darf. Damals war noch alles, was ein König machte und wollte, gut und Gesetz! Sehen Sie, auch dieser Montroyal – ich erinnere mich dunkel –, der verdankt einer königlichen Willkür sein Dasein. Ich glaube, der Louis XIV. hat dies formidable Ding hier gebaut. Sehen Sie – dieser große Waffenplatz auf dem Berg, all die Bastionen und Forts... Da gab es gewiß so einen Artikel, so einen Paragraphen, verstehen Sie? Der französische König hatte etwas in Deutschland geerbt, so ein Stückchen Land – und da baute er gleich eine Festung, um nicht mehr wegzugehen. Aber wie man sieht, er mußte doch weggehen, ich glaube, er selber wurde genötigt, das alles wieder abzureißen...«
»Er selber?«
»Ach nein, natürlich nicht mit eigner Hand! Er gab Ordre zum Bauen und dann zum Abreißen...«
»Was für eine Verschwendung, all das viele Geld«, murmelte Babette, »was hätte man damit für hübsche Sachen bauen können, hier auf dem Berg: ein schönes Schloß oder eine Kirche, ein Kloster dabei, Nonnen, die Kinder erziehen, Waisenkinder! – Und hierhin ein Dörfchen... Und hernach hätte er nichts zu sprengen gebraucht! Und heute könnten die Leute noch ihre Kinder auf den Montroyal schicken und jedermann sagte: Ha, der gute König Louis – hieß er so? – Gott gebe seiner Seele den Frieden!«
»Ja«, Frécourt nickte, bitter lächelnd, »aber so sind die

Menschen: sie tun alles für den Krieg, nichts für den Frieden. Sehen Sie da, Madame«, er wies auf die Regale mit den Festungsmodellen, »da Frankreich, dort Deutschland, all diese dicken Mauern, wieviel Steine für den Krieg, wieviel Schweiß, wieviel Blut, wieviel Geld! Und das sind nicht alle Festungen – o noch lange nicht alle! Und es sind nicht die letzten! Ach, manchmal kann ich Monsieur Clairmont verstehen, wenn er diesen Unsinn einmal nachäfft und den Menschen vor die Augen stellt!« Und mit einem Blick die Modelle zur Rechten und dann die zur Linken zusammenfassend, murmelte er: »Das ist genial – wirklich genial einfach, das einmal zu zeigen! Man müßte einmal die französischen und deutschen Politiker und Generäle in diese Bibliothek führen ... es ist eine Schande!«
Und als müßte er sich gründlich stärken, leerte er das fast volle Glas langsam, mit häufigem Absetzen und immer aufs neue trinkend, als wüßte er sonst nichts Vernünftiges mehr zu tun. »Es sind nicht die Völker, Madame«, murmelte er dann, »es sind immer nur ein paar Leute, die nicht Ruhe geben, die in der Wunde kratzen, bis sie wieder blutet, dann sind sie zufrieden. Statt daß die beiden Völker sich – ich möchte sagen – heiraten, wirklich, das wär's! Das geht!«
»Ich wäre sehr dafür«, lächelte Babette in offener Zweideutigkeit Frécourt anblickend.
Der verstand sofort, auch er lächelte breit, hell, glücklich, aber nur einen Augenblick lang, dann hing in seinem Gesicht alles ohne Spannung und Kraft herunter, er sah plötzlich zehn Jahre älter aus, traurig und müde.
»Mein Gott«, flüsterte Babette erschrocken, »was ist Ihnen?«
»Ach, Madame«, aus Frécourts breitem Brustkorb kam ein schier endloser Seufzer. Er neigte das Gesicht und schwieg.
»Warten Sie, Monsieur, einen Augenblick, ich glaube, der Wein ist zu stark, ich mache Ihnen einen Kaffee!« Damit war sie zur Tür hinaus.
Frécourt blickte nach einer geraumen Weile, als käme lang-

sam Leben in sein erstarrtes Dastehen, mit wirren Augen in dem düsteren, länglichen Raum umher. Was ist denn bloß? Die dunkle und ein wenig zu niedrige Balkendecke drückte ihn, die Regale mit dem leblosen und so niedlich erscheinenden Mauerwerk bedrängten ihn, und jedes in diesem Raum vernommene Wort schien plötzlich durch die Luft zu schwirren, wie unsichtbare Geschosse, wie erregendes, tödliches Gift, das nur ihn zum Ziele hatte, ihn allein, warum nur?
»Trabang«, murmelte er, was sollte das nun wieder bedeuten? Vielleicht nichts, diesmal wirklich nichts, aber weil in diesem Hause alles etwas bedeutet, mußte man auch im Hinweis auf den Herkunftsort dieses Weines eine Bedeutung vermuten. Vielleicht wollte Monsieur Clairmont gar auf den Montroyal aufmerksam machen und seinem Gast auch auf diese stumme Weise sagen: es geht nicht, schau dir's an, es steht ein Berg zwischen uns, der Montroyal!
Doch gleich schüttelte Frécourt, der den schweren Wein in seinem leeren Magen langsam zu spüren begann, wegwerfend den Kopf. Nein, so argumentierte Monsieur Clairmont nicht, der trennende Berg erhob sich nicht im Bereich der Politik, – aber wo denn sonst?
Frécourt bedauerte es in diesem Augenblick eigentlich zum erstenmal, ja, es wurde ihm erst jetzt ganz deutlich bewußt, daß er Clairmont nie ganz natürlich und ungezwungen begegnet war. Und er mochte es fast nicht glauben, daß es jener störende Eindruck gewesen sein sollte, jener fratzenhafte Ausdruck in Clairmonts Miene, als das Licht unvermutet wiederkam, der zwischen Luisens Vater und ihm diesen Abstand, diese gläserne Wand geschaffen hatte. Aber – so fragte sich Frécourt, indem er langsam zum runden Tisch schritt und sich schwer in den Sessel niederließ –, hatte man je Luisens Vater einen Einblick gegeben in das eigene Leben? War man nicht immer schwerfällig und befangen im Allgemeinen herumgewatet, im langweiligen Sumpf der Politik, den Tagesfragen von gestern und heute und morgen; in

albernen Geschichten aus dem Dienst; in Stadtneuigkeiten oder in langweiligen Weinbaufragen, für die sich Monsieur Clairmont stets derart zu interessieren schien – schien, jawohl, er war zu höflich, um zu zeigen, wie sein Besuch ihn langweilte. Über Bücher wußte man zu wenig, und wenn Clairmont fragte, war man stets beschämt, die Autoren nicht zu kennen, oder man verwechselte sie, und das war noch schlimmer. Nur wenn Luise kam, wurde man lebendig. Aber was hatte man selbst ihr in all den Jahren von sich mitgeteilt? »Was weiß sie von mir?« murmelte Frécourt dumpf und verstummte sogleich, vom Klang seiner Stimme aus seinem Träumen geweckt.
Immer war der Vater anwesend, und hatte man sie ein paar Minuten allein, fiel einem nichts ein. Wenn Luise wirklich, wie Clairmont sagte, sich nach einem andern Mann umgeschaut hätte – nach diesem ominösen Schweizer etwa –, könnte man es ihr verdenken, verargen? Einen schwerfälligeren Geliebten als ihn konnte man sich schwer vorstellen, davon war Frécourt überzeugt und er versank in einer fast wollüstig empfundenen Selbstverachtung. Ja, vielleicht war das des Rätsels einfachste Lösung. Und er leerte, fast mit einem Säufergriff, das Glas, ohne des edlen Weins bewußt zu werden.
Da gerade trat Babette mit dem Kaffee ein. Er dankte, trank ein Täßchen und fragte ohne Übergang: »Hören Sie, Madame, wußte Mademoiselle Luise wirklich von meinem Brief?«
»Ja, aber ganz bestimmt, Monsieur! Ich werde Ihnen doch keinen Bären aufbinden.«
»Hm, und sie hatte das... das Marzipanferkelchen all die Jahre... drei Jahre sind es, ja... neben ihrem Bett?«
»Nicht immer! Als Madame starb, deckte sie das Ferkelchen zu, glaub ich, oder räumte es weg, aber...«, Babette erhöhte ihre Stimme, als stünde sie vor einem Tribunal, »ich schwöre Ihnen, wenn Sie wollen, Monsieur: die ganze übrige Zeit,

auch als sie im Institut war, immer mußte das Ferkelchen auf dem Nachttisch sitzen oder liegen, wie Sie wollen! Und immer die Bücher – ich hab sie auch gelesen –, während dieser bewußten Zeit allein lagen sie nicht auf dem Nachttisch. Und...« Babettens Stimme schluchzte plötzlich.

»Und?« Frécourts Stimme fragte das beinahe streng oder vielmehr unerbittlich.

»Ja – und Luise fragte mich jedesmal, wenn sie aus der Schweiz in die Ferien kam, stets als erstes, noch in der Haustür, ich schwöre es Ihnen, das heißt manchmal auch in der Küche, aber noch ehe sie den kleinen Handschuh ausgezogen hatte –, ob nicht ein Brief aus Vouvray da sei!«

»Das fragte sie in jeden Ferien?«

»Ja – warten Sie, ach Gott, wenn Sie so genau sind... zuletzt ließ sie das Fragen...«

»Aha...«

»Nun hören Sie mal, Monsieur«, Babette richtete sich beinahe empört auf, »soll denn das arme Kind sich die Seele aus dem Leib fragen, jedesmal umsonst, durch Jahre! Sie ist eine Frau und wir Frauen haben auch unsern Stolz. Und wenn Sie nicht das geringste Lebenszeichen von sich geben... Sie konnten ja...«, Babette sagte das in höchster Verlegenheit, aber ebenso bedrängt und sie sagte es halb in ihre Hände hinein: »Sie konnten ja vielleicht, wenn Sie niemandem sonst schreiben durften, mir ein Kärtchen schicken – oder – oder Wilhelm«, fügte sie schnell hinzu, als müßte sie das vorher Gesagte als zu unerhört vertuschen.

»Donner, ja!« Frécourt griff sich an den Kopf, »warum schrieb ich nicht Ihnen, Babette, ich bin doch ein Esel, wirklich, ich bin überzeugt, daß ich ein Esel bin!«

Babette schüttelte eifrig den Kopf. »Sagen Sie das nicht, Monsieur, Sie sollten so etwas nicht sagen – Sie dachten nicht daran, es lag unter Ihrer Würde – Und Sie haben recht...«

»Aber hören Sie, Madame, ist das wahr, ist Luise wirklich ein

Trotzköpfchen? Ist sie gereist, weil ich den Brief nicht an sie richtete?«
»Da können Sie sicher sein!«
»Mein Gott, wie gerne wäre ich sicher! Ach, mein Kopf!«
Babette befahl ihm in mütterlicher Sorge, noch mehr Kaffee zu trinken, sie komme gleich wieder. Er solle sich wirklich ganz zu Hause fühlen. Sie schaue mal eben nach dem Rechten, gleich sei sie wieder da. Sie verließ, mit einem scheuen Blick von der Tür her noch einmal auf die zusammengesunkene Gestalt im Sessel zurückblickend, die Bibliothek.
Frécourt aber fand seinen Zustand nicht besser. Sie liebte ihn also noch, und der Vater wollte ihn nicht... Das Glas – das Glas zwischen ihnen, aber woraus bestand es nun? Einmal, noch im letzten Augenblick, hatte man übrigens von sich selber, das heißt von Denise erzählt, wenig, ein paar Andeutungen, kurz vor dem Abschied. Warum tat man es nicht früher, warum zerschlug man nicht das dunkle Glas, warum gab man sich nicht offen...? Von seinem Kummer erzählen, ist meistens unangebracht, aber manchmal...
Einen Verdacht hatte man gegen Monsieur Clairmont, aber der war in einem Atem so verrückt und so furchtbar, daß man ihn nie hatte Gestalt annehmen lassen. Seit dem ersten Besuch, seit diesem seltsamen, ja gräßlichen Ausdruck in Clairmonts Miene war dieser Verdacht da, aber nur wie ein huschender Schatten. Manchmal spürte man ihn quer durch die Seele, den Schatten, und fröstelte – und er war wieder fort, wie eben eine Sinnlosigkeit, die keinen Bestand haben kann vor den Augen der Vernunft.
Wenn Denisens Bruder nicht ein Mann wäre, auf dessen Wort man eine Kirche bauen kann, wäre der Verdacht nicht so ganz und gar sinnlos, absurd, abgeschmackt, ja wahnsinnig! Man hatte in Monsieur Clairmonts Akt, ehe man ihn persönlich kannte, den Ort Lille gesehen, und der Name dieses Ortes war im Akt eines Mannes, der in der Abwehr tätig war, auf den ersten Augenblick störend für ihn, den

Gatten von Denise ... Störend, mehr noch, ein Stich war dieser Name, der in die Augen traf. Und dann legte man keinen Wert mehr darauf. Clairmonts Akt war so harmlos, daß die Behörden auf eine Untersuchung verzichteten. Man besuchte ihn und fand einen Menschen, dem man gern den Akt sozusagen zurückgab: erledigt. Aber das Licht ging aus – und wieder an –, ohne Zweifel, es war eine Fratze! Aber wie sollte man sie deuten? Als Entsetzen ...? Als Haß? Als teuflischen Hohn ...? Als wilde Verzweiflung ...? Immer redet er vom Schicksal, von der Logik des Schicksals ... Seine Seele vergleicht er mit einer Uhr, die sich nicht öffnen kann ... Seltsame Vergleiche ... Aber Denisens Bruder sagte, daß sie aus Ekel am Krieg und der ganzen Welt von dannen ging. Und daß er die Schuld habe, der Curé Quinquepivoix. Doch auch das wichtigste Faktum wußte man, man hatte den Schwager noch aus Trier einmal klipp und klar gefragt: die deutschen Behörden hatten Denisens Geheimarbeit nicht entdeckt, sie wurde nicht verfolgt! Ihr Tod stand in keinem Zusammenhang mit ihrer Tätigkeit: sie hatte also nicht aus Angst, etwa vor einem Verhör, aus Angst also, die andern zu verraten, sich selbst das Leben genommen! Ekel vor dem Krieg, vor der ganzen Welt! Und das war so ganz und gar Denise, in diesen wenigen Worten war sie umschrieben. Sie neigte zur Schwermut, zu äußersten Entscheidungen, sie war heroisch, in allem, was sie sagte und tat, ganz, ungeteilt. O Denise ...

Hätte der Curé auch nur mit einem Wort angedeutet, die Deutschen seien ihr auf der Spur gewesen, ja dann – dann wäre der Verdacht, dieser in seiner Furchtbarkeit geradezu gespenstische Verdacht, nicht ganz so grundlos. Frécourt erinnerte sich, als er bei seinem letzten Besuch einige Andeutungen über Denisens Tätigkeit und ihr bitteres Ende machte, wie Monsieur Clairmonts Verhalten, als er das vernahm, den Schatten seines Verdachtes einfach tilgte, es war jammerschade, daß man nicht eher über diese Sache mit ihm gesprochen hatte. Sich vorzustellen, der Curé habe doch gelogen und Monsieur Clairmont sei in seiner traurigen Dienstzeit mit Denise zusammengestoßen, und sie habe sich aus Angst das Leben genommen, das war – eben weil man den Mann kannte, als Gast in seinem Hause verkehrte und nun um die Hand seiner Tochter warb, das war – zu schauerlich, um wahr zu sein. Solche Schicksalslaunen mag es wohl geben, gewiß, warum nicht? Aber wir selbst sind nie Zeugen einer solchen Verschlingung der Fäden, wir hören davon und glauben es nur obenhin, weil eben alles möglich ist, wie wir gerne sagen. Nein, nein, Frécourt hob mit einem Aufseufzen die Schultern, das ist alles ein gefältelter und gefärbter Unsinn, außerdem: der Curé lügt nicht! Und hätte er gelogen, was für einen Grund könnte er haben? Denise ist tot... Ihr Selbstmord aus Angst vor den Deutschen wäre ja schließlich nicht trauriger, als der aus Angst und Ekel vor dem Krieg und der ganzen Welt... Und vor allem: niemals würde der Curé die Deutschen schonen. Er liebt alle Menschen auf der Welt, aber was die Boches angeht, so geht sein Gebet dahin, daß Gott ihm die Kraft gebe, sie nicht zu hassen... Pierre hätte alles gesagt, was die Deutschen betrifft oder einen Deutschen. Nein, nein, Einzelheiten wollte man nie wissen, aber das wäre mehr als Einzelheit gewesen. Man hatte nicht einmal gefragt, womit sich Denise vergiftete! Man wollte sich keine Minute aus diesen letzten Tagen und Stunden vorstellen, keine Einzelheit, nein, das war zu schlimm. Man betete für sie, in Vouvray und an ihrem Grab in Lille: »Gib ihr den Frieden!« Und man dachte an sie, man stellte sie sich vor – in jener Gestalt, wie man sie kannte, wie man sie verlassen hatte – am Bahnhof in Tours. »Meine Liebe...« »Mein Lieber...«, das waren die letzten Worte zwischen ihnen.

Frécourt seufzte. Und dieser Verdacht ist, so schattenhaft er auch war, nun endlich noch weniger als ein Schatten... Aber leider, er lag die ganze Zeit zwischen ihnen, zwischen ihm und Luisens Vater. Er war vielleicht, wer wußte es, das dunkle Glas, das sie trennte, jedes ihrer Worte, jeden Händedruck, jeden Blick. Nein, soviel war gewiß, Clairmont hatte einen andern Grund, ihm Luise vorzuenthalten. Vielleicht bestand er wirklich in nichts anderem als in einer tiefverwurzelten Abneigung gegen seine Person, mochte er auch noch so häufig ihn »lieber Freund« nennen und ihm sogar betonen, daß er ihn gerne als Schwiegersohn habe; lieber als jeden andern, sagte er nicht so?... Solche Höflichkeiten dienen häufig dazu, den Unausstehlichen auf eine sanfte Weise zu entfernen, es ist ja für beide Teile die angenehmste Weise, ein Nein zu sagen. Wer möchte jemand ins Gesicht schleudern: gehen Sie zum Teufel, Sie Tolpatsch, Sie lächerlicher Mensch! Wissen Sie denn nicht, daß Sie dicklich sind, rötliches Haar haben und neunzig Kilo wiegen mit noch nicht vierzig Jahren? Daß Sie fast der Vater meiner Tochter sein können, eines klugen und hübschen Mädchens übrigens, was Sie wohl übersehen? Was können Sie, außer Wein machen und sieben Gänge hintereinander abessen? Davon sind Sie so dick! Gehen Sie mit Gott in Ihre Touraine und heiraten Sie, was Sie mit der Stockzahl Ihrer Weinberge heiraten dürfen und können. Und lassen Sie uns bitte endlich in Frieden mit Ihren unerwünschten, aufdringlichen Besuchen und Ihren herzlichen Briefen. Meine Tochter weiß noch nichts von den Männern, deshalb hat sie so ein unbestimmtes Gefühl für Sie, auch ein bißchen Dank spielt mit und vielleicht ein bißchen Neckerei! Auf jeden Fall, Gott befohlen, und besetzt uns, soviel ihr wollt, aber nicht in unsern Familien, da gibt es noch keine Besatzungsarmee, und hier ist die Tür...

Frécourt nickte eifrig – ja wirklich, recht hat er ja, aber so etwas sagt man nicht, Gott bewahre, dafür sind wir ja zivilisierte Leute und ziehen unsern Worten Handschuhe an...

Babette war zwischendurch wiedergekommen, ein paarmal, sie hatte über dies und das geplaudert, und schließlich hatte ihn Babette, immer schweigsamer geworden, zu Tisch gebeten, und sie hatten allein gespeist, jeder Bissen würgte Frécourt im Halse. Er ging sofort nach Tisch auf sein Zimmer, die Nacht war lang. Gegen Morgen erst schlief er ein. Als er zum Frühstück herunterkam, stand da Babette und erklärte ihm: leider sei Monsieur wieder zu den Barmherzigen Brüdern in aller Frühe gerufen worden... Sie schaute ihm nur zaghaft und flüchtig ins Gesicht.

»So...«, murmelte er, »soso! Wieder zu den Barmherzigen Brüdern...«

Und da näherte sich Babette ihm langsam, faßte ihn kurz am Arm und sagte richtig schmeichlerisch, die Mosel sei doch ein so schöner Fluß, warum er nicht die Gelegenheit wahrnehme und ein bißchen verreise, »etwa zwei, drei Tage«, murmelte sie und dabei kniff sie ihm wirklich ein Auge. »Ich tät es bestimmt, wär ich Monsieur Frécourt, es lohnt sich, sage ich Ihnen... Wie war die Flasche?...« Sie lächelte. »Und – wenn Sie wieder hier vorsprechen, ist das Haus ein bißchen freundlicher, verlassen Sie sich auf das, was ich Ihnen sage, ich tät es bestimmt!« Plötzlich nickte sie mit dem Kopf heftiger, Frécourt merkte es, daß sie weinte, als sie ganz verzweifelt und kaum hörbar »Mein Täubchen« sagte, »mein kleines Trotzköpfchen, o wenn sie es wüßte, wie wir hier dran sind...«

Als Frécourt nichts antwortete, murmelte sie, sich die Augen schnell wischend: »Nicht daß Sie denken, ich mutete Ihnen zu, noch einmal – in dieses Haus – nein, das wollte ich nicht sagen... Machen wir es doch so: wenn Sie zurückkommen, nach Trier, gehen Sie ins Hotel, ah, warten Sie, ins Hotel ›Porta nigra‹. Ich frage dann dort nach, in drei Tagen, heute ist Freitag! Am Montag frage ich nach im ›Porta nigra‹, das ist leicht zu behalten, Sie kennen es doch?« Frécourt nickte. Babette schickte das Mädchen nach dem Koffer, und zu Frécourt gewandt, flüsterte sie: »Er ist gepackt, nicht wahr, Monsieur?«

»Ja, Madame, ich packte ihn, ich wußte es...«

»Verzeihen Sie ihm«, seufzte Babette.
Frécourt nickte wieder. »Wenn man nur wüßte, was da ist«, murmelte er.
Und Babette, als spräche sie von den unbegreiflichen Ratschlüssen Gottes: »Monsieur ist – schwierig! Aber – aber, wir wissen nichts! Er sieht aus wie das Leiden Christi.«
»Ich glaube es«, murmelte Frécourt. Dann schwiegen sie. Das Mädchen kam, er gab ihr einen Geldschein und empfing den Koffer.
»Und wo, Monsieur?« fragte Babette mit einem mütterlich ernsten Lächeln.
»Im ›Porta nigra‹!«
»Und wann, Monsieur?«
»Am Montag, Madame!«
»Gut gelernt, Monsieur, Gott segne Sie! Sie sind ein...« Sie wollte sagen, ein guter Junge, doch sie schüttelte nur den Kopf: »Wenn man liebt, darf man nicht müde werden, nicht wahr, Monsieur?«
Er gab Babette die Hand: »Sie haben recht, Madame, Sie haben tausendmal recht!«
Er ging schon durch den Garten, da rief sie ihm noch nach: die Moseltalbahn fahre neben dem Hauptbahnhof ab, mitten auf der Straße, »auf der Olzstraße«, rief sie, »aber das müssen Sie ja noch wissen!«
»Ja, ich weiß genau«, rief er zurück. »Danke, Madame, und auf Wiedersehn!«
Sie nickte und winkte, eine jähe Zärtlichkeit hatte ihr die Stimme aufgelöst; wie eine Mutter sah sie ihm nach, wie eine stolze und zugleich ängstliche Mutter, deren Sohn eine weite und entscheidungsvolle Reise tut. Und ihr »au revoir« war nur im Herzen gesagt, wie ein Gebet.

Montroyal

Am frühen Nachmittag desselben Tages schritten Wilhelm und Luise langsam den Weg zum Montroyal hinauf. Sie blickten schweigsam, ohne sich umeinander zu kümmern, in den hellen Tag, der dem gestrigen glich, als wäre er durch die Nacht zurückgekehrt, um noch einmal da zu sein: mit seinen blauen Himmelslöchern und Wolken, die, wie aus Wachs gedreht, gelb und schwer, von Osten nach Westen wanderten und auf Fluß und Bergen ihre Schatten nach sich zogen, so daß man manchmal genauer hinsah, im Glauben, die Berge seien in Bewegung geraten. Ein lustiger Wind, bald blasend, bald rastend, sprang durch das Tal, und ebenso plötzlich kam und ging das Sonnenlicht, durch das wandernde Wolkengatter eingefangen und wieder entschlüpft. Die Weinberge an der südlichen Flußseite, zu denen die Geschwister zuweilen zurückblickten, glichen aus der Ferne einem frischgeschorenen Teppich, so dicht standen die Spitzen der Weinstöcke zu einer ebenen Oberfläche vereint, die hier sanft und dort in steileren Lehnen zum Flusse ohne Unterbrechung hinabglitt. Nur die waagrechten, einige Meter hohen, violetten Abbrüche des Schiefers gaben den Weinhängen eine stufenartige Gliederung; außerdem schnitten die wenigen schräg den Berg hinansteigenden Striche der Kuhwege in die Fläche; auf den Kuppen stand niedriger Wald, dessen Eichen- und Haselgestrüpp da und dort in die Weinberge zipfelhaft herunterhing.
Luise blieb manchmal stehen. Sie suchte die Wolken am Himmel zu dem dazugehörigen Schatten zu finden, den ihr Blick verfolgte, doch das war nicht leicht. Der Schatten hatte etwa die Größe eines tausendstöckigen Wingerts und war

fast rechteckig, lief aber nicht wie die Weingärten meist mit ihrer Schmalseite den Berg hinauf, sondern waagrecht die Hügellehnen entlang. Luise hatte das Gefühl, als wäre ein Wingert in Bewegung geraten oder der Geist eines Wingerts, eines früheren, längst ausgebrannten oder vergessenen Wingerts, der sich nun einen neuen Platz suche. Jedoch, er zog weiter, der Schatten – immer gegen Westen, nach Frankreich, in der Richtung der Mondscheibe, die man so oft nach dieser Richtung entgleiten sah.
Gewiß war François Frécourt, wenn man heute abend auf dem Palliener Berg ankam, nicht mehr zu Hause. Warum machte man sich eigentlich noch soviel Mühe und trat hinter diesem brüderlichen Gänsehüterich her, ja, wie ein richtiges Gänschen? Ach! nicht weil man so folgsam, sondern so blödsinnig war und geglaubt hatte, seinen Trotz an den Mann bringen zu können. Trotz, was ist das eigentlich? Man muß dabei unbedingt an eine kleine, dralle Stirn denken, wie man sie zudem gar nicht besitzt! Und an der Stirn ist so etwas wie ein hörnerner Auswuchs, und an dessen Spitze blüht etwas wie ein zartes Blümchen. Denn das Hörnchen ist gar nicht zum Zustoßen da, sondern nur zum Zeigen des blauen Blümchens! Ach, Luise stampft mit dem Fuße auf und stößt einen Stein den Runten hinunter. Und wie der Stein in immer wildere Sprünge gerät, lacht sie laut auf und gleichzeitig schlägt sie sich mit beiden Händen auf die Backen, daß es klatscht; und ihre Augen werden feucht, am liebsten hätte sie aufgeweint. Sogar so ein Stein, wenn man ihn tritt, läuft fort. Wer weiß, wie Vater ihn empfing, was er ihm alles sagte. Und das Haus leer, und keine Luise da! Wie er wohl dastand?... Ach, wenn so ein großer starker Mann den Kopf senkt... Er hat den Kopf gesenkt... Er hat sich geschämt, er hat sich in den Schlaf geweint, hat ins Kopfkissen gebissen, immer nur »Luise, Luise« geseufzt. Und dann ging er, am andern Morgen schon, vielleicht heute morgen, vielleicht gestern morgen... Und ich – ich allein habe die Schuld!

Wenn ich gesagt hätte: ich bleibe, ich schaffe endlich Klarheit...

Plötzlich, als hätte sie Angst allein zu sein, lief sie dem Bruder nach. Der ging mit ernst geschlossenem Mund. Seit gestern nachmittag auf der Marienburg sprach er kein Wort mehr: nur heute morgen hatte er ihr überm Kofferordnen mit einer bitteren Sanftheit bemerkt: er wolle einen Besuch auf dem Montroyal machen – sonst nichts! Er hatte nicht »wir« gesagt, hatte auch nicht mit einem halben Blick gefragt oder gar gebeten, ob sie mitgehen wolle. – Und da war sie mitgegangen, aus einem allgemeinen, weichen Anhänglichkeitsgefühl, nach Hause gehen konnte sie nicht.

Fast auf der Höhe des Berges angekommen, sahen sie, wie seine eigentliche, längliche Kuppe sich mehr und mehr zurückzog. Wie eine Rampe stieg das Gelände langsam an, kahl und glatzenhaft, dann begann der Besenginster den Pfad mit seinem duftenden Gold zu säumen, Erikapolster lag buckelig über den armen Boden verzottelt, dazwischen klafften Löcher und unter Haselnußbüschen tauchten Mauerreste auf. Wilhelm wies stumm mit dem Finger da und dorthin und schließlich begann er zu sprechen: soeben hätten sie das Glacis der ehemaligen Festung überschritten, das sich freilich außerdem über die Berge in stundenweitem Umkreis ausgedehnt habe, die damals, als die Festung entstand, entwaldet worden seien. Hier etwa seien sie am Hauptwall, dort – er wies über die sanfte Kuppe des Berges weg – sei früher die Mitte der Festung gewesen, wo Hauptplatz, Arsenal, Pulvermagazin und Wachthäuser sich befunden hätten, über und unter der Erde. »Von dem, was unterirdisch gebaut war, ist noch mancherlei erhalten, und vielleicht tappen wir gleich mal durch einen Stollen oder ein Gewölbe, wenn du keine Angst hast.«

»Angst? Mein großer Bruder ist ja bei mir!« Luise lachte ein wenig. Der Wind kam in flinken Stürzen über die Höhe, es raschelte von vorjährigem Laub, und Luise meinte immer, auf einen hüpfenden braunen Frosch zu treten, wenn ein Blatt sich plötzlich vor ihren Schritten erhob.

Die kahle Höhe begann sich auf der nördlichen Seite mit einem stark gelichteten Fichtenwald zu bedecken, und kaum hatte Wilhelm einige Minuten hin und her gesucht, als er rief: »Hier ist ein Eingang!«

Sie kletterten eine verfallene Treppe hinunter. Wilhelm ließ den Lichtkegel seiner Taschenlampe in die Dunkelheit dringen. Luise lobte ihn: »Die hast du vorhin unten in Traben extra gekauft? Wie doch ein Mann so vorsorglich ist und an alles denkt!«

Wilhelm blendete sie scherzend an, ihren Hohn bestrafend, er war wieder halb obenauf. Seit Luise sich ihm zum Besuch des Montroyal ohne Aufforderung angeschlossen, hatte sich sein Selbstgefühl wieder erholt. Luise mußte vielleicht – so glaubte er jetzt wieder – doch begriffen haben, warum er auf den Montroyal pilgerte, ja, pilgerte! Und wenn sie mitkam, bedeutete das einen Schritt weiter. Sie hätte ja zu dieser Stunde ebensogut schon in Trier sein können. Vielleicht war der Franzose noch da – oder er war nun soeben angekommen! Sie jedoch begleitete den Bruder auf den Montroyal, – daraus ließ sich mancherlei folgern. Schließlich war sie ja seine Schwester! Ach, wer weiß, vielleicht kam der Tag, da sie auf ebenso uneingestandene Weise nicht mehr an diesen französischen Hauptmann erinnert sein wollte, an einen Offizier der Besatzungsarmee! An diesem Ort sich vorzustellen, daß Luise nach Frankreich übersiedeln würde, um da irgendwo in der Gegend von Tours kleine Franzosen auf die Welt zu setzen, das schien ihm unerträglich!

Sie waren in ein niedriges Gewölbe eingetreten, der Boden war hoch mit Erde bedeckt. Rechts im Hintergrund, Wilhelm ließ den Lichtfinger der Taschenlampe hin und her tasten, tat sich ein Spalt auf, dort ging es wohl durch einen Gang in das nächste Gewölbe.

»Ein bißchen gruselig«, flüsterte Luise, »was war hier drin?«
»Oh – aus der Pfalz und aus dem Trierer Land zusammengeraubtes Geschütz, Musketen und ganze Berge von Kugeln! Ich glaube wenigstens, daß wir uns in einem Magazin befinden.«
»Da sind wir also ganz sicher«, versuchte Luise zu scherzen. Wilhelm schwieg eine Weile, sie standen dicht nebeneinander. »Du, Luise«, sagte er schließlich, etwa so, als würfe er etwas, das ihn bedrückt hatte, über die Schulter fort, sein Tonfall kam feierlich, und zugleich war eine besondere Zartheit darin, »hörst du diese Mauern sprechen?«
»Fängst du wieder an? Übrigens, es riecht hier unter anderem nach Sonntagsausflüglern, gib acht!«
»Luise!« Wilhelms Stimme kam härter, »jetzt sage es mir! Du hast doch diesen Weg nicht ohne Grund mit mir gemacht?«
»Wie meinst du das, du bist so feierlich?«
»Ja, Luise, weil ich etwas wie eine Entscheidung über uns – in diesem Gewölbe hängen spüre. Zürnst du mir noch, Schwester?«
Luise versetzte darauf, plötzlich auf französisch: »Jetzt endgültig Schluß damit! Ich kann nicht daran denken, ohne versucht zu sein, dich und mich zu ohrfeigen!«
Wilhelm ließ gänzlich verwirrt den Lichtstrahl Luise ins Gesicht fallen, und als sie, die Hand vor den Augen, sich abwandte und rief: »Laß das!« fiel auch er ins Französisch, er stammelte: »Pardon! Ich wollte nur dein Gesicht sehen, Luise, dein Gesicht, Schwester! Ich weiß wirklich nicht mehr, wer du bist!«
Sie fragte gedehnt, nicht ohne Hohn, aber noch ruhig: »Das hast du ja einmal gewußt und konntest dennoch eine solche Schurkerei an mir – an deinem Schwesterchen – begehen!«
Wilhelm tat mit der Lampe einen Schlag durch die Luft, im Gewölbe fuhr der Lichtstreifen wie ein blitzendes Schwert auf Luisens Kopf herab: »Schurkerei? Wäge deine Worte! Ich habe nichts getan, als eine bittere, mir sehr bittere Pflicht an dir erfüllt! Und du nennst das – ah, wenn ich nicht wüßte,

daß du um dieses Franzosen willen verrückt geworden bist, würde ich dir dieses Wort mit dieser Hand zurückgeben, so grob könnte ich werden, und so lieb bist du mir immer noch, daß ich dir solche Unflätigkeiten nicht durchgehen ließe! Aber wie gesagt: du bist verrückt, liebestoll!«

Luise fauchte: »Schrei nicht so! Oder hast du dir diesen bombensicheren Unterstand ausgesucht, um mich zu überfallen? Aber, ich habe keine Angst vor dir, Freundchen! Das wirst du ja noch wissen aus der Zeit, da ich dir's abgewöhnt habe, François rothaarig oder auch nur rosig zu nennen. Und damals warst du sogar noch ein Junge, während du heute nur noch ein – Jüngling bist! Ein Jüngling übrigens, der die Liebe mit ›privatem Gefühl‹ umschrieb, das sich innerhalb der Grenzen, wie sie der Staat zieht, abzureagieren habe. Widersprich nicht! Es ist umsonst! Oder hast du nicht verlangt, daß ich um der zerstörten Moselburgen oder dieses alten Gewölbes willen – daß ich nicht lache – mein Herz auf dem Altar des Staates opfern sollte? Und dabei kommst du dir weit klüger und menschlicher vor als dieser Louis XIV., der glaubte, mit Dragonern könne man Ideen ändern!«

Und nun begann ihre Stimme, von einem hellen Schluchzen unterbrochen, das sie aber sofort bezwang, zu rufen: »Narren, Narren, ihr bösartigen Narren von Männern, mit eurer einzigen Doktrin, die ihr auf die Beine brachtet, mit eurer Doktrin von der Gewalt! Ihr Schwächlinge! Seht doch – mein Bruder ist stärker als ich, aber ich werde ihn, wenn ich will, jetzt in diesem Augenblick, diesen Burschen, um die Ohren hauen, daß ihm sein Pflichtgefühl wie Grind herabbröckelt!«

Sie schwieg plötzlich, von dem Lichtstrahl geweckt, den Wilhelm wiederum mit einer aus Angst und Ratlosigkeit gemischten Neugier an ihrer sich in den eigenen Worten windenden, aber festgewurzelten Gestalt langsam in die Höhe gleiten ließ. Als er nun plötzlich die aufgerissenen Augen erblickte, und wie sie sich unter dem blendenden Strahl zornig schlossen, ließ er den Lichtkegel sinken, bis auf

die Füße der Schwester, die kleinen Füße. In den grauen Wildledersandalen standen sie dicht nebeneinander auf den halbhohen Absätzen – in dem einseitigen Lichtschein sah es aus, als schwebte sie.
Wie Grind herabbröckelt ... ein Pflichtgefühl wie Grind ... Wilhelm empfand an diesen in Luisens Mund doch ziemlich pathetischen Worten die ganze Gefahr seiner Lage und er erblickte wenigstens einen Trost in dem Umstand, daß die schon mehrmals angedrohte Ohrfeige, falls sie nun endlich fallen sollte, ihn wenigstens in diesem Unterstand treffen würde. Und er fand seine Schwester trotz ihres ungebärdigen Wesens so außerordentlich anziehend in diesem Augenblick, daß ihm selbst noch eine Ohrfeige als Verbindungsmittel nicht so schlimm erschien als die befürchtete Möglichkeit, sie könne sich einfach drehen und weggehen.
Ja, und das tat sie nun, aber er atmete sofort erleichtert auf, sie strebte nicht dem Ausgang zu, sondern trat tiefer in das Gewölbe hinein, und sein Lichtkegel folgte ihr, eilte ihr zielsicher voraus, und er selber hielt sich stumm auf ihren Fersen. Plötzlich sah er Luise wie von einer unsichtbaren Hand angestoßen herumfahren, und schon lag sie ihm am Halse, er spürte ihre kalte Nase hinter seinem Ohr und das Kitzeln ihres Haares und die Feuchtigkeit schnell erkaltender Tränen. Und endlich hörte er sie flüstern: »O mon petit frère!« Wilhelm hätte im Hinschmelzen dieser Worte freudig den höchsten Schwur getan, jeden, auch den kleinsten Wunsch seiner Schwester zu erfüllen. »Ich hab die Schuld«, flüsterte sie wieder, »ich ging mit dir, weil ich nicht bleiben konnte – zu Hause, weil ich es nicht sehen konnte ... ihn und den Vater vor einander stehen, sich anblicken ... ah, aber jetzt! Er ist fort! ... Was soll mir geschehen, Wilhelm, was soll ich tun, hilf mir doch, hilf mir!«
Wilhelm stand steif und still wie ein Pfahl und war ganz ohne Gedanken. Nur ein Übermaß von Zärtlichkeit und Bereitschaft erfüllte ihn. Endlich flüsterte er: »Ja, ja! Es ist gut! Du

sollst ihn haben, ich helfe dir – wirklich, ich Wilhelm von Clairmont!« Als er seinen Namen hörte, erwachte er, und bei der Feierlichkeit seiner Stimme empfand er wieder etwas wie Ekel vor sich selber: er machte sich lächerlich, ob er sich nun als Herr oder Diener dieses Mädchens gebärdete.
Sie standen noch immer an derselben Stelle. Luise hatte bei den Worten des Bruders ihren Kopf von seiner Schulter abgehoben, sie riß den Hut herunter, und ihr Gesicht, als wäre sie trunken, schwankte einigemal hin und her. Dann flüsterte sie: »Und ich habe geträumt, diese Nacht, Wilhelm, o ich habe etwas Schreckliches geträumt: unser Vater habe François – ermorden wollen! Eine silberne Tür hob unser Vater aus den Angeln und schlug sie François auf den Kopf. Es war scheußlich! François aber schadete es nichts. Er hatte hernach die Tür wie einen Kragen um den Hals hängen – weißt du, wie die chinesischen Verbrecher das Holzbrett. Wie kann man nur so was träumen.«
Wilhelm leuchtete – er war sehr verlegen – das Gewölbe ab: der spachtelhafte Strahl fiel in den Hintergrund, von dort zog er sich zögernd an der rechten Mauerseite zurück, und wo der dunkle Einschnitt war, verharrte er mit einem Ruck. »Offensichtlich ein Verbindungsgang«, sagte Wilhelm, seine Stimme kam gedämpft. Er ging einen Schritt voran und Luise folgte. Sie waren von dem Schattenspalt keine fünf Meter mehr entfernt, als sie, ganz deutlich, ein Geräusch vernahmen, das nur aus dem dunklen Gang gekommen sein konnte. Sie blieben stehen, und Wilhelm, wieder den Schattenkerb in der Mauer anleuchtend, flüsterte: »Hast du es gehört?«
Luise trat dicht neben Wilhelm: »Es klang wie ein Schritt, ich glaube, wir sind nicht allein.«
»Komisch«, machte Wilhelm in gespielter Gleichgültigkeit, dann trat er zwei Schritte auf den Spalt zu und rief auf deutsch, bemüht gleichgültig: »Hallo, ist da jemand?« Ein Räuspern war die Antwort, und als Wilhelm nun sich vor-

beugte und in den Spalt hineinleuchtete, sagte eine Stimme auf französisch: »Pardon – ich bin es!«
Die Lampe in Wilhelms Hand schien in diesem Augenblick ein Bündel feuriger Schlangen in die Dunkelheit zu entlassen, so krümmte sich der Lichtstrahl im Gewölbe, von der erregt zuckenden Hand nach allen Seiten geworfen. Und da stand auch Wilhelm schon wieder vor dem erbleichten Mädchen und stammelte: »Mein Gott – er ist – hier – da!« Seine lichtbewehrte Hand wies aufs neue gegen den Spalt, aus dem jetzt, von einem neuen Räuspern angekündigt, François Frécourt heraustrat, nicht anders wie ein beschworener Geist. Er blieb zuerst stehen und bedeckte sich die Augen.
»Ah, meine Kinder – ein ziemlich schreckhaftes Wiedersehen, wie?«, murmelte er, verwirrt und erregt zugleich. »Ich bin ganz unfreiwillig in diese Lage gekommen. Ich hörte euch eintreten und wollte entweichen... eurem Gespräch entweichen... versteht gut! Da geriet ich in diese Falle. Der verfluchte Gang ist nämlich eingestürzt. Ich kam nicht weiter... Und so mußte ich zurück – zurück zu euch... zu Ihnen, Mademoiselle!«
Er näherte sich langsam, verhielt aber zögernd den Schritt, als Luise unvermittelt einen Seufzer tat, einen Seufzer, der nicht verriet, ob in ihr Schrecken oder Freude aufstieg, ihre Stimme sank wie sie selber jäh zusammen. Wilhelm hatte den Arm um Luisens Rücken gelegt, er leuchtete in ihr bleiches Gesicht, das an seiner Schulter lag, das Kinn nach oben. Die Augen unter den geschlossenen Lidern schienen in das eigene Haupt hinein wie in einen Himmel gerichtet. Der Mund stand leicht geöffnet, auf den Jochbogen lagen zwei rote Flecken.
Wenn Luise in späterer Zeit manchmal an diesen Augenblick zurückdachte, da François' kurzer, fester Schritt so langsam auf sie zugekommen und des Bruders Arm stützend von hinten um ihren Leib gefahren war, kam es ihr stets vor, so töricht das auch den andern Menschen erschienen wäre, als

hätte sie sich in diesen Sekunden François vermählt. Ihr Leib war schwach geworden, weil die Seele dem Manne entgegengeeilt war, ihre Seele lag unter seinen Schritten, er ging durch ihre Seele, immerzu, lange – lange. Und sie standen nicht in einem düsteren Gewölbe, – alles war ein lichter Himmel, und ihre Seele war Boden, demütige Erde – und schwang zugleich so freudig und leise wie das Meer, wenn es die ersten Sonnenstrahlen des neuen Tages erwartet.
Als Luise, sie wußte nicht nach wie langer Zeit, ihre Augen aufschlug, stand statt des Bruders – François neben ihr, auf die gleiche Weise sie haltend, auf die gleiche – ah, nein! – auf die Weise sie haltend, wie der Mann sein Liebstes umschlingt, wenn er noch zweifelt, ob es nur ein Bild seiner Sehnsucht oder anfühlbare Gegenwart ist.
Luisens Auge konnte in der Dunkelheit nur Umrisse erkennen, indes – das Auge war unnütz geworden. Durch die Poren drang ihr das heiße Bewußtsein: er ist es! Ihre Haut überlief es, und durch den Atem drang es in sie ein: es ist kein Traum! Du liegst in seinem Arm! Ihre Nase sog leise und kostend wie in Betäubung den Geruch seiner Haut ein, und es kam ihr vor, als verflüchtige sich der Körper des Mannes und ströme nun, ein milder Duft, in sie ein. Daß sie die Augen aufschlug, geschah nicht, um ihn anzusehen, es geschah, weil sie erzitterte am ganzen Körper, bis ins Auge hinein.
Und Wilhelm war fort, dieser süße, gute Bruder, er war fort – fort – fort! Und François war da, wie ein Engel, zu welchem man ein halbes Jahrhundert lang vor einer Wand gebetet hatte, vor einer leeren, blinden Wand, auf der nicht einmal sein Bild aufgemalt war! Ach ja, nicht einmal ein kleine Photographie wie die andern verlassenen Mädchen hatte man gehabt – keine Briefe – keine Nachrichten – keinen mündlichen Abschiedsschwur! Ein paar Bücher hatte man im Verwahr und ein Marzipanferkelchen, nichts sonst. Eine leere Wand war sein Andenken, zwei Jahre lang, und nun war er in dieser Wand durch all die Zeit bei ihr gewesen,

hatte alles gehört und gesehen – o er sollte, er durfte es, und nichts brauchte man mehr zu sagen. Und er war aus der Wand herausgetreten und sagte: »Hier bin ich!« Man durfte das Gesicht an seine Wange drücken, ach, sie war so schön rauh, so wirklich, so ganz nahe, und man brauchte nur zu seufzen: »Ach, da sind Sie! Ich bin so müde! So müde!« Sie fühlte sich in die Höhe gehoben, sie wurde getragen, sie sah die düstere Decke über sich, nur vom Eingang her fahl erleuchtet: wie der hohle Bauch eines Fisches bog sich das Gewölbe über sie, jedoch sie fürchtete sich nicht mehr. Sie fragte auch nicht, woher er komme und wie er sie gefunden habe, sie fühlte sich nur müde und ganz erfüllt.
Auf der Treppe sah sie sich sanft auf die Füße gestellt, und eine leise Stimme sagte: »Die Treppe ist mir zu gefährlich für eine so kostbare Last.« Luise torkelte förmlich an seinem Arm die zerbröckelten Stufen hinauf. Oben angekommen im hellen Tag, der durch die Fichten sprenkelig herabfiel, warf sie, aufatmend, den Kopf zurück. Ein Eichhörnchen flog indem von einem Zweig zum andern, François hatte bei Luisens schnellem Fingerzeig aufgeblickt, sie lachte leise und anhaltend: »Wie ein lustiger kleiner Komet über unsere Köpfe fort! Man hätte sich etwas wünschen sollen!«
François lächelte, noch immer so in die Zweige schauend: »Ich habe nur einen Wunsch, Luise!« Bei der Nennung ihres Namens fiel sein Blick, noch voll Licht und Himmel, auf sie nieder, sie lehnte in seinem Arm.
»Wollen Sie nicht Héloise zu mir sagen?«
Er schüttelte verwundert den Kopf. »Sie Kind! Durchaus nicht! Ich will Sie nennen, wie Ihre Mutter Sie nannte! Luise! Sie müssen wissen, daß dieser Name mir so schön fremd klingt und unabgebraucht, es ist ein deutscher Name. Ich habe Ihre Heimat sehr lieb, diese Landschaft.« Er machte eine ausfahrende Bewegung, als wollte er die Bäume abmähen, um Luise Blick zu schaffen für den großen Bereich, den er meinte. Dann sagte er ohne Übergang, wohl sehr freund-

lich, doch ganz in nüchternem Fragen: »Wo ist denn, zum Kuckuck, Ihr Bruder hin?«
Luise schaute sich langsam um, endlich brachte sie in angestrengtem Nachdenken hervor: »Er war noch da, als – bevor – Sie – mich – küßten!« Diese Zeitangabe, die ernsthaft und genau klingen sollte, reizte Frécourt zu einem frohen Lachen. »Ja, Luise«, er dämpfte seine Stimme und schaute sie an, »als ich Sie küßte! Vorhin? Mir scheint es so lange her zu sein, daß ich versucht bin – ah, mein Kind, wir haben viel gelitten umeinander, nicht wahr? Wir müssen vieles nachholen! Warten Sie, wir werden uns schadlos halten!«
Wilhelm saß am Pfad, auf einem alten Mauerrest, von weither sichtbar. Er kehrte das Gesicht dem Tal und den jenseitigen Hunsrückbergen zu. Rundherum lohte der Ginster in gelben Flammen, Thymian duftete herb und heilsam irgendwo zwischen seinen hochgezogenen Beinen in den Mauerritzen; über den dicken, nackten Bauch des Berges, der sich vor den Augen des jungen Mannes gegen Stadt und Fluß hinabsenkte, zogen noch immer die Schatten niedriger Wolken; sie flogen wie weiße, dicke Vögel vor den pirschenden Hunden, denn der Wind war leise, und nur im Rascheln eines Zweiges und im zarten Anprall auf den Wangen und im Haar des Dasitzenden verriet er seine Anwesenheit.
Wilhelms Gesicht lag unter der Bräune der schmalen Wangen leicht gerötet da, seine dunklen Augen waren ins Ferne gerichtet, ins Gegenstandslose. Manchmal verhaftete sich der Blick an einer ziehenden Wolke, doch suchte er sich an ihrem Ende vorbei den alten Punkt im Unendlichen und wieder starrte er, und die Unbeweglichkeit seines Gesichtes wurde einzig durchbrochen von dem plötzlich hinflatternden Haar und den leise im Versmaß bewegten Lippen.
Theognis sprach auf einem Moselberg durch den Mund eines jungen Menschen, der sich sehr traurig und sehr froh in einem Atemzug fühlte! Theognis, ein edler Grieche, mischte sich, aus einem Schülergedächtnis wie aus einem Grabe

erwachend, in einen beginnenden Hochzeitszug ein, so schien es wenigstens dem skandierenden jungen Manne, wie er sich in die Rolle des Brautführers hineinträumte, des Brautführers der eigenen Schwester; und sie folgte einem Manne, dem sie nicht folgen durfte.

Doch als wollte er dem heute zum erstenmal blinzelnd ins Antlitz geschauten Eros blindlings gehorchen, so wiederholte er die Worte des edlen Lehrers aus Megara und er fühlte sich getragen von ihrem festen, ruhigen Flügelschlag:

Mousai kai Charites, kourai Dios, hai pote Kadmou:
Musen all und Chariten, Zeusgezeugte, die einst zu
Kadmos Hochzeit ihr kamt, sanget dies schöne Gedicht:
»Liebe ist alles, was schön, und nimmer ist Liebe, was nicht schön!«
Also kam es dereinst durch der Unsterblichen Mund.

Das schweigsame Paar, das von ferne die Gestalt des jungen Mannes schattenhaft gegen den Himmel sitzen sah verhielt den Schritt, er sah wie ein Steinbild aus. Frécourt flüsterte nach einer Weile: »Ihr Bruder ist ein vollendeter Kavalier!«

Luise schien das nicht gehört oder beachtet zu haben, denn plötzlich begann sie Frécourt eine ganze Reihe von Fragen zu stellen, ohne ihn jeweils eine beantworten zu lassen: Wie er sie gefunden habe? Wie der Vater ihn empfangen, was er gesagt, wie er sich zum Ziel von Frécourts Reise gestellt habe? Oder sei sie nicht sein ausschließliches Ziel gewesen? Und warum er nicht wenigstens eine Postkarte dann und wann geschrieben habe? Ob er sich nicht hätte ausmalen können, wie es in einem Mädchen aussehen müsse, das mehr als zwei Jahre ohne Nachricht wartet?...

Der Ton der Fragen war zuletzt in den liebevoller Vorwürfe übergegangen.

Frécourt begann mit der Antwort bei der letzten Frage.

Gewiß, er habe sich ihren Zustand sehr gut ausmalen können, nur zu gut! Er sei auch so indiskret gewesen, regelmäßig, und zwar über einen französischen Bekannten in Trier, sich über sie und die Ihren Erkundigungen zu besorgen. Was aber die Postkarten angehe, so sei daran Monsieur le père schuld. Seine letzten Briefe seien so kühl, ja ablehnend gewesen, daß er unmöglich darauf habe antworten können, nicht mit Briefen und noch weniger – mit Postkarten! Nein, das noch weniger! Wirklich, daran habe er nicht einmal gedacht. François Frécourt sprach in seiner ruhigen Weise zweimal das Wort »Postkarten« fragend vor sich hin und schüttelte den Kopf. Er hätte Babette schreiben können, aber er habe sie ja jetzt erst richtig kennengelernt. Ja, Babette verdiene, daß man ihr lange Briefe schreibe, er lächelte flüchtig – denn, wenn sie nicht wäre, die Babette... »Vielleicht wäre ich wirklich nach Hause gefahren«, murmelte er, »aber Babette...«

Sie gingen beide schweigend nebeneinander. Nach einer Weile blieb er stehen und schaute Luise an, besorgt, ja ratlos. »Sagen Sie mir doch, Luise«, murmelte er endlich, »haben Sie eine Ahnung, warum Ihr Vater sich so benimmt – so – nein, ich kann nicht einmal sagen, wie er sich benimmt. Ja – und all diese Träume... er und Sie auch, Luise! Wie kommen Sie auf einen solchen Traum?«

Luise fuhr zusammen und wandte ihre Augen ab, die Bewegung ihres Kopfes dabei war, als schraubte sie ihren Blick aus dem seinen, sie wand sich bis in die Schultern hinein.

»Ja«, fuhr François fort, sie an den Händen haltend und ruhig stehen bleibend, »ich habe alles in meinem Versteck vernommen, wie in einem Molière'schen Stück, allerdings unfreiwillig!«

Luise blickte zu dem Mann hinauf, einen Augenblick schien sie zu zögern, zu überlegen, er sah es wohl, und dann sagte sie hastig: »Warum erwähnen Sie das, den Traum? Ich hätte Ihnen alles erzählt, auch ohne daß Sie fragten. Was kann denn Vater für meine Träume?«

»Nichts natürlich.« Frécourt sagte das aber keineswegs begü-

tigend, sondern eher in schwermütigem Ausweichen, auch sein Blick ging dabei über Luisens Scheitel in die Ferne. »Immerhin«, fuhr er fort, »Ihr Traum – was ist das übrigens für eine Tür? Er schlug mir eine Tür auf den Kopf? Eine Tür ... Ich bin überzeugt, daß er mir in der Wirklichkeit gern die Tür vor der Nase zugeschlagen hätte. Aber er muß doch Gründe haben, vernünftige Gründe, sonst, nicht wahr? Er duelliert sich mit mir im Traum, ja, das sagte er mir ... Er ist doch nicht wahnsinnig?«
Luise zog die Brauen zusammen: »Wahnsinnig? Was sagen Sie, Monsieur Frécourt? Natürlich hat mein Vater Gründe, doch keine dunklen Gründe ...«
»Dunkle Gründe ...«, er wiederholte das und blickte nun fast erschrocken auf Luise herab. Damit kam ihr sein Gesicht langsam näher, sie spürte den Griff seiner großen Hände an ihren Oberarmen, und so flüsterte er: »Mein Gott, was sagen Sie da, Luise? Schauen Sie mich doch an – wissen Sie etwas, Kind, ich beschwöre Sie, sprechen Sie doch! Luise – ich habe Angst, Angst ... Aber Kind!«
Luise hatte sich, ihr Gesicht an seiner Brust verbergend, gegen ihn geworfen, sie umklammerte ihn, er spürte, wie sie zitterte. Und Frécourt hörte nur dieses stoßende »Nein, nein, nein« vor seiner Brust aufsteigen, es war ihm fast, als wäre es sein eigenes Herz, das diesen Laut hervorbrachte, er spürte es heftig klopfen. Ihm schien dieses »Nein, nein, nein« aus dem Munde des Mädchens nur ein verzweifeltes Ankämpfen gegen die dunkle Macht zwischen ihnen. Indes – so kam es ihm vor, konnte man so verzweifelt sein, wenn man dieser dunklen Macht nicht schon einmal ins Gesicht geschaut hatte?
»Was willst du sagen – mit diesem Nein?« Seine Stimme knisterte vor Erregung.
»Nichts, nichts«, und damit wand sie sich aus seinem Arm und sie bewegte die Schultern, als fröstelte sie. Sie kehrte sich ab und starrte gegen den Bruder hin. »Gehen wir«, flüsterte

sie, und dann: »Sie glauben, daß ich etwas weiß... Sie glauben, ich hätte Sie soeben belogen!«
»Belogen?« Er schwieg, den Kopf gesenkt, und blieb auf der Stelle stehen. »Sie sagen mir nicht alles, was Sie wissen, Luise. Sie wollen Ihren Vater nicht – nicht bloßstellen...«
»Bloßstellen?« Luise wurde rot und dann weiß, ihre Augen, so kam es Frécourt vor, waren einen Augenblick wie ein blaues Feuer, und gleich darauf – er erschrak – wurden sie kalt, gekniffen. »Mein Vater ist ein Ehrenmann«, sagte sie leise, fast nüchtern, »so gut wie Sie, Monsieur!«
»Um Gottes willen, Luise«, Frécourt stotterte vor Verlegenheit. »Ich habe das nicht einen Augenblick bezweifelt, wo denken Sie hin! Ich sagte doch nur, daß Sie mir nicht alles sagen, was Sie wissen!«
Für einen Augenblick schaute sie ihn prüfend an, doch sah er, wie ihre Gedanken heftig arbeiteten, schließlich schüttelte sie entschieden den Kopf: »Ich weiß nichts! Aber wenn Sie es nicht fertig bringen, heute abend, meinen Vater zum Sprechen zu bringen, werde ich es tun! Er muß sprechen!«
»Aber was denn – was denn – wenn er nun – was kann denn da sein?« Frécourt setzte sich langsam in Bewegung und hob dabei die Füße ein wenig zu hoch bei den ersten Schritten und er blickte auch so zu Boden, als müßte er auf den Weg achthaben. »Wenn Sie sagen – er muß sprechen, mein Gott, dann wissen Sie doch, nun, daß er etwas zu sagen hat... Nein?«
»Ich weiß nichts!« wiederholte sie, fast kalt, »was soll ich wissen! Ich weiß nur, daß ich sehr unglücklich bin!«
Er trat schnell an sie heran, nahm sie in den Arm und küßte sie auf die Augen. Gleich darauf, als wäre diese Zärtlichkeit nicht hinreichend, legte er ihr beide Hände von hinten auf die Augen und er murmelte: »Mein Gott, was ist das doch für ein harter Berg, dieser Montroyal, Kind, was für ein harter Berg! Wir lieben uns doch, Luise, nicht wahr, so lange nun schon und so treu und so... mein Gott, was ist denn nur?«

Luise aber hatte, den Hinterkopf gegen seine Brust gelehnt, sich willig seinem festen Dastehen und seiner tiefen Stimme überlassen; diese beschattenden Hände waren ihr wie ein Gipfel von Einfühlungsgabe an diesem Mann vorgekommen: nichts sehen, nur sich anlehnen, stille sein ... Aber da spürte sie an der Hand des Geliebten etwas Hartes, mitten auf dem Augapfel, spürte das Gold des Eheringes, der beiden Eheringe, spürte Denise – näher als je, aber nicht als Schutzgeist! Denn mit einemmal wußte sie es mit Bestimmtheit, daß ihr Vater Denise geliebt hatte und wußte also auch, daß sie ihren Geliebten belog, gerade jetzt und gerade so, durch ihr hingebungsvolles, wortloses Dasein an seiner Brust. Zwar hatte der Vater ihr beim Abschied gesagt: »Gott segne dir deine Lüge«, aber das war eine seiner doppelsinnigen Bitterkeiten, Gott kann keine Lüge segnen – nie, auch diese nicht!

Damit hob sie sich von seiner Brust und ging davon. Er folgte. Als sie Wilhelm erreichten, kletterte der ein wenig umständlich, denn er war verlegen, von seinem Stein herunter, doch Frécourt begann sofort, während sie den Berg hinabstiegen, zu erzählen, wie ganz natürlich es zugegangen sei mit diesem Treffen im Bauch des Montroyal.

Daß er freilich nach dem letzten Gespräch mit Clairmont entschlossen gewesen war, abzureisen – und zwar sofort, verschwieg er jetzt, auch das Gespräch mit Babette und ihren Rat, drei Tage in der Nachbarschaft auf Luisens Heimkehr zu lauern; er wollte diesen Umstand Luise gelegentlich allein erzählen.

Erst bei der Weinflasche setzte seine Erzählung ein. Ja, der Wein aus Traben und die Festung des Sonnenkönigs mischten sich in seinen Gedanken wunderlich zu einem womöglichen Reiseziel. Daß die Geschwister auf dem Montroyal sein könnten, war ihm dabei keinen Augenblick in den Sinn gekommen. Er hatte Zeit, und das Wetter war so schön, und dieser Berg mit dem französischen Namen mitten im deutschen Land kam ihm plötzlich als eine so außerordentliche

Sehenswürdigkeit vor, daß er beschloß, die Mosel hinunterzufahren, aber eigentlich erst, als er bereits den Zug in der Olzstraße stehen sah. Hätte er in ein Stationsgebäude eintreten, durch eine Sperre gehen müssen, auf Bahnsteigen herumsuchen und fragen und warten, es wäre bestimmt nichts aus dieser Reise geworden. Dieser niedliche Zug jedoch mitten auf der Straße, man brauchte nur einzusteigen – das war ganz nach seinem Geschmack. Er hatte nicht einmal eine Karte gelöst, und kein Schaffner hatte ihn gefragt. Und nun begann, bald nach der ersten Station, sein ständiges Fragen nach dem Montroyal. Zuerst wußte niemand, was das sei. Als er nach Traben fragte, gab man ihm Bescheid, wo er auszusteigen habe. Doch jetzt begann das Fragen aufs neue. In einem Hotel in Trarbach trank er zuerst eine halbe Flasche Trabener und zwar nachdem er dem Kellner fast drohend gesagt hatte, daß er selber Winzer sei. Darauf war der Besitzer gekommen, der ziemlich gut französisch sprach, er war drei Jahre in Kriegsgefangenschaft gewesen – in Nordafrika.

Was er darüber, sich zu seinem Gast setzend, erzählte, war so schrecklich, daß Frécourt der Wein noch edler vorkam, als er ohnehin war. Ja, er schämte sich geradezu, daß man den Hervorbringer und Wirt eines solchen Weines – er war eigenes Wachstum, betonte der Hotelier mehrmals – in seinem eigenen Lande, wenn auch in den Kolonien, so schlecht behandelt hatte. Aber ganz sympathisch wurde ihm der Moselwinzer, als er ihm gestand, was er als die größte Gemeinheit seitens der Franzosen empfunden habe. Während der drei Jahre – er flüsterte das seinem Gast ins Ohr, da seine Frau in der Nähe mit einer Häkelarbeit saß, eine ziemlich hübsche Person übrigens – während dreier Jahre, jawohl – der Erzählende zeigte dabei die drei Finger der Rechten, und Frécourt tat es ihm bewegt nach an dieser Stelle – sei es ihm unmöglich gemacht worden, sich einem französischen Mädchen zu nähern, »verstehen Sie mich

wohl, Monsieur, einem richtigen französischen Mädchen! Wenn das Gastfreundschaft sein soll!«
Das kam so einfältig empört, daß Frécourt es nicht fertig brachte, seinen Wirt auf den Umstand aufmerksam zu machen, daß er ja nicht als Gast, sondern als Gefangener in Frankreich weilte.
Über diesem Gespräch hatte Frécourt nun fast die Absicht, auf den Montroyal zu steigen, aufgegeben; der Wirt schlug ihm sogar vor, es sei viel vernünftiger, wenn sie zusammen noch eine Flasche pichelten, – es verstehe sich, der Herr als sein Gast!
Nun trat ein neuer Umstand ein. Der Sohn des Wirtes, ein kleine Junge, kam mit schiefem Maul heran und bat den Vater, ihm doch beim Aufsatz zu helfen, und dieser Aufsatz sollte – wie seltsam! – den Montroyal zum Thema haben. Der Wirt begann gegen die Lehrer und einen gewissen Doktor Wurz zu schimpfen, der – es sei nicht der Lehrer – da oben angefangen habe auszugraben. Und er nannte ihn einen verrückten Hund. Was es denn da zu graben gebe! Kartoffeln etwa oder Gold? Solche Narren solle man lieber in den Weinberg schicken. Und wenn man überlegte, was da eigentlich dahinter stecke, hinter solcher Graberei! Nun, man sehe es ja! Die Kinder müßten Aufsätze schreiben! Aber diese Aufsätze kenne man! Während der Besatzungszeit finde man es offenbar besonders beziehungsreich, eine Festung auszubuddeln, die da irgend so ein Franzosenkönig mal vor ein paar hundert Jahren sich hier geleistet habe. Er werde diesem Doktor Wurz einmal gehörig Bescheid sagen und auch dem Lehrer seines Sohnes. Nicht als ob er die Franzosen liebe, so hatte der Wirt an dieser Stelle eifrig eingeschoben, o durchaus nicht! Die seien nicht besser als die Preußen, er habe von beiden die Nase voll. Aber dieser Unsinn müsse doch endlich einmal aufhören, wie? Die Rheinlande könnten es ja immer ausbaden, wenn diese verdammten Hunde in Berlin und Paris gegeneinander loszogen! Er habe in Algier

drei Jahre lang gehungert, Steine geklopft und sich die Seele aus dem Leib geschwitzt und er könne sich beim besten Willen nicht entsinnen, was er angestellt habe, daß ihm so was passierte. Erst Kanonenfutter, dann Zuchthäusler! Na, ihm genüge es. Aber diesem Doktor Wurz und Genossen offenbar nicht.

Der Wirt hatte noch lange auf seinen Gast eingeredet und allerlei simple und handfeste Lösungen zur Regelung der außenpolitischen Fragen vorgeschlagen, wie man sie in Nachkriegszeiten bei einfachen Menschen in allen Ländern hören kann; vor allem bestand er darauf, daß in Zukunft die Minister die Kriege machen müßten und einmal die Steuerzahler zuschauen könnten. Dann dauere sie nicht so lange, diese elende Sch..., er brauchte ein sehr derbes Wort, das Frécourt nur mit dem Anfangsbuchstaben andeutete, von einem um Entschuldigung bittenden Lächeln begleitet.

Das Gespräch der beiden Kriegsteilnehmer lief jetzt so fest und unstörbar dahin, daß der Junge bestimmt nicht zu seinem Aufsatz, Frécourt nicht mehr zu seinem Ziel gekommen wäre, sondern sich festgetrunken hätte, wie er sagte, – wäre nicht wie ein guter Geist der Steuereinnehmer erschienen. Da entschuldigte sich der Wirt, sofort aufstehend, mit einem langen Gesicht und war plötzlich ganz nüchtern, als er seinem Gast erklärte, worum es sich handle. »Die Steuern verschlingen unsereinen«, hatte er nur gesagt und war langsam hinausgegangen, er hatte sogar den Gruß vergessen.

Da ging Frécourt. Daß er auf dem Berg nun genau diesen Stollen fand, verdankte er einer Art Wegweiser, den offenbar dieser eifrige Doktor Wurz angebracht hatte, die Geschwister hatten ihn nicht bemerkt. Frécourt mochte etwa eine Stunde vor den beiden auf dem Berg angekommen sein. Er war zuletzt in nördlicher Richtung über das Plateau hingegangen, bis er hinter Tannen an den ziemlich steilen Absturz des Berges kam und eine Weile auf den Fluß hinabschaute. Und das Modell Clairmonts deutlich vor den Augen, sah er die

Zollbastionen unten am Fluß, sah, wieder über die Höhe zurückwandelnd, die schiefergedeckten Häuser, die Kasernen und Lagerräume erstehen, die eisengepanzerten Türme des Pulvermagazins und dies alles rings um den quadratischen Platz, den zu umgehen man wohl eine halbe Stunde gebraucht hätte.

In der Mitte stand da früher einmal die Fontäne, von einem Atlas getragen, und wo jetzt das Erikapolster lag, breitete sich hartes Pflaster aus.

Endlich hatte er an einer Tanne angenagelt den Wegweiser »In die Kasematten« entdeckt. Zuerst war er tappend und schließlich mit Streichhölzern tastend eingedrungen, bis er plötzlich zwei Feststellungen auf einen Schlag machte: Es kam jemand, und zwar immer näher, jemand, den er gut kannte, ja – und der Gang war eingestürzt, er konnte nicht entweichen. Endlich hatte ihn Wilhelms Taschenlampe im Dunkel erwischt, Frécourt scherzte, »nicht anders, als wäre ich eine lichtscheue Küchenschabe!«

»Blatte?« fragte Wilhelm an dieser Stelle; was das bedeute, er kenne das Wort nicht.

Und Frécourt schmunzelnd: »So ein schwarzes, schüchternes Käferchen, das nie entdeckt sein will. Es treibt sich hauptsächlich in den Küchen herum, wissen Sie... ja, eine Blatte!«

»Pfui!« sagte Luise. Frécourt lachte fröhlich.

»Aber ich habe Glück gehabt, wie, ich fand Gnade?«

Luise seufzte und lächelte nun ebenfalls ein wenig. Sie schlug vor, ob man nicht noch einmal bei dem Wirt einkehren könne, der so vernünftige Ansichten habe und einen so guten Wein, Wilhelm könne solang ja den Doktor Wurz zu sich bitten oder gar ihn aufsuchen und sich an den Untaten der Franzosen in der zweiten Hälfte des siebzehnten Jahrhunderts berauschen. Aber Wilhelm sagte auf deutsch, mit einem bittenden Blick zu der Schwester hin, an deren linker Seite er ging, während Frécourt zu ihrer Rechten schritt, sie

solle doch lieb sein – sie müßten nach Hause und den nächsten Zug nehmen.
Diese wenigen Worte löschten sofort das Fünkchen Übermut in Luisens Augen. Sie sagte nur: »Ja, Monsieur Frécourt, wir müssen nach Hause – aber Sie mit uns! Sie wissen warum!« Frécourt nickte sofort.
Sie saßen an den Fenstern des Abteils, alle drei, und schauten in den Sommerabend, ein jedes in eine verschiedene Richtung, und sie hatten doch alle denselben Gedanken, wie das nun enden möge mit diesem Tag voller Sonne und voll treibender, schöner Wolken.
Die Stimmen auf den Stationen hatten fast alle etwas von der Behaglichkeit des langen, sonnenreichen Tages, und sogar dem Zugführer, wenn er sein »Abfahren« nach Westen gerichtet, rief, in die schon tiefstehende Sonne, war anzusehen, daß er in Trier zu Hause sei und bereits an die Bratkartoffeln und das Würstchen denke und das Pörzchen Viez, das ihm winkte. In den Packwagen wurden allerlei Gegenstände ein- oder ausgeladen: ein mit Bindfaden zusammengehaltener Kinderwagen, ein weißer Weidenkorb, ein Ohmfäßchen (das dem Bahnarbeiter, als er es herbeirollte, unter den Wagen auf die Gleise entwischte; man lachte). Eine Bäuerin reichte ihrer Tochter ein Körbchen in den Zug, Luise sah: es war ein Butterwecken in einem Kohlblatt. Und wieder tönte dieses breite, behagliche »Abpfoahn!«, der Zug gab sich einen Ruck, das Glöckchen begann mit seinem Gebimmel, und die Häuser, die Felder, die Bäume und die Hügellehnen setzten sich wieder in Bewegung und flossen in der goldenen Luft an den Zugfenstern vorbei.
Sie fuhren an der Südseite des Flusses, und jede der Schlingen machte der Zug, wo die nahen Hügel ihn nötigten, ganz, und wo sie ihm Platz ließen, zum Teil mit.
An der andern Flußseite aber zogen die Dörfer vorbei, oft nur durch eine Straße vom Wasser getrennt: Haus bei Haus, eine lange, fensterblinkende Reihe. Es gab sogar Dörfer, sah

Frécourt, die nur aus einer einzigen langen Häuserzeile bestanden, dahinter stiegen unmittelbar die Weinstockreihen den Berg hinauf. Die Häuser aber, so nah am Fluß, verdoppelten sich im abendruhigen Spiegel, standen auf dem Kopf und hingen über dem Himmel im Wasser wie über einem Abgrund. Die dunklen Linien des Holzes in der weißen oder bunten Füllung der Fachwerkwände nahmen sich auf den eintönigen Lehnen der Weinberge besonders freundlich aus, zumal dort, wo der Fluß von dem Spiegelbild der Weinberge schwer und dunkel wurde.
Bei der Station Schweich weitete sich plötzlich das Tal, an der Nordseite dehnte sich das derbwüchsige Dorf in fruchtbaren Ackerbreiten, überall erschienen nun Obstbäume; die Hügel rückten in die Ferne, trugen Wald und leuchteten bläulich im letzten Licht. Und schon sah man die Türme der Stadt, wenn man sich weit genug aus dem Wagen bog, was nicht gefährlich war, denn der Zug nahm sich Zeit, und nur selten kam langsam ein Baum auf das Abteilfenster zu, – manche blühten noch, wohl späte Apfelbäume! Frécourt mußte hier, wo das Tal sich weitete und die Häuser, häufig aus Sandstein, im üppigen Grün der Gärten lagen, ein wenig an das Tal der Loire denken, oder aber auch, wenn er die säuberlich abgezirkelten Felder der Kleinbauern sah, an Obersavoyen. Da gab es ebenfalls so weite und fleißig mit Arbeit durchziselierte Täler, doch waren sie wohl nicht so fruchtbar wie dieses hier oder wie die Erde an der Loire.
Er trat langsam zu Wilhelm, legte seinen Arm um die Schultern des jungen Mannes und sagte: »Ist das nun eigentlich Ihre Heimat?«
Wilhelm zögerte einen Augenblick, dann nickte er: »Ja, ich bin zwar in Berlin geboren, aber hier – hier will ich zu Hause bleiben!«
»Will ich! Ah so!« Frécourt nickte, »das kann man also? Nicht übel! Haben Sie gehört, Luise? Man kann irgendwo zu Hause sein wollen! Es ist übrigens zwischen diesem Fluß und

der Loire kein so großer Unterschied. Ich zwar wohne an der Cisse, aber auch zwischen der Cisse und der Loire, mein Gott – nein, ein großer Unterschied ist da nicht. Ihr müßtet euch das mal ansehen, Kinder, ob da wirklich ein großer Unterschied ist. Man spricht bei uns französisch – nun wohl, aber die Menschen, die wollen ganz genau dasselbe wie die hier: leben und in Ruhe gelassen sein. Nicht wahr?«

»Ja«, sagte Wilhelm und nickte.

Und da lief der Zug durch die dunkelnden Vororte von Trier, die Luise so häßlich fand wie alle Bahnvororte in der ganzen Welt.

Sie gingen auf Luisens Vorschlag zu Fuß nach Hause, wiewohl es bereits dunkel wurde. Wilhelm versuchte unterwegs Wetterbetrachtungen anzustellen, aber man ging nicht darauf ein, sie hörten ihre Schritte.

Der Wind jagte nun nicht mehr die Wolken, sie standen dichtgedrängt wie eine durchbrochene Kuppel über der Stadt. Langsam schritten sie den Berg hinan. Die Straßenlaternen und das spärliche Licht aus den Fenstern machte das Dunkel über den Dächern schmierig, es war kaum ein Stern zu sehen, und die Straßenbeleuchtung unter den Kastanien war so schwach, daß Wilhelm seine Taschenlampe hervorzog. Es werde morgen oder diese Nacht noch regnen, wiederholte er zum wievielten Male, und da sagte Luise: »Nun ja, das wissen wir nun endlich.«

Die Nacht des Herrn von Clairmont

Vor der Haustür blieben sie eine Weile stehen und warteten. Luise blickte Frécourt und dann Wilhelm an und näherte sich schließlich mit der Hand dem Klingelgriff. Doch da kam Leben in Wilhelm, und er flüsterte: »Nicht, ich hab den Schlüssel!« »Dann mal voran, bitte!« Luise flüsterte ebenfalls. Als Wilhelm in der Tasche zu suchen begann, ihr zu lange, zog sie nun doch an dem Griff.

»Aber warum so ungeduldig«, murmelte Wilhelm, »dein Schellen wird Vater geweckt haben.«

»Um so besser!«

Wilhelm suchte weiter in seinen Taschen und erklärte, daß diese kleinen Schlüssel nur in Hinsicht auf ihr geringes Gewicht praktisch seien, denn andrerseits verliere man sie zu leicht.

»Die steckt man bekanntlich in die Geldtasche«, sagte Luise.

»Das würde ich nie tun«, versetzte Wilhelm, »denn angenommen, ich verlöre die Börse oder man stähle sie mir, hätte ich wenigstens noch den Schlüssel.«

Frécourt versuchte ein Lachen: »Wie witzig Sie sind, Wilhelm!«

»O nein«, sagte Luise, »das ist sein Ernst. Das nennt man mehr als vorsichtig sein!«

Sie schwiegen wieder. Frécourt tat, als gähnte er. Dann strich er einmal Luise beruhigend über die Schultern, – aber die begonnene Bewegung endete in einem ruckhaften Fortziehen der Hand, denn in diesem Augenblick war's, daß das Licht unter dem Glasdach anging und die Haustür sich öffnete, weit und schnell. Herr von Clairmont, in die schwarzen, steilen Falten seines Hausrockes gehüllt, stand auf der

Schwelle. Sein Gesicht wurde von der Türlampe nicht getroffen, das Licht in der Diele hinter ihm machte ihn zu einem Schatten, und so konnten sie seine Miene nicht sehen.
Es entstand eine Pause, die einige Sekunden – Frécourt glaubte Minuten – dauerte, endlich sagte Luise, mit einer Stimme, die zu gewaltsam war, um die darin vorgespiegelte Freude glauben zu lassen: »Da sind wir, Papa! Zwei gingen und drei kommen, ist das nicht lustig? Und weißt du, wo wir uns trafen?«
»Aber Kind! Guten Abend!« sagte jetzt Clairmont und gab der Tochter, sodann Frécourt und schließlich Wilhelm die Hand und bat sie, einzutreten und es sich bequem zu machen. Er schloß selber wieder die Tür und mit einem Blick auf Frécourt, der mit rotem Kopf und die Hände knetend dastand, sagte er: »Sie müssen mir meine Überraschung verzeihen, ich wähnte Sie allen Ernstes bereits in Frankreich. Babette wird schon schlafen. Luise kann das Nötige richten. Hat man zu Abend gespeist, – nein? Also, Luise! ... Nein – das ist wirklich eine Überraschung!«
Damit wies er in das Speisezimmer. Luise entwischte in die Küche. Frécourt begann sich zu entschuldigen, doch da stehe – er wies lächelnd auf Wilhelm – sein Zeuge, daß er bei diesem Wiedersehen ziemlich passiv gewesen sei. Mit dem näherte er sich der Tür und sagte: »Einen Augenblick!« und ging in das Badezimmer und er nahm es doch sonst mit dem Händewaschen vor Tisch keineswegs so rituell genau. Er mußte sich sammeln, allein sein – ja, er spürte etwas wie Feigheit vor den Augen Clairmonts. Sie waren entsetzt, als sie ihn erblickten, diese Augen, bis auf ihren dunklen Grund, das hatte Frécourt mit einem Blick gesehen.
Sein Köfferchen stand im Hotel »Porta nigra«. Einen Augenblick überlegte er: wenn man jetzt fortginge, leise – die Haustür ist nahe – leise, für immer – und diesem Mann seinen Frieden ließe? Aber Luise... Sie hat zwei Jahre gewartet, zwei Jahre... Nun sie – und auf solche Weise –

allein lassen, das hieße, sie wer weiß zu welchem Schritt antreiben.
Und er rieb immer mehr Schaum zwischen seinen Händen hervor, schillernde Seifenblasen, darin die Lampe vor dem Spiegel sich abbildete, zitternd, tausendfach.
Clairmont aber war, kaum daß Frécourt das Speisezimmer verlassen hatte, auf seinen Sohn zugetreten: »Nun? Was soll das?«
»Wir trafen ihn – zufällig – auf dem Montroyal, in einem Stollen, einem unterirdischen Gange, ja, es ist nicht zu glauben!«
»Auf dem – das ist – du sagst auf dem Montroyal?«
»Ja, Vater, auf dem Montroyal!«
Clairmont lachte plötzlich auf, fast fistelnd. Er drehte sodann das Gesicht von dem Sohn ab und ging langsam auf seinen Platz am Kopfende des Tisches zu. Mit einem verhaltenen Ächzen sank er auf den Stuhl.
»Wie raffiniert!« murmelte er nach einer Weile, ohne sich noch um den Sohn zu kümmern, der zu seiner Linken Platz nahm.
»Wer, Vater? Du meinst...«
»Nein, nein, nein! Nicht *er* ist – der Berg – nein, was sag ich? ...Wie raffiniert! Wie ausgekocht! Tue alle Polizeigehirne der ganzen Welt zusammen – alles ist dumm und plump gegen die Fäden, die diese inwendige Logik knüpft!« Und plötzlich die Brauen hoch in die Stirn schiebend, näherte er sich langsam und geduckt dem Sohn, flüsternd: »Und du bist sicher, daß sie...«
»Was denn, Vater?«
» – sich lieben, ich meine, sehr, unzertrennbar lieben?«
»Ich glaube, das leider durchaus feststellen zu müssen.«
»Durchaus? – Ja, allerdings leider – sehr leider, du wirst noch sehen, wie recht du mit diesem lächerlichen ›leider‹ hattest! Pst – er kommt!« flüsterte indem Clairmont und rieb sich übers Gesicht.

Gleich darauf schickte er Wilhelm, ihm den Schlüssel zum Weinkeller reichend, hinab und zu Frécourt gewandt, der eben eintrat, sagte er: »Wir trinken heut abend etwas, das Ihnen Heimweh machen soll!« Er lächelte dabei galant.
»Da bin ich allerdings neugierig – nach der Flasche Trabener«, antwortete Frécourt und setzte sich neben Clairmont, so behaglich sich zurechtrückend, wie er's nur konnte.
»Trabener?« fragte Herr von Clairmont, »ah so – ein guter Jahrgang, wie?«
Frécourt legte besinnlich den Kopf zurück. »Es war wirklich ein schönes Jahr, dies 21 ... jeden Donnerstag und Samstag in Ihrem Hause ...«
»In diesem Jahr starb meine Frau«, sagte Clairmont.
Sie schwiegen.
»Wissen Sie übrigens, Monsieur«, begann Frécourt, »daß ich durch Ihre freundliche Mithilfe auf den Montroyal kam?« Er lächelte unsicher.
Clairmont wandte seinem Gast das Gesicht zu, fast streng. »Wieso? Ich?«
»Ja – Sie ließen mir doch durch Babette den Herkunftsort des Weines auf dieser gewissen Karte zeigen.«
»Ich – den Herkunftsort – auf der Karte...?« Clairmont schüttelte kaum merklich den Kopf. »Aber warum sollte ich – auf der Karte? Auf welcher Karte?«
»Auf derselben, die – neben dem Montroyal, ich meine neben dem Modell auf dem Tisch lag.« Frécourt stotterte beinahe, er war tief errötet.
»Ach – Sie meinen?« Clairmont schüttelte wieder den Kopf und blickte eine Weile vor sich hin. Das war doch zu verrückt! Diese Karte – eher ein Bilderbuch von der Mosel – , war ihm vom Verkehrsverein zugestellt worden – ungefragt und sie lag nun auf dem Tisch. Und da hatte man – Clairmont lächelte, ohne sich um jemanden zu kümmern, bitter in sich hinein – , als Babette mit dem Wein kam, gerade dies dumme Ding in der Hand. Man zeigte mit dem Finger auf Traben und sagte:

»Hier, Babette, sehen Sie, hier ist diese Flasche entstanden.« Dieser einzige kurze Fingerzeig auf den Ort Traben – er war das Glied in der Kette! Warum in aller Welt hatte man das nun eigentlich getan? Ach, das Schweigen lag so schwer und dicht um einen, und man hatte überdies etwas wie Mitleid mit Babette, die den ungewünschten Gast unterhalten sollte, während man selber – fortlief!
Und da hatte Babette – und das war nun wirklich nicht vorauszusehen – dem Gast ihre neuesten geographischen Kenntnisse übermittelt: Traben! Und daneben lag der Berg – der Montroyal, auf der Karte und auf dem Tisch. Die Logik ... Diesmal lag sie wie eine Schlange im Heu – im Heu des Albernen, aber ihr Biß war immer derselbe.
Clairmont hob mit einem Ruck den Kopf und lachte gequält auf. »Ja, ja«, machte er so und wiederholte diese beiden Laute, er wollte nur die Stille füllen. »Das Ganze ist sehr lustig, wie? Immerhin, ich sehe, Babette hat Sie in meiner Abwesenheit gut unterhalten. Ich muß mich noch entschuldigen, ich werde sonst sehr selten gerufen, ich habe ja keine Praxis mehr. Das sind solche – solche Zufälligkeiten ... Und Sie hatten Langeweile und reisten die Mosel hinab – nach Traben und auf den Montroyal. Wie war übrigens die Reise? Die angenehmste Jahreszeit. Ich bin lange nicht mehr hinausgekommen.«
Luise, in der Küche, hörte die Stimmen der beiden Herren, wie sie summten und abbrachen und wieder in Fluß kamen, und der höfliche Tonfall und die ganz am Gegenständlichen haftende Konversation glich einem Gespräch im Speisewagen, wo sich zwei Fremde gegenübersitzen, die es beide vorziehen, mit höflichen Worten die lastende Beziehung gegenseitigen Sichausschweigens aufzuheben.
» – ich war auf der ersten Strecke manchmal an niedersavoyische Landschaft erinnert: der abgezirkelte Kleinbesitz, die schmalen Ackerstreifen, die Obstbaumreihen, die kleinen, schlichten Sandsteinhäuser.«

»Gewiß, Sandstein! In den eigentlichen Weindörfern aber, wo das Tal sich schließt, herrscht der Schieferbau vor.«

Luise kamen diese Stimmen, die summend durch den Speiseschalter drangen, in ihrem Austausch über Landschaftseindrücke schließlich wie einer jener mit Harmlosigkeit getarnten Angstträume vor: da hört man auch Menschen über etwas reden, über irgend etwas Kleines, Nebensächliches, etwa über die Herstellung von Fingerhüten, und man weiß ganz genau, daß in Wirklichkeit die Rede gar nicht über Fingerhüte, sondern über Granaten geht – oder über Höllenmaschinen; und man weiß zudem, wie jedes Wort vom Fingerhut die Höllenmaschine fertigstellt. Jeder der Gesprächspartner beeilt sich mit der Fertigstellung, und dann in einer unvermittelten Pause spürt man die Lücke des Grauens: jetzt! jetzt! – beide sind verloren!

Doch nichts geschieht. Die Stimmen summen weiter:

» . . . Pfalzel, Longuich, Detzem, Neumagen, alles römische Namen . . .«

Luise fiel ein Deckel hin.

» . . . erste Impression, die man natürlich vertiefen müßte . . .«

» . . . auch heute noch viel Kirchenbesitz . . .«

Luise atmete auf, als sie den Schalter aufklappte: »Ich hoffe, Gnade zu finden«, rief sie, »du ißt doch noch einmal mit uns, Vater?«

Clairmont nickte: »Ich werde euch natürlich Gesellschaft leisten.«

Als die Gläser gefüllt waren (Wilhelm hatte nach des Vaters Weisung einen roten Burgunder heraufgebracht), hob auch Frécourt sein Glas und sagte: »Gestatten Sie mir, verehrter Gastgeber, ich will nicht feierlich sein und Trinksprüche verfertigen, aber ich sehe, Sie begrüßen mich mit einem Wein meines Landes. Aber wird er mir Heimweh bereiten, wenn ich ihn trinke auf den schönen Fluß, der mich heute begleitete – und auf das schöne Ziel, zu dem er mich brachte?«

Luise errötete, da sie nun François' Blick in kurzem, entscheidendem Verweilen auf sich spürte.

Nach einer Weile drückenden Schweigens – sie taten, als dächten sie dem Weine nach – tat sich mit einem Male die Tür auf, und Babette erschien auf der Schwelle, in einem weinroten, schwarzgeblümten Morgenrock. Sie hatte erst am Schlag der Kellertür vernommen, daß die Kinder zurück sein mußten. Sodann hatte sie gelauscht und glaubte, sich getäuscht zu haben. Schließlich war sie doch aufgestanden, hatte sich das Häubchen abgetan und den Morgenrock übergezogen. Sie war, als sie die gewisse Stimme im Eßzimmer vernahm, so erregt, daß sie sich am Türpfosten halten mußte. Das war ja – er, ihr »kleiner François«, wie sie ihn bereits in Gedanken nannte. Nun konnte sie nicht anders: sie öffnete die Tür – schloß sie aber gleich wieder, als wäre der erwünschteste aller Gäste ein Vogel, nein, ein Windzug, der aus diesem Zimmer entschlüpfen könnte. »Großer Gott«, hatte sie nur gerufen und war sofort in die Küche geeilt. Nach einer kurzen Weile öffnete sie feierlich den Schalter und sagte, alle schwiegen soeben wieder einmal:

»Wenn ich das geahnt hätte! Aber ein wenig kalten Braten kann man ja für alle Fälle bereithalten. Komm, Luise, du findest auch gar nichts! Du mit deinen Russeneiern, viel zu schwer nach so einer Reise – und abends! Um eine gute Mayonnaise zu verdauen, braucht man eine festliche Nacht.« Das letzte hatte sie bereits zu Luise, die sich in den Schalter hineinlehnte, im Flüsterton gesprochen und noch leiser fuhr sie fort: »Mach doch nicht so ein Gesicht, mein Täubchen, er ist doch da! Jetzt wird alles anders. Wo habt ihr euch getroffen?«

»Später, Babette, heute nacht!« Ein Beichtstuhlgeflüster hätte umständlich und laut gegen diese hurtig hingehauchten Worte der beiden Frauen geklungen.

Wilhelm bestritt den kärglichen Rest des noch folgenden Tischgespräches. Nach einem dem Vater angenehmen Stoff suchend, fiel ihm ein, daß er im Hotel in einer ausländischen Zeitung von einer Kunstauktion in Amsterdam gelesen hatte. Und er schloß: die Notiz scheine vielleicht einen Fingerzeig zu geben, wo der Clairmontsche Erosknabe hingewandert sei. Clairmont, der bis dahin den Fuß seines Glases auf dem Tischtuch sich langsam drehen ließ, blickte Wilhelm wie gestört oder gelangweilt an. Schließlich schüttelte er den Kopf: möglich sei das schon, gewiß, weil ungefähr alles möglich sei... Wilhelm aber beharrte auf der Notiz: »Es stand da nur, glaub ich: ›Rokokoarbeit‹ und etwas von ›Gruppe‹, und beides träfe doch zu.«
»Vielleicht!« Clairmont zuckte ungläubig und in einer wieder uninteressierten Härte die Schulter. »Aber wie gesagt, es wäre zu seltsam, wenn so eine ganz besondere Kombination für uns einmal günstig aussähe!«
Nach Tisch verabschiedete er sich in einer so deutlichen Weise von Luise und Wilhelm, daß die beiden mit einem kurzen Händereichen und folgsam wie Vierzehnjährige sich zurückzogen, es war in der Bibliothek. »Ihr seid sehr müde, nicht wahr! Außerdem – Monsieur Frécourt und ich haben noch etwas Wichtiges zu besprechen!«
Die beiden Männer richteten, sobald die Tür sich geschlossen und die zögernden Schritte dahinter sich entfernt hatten, den Blick und auch ihre Gestalten gegeneinander. Es war, als hätten sie ungeduldig auf diesen Augenblick, nicht anders wie zwei Duellanten, gewartet, jedoch wie solche, die nicht aus Haß einander gegenübertreten, sondern aus dem dunklen Bewußtsein, daß der Fortgang des eigenen Lebens abhängig gemacht ist von einem Wort, das es dem andern zu entreißen gilt, und zwar mit der Waffe einer nackten, grausam eindeutigen Fragestellung! Ihrer beider Blicke umschlangen sich, ehe noch die Lippen sich bewegten. Und der Blick des einen, des Angegriffenen, fragte: »Du wagst es also?«

Und der des andern, des Angreifers: »Jetzt heraus damit! Was ist's?«
»Nun wohl«, murmelte endlich Clairmont. Sein Gesicht war sehr bleich. »Tatsächlich eine seltsame Hartnäckigkeit, ich meine in all dem...« Damit trat er langsam vor das Modell. Frécourt folgte zäh mit seinem kurzen, schweren Schritt, er stand an der andern Seite des Tisches, – der Miniaturberg, von der Schleife des Flusses umgeben, erhob sich zwischen ihnen. Frécourt begann ruhig: »Monsieur Clairmont! Sie werden mich hoffentlich nicht mehr für einen indolenten und taktlosen Menschen halten, wenn ich, den Frieden Ihres Hauses bedrohend, noch einmal hier vor Ihnen stehe?«
Clairmont hob ungeduldig den Kopf: »Nicht mehr? Ich bitte Sie, Monsieur, ich habe Sie nie für so etwas gehalten. Ihre Person ist mir – das dürften Sie wissen – in keinem Punkt unangenehm... wie soll ich mich ausdrücken? Sie waren überdies in einem höchst kritischen Augenblick – sehr gütig zu mir und zu meiner Familie.«
Frécourts große, gebräunte Hand machte eine entschieden ablehnende Gebärde.
Clairmont verbeugte sich leicht.
»Sagen Sie, Monsieur«, begann Frécourt wieder, »halten Sie dieses neue Zusammentreffen mit Mademoiselle Luise hier auf diesem Berg, in einer schlecht gesprengten Kasematte des Sonnenkönigs, einfach nur für – seltsam, wie Sie sagen?«
Der Finger Clairmonts kratzte an der Stelle, die ihm Frécourt bezeichnet hatte, als wäre in dem gipsernen Gebilde eine Wunde, die mit seinem Körper in Beziehung stehe. Es schüttelte bitter den Kopf. »Seltsam?... Nein!... Ihrer beider Begegnung ist – furchtbar!«
Frécourts Gesicht verzerrte sich für einen Augenblick, die Wangen stiegen neben seiner Nase hoch, das Kinn bebte. Schließlich machte er eine hastige, kaum merkliche Bewegung des Verneinens oder Abschüttelns, er flüsterte: »Sie

drücken sich sehr geheimnisvoll aus. Sie wissen, um was es mir geht?«

»Eben, weil ich das weiß!« Clairmont hob drohend und zugleich bittend seinen Blick voll Finsternis gegen den gesunden, rotwangigen Frécourt, der nun, fast knirschend, hervorstieß: »Ich will Klarheit, Monsieur! Oder – ich bin dazu fähig, Ihnen die Tochter, sobald sie alt genug ist, auch gegen Ihren Willen – zu entreißen... Ja, ich bin dazu entschlossen – und Luise auch, glauben Sie es mir!«

Clairmont blickte einmal gelassen über die linke Schulter, er betrachtete mit einem vollständig leeren Blick seinen Schreibtisch und er sagte, sich umständlich die Lippen netzend: »Gewiß, das wäre sogar Ihr heiliges Recht, indes, glauben Sie es mir, Monsieur, Sie werden es nie tun, niemals! Es ist – es ist nämlich unmöglich!« Das letzte Wort sprach er, seinem Gegner voll in die Augen blickend, mit einem nach Luft schnappenden und, als es gelang, sogar befriedigten Tonfall. Frécourts Fäuste fuhren in einer reibenden Bewegung, als wollte er sich die Knöchel polieren, an seinen Rippen auf und ab. Clairmont betrachtete diese Bewegungen mit einer gedankenlosen Anteilnahme. »Ich weiß nur nicht«, begann er wieder, »woher der Mensch die Geschicklichkeit hat, ausweglose Lagen heraufzubeschwören! Eine geradezu teuflische Kunst, ah – in der ich Ihnen freilich vorausgegangen bin! Das, was Sie hier geschworen haben, das ist nur – ein Ausklang!« Er hielt kurz inne, dann, mit einer zeremoniellen Feierlichkeit: »Monsieur Frécourt, ich werde Ihnen nun die Aufklärung geben, das heißt in dieser Nacht. Nur um eines bitte ich Sie, – lassen Sie es mich dort tun.« Er wies auf den Schreibtisch. »Es handelt sich nämlich um eine geistige Hinrichtung, die ich an mir selber vollziehen muß. Bis morgen früh, Monsieur!« Frécourt fuhr sich mit der Hand wie ein Erwachender übers Gesicht, endlich bewegte er sich zur Tür.

Da nun lief Clairmont in einer Eile, die in lächerlichem

Gegensatz zu seiner Person stand, auf den Fortgehenden zu. Der sah nur den Hausrock wirbeln und in diesem Augenblick erinnerte er sich, wie Clairmont an derselben Stelle ebenso überstürzt über die Teppiche geeilt war – damals, als seine Frau im Nachthemd erschienen war. Die huschende Erinnerung zerstob, er sah Clairmonts Gesicht gegen das seine vorrücken, hörte ihn flüstern: »Es ist also wirklich Ihr unveränderlicher Entschluß?« Frécourt nickte einmal, er hielt dem brennenden Blick Clairmonts ruhig stand.

»Sie werden auf Luise bestehen?«

»Auf meiner Liebe, Monsieur, jawohl!«

»Um jeden Preis?«

Die Antwort hierauf gab Frécourt nur mit einem langsamen Nicken, er fühlte sich elend, und zugleich wie in einem Bann; was er tat, mußte er tun.

Clairmont blieb eine Sekunde wie lauschend vorgebeugt stehen, er glich einem demütig erwartungsvollen Händler, der sich vor einem fremden hohen Herrn verbeugt hatte. Nun aber reckte er sich mit einem Ruck, öffnete die Tür, nickte und sagte mit fast normaler Stimme: »Also dann, gute Nacht, Monsieur!« Frécourt verließ ohne Antwort den Raum und ging sofort auf sein Zimmer.

Clairmont verharrte noch einige Sekunden auf dem Fleck, den Blick gegen die Tür gerichtet. Schließlich nickte er, als wäre er sehr überzeugt von einem Gedanken.

Er ging darauf, sicher wie ein Schauspieler nach der Regieanweisung, zu seinem Schreibtisch, zog die mittlere Schublade heraus, schloß eine kleine Stahlkassette auf und entnahm ihr ein Heft und eine Brieftasche aus braunem, abgegriffenem Ziegenleder. Er schüttelte daraus einige Briefumschläge auf den grünen Filz des Schreibtisches und aus einem zog er eine auf Karton aufgezogene Photographie, ein Brustbild, hervor, das offensichtlich in einem Provinzatelier entstanden war. Eine etwa zwanzigjährige Frau war es, welche – wie man sah – auf die Weisung des Photographen genau in das Objektiv geschaut hatte und nun immerdar mit dem selben klugen und sich dem Augenblick fügenden Ausdruck den Beschauer ansah. Auch die Art, wie sie den Kopf in die vorgeschriebene Pose gebracht hatte, ein wenig zur Seite geneigt, als wäre er von der Welle des schwarzen, aufgebundenen Haares bedrückt, bewies Herablassung in das Übliche und eine bewußte Ergebung in den Zeitgeschmack. Denn daß die Pose diesem Gesicht nicht entsprach und nur Minuten gedauert hatte, das sagten diese Augen. Sie waren groß und dunkel und voll jener sanften Nüchternheit, wie sie Augen eignet, die viel weinten und dann nicht mehr weinen, weil sie eingesehen haben. Die feinen, geraden Brauen aber waren leicht in die Stirn angehoben, wie bei gelehrigen Kindern, und immer noch zu einem letzten, leichten Verwundern bereit. Der Schnitt der Augen sowie auch die starken Jochbogen verrieten die Bretonin, Nase und Mund und Kinn waren zart und unauffällig gebildet, die streng geschlossenen Lippen aber sagten noch entschiedener als die Augen, daß die Lieblichkeit in diesen Zügen von dem dahinter stehenden Leben nicht mehr genährt, sondern sich selbst überlassen war. Und doch, um die angehobenen Brauen lag noch ein Anflug von Zögern, ja Bedauern. Eine Blume, würde ihr einen Schritt vor der Sense Bewußtsein verliehen, könnte so gegen die Sonne ausblicken, traurig erstaunt und zugleich ergeben, wie es einer Blume zukommt.

Lange Zeit hielt Herr von Clairmont das Bild in der hohlen Hand. Dann fuhr er mit dem Handballen der Rechten einmal darüber. Er flüsterte, lächelnd: »Ja, und wie kann man nun bußfertig sein? Denise!« Seine tiefe Stimme summte verloren in der Stille der Nacht, bis er sich reden hörte und verstummte.

Clairmonts Schweigen war in den Jahren so dicht geworden, daß sich sogar nach und nach sein Drang zum Selbstgespräch, wie es einsamen Menschen eigen ist, verloren hatte. Manchmal geschah es, daß Orte auftauchten und Menschen:

Denise stand plötzlich deutlich vor ihm in seinem Ordinationszimmer in Lille... Sein Frau blickte ihn klagend, aber nie anklagend an (o diese langsam sich hebenden, blauen Augen von Luisens Mutter) ...Der Curé mit der Messingbrille in der Dämmerung, neben Denisens Bett... Ein Sarg erschien, ein Sarg, den er nie mit seinen leibhaftigen Augen gesehen hatte (der Anlaß zur Erinnerung lag vielleicht in einer Zigarrenkiste), und in den Stricken sank er schwankend hinab, das sah er häufig; es war gewiß ein schlichter, braungebeizter Tannensarg. – Manchmal, wenn er lange gebückt gesessen hatte, wurde er des Druckes am Brustbein nicht mehr wie eines körperlichen Schmerzes inne, er rang nach Atem und zwischen den Regalen der Bibliothek sich umblickend, zwischen den Festungsmodellen, kam er sich wie ein Korn zwischen zwei Mühlsteinen vor. Er genoß dieses Gefühl des Zermahlenwerdens, er selber war es ja, der diese Mühlsteine sich gehauen und geschärft hatte.
Das konnte man keinem erklären. Clairmont hätte, wenn es möglich gewesen wäre, diese Festungsmodelle gerne jedem Blick, auch dem der Seinen, verborgen gehalten, wußte er doch selber weder sich noch den andern eine Erklärung für diesen Umgang mit dem Gräßlichen, wenigstens keine, die einen gesunden Verstand ganz befriedigen konnte.
Seit seiner Heimkehr aus dem Krieg war es Clairmont klar, daß er in einem andern Bereich lebte als die Seinen. Näherte er sich seiner Frau, stand da eine Tote zwischen ihnen; näherte er sich den Kindern, wurde das Gefühl seiner dunklen Schuld vor der ahnungslosen Jugend der Kleinen noch drückender; vor den Kranken vollends versagte ihm der Mut. Denn der Umstand, daß er Arzt und Soldat zugleich gewesen und seine Heilkunst als Brücke zu den Geheimnissen anderer benutzt hatte, das war ihm bereits während des Krieges als Schändung seines Berufes erschienen.
Außerdem: er konnte nur schwer noch unter Menschen sein. Selbst die Häuser und Plätze hatten in seinen Augen das

alte Gesicht verloren, alles sagte ihm, wie all das einmal war. Die ganze Welt war plötzlich unsagbar alt geworden.
Er las damals, ehe die Zeit des Bastelns begann, deutsche und ausländische Kriegsmemoiren und zwar hauptsächlich die von Generälen und Politikern; die von den Schriftstellern reiften erst später. Was ihn geradezu bestürzte, war der Umstand, daß diese Männer bereits 1919 Bücher über ihre Tätigkeit herausgaben. Und unter der Beklemmnis seiner eigenen Schuld empfand er eine böse Belustigung darin, zumal diesen geschlagenen Generälen nächtelang zu lauschen, wie sie, jeden Schuldbewußtseins bar, sich ausschließlich als Techniker der Katastrophe fühlten und über eine verlorene Schlacht sachlich und kühl wie Schachmeister sprachen; galt es doch nur die Ursache der Niederlage darzustellen und nebenbei auch zu erhärten, daß die Schlachtintelligenz unschuldig sei. Die Partie war verloren, gewiß, aber sie würde, auch das stand in diesen Büchern, wenn man zu lesen verstand, eines Tages wiederholt werden... Und je mehr Clairmont las, um so deutlicher wurde ihm, daß die ganze Welt durch diesen Krieg auf die schiefe Ebene gekommen sei; daß nunmehr die Zeit der Riesenpolitik begonnen habe, daß nämlich winzige Köpfe auf unmäßigen Gliedmaßen darangingen, sich gegenseitig zu zerstückeln, daß Christentum und Humanismus, in Kirchen und Schulen abgesperrt, auf ihrem Altenteil säßen und keinen Einfluß mehr hätten auf die Gestaltung der öffentlichen Dinge.
Wie verheerend dieser vergangene Krieg sich im einzelnen auswirkte, sah Clairmont am besten aus seinem eigenen Leben. Es gab in allem diesen Riß, nichts mehr war ganz und heil. Überall klaffte der Abgrund der Erinnerung und Schuld, über den es keine Brücke gab. In einem einzigen Falle, da er mit Aufrichtigkeit den Riß, nein, den Abgrund, zu schließen versuchte, hatte man nur den Menschen, zu dem man aufrichtig war, ins gleiche Unheil gestürzt, und dieser Mensch war die eigene Frau. Clairmont hatte, es war nach Frécourts

erstem Besuch, seiner Frau eingestanden, was geschehen war zwischen ihm und Denise. Und da wurde ihm bestätigt, was er doch schon wußte, daß es wohl möglich wäre, durch Vertrauen und Aufrichtigkeit einen neuen Anfang zu schaffen; daß aber hingegen selten ein Herz gefunden wird, das imstande ist, bis auf den Grund der Schuld im andern Herzen zu sinken. Frau Luise litt, schwieg und wurde eine Dulderin, und Clairmont konnte sich nie darüber klar werden, ob seine Frau auf diese Weise sich an ihm und der ganzen Welt – ohne es recht zu wissen – rächte, oder ob sie diesem Blick in die Tiefe, einem Kinde gleich, nicht gewachsen war und nun einfach verstummte.
Was seinen Sohn betraf, so sah Clairmont deutlich, wie andere und stärkere Kräfte als er in der Seele dieses jungen Menschen Fundamente legten, alles andere als einen neuen Anfang bedeutend, – hier konnte sich nur die Wiederkehr des gleichen Unsinns abspielen. Und was das Begreifen anging, das Durchschauen, das Urteil, so vermag man einen jungen Menschen eher in die astronomischen Geheimnisse einzuweihen als in die politischen: denn bei den Sternen handelt es sich um eine Wissenschaft, die Politik aber ist für ein reines, unverdorbenes Herz so lange ein verschlossenes Buch, bis es begreift, wonach eigentlich Petroleum riecht.
Clairmont verzichtete darauf, jenen Mächten, die mit ihm um seinen Sohn rangen, entgegenzutreten. Er war zu müde, zu hoch hinauf mit Ekel gefüllt gegen diese in Lüge und Schande und Schuld versunkene Welt. Er wußte zudem: diese Jugend trägt bereits wie das Schlachtvieh das Mal eingebrannt ... Und was sollte er seinen Sohn lehren? Er fühlte sich zu arm. Clairmont aber hatte seinen Glauben aufgebraucht und er kam sich wie ein verlogener Schwätzer vor, wenn er seinem Sohn in dieser Richtung Andeutungen machte.
Wo er jedoch das Absolute noch unmittelbar spürte, das war im Bereich seiner Schuld! Denn – und das kam ihm seltsam vor und zum Nachdenken stimmend – wie die Generäle und

Politiker zu tun, das gelang ihm nicht; zu tun, als ob man von seinem Gewissen zurücktreten und von seinen Taten den Abschied nehmen könnte.
Nein, die Schuld blieb für ihn in diesen Jahren das Wirklichste auf der Welt. Sie ließ sich nicht zerreden, erklären, wegdeuten, auf andere schieben; sie blieb bei Tag und Nacht, pochend und flüsternd, schweigend und lauernd, ein Gast im eigenen Herzen, ein Abgesandter des Absoluten.
Aber darüber konnte er erst recht mit niemandem sprechen.
In diesem Zustande begann er mit der Bastelei. Es war, als ob er sich von seiner Schuld weg in die seiner Völker – denn er gehörte ja beiden an – retten wollte, und von seinem persönlichen Verhängnis in das größere der Geschichte.
Und da erschien eines Tages dieser französische Hauptmann in seiner Wohnung. Das Licht war wie in einem symbolischen Akt, als wollte es diesem Erkennen, als zu entsetzlich, ein Ende bereiten, ja, das elektrische Licht war erloschen.
Fast zwei Jahre dauerten diese Besuche, er hielt sie aus, weil er nichts dagegen vermochte. Und er übte sich im Anblick seiner Schuld! Als aber dieser Mann sich für Luise mehr und mehr erwärmte, war Clairmont manchmal nahe daran, den Mund aufzutun und endlich zu sprechen. Doch er sah, wie seine Frau daran zugrunde gegangen war, die Tochter schien ihm erst recht nicht geeignet, seine Last zu tragen, und er schwieg weiter.
In den zwei Jahren, da Frécourt in der Touraine saß und schwieg, hatte er wieder langsam gehofft, das Verhängnis habe ihn nur geneckt, bis dieser Brief kam – und gleich darauf er selber. Und er blieb hartnäckig.
Herr von Clairmont hatte in dieser Nacht ein Heft vor sich aufgeschlagen liegen; ein anderes, kleiner als das geöffnete, lag geschlossen daneben. Und wie er umständlich in seinen schwarzen Füllfederhalter Tinte einflößte, glich er einem Alchimisten, der eine Retorte mit einer gefährlichen Flüssigkeit anfüllt. Hätte er gewußt, daß durch das Schlüsselloch ein

Auge auf ihn gerichtet war, seine Hand hätte gezuckt im jähen Bewußtsein, daß diese Flüssigkeit schlimmer wie ein reißender Strom über die Hoffnungen seines Kindes, das an der Türe kauerte, dahinstürzen würde.
Luise, barfüßig und nur in den Morgenmantel gehüllt, war aus ihrem Zimmer geglitten und hatte eine ganze Weile unentschlossen vor der großen Tür der Bibliothek gewartet. Zuerst wollte sie einfach eindringen, doch des Vaters Gesicht stand vor ihr, so wie es den ganzen Abend war, besonders in dem Augenblick, als er sie verabschiedet hatte. Das Schweigen zudem hinter der Bibliothekstür war so gefährlich, daß es ihr vorkam, gleich hinter der Türschwelle tue sich ein dunkler bodenloser Abgrund auf. Schließlich – bei einem angstvollen, verzweifelten Umherblicken gewahrte sie einen dünnen, kaum merklichen Lichtstrahl, der einige Schritte entfernt durch das Schlüsselloch der anderen, kleineren Bibliothekstür fiel, die immer verschlossen war und eigentlich keinem ersichtlichen Zweck diente. Sie schlich zu dieser Tür und beugte sich und sah, wie der Vater gerade den Halter füllte, nur die Hände sah sie – das Gesicht war von dem grünen Lampenschirm verdeckt. Und das sah aus, als wäre es der Kopf des Schreibenden: dieser grüne, mit Licht gefüllte und oben abgeschnittene Kegel, der so starr und unbeweglich blieb, derweil die Hand die Feder ansetzte. Die Spitze der Feder zitterte golden, und dann glitt sie über das Papier. Der Vater schrieb etwas für François, – an wen konnte es sonst wohl gehen? Und in ein Heft schrieb er, es mußte ein langer Brief sein, ein sehr langer, und es stand doch nur das eine Wort darin: Denise!
Luisens Augen, die nichts gewahrten als die immer heftiger hinzuckende Feder, schienen den unsichtbaren Text mitlesen zu können. Die schreibende Hand unter dem Lampenschirm hatte etwas erschreckend Selbstständiges und vom Körper, der, regungslos und schwarz, nur den Hintergrund abgab, gänzlich Losgelöstes bekommen. Mager und feinknochig

rückte sie schließlich, da sie einige Zeilen, noch stockend und zögernd, hingesetzt hatte, in einer ruhigen und geradezu präzisen Schärfe dahin, eine Hand wie ein schimmernder, bläulicher Eisberg, der in langsamer Bewegung über unergründliche Tiefen schwebt.

Die Linke lag für Luise beinah unsichtbar flach auf dem Tische. Doch manchmal, als hätte sie einen leichten, elektrischen Schlag erhalten, zuckte sie mit gespreizten Fingern einige Zentimeter in die Höhe. Einmal, Luise hätte nicht sagen können, ob nach vielen Stunden oder nur wenigen Augenblicken, entfiel der schwarze Füllhalter der Hand, vielmehr die Hand ließ ihn fallen; und beide, die Rechte und die Linke hoben sich, die Daumen aneinander und mit weit gespreizten Fingern, über dem Heft bis unter die Lampe empor: ein wildes Flügelpaar, so schwebten sie, zitternd und getragen von einem aufsteigenden Winde, dann krallten sie sich und stürzten in einer unsagbar nackten und verzweifelten Bewegung wieder auf den Tisch, und – Luise hatte ihre Fingerspitzen zwischen den Zähnen und biß darauf – der Kopf des Vaters fiel hinter dem Lampenschirm herab, mit einem leisen Aufschlag, die alte Schreibtischplatte knackte. Dieser wie von einem leblosen Ding ausgehende Laut und vor allem die darauffolgende Stille erfüllten Luise mit Grauen. Ehe sie noch wußte, was sie tat, war sie, zugleich alle Sinne auf unbemerktes Entkommen gerichtet, die Treppe hinauf geeilt und – stand in Babettens Kammer. Und wie sie, einem gejagten Kinde gleich, nur den Namen der Alten flüsternd sich dem Bette näherte, stand vor ihren in der Dunkelheit weit aufgerissenen Augen immer noch das Bild: wie der Kopf des Vaters hinter der Lampe herunterfiel.

»Babette!«

Die Alte hatte einen guten Schlaf, und erst als Luise näher trat und die Nachttischlampe anknipste, schrak sie auf. Doch kaum hatte sie blinzelnd in das Gesicht des Mädchens geblickt, als sie hellwach im Bett saß: »Luise? Ah! Was ist

denn; Wie sehen Sie aus; ah, mein Kind, Sie zittern ja! – Komm doch her, setz dich, so, dein Köpfchen her, du kleines Mädchen! Ach, die Liebe, immer im Kreise, man wird schwindlig davon, nicht wahr!«
Die Alte schwieg, nach einer langen Weile begann sie, und zwar in ruhigem Erzählen: »Als ich achtzehn war – das weiß aber sonst niemand auf der Welt – da fuhr ich mit einer Freundin auf einem Karussell, es war auf dem Platz vor dem Schloß Vincennes, weißt du, in dem der Napoleon den Prinzen erschießen ließ, den unschuldigen Prinzen, einfach weil er ein echter Prinz war. Ja, es war ein so schöner Tag und all die Buden und die lustigen Leute! Wir waren fröhlich und setzten uns, wir großen Mädchen, in eine vergoldete Kutsche, die immer im Kreise fuhr, immer im Kreise – hinter den schönen Pferdchen drein. Und die Musik: zinggdira – dirridum ... Und die schönen Bilder all und die Spiegel und die Kinderstimmen ... Und da an der Lücke, in welcher man das Pferd gehen sah, das uns alle in Bewegung setzte, erblickte ich einen jungen Mann. Er war aus Marseille, das merkte ich sofort. Nur die können so lausbübisch gegen ein erwachsenes Mädchen die Nase verziehen, richtig, als trüge man noch seine Tasche in die Elementarschule, nicht wahr? Ja, ja, Luise, ich habe es nicht einmal meiner Freundin gesagt ... Er kam in der Pause, meine Freundin war sich ein Nougat holen gegangen, er kam und sagte, ich solle den ganzen Nachmittag und Abend Karussell fahren – umsonst, stelle dir vor! Ich sagte: ›Monsieur, davon wird mir nicht gerade besser, mir ist jetzt schon schwindelig!‹ Und da sagte dieser schwarze Spitzbube aus Marseille, er konnte nur von dort sein, das hätte man auf eine Meile gehört: ›Ei was, Mademoiselle – ‹, aber das andere kann ich dir unmöglich sagen, er sprach eben wie ein Karussellmann aus Marseille! Meine braven Eltern, ah, sie hätten mich geohrfeigt, wäre ich ihnen mit diesem schwarzen Strolch gekommen, und sie hätten ganz recht gehabt! Wie viele Männer ich aber später auch sah, keiner

konnte mich mehr verwirren, keiner gefiel mir... Und das hat dieser Spitzbube aus Marseille auf dem Gewissen. Mein Gott, ich habe es ihm verziehen, doch seit der Zeit muß ich immer denken, und etwas Wahres ist auch daran, daß nämlich die Liebe mit Karussellfahren zu tun hat: es ist so schön, aber man dreht sich immer im Kreise, wird schwindelig, und das ist nicht jedermanns Sache! Du, natürlich, mein Kind, du verträgst es! Und ihr beide kommt auch schon noch von der Stelle – ihr beide – pst!«
Die Alte unterbrach ihr Geflüster: »Hörst du... er ist wach, hörst du: tock-tock-tock-... er geht auf dem Teppich... hin und her... Gott, du zitterst ja immer noch! Ich kann's verstehen! Sooft ich in meinem Leben ein Karussell sehe, muß ich – ach ja! Aber das ist so, wie es ist! Trotzdem, für mich war es besser so. Sonst wäre ich heute nacht ganz woanders, nicht wahr, und nicht bei dir, mein Täubchen. Hörst du: tock-tock! Er ist sehr aufgeregt, und das ist ein gutes Zeichen. Wo habt ihr euch heute getroffen? Erzähl doch!«
»Morgen, Babette, morgen, mir ist so, ja, ganz schwindelig, du hast recht!«
Babettens Hände hielten Luisens Kopf, nicht anders wie ein Kaninchen oder sonst ein scheues, kleines Tier, das sich zu ihr geflüchtet. »Geduld, Geduld«, flüsterte sie manchmal unvermittelt in das Schweigen, und einmal, dicht an Luisens Ohr, fast im Ton eines Gebetes: »Kind, ich weiß es, eure beiden Schutzengel haben sich schon die Hände gegeben, sie führen euch.«
Luise stammelte: »Ach Babette, mein Schutzengel heißt... heißt ganz anders... Er ist tot und haßt mich.«
Babette tätschelte ihr tadelnd die Wangen: »Was sagst du da, tot? Nein, so was! Aber du weißt es nicht besser in deinem ketzerischen Sinn: die Schutzengel – doch was sage ich? Du wirst es sehen, die kümmern sich nicht darum, ob du ein Boche und Frécourt ein Franzose ist. Sogar, daß du eine Ketzerin bist, haben sie um eurer Liebe willen vergessen. Die

Liebe deckt alles zu, heißt es doch. Ich sage dir, euer Kontrakt ist schon im Himmel geschlossen. – Geh, zittere doch nicht so, du mußt hoffen! Die Liebe hofft alles – heißt es doch! Der Vater, ja, er will nicht, das weiß ich nun so gut wie du. Ich hab mein Herz in die Hand genommen, um ihm nicht zu zürnen. Man weiß ja nicht, was ihn so hart macht, so hart, ach, mein Kleines! Doch das weiß ich wohl: wenn die Engel sich einer Sache annehmen, einer so großen Sache, dann – du wirst es noch sehen! Gewiß, die Liebe ist immer eine große Sache, sogar die Liebe auf einem Karussell, o ja! ... Aber eure Liebe, mein Gott, das ist doch dagegen etwas wie eine Fürstenheirat, ich meine: in dieser bösen Zeit, nach einem Krieg – der eine aus Frankreich und der andere aus Deutschland, glaubst du, das geschähe jeden Tag? ... Ach – in Notre Dame muß dieser Bund geschlossen werden, und alle Glocken müssen läuten: das ist ein Tag, den der Herr gemacht hat! Jawohl, das muß dir klar sein! Eure Heirat ist keine alltägliche Sache, c'est une chose extraordinaire, c'est une chose publique, n'est ce pas?«

Luise lag lange unter dem Geraune der Alten mit ruhig geschlossenen Augen. Wie das Geflüster aus den Zweigen eines Baumes kam ihr Babettens Stimme vor, aber auch so fern und in einer andern Ordnung sprechend. Dennoch beruhigte sie die gütige, menschliche Nachbarschaft ein wenig. Manchmal schlief sie ein bißchen ein. Sie wußte nicht, wie lange sie bei Babette geweilt hatte. Plötzlich, es ging gegen Morgen, fuhr sie aus ihrem Hindämmern auf, bebende Angst durchjagte ihren ganzen Körper, und mit einem Sprung stand sie auf den Beinen und war ohne ein Wort hinaus.

Babette rang kurz die Hände und überlegte, ob sie ihr folgen solle; doch sie blieb, weil sie glaubte, das Mädchen beabsichtige nichts anderes als in ihrem Zimmer still für sich zu weinen. Luise hatte auch nichts anderes vor. Als sie aber an der Tür der Bibliothek im Dunkeln vorüberhuschen wollte – sie hatte das elektrische Licht des knipsenden Geräusches wegen nicht eingeschaltet –, stieß ihre an der Wand entlang tastende Hand an einen der zahlreichen Kupferstiche, und, vielleicht daß der Nagel locker gesessen hatte, das Bild stürzte mit einem an der Mauer entlang kratzenden Geräusch und fiel mit einem dumpfen Schlag auf, es klirrte leise von fallendem Glas. Luise fühlte ihre Beine schwer werden, sie lehnte regungslos an der Wand. In der Bibliothek wurde darauf ein hastiges Sesselrücken hörbar, Schritte, das Knacken einer Klinke – und Luise, genau an der jäh sich öffnenden Tür stehend, hielt sich, mit den Händen rückwärts greifend, an dem Pfosten und sank, als der Schatten Clairmonts in der hellen Türöffnung erschien, langsam zu Boden, ohne einen Laut.

»Luise!« Der Mann starrte zuerst mit gänzlich totem Gesicht auf die zusammengesunkene Gestalt, dann, die Lippen pressend, griff er hastig nach ihr, hob sie auf, mühsam und keuchend, und führte die Tochter, die den Kopf ergeben an seine Schulter lehnte, in ihr Zimmer. Er ließ sie auf das Bett nieder und saß eine Weile schweigend neben ihr.

Auf einmal hörte er sie aus ihrem Daliegen sprechen, mit geschlossenen Augen, ganz deutlich und nüchtern: »Warum denn das alles, warum denn? Ich weiß es, ich allein – ich weiß es jetzt – mehr als Einzelheiten sagen können! Warum nimmst du es nicht mit in dein Grab: daß du seine Frau vernichtet hast, vernichten mußtest – in grausamer Pflicht, ja! Und alles wäre gut! Ich – ich bin deine Tochter – ich – könnte – schweigen – ich kann schweigen!«

Herr von Clairmont legte seine Hand ruhig auf ihren Mund. Er sagte, seine Stimme klang so gesammelt und streng wie die eines Chirurgen über einer gefährlichen Operation: »Wenn es so wäre, ja! ... Es ist anders! Ich kann nicht mehr schweigen! Ich muß bekennen! Es ist fertig!«

»Wie ist es denn?« fragte sie, apathisch, ihr Innerstes war keiner weiteren Erregung mehr fähig.

»Anders, ganz anders, viel schlimmer, ja! Dein Vater ist ein ehrloser Mann, das ist es! – Und der da oben ...«, er lauschte. Luise schlug die Augen auf und blickte wie träumend zur Decke. »Er schläft auch nicht«, sagte sie, beinahe mit Genugtuung.

Clairmont schaute ebenfalls zur Decke, aber ausdruckslos und mit verdrehtem Halse, seine Stimme bekam davon einen hohlen Rachenlaut: »Er wird mir recht geben, du wirst sehen! Er wird dir bestätigen, daß ich bekennen mußte. Es ist viel! Nicht jede Schuld ist Schande – aber meine doch!« Luise zuckte zusammen. Clairmont schien es nicht bemerkt zu haben, er erhob sich: »Die Tochter eines Ehrlosen – das wollen wir sehen! Das geht nicht, das kann er nicht!«

»Die – Tochter – eines Ehrlosen... c'est très bien, mon père!« Diese Worte, ohne jeden Nachdruck und schier ohne jedes Gefühl gesprochen, schienen Clairmonts Gestalt gegen die Tür hin zu schieben, er machte einige kurze, fast schlitternde Schritte rückwärts.

»Ja, du hast jedes Recht gegen mich! Jedes, verstehst du? Ich darf mich nicht beklagen!«

Luise blieb ruhig liegen: »Statt daß du mir sagst, was ist!«

Clairmont schüttelte einige Male kurz und fast ängstlich den Kopf. »Hier drin«, er hob mit einem Griff ein Heft aus der Tasche, »steht alles geschrieben, für ihn!« Er wies mit dem Heft in einer gefährlich verschwiegenen Bewegung gegen die Decke. »Ich bat ihn, gleich zu Anfang meines Berichtes, er soll es dir zu lesen geben – oder auch nicht, ganz nach seinem Befinden, nach seinem Geschmack! Ich schrieb: ›Vielleicht, daß Sie mir aber die Tochter lassen!‹« Und er fügte mit gesenktem Kopf hinzu: »Denn vielleicht, daß die Tochter großzügig ist und es dem Vater erläßt – alles zu sagen! Wenn du es aber willst, dann ... Ich gehe jetzt zu ihm! Bleib, wo du bist, schließ dich ab! Diese Nacht ist sehr grausam für dich – und für mich deshalb auch, Tochter!« Er war wie ein Schatten hinaus, er hatte keine Antwort mehr bekommen.

Luise lag auf dem Bett ausgestreckt und blickte unverwandt gegen die Decke. Noch war keine Minute vergangen, da verstummte der Schritt über ihr. Ah – und da schlug sie jäh errötend die Hände vor das Gesicht! – Was wird das für ein Morgen werden, wie wird man in seine Augen schauen, in die Augen dieses Mannes, der das weiß, was man nicht wissen, nein, nun niemals, niemals erfahren will! Man hatte sich etwas ganz Furchtbares ausgedacht, und nun war es noch nicht das Furchtbare selber! ... Nein, man wird – ach, schlafen, ein Jahr lang, zehn Jahre lang, nicht mehr aufwachen!

Und als ob sie dem dunklen Gott ihren Leib für immer hingeben wollte, so streckte sie sich aus, ergeben und dumpfen Verlangens voll nach der traumlosen Ruhe, die alle Vergangenheit tilgt und die Zukunft verschlingt.

Brüderlein und Schwesterlein

Eine sanfte, alte Frau, die alles weiß, so hatte Babette einmal die Dämmerung genannt. Als Luise erwachte, war es Abend, und sie sah diese sanfte, alte Frau in ihrem Zimmer. Das Mädchen richtete sich in ihrem Bett auf und blickte um sich. Sie wußte wohl, wo sie war, aber der Schlaf umfing sie mit einer Benommenheit, als ließe er es nicht zu, daß sie es begreife, was in der letzten Nacht und an diesem Tag geschehen war. Zuerst versuchte sie nur festzustellen, welche Tageszeit es sei. Endlich begriff sie: den ganzen Tag hatte sie geschlafen, nun war es wieder Abend. – Über dem müden goldenen Schein in ihrem Zimmer fiel ihr Babettens Wort ein. Eine sanfte, alte Frau, ja, aber auch dies: die alles weiß.

Und da war's, daß sie mit gleichen Füßen aus dem Bett sprang und, als brennte es im Zimmer, hinausstürzte, wohin – das überlegte sie gar nicht und noch weniger, was sie Babette fragen werde. Sie mußte bei ihr sein, denn sie hatte Angst – Angst, das Haus könne leer sein, vor allem das Zimmer droben ... alles, alles könne leer sein. So rannte sie die Treppe hinunter. Und nun war die Küche wirklich leer, sie kehrte um und hastete wieder die Treppe hinauf, bis in den zweiten Stock. Niemand begegnete ihr, das Haus war wie ausgestorben.

Luise glaubte, die Stufen hinanzuspringen, in Wirklichkeit machte sie nur eine müde Anstrengung zur Eile.

Babette saß auf ihrem Stuhl mitten im Zimmer und hatte die Hände im Schoß gefaltet. Als die Tür so ohne Klopfen aufgesperrt wurde, fuhr die Alte leicht in die Höhe. Sofort begannen ihre Schultern zu zucken, und ihr Kopf fiel nach vorne. Luise hatte Babette noch nie mit lauter Stimme weinen gehört. Es hörte sich an, als ob eine Flasche mit hohem, langsamem Glucksen sich entleerte. Da wußte Luise alles, weinen jedoch konnte sie nicht.

Babette griff hastig in ihren Busen und zog einen Brief heraus und reichte ihn Luise, ohne sie anzusehen. Und ohne der Alten einen Blick zu schenken, lief das Mädchen fort. Das alles kam Luise vor, als träumte sie. Auf ihrem Zimmer erbrach sie den Umschlag. In den Lettern eines Menschen, der selten und darum sogar noch aufmerksam und deutlich schreibt, wenn er in Erregung ist, stand da:

»Meine allerliebste Luise!

Dies ist der schwerste Brief meines Lebens. Wenn Sie ihn lesen, sitze ich auf der Bahn – und fahre nach Hause, o mein Gott, allein, ich hatte es mir so ganz anders vorgestellt.

Ich habe soeben alles gelesen, was Ihr Herr Vater mir in der verflossenen Nacht aufgeschrieben hat. Er bat mich, ich möchte ihn schonen und Ihnen nichts davon mitteilen. Ich folge hiermit seinem Wunsche, doch glaube ich, daß Sie mehr wissen, als Sie mir eingestanden. Wenn dem so ist oder wenn Sie später doch vielleicht alles erfahren, könnte es sein, daß dies vielleicht für mich noch nachträglich eine üble Folge habe. Es könnte nämlich sein, daß Sie mein jetziges Verhalten nicht begreifen. Sie könnten sagen: warum lief er fort? Was gingen uns beide denn die Sünden der andern an? Liebste Luise, ich habe es doppelt schwer in diesem Augenblick, ich bin kein Mann der Feder, ich bin nicht einmal stark im Denken. Sie wissen das ja und haben mich doch geliebt, ich brauche mich also wegen meiner Schwerfälligkeit nicht zu schämen. Nun kommt noch hinzu, daß ich ganz durcheinander bin. Und ich darf ja auch nicht zu deutlich werden, da ich ja Ihren Herrn Vater schonen will, wiewohl mir das nicht leichtfällt, aus vielen Gründen nicht leichtfällt, das kann ich Ihnen sagen.

Ach Gott, es wäre besser, ich sagte Ihnen dies alles mündlich, aber das geht ja auch nicht. Auf jeden Fall: ich gehe fort, weil ich bei allem, was mir heilig ist, glaube, daß dies der einzige Ausweg ist. Auch wir beide sind nicht allein auf der Welt und wir hängen mit anderen zusammen: Sie lieben Ihren Vater, und ich meine verstorbene Frau, wiewohl es uns beiden gleichermaßen schwerfällt nach allem, was vorgefallen ist, ach Gott, ja! Aber, gibt es etwas Traurigeres, als alte und tiefgewurzelte Gefühle aus unserm Herzen auszureißen? Immer bliebe dann hernach der leere Platz, man denkt an die vergangenen Früchte. Nein, nein, lassen wir alles, wie es ist, liebste Luise, ich meine, was unsere Vergangenheit angeht! Wenn wir nämlich so verrückt wären und trotz allem zueinander wollten, müßten wir imstande sein, mehr zu vergessen, als uns möglich ist. Und ich kann unmöglich vergessen, daß Ihr Herr Vater mich derart beraubte, nein, ich möchte sagen, in den Schatten stellte, das kann kein Mann vergessen. Wenn ich deutlich werden dürfte, würden Sie es sofort begreifen. Ich kann aber auch nicht mit einer Toten hadern und gar sie bestrafen wollen, indem ich Sie heirate, das machte mich gewiß schwermütig, und doch liefe es jetzt darauf hinaus! Ach, wenn Sie das doch verstünden! Nicht daß Sie denken, gesellschaftliche Ehrenvorstellungen hinderten mich. Danach mag sich richten, wer dumm genug ist und nach der Pfeife solcher oberflächlichen Leute tanzen will. Doch nach meinen Gefühlen muß ich mich wohl richten, da ich ja keine Gedanken habe, die stark und licht genug wären, mich durch dieses Wirrsal zu führen. Und mein Gefühl sagt mir, daß es unmöglich ist, den Vater zu hassen und die Tochter als Frau zu lieben. Andere Leute mögen das können, aber ich kann meine Gefühle nicht durch den Verstand abrichten und zähmen und derart gegensätzliche so eng beieinander wohnen lassen. Sie, liebste Luise, litten darunter am meisten! Ja, das ist es! Denn das ist sicher: die Enthüllungen Ihres Herrn Vaters haben aus mir für meinen mir noch verbleibenden Lebensrest einen schwierigen und wunderlichen Menschen gemacht. In der Liebe tief enttäuschte Männer, glaub ich, können keine spätere Frau mehr zum Glauben an sich selber bringen. Ich habe in den letzten Jahren, mit meiner verstorbenen Frau in Gedanken und mit meinem Oheim in Wirklichkeit, viel über Sie gesprochen. Und ich erhielt von ihr die vollste Zustimmung, wenn auch erst nach langen Überredungskünsten. Als ich ihr zeigte, daß meine Gefühle zu Ihnen zäher und lebendiger waren als das Unkraut, verzeihen Sie den Vergleich, da sagte sie ja. Und nun, da sie eingewilligt hatte, muß ich einsehen, daß meine Treue zu einer Verstorbenen eine pure Tölpelei war, sehen Sie, sogar die Toten treiben mit mir ihren Spott! Ach nein, mein Kind, ich bin zu gedemütigt, zu vernichtet, als daß ich noch einmal den Flug zu jenen Höhen wagte, wo der Mensch über sich hinauswächst, Sie verstehen, was ich sagen will? Wo der Mensch nicht mehr allein ist, wo er sich verdoppelt, wissen Sie, ah, nein, nicht verdoppelt, sondern ich meine, wo er zwei in einem Fleisch ist, wie es so hübsch heißt, aber mir gefiele besser der Satz: wo er in zwei Fleischen ein Mensch ist! Ihr Herr Vater würde das ohne Zweifel sehr viel schöner, tiefer und geistreicher sagen können – o ich weiß, meine verstorbene Frau hielt mich im stillen doch für einen Dummkopf! Sie waren einmal so rührend, als Sie das bestritten, liebste Luise! Aber es gibt nichts Grausameres auf dieser Welt, als eine Frau, die sich in ihrem Mann nachträglich enttäuscht sieht, und sie ist um so grausamer, als sie ihn vorher schätzte und liebte, das glaube ich jetzt erkannt zu haben, bitte, nicht aus Büchern! Ich habe stets versucht, als wir jung verheiratet waren, mich aus Büchern zu bilden und meiner verstorbenen Frau gelegentlich durchblicken lassen, daß ich dies und das wußte, so verrückt war ich, aber sie hatte alles durchschaut, sie war klug, leider, muß ich sagen! Und Sie, liebste Luise, werden auch einmal eine von diesen Frauen, die Bücher lieben und, selbst ohne das, so viel mehr als ein Mann wissen, einfach wissen, das hat mich häufig an Ihren Antworten bedrückt. Unglücklicherweise liebe ich gerade solche Frauen. Nun, das muß wohl jetzt aufhören. Es hat ja keinen Zweck, Malvasierreben in der Auvergne zu pflanzen, nicht wahr! Und ginge das selbst an, es steht in unserm Fall alles, aber auch alles dagegen. Ich kann Ihren Herrn Vater nicht in Ihnen totschlagen oder vergiften oder abdorren lassen! Ich bin kein Mörder, selbst nicht, wenn's um unser beider Liebe geht! Nein, ich stehe zu meinen Gefühlen, aber ich hasse es, wenn sie radikal werden. Das bringt immer Unglück, ich kann es Ihnen versichern, heute mit mehr Nachdruck als gestern, nachdem ich jetzt weiß, was ich weiß! Ich bin ein konservativer Mensch und liebe meinen Frieden. Nicht wie ein Faulenzer des Herzens, denken Sie das nicht! Aber es hat keinen Zweck, unsern Gefühlen freien Lauf zu lassen. Sehen Sie, eine Überschwemmung bleibt stets eine Überschwemmung, und wenn sie aus Wein und Milch statt aus Wasser bestünde. Das ist so. Und es nützt auch nichts, das Leben vor Gericht zu stellen und mit Verstandesgründen solche Fälle zu entscheiden. Ich finde in unser beider Konstellation, ich sage es jetzt ganz klar, etwas Unheimliches, genau wie Ihr Herr Vater, in diesem einzigen Punkte bin ich ganz seiner Meinung. Und hätte er gehandelt, wie ich jetzt zu handeln entschlossen bin, wäre viel Unglück und Leid vermieden worden – und Sie, liebste Luise, brauchten nicht zu weinen. Sie hätten mich nämlich nie kennengelernt – ja, und ich Sie nicht, und so entbehrten wir auch einander nicht. Freilich, was diesen Punkt angeht, möchte ich doch sagen, daß ich eigentlich nichts ungeschehen wünsche. Denn es ist mir lieber, Sie entbehren zu müssen, als Sie nie gekannt zu haben.

Und nun, liebste Luise, fassen Sie, wenn es geht, alles so auf, wie ich es tue. Seien Sie tapfer und stehen Sie Ihrem Herrn Vater bei – er ist sehr unglücklich. Und vergessen Sie nie – edle und tiefe Gefühle waren nie umsonst; es sind Stufen in einer unsichtbaren Treppe, die uns zu unserer endlichen Bestimmung führt. Aber stören wir einander nicht mehr!

Der Same, der in der Erde ruht, will sterben, um neue Frucht zu bringen, wer immer wieder nachgucken geht und in der Erde wühlt, wird den Vorgang nicht beschleunigen, im Gegenteil. Und ich denke, daß im Folgenden das Vorige immer enthalten ist, das sagt wenigstens mein Onkel Charles, der übrigens gewiß sehr traurig sein wird, wenn ich heimkomme. Er hatte sich so gefreut, daß die Langeweile in unserm Haus in Vouvray nun endlich vorüber sei. Aber was kann man tun? Wir müssen geduldig sein, nicht wahr, liebste Luise! Die Höhepunkte unseres Lebens gehen alle so schnell vorbei, man weiß nicht einmal genau, wann sie da waren. Sie sind noch jung und halten das Glück für etwas wie eine ordentliche, endlose Straße. Ach, mein Kleines, ich wäre schon zufrieden, wenn ich mich seiner erinnern könnte wie eines kleinen Kapellchens am Wege, wo ich einmal zu einem schönen Gesicht hinauf betete und für einen Augenblick mich ganz zu Hause fühlte, daheim und geborgen. Sehen Sie, ich glaubte an dieses Kapellchen am Weg und mußte feststellen, daß nicht ich es war, auf den diese schönen schwarzen Augen so anerkennend und voll Hingebung blickten. Dann traf ich Sie, Luise. Leben Sie wohl, mein Herz kann nicht mehr, ich muß fort aus diesem Hause, sonst geschieht ein Unglück! Ich danke Ihnen, liebes gutes Mädchen Luise – Sie gaben mir soviel, wie ein Mensch einem andern geben kann: Ihre Liebe, Ihr Vertrauen, Ihr Herz. Ich gebe es Ihnen nicht zurück. Aber gehen Sie trotzdem Ihren Weg, so gut es geht. Ich weiß, Sie sind sehr beständig in Ihren Gefühlen. Doch ich flehe Sie an, gehen Sie um meinetwillen nicht an Ihrer Erfüllung vorüber. Ich glaube mich einigermaßen zu kennen, und ich bin, glauben Sie es mir, Luise, nur ein durchschnittlicher Mann und kann eigentlich nur eins gut: Wein machen. Das würde Ihnen sowieso nicht genügt haben. Allerdings habe ich noch einen andern Wert: ich bin in Gefühlsdingen aufrichtig und stabil, das ist wahr. Im übrigen kommt dann nicht mehr viel. Ich habe schon immer gedacht, Sie müßten einen

Mann heiraten mit einem geistigen Beruf, vielleicht sogar einen Künstler – aber wenn möglich keinen, der zuviel Kopf hat. Lassen Sie sich um Gottes willen nicht von Gelehrtheit und Gelehrsamkeit blenden! Die Leute sind oft hinter den Kulissen furchtbar langweilig, und ist das nicht das Schlimmste? Und hüten Sie sich auch vor Männern, die Ihrem Vater gleichen! Ich darf das nach meinen bitteren Erfahrungen mit ihm wohl sagen. Mit solchen Menschen soll man nicht in zu enge Verbindung kommen. Was er da von ehrlos redet, ist Unsinn, aber er ist salzig, ungenießbar, doch ist sein Wert von jemand bestätigt, dem ich nicht widersprechen kann. Liebste Luise, Sie sind ja noch so jung. Reisen Sie – und lernen Sie die Menschen kennen. Hören Sie bitte nie darauf, was ein Mann Ihnen sagt oder verspricht. Vergessen Sie nie, daß die Worte, zumindest wenn das Interesse mitspricht, hauptsächlich zum Betrügen da sind. Wir Männer merken das selber nicht; wenn wir uns so herausputzen für die Frau mit unsern netten und ritterlichen und eindrucksvollen Worten, das ist der bunte Hahnenschwanz. Sehen Sie viel mehr darauf, wie dieser Mann, dem Sie sich nähern, zu seiner Putzfrau ist, zum Briefboten, zu den Menschen im allgemeinen. Und zu den Kindern und Tieren, auch das ist sehr wichtig. Und ob er wirklich Augen hat und sieht. Und achten Sie sehr darauf, ob er dazu neigt, Schulden zu machen, ja – es sind stets lieblose Menschen, die das Mißtrauen auf dieser Welt vermehren. Und noch eines: achten Sie darauf, ob er langweilig ist! Ich fürchte, ich selber bin sehr langweilig, das haben Sie nur noch nicht gemerkt. Langweilige Menschen können Sie daran erkennen, daß sie immer von andern erwarten, unterhalten zu werden, daß sie nie allein sein können, immer sich zur bestimmten Zeit ganz bestimmte Zeitungen kaufen und nie ihre Meinungen ändern oder aber jeden Tag. Liebste kleine Luise, ich habe solche Sorge um Sie, da ich Sie verlassen muß. Nehmen Sie meine Ratschläge mit freundlicher Gesinnung auf! Freilich,

daß ich glaube, Sie könnten sich einen andern Mann wählen, ist ein wenig komisch. Denn das Leben in uns ist oft so ungestüm, zumal in der Jugend, und leider werden wir häufiger von einem blinden Drang an andere Menschen gebunden als von kluger Wahl. Doch halte ich trotzdem eine Wahl im Bereich des Möglichen, freilich muß man warten können. Ich wähle nicht mehr. Sie aber müssen es tun. Das ist mein letzter Wunsch an Sie, liebste Luise!
Und nun leben Sie wohl! Ich muß fort! Verzeihen Sie das Papier, ich schrieb auf die leeren Blätter, die Ihr Herr Vater mir im Heft überließ, darin er mir alles mitteilte. Noch einmal, grollen Sie ihm nicht! Er ist wirklich so unglücklich wie

Ihr unglücklicher
François Frécourt

Noch einmal, leben Sie wohl und seien Sie tapfer!«
Luise lag auf ihrem Bett und versuchte zu weinen. Tränen hielt sie im Augenblick für unerläßlich, für geziemend, wiewohl das Weinen ihr eigentlich gerade jetzt nicht ganz leicht fiel. Denn sie war von diesem langen Brief, den sie gar nicht begriff, wie betäubt, und eigentlich war sie mehr erschrocken als von Schmerz erfüllt.
Dann, immer noch den Brief so in der Rechten, war sie eine Weile hingedämmert: bald im Zuge der Moselbahn neben François sitzend – das war heute? – nein gestern! – bald einem andern Zuge nachlaufend, sich vor die Lokomotive mit erhobenen Armen stellend, schreiend, lachend! Sie träumte das nicht, es war ein Mückentanz von Wünschen und Erinnerungen im letzten wachen Sonnenstrahl ihres liebenden Hoffens. Plötzlich weinte sie wirklich, weinte sie wie ein Mensch, der alles verlor. Doch die Tränen versiegten, nicht aber der Schmerz. Sie fühlte sich wund, matt und allein. Und da klopfte es, doch Luise regte sich nicht.
Die Tür ging auf und das Mädchen blinzelte unter den gesenkten Lidern hervor. Die vorsichtige Kehre der schma-

len Schultern, da er die Tür schloß, der lange, in die dichte Dämmerung gereckte Hals, das war Wilhelm, wie immer, ordentlich, leise und pünktlich!

Das Mädchen betrachtete Wilhelms Näherkommen (langsam kam er auf Zehenspitzen) mit einer Art von apathischer Zufriedenheit. Eine Frau im Wochenbett sieht auf solche Weise den Arzt kommen, die Hebamme: zur rechten Zeit und in geziemender Behutsamkeit. Wer so schwach ist und zumal, wer so schwach durch die Liebe geworden ist, nimmt jeden Dienst mit einer königlichen Herablassung entgegen. Wenn Wilhelm sich jetzt vor ihr niedergekniet und, ohne ein Wort zu sagen, so eine Stunde verharrt hätte – sie hätte unbeweglich, als schliefe sie, diese Huldigung vor ihrem Schmerz entgegengenommen. Jedoch nur von Wilhelm.

Der junge Mann beugte sich leise über die Schwester. »Luise, schläfst du?«

»Ja«, flüsterte sie.

Er wartete, offensichtlich überlegte er den Sinn dieser Antwort. »Soll ich das Licht anmachen?«

»Wag es nur!«

»Ich meine ...«

»Ja, schaff einen Kronleuchter herein!«

»Verzeihung, Luise, ich bin – ich bin sehr traurig, du!« Er ließ sich indem vorsichtig auf dem Bettrand nieder.

»Au, mein Arm, steh doch auf!« Luise seufzte und rieb den Arm.

Wilhelm war, sobald er begriff, in die Höhe gefahren und entschuldigte sich. Das Mädchen spürte einen unendlich schlimmeren Schmerz als dieses Niedersitzen des Bruders auf ihrem Ellbogen: da war der Brief, dieser laut knisternde Brief in ihren Fingern. In einer scharfen Zickzackbewegung, die zuerst zur Brust, dann aber unters Kopfkissen ging – es war ein Stoß –, verschwand der knisternde Bogen Papier.

»Nächstens setzt du dich mir einfach aufs Gesicht, ja?«

»Ich wollte ja gleich eingangs Licht machen –«

Luise fauchte: »Du machst kein Licht, verstanden?« Sie schwieg, sie schien ihren eigenen Satz vergessen zu haben.
»Ich verstehe, Luise, reg dich nicht auf, ich bin ja gekommen, um...«
»Um mir den Ellbogen auszurenken, ich weiß schon!«
»Soll ich nachsehen, Luise, ist es schlimm?«
Sie lachte leise – Wilhelm war dieses Lachen, mit dem er nichts anzufangen wußte, unbehaglich. »Ach Wilhelm«, seufzte das Mädchen, sein Lachen unvermittelt mit einem Seufzer beendend, »es ist aus! Leben Sie wohl! Seien Sie tapfer! Ja – alles – alles ist aus!« Und nach einer horchenden Pause: »Den Vater verloren – und den – den Mann!« Und wieder nach einigen stoßenden Atemzügen, in nachsichtigem Ton: »Aber davon, Junge, verstehst du ja nichts! Gar nichts!«
Wilhelm sagte, nach einem vorsichtigen Abwarten, so als ob die Schwester noch etwas Schlimmeres gegen ihn vorzubringen habe: »Den Vater verloren? Das kann ich doch wohl verstehen, Luise, oder nicht? Aber du mußt so etwas trotzdem nicht sagen! Weil er unglücklich ist, unser Vater!«
»Ach, das sagt auch Monsieur Frécourt! Unser Vater ist also unglücklich. Nun wohl!« Die Stimme des Mädchens war kalt. Schließlich rief sie, den Mund in die Kissen drückend: »Hätte ich keinen Vater gehabt! Er ist mein Grab, dieser mein Vater, mein Grab, verstehst du!«
Wilhelm erhob sich langsam: »Weißt du, Luise, was das ist, was du sagst?«
Luises Zähne klapperten kurz aufeinander: »Mir ist das gleich, ganz und gar gleich! Setz dich nur ruhig hin! Ja, wir haben schon einen eigenartigen Vater! Aber lassen wir ihn – ja, wirklich! Ich will ihn vergessen!«
Die Geschwister schwiegen eine Weile, als wollten sie dies Vergessen probeweise versuchen, doch dann fragte Wilhelm, wo der Vater eigentlich sei? Luise zuckte nur die Schulter. Er fuhr fort: »Nach dem Mittagstisch – wir ließen dich mit

Absicht durchschlafen – ging er fort und kam nicht wieder.« Sie fuhr kalt dazwischen: »Wann verließ Frécourt das Haus?« Wilhelm erzählte, es müsse in der Morgenfrühe gewesen sein. Er sei ohne Frühstück gegangen – ohne Abschied! Er müsse sich selber die Tür aufgeschlossen haben. Babette habe den Brief in der Küche gefunden – »auf der Waage«, betonte Wilhelm nachdenklich. »Babette sagte es mir. Vielleicht, weil sich die Waage so nah an der Tür befindet – vielleicht aber auch, weil man ihn dort am sichersten finden müßte! Er wog so wenig wie das Salz für den Kuchen – so sagte Babette, die gute – sie ist doch –« Wilhelms Stimme ging gedämpft und ruhig, und als er Babettens gute Eigenschaften alle beisammen hatte und von ihr auf alte Jungfern im allgemeinen zu sprechen kam, bemerkte er, daß Luise eingeschlafen war. Er saß da und hielt noch immer ihre Hand. Und er überlegte, wie das möglich sei, daß ein Mensch soviel hintereinander schlafen könne. Darüber dachte er lange nach und er fand für Luisens Schlaf eine ganze Anzahl von Gründen. Aus Besorgnis, die Schlafende aufzuwecken, wenn er die heiße, trockene Mädchenhand nun loslasse, hielt er sie fest und saß still und rührte sich nicht – die ganze Nacht hindurch, bis es hell wurde! Sooft der Schlaf ihn auch bezwang, immer wieder weckte er sich und hielt die Hand.
Luises erster erwachender Blick fiel auf den krumm und gebückt auf ihrer Bettkante sitzenden Bruder. Sie bemerkte, ihre Hand lag in der seinen – immer noch? – oder schon wieder? ... Und sie hatte geschlafen. Nicht einmal der Funke eines Traumes war in ihr aufgestiegen.
»Bist du wieder hier?« fragte sie, doch dann, sein Gesicht gewahrend, das wie gedörrt erschien und dessen Ernst nun in einem verlegenen Lächeln zersprang, verbesserte sich: »Noch immer hier, du, Wilhelm ... Du hast gewacht ... Wie bei einer Kranken, wie bei einer Toten ... oh, komm her!« Sie umschlang heftig seinen Hals, und die noch kaum erwachten Augen glänzten aufs neue von Tränen. Aber da

Wilhelm ihr besorgt ins Gesicht blickte, glaubte er zu bemerken, daß diese Tränen dem Tau des Morgens glichen. Die Schwester war gestärkt und nicht mehr so ungestüm wie gestern abend, und darum, so dachte er, hat sich auch ihr Schmerz gestärkt, mit Schlaf und mit Hoffnung, wer weiß... So über sie gebeugt, setzte er der immer erregter Lauschenden auseinander, was er in der Nacht geplant habe, nämlich nach Frankreich zu fahren. »Die Zeitungsnotiz im Hotel in Bullay, weißt du noch? Es kann sich dabei vielleicht, wer weiß – um den Erosknaben der Ballerina handeln, vielleicht – aber wahrscheinlich nicht! Jedoch der Erosknabe ist ja nur ein Anlaß, verstehst du, vielmehr eigentlich nur ein Vorwand. Der Vater wird zu dieser Reise auf jeden Fall die Erlaubnis geben, um so mehr, als er keineswegs annimmt, daß wir etwa nach Frankreich statt nach Holland und nach Vouvray statt nach Amsterdam fahren könnten.«
Wilhelm spürte, wie Luises Hände auf dem Kopfkissen hin und her flatterten.
Plötzlich unterbrach sie ihn: »Still, da ist jemand auf dem Flur!« Und sie sprang auf und ging schnurstracks zur Tür und riß sie, nach kurzem Lauschen, auf. Gegenüber der Tür stand Herr von Clairmont, an die Wand gelehnt. Seine Hände lagen neben ihm auf den weißen Kalkanstrich gepreßt. Das Gesicht, leicht nach oben gekehrt, war ganz bleich, die Augen geschlossen. Plötzlich stieß Luise einen anhaltenden Schrei aus, nicht laut – und dann, als Bewegung in die reliefartige Gestalt an der Mauer kam, flüsterte sie: »Deine Haare, Vater – deine Haare!«
Sie hatte gelesen und manchmal im Erzählen der andern gehört, doch war es ihr immer lediglich als ein sinnbildhafter Ausdruck erschienen: er oder sie bekam über Nacht weißes Haar! Nun jedoch stand ein Mann vor ihr, ihr Vater, den sie hatte vergessen wollen! Und der hatte gestern noch leicht meliertes Haar gehabt, jetzt lag Schnee darauf, Watte war das, eine weiße Kappe, eine Perücke!

Wilhelm war auf Luisens Schrei unter die Tür getreten. Herr von Clairmonts Züge zeigten einen Anflug von Erstaunen:

»Du...?«

»Wo warst du, Vater?« Wilhelm trat näher, er hatte am schwarzen Anzug des Vaters Staub und allerlei Pflanzenanhängsel bemerkt. »Ich dachte, du wärest in deinem Zimmer gewesen, die Nacht«, fuhr er unsicher fort.

Herr von Clairmont drehte einmal den Kopf hin und her, es mußte das keine Verneinung sein, die Bewegung geschah so langsam, daß man glauben konnte, er habe zu beiden Seiten des Flures hingesehen. »Ich weiß es – wirklich 4– nicht, Wilhelm! Wo ich...«

Plötzlich stießen die Hände die in den Hüften geknickte Gestalt von der Wand ab. Die Geschwister wichen einen halben Schritt zurück und standen so Schulter an Schulter gepreßt im Türrahmen. Denn Herr von Clairmont war, indem er sich abstieß, auf sie zugeschwankt, und nun merkten sie, Wilhelm zuerst, daß der Vater betrunken war. Er roch säuerlich nach Wein, und seine Stirn war von Schweiß bedeckt. Er stammelte gegen Luise gewandt: »Hat er – hat er – dir hinterlassen – wie und warum? Sag's! Hat er gesagt, daß ich – was ich – in Frankreich – damals mit – Denise!«

Er begann leise zu lachen, das Gesicht über die Brust herabgebeugt. Er hatte seine Frage offenbar wieder vergessen.

»Unsinn, Semiramis«, murmelte der Betrunkene aufs neue. »Brieftauben finden nicht durch längere Epochen den Weg – Lüge, Lüge, keiner träumt von Semiramis – alle hängenden Gärten sind der Logik in allen Dingen zuletzt nur ein Vorwand –. Denn von allen Dingen ist das geheimnisvollste die – die – die Brieftaube, wie gesagt, in ihr ist die Logik als heiliger Geist symbolisiert, und sie findet das Herz, wenn es nicht dahingeschmolzen ist. An ihren Beinen trägt sie allerdings den Tod, an ihrem rechten oder linken, und die Ehrlosigkeit für den Liebenden – allerdings, wie gesagt. Madame Frécourt ist überdies kein Thema für Kinder und schon darum

allein das geheimnisvollste aller – aller Dinge. Sie tötete wie die Logik in ihrer Hand – keiner weiß es, nur er. Denn es mußte geschehen –. Und wenn meine Schande die Welt zudeckte, ich müßte sie abwerfen –.Und daß ich nicht tötete, wurde mir zur Schande, mehr darüber ist unbegreiflich –. Aber die Logik wird es euch eines Tages zutragen, o laßt sie nicht fliegen, die Taube –.«
Plötzlich hielt der Trunkene inne und starrte in die Gesichter vor ihm. »Hab ich mehr gesagt je – und jetzt auch noch – wie? Zuviel ist zuviel, nicht wahr, denn ihr seid in vieler Hinsicht noch hier im Hause –. Bitte, Antwort –!«
»Nein, Vater, Monsieur Frécourt hat nichts hinterlassen, und ich – wir – nicht wahr, Wilhelm? – wir wollen nichts wissen, nichts, Vater!«
Herr von Clairmont hob kurz und schwer den Kopf, seine Augen blickten, sich verdrehend, von unten Luise an. »Nichts – nichts wissen –«, stammelte er, »Frécourt hat – nichts wissen –.« Plötzlich riß sich der Trunkene mit einer jähen Bewegung zusammen, es sah aus, als wäre er mit diesem einen tiefen Atemzug ein wenig klarer geworden. »Gute Nacht«, murmelte er so unvermittelt und schwankte, sich an der Wand stützend der Bibliothekstür zu. Die Geschwister standen noch unbeweglich, Schulter an Schulter, an ihrem Platz. Herr von Clairmont wandte sich in dem Augenblick, da er die Klinke der Bibliothekstür faßte, jäh nach ihnen um. Und mit einer Stimme, die Feierlichkeit anstrebte, rief er: »Ja, Edelmut ist – ist das hauptsächlichste Zeichen eines – eines edelmütigen Charakters!«
Die Geschwister standen wie Soldaten in einer Paradelinie, ihre Gesichter blickten ernst und ruhig, wie aus Stein. Sie hatten verstanden, was er sagen wollte.
Sie standen noch immer so unbeweglich und lauschend da, als in der Bibliothek ein langgezogenes, lautes Lachen ertönte, und dann kam ein Geräusch wie von einem umgestürzten Sessel oder dergleichen. Luise fiel in einer ausfah-

renden Bewegung aus ihrem Dastehen, sie blickte den Bruder dabei fragend an, aber der hielt sie zurück: »Das geht nicht, Luise! Auf keinen Fall, überlege doch! Wenn ich es für richtig hielte, würde ich zu ihm gehen. Ich hab schon einmal einen betrunkenen Kommilitonen ausgezogen, aber – das ist etwas wesentlich Verschiedenes, wenn es sich um den eigenen Vater handelt. Ich will damit keineswegs sagen, daß der Zustand des Betrunkenseins unbedingt und auf jeden Fall erniedrigend sein müsse, denn es kommt ja immer darauf an, wie man betrunken ist, wer und warum. Gerade der Beweggrund ist in diesem Falle durchaus entschuldigend, ich denke darin sind wir uns einig?«

Luise blickte den Bruder kopfschüttelnd an. Endlich bat sie ihn, er möge doch zu Bett gehen, er sei wohl sehr übernächtigt. Sie ging sodann vor ihren Toilettenspiegel und schaute sich eine Weile an. So sagte sie: »Mein Gott, in einer Nacht... Hast du gesehen?«

»Was denn?«

»Das weiße Haar...«

»Ja, Luise, in einer Nacht. Aber weiß ist es eigentlich nicht, und es war ja schon ziemlich grau, oder nicht?«

Luise begann wieder: »Hast du eigentlich keine Angst?«

»Angst? ... Ah, daß Vater... aber der Zustand der Euphorie, in den der übermäßige Alkoholgenuß den Organismus versetzt, verführt eher zu Übermut und dergleichen.«

Luise warf dem Bruder einen schnellen, sondierenden Blick zu, dem, wohl aus besonderer Rücksicht, diesmal kein vernehmliches »Idiot« folgte; sie sagte nur: »Warst du schon einmal betrunken?«

»Ich denke nicht daran, das überlasse ich anderen.«

»Andern? Ach ja, du wirst dich auch nie umbringen.«

»Gewiß nicht, vorausgesetzt, daß meine mentalen Funktionen intakt bleiben.«

Sie schwiegen einige Sekunden, Wilhelm begann wieder: »Außerdem, wenn Vater nicht bis zur Stunde den Selbst-

mord als feigen Ausweg wählte, wird er es jetzt um so weniger tun, als doch dieser in der Tat schändliche Ausweg ohnehin umsonst wäre, jetzt, da alles geschehen ist, – sagt dir das nicht die einfachste Logik?«
»Laß doch dies Wort ... Logik ist für jeden etwas anderes. Ich weiß überdies, daß die Menschen oft so handeln, wie es gerade der Augenblick ihnen eingibt. Und – ich habe Angst und kümmere mich einen Dreck um deine ganzen Dezenzkomplexe ... Ich gehe zu ihm und bleibe bei ihm.«
»Und findest ihn womöglich, entschuldige bitte, nackt oder halbnackt im Bett. Jawohl, du hast eben keine Erfahrung auf diesem Gebiet. Trunkene pflegen sich häufig mit krampfhafter Genauigkeit auszuziehen, fallen dann, wenn es geschehen ist, einfach übers Bett und sind nicht mehr imstande, sich einen Schlafanzug anzuziehen, ja selbst unter die Bettdecke zu kommen.«
»Ja, mein Gott, dann geh *du* doch sofort nachschauen, er kann sich ja eine Lungenentzündung holen, geschwächt wie er ohnehin ist!«
Wilhelm überlegte einen Augenblick mit gesenktem Kopf. Dann griff er schweigend nach Luisens Steppdecke und näherte sich der Tür.
»Was willst du denn damit?«
Er blickte noch immer zu Boden und schüttelte nervös den Kopf. Als er schon an der Tür war, murmelte er »für alle Fälle«.
Sie hob, nicht verstehend, das Gesicht, doch er flüsterte mit einem schnellen Augenheben und dabei errötend: »Erinnerst du dich nicht? Damals als Noah nackt im Zelt lag, traten seine Söhne Sem und Japhet rückwärtsgehend mit einer Decke ein.«
Luise war für eine qualvolle Sekunde versucht, laut aufzulachen. Doch schließlich sagte sie: »Ja! – Und dann findet Vater morgens meine Steppdecke auf seinem Bett! Du bist doch wirklich ein Depp, ein Gewissensdepp! Sei doch ein

bißchen natürlicher! Geh schlafen, oder warte –.« Sie öffnete die Tür, er blickte ihr geradezu erstarrt zu. Dann schöpfte er tief Atem, schüttelte wieder den Kopf und brachte die Steppdecke zurück an ihren Platz. Und einige Sekunden später trat auch schon Luise wieder ins Zimmer.

»Nun?«

»Es war gut, daß ich ging. Soweit hattest du mit deinen Erfahrungen ganz recht. Ich deckte ihn zu, und er schläft. Geh du jetzt auch schlafen. Ich kann dich nicht mehr anschauen, so müde wie du aussiehst.« Und sich ihm plötzlich nähernd, legte sie den Arm um ihn und küßte ihn zärtlich. »Du bist ein so lieber und guter Mensch«, flüsterte sie, ihm forschend in die Augen blickend, »die ganze Nacht hast du hier gesessen, niemand würde es glauben. Trotzdem, Wilhelm, wenn ich dich manchmal komisch finde, mußt du nicht böse sein. Hier, lies mal diesen Brief, du allein sollst ihn lesen. Gib ihn mir wieder zurück. Und wenn du ihn gelesen hast, wirst du merken, wer dieser rothaarige Franzose war, und was ich verloren habe!«

Sie sagte das letzte, wiewohl bewegt, doch ohne mit der Stimme zu stocken.

»Du!« sagte sie plötzlich.

»Ja, Luise?«

»Ich habe ein solches Vertrauen zu dir...«

»Das ehrt mich ungemein, Luise!«

»Ich wollte sagen, Wilhelm, kann – nein, fragen wollte ich dich: hast du auch manchmal furchtbare Gedanken, ganz böse Gedanken, aber gegen deinen Willen?«

»Ja, Luise, natürlich! Und ich weiß auch, du spielst auf deinen jetzigen Zustand an, auf deine Liebe. Ich bin ja auch jung. Was diesen Bereich angeht, so entstehen in uns ganz natürlicherweise Gedanken gegen unsern Willen, einfach aus den sexuellen Gegebenheiten, möchte ich sagen...«

»Ach, du Idiot, davon rede ich nicht – und bestimmt nicht mit dir, daß du es gleich weißt! Ich habe von furchtbaren

Gedanken gesprochen – oder ist für dich der Gedanke an ein hübsches Mädchen etwa furchtbar? Hör doch zu! Ach mein Gott, wie bin ich allein!«
Sie seufzte und wandte sich ab und trat wieder vor den Toilettenspiegel. Sie blickte eine lange Weile in ihre Augen. So begann sie, als spräche sie mit sich selber:
»Ich weiß wirklich nicht, wie das möglich ist, wie solche Gedanken in mich hereingekommen sind! Aber schließlich hab ich es gedacht und niemand sonst! Gegen meinen Willen, das ist wahr, doch was nützt mir das? Was ist das eigentlich: Wille, weißt du das?«
Wilhelm senkte den Kopf und wollte soeben zu einer Erklärung ansetzen, aber Luise sprach weiter:
»Wenn so ein Kind denkt, die Tochter ihres Vaters, den sie bis zur Stunde liebte, verehrte, wie einen halben Gott ansah, ja, wenn so ein Mädchen denkt: warum mußte er sich auf diese Weise erleichtern? Auf meine Kosten? Warum ging er nicht hin, von wo keine Worte mehr zu uns dringen? Warum faßte er seine Ehre nicht dahin auf, daß er allein fertig werden mußte mit seiner Tat? Und wenn das unmöglich war, warum erstickte er sie nicht in seinem Tod? Oder warum trug er sie nicht weiter? Ja, so denkt die Tochter: wäre der Selbstmord des Vaters nicht ein Opfer gewesen, das er unter Umständen dem Glück der Tochter zu bringen hatte? Nein, Wilhelm, glaub es mir, Wilhelm, dieser eiskalte, furchtbare Gedanke«, Luise war langsam zu ihrem Bett getreten und hatte sich darauf vorsichtig niedergelassen, das Gesicht in einer geradezu genauen Haltung nach vornüber gebeugt, als hielte sie es in ihre Gedanken hinein, in »diese eiskalten, furchtbaren Gedanken«, so murmelte sie, »wirklich, ich will sie nicht haben. Doch sie steigen in mir auf wie Fragen, ja, und das ist das Schlimme, ich kann diese Fragen nicht so einfach abtun. Er brauchte ja gar nicht zu sterben, er brauchte nur zu schweigen, und alles wäre gut gewesen! Aber wie kann ich das verstehen, daß er hingeht und zu

reden anfängt, da ihn gar niemand zum Reden aufgefordert hat! Was gehen uns, François und mich, seine Geschichten und Sünden an! Damit muß doch ein Mensch allein fertig werden! Das ist doch ungerecht und rücksichtslos, sich derart auf Kosten anderer zu erleichtern. Ja, wenn er jetzt in Verzweiflung sich selber tötet, dann begriffe man, wie schlimm es in ihm aussah, dann dächte man, dieses Geständnis war wie das Ventil am Kessel, bevor er schließlich doch platzte. Aber so ... nein, wirklich, ich verstehe Vater keineswegs.«
Es entstand eine lange, tastende Pause. Wilhelm begann endlich zögernd und vorsichtig: in ihren Gedankengängen müsse man zweierlei auseinanderhalten: die Gedanken, Vaters Tod betreffend und die Gedanken, die um sein Geständnis kreisten und es einfach ungetan wünschten. Diese letzteren Gedanken seien ja auch die einzigen, »hab ich recht begriffen?«, die Wünsche geworden seien.
»Um die Gedanken, die Vaters Tod umkreisten, brauchst du dich nicht weiter bedrückt zu fühlen, Luise, denn es handelt sich hier um das Aufbegehren deines tieferen Menschen – deiner Triebe nämlich – gegen den höheren, der diesen Stimmen ja nicht nachgab noch nachgibt! Was aber den Wunsch angeht, Vaters Geständnis ungeschehen zu machen, Wünsche also, die deutlich in Vorwürfe ausarteten, soeben nämlich, so muß ich als dein Bruder und Vertrauter sagen: hier bist du dabei, Unrecht zu tun und zwar jenem Mann, den Gott dir als deinen Ursprung bestimmte. Hier kann ich dir nur mit dem vierten Gebot antworten: Du sollst! Im übrigen: kennst du denn Vaters Geständnis? Und wenn du es selbst jemals erführest, kenntest du dann auch dic seelischen Qualen, die ihn dazu brachten, daß er den Mund auftat, und die andern Gründe alle, wie sie *seine* Auffassung von Ehre, Aufrichtigkeit und Schuld ihm eingaben? Er handelte so, wie er glaubte, handeln zu müssen.«
»Bist du fertig?« fragten ihre Augen, nicht ihr Mund, als sie

ihn jetzt anblickte. Er verstand den Blick und hob die Schultern. »Ich bin wirklich ziemlich müde«, sagte er, »aber wenn ich ausgeschlafen bin, werde ich genau dasselbe sagen.«
»Du wirst ja zuerst schlafen, gib mir solange noch den Brief, Wilhelm«, bat Luise sanft. »Ich gebe ihn dir bestimmt zum Lesen. Und hast du ihn gelesen, dann frage ich dich, ob es noch einen Zweck hat, heimlich nach Frankreich zu reisen. Freilich, es hat auch keinen Zweck, mit Vater zu hadern, auch das ist richtig. Doch, daß er uns alle sehr unglücklich gemacht hat, ist nicht weniger richtig.«
»Wir müssen ihm verzeihen.«
»Das ändert leider an allem sehr wenig.«
Wilhelm ließ den Kopf hängen, in der Türe drehte er seinen mageren Rücken noch einmal, hob die Brille mit zwei Fingern an, rückte sie mit einem Nasenrümpfen fester und sagte so: »Vergiß nicht, ein Bad zu nehmen und einen Spaziergang zu machen, Luise, das stärkt! Und denke bitte, daß diese unsere jetzige Daseinsform nur Versprechungen enthält, deren Erfüllung nicht in Zeit und Raum und nicht allein in unsern Kräften liegt. Man kann sich das nicht häufig genug einprägen.«
Sie nickte lächelnd ihm zu, und erst jetzt standen ihre Augen wieder voll Tränen. Als Wilhelm hinaus war, dachte sie: mein Gott, er spricht wie ein Achtzigjähriger und hat noch das Herz eines Kindes! Und sie zog den Brief heraus und begann damit diese lange Reihe der Lesungen, die nach einiger Zeit dazu führten, daß sie den Brief beinahe auswendig kannte und doch – verstehen konnte sie ihn nicht! Nur das eine: Lebe wohl! – das spürte sie als Wirklichkeit um sich, als eine harte, unbegreifliche Wirklichkeit, gegen die sie nicht ankam, die sie nur erdulden konnte. Manchmal weinte sie, in solchen Augenblicken war es ihr, als verstünde sie mehr von François und seinem Brief.

Die Reise

Luise hatte erwartet, der Vater werde sie an einem der nächsten Tage zu sich bitten, und sie hatte vor diesem Augenblick, dem Vater zu begegnen, eine Angst, wie sie ähnlich sie bisher nur aus dem Traume kannte. Sie würde, so glaubte sie, dem Vater alles von ihren furchtbaren Gedanken sagen, einfach damit er es wisse und ihr vielleicht vergebe.

Was sie aber, sooft sie sich die Aussprache vorstellte, am meisten ängstigte, war das Bild eines weinenden Vaters, der sich selber anklagte und sie schließlich um Verzeihung bäte, und gerade das könnte sie bestimmt nicht aushalten, sie müßte fortlaufen, aus dem Hause, für immer den Vater verlassen, das war ihr ebenso klar wie die Beweggründe hierzu ihr unerklärlich geblieben wären, hätte sie die Gedanken einmal darauf gerichtet; aber sich um Beweggründe zu kümmern, das war Wilhelms Domäne. Während sich Luise schon vor dem eingebildeten Augenblick der Begegnung mit dem Vater ängstigte und Babette durch eine ganze Woche lang fragte, wie es dem Vater gehe, ob er einen Arzt brauche, wann er wieder zu Tisch erscheine und vor allem, ob er etwas über sie, Luise, geäußert habe, fragte Wilhelm, der nun täglich viele Stunden mit Luise zusammen war (vielmehr sie saß in seinem Zimmer, vielleicht, weil es weiter von der Bibliothek entfernt lag), Wilhelm also fragte sich und die Schwester häufig, warum der Vater sich wohl auf diese Weise abschließe – jetzt, da er sich doch »um die Tochter bekümmern« müsse. Luise aber versicherte dem Bruder einigemal, um sie brauche sich niemand zu kümmern, niemand, niemand! Sie häufte jedesmal das Wort und sprach es mit

einem Zurückwerfen des Kopfes, des Haares aus, mit ihrer ganzen Gestalt. Meist sprach sie zum Fenster hinaus.
Es war nun Sommer geworden, und bald würde sie achtzehn sein. Diesem ihrem Geburtstag hatte sie eine geheimnisvolle Bedeutung eingeräumt, ohne aber mehr darüber ausdrücken zu können, als daß alles anders und neu würde. Und nun hatte das Heumachen begonnen, die Hügel glänzten, die Luft war voller Duft, Sonnendunst lag über den fernen Wäldern, die Bäume hatten das neue Laub, und darunter schwoll es überall an den Ästen, ja – alles wurde rund, rund um einen wachsenden Kern – nur ich – ich – das war der ständige Rhythmus ihres Sinnens, nur ich bin ohne Kern, ich bin neben diesem Sommer. Und selbst die Überlegungen des Bruders, die Reise um jeden Preis anzutreten und einfach beim Vater einzudringen, wie er sagte, stimmten sie keineswegs froher und konnten ihr nichts von ihrer Angst und Verlassenheit nehmen. Denn der Vater würde, gerade wenn er die Reise gestattete, sie ganz bestimmt vor der Abfahrt zu sich bitten, – und es gäbe diese Aussprache, die Wilhelm als notwendig und natürlich, sie als entsetzlich und ganz und gar unmöglich ansah.
»Aber wieso denn, Luise?« Wilhelm hatte sich soeben nach vielen Tagen zum erstenmal wieder eine Zigarre in Brand gesteckt, sie saßen auf seinem Stübchen, es ging gegen Abend. »Erkläre mir das doch einmal. Wir müssen uns stets bemühen, unserm emotionalen Menschen auf die Spur zu kommen, ich meine, den Antrieben unsres Denkens und Handelns. Klarheit, mein Kind!« Sie sprachen bisher deutsch, und gerade an dieser Stelle fiel Wilhelm mit einem pädagogisch aufmunternden Lächeln ins Französische. »Auch ich neige, glaube ich, zu gefühlsmäßiger Verworrenheit.«
»Du?« Luise sprach auf deutsch weiter. »Ja, vielleicht weil du überhaupt keine Ahnung hast...«
»Was heißt das denn nun wieder – keine Ahnung? Bleiben wir doch bei der Sache. Ich sage: Vater *muß* sich mit dir

aussprechen, du findest das unmöglich. Sag mir zunächst: ist es dir – oder Vater unmöglich?«

»Wie du siehst – uns beiden, sonst hätte er mich doch wohl schon gerufen. Er ist doch kein – kein Biest!«

»Na, aber Luise!«

»Ich sage ja – er ist *kein* Biest, hör doch zu!«

»Mir scheint das noch kein Lob.«

»Hab ich das gesagt? Ich seh außerdem keinen Grund, ihn zu loben.«

»Also, du glaubst, es ist euch beiden unmöglich. Jedoch warum? Alles hat einen Grund.«

»Man sollte es meinen!«

»Sag mir also zuerst einmal deinen Grund, dich derart vor einer Aussprache zu ängstigen. Schließlich hast du doch – von den wirren Gedanken der ersten Gemütserregtheit abgesehen, wovon du ihm keineswegs etwas sagen solltest, einfach, weil sie Vater nur belasten – keinen hinreichenden Grund, dich zu ängstigen, denn du hast ein reines Gewissen. Nicht du, sondern Vater ist in diesem Fall, wenn man das so sagen darf, der Schuldige!«

»Jetzt weiß ich, Wilhelm, wann du komisch wirkst: wenn du denkst, ja, Wilhelm! Vergiß übrigens die Steppdecke nicht, womit du operieren wolltest! Kann ich ihm denn, wenn er mich so anblickt, mich etwa um Verzeihung bittet und gar zu weinen anfängt, einfach von rückwärts kommend, wie du so schön zitierst, ein Bettlaken überwerfen? Mach dich doch nicht mit deiner unaufhörlichen Ahnungslosigkeit lächerlich. Da hilft dir dein Denken gar nichts. Das muß man aushalten können oder nicht. Ich kann es aber nicht aushalten. Schon daß ich Mitleid mit ihm haben sollte, wie ihr mir alle einredet: du, Babette und auch François – ich kann es nicht! Es tut mir weh! Verstehst du das denn nicht? Er – ist – mein – Vater! Er war mein Stolz, mein ganzer Stolz. Jedes Wort von ihm, jede Bewegung, jeder Blick! Auch François hat das ja empfunden. Ich habe – und du doch auch – mein Leben lang zu ihm aufgeblickt, und selbst wenn er mich tadelte, war ich zorniger gegen mich selbst als gegen ihn. Überhaupt, das Schlimmste meiner Gefühle gegen ihn war Zorn und Ungeduld, besonders im letzten Jahr, als ich so etwas ahnte. Aber daß ich jetzt ihm verzeihen soll – nein, ich geh fort ... Und vielleicht erwartet er das sogar von mir und vielleicht ruft er mich darum nicht, weil er mir das nicht antun will, weil er sich mir nicht klein und häßlich zeigen will.«

»Klein und häßlich!« Wilhelm schüttelte vorwurfsvoll den Kopf, »du mußt nicht trivial werden, Luise!«

»Ach du!« Sie wandte sich, das Haar zurückwerfend, wieder dem Fenster zu.

»Ich verstehe«, begann Wilhelm nach einer Pause entgegenkommend, »und deine Haltung ist eminent vornehm.«

»Ich bitte dich, Wilhelm«, Luise seufzte.

»Außerdem«, fuhr er ungestört fort, »mir kam eine wichtige Erkenntnis für mein späteres Leben, jawohl! Sollte Gott mich zur Vaterschaft bestimmt haben, werde ich versuchen, aus den Fehlern meines Vaters zu lernen. Und zwar habe ich gerade in diesem Augenblick erkannt, was in Vaters Verhältnis zu uns fehlte.«

»Gar nichts fehlte da!« rief Luise streng, »und du wirst nicht die Hälfte deines Vaters sein, merk dir das!«

»Das mag sein«, sagte Wilhelm mit einem leichten Stocken in der Stimme, er rückte nervös an der Brille, »immerhin werde ich versuchen, zwischen mir und meinen Kindern die Bande innigen, ja kameradschaftlichen Vertrauens zu schlingen. Dieses einsame Ragen des Vaters im Kreise seiner Familie, wie ein häuslicher Monarch, mag wohl – ich möchte sagen – in ästhetischer Hinsicht am Platze sein, aber was das Ethische und Soziologische angeht, ist es ganz verfehlt, wie man zumal in einer solchen seelischen Krisenzeit, in der wir uns augenblicklich befinden, deutlich ersieht. Ein Vater mag ruhig streng sein, und ich werde wohl, was unser Vater ja nicht tat, gelegentlich zur Ultima ratio des Stockes greifen, warum nicht? Aber das alles, ich möchte sagen, zum Behufe eines menschlich natürlichen Austausches... Ich sehe keinen Grund zum Lachen, Luise, wirklich nicht, ich rede ernst. Meine Kinder sollen mich ruhig auch einmal in der Unterhose sehen und sogar – das allerdings als das Äußerste – ein gewisses unziemliches Geräusch meinerseits vernehmen dürfen, allerdings nur selten und sozusagen – bitte, verzieh nicht so höhnisch das Gesicht – ich wollte sagen, als ein freiwilliges Zugeständnis, nein, als eine Erklärung, daß ich durchaus bin wie sie, ein Mensch, mit allen Unzulänglichkeiten, ja, genau wie sie. Sind es doch meines Erachtens gerade die kleinen Ungezogenheiten, die zwischen Menschen eine familiäre Atmosphäre schaffen, darin ein jeder sich so gibt, frei und natürlich, wie er ist. Indes – stell dir dies mein Programm einmal in diesem Haus realisiert vor. Vater in Unterhosen, ich bitte dich – oder gar... nein, der Gedanke allein erscheint uns ja allen als ein Sakrileg!«

»Entschuldige mal bitte, wenn ich mich in Vaters Gegenwart, als ich noch klein war, einmal gehen ließ, lächelte er jedesmal, manchmal tat ich es sogar mit Absicht, damit er lache... Und wenn er lachte, war ich immer glücklich, glücklich...«

Luise sagte die letzten Worte mit einem jähen Schluchzen.

Sie schwiegen eine Weile.

»Höre du auf«, begann sie wieder, »er ist so, wie er ist. Und du wirst nicht die Hälfte, ich wiederhole es dir. Und seine Selbstdisziplin und seine – ja, ich sag es – seine Vornehmheit, gerade das, was uns so fehlt, das war mein Stolz! Und du willst jetzt nicht begreifen, daß ich das nicht aushalte, diesen Zustand, daß er sich vor mir verbirgt, vor dir natürlich auch, richtig wie ein armer Sünder. Er spricht ja mit dieser verschlossenen Tür, mit diesem Nichterscheinen bei Tisch; jeder Tag ist ein Satz, mit vielen, vielen Wörtern, ich höre es wenigstens. Ich bitte dich, Wilhelm, sorg, daß wir aus dem Haus kommen. Ob wir nach Vouvray fahren, das wag ich noch zu bezweifeln, nur fort – es wird auch für ihn das Beste sein. Vielleicht bleibe ich in Holland oder Frankreich, als irgend etwas, ich würde mich schon durchschlagen. Vater schickte mir gewiß auch Geld. Vielleicht studiere ich in Paris – ich weiß nicht was! Auf jeden Fall: fort!«

Wilhelm stand, kaum daß sie das letzte Wort gesagt hatte, langsam auf, ging auf sie zu und sagte: »Hier ist meine Hand, heute abend werde ich die Erlaubnis zur Reise haben. Bist du zufrieden?«

»Bist du sicher?«

»Ganz sicher! Denn ich glaube jetzt beinahe, Vater denkt so ähnlich wie du.«

Herr von Clairmont lag, als der Sohn eintrat, in seinem Schlafzimmer auf dem Bett.

»Babette?« fragte er leise.

»Ich bin es«, Wilhelm flüsterte, auch er sprach französisch.

»Du?... Was ist? Warum kommst du?«

»Weil es sein muß, Vater!«

Es blieb einige Sekunden still in dem schon fast dunklen Schlafzimmer.

Wilhelm stand an der Doppeltür der Bibliothek – da kam des Vaters Stimme: »Aber faß dich bitte kurz, ich bin sehr angegriffen!«

»Ich weiß, Vater, aber Luise ebenfalls! Und sie will nicht kommen – nein, nicht aus Trotz, sondern sie sagt: es könne dich zu sehr angreifen. Sie will unbedingt aus dem Hause, um es ganz offen zu sagen, damit du Zeit hättest, Vater, dich wieder in aller Ruhe zu erholen. Die Aufregungen und Aussprachen führen ja zu nichts.«

»Wer sagt das? Du?«

»Luise.«

»Hat sie das wirklich gesagt?«

»Ja, Vater.«

»Warum kamst du nicht früher?«

»Ich wollte ebenfalls nicht stören.«

»Und warum störst du jetzt?«
»Ja, Vater, wir – Luise und ich – wollten – nach Holland reisen, nach Amsterdam... Du erinnerst dich, ich habe die Zeitungsnotiz ausgeschnitten, die von der Auktion. Da gab es den gewissen Erosknaben.«
»Ja – und?«
»Ich wollte nachforschen.«
»Wie stellst du dir das vor?«
»Nun – ich denke, so ein Kunsthändler weiß doch, wohin so ein Stück verkauft wurde.«
»Und?«
»Ja, dann – weiß ich es eben – und reise dem Erosknaben einfach nach.« Wilhelm brachte das letzte nach einigem Überlegen sehr schnell, wie das Einfachste von der Welt, vor.
»Auch nach Honolulu?«
»Immerhin, man könnte dem neuen Besitzer schreiben.«
»Gewiß, aber man könnte auch nach Amsterdam schreiben.«
»... Allerdings!«
»Siehst du, Wilhelm, und warum belügst du mich?«
Wilhelm mußte sich an der Doppeltür halten, wo er immer noch zögernd stand, die Knie waren ihm einen Augenblick weich geworden.
Schließlich, als das Schweigen zwischen ihnen noch immer anhielt – es war sengend und trocknete ihm die Kehle –, stammelte er:
»Es ist die Situation, Vater, ich habe dich nie belogen...«
»Ja, ich weiß, die Situation...«, die S-Laute kamen in scharfem Zischen aus der Dämmerung, es folgte ein kurzes Seufzen.
»Auf jeden Fall«, begann Wilhelm, von diesem Seufzen jäh kühn gemacht, »Luise hält diesen Zustand nicht mehr länger aus. Sie kann dich nicht so leiden sehen. Sie muß fort! Und wir wollten durch Holland reisen. Es ist ein behagliches Land.«

Wilhelm war es, da er diesen letzten Satz sagte, als wollte er, seiner erneuten Lüge sich wohl bewußt, eine sichernde Grenze finden, und wär's auch nur in der Vorstellung. Denn es war ihm klar, wohin Luise strebte, auch wenn sie und sogar vor sich selber so tat, als wollte sie nur fort, ganz im allgemeinen fort.

Da er nun dem Vater das behagliche Holland kurz skizzierte mit seinen Ebenen, Windmühlen, Kanälen, alten Städten und reichen Museen, wurde ihm plötzlich bang bei seiner Ausführlichkeit, und so sagte er: »Verzeih, du kennst ja Holland sehr gut, nicht wahr, und ich wollte eigentlich nur dartun, daß gerade diese realistisch gesunde Welt Luise sehr wohltäte. Und ich verspreche mir sogar speziell von der Einwirkung der flämischen Maler nur Gutes...«, er hielt inne, und als keine Antwort kam, fuhr er wie schlitternd auf demselben Weg fort: »Vor allem diese Stilleben mit den Zitronen und Fasanen und Melonen und Messern und Töpfen – und die Blumenbilder – auch die Landschaften haben so eine herzerfrischende Nüchternheit, nicht wahr? Man braucht nur an so einen Wassertropfen zu denken, auf einem Kohlblatt etwa, darin sich ein Fenster spiegelt. Ja sogar Mücken – ich meine Stubenfliegen...«, er stockte und räusperte sich und schöpfte einmal tief Atem. Er merkte, der Schweiß stand ihm auf der Stirn. Als er nichts mehr von den flämischen Stilleben zu sagen wußte und in sein Schweigen langsam einsank, fürchtete er von einem Augenblick zum andern nur die eine Frage, dies eine Wort: »Vouvray?«, das ihn wie eine Faust am Schopf packen und zum zweitenmal in fünf Minuten zum Lügner stempeln würde.

Aber der Vater fragte statt dessen: »Sag mal, Wilhelm, weißt du, was Monsieur Frécourt Luise hinterlassen hat?«

Wilhelm hob den Kopf: »Ja – einen Brief! Ich las ihn! Du könntest ihn ruhig lesen. Er ist sehr schön, ich meine – in bezug auf dich steht nichts darin, was dich beleidigen könnte.«

»Willst du Luise sagen, daß ich sie bitten lasse, mir den Brief zu zeigen. Doch – wohl bemerkt – sie braucht es nicht zu tun!« Wilhelm lief sofort zu Luise, kam mit dem Brief wieder, gab ihn dem Vater und ging dann, noch ehe Herr von Clairmont das Licht einschaltete, aus dem Schlafzimmer in die Bibliothek hinüber. Endlich hörte er wieder den Lichtschalter in des Vaters Zimmer, es war darin dunkel wie zuvor.
»Bitte, Wilhelm«, rief Clairmont, »hier«, er reichte ihm den Brief, in der Dunkelheit berührten sich kurz ihre tastenden Hände.
»Monsieur Frécourt hat mich verstanden«, sagte Clairmont, »daß es nicht geht! Und Luise hat es nun auch verstanden, ich weiß das! Frécourt ist ein hochanständiger Mensch, gerade weil er das arme Mädchen bittet, daß sie einander nicht mehr stören sollen. Das ist das richtige Wort. Ja – und ihr wollt also nach Holland! Aber du hast eben andauernd von Belgien gesprochen. Oder legst du Flandern nach Holland?«
»Natürlich nicht, Vater!«
»Und für wie lange?«
»Luise denkt an einige Wochen, man müßte sehen! Vielleicht kann sie sich an irgendeiner Universität ein Semester immatrikulieren?«
»Möchte sie das?«
»Ja – sie sagte!«
Es entstand eine Pause.
»Für die Einreise nach Holland«, begann schließlich Clairmont, »ist kein Sichtvermerk nötig, für Belgien dagegen, glaub ich, doch. Erkundige dich! Besorg die Pässe. Das französische Visum erhältst du gewiß an der Kommandantur, ich kenne mich nicht aus, sieh du zu.«
»Das – französische?« Wieder erschrak Wilhelm.
»Ja, ich denke, wenn Luise an irgendeiner Universität hören will, dann doch nur in Paris. Sag ihr, ich riete ihr zu französischer Literatur. Ihr habt ja noch Monate Zeit, bis das Seme-

ster beginnt und könntet euch Holland und Flandern ansehen, sodann französische Gotik. Ich werde euch, was diesen Abschnitt der Reise angeht, ein genaues Itinerarium ausarbeiten und etwas Literatur angeben. Ich nehme nämlich an, daß ihr mir stets mitteilt, wohin ich schreiben kann. Gib als Postpunkte an, wo ihr euch etwa acht oder zehn Tage befindet. Noch etwas: ihr führt getrennte Kasse, Luise darf unter keinen Umständen von dir abhängig sein. Wenn sie irgendwo einige Tage allein sein will, reise du ruhig weiter, sie ist so selbständig wie du und schuldet dir nie Auskünfte und Erklärungen.« Clairmont überlegte kurz und fuhr gleich im selben anordnenden Tonfall fort: »Sag Luise, daß ich keineswegs Briefe von ihr erwarte. Deine Nachrichten, die allerdings ausführlich sein müssen, genügen mir. Freilich, sollte sie trotzdem zu einem Brief an mich sich gedrängt fühlen, wäre meine Genugtuung darüber groß, sag ihr das! Noch eins: laß dich nicht mit Unbekannten ein, sag das auch Luise, mit Leuten nämlich, die sich in der Gestalt von streifenden Ciceroni, freundlichen Gesellschaftern und väterlichen Freunden euch anbieten. Nimm du vor allem diesen Punkt sehr wichtig und höre hierin auf Luisens Rat, sie versteht sich besser auf Menschen als du! Und nimm keine Einladungen irgendwelcher Art an – zum Theater, zur Tafel, selbst nicht zu einem Täßchen Kaffee, es wäre denn, du würdest zufällig mit Leuten bekannt, von denen du ganz genau weißt, daß sie Respektspersonen sind: etwa Pfarrern, Lehrern, Professoren und Männern in ähnlicher Stellung. Und sei, darum bitte ich dringend, im Ausland zu jedermann freundlich, denn du hast die Dummheiten vieler Politiker und die Greueltaten von noch mehr Generälen in deinem Paß stehen, da wo als Angabe deiner Nationalität »deutsch« vermerkt ist. Du willst das zwar nicht wahrhaben, ich weiß, und sagst, daß die andern Nationen nicht besser seien. Aber um deinen Nationalismus zu heilen, werde ich dir zum Kunstitinerarium noch eines vom Krieg geben, darin die

Städte und Dörfer zumal in Belgien vermerkt sind, die wir zerstört haben. In diesen Städten sprich mit dem Bürgermeister, sag ihm, daß du Deutscher bist, und daß dein Vater dich schickt, und sag diesen Männern ganz aufrichtig, daß du dein Volk liebst und darum seine Sünden erkennen – und mittragen willst, doch das von den Sünden sag lieber nur zu dir selbst. Und damit du nichts von diesem, was ich dir jetzt sagte, vergißt, werde ich es dir in dieser Nacht noch einmal aufschreiben. Wir beide, Wilhelm, neigen ja zur Pedanterie, aber Pedanterie im Wesentlichen ist, glaub ich, ein Element der Ordnung.« Er überlegte kurz: »Der wievielte ist heute?«
». . . Der Elfte, glaub ich!«
»Könnt ihr mit den Vorbereitungen am Vierzehnten fertig sein?«
»Am Vierzehnten? Ich denke ja – aber warum, Vater?«
»Das weißt du nicht? Das ist Luisens Geburtstag! Es wäre schön, wenn sie am Morgen dieses ihres achtzehnten Jahres aus dem elterlichen Hause zu ihrer ersten selbständigen Reise ausflöge!«
»Ja, das geht, Vater! Und ich danke dir auch in Luisens Namen.«
»Ich habe euch beiden viel mehr zu danken, viel mehr, ja mein Junge, komm!«
Wilhelm tastete sich langsam zu der Stelle, wo er das weiße Haar des Vaters in der Dämmerung leuchten sah. Er spürte, wie die beiden kühlen Hände des Vaters seinen Kopf faßten und langsam zu sich herabzogen. Und dann spürte er des Vaters Lippen auf seiner Stirn.
Als Wilhelm tief erregt hinauseilen wollte, rief es leise hinter ihm: »Wilhelm!«
»Ja, Vater!«
»Wird Luise sich von mir verabschieden wollen?«
Als Wilhelm schwieg, fuhr Clairmont fort: »Nicht wahr, es fällt ihr schwer!«
»Ja, Vater!«

»Dann sag ihr, es wäre auch mir lieber, wenn sie später kommt, nach der Reise, vielleicht Weihnachten! Sag ihr das – und sag ihr, nein, sie weiß es ja!«
»Ja, sie weiß es, Vater! Sie benimmt sich großartig, Vater, wirklich!«
Hierauf kam keine Antwort mehr. Wilhelm verließ mit einem Gruß die Bibliothek. Er war einen Augenblick bedrückt und hatte das ungewisse Gefühl, mit diesem »großartig«, das die Schwester erheben sollte, den Vater gedemütigt zu haben. Da er im Hinaufsteigen in den zweiten Stock das Gespräch mit dem Vater und zumal die kritischen Punkte überflog, empfand er wieder, wie so oft schon, daß er zu jeder Art von Gesprächstaktik und überhaupt zum Verhandeln keine Begabung habe. Zumal wenn er fühlte, mit halbwahren oder gar lügenhaften Argumenten zu arbeiten, verließ ihn sofort seine sonstige Sicherheit. Und wie jedesmal, lief diese Selbstkritik auf den Zweifel hinaus, ob er den richtigen Beruf gewählt habe. Er empfand dunkel, daß zum »Diener am Gesetz«, wie er gerne sagte, auch die ganze Versiertheit im Bereich des Ungesetzlichen gehöre; ja, man müßte, um ein vollkommener Staatsanwalt oder Richter zu werden, sich sozusagen zu einem Engel auf Teufelsfährten entwickeln, und gerade diesen Umstand, daß das Studium des Gesetzes ebenso sehr ein Studium der Übertretungen und des Verbrechens sei, hatte er bisher nicht hinreichend gewürdigt. Das war in der Medizin zwar das gleiche, aber hier bekam das Studium des Gegenteils, der Krankheiten also, einen tröstlicheren Anblick, indem die wesentliche Funktion des Heilens unmittelbar zur Gesundheit zurückführte, wenigstens in der Tendenz, während das im Rechtsleben nicht der Fall war; denn die Strafe erschien ihm weit entfernt davon, einen Heilungsprozeß am Verbrecher darzustellen. Wilhelm war in diesem Punkt nach kurzem Einblick sehr düster geworden. Und es war, als er an diesem Abend die Treppe zu seinem Zimmer hinaufstieg, in dem Luise wartete,

daß er kurz vor der Tür stehenbleibend und einmal tief Atem schöpfend endgültig den Entschluß faßte, Arzt zu werden, wie sein Vater. Morgen würde er es ihm sagen.
Die Geschwister verließen am Morgen des 14. Juni das Haus. Luise trug einen großen Strauß gelber Rosen, den ihr Babette an der Tür im letzten Augenblick in den Arm drückte. Die Alte weinte heftig dabei. »Von Ihrem Vater, mein Täubchen«, hatte sie geflüstert.
Auf der Fahrt zum Bahnhof saßen sie stumm nebeneinander, doch sie dachten beide an dasselbe: an das Lösen der Fahrkarten, wer es tue und welches Ziel auf dem Schein geschrieben sei.
Als sie ausstiegen und Wilhelm den Schofför bezahlte, sagte Luise:
»Ja, Wilhelm – und jetzt?« Er tat harmlos.
»Ach, spiel bitte nicht ›Hänschen klein!‹« Sie traten dabei in die Bahnhofshalle und strebten den Tafeln zu, daran die Abfahrtszeiten der Züge standen.
»Löst du die Fahrkarten?« fragte sie, ohne die Augen von den gelben Papierfahnen zu lösen.
»Wenn du willst« – und mit einem fast erregten Schäkern in der Stimme: »Aber du mußt mit mir abrechnen, getrennte Kasse, bitte!«
»Gerne!«
»Aber wohin? Ich stehe hier – wie, wie . . .«
»Wie der Ochs vorm Berg, ich weiß! Dabei wolltest du doch . . .«
»Also gut – nach Amsterdam«, sagte er und ging so schnell davon, daß sein Staubmantel, den er auf dem Arm trug, einen Augenblick fast waagerecht hing.
Luise stand da, die Stirn gesenkt und rührte sich nicht von der Stelle. So blieb sie stehen, bis er wiederkam. Und ihn in sanftem Durchbohren anblickend, nahm sie den Fahrschein entgegen und steckte ihn ungesehen in ihre Tasche. Als das Schloß zuknipste, lief ein Lächeln aus Wilhelms Augen über

seine mageren Wangen herab, und da erst lächelte auch sie. »Dann müssen wir voranmachen«, sagte sie, und er: »Ja, Bahnsteig eins!«
Sie gingen hinaus.
In knapp fünf Minuten lief der Pariser D-Zug ein.
Kaum saß sie im Abteil, fuhr der Zug an.
»Geht das aber fix«, lächelte sie erregt, und er: »Ja, das Ganze ist ziemlich – ziemlich abrupt, könnte man sagen.«
Sie beugte sich über ihre Rosen und roch daran, er sah für einen Augenblick nur ihren weißen Hut, daneben das Haar auf den Strauß herabhängen. Gleich darauf legte sie den Strauß behutsam neben sich. Und sie sagte so entschieden und frei, daß ihm selber leicht wurde:
»Wärst du mit einem Billett nach Amsterdam gekommen, ich wäre auch dahin mitgefahren, aber ich glaube, es hätte nur einen Umweg bedeutet! Warum aber Umwege machen, so hast auch du sicher gedacht?«
Er schüttelte den Kopf: »Nein, daran habe ich nicht gedacht. Aber ich hatte es dir doch versprochen, Luise!«
»Ach so!« Sie blickte den Bruder mit einem leichten Öffnen der Augen an. Und durchs Fenster blickend: »Aber hast du Vater nicht auch – etwas versprochen, sozusagen wortlos? Das war doch der Kern eures Gespräches, der gar nicht berührt wurde, so selbstverständlich schien das – scheint das Vater, daß ich nicht zu ihm fahre.«
»Aber Luise«, Wilhelm sagte das sehr sanft und bittend, »lassen wir das doch, warum verderben wir uns den schönen Tag!«
»Nein«, sie blickte ihn mit scharfer Wendung an, »ich bin für Klarheit, jetzt *ich* einmal, mein Lieber! Nichts vertuschen! Wir sind ungehorsam, noch mehr: wir mißbrauchen Vaters Vertrauen, wir stürzen ihn – ich vielmehr bin dabei, ihn aufs neue in diese seine Seelenqualen zu stürzen. Ja, Wilhelm, so ist es, ich habe das alles genau hin und her überlegt. Und ich fand – ich fühle das wenigstens so –, daß Vater in seiner

Liebe zu mir zu weit geht; das ist der Punkt. Er will ein Unglück von mir abwehren, so viel weiß ich. Aber was er als mein Unglück sieht, mag mein Glück sein, ich muß das selbst entscheiden, allerdings auch das Risiko tragen. Ich bin mir bewußt, etwas Tolles zu tun. Ich reise einem Manne nach und bin erst achtzehn, einem Manne, der mich bat, ihn nicht mehr zu stören. Außerdem, ich ahne ja nur, was diesen Mann aus unserem Hause fortjagte. Aber – weißt du, Wilhelm, was ihn auch immer forttrieb, ich kann es mir einfach nicht vorstellen, daß es zwischen zwei Menschen, die sich wirklich lieben und jedes Risiko zu tragen bereit sind, ein Hindernis geben kann, höchstens eine Krankheit, das ja! Das weiß ich also und ich weiß es, weil ich es glaube. Vater zerdenkt alles, das ist schrecklich an ihm. Er glaubt an nichts mehr, höchstens noch an so eine Art von erster Ursache, wie er gerne sagt, an das Schicksal und an ähnliche Gedankengebilde, die mir richtig auf die Nerven gehen. Ich war gestern in Sankt Mattheis und hab alles meiner Freundin erzählt, du weißt, da gibt es so eine wirklich hübsche Maria! Wir haben lange geplauscht, sag ich dir, und sehr ernste Fragen angeschnitten, und sie war zuerst gar nicht dafür. Vor allen Dingen kam sie mir genau wie du ein paarmal mit dem vierten Gebot: Du sollst! Aber da sagte ich ihr: schön und gut, Frau Maria, aber angenommen, Sie wären meine Mutter, würden Sie sich allen Ernstes gegen einen solchen Schwiegersohn stellen, gegen einen, der so einen Brief schreiben kann? Und ich habe ihr den Brief vorgelesen. Wilhelm, du mußt nicht so kritisch lächeln ...«
»Kritisch? Ich? Aber Luise! Erzähl doch! Und was sagte sie?«
»Sie sagte gar nichts mehr hinterher, sie lächelte bloß, weißt du, wie feine, gute Mütter lächeln, wenn sie gegen die Argumente ihres Kindes nichts einwenden können und doch nicht ganz damit einverstanden sind. Was sie allerdings zum Schluß sagte, ja, das liegt mir schwer auf der Seele. Sie fragte: ›Und wenn er nicht will, wenn er nicht kann? Wirst du das

respektieren, wirst du dann nicht närrisch und ungerecht, wirst du ihn dann nicht hassen, sondern zu *mir* kommen und dich ergeben?‹ Siehst du, du sollst alles wissen, auch meine Antwort: ich gab ihr die Hand darauf, daß ich zu ihr käme, wenn es nicht klappt. Ja, Wilhelm, dann schau ich keinen Mann mehr an, dann werde ich eine alte Jungfer, mach einen Kindergarten auf und putze Nasen von morgens bis abends, trockne Höschen und mache Ringelreihen! Das kann ja auch ein Leben füllen, viele müssen sich damit abfinden – aber zuerst, Wilhelm, zuerst versuche ich – alles, alles! So und nun kein Wort mehr darüber. Entweder werde ich Madame Frécourt oder Schwester Luise! Und was Vater angeht – er ist nicht mein Schicksal und nicht meine Vorsehung, sondern mein Erzeuger, mein Erzieher und mein Freund. Mehr kann ich ihm nicht bewilligen.«
Nach diesen Worten ließ sie sich in die Polster fallen und starrte in das grüne Wogen der Hügellandschaft hinaus, über Fluß und Büsche im sommerlichen Morgenlicht. Und manchmal bemerkte Wilhelm, wenn er sie kurz und scheu anblickte, ein Lächeln um ihre in die Fahrtrichtung blickenden Augen.

Als die Geschwister aus dem Bahnhofsgebäude in Tours traten, war es früher Nachmittag. Sie hatten in Paris nur die Nacht und den Vormittag verbracht. Wilhelm erkundigte sich auf dem Platz, wann ein Autobus nach Vouvray fahre, aber als er zu Luise zurückkam, hatte die beschlossen, zuerst einen Besuch am Grab des heiligen Martin zu machen. Dieser Heilige, so meinte sie, sei sehr geeignet, ihr Anwalt zu sein, ja, sein Charakter gefalle ihr. Wie er den Mantel mit dem Armen geteilt habe, das sei ein Geniestreich gewesen. Hätte er ihm denselben ganz gegeben, so wäre das bei weitem nicht so eindrucksvoll, – man müßte geradezu denken, daß er noch einen andern am Sattel aufgeschnallt gehabt hätte. »Aber dieser exakte Halbpartschnitt nimmt mich für den Mann ein! Seine Liebe war entschlossen und, bei allem Realismus, phantasievoll, findest du nicht?«

Sie sprach noch eine Weile so im Dahingehen, über den heiligen Martin und über die Liebe, wobei es Wilhelm nicht ganz klar wurde, wo sie eigentlich hinaus wollte.
Manche Heiligen, so führte sie aus, hätten sofort den ganzen Mantel fortgegeben und alle Kleider und das Pferd dazu. Aber einen anständigen Bettler müsse ein solcher Überschwang in Verlegenheit setzen, ja traurig machen. Ein frierender Mensch, der wisse doch, daß man sich nicht zu weit entäußern dürfe. Just die Hälfte des Mantels, darauf komme es an, genau in der Mitte halbiert. Daran würde es jedermann klar, daß die Liebe zweierlei sei: Gnade und Gerechtigkeit zugleich, Selbstentäußerung und Selbsterfüllung, denn das sei in Wahrheit »kosmisch« gedacht! Diese Hälfte verbinde mit der Welt und Gott, und es sei gar kein Wunder, wenn die Liebe zurückfließe, wenn Gott selber die Hälfte des Mantels zurückerstatte. Ein trauriger Anblick aber sei es, wenn so einer die Hälfte hergeben wolle, jedoch nicht das Schwert der Entschiedenheit habe. »Da steht dann der arme Bettler da und friert! Und doch: verlangt er denn zu viel? Hat er nicht ein Recht auf diese Hälfte? Ah nein, vielleicht hat er kein Recht darauf! Es ist ja ein Geschenk, wie?«
Wilhelm war verlegen und zuckte die Schulter. Am Grab des Heiligen angekommen, strich sie ein paarmal mit der Hand darüber, Wilhelm genierte sich ein wenig und guckte auf die Uhr. Als sie die Kirche verließen, sagte Luise gedankenvoll vor sich hin: »Und dann die Martinsgans, das ist auch ein gutes Omen! Du weißt doch, daß die Gänse früher weissagen konnten?«
Wilhelm blickte die Schwester strafend an und schüttelte den Kopf.
»Doch, das habe ich gelesen, wenn sie fraßen, klappte es; wenn nicht – nun, dann nicht! Schade, daß man hier an seinem Grabe keine Gänse zum Weissagen hält.«
»Abgesehen davon«, begann Wilhelm, »daß die Martinsgans wahrscheinlich nichts mit diesem altrömischen Wahrsageunfug zu tun hat, sondern eher als Fruchtbarkeitsvogel fungiert – ich bin aber nicht sicher! –, kann ich dir die Bemer-

kung nicht ersparen, daß du ziemlich abergläubisch geworden bist, ein ganz neuer Zug an dir!«
»Ja, mein Gott«, Luise hob die Schultern und blickte in den leichten Himmel, »du vergißt wohl, daß wir genau neun Kilometer vom Ziel meiner Reise entfernt sind, das steht in unserm Führer, neun Kilometer! Ich bin ziemlich – ziemlich gespannt.«
Eine Viertelstunde später saßen sie mit einfachen Landleuten und Ausflüglern zusammen in dem großen, roten Omnibus, der nach Vouvray fuhr.
Von einem »Loire-Tal«, so bemerkte Wilhelm, bald nachdem sie Tours verlassen hatten, könne an diesem Abschnitt des Flusses keine Rede sein. Luise nickte nur – ob Tal oder Ebene, ihr war alles recht. Der Fluß schlich sich in sommerlicher Magerkeit durch das grüne Land, und an seinen Rändern lag ein breiter, funkelnder Kiesstreifen, daß man zuerst an bleichendes Linnen dachte. Da und dort erhoben sich im gelben Glanz der Wasserfläche Inselchen, und an langen Altwasserstreifen standen Pappeln und spiegelten sich. Es ging kein Wind, und die Wolken drehten sich wie gelbe barocke Säulen in den Himmel und wölbten ihn so hoch, als es ging. Von Tours herüber, schaute man zurück, blinkten die Nadeltürme des Doms und sein hohes Querschiff über das viele, feuchte Grün und die glänzenden Schlingen des Flusses.
Mehr auf einer Bodenwelle als einem Hügel sahen sie nach kurzer Fahrt die Häuser vereinzelt und in Bäumen und Gärten versteckt, Vouvray vor sich liegen. Erst als sie die Brücke über die Cisse, einen winzigen Nebenfluß der Loire, hinter sich hatten und in Vouvray einfuhren, bemerkten sie, daß das Pflaster doch einen richtigen und sogar felsigen Hügel hinaufführte. In der Nähe des baumbeschatteten Kirchplatzes auf der Höhe stiegen sie aus. Zuerst genossen sie den Blick über Ebene und Fluß, schließlich wandte sich Wilhelm der Betrachtung des Ortes zu. Luise kam immer ein

paar Schritte hinter ihm drein, und während des Bruders Umherblicken seine Anteilnahme für den Ort verriet, war das ihre mehr spähend, und häufig blickte sie sich plötzlich um, wenn sie einen Schritt hinter ihrem Rücken hörte. Für Wilhelms Ausflug ins feudale Mittelalter bewies sie wenig Aufmerksamkeit. Und daß diese Gewölbe, die jetzt offenbar Weinkellereien und auch Wohnräume beherbergten, einst zu einem Schloß gehörten; und daß dieser graue Stein Tuff war; und daß der Ort überhaupt aus der Nähe viel malerischer sei als aus der Ferne, und daß die Häuser niedlich und sehr sauber aussähen und offenbar die Fremdenindustrie hier blühe, – das ging sie wirklich sehr wenig an.

Während Wilhelm immer wieder von ihr wissen wollte, wo denn nun eigentlich diese sagenhaften Weinberge von Vouvray lägen, blickte sie sich nach einem Hotel um.

Wilhelm erfuhr schließlich von einigen Jungen, die ihre Badehosen schwenkend, auf dem Weg zum Flüßchen waren, daß die Weinberge hinter dem Ort auf der Höhe begännen, gegen Norden – ja, auch der Clos Frécourt, aber er müsse fragen.

Sie waren in ihrem Dahintrendeln die einzige Straße, wie es schien, wieder fast bis an den Eingang des Ortes herabgekommen, an Gasthäusern, Probierstuben und blitzblanken kleinen Schaufenstern vorbei, da sah Luise ein Hotelschild; »Hotel du pont de Cisse«, und sofort sagte sie: »Komm, hier wohnen wir! Hotel zur Brücke, Wilhelm, wäre das nicht ein gutes Vorzeichen?«

Sie fanden das Gasthaus mit den niedrigen, altertümlichen und anheimelnden Räumen ganz nach Geschmack und ließen sich gleich ihre Zimmer geben.

Nach zehn Minuten klopfte Wilhelm an Luisens Tür und sagte, ziemlich verlegen in ihrem Zimmer umherblickend: er habe es sich hin und her überlegt; das einzig Mögliche sei, daß er selber und zwar zuerst allein einen Besuch im Clos Frécourt mache, »aus Schicklichkeitsgründen«, murmelte er und

schlug die Augen nieder. »Wirklich, Luise«, fuhr er fort, »wir wagen ohnehin schon sehr viel!«
Sie ging, ohne etwas zu entgegnen, zum Fenster und blickte hinaus auf den schmalen Wasserlauf der Cisse zwischen Weiden und Pappeln, ein Bild wie von Corot, hatte Wilhelm gesagt, als sie über die Cisse fuhren.
»Du mußt dich auch einmal kurz in die Lage Frécourts versetzen«, begann er wieder. »Falls es so sein sollte, daß er glaubt, unbedingt eine Begegnung vermeiden zu müssen, kann er mir das leichter abschlagen als dir!«
»Eben!« Luise fuhr herum, doch als sie fortfahren wollte, hob sie nur die Schultern und strich sich übers Gesicht; so blieb sie mit gesenktem Kopf stehen.
»Du willst sagen«, fuhr Wilhelm voll Mitgefühl, aber auch mit Entschiedenheit fort, »dir könnte er es nicht abschlagen – und darum sei es besser, du gingest selbst. Indes – liebe Luise, wenn ein Mann so abreist, wie er es tat, muß er einen Grund haben. Das wird mir um so deutlicher, je näher ich seinem Hause komme. Ich bitte dich darum, noch ein wenig Geduld zu haben. Es ist jetzt fünf vor sechs. Das Anwesen liegt ganz einsam in den Weingärten, droben auf der Ebene. Ich werde um spätestens sieben zurück sein. Vielleicht komme ich auch nicht allein. Mach derweil einen Spaziergang!«
Und damit verließ er ziemlich schnell das Zimmer, ohne noch eine Antwort von ihr abzuwarten.
Luise aber öffnete den Koffer: – gut, also spazierengehen. Sie wollte sich umziehen, für alle Fälle, aber schließlich warf sie den Kofferdeckel mit einer kurzen Handbewegung zu und stieg in ihrem weißen Leinenkostüm die Treppe hinunter. Dies Kleidungsstück hatte man auf dem Montroyal angehabt. Ein paar Wochen waren darüber verstrichen, da man mit François, Arm in Arm, durch das Heidekraut auf dem Moselberg geschritten war. Die Erinnerung möchte sogar sagen: gestern war es; der Sehnsucht aber kommt es vor, als wäre

das so ganz Nahe nur in einem Traume oder einem früheren Leben geschehen.
Auf der Uhr im kleinen Empfangsraum war es fünf Minuten nach sechs. Vielleicht war Wilhelm gerade bei François angekommen. Hinter einer Fächerpalme, Luise trat gedankenlos näher, hing ein alter, kolorierter Stich, ein Kalenderblatt: »Les vendanges«. Inmitten der Bildfläche standen in einer schwer leserlichen, reichverzierten Fraktur die Tage und die Heiligenfeste als ein Schild, darunter und daneben spielte sich eine Kelterszene ab. Links unten lagen drei Fässer; in das eine, ganz kleine, goß eine männliche Gestalt aus einem hölzernen Krug den eben gekelterten Most, das breite Gesicht des Mannes strömte wie das Gefäß Fülle und Behagen aus. Ganz rechts stand ein Bottich, geräumig und grob, die Dauben oben und unten mit mehreren Reihen hölzerner Reifen gegürtet. Und darinnen, von den Oberschenkeln an sichtbar, stand eine junge Frau, die Arme auf den Bottichrand gestemmt und die Gestalt in der Wucht des Tretens in eine S-Linie hineingebogen, kraftvoll und anmutig zugleich. Und aus dem Spund unten im Bottichboden quoll ein goldener Strahl in die Schale. Die kelternde Frau hatte eine Art kurzärmelige Bluse und eine sehr kurze Hose an, ihre nackten Oberschenkel waren mit sorgfältig gemalten, wie Tautropfen funkelnden Mostspritzern bedeckt. Im Hintergrund hantierte eine alte Frau, unter der spitzen Haube schaute sie in tiefem Ernst gegen die Kelternde im Bottich, die der Alten den Rücken kehrte.
Luise nickte schließlich, nachdem sie das Bild einige Minuten lang in allen Einzelheiten betrachtet hatte; in ihrem Nicken lag ein festes Einverständnis mit dem jungen Weibe im Traubenbottich. Und Luise schob die Unterlippe vor, nickte noch einmal, nun aber gedankenvoll und wie erschlafft und sie ließ ihren Atem in einem Seufzer dahingehen. Zuletzt aber warf sie den Kopf und zugleich das Haar mit kurzem wuchtigem Schütteln zurück, drückte vor dem Spiegel mit

einem Griff und Blick den weißen, südwesterartigen Leinenhut in den Kopf und verließ, die Handtasche unter den linken Ellbogen geklemmt, mit langen, beschwingten Schritten das Hotel.

Die Cisse in den Pappelwiesen zwischen den Weiden schlich fast ohne Gefälle dahin. Ihr Wasser bewegte sich, so kam es Luise vor, auf fremdem Boden, nämlich auf dem Boden der Loire. Und eigentlich war sie nur ein Stück des größeren Flusses. Er hatte sich zurückgezogen und überließ von der Breite seines ehemaligen Besitzes einen Teil der kleinen Schwester, der Cisse. Und die Cisse überließ wiederum den Weiden und Pappeln ihren ruhigen Wasserspiegel, daß die Bäume darin kopfüberstehen konnten und so ein zweifaches Dasein empfingen. Indes – diese Bäume, die nun in der Cisse ihr Bild baden, sehen sehr sehnsüchtig aus, denkt Luise. Denn das spiegelnde Wasser geht unter den Bildern leise – ganz leise hinweg. Die Bäume merken das wohl, doch sie können es nicht ändern. Deshalb gefallen die Pappeln und bläulichen Weiden Luise auf einmal so sehr. Sie setzt sich ins Ufergras, sieht den feinen Wind in den Zweigen und schaut den himmelfarbenen Spiegelwassern zu ihren Füßen zu. Manchmal denkt sie mit fröstelndem Erschauern an den Clos Frécourt, wo nun Wilhelm, ihr brüderlicher Anwalt, Einspruch erhebt. Und es kommt ihr vor: stände man vor Gericht auf Leben und Tod, und alles hinge von der Rede des Verteidigers ab, man könnte nicht anders dasitzen als hier »sur le bord de la Cisse«, man müßte warten, sein Herz festhalten und stille sein. Dennoch hatte Wilhelm recht, zuerst allein hinzugehen, so dachte sie, ohne dabei aber eigentlich einzusehen, warum er recht habe.

Luise saß, die Knie angezogen und das Kinn daraufgestützt, da und starrte in den blauen, leise schwankenden Himmel zu ihren Füßen. Plötzlich hob sie, als hätte sie dicht neben ihr jemand angesprochen, das Gesicht. Ihre Augen weiteten sich – nicht erschrocken, aber bestürzt und ratlos. Und nun flüsterte sie, so leise wie der Wind, der in das Weidenhaar haucht: – »Denise!« – Hier, vielleicht an derselben Stelle, hatte sie gesessen, viele Male. Einen solchen Platz mußte Denise sicherlich so gut wie sie entdeckt haben. Sie hatte ja mit François hier gelebt, kurze, innige, süße Tage. Dann war der Krieg gekommen! Das kann man sich ausmalen, wie sie am Abend vor seiner Abfahrt in die Garnison an diesen Platz kam – allein; mit François zusammen, dazu war die Stunde zu schwer. Denise sagte ihm etwa: sie gehe in die Kirche oder den Friseur für ihn bestellen. Und sie saß hier und schaute ins Wasser der sanften Cisse...

Und das Wasser floß unter den Weiden vorbei, unter den Pappeln – viele Jahre lang. Und Denise ist nicht mehr da, und an ihrer Stelle sitzt eine Luise – und wartet! »O Denise, und ich warte um deinetwillen!« Luise preßte die Daumen gegen ihre Schläfen. Ihre Fingerspitzen klopften langsam gegen ihre Stirn. Und sie fragte sich bang, ob Denise nun wirklich ihr Schutzgeist sei.

Wein aus dem Clos Frécourt

Als Luise im Hotel erschien, ging es gegen halb acht, aber Wilhelm war noch nicht zurück. Sie setzte sich, mehrmals vom Wirt befragt, endlich zu Tisch.

Der kleine Speisesaal war beinahe leer. Luise sah, wie das Mädchen eine große Hors d'oeuvre-Platte vor sie hinsetzte und eine Karaffe Wein. Indes – sie betrachtete das Stilleben, das unter andern Umständen ihre Augen ebenso wie ihren lustigen Gaumen entzückt hätte, mit einem Ausdruck, als handelte es sich bei diesen Artischockenböden, Schinkenscheiben, Sardinen, Gürkchen und Butterröllchen und sonstigen Freundlichkeiten etwa um die ihr stets so zudringlich vorgekommenen Algebraaufgaben, zudringlich zumal wegen des Ansinnens, ausgerechnet von ihr noch einmal gelöst zu werden, nachdem nun doch schon ohne Zweifel viele Millionen die banalen und wichtigtuerischen Heimlichkeiten dieser Formeln gelüftet und klargestellt hatten. Während sie aber die Algebraaufgaben meist im Zustand der unbequemen Problemstellung beließ, hatte sie mit einer belästigten und gänzlich abwesenden Miene die Aufgabe vor der Hors d'oeuvre-Platte zu lösen übernommen, und zwar so gründlich, ausdauernd und ohne die geringste Unterbrechung, daß sie, als das Mädchen kam und nach den weiteren Wünschen fragte, mit einem jähen Erröten bemerkte, daß die große und eigentlich für zwei Personen bemessene Platte leer war – gänzlich leer, nur ein paar Petersilienschwänze und Zitronenscheiben lagen verlassen da; und Luise, diese Überreste verwirrt betrachtend, wunderte sich, daß sie nicht auch sie verzehrt hatte.

»Ich weiß wirklich nicht«, sagte sie stockend, nachdem sie

sich gefaßt hatte, »wo ich mit meinen Gedanken war!« Sie wußte es aber sehr gut. Auch die Karaffe, gewiß mehr als einen halben Liter fassend, war leer; im Kopf spürte sie eine angenehme Dünung.

»Mein Gott, im allgemeinen esse ich nicht gerade wie eine Kuh... Ich muß Ihnen leider gestehen, ich bin gesättigt. Der Wein ist übrigens – nun, das wissen Sie ja. Es bliebe also der Kaffee – würden Sie ihn mir auf dem Zimmer servieren?«

»Aber gewiß!«

»Nein, warten Sie, Fräulein! Kaffee ist ja auch keine Rettung. Aber vielleicht – warten Sie – ja, haben Sie Wein aus dem Clos Frécourt?«

Das Mädchen überlegte einen Augenblick, Luise zugleich nachdenklich betrachtend, dann sagte sie – eigentlich trinke man im »Hotel du pont de Cisse« eigenes Wachstum. Doch nebenan sei eine Probierstube. Sie werde etwas holen. »Wieviel?«

»Wieviel?«

Luise wiegte den Kopf.

»Das ist eine Frage! Immerhin – ein Liter darf es sein. Bringen Sie ihn mir aber aufs Zimmer!«

Damit erhob sie sich mit einem Ruck und ging hinauf. Und sie setzte sich an das geöffnete Fenster. Die Pappeln an der Cisse standen gegen den verblassenden Abendhimmel. Es war der Augenblick, da ein Baum seinen klarsten Umriß erhält, in seiner Mitte aber und in allen Einzelheiten keine Zeichnung und keine Farbe mehr aufweist. Jene Büsche, die nicht gegen den Himmel sich abhoben, zerflossen, und alles an der Erde Wachsende war pelzig geworden, grau, kaum noch als Grün erkennbar. Und durch den hauchzart aufsteigenden Nebel floß die Cisse. Die Schwalben zwitscherten, und Luise lauschte und wollte wissen, was es bedeute: Zank oder einfach Lebenslust. In der Küche fiel eine Flasche hin, jemand lachte und gleich wurde es wieder still. Die Schwalben genossen jede Stellung der Flügel, schrieben lautlose

Zeichen in die Luft, weiche, elegante Schlingen und Bögen, nur manchmal war darin ein jäher Blitz. Über Tours stand noch ein lindgrüner Streifen Licht, die gelben Wachswolken am Himmel waren irgendwohin abgetrieben, auch das Blau trieb ab, ein dunkelgrauer seidener Glanz erfüllte die Luft.
Das Mädchen kam mit dem Wein aus dem Clos Frécourt. Es stellte den Kühlkübel auf den Tisch und das Glas und füllte es behutsam. Luise kam sofort von ihrem Fensterplatz und trank in kurzen Abständen das eingeschenkte Glas. Dann begann sie in erklärendem Ton, sie sei nämlich Studentin im Weinfachbau. Sie reiste mit ihrem Bruder durch ganz Frankreich und müsse überall probieren, das sei sehr anstrengend. Das Mädchen lächelte vorsichtig in sich hinein, sie faßte Luisens Erklärung offenbar als eine verschämte Entschuldigung für das Übermaß auf. Doch war sie auch wieder neugierig, warum die hübsche Touristin ausgerechnet Wein aus dem Clos Frécourt verlange. Und da sie dafür hielt, daß ihre Frage von der erneut das Glas ansetzenden Luise nicht übel aufgenommen werde, warf sie also hin, es gebe viele gute Gewächse in Vouvray, warum die junge Dame denn nun eigentlich das Wachstum Frécourt bevorzuge.
»Weil es das beste Wachstum ist!« versetzte Luise ruhig und sofort: »Es gibt gar keinen Wein, der diesem gleichkommen könnte, weder hier in Vouvray noch überhaupt irgendwo, damit Sie es ganz genau wissen!«
Das Mädchen in der weißen Schürze warf jetzt hinter einem schnellen Lächeln, das weder Ja noch Nein sagen sollte, einen gedankenvollen Blick auf Luise und sagte: »Es müßte Monsieur Frécourt großen Spaß bereiten, solch ein Urteil über seinen Wein von Ihnen selber zu hören.«
Luise setzte das Glas sofort hin, sie war entrüstet.
»Aber wieso, was hat sein Wein mit ihm zu tun? Kennen Sie ihn?«
Das Mädchen sagte beinah abwehrend: »Ich? O nein, nur flüchtig! Er hat einigemal hier gegessen.«

»Was ist das für ein Herr? Wissen Sie, daß sein Wein Weltruf hat? Ist er, wie soll ich sagen, ein seriöser Herr?«
»O sehr, durchaus, das will ich meinen!« Das Mädchen nickte mehrere Male.
»Schnurrbart, so? – nach altem Façon?« Luise machte neben ihrer Nase eine Bewegung des Zwirbelns. Die Kellnerin lachte.
»So, so! Ich möchte eigentlich ganz gern mit ihm in geschäftliche Beziehungen treten. Ich bin, wie gesagt, im Weinfach zu Hause.«
Luise hatte zwischendurch immer wieder das Glas gehoben und mit bedächtigem Schmecken getrunken.
Das Serviermädchen fragte in einer Vertraulichkeit, die Mitgefühl für das trinkende Mädchen verriet, woher sie stamme?
Luise überlegte und blickte in das Glas. »Woher? Ich? – Ich glaube aus – aus Burgund! Ist es nicht schön, aus Burgund zu stammen? Er hat mir immer imponiert. Wissen Sie, weil er alles auf eine Karte setzte und dann doch den kürzeren zog!«
»Wer?« Das Mädchen schien neugierig.
»Wer? Mein Gott, Karl der Kühne, das müßten Sie aber wissen! Ich liebe die kühnen Menschen... Auch Beethoven sagte: man muß dem Schicksal den Rachen aufreißen, so ähnlich! Lieben Sie Beethoven?«
In diesem Augenblick schellte es einige Male hintereinander, und das Mädchen eilte hinaus. »Ja, ja«, rief sie dabei, doch es blieb Luise ungewiß, ob sie Beethoven meinte oder ihrem Herrn kundtat, daß sie komme. Luise blickte eine Weile auf die zugeschlagene Tür, nickte, lächelte sonderbar verächtlich, seufzte, erhob sich und trat zum Fenster. Sie mußte zu jemandem sprechen.
Es war inzwischen dunkel geworden. »Immerhin, liebe Schwälbchen«, sprach sie nun zu dem offenen Fenster hinaus (es waren aber bereits die Fledermäuse, die mit zuckenden Armen hin und her durch die Dämmerung ruderten),

»es wäre an der Zeit, daß ihr schlafen ginget. Ihr seid müde, das sieht man euch auf den ersten Blick an, müde, ja, aber ihr habt es leicht mit eurer Müdigkeit! Ihr könnt euch einfach aufs Ohr legen. Aber des Menschen Bestimmung ist zu warten, auf den Bruder zu warten und sich am Wein aus dem Clos Frécourt zu besaufen – sich zu erniedrigen, ihm nachzureisen: über die Loire und Cisse und die Mosel, ah, die hätte ich beinahe vergessen, und über den Vater, die Festungen, die Geheimnisse, über Gräber von Heiligen fort und über sonstige Gräber aller Art und Beschaffenheit. Prost! Und zwitschern Sie bitte auch mal. Wie seltsam, die Schwalben sagen gar nichts mehr. Und die Cisse ist vernebelt. Daß die Schwalben sogar häßlich werden, das nimmt mich doch wunder. Aber es gibt eben keine Beständigkeit, wie man sieht, was meinen Sie, Fräulein? Sind Sie verlobt? Hat Ihnen schon mal ein Mann Lebewohl gegeben? Nein? Nun – dann wissen Sie noch gar nichts von der Welt!«

»Luise, um Gottes willen!« Wilhelm stand mit hängenden Armen vor der Schwester. Luise hatte bei seinem Eintreten ruhig weitergesprochen.

Jetzt, vom Ton seiner Stimme geweckt, lachte sie: »Setz dich her, Brüderchen! Nur nicht so entsetzt tun! Es ist Wein aus dem Clos Frécourt!«

Im Zimmer lag dichte Dämmerung. Dem trunkenen Mädchen ging es nun erst auf, wie drohend unbeweglich der schmale Schatten des Bruders dastand. Er war nur bis in die Mitte des Zimmers gekommen und dort war er stehengeblieben, ein Schatten, ein Pfahl!

Luise starrte ihn unverwandt an, sie war versucht zu zählen, wie lange er das aushalte. Doch der Kleiderschrank würde eher mit seinen Türen zu fuchteln und auf seinen vier Stumpen zu hüpfen beginnen, so kam es ihr vor, ehe Wilhelms Unbeweglichkeit sich auszählen ließe. Da entfuhr ihrer Kehle ein Laut, ein heller, ihre ganze Gestalt erschütternder Schluckauf – der Wein aus dem Clos Frécourt! –, es

hörte sich wie der Ansatz zu einem wilden Lachen an. Und als ob der Laut wie eine Faust den Schatten getroffen hätte und zwar ins Genick: Wilhelm hob heftig die Schultern an und trat einen Schritt vor und kam langsam näher. Dieses stumme und schleppende Näherkommen in der grauschwimmenden Dämmerung; die hochgezogenen Schultern und der geduckte Kopf; der zerflossene graue Fleck des Gesichtes; die ganze rätselhafte Verwischtheit der so bekannten Gestalt: das ließ Luise, als schliche plötzlich ihre eigene verkörperte Angst auf sie zu, mit einem lautlosen Mundaufreißen langsam in die Höhe kommen, und so nach rückwärts weichend, stieß sie an das Tischchen, daß der Kühlkübel mit Flasche und Glas zu Boden stürzte. Und da war sie beinahe nüchtern.
Wilhelm blieb stehen: »Aber, was machst du?« Luise lehnte an der Wand neben dem Fenster. Wilhelm vernahm nur ihr Keuchen. »Soll ich Licht anmachen?« flüsterte er und suchte auf dem Boden.
»Nein.« Ihre Stimme zitterte.
»Ja, warte, aber ich muß doch – das Glas ist zerbrochen, sei vorsichtig diese Nacht, geh nicht mit bloßen Füßen!«
»Nein«, kam es auf dieselbe Weise vom Fenster.
»Die Flasche ist ausgelaufen, oder – war sie schon leer?«
»Nein.«
Es gab eine kleine Pause. Wilhelm hatte das Tischchen aufgerichtet, das glatte Eis in den Kübel mit fangenden Fingern zurückgefischt und nun kühlte er sich mit den eisnassen Händen die Schläfen. »Schön kühl! Soll ich dir auch mal die Hände auf die Stirn legen? Oder leg dein Taschentuch auf das Eis. Wo ist dein Kölnischwasser-Fläschchen?«
»Weiß nicht.«
Wilhelm suchte in dem schon fast dunklen Zimmer, schließlich kam er mit Luisens Handtasche. Er entnahm ihr das Taschentuch, legte es aufs Eis, ließ Lavendelwasser darauftropfen und kam damit zu Luise. »Komm, das tut gut!«

»Geh weg!«

Wilhelm erkannte am Knurren ihrer Stimme, daß es besser sei, sich selber die Kompresse gegen die Stirn zu drücken. »Tut das gut!« flüsterte er einladend. Und es kam ihm ein verzweifelter Einfall. »Die Flasche ist leer, soll ich eine neue holen lassen?«

Luise gab keine Antwort. Sie trat sofort, nachdem Wilhelm das gesagt hatte, aus der Fensterecke hervor, ging scharf an Wilhelm vorüber und fiel mit ihrer ganzen Länge auf das niedrige Bett. Sie hätte sich dabei die Schienbeine aufschlagen müssen, wäre das Bett mit Seitenbrettern versehen gewesen. Die Federn der Matratze summten auf, und als der stählerne Seufzer verstummt war, lag eine solche Stille in dem kleinen Gasthofzimmer, daß die Worte zweier Männer auf der Straße drunten durch das geöffnete Fenster hereinfielen, als wären die Sprechenden unsichtbar in der Stube. Der eine sagte: »Also bis morgen, Pierre!« »Bis morgen«, tönte die andere Stimme und nannte ebenso nachbarlich nebeneinander den Namen des andern, und dieser Mann – Wilhelm blickte wütend und besorgt zum Fenster hinaus – dieser Kerl mußte ausgerechnet »François« heißen.

Vom Bett kam, kaum daß dieser Name auf der Straße – oh, so ahnungslos! – hingesagt worden war, ein leises Schüttern und Beben, die empfindlichen Stahlfedern der Matratze gerieten in ein wiegendes, murmelndes Auf und Ab. Wilhelm trat langsam näher, doch er wagte es nicht, sich neben der Weinenden niederzulassen. Er setzte sich auf einen Stuhl, und seine Hand fuhr vorsichtig in die Brusttasche seines Jacketts. Hier steckte sie also nun, diese furchtbare Wahrheit, in den Seiten eines handlichen Heftes, das ganz aussieht wie jene Taschenbücher, in die Primaner ihre Verse schreiben. Morgen, wenn man es gelesen hat, wird man es entweder vernichten, oder im Koffer unterbringen vielleicht, ja, um es noch einmal zu lesen – und – dem Vater zurückzubringen! Gewiß – man wird bekennen müssen, ebenso klar und rückhaltlos wie er. Die ersten zwanzig Seiten, auf dem Weg von Frécourt zum Gasthof an einem Friseurschaufenster gelesen, lassen schon viel ahnen! Man wird es aber noch einmal lesen – und zwar bald, wenn Luise schläft. Sie darf es niemals vor die Augen bekommen. Auch Frécourt hat selber darum gebeten.

Es war bei diesem Besuch alles so einfach und überraschend leicht abgelaufen. Und seine erste Frage: » Wie geht es Ihrem Fräulein Schwester?« Frécourt blickte dabei – mit Recht, die Frage war ausgezeichnet! – auf seine Schuhspitzen. Man konnte nicht gut sagen, daß sie mitgekommen sei. Er bog auch selber ab, bestellte Wein, durchs Telephon, das ging in den Keller. Als er einhängte, sagte er: »Ah, junger Freund, tun wir uns etwas Gutes an! Eine Flasche aus einer Zeit, da wir beide noch nicht lebten! Eine abgeklärte und in sich beschlossene Sache!« So sagte er und mit einem Seufzer, der seine ganze Stirn summen machte, mit einem Ton, der wie gefangen saß und nicht herausfinden konnte, fügte er hinzu: »Mmg, aber nicht jeder Wein wird besser so lange unterm Korken!«
Hernach, als der Wein fast getrunken war, man war dabei feierlich und still geworden, ging er und holte das Heft aus seinem Schreibtisch.
»Sie sind ein Mann! Lesen Sie das! Ich lege Wert darauf, von Ihnen verstanden zu sein. Eine Frau kann das nicht verstehen, ich meine: meine Haltung. Ein Mann eher.« Und dann murmelte Frécourt: »Wir sind uns zu nahe gekommen, Monsieur Clairmont und ich! Noch näher – das ist unmöglich!« Endlich, schon fast beim Verabschieden, auf dem Rasen unter den Rotbuchen, da hatte man den guten Namen der Schwester in Schutz genommen, daß sie wirklich nichts darum wisse, was eigentlich zwischen ihm und Vater vorliege. »Um so besser für sie!« hatte Frécourt darauf gesagt. Sein Gesicht war groß und hart wie aus Stein, wie aus

Sandstein, der in der Sonne glüht. Sein Händedruck war kurz und fest. »Ich bin für alles zu müde!«, das war sein letztes Wort.

»Luise, schläfst du?«, flüsterte Wilhelm aus seinen Gedanken auftauchend.

»Ach, du Schwachsinn!« flüsterte sie, innig ihr Wort genießend, ebenso leise zurück.

Nach einer halben Stunde – es schlug vom kleinen Kirchturm von Vouvray zehn Uhr – fragte sie, gleich in das Versummen des letzten Schlages: »Geht es ihm gut?«

»Ach – gut!«

Sie erhob sich: »Geh jetzt schlafen, Wilhelm! Du hast es gut gemacht, so gut – wie es ging! Ich danke dir, geh schlafen! Ich muß allein sein!« Wilhelm erhob sich folgsam, küßte die Schwester auf die Stirn, kurz und scheu – und verließ das Zimmer.

Luise blieb eine Weile unbeweglich sitzen. Schließlich ging sie zu ihrem Koffer, riß aus der Schreibmappe ein Blatt und schrieb ohne Anrede: »Ich bin auch hier! Und überfalle Sie ebenso, wie Sie mich einst – vor ein paar Wochen war es! – überfielen. Sie waren, als Sie zu uns kamen, der Hoffnung, daß ich noch die Ihre sei – nach zwei Jahren! Ich habe die umgekehrte Hoffnung – nach drei Wochen!

Ihre Luise Clairmont
Hotel du pont de Cisse.«

Sie machte den Brief fertig und übergab ihn dem Serviermädchen, das noch in der Küche Besteck putzte. Jede Spur von Trunkenheit war von Luise gewichen, und das Mädchen war ehrlich erstaunt. Als sie die Anschrift las, nickte sie und sah Luise mit einer scheuen, traurigen Miene für die Dauer, die ein menschlicher Blick zu einer Mitteilung braucht, in die Augen. Luise schlug die dunklen Wimpern nieder und wandte sich ab. Sie trat noch einmal vor das Kalenderblatt hinter der Fächerpalme. Das Mädchen tritt noch immer die

Trauben aus, auf den Bildern verändert sich nichts. Dann stieg sie die Treppe hinauf.

Als sie an Wilhelms Zimmer vorüberkam, verhielt sie den Schritt. Der kleine Flur war am Anfang und Ende nur mit einer roten Nachtlampe erleuchtet. So konnte sie den dünnen Lichtstrahl, der durchs Schlüsselloch aus Wilhelms Zimmer fiel, deutlich wahrnehmen. Er war also noch nicht zu Bett, und das war ganz und gar gegen Wilhelms pedantische Zeiteinteilung. Er suchte das Bett auf mit einer Gelassenheit und Zuversicht wie – jener von Platons Seelenlehre begeisterte Grieche den Hades, da er von der Zinne herab freiwillig in den Tod sprang. Der Vater hatte einmal, in neidvoll scherzender Anspielung auf Wilhelms guten Schlaf, von diesem Springer Kleombrotos erzählt und nach dem Abendessen verabschiedete er sich gelegentlich von Wilhelm mit Kleombrotos' berühmten Worten: »Helie chaire!« – Helios, lebe wohl!

Der Schlüssel war, wie Luise nach kurzem Prüfen feststellte, einmal herumgedreht und steckte nun so, daß der Bart quer stand und den unteren Teil des Schlüsselloches freigab. Das Mädchen an seinem indiskreten Ausguckloch hatte keinerlei Bedenken in diesem Augenblick. Das Schlüsselloch konnte ihr übrigens nur noch eine Bestätigung dessen vermitteln, was sie sofort geahnt hatte, als sie den Lichtstrahl aus des Bruders Zimmer gewahrte. Er hatte Vaters Bericht von Frécourt erhalten! Und nun – wirklich! – sie zitterte und machte schon den Zeigefinger krumm zum Klopfen. Er saß vor dem kleinen Tisch; das Heft, das man so gut kannte aus jener Nacht, ehe der Vater es hinauf zu François brachte, das Wachstuchheft mit dem roten Schnitt lag vor ihm, in den Schein der Lampe geschoben. Dieses Heft – wieder dieses Heft!

Einen Augenblick war sie versucht, in das Zimmer einzudringen und, ehe der Bruder den Vorgang begriffe, sich dieses bösen, gefährlichen, vorlauten, nein, dieses frechen Dinges, dieses dummen Heftes da zu bemächtigen und damit fortzulaufen, in die Nacht, an die Cisse und es da hineinzuwerfen; dann wäre es endlich fort, schwämme hin, in der Loire, ins Meer, ein Stück Papier und sonst nichts. Das Wasser hätte alles verwischt, keiner könnte es mehr lesen, keiner ... Indes – sie brach doch nicht ein, sie ging auf ihr Zimmer, sehr leise und langsam, langsam! Einer hatte es ja bereits gelesen, einer – und der gerade hätte es nie lesen dürfen.

Die Erklärung

Wilhelm hatte, die ersten zwanzig Seiten wiederholend, die Lesung von vorne begonnen. Er war über der Lesung mehr und mehr in den Zustand urteilslosen Hinnehmens hineingeraten. Ein Buch dieser Art hat wohl niemals eine Überschrift, es beginnt und endet wie im Traum, wie eine Krankheit oder gar wie das Leben selbst. Überschrift und Motto liegen darin verborgen wie der Kern in der Frucht. Herr von Clairmont aber wurde vom Schicksal genötigt, seinem Buch eine Anrede als Titel an den Anfang zu setzen, eine Anrede an einen Menschen, den er am liebsten, wie er selber schrieb, auf einem andern Stern gewußt hätte. Und für diesen Menschen eigentlich allein war das Folgende bestimmt:

»Mon cher Monsieur Frécourt,

hier ist also die versprochene Erklärung. Bevor ich beginne, bitte ich Sie um eins: Wäre es möglich, daß sie nach der Lesung das Heft vernichteten? Doch steht es Ihnen auch zu, meiner Tochter das Heft zu übergeben. Sie haben dadurch ja die Möglichkeit einer vollkommenen Rache, denn meine Tochter weiß – ebensowenig wie mein Sohn! – noch nicht, wer ich bin; nach der Lesung wüßte sie es, und das genügte vielleicht, um jedes Band zwischen Vater und Tochter zu zerreißen. Tun Sie ganz, wie es Ihnen gefällt, denn Sie sind mein Gläubiger, der alles von mir verlangen kann – nur keine Reue, was Sie nicht entsetzen soll: denn wenn ich meine Ehre – Sie werden sehen, auf welche Weise – um Denise dahingab, so werden Sie begreifen, wie es ganz unmöglich für mich wurde, nun auch Denise selbst dahinzu-

geben – durch den Wunsch, alles ungeschehen zu wissen, auch die Liebe, unsere Liebe.
Gestatten Sie mir, Ihre Frau im folgenden, wie ich es schon tat, einfach Denise zu nennen. Ich kann nämlich Ihre Gefühle im weiteren nicht allzusehr berücksichtigen, weil ich in Anbetracht des Geschehens dadurch in eine Heuchelei verfiele, die Sie verletzen müßte. Wiewohl Sie, da Sie dieses lesen, noch zur Zeit mein Gast sind (denn ich will mich beeilen mit dieser furchtbaren Arbeit und sie Ihnen noch sozusagen feucht unter die Augen bringen), so muß ich Sie dennoch unter meinem eigenen Dach auf eine Weise behandeln, gegen die ein Straßenraub wie eine Samaritertat erscheinen muß. Glauben Sie mir, Monsieur, ich bin mir über die Ausmaße meiner Ungerechtigkeit Ihnen gegenüber ganz im klaren. Ich habe in mancherlei theologischen Werken über die Reue nachgesucht und in einem fand ich (ein französischer Abbé war der Verfasser, ein Mann, der einmal eine Liebessünde begangen haben muß, um dieses erschütternden, ich möchte sagen: poetischen Tones willen!), ich fand da etwa folgende Worte: wenn die Augen der beiden (er meinte: zweier Menschen, welche die Ordnung der Ehre mit ihrer Liebe durchbrachen) eines Tages, da sie ihrer Sünde einsam gedenken, vielleicht zur selben Stunde, sich mit jenen Tränen bedecken, die nicht mehr aus der Quelle irdischer Sehnsucht, sondern aus dem Meer der göttlichen Liebe stammen – (der Abbé schrieb fast volkstümlich und zugleich sehr einfühlend!), dann sei das Opfer der Liebe vollbracht und auch die Sünde (welch kühnes Wort!) sei nicht umsonst geschehen. Denn die vom Feuer heiliger Zerknirschtheit geläuterten Seelen bewahrten einander nun auf eine unkörperliche, geistige Weise (der Abbé nannte sie: sakramentale Weise!), gegen die jede, auch die selbstloseste und edelste Liebe (und gekonnteste, glaub ich, schrieb er) noch ein wenig nach Selbstgenuß schmeckte. Denn, wer um der göttlichen Ordnung willen auf den Besitz des begehrtesten

Gutes, sogar dem Verlangen nach, verzichtet, so schrieb der Abbé, der empfange von dem höchsten Gute das Hingeopferte auf eine mystische Weise zurück, aber verwandelt wie eine Opfergabe, die auf dem Altare lag.
Ich habe, offen gestanden, die Darstellung der Reue aus der Feder dieses feinfühligen und kühnen Priesters nicht ohne Rührung gelesen; ich stellte ihn mir als einen modernen Abälard vor, dessen verborgener Héloise dieses Büchlein wohl im stillen gewidmet war, vielleicht aber irre ich mich auch. Dennoch wirkten diese gedruckten Worte auf mich seltsam komisch – ich gestehe es Ihnen, vielleicht werden Sie einwerfen, weil sie mich mit ihrer für die menschliche Natur ungeheuerlichen Forderung bedrückten –, denn das Allzuschwere wird von uns leicht in den Bereich der traurig belächelten Dinge entrückt.
Ich hatte, da ich mich mit diesem und vielen andern Theologen befaßte, einige Male den seltsamen Traum: ich sei ein Zölibatär, der heimlich Liebesgedichte schrieb. Sie können sich denken, an wen. Einmal stand ich – der Calvinist! – vor der Priesterweihe und nun, da ich gerade vor dem Bischof niederknien sollte, erinnerte ich mich, daß ich ja verheiratet sei, mit Denise! Aus der unaussprechlichen Traurigkeit solcher Träume erwachte ich manchmal neben meiner guten Frau Luise, und die Dunkelheit der Nacht sagte es bindender als jede menschliche Ordnung und jedes hierarchische Gebot: unmöglich!... sie ist nicht mehr! Dieses Unmöglich erscheint mir auch noch heute unsagbar bedrückender als das: Es ist dir nicht erlaubt! Unmöglich!... Denise ist tot, ich aber lebe noch!
Dieser Umstand, in der Tat, daß ich noch lebe, auch das gestehe ich Ihnen, ist zum Teil Rücksicht auf meine Kinder, zum Teil Unsicherheit, zum Teil Neugierde, ja, auch das, was nämlich das Schicksal mit mir vorhabe. Denn nach allem, was vorgefallen ist, habe ich ein gewisses Recht anzunehmen, daß das Schicksal sich mit mir befaßt –, es ist kein

unbedingt angenehmes Gefühl, und meine Neugier bestand mehr in einer Art von trotzigem Abwarten, was es nun noch weiterhin kombiniere. Doch konnte ich mir nie vorstellen, daß ich zu dem genötigt würde, was ich nun tue: Ihnen alles zu gestehen, Ihnen!

Ich weiß nicht, ob jeder, der auf eine besondere Weise schuldig wird, sich bald darauf vom Schicksal beobachtet fühlt. Es mag hier sehr auf den Grad der geistigen Wachheit ankommen, auf die Entwicklungsfähigkeit des Gewissens und – ja, zumal auf diese paradoxe Seeleneigenschaft: nichts bereuen zu können und sich doch schuldig zu fühlen. Immerhin: ich fühlte mich beobachtet, seit langem schon.

Und eines Tages kamen Sie, Monsieur. Daß Sie in Trier weilten und nicht in Vouvray, hing mit meiner Tat zusammen; daß meine Frau Sie aufsuchte, ebenfalls. Erinnern Sie sich noch an Ihren Besuch – es war Ihr erster –, als das elektrische Licht ausging? Ja, damals, als ich erfuhr, wer Sie seien, da merkte ich, daß mir das Schicksal auf den Fersen war, ich sah Sie, den ich »durchbohrt« hatte, um mit Jesaias zu sprechen. Und der Blick des Täters auf sein Opfer kann manchmal so sein, daß sich für einen Augenblick die Rollen vertauschen und der Täter zum Opfer wird: ich empfand vor Ihnen zum erstenmal die ganze Entsetzlichkeit des Geschehenen, so, als wären Sie die Tat und der Täter zugleich, aber auch der Rächer. Seit ich aber bemerkte, daß Sie meine Tochter liebten (ich wollte es lange nicht für möglich halten), ahnte ich düster, wozu das Schicksal mich nötigen werde: eben dies Geständnis abzulegen. Ich wehrte mich in der Hauptsache deshalb so, um es nicht tun zu müssen. Sie sehen, auch dieser Beweggrund steht im Schatten meiner Tat. Daß ich aber den traurigen Mut aufbringe und nun bekenne und Sie damit zum zweitenmal unglücklich mache und Ihr erstes Unglück vervollständige, das Leben meiner Tochter aber vielleicht auf immer verdüstere –, das begreift nur ein Mensch, der für das Präzisionswerk von Ursache und

Wirkung in unseren Taten einen Sinn hat und überzeugt ist, daß es Linien des Schicksals gibt, Grenzen, die einfach nicht überschreitbar sind, ohne daß neue und noch furchtbarere Konstellationen heraufbeschworen werden. Immerhin: von mir aus soll alles geschehen, um Sie zu hindern, Monsieur, sich mit meiner Tochter zu verbinden, darum rede ich.
Ich muß hier weiter ausholen. Sie werden bald einsehen, warum. Die sogenannten Tatsachen, um die unsre an ihrer Zerebralität gänzlich verdummte Zeit sich so liebevoll bekümmert, sind für mich, wenn ich gelegentlich auf mein Leben zurückschaue, nichtssagend, wie Hausnummern in einer Straße, ja, nicht einmal die Fassade des wirklich Geschehenen geben sie wieder. Ich habe die Frau eines andern verführt, und sie nahm sich das Leben, weil ich aus Liebe zu ihr ein Verbrechen beging, und das konnte sie nicht ertragen. Das ist die Tatsache. Und gäbe ich ihr selbst noch einige Farben, alles bliebe ja doch nur Oberfläche. Sie aber haben ein Recht darauf, Monsieur, zu wissen, warum es geschah, nein, noch mehr: wie diese Tat entstand, denn sie ist etwas Lebendiges, wie man sieht.
Ich habe eine Art von Entschuldigung: ich bin der bürgerlichen Vorkriegswelt legitimer Sohn, und sie hat sich fleißig und wohlgemut mit der hellen Ansichtsseite des Menschen beschäftigt und es hartnäckig geleugnet, daß der Mensch noch ein anderes Gesicht hat: das teuflische! Man kann es auch anders ausdrücken: das abgründige, das zerstörerische, chaotische Gesicht, wie Sie wollen. Ich habe es ebenfalls geleugnet. Schuld – das war für mich Verstoß gegen einen Paragraphen aus Dummheit oder Schwäche. Schwäche aber war in meinen Augen Krankheit, ich war ganz Arzt vom Kopf bis zu den Füßen, ein echtes Kind meiner positivistischen Zeit.
Wissen Sie nun, wann ich eigentlich dies andere Gesicht des Menschen entdeckte? Nun, das war, als der Krieg ausbrach. Ich entdeckte plötzlich, daß es viel mehr frohe Gesichter als

früher gab. Ich fungierte in den ersten Wochen als Militärarzt. Und da kamen Menschen zu mir, Männer mit schweren, heimlichen Gebresten, die gar nicht eingezogen waren und gar nicht eingezogen werden konnten: und sie wollten kämpfen, wollten sich unter die Waffen einschleichen. Diese bittenden Mienen, die bebenden Schnurrbartspitzen, sie zeigten mir dies andere Gesicht. Es war an der Oberfläche glühend, freundlich, jungenhaft männlich, aber darunter wühlte in den meisten Fällen jenes dunkle Feuer, daran alles wahrhaft Edle und Vornehme, alles Heilige und Schöne und die Schätze der aufgesammelten Wahrheit langsam verbrennen, bis die Erde eine Wüste wird –, eines Tages wird es dahin kommen. Denn dies unheilige Feuer wird von den meisten Menschen für das heilige gehalten. Man sagt: aus Dummheit. Ich glaube eher: aus der dumpfen Lust an der Zerstörung. Der Mensch hat wirklich zwei Gesichter, ich weiß es von mir selber. Und das dunkle, vom Chaos gestaltete und ins Chaos blickende ist das stärkere.
Ich meldete mich bald darauf freiwillig zur Spionageabwehr. Angeblich, weil ich mich endlich in einer symbolischen Tat für Deutschland entscheiden wollte – (was gar nicht nötig war, denn bereits meine Vorfahren waren brave und treue Untertanen der preußischen Könige). Ein Freund aus dem Kriegsministerium gab den Anstoß, ich überlegte eine Nacht und sagte zu.
Man entscheidet sich selten aus Gründen, es ist meist ein einziger Grund und keine Summe von Gründen. Ich aber hatte mir eine solche Summe zurechtgelegt – diesmal wirklich für mein Gewissen, denn es rebellierte. Ich wußte sehr wohl, was auf mich wartete. Aber ich brachte diesem »Etwas an der Seele« Gründe vor. Es ist überflüssig, sie aufzuzählen, da sie alle ebenso ethisch einwandfrei wie verlogen waren.
Sehen Sie, ich der zivile Bürger, der Ehrenmann, der beliebte Arzt, ich, ein Mensch, der stets die Schuld aus dem Menschen vor dessen Geburt zurückdatierte und eher den ganzen

Kosmos belastet hätte als einen Raubmörder wirklich im urpersönlichen Sinne für seine Tat verantwortlich zu machen; ich, großgeworden in der gut gespielten Harmlosigkeit von Fortschritt und Demokratie und stark in dem geradezu religiösen Glaubensbekenntnis: daß der Mensch gut sei und, wenn nicht gut, dann doch nur ein Esel! – ich, Wilhelm von Clairmont, erklärte mich bereit, freiwillig an jene Stelle des Krieges zu treten, die Sie einmal so entsetzlich richtig die unmenschlichste im unmenschlichen Vorgang des Krieges nannten – oder sagte ich es?
Denise, das kann ich Ihnen jetzt sagen, bot wirklich aus einer verzweifelten Liebe zu ihrer engeren Heimat dem französichen Spionagewesen ihre übrigens eng begrenzte Hilfe an, und auch dies nur mit Ekel und Kummer. Sie hatte nichts, aber auch gar nichts von jenen Spioninnen an sich, womit die Filmfantasie sich zur Zeit beschäftigt. Ich dagegen war bis zu dem Zeitpunkt, da ich Denise kennenlernte, es ist furchtbar zu sagen: mit dem Herzen bei der Sache!
Bei welcher Sache eigentlich? Nun, bei dem Vorgang, mit Intelligenz zu töten! Denn darauf läuft es im Grunde heraus. Man muß überdies bedenken, daß ich im Verhältnis zu meinen Gegnern – oder besser: Opfern! – unter ziemlich sicheren Umständen arbeitete, gedeckt durch mein Inkognito und stets gesichert von der deutschen Heerespolizei. Entdeckt und heimlich beseitigt zu werden, war nicht gerade unmöglich, jedoch nicht sehr wahrscheinlich. Im übrigen: es vermehrte den Prickel, denn darauf basierte zum Teil der Gesamtreiz meiner Tätigkeit: in dieser allgemeinen Nervengespanntheit fast wie bei Rauschgiftlern.
Ja, ich glaubte, als ich diesen Dienst übernahm, einmal wirklich zu leben, in Gefahr, in Anspannung und mit dem kühlen Einblick in den Rachen der Vernichtung. Ich war einundvierzig und jünglingshafte Sensationslust kann mich nicht entschuldigen. Mein grauenhafter Irrtum, auf diese Weise mein Lebensgefühl zu steigern, war gewiß von der gleichen

Art wie bei jenen Männern, die sich bei mir einstellten, um kriegsverwendungsfähig geschrieben zu werden. Wir gestanden alle zusammen die innere Armut unseres bisherigen Lebens ein. Es war nichts geschehen. Und nun sollte doch endlich etwas geschehen. Ich glaube, daß ich hier eigentlich den Grund jedes Krieges berühre. Solange eine künftige Menschheit es nicht fertig bringt, die seelischen Erregungsmomente des Krieges nach innen zu verlegen und mit der furchtbaren Langeweile des Fortschrittglaubens und der Hervorbringung von lauter überflüssigen Dingen aufzuräumen und an ihrer Stelle die Seele auch des kleinen Mannes mit Abenteuern und Taten zu erfüllen, wird der Krieg nicht zu bannen sein; denn er entsteht in der Seele, in der Seele, die einmal Ernst machen, sich darbringen, opfern will, oder, wenn ihr das versagt ist, es vorzieht, das elende Geleier einer frömmelnden und übertünchten Welt mit Katastrophenmusik erfüllt zu sehen.

Wenige werden das eingestehen, die meisten wissen es ja nicht einmal; aber das ist ja das Unglück: wir wissen sehr wenig vom Menschen, von seiner Seele.

Von mir auf jeden Fall weiß ich es: ich hatte den endlosen Stuck satt, die falschen und mißverstandenen griechischen Säulen meiner humanistischen Erziehung, die religiös temperierte und verschwommene Sanftheit meiner Frau, die Artigkeit meiner Musterkinder; die aus Unmaß und Müßiggang und Hysterie resultierenden Krankheiten meiner Patienten; die ganze Belétage meiner Sicherheit und die unsichtbare große Schnurrbartbinde der öffentlichen Ordnung. Und ich muß betonen: diese Erkenntnis kam nicht aus Überlegungen, sie war plötzlich da, als ich die Tausende von Menschen in kriegerischer Bewegung durch die Straßen eilen sah. Wiewohl ich wußte, daß ihre Instinkte meist brutal, ihre Antriebe trübe, ihre Ziele blödsinnig seien – ich sagte doch ganz plötzlich Ja zu diesem Marschieren: es mußte sein, so ging es nicht mehr weiter. In der Seele

geschah nichts mehr. Alles war Leerlauf, Fortschritt! Kaum einer stand noch wirklich einsam und ausweglos vor dem Gott seines Herzens und lebte in wahrem Ernst und in wahrer Freude. Hier beginnt und hier endet jedes wahre Abenteuer, ob die Welt es wahrhaben will oder nicht.
Ich schreibe das nicht als einer, der glaubt, sondern als einer, der einsieht, daß der Glaube notwendig wäre. Ich weiß nicht, was mir noch bevorsteht.
Verzeihen Sie diese Weitschweifigkeit, ich kann im folgenden mich kürzer fassen, um so mehr, als ich jede Ausführlichkeit vor Ihnen wie eine Frechheit empfände. Wo ich aber einmal in einem Satz genau werden muß, ja gelegentlich Blätter aus meinem Tagebuch einfügen werde, geschieht es, um Denisens Verhalten im richtigen Licht zu zeigen und sie dadurch zu entschuldigen, soweit es möglich ist. Und denken Sie, Monsieur, während Sie diese Stellen lesen, die von Ihrer Gattin und ihrem inneren Fortgang von Ihnen handeln, daß Sie trotz Ihres Schmerzes kein Recht haben, mit Denise zu hadern. Um es Ihnen klar zu sagen: ich werde Denise nie – nie lassen, auch nicht vor den Augen des rächenden Schicksals. Denise hat sich für mich entschieden. Sie können mich hassen und müssen mich hassen, ich weiß es. Aber ich kann nichts an diesem Sachverhalt ändern. Meine Frau ging daran zugrunde, Sie jage ich fort in Ihre Einsamkeit, meine Tochter leidet, und ich selbst – aber ich bin ja trotz allem Leid, das ich verursachte, ziemlich wohlauf. Meine Frau hielt mich für einen Unmenschen. Es mag sein, mein Gefühlsleben ist gelegentlich übermäßig stark, dann wieder übermäßig schwach. Ein Egoist also! Auch das, gewiß! Aber eines beteure ich Ihnen: was um mich herum geschieht, läßt mich nicht so gleichgültig, wie es scheinen könnte. Jedoch so wahr es ist: et peccatum contra me est semper! so sage ich doch nicht: dele iniquitatem meam! Denn ich weiß es ja: es läßt sich das Böse nicht tilgen, solange die Tat, die es gebar, mit uns in lebendiger Beziehung steht, solange sie bejaht wird.

Ich aber liebe Denise, ich kann von dem, was geschah, nichts hergeben.
Das ist die innere Lage. Und nun einige Tatsachen.
Ich hieß, als ich in Lille ankam, Dr. Guillaume Montfort. Ja, das Seltsame war, daß ich meinen Taufnamen beibehalten konnte; die Papiere dieses zu Kriegsanfang in Baden-Baden verstorbenen französischen Dr. Montfort stimmten noch in vielen anderen Punkten überein: auch im Beruf und ungefähr im Alter, er war zwei Jahre jünger. Aus den Briefen, die er hinterließ und die mir in säuberlicher Abschrift alle zum eingehenden Rollenstudium übergeben wurden, ging auch dies hervor, daß er mit seiner Frau Simone in schlechtem Einvernehmen stand. Sie verdächtigte ihn, daß er keineswegs der radioaktiven Quellen wegen in Baden-Baden weilte, ja, daß er überhaupt keinen Rheumatismus habe, wenigstens nicht ab zehn Uhr abends. Aber Dr. Montfort war doch schwerer erkrankt, als seine Frau glaubte und sich berichten ließ. Er starb, vielleicht von den Schulden und der ganzen Hoffnungslosigkeit seiner Lage erdrückt, in den ersten Kriegswochen, einsam und verlassen; ich konnte sicher sein, so oft ich mir das bleiche spitzbärtige Gesicht auf dem Lichtbild betrachtete, daß jene seiner Landsleute, die noch bis zuletzt in Baden-Baden sich aufgehalten hatten, seiner sich nicht mehr erinnerten, dafür war er zuletzt zu arm und krank gewesen. Ich aber kannte ihn und seine Sorgen um so besser. Ich hatte außer seinem Namen seinen Spitzbart übernommen, seine Krankheit, die ich mit einem Stock und einem gewissen starren Gang mimte und seine ärztliche Kunst, die er allerdings, nach den Briefen seiner Frau zu schließen, immer vernachlässigt hatte. Aber ich hatte auch sein ungelebtes Leben, alle seine Hoffnungen übernommen, denn es blieb nicht aus, daß ich oft über diesen Dr. Guillaume Montfort nachdachte und für Sekunden, zumal wenn mich jemand anredete, wirklich das seltsame Gefühl hatte, nicht ich, sondern dieser andere zu sein. Doch davon

nichts – ich schreibe hier nur von mir selber und Denise. Die Haltung des Dr. Montfort zum Krieg war ganz im allgemeinen ablehnend, wir wußten sehr gut, daß dies den Franzosen gefiel. Ich war vor allem Arzt, und die Deutschen gingen mich nichts an. Freilich, als guter Franzose wünschte ich »den Sieg der guten Sache«, das wohl, aber ich ermahnte jedermann zur Geduld und vor allem zur Vorsicht. Gelegentliche Scherereien mit der deutschen Heerespolizei, die stets in Zeugenschaft eines gefüllten Wartezimmers geregelt wurden, gaben den Leuten von Lille den Eindruck, daß dieser Dr. Montfort nicht ganz so harmlos war, wie er tat. Immerhin, es sprach sich bald herum, wie kühn und überlegen ich mit den Boches umging und wie ich selbst für Patienten und Bekannte bei den deutschen Behörden eintrat und oft mit Erfolg. Ich war bereits nach vier Wochen eine bekannte, ja beliebte Persönlichkeit, ein Engel des Friedens, wie mich einige fromme Frauen nannten und ein verkappter Patriot, so nannten mich die Männer.

Wie es mich ekelt, nun doch nach mehr als zehn Jahren in dieses Netz der Lüge noch einmal den Geist zurückzubiegen! Ich bitte Sie, Monsieur, lassen Sie es mich kurz machen.

Sehen Sie, ich wurde von Jugend auf zur Wahrhaftigkeit erzogen und ich muß es zu Ehren meiner Eltern aussagen: ihr Leben lag in einer so lauteren Luft und barg so wenig Muff und Heimlichkeiten, daß sie es durch diese ihre eigene Atmosphäre vermochten, in mir eine ganz natürliche Vorliebe für das Gerade und Wahre zu schaffen. Ich erinnere mich, daß mein Vater gelegentlich Leuten, die er nicht leiden mochte, diesen unangenehmen Befund ins Gesicht sagte, weswegen er als grob und verschroben galt. Er hatte nur wenige Freunde, aber diesen galt er als ein Fels und ein Feuer zugleich. Hätte mich mein Vater in Lille gesehen – meine Eltern waren bereits vor dem Krieg gestorben – in dieser Lüge ohne Unterlaß, in diesem Zustand der dienstlichen Heimtücke und der für meine Mitmenschen so gefährlichen

Verstellung –, er hätte mich voll Verachtung als das bezeichnet, was ich war: als elenden Lockspitzel, als Köderwurm auf der Angel eines Systems, das ebensowenig eine Entschuldigung für seine Art von Kriegführung hat und je haben wird, wie ich, der ich mich dazu hergab.
Und noch einmal muß ich mich an dieser Stelle fragen, wie es denn nur kam, daß ich meiner ganzen Erziehung und Herkunft zum Trotz mich zu diesem Dienst erniedrigte. Denn ich muß gestehen, daß mein Gewissen sich im gleichen Maße regte, als meine niedrigen Täuschungsmanöver von Erfolg begleitet waren und die Herzen der Ahnungslosen sich mehr und mehr öffneten und mein erstes Opfer – eine Volksschullehrerin (wegen Verbreitung einer Geheimzeitung!) verhaftet worden war.
Die Verteidigungsgründe, wie sie ein Mensch in solcher Lage findet, gehen meist auf das dümmste und sturste und vor allem zweideutigste aller Wörter hinaus: auf die Pflicht! Ja, auch ich benutzte dieses Gewissensnarkotikum Pflicht, das zur Wirkung hat, wenigstens bei den meisten, jede Art von Verantwortung an eine höhere Stelle abzuschieben.
Streng sittliches Verhalten kann, so scheint es mir, zu Stauungen im vitalen Bereich führen. Vergleicht man die Ethik mit einer Sperrmauer – und oft hat sie diese einseitige Funktion! –, so kann sie dazu führen, daß die aufgestauten Wasser der unerfüllten Begierden und der ganze Selbstverwirklichungsdrang des Menschen diese Sperrmauer sprengen und zwar immer, wenn die aufgestauten Kräfte nicht schöpferisch umgestaltet werden.
Ich habe, wie die meisten Europäer, in diesen Kriegsjahren an meiner eigenen Person den Zusammenbruch des christlichen Denkens und Fühlens und Wertens erlebt. Meine Triebe und Begierden, plötzlich aus ihrer christlichen Domestiziertheit heraustretend, überfielen mein höheres Selbst wie richtige Bestien. Es war, als ob alles in mir bereit gewesen wäre, die als Christ gelebten Jahre noch einmal zu leben.

Und ich sah, daß die ganze Welt dasselbe tat, hörte die sogar bisher so biederen und sanften Kirchenbeamten blutrünstig reden. Und wie immer, wenn die Kirchen es für richtig fanden, war nun aus dem gekreuzigten Rabbi Jesus ein fanatischer Parteigänger der eigenen Sache geworden. Das alles überführte das Christentum in meinen Augen der Unaufrichtigkeit. Dieselben Christen, die etwa vor dem Gott Priapos so gerne mit allen Zeichen mitleidiger Verachtung gegen die antiken Religionen verweilen, finden es keineswegs indezent, unbegreiflich oder gar gotteslästerlich, den gekreuzigten Heiland aller Menschen ganz offen als ihren Kriegsgott anzurufen –, wobei es doch fraglich bleibt, was gotteslästerlicher ist: das Zeichen des Lebens zu vergöttlichen; oder das Zeichen der Versöhnung und Liebe und der Selbstaufopferung, das Kreuz nämlich, zu Eisen werden zu lassen und es ungehemmt als Anfeuerung und Lohn in jeder Form, in Wort und Zeichen, zu verabreichen.
Ich muß Ihnen das alles sagen, es gehört zu meiner Erklärung. Was übrigens Denisens Bruder angeht, so kam er mir in dieser Hinsicht als eine Ausnahme vor. Curé Quinquepivoix, mein Gott, so oft ich an ihn denke, erschrecke ich. Die Härte dieses echten Bretonen und die tiefe Gläubigkeit des Priesters lagen in seinem Herzen miteinander in einem furchtbaren Kampf. Er hätte mich, als er wußte, wer ich war, ohne Zaudern getötet. Indes – es brannte da im Vorraum, Sie wissen ja wo, das ewige Lichtchen vor dem Bilde des Heilandes, der sein Herz in der Hand hat und es so hinhält, als wollte er es einem reichen. Man muß einmal etwas Ähnliches erlebt haben wie wir beide, der Curé und ich – im Zimmer nebenan lag Denise tot in ihrem Bett! –, um dieses Bild zu verstehen!
In jenen wenigen Augenblicken erschien mir – vorher und später niemals mehr! – der Christus Jesus als Gott. Er war sehr mächtig, daß er das Herz des Curé Quinquepivoix bändigte!

Doch ich greife vor. Ich lernte Denise bald in den ersten Monaten kennen. Ich hatte mir einen kleinen Bekanntenkreis erworben. Die Wohnungsnot war groß, und es gab überdies wenig Kohlen. Ich aber hatte ein Sprechzimmer und ein Wartezimmer. Es waren zwei guterhaltene Räume in einem großen Kontorhaus, dem einzigen in der Stadt. Weniger angenehm kam es meinen gelegentlichen Abendgästen vor, daß in demselben Hause auch einige deutsche Militärbehörden Büros innehatten, aber ich pflegte scherzend zu bemerken, daß man nicht nahe genug am Feind wohnen könne. Außerdem suchte ich auf jede Weise die Polizeiintelligenz der Boches herabzusetzen, ja verächtlich zu machen. Bei dieser Gelegenheit stellte ich fest, daß die meisten Menschen sich einer immer wieder vorgetragenen Behauptung, zumal wenn sie ihnen angenehm ist, auf die Dauer schwer verschließen. Mein Bekanntenkreis setzte sich natürlicherweise nur aus alten Herren und einigen Damen zusammen. Alte Herren aber sind nur selten so erbaulich weise, wie man sie bei Plutarch und in ähnlichen für die Jugend bestimmten Werken findet. Der Umstand, daß die Männer in den besten Jahren eine Stadt verlassen haben, schafft eine Schwächung, die dem Blutverlust eines Körpers ähnlich ist. Die Alten, nun in einer Person ratend und handelnd, sind ebenso unsicher wie zumal vor den Frauen bemüht, diese Unsicherheit hinter mutigen Worten zu verbergen. Ich muß da immer wieder an Monsieur Renand denken, den würdigen alten Buchhändler, durch den ich auch Denise kennenlernte. Er schien unzertrennlich von ihr. Traf ich ihn einmal allein, war er niedergedrückt wie ein Kind; sobald aber Denise ihm nahe war, begann er, aus allen französischen Klassikern die richtigen Stellen für den Augenblick zu finden und zusammen mit meiner verächtlichen Meinung von den Boches, die er sich ganz zu eigen gemacht hatte, sie der kleinen Gesellschaft zu servieren. Klein, weißhaarig, mit der schwarzen Kneiferschnur, die einen tragischen Riß durch sein Gesicht zog, und dem viel zu weiten Stehkragen, so steht er unvergeßlich vor mir als das erschütternde Denkmal einer vom Feinde besetzten Stadt, deren leidenschaftlicher und zugleich ohnmächtiger Wille zum Widerstand in solchen Gestalten sich schließlich verkörpert. Daß der französische Spionagedienst sich eines Mannes wie Monsieur Renand bediente, zeigte besser als viele andere Symptome, daß Frankreich wirklich verzweifelt war.

Monsieur Renand liebte zwar sein Land, konnte aber die Boches nicht recht hassen, so sehr er sich auch ruckweise bemühte. Er sprach immer wieder mit mir über deutsche Musik und Literatur. Außerdem, das betonte er oft, so gute Kunden wie er unter den Deutschen gefunden habe, gebe es so leicht nicht wieder. Nicht daß sie viel gekauft hätten, aber sie kauften mit Geschmack und immer wieder: die Klassiker, seine Klassiker! Und es gab darunter Leute, die mit ihm über literarische, vom Zeitgeschmack längst überwucherte Inseln sprachen, über dichterische Einzelgänger, Raritäten, Delikatessen. »Diese Boches können sich noch begeistern«, wiederholte er immer wieder, »der Teufel soll sie holen, aber wenn sie in Zivil kämen, statt in Stiefeln, ich ließe sie mir gefallen!« Trotzdem hielt sich Monsieur Renand für einen glühenden Deutschenhasser, hielt sich überdies für ungemein vorsichtig, ja verschlossen und er war sehr eigensinnig in seiner Meinung über sich selbst. Dabei war ich bereits nach knapp vier Wochen über ihn und seine Tätigkeit und andeutungsweise auch über die von Denise ziemlich im klaren.

Es war geradezu unglaublich, wie eigensinnig dieser in seine Bücher und seine Humanitätsauffassungen versponnene Mann daran festhielt, daß er ein Menschenkenner sei, schweigen könne wie ein Grab, mißtrauischer sei als der Sultan gegen seinen Sohn; und vor allem, das betonte er mir bald nach unsern ersten Gesprächen über die allgemeine Lage: daß er schon sicher einigen tausend Franzosen das Leben gerettet habe. Als ich ihm besorgt nahelegte, er solle mit solchen Bemerkungen ja vorsichtig sein – auch Franzosen gegenüber, es gebe in solchen Zeiten immer Verräter, da legte er seinen Arm um meine Schulter, er verfing sich dabei in der Kneiferschnur; und so mit seinen kurzsichtigen, nun unbewehrten Augen mich anblickend, murmelte er: »Keine Sorge, mein Freund! Wie sagt Molière im »Tartüff«:

» – des scharfer Blick der Menschen Herz durchforscht
Und den kein Heuchler überlisten wird.
Mit feinem Takt erkennt sein großer Geist
Die wahre Geltung eines jeden einzelnen.
Nie wird er vorschnell seine Gunst verschwenden,
Sein fester Sinn hält stets die sichre Mitte!«

Was war da zu tun? Ich gab Monsieur Renand die Hand, ich war sehr bewegt, ja geradezu erregt. Einen besseren Zugang in das Netz der geheimen Nachrichtenvermittlung konnte es für mich nicht geben, denn nach der Liebe und Habsucht ist wohl die Eitelkeit die geeignetste Bresche in die Festung des Geheimnisses. Doch kann ich nicht verhehlen, daß mich trotz eines Gefühls von Verachtung für den eitlen Alten ein ebenso starkes Mitleid überkam. Er stand in diesem Krieg an einer Stelle, die ihm nicht zukam.

Monsieur Renands Ausbruch unerwarteten Vertrauens wies mich auf einen andern Weg als er mir eigentlich als Marschroute bestimmt war. Ich sollte in meiner Eigenschaft als Arzt in den Kreisen der zahlreichen Prostituierten nach jenen Fäden suchen, die auf den Zentralstrang der geheimen Nachrichtenvermittlung führen könnten. Die Front war in diesem ersten Kriegswinter keine dreißig Kilometer von Lille entfernt. Es hatte sich herausgestellt, daß die Franzosen und Engländer sogar auf plötzliche Teilaktionen meist so vorbereitet waren, daß der Grund hiervon auf der Hand lag. Fliegererkundigungen spielten damals noch eine unbedeutende Rolle. Für die im deutschbesetzten Hinterland verbliebenen Franzosen aber war es ein leichtes, die deutschen Truppenbewegungen auszuspähen und nicht allzuschwer,

diese Nachrichten auf dem Umweg über Holland oder unmittelbar über die Front – häufig durch Brieftauben – weiterzugeben. Diese Brieftauben bedeuteten damals, was gegen Ende des Krieges die geheimen Röhrensender wurden, und ein Franzose, der im Besitz solcher Tiere betroffen wurde, mußte mit dem Schlimmsten rechnen.
Ich hatte bald nach den ersten Versuchen, mit Prostituierten in ein intimeres Verhältnis zu geraten, festgestellt, daß mir dazu jede Begabung fehlte. Zuerst hielt ich mich für zu ernst und gesetzt, und Trivialität ist wohl am schwersten zu mimen, wenn man dazu keine Veranlagung hat. Ich fürchtete sogar, daß der abgefeimte Blick dieser Frauen in meine Maske bald Löcher brennen müßte. Monsieur Renand war es, der mir, ohne es zu ahnen, zeigte, daß es mir vorbehalten war, nur die Anständigen – ich kann ja in diesem Zusammenhang nicht sagen: meinesgleichen! – zu betrügen und mir zum Opfer zu machen. Es war an einem Februarnachmittag im Jahre 15, als ich Denise zum ersten Male sah. Sie kam mit Monsieur Renand und einigen anderen Gästen. Ich hatte, so gab ich vor, von einem Boche – und das stimmte sogar, wenn es auch ›die Boches‹ waren! – ein Kilo Kaffee zum Geschenk erhalten und ein Päckchen guter Zigaretten. Das war bereits in der damaligen Zeit ein fürstliches Geschenk. Ich hatte diesem erfundenen Spender – einem Koch! – angeblich ein spezielles Geheimmedikament verabreicht, infolgedessen er ein undefinierbares Fieber bekam und sehr wahrscheinlich ins Lazarett geschickt wurde. Monsieur Renand begeisterte sich für diesen deutschen Soldaten: wie man sehe, so führte er aus, gebe es überall Menschen; außerdem: der Krieg müsse bald zu Ende sein, wenn es so im deutschen Heer aussehe.
Denise trug ein dunkelgrünes Kleid mit Pelzbesatz, und blickte mich gleich vom ersten Augenblick auf eine Weise an, die mir auffiel. Sie lächelte mehrmals geradezu zärtlich zu mir hinüber und warf jedesmal hinterher Monsieur Renand

einen Blick zu, als forderte sie ihn auf, etwas Bestimmtes zu tun. Aber erst als die übrigen Gäste gegangen waren, kniff er zuerst Denise und dann mir ein Auge, nickte und sagte: »Nun, wie geht es Ihrer Frau, Monsieur Montfort?«
Denise ließ nun, in ihrem Blick geradezu aufgeregt, die dunklen Augen weit geöffnet, auf mir ruhen. Ich war verwirrt. Doch da zog auch schon Monsieur Renand einen Brief aus der Tasche und übergab ihn mir, wie ein Mann, der weiß, was er einem schenkt. »Von Madame«, murmelte er gerührt und den Kneifer abreißend fuhr er sich kurz über die Augen. Auch Denise blickte fort, während ich – das Zittern meiner Hände war nicht gespielt – stumm den Brief aufriß und richtig um Atem rang. Monsieur Montfort regte sich gewaltig in mir, das ist ein seltsames Gefühl, wenn Sie einen Toten darstellen.
»Mein Liebster, du lebst also, ich wußte es ja« ... Die Worte einer Fremden stürzten auf mich ein, aber sie kamen mir nicht fremd vor. Ich las den Brief einmal, zweimal, und Tränen stürzten mir aus den Augen, ich weinte richtig wie Montfort geweint hätte, wäre er noch am Leben gewesen. Simone verzieh mir alles, die Vergangenheit sollte vergessen sein, weil ich mich jetzt endlich so benahm, daß sie stolz auf mich sein konnte. Sie wußte, wo ich war und mit welchen Menschen ich verkehrte, wie ich mich aufführte und daß ich meine Auffassung als ein Mann von Ehre zuletzt doch nicht vergessen hatte. Sie segnete meine Arbeit. Und ich könnte ihr – nun endlich wieder schreiben, auf demselben Wege! Der Brief war ungemein vorsichtig, was die allgemeinen Dinge anging und ebenso heftig, offen, ja geradezu schamlos leidenschaftlich, was ihre privaten Gefühle betraf. So konnte sich nur eine verlassene, halb verblühte und einsame Frau austoben, die kein Kind hatte, aber endlich wieder eine neue Hoffnung in ihrem Leben sah.
Als ich mich gefaßt hatte, trat Monsieur Renand vor und murmelte verlegen: ja, er habe nämlich schon vor einem

halben Jahr meine Angaben überprüfen müssen, es sei ihm schwer gefallen, da ich für ihn über jeden Zweifel erhaben sei. Aber der Bruder von Madame Frécourt, ein Geistlicher, und noch ein anderer Herr hätten darauf bestanden, weil ich so plötzlich und als ein Unbekannter nach Lille gekommen sei. »Und Sie selber sogar, wenn ich mich recht erinnere, Monsieur Montfort, haben mir des öfteren eingeschärft, daß in diesen Tagen ein Zentner Mißtrauen besser angebracht sei als ein Karat Vertrauen zu viel!« Er lächelte seinem Satz kurz nach und drückte mir sodann, gegen Denise blickend, die Hand und so sagte er zu ihr: »Nun? Wie war die Probe aufs Exempel?«
Denise hatte feuchte Augen und schüttelte den Kopf. Endlich sagte sie: »Geht es Ihrer Gattin gut?«
»Gut?« Ich seufzte, schwieg eine Weile, schließlich sagte ich schlicht, daß ich leider ein schlechter Ehemann gewesen sei. Ich blickte dabei Denise verloren in die Augen. Ich hatte sowohl als Montfort wie als Clairmont die volle Wahrheit gesagt. Meine Erregung von zuvor und darauf diese Eröffnung schien Denise tief zu beeindrucken, und offenbar hatte mein Instinkt das bezweckt. Sie erhob sich, in ihrer Miene lag Betroffenheit und mitleidiges Abstandnehmen.
Wie mir Denise später gestand, kannte sie mich bereits, es war so viel über mich im Pfarrhaus und von Monsieur Renand gesprochen worden, daß sie sich eines Tages vor dem Kontorhaus aufstellte, ich war an meinem Stock und Spitzbart leicht erkenntlich. Sie wollte sich selber ein Urteil bilden und sie hatte, lange bevor der Brief ankam, ihren Bruder für mich einzunehmen versucht, jedoch umsonst, er wollte abwarten. An diesem späten Februarnachmittag versicherte sie mir, ehe sie mit Monsieur Renand wieder ging, daß sich ihr Bruder nunmehr gewiß freue, wenn er mich gelegentlich kennenlernte, außerdem – ein bißchen Familienluft könne mir nicht schaden. Sie lächelte mich dabei mit einem wehmütigen Necken an. »Und schreiben Sie Ihrer Gattin«, flü-

sterte sie, »wie sie wartet! ... Wir warten ja alle!« so ähnlich sprach sie. Ich erhielt fast jede Woche, meist bei Einbruch der Dunkelheit, Besuch von einem deutschen Nachrichtenoffizier. Er kam natürlich in Zivil und trug stets den Arm verbunden in einer Schlinge. Er war etwa fünfundzwanzig Jahre alt und hatte – er war Romanist – genau vor Kriegsausbruch promoviert, ich glaube über die Lyrik der Troubadours und ihre Wirkung auf die deutschen Minnesänger. Die Albigenserkriege, die höfische Welt, der Geist des Mittelalters und sein Wiedererstehen im deutschen Idealismus –, ich weiß nicht, was alles er in dieser seiner Doktorarbeit, die ein Buch geworden, untergebracht hatte. Wenn ich in dieser Nacht, da ich mich doch beeilen muß, um zur Hauptsache zu kommen, dieses Mannes gedenke, dann habe ich das seltsam unbehagliche Gefühl, als wäre ich verrückt oder vielmehr: diese ganze Welt sei nichts als ein Traum, der nur in der Seele eines Wahnsinnigen existent ist. Denn dieser junge Nachrichtenoffizier, von Gelehrsamkeit, Zartgefühl und all dem, was er ununterbrochen den deutschen Idealismus nannte ganz angefüllt, verbarg hinter seinen blauen, begeisterungsfähigen Augen, hinter seinem schönen, noch jünglingshaften Antlitz eine Pflichtmaschine, vor der ich mich in diesen ersten Monaten meines Dienstes in regelmäßigen Abständen schämte und schließlich sogar fürchtete. Wiewohl er gewissermaßen mein Vorgesetzter war, fühlten wir Freundschaft für einander. Sprachen wir nicht vom Dienst, dann sicher über Poesie, aber auch: sprachen wir nicht von Poesie und Kunst, dann ebenso sicher von unserm traurigen Handwerk: erprobt, fleißig, nimmermüde, eben wie gute Handwerker. Er kannte natürlich Monsieur Renand in seinem Laden vom ersten Tag an, da er in Lille war. Er saß oft für Stunden vor den Regalen und wühlte, und Monsieur Renand schätzte sich glücklich, jemand zu haben, mit dem er über seine Welt plaudern konnte. Hätte Monsieur Renand geahnt, daß wir uns kannten, so gut kannten ... Aber ich muß fortfahren. An diesem Abend kam Oberleutnant H. in bester Laune. Er legte sofort die Schlinge ab und zeigte mir eine Seneca-Ausgabe in Schweinsleder, die wegen bestimmter Glossen von einem bestimmten Literaten – ich weiß nicht mehr – für meinen Freund einen hohen Wert besaß. Er reichte mir stolz den Band, ich schlug ihn auf und schloß ihn wieder. »Von Renand?« fragte ich. Er nickte zufrieden. Ich schwieg eine Weile und überlegte. Wenn ich jetzt spreche, dachte ich, kann ich nicht mehr zurück. Zugleich merkte ich mit einem großen Befremden, daß es nicht Renand war, um dessentwillen ich vor meinem Freund vorsichtig war. Ich sah Denisens Augen vor mir, diese in wehmütigem Necken auf mich gerichteten Augen. Sie war besorgt um mich – ah, und ich um sie. So weit waren wir bereits. Seit wann? An jenem Tage hatte ich sie zum ersten Male gesehen. »Welchen Tag haben wir heute?« Ich glaube, er nannte den siebzehnten Februar (mein Tagebuch nennt wenigstens diesen Tag).

»Vielleicht«, begann ich nun, »ist dieser Tag verhängnisvoll für unseren guten Freund Renand.« Mein Freund hob erschrocken, aber auch sofort aufmerksam das Gesicht. Ich blätterte im Seneca. So erzählte ich, welchen Brief er mir überbracht hatte, und ohne aus dem Seneca aufzublicken, zog ich den Brief aus der Tasche und reichte ihm tastend, als wäre ich blind, den vollgeschriebenen Bogen. Ich las, und er ebenfalls. Nach einer Weile hörte ich, wie er den Brief zusammenfaltete und einsteckte. »Ausgezeichnet!« sagte er, sonst nichts. Und da las ich, auf Latein, ihm statt einer Antwort diese Worte, die ich soeben gelesen hatte: »Sie haben die Gestalt von Menschen – aber die Seele wilder Tiere... Das Tier, einmal an seinem Opfer vorüber, sucht es nicht weiter: die Not treibt es an zu schaden, Hunger und Furcht! Dem Menschen allein macht es Freude, den Menschen zu verderben. Drum erwäge man ganz die Gefahr, die vom Menschen ausgeht...«

Oberleutnant H. schwieg eine Weile, er saß mit tiefgesenktem Kopf da. »Ich weiß nicht«, begann er plötzlich, »Seneca hat gut reden. Seine Weisheit ist so zusammenfassend, sie übersieht den Einzelmoment, aus dem ich mich nicht mit Weisheit herauswinden kann. Was denken Sie? ... Der Brief ist ergiebig!« Ich mußte ihm beipflichten. Wir besprachen den Antwortbrief – und das war in vieler Hinsicht nicht leicht. Er war in Chamonix les prés geschrieben, statt von Paris aus. Aus Montforts Vorleben, das heißt aus Madame Montforts früheren Briefen, die ich bei mir hatte und wie die Bibel beherrschte, ging kein einziger Fingerzeig zu diesem Ort unter dem Mont-Blanc. Wohnten ihre Eltern dort, ein Onkel? Etwas Derartiges war anzunehmen. Oder was meinte Simone, wenn sie schrieb: »Das rote Châtelet ist noch wie damals, ich weinte unter der Tanne, die du einst gezeichnet hast, sie ist so viel schöner geworden, und ich so viel älter. Ich war mit S. auf dem Glacier d'Argentières, als ich die gute Nachricht erhielt, da schmolz alles in mir, alles. Oh, auch S. sagte, es wird gut. Sie half mir wirklich aus, aber sie ist nur eine Frau! Weißt Du noch – in Montenvers! Und die Bergmilch im Schnee! Und wie wir im Heuschuppen lagen! Ach, da waren wir noch so jung. S. ist sehr traurig, ihr Vater ist – 52 Jahre – gefallen. Schreib ihr ein paar Worte, leg sie bei!« Es gab noch andere Stellen in diesem Brief, Stellen, die man wie Gefahrenzonen einfach übersehen, leer lassen mußte, wie Polarland auf der Karte. Und schon ohne das war der Antwortbrief nicht leicht, in keiner Hinsicht. Wir überlegten beide, ob er nicht, ehe er mir übergeben wurde, kopiert worden war, wer konnte das wissen! Die Antwort würde gewiß ebenfalls durch die Hand des französischen Geheimdienstes gehen. Man würde vergleichen, und wenn noch immer Verdacht gegen mich bestand, stellte der Antwortbrief geradezu eine Falle für mich dar. Wir dachten nach und beschlossen, zunächst die Antwort – aus seelischen Hemmungsgründen! – hinauszuschieben und das bei Renand durch Simones Brief gewonnene Vertrauen in wenigen

Tagen zu vertiefen: ich mußte, ehe ich antwortete, im Netz des französischen Geheimdienstes, wie mein Freund sagte: als Hospitant bereits drin sein! Ich sagte nach einer Weile des Überlegens, daß mir das möglich sei. Ich dachte dabei an Denise, ich wußte, daß sie mir vertraute. Doch darüber äußerte ich kein Wort, ich hatte bereits an diesem Abend eine bestimmte Scheu, ihren Namen irgendeiner Person gegenüber auszusprechen.

Als ich ihm beim Abschied die Hand drückte, blickte ich ihn kurz an. Ich sagte, daß mir alles das zum K... sei! Er runzelte die Stirn. »Jetzt«, sagte er, »jetzt endlich, da Ihre Arbeit Früchte zu bringen scheint?«

»Eben deswegen«, antwortete ich, »ich bin nun einmal kein Polizist!«

»Merkwürdige Einstellung von Ihnen«, sagte darauf mein Freund, seinen gesunden Arm sorgfältig in die Schlinge legend. »Ich bin auch kein Polizist – oder? Polizisten können übrigens sehr anständige Menschen sein, selbst Platon wäre wohl ohne sie in seinem Staat nicht ausgekommen.«

»Sie vergessen«, sagte ich müde, »daß das unserm Monsieur Renand den Kopf kosten kann!«

»Und Sie, mein lieber Freund, vergessen offenbar, daß so ein Monsieur Renand vielleicht durch seine Nachrichtenagentur wöchentlich ein paar hundert deutschen Soldaten das Leben kostet...«

Ich schwieg bestürzt und, so seltsam es klingt: Ich hatte das im Augenblick wirklich übersehen, und daran war keineswegs der Gedanke an Monsieur Renand schuld – vielmehr sah ich Denisens Augen, die sanften, wehmütigen, schönen Augen voll einer zarten Neckerei und voll jenes mütterlichen Ermahnens, wie es, mädchenhaft und noch nicht ganz gekonnt und darum um so rührender, jungen, kinderlosen Frauen eigen ist, wenn sie mit »bösen« Männern reden.

»Sie haben recht, mein lieber H.«, sagte ich, »aber das ist alles so ekelhaft, trotzdem!«

»Das allerdings! Aber gerade darum! Ich meine, wenn wir schon einmal ohne Neigung und nur der Stimme des sittlichen Gesetzes gehorchend unsern guten Willen zeigen können, ja, ich sage es – dann dürfen wir nicht mit Humanismus und Seneca uns aus der Schlinge ziehen wollen.« Er grüßte, ich führte ihn durchs Vorzimmer und schaute ins Treppenhaus hinab – es war leer. Wir schauderten beide vor Kälte. Dann ging ich zu mir hinein.

Ich kann nichts gegen diesen meinen jungen Freund sagen, er stürzte am Ende des Krieges irgendwo an der Westfront ab, er hatte sich zu den Fliegern gemeldet, auch er hatte es schließlich satt bekommen.

Doch ich muß zu Denise zurück. Anderntags kam ein Junge und brachte mir einen Brief von ihr, er liegt hier neben mir, wiewohl es nur wenige Zeilen sind, und das ist seltsam, denn ich hebe selten Briefe auf, es fehlte meist der Anlaß, ich meine ... nun, Sie verstehen. Der Brief lautet:

»Cher Monsieur Montfort,

kommen Sie bitte morgen abend zu uns. Wir wohnen neben der Kirche St. M. – in der rue St. M. 5, das rote Ziegelsteinhaus! Essen Sie etwas mit uns und Sie haben die Möglichkeit, als der gute Arzt, der Sie sind, durch Ihre Person meinen Bruder von einem letzten Restchen Mißtrauen zu kurieren.

D. Fr.«

Ich war ganz sicher gewesen, daß ich Denise bald wiedertreffen würde, ich verlangte sogar danach –, und doch erfreute mich diese Einladung nicht. Ich sah mit Unbehagen, wie sich mir der Weg ebnete –, und ich wußte, jeder Weg hat ein Ziel. Denise als Ziel lockte mich bereits, nein, zog mich an mit unwiderstehlicher Gewalt, und gleichzeitig wäre ich am liebsten auf und davon gegangen, irgendwohin, nur um nicht in die rue St. M. zu diesem kleinen Kriegsabendbrot zu gehen. Aber ich ging natürlich doch, aus Diensteifer, aus Pflicht? Oder ...?

Sie kennen ja das Haus in der rue St. M. 5, nun wohl, ein Pfarrhaus. Der Curé hatte die Sonntagssoutane an, die aufgehakte Schleppe ließ ihn mir von hinten weibisch aussehen, was um so komischer wirkte, wenn sich dieser Mann auf seine eckige Weise umdrehte. In der Messingbrille mitten drin saß der Priester, in diesem ruhigen, unerbittlichen Blick, und auch in den Händen, die gar nicht feingliedrig waren – oder sind, ach, er lebt ja noch! – aber in ihrer knochigen Präzision wie aus Metall getrieben schienen und doch so warm beim Gruß meine Hand umschlossen.
Ich muß gestehen, daß ich vom ersten Augenblick an mich vor dem Curé Quinquepivoix fürchtete, ich fühlte mich auf eine unbestimmte Weise schuldig vor diesem Blick. Vor dem Herz-Jesu-Bild auf der Diele brannte ein rotes Licht. Der Curé half mir selber aus dem Mantel. Denise war in der Küche, es gab kein Dienstmädchen. »Wir sind arme Leute«, sagte der Priester, als er mich in die Wohnstube führte, wo wir auch aßen, erst später gingen wir in sein Studierzimmer. Denise bediente uns. Statt über die böse Zeit, sprachen wir, nach dem ersten höflichen gegenseitigen Abtasten, von allgemeinen Dingen und zwar – ich weiß es noch genau – von Gottes Willen und dem menschlichen, und er zitierte einen Satz aus Pico della Mirandola, der von der hohen Würde des freien Willens handelte; einige Monate später sollte mich derselbe Satz aus dem Munde des Curé treffen – wie ein Urteilsspruch. Aber das ahnte ich noch nicht an diesem Abend.
Gerade brachte Denise den Kaffee, den ich als Gastgabe mitgebracht hatte, als es heftig mehrmals schellte. Ein Mann war draußen und rief den Curé ungestüm zu einem Versehgang, man konnte seine Stimme, als er mit Denise sprach, bis in das Wohnzimmer hören. Der Curé stand sofort auf, und als Denise hereinkam, teilte sie mir mit, daß ihr Bruder in spätestens einer Stunde wieder da sei.
Der Satz von Pico »Poteris ad inferiora ...« klang mir noch in den Ohren. Anderseits: ich sah, der Weg zu Denise, zum Ziel,

ebnete sich auf eine geradezu unheimliche Weise. Ich saß wohl mit gesenktem Kopf da, denn sie fragte mich, ob ich traurig sei, ob ich an meine Frau dächte? Auch sie hatte, als ich jäh aufblickte, einen traurigen Ausdruck. Ich blickte sie lange an, bis sie errötete. Endlich schüttelte ich den Kopf. Nach einer Weile begann ich: nein, es sei nicht meine Frau. Vier Jahre sei ich bereits von ihr getrennt und ich empfände nicht mehr für sie als einfach Mitleid, hilfloses Mitleid. Daß ich geweint hätte nach der Lesung des Briefes, das habe einen ganz andern Grund gehabt. Und sie fragte, welchen denn. Ich erklärte ihr, es habe mir plötzlich so klar vor der Seele gestanden, wie die Menschen sich stets im Ziel verfehlten. Diese Simone liebe ja gar nicht mich – sie habe einen andern im Sinn, den es gar nicht gebe, einen, der längst gestorben sei. Und ich – ich hätte ein Ziel vor Augen, zu dem kein Weg hinführe.

Als ich schwieg und mit niedergeschlagenen Augen dasaß, war es so still in der kleinen Stube, daß wir plötzlich die Front ganz deutlich hörten, ein dumpfes Rumpeln.

»Hören Sie«, flüsterte sie und seufzte.

»Ja, Madame«, sagte ich, »und es läßt mich eigentlich kalt, in manchen Augenblicken wenigstens, wenn ich merke, daß dieses Leben unserm inneren Menschen, sagen wir, unserm Gemüt andauernd Perversitäten zumutet. Es ist, als ob man unsere Seelen zum Singen aufforderte, während man unser Lied mit dem Höllenspektakel von Kanonen instrumentiert.«

So ähnlich sprach ich, und es kam mir wirklich von Herzen. Seit ich Denise gesehen hatte, war der Krieg für mich unerträglich. Ich hatte plötzlich auf meinem entfernten Beobachtungsposten so etwas wie ein optisches Gerät erhalten, das mich mitten in die Wunde blicken ließ, in die Wunde, die sich da auf der Erde des Schlachtfeldes abzeichnete und immer tiefer und immer breiter und immer farbiger wurde. Das mag seltsam klingen – aber ich kann für diese psychologische Beobachtung ernstlich einstehen –, ich war wie einer,

der plötzlich erwachte und nun erst hörte, was um ihn herum geschah.
Denise fragte mich, ja, ob ich mich denn nicht so weit in der Gewalt hätte, der armen Frau wenigstens... ich weiß nicht mehr genau, wie ihre Ausführungen lauteten, doch lief ihre Frage darauf hinaus: ob ich nicht mehr zu Simone zurückkehren wolle.
»Niemals«, sagte ich kurz, »der, den sie liebte, ist ja tot!« Meine Ausdrucksweise, die für Denise nur bildlich sein sollte, hatte in meinem eigenen Ohr eine mich anödende Selbstverständlichkeit.
Sie bedauerte Simone aufrichtig und blickte gegen das mit Holzläden abgedunkelte Fenster.
»Müssen Sie nicht bald nach Hause, Monsieur Montfort«, fragte sie, »wegen der Polizeistunde«, fügte sie bei meinem traurigen Aufblicken jäh errötend hinzu.
Ich schaute auf die Uhr. »Ich habe noch eine halbe Stunde Zeit – außerdem, ich bin Arzt!«
»Ach so!« Sie atmete auf, blickte mich aber sogleich verwirrt an.
Und da stellte ich ihr die Frage, an die ich mich so gut erinnere: »Wie könnte ich denn je zurück! Kann man denn lieben wollen?«
Sie blickte mich in schüchternem, ja ängstlichem Nachdenken an.
»Doch, doch«, sagte sie, »man muß wollen. Die Leidenschaft – nein, die kann man nicht wollen und will man auch nicht, kein Mensch will sie! Aber die Liebe, die wahre zwischen Mann und Frau...«
»Halt!«, rief ich, »bleiben wir bei der Leidenschaft! Wenn der Wille nichts über sie vermag, wie kann dann noch die einzig vom Willen genährte eheliche Liebe weiter existieren? Wenn das Haus brennt, geht der Ofen aus, oder nicht?«
An diesen Vergleich erinnere ich mich noch ganz genau, er ist mir ein Brückenpfeiler für das Gespräch, er steht sogar in

meinem Tagebuch und auch, daß Denise an dieser Stelle aufstand, zum Ofen ging und schweigend einige Stück Holz nachlegte, sie schüttelte mehrmals heftig den Kopf.
»Gehen Sie jetzt bitte«, sagte sie plötzlich von der Ofenecke zurückkehrend, »verstehen Sie mich richtig: mein Bruder könnte sich verwundern, wenn er bei seiner Heimkehr uns beide hier noch immer im Gespräch vorfände. Ich bin nämlich... Sie wissen das doch... François hat auch lange nicht geschrieben.«
Ich stand auf. »Ich verstehe sehr gut«, sagte ich leise, ging auf die Diele und zog meinen Mantel an. Sie kam mir langsam nach und reichte mir den Hut. Als ich die Tür öffnete, sagte sie, den Finger auf die Lippen legend: »Horch! Mein Gott!«
Es hörte sich an, was da aus der Nacht sprach, wie das unaufhörliche Murren eines fernen, unentschiedenen Gewitters. Sie drückte die Tür wieder zu. Und sie murmelte: »Da liegen nun Franzosen, Engländer, Deutsche in der Nacht. Von Hunderttausend keine hundert ganz freiwillig. Sie sind alle naß und frieren und haben Hunger und Angst! – Sie müssen – bei Nacht – mit dem Bajonett... Ach, ich träume manchmal davon, wenn ich tagsüber – aber davon darf ich Ihnen noch nichts sagen, noch nicht! Einmal – ich muß jemanden haben, jemanden wie Sie, dem ich das alles sagen kann, mein Bruder versteht das nicht. Der glaubt an den freien Willen, aber so abstrakt. Ich glaube ja auch daran, aber ganz anders. Ich kann es nicht sagen. Ihnen vielleicht, später einmal, später, ja! Hören Sie... das ist doch eine Hölle! Und man tut es doch nicht freiwillig, ich meine, die da draußen nicht, und auch wir nicht! Und zu wissen, daß man mithilft...«
Sie sprach noch eine kleine Weile murmelnd und dem Weinen nah. Ich dachte nur immer: jetzt, jetzt liegt sie dir an der Brust. Ich fürchtete mich plötzlich vor diesem Augenblick, denn ich wußte: aus ihrem Kuß entströmt ihr zugleich das Geheimnis, das zu schwer für sie ist! – zu schwer für sie – und für mich noch schwerer.

So verließ ich sie, fast eilends. Ich war schon die dunkle und ziemlich lange rue St. M. hinabgeeilt, als mir plötzlich einfiel, Denise könnte mich an einem der nächsten Tage besuchen und auf meinen Freund, den Nachrichtenoffizier stoßen. Und der würde Fragen stellen... Ich blieb stehen, überlegte kurz und eilte zurück.
Als ich so, den Stock unter den linken Ellbogen geklemmt, dem Hause zuhastete, trat eine schmale, schwarze Gestalt – der Curé – vom Eingang der Sakristei auf die erhellte Haustür zu.
Ich konnte nicht mehr ungesehen entweichen. Er fragte, ob ich etwas vergessen hätte. Ich überlegte schnell, aber es wollte mir kein Gegenstand einfallen, den ich glaubwürdigerweise vergessen haben könnte. So schwiegen wir, ich weiß nicht wie lange, es mochten nur Sekunden gewesen sein, aber sie kamen mir trotz meines Suchens nach einer Ausrede sehr lang vor.
»Übrigens«, begann der Curé und zeigte auf meinen Stock, den ich noch immer unter dem Arm trug, »falls Sie Ihren Stock vergessen haben sollten...«
»Nein«, sagte ich und klemmte den Stock noch fester, »ich habe, glaub ich, meine Aktentasche bei Ihnen gelassen.«
Der Curé fragte jetzt ebenso spitz wie zuvor – eine Aktentasche? Aber das sei doch weiter nicht aufregend. Eine normale Aktentasche wenigstens brauche einen normalen Rheumatiker nicht zum Laufschritt zu bewegen... Darauf schellte er. Ich tat, als hätte ich seine bösen Anspielungen nicht bemerkt. Denise kam sofort öffnen. Als sie mich hinter des Curé Schulter erblickte, trat sie schnell zurück. Der Curé sagte sofort, ich hätte meine Aktentasche hier gelassen. Während Denise auf der Diele und im Wohnzimmer suchte, erzählte er, und zwar mit so lauter Stimme, daß Denise es hören sollte, er habe soeben einer Selbstmörderin die letzte Ölung erteilt. Ein siebzehnjähriges Mädchen, von einem deutschen Soldaten in andere Umstände gebracht. Ihr Vater sei an der

Front und auch ihre zwei Brüder. Es habe ihr wohl jemand klar gemacht, wie schändlich ihr Zustand sei. »Und da nahm die arme Sünderin Rattengift!« Er schwieg, Denise trat soeben auf die Diele. Sie sagte nichts, sie blickte nur, als suchte sie noch weiter nach der Tasche, an den Wänden entlang. Der Curé hing seinen Mantel an das Zapfenbrett, das Birett behielt er auf. Und er sagte in das Schweigen, ein Selbstmord sei fast immer verdammungswürdig, in so einem Fall jedoch müsse man zwischen der Handlung und ihrem ethischen Impuls unterscheiden. »Sie sah die ganze Verworfenheit ihrer Liebe und büßte. Ging auch die Buße über die Grenzen des Erlaubten hinaus, so denke ich doch, Gott wird ihr gnädig sein!«

»Sicher«, sagte Denise leise. Ihr Wort klang warm und milde, sie sah unsagbar schön aus in diesem Augenblick.

»Übrigens«, der Curé wandte sich langsam gegen mich, »nach meiner Auffassung wäre hier ein vom Arzt eingeleiteter Abortus erlaubt gewesen.«

Jetzt erst fiel mir ein, daß vor einer Woche eine Mutter mit ihrer Tochter in meiner Sprechstunde im Kontorhaus war. Die Frau hatte mir flüsternd erklärt, die Tochter sei von einem Deutschen schwanger, ob ich nicht in diesem besonderen Falle ... Doch ich hatte sie gar nicht ausreden lassen, sondern einfach erklärt, daß mein ärztliches Gewissen mir verbiete, in der Nationalität des Erzeugers einen Grund zu erblicken, der die Unterbrechung der Schwangerschaft gestatte. Und zu dem Mädchen hatte ich etwas Aufmunterndes gesagt: etwa, daß ein Kind die Mutter hernach fast immer froh mache, wenn der Erzeuger nur gesund gewesen sei. Nach einer halben Stunde hatte ich Mutter und Tochter vergessen. Die Augen des Curé hinter der harten Messingbrille belebten beide in meiner Erinnerung, die Lebendige und die Tote, ich sah das Mädchen vor mir.

Ich sagte darauf zu dem Curé, er brauche sich nicht in Andeutungen zu halten. Ich sei der Arzt gewesen, jawohl, der auf ein solches Ansinnen mit solcher Begründung Nein gesagt habe.

Der Curé fragte, ob meine Härte mich nicht reute?

»Meine Härte?« fragte ich schroff, »wer ist hier hart: Sie oder ich? Und Sie sind Priester!«

»Immerhin – ich bin Franzose...« sagte der Curé und musterte mich scharf. »Sie aber sagten der Unglücklichen zum Trost, daß auch die Deutschen Menschen seien, und auf die Nationalität des Vaters komme es nicht an. Haben Sie das wirklich gesagt, Monsieur?«

»Vielleicht! Aber bitte, Madame«, ich wandte mich an Denise, »sprechen Sie über mich das Urteil. Durfte ich die Leibesfrucht töten, weil der Erzeuger ein Deutscher war?«

Denise blickte in einem Ausdruck von Trauer und Mitleid den Bruder an, dann warf sie mir einen kurzen Blick zu, voll Einverständnis, ja Ehrfurcht, so kam es mir vor. Und sie schüttelte den Kopf. Doch als wäre ihr das nicht genug, fügte sie mühsam hinzu: »Das ist doch kein Grund!« »Es gibt Gründe, gewiß«, fuhr ich dankbar gegen Denise fort (sie nickte) »ja, es gibt Gründe, die Schwangerschaft zu unterbrechen, sagen wir: das Leben im Mutterschoß zu töten, aber die Politik ist kein Grund!«

»Die Politik?« fragte der Curé, »welch ein Wort! Es geht um Frankreich! Es geht darum, ob die Liebe eines Einzelwesens gegen die Liebe zum Volk stehen darf. Das Mädchen fühlte es besser, es fühlte richtig. Ihr Leib war übrigens noch warm, das Sakrament konnte ihre Seele noch in diesem Leben erreichen, sie bereute und büßte!« Und plötzlich die Stimme ändernd, fragte er, ob ich meine Aktentasche gefunden hätte. Er ging dabei selber nachsuchend ins Wohnzimmer. Ich näherte mich indem Denise und flüsterte, sie solle mich nicht gegen Abend besuchen, nur während der Sprechstunden. Sie öffnete kurz die Augen, dann nickte sie. »Morgen!« flüsterte sie.

Die Tasche fand sich nicht.

»Seltsam«, sagte der Curé mich anblickend, »vergessen Sie diesmal nicht den Stock!« Und er lächelte spöttisch.
Am andern Tag erschien Denise bei mir. Sie trug eine Einkaufstasche und kam vom Markt. Sie könne nur ein paar Minuten bleiben, sagte sie, ihr Bruder sei überaus mißtrauisch, was mich angehe. In anderen Fällen habe sie sein Mißtrauen angebracht gefunden, aber mir gegenüber wirke es auf sie zum Teil schmerzlich, zum Teil lächerlich. Sie flüsterte schnell und erregt und blickte sich gequält in der Nüchternheit meines Sprechzimmers um. Manchmal verzog sie vor Mißbehagen über die scharfen Gerüche die Nase. Sie wisse auch nicht, da sie gegen den Willen des Bruders mich nicht einladen könne, wie und wo wir uns einmal treffen könnten; sie müsse sich mit mir aussprechen, sie halte es einfach nicht mehr aus. Sie sei nicht geschaffen für das, was man ihr zumute.
Seit ihr Mann an der Front sei, habe sie keinen Menschen mehr, mit dem sie in aller Aufrichtigkeit habe sprechen können. »Und gerade jetzt, gerade jetzt«, murmelte sie, »brauchte ich Rat und Erleichterung. Nie war ich so allein, und nie mutete man mir so Außerordentliches zu, ach, wenn Sie wüßten!«
Es war dies die dritte Begegnung, und ich weiß genau, daß es nur der häßliche Ort und das Gemurmel der Patienten im Vorraum war, was Denise und mich zwang, uns beim Abschied zurückzuhalten, wir reichten uns nur flüchtig die Hand. Ich bat sie, darüber nachzudenken, wo wir uns vielleicht außerhalb der Stadt einmal treffen könnten – »verstehen Sie bitte richtig«, sagte ich, »zu einer Art Spaziergang!«
Sie schaute mich lange an, aber ohne Ausdruck, sie dachte, den Kopf ein wenig zurückgelehnt, nach; sie hielt oft den Kopf so, in diesem Abstand nehmenden Nachsinnen, wenn sie mich anblickte.
»Doch«, sagte sie endlich, im Ton einer großen Entschlossenheit, »ich hatte seit dem ersten Augenblick, da ich Sie auf der

Straße einhergehen sah, Vertrauen zu Ihnen. Aber seit gestern ist es unbegrenzt.«
Ich fragte erstaunt, warum. Sie sagte ungefähr dies: weil ich das Leben in diesem unglücklichen Mädchen gewollt, weil ich das Menschliche vor dem nationalen Haß verteidigt hätte, weil ich unentwegt Mensch geblieben sei, da es zurzeit nur noch Franzosen und Deutsche gebe. Sie sagte das ungemein einfach und natürlich, ich könnte es auch nicht annähernd richtig wiederholen, sogar in meinem Tagebuch vermerkte ich, daß »Denisens einfache Worte über das Menschliche unwiederholbar« seien. Sie hatten mich tief getroffen, diese Worte, denn ich verdiente kein einziges davon. Oh, nichts erniedrigt uns so sehr als unverdientes Lob, es ist der bitterste Hohn, zumal wenn es uns aus einem so vielgeliebten Munde trifft.
Und sie sagte mir, ehe sie ging, sie werde mir bald eine Nachricht geben, wo ich sie treffen könnte, es müsse sein. Ich nickte.
Bereits an der Tür teilte sie mir mit, Monsieur Renand lasse mir sagen, wenn ich einen Brief an meine Frau schicken wolle, möchte ich mich eilen, da heute nachmittag um sechs Uhr der Kurier bei ihm sei.
Ich dankte, Denise ging. Mit einem Kopfschütteln blickte ich den nächsten Patienten an, ich dachte dabei an Monsieur Renand; er hatte das Vertrauen eines Patienten, und doch sollte ich für ihn nicht Leben, sondern Tod bedeuten. Diese ekelhafte Vorstellung, Vertrauen zu erwecken und gerade dadurch Verderben zu schaffen, verfolgte mich.
Gegen fünf Uhr – wie in meinem Tagebuch vermerkt steht – betrat ich Monsieur Renands Buchladen. Zwei deutsche Agenten warteten in einem Café dem Antiquariat schräg gegenüber. Ich hatte mit Oberleutnant H. lange überlegt, ob die Verhaftung des Kuriers nicht verfrüht sei. Ich führte allerlei Gründe ins Feld, doch dachte ich dabei nur an Denise. »Und zu wissen, daß man mithilft...«, hatte sie gesagt. Was

sollte das bedeuten, wenn nicht... ich konnte den Gedanken nicht zu Ende denken. »Zu wissen, daß man mithilft«, sagte ich jetzt so, und zwar auf deutsch, zu meinem Freund. Aber der zuckte unangenehm berührt die Achsel.
»Wir müssen zugreifen!« Sein schmales hübsches Gesicht war so kühl, daß er ganz verwandelt aussah. »Im übrigen«, fügte er hinzu, »ein Spatz in der Hand ist uns zur Zeit lieber als eine Taube auf dem Dach!«
Bei »Taube« fuhr ich zusammen, soweit war ich bereits, alles schuf mir ihr Bild, wirklich, als wäre ich ein Siebzehnjähriger. Und in jedem Bild fürchtete ich Gefahr für sie. Wir beschlossen, daß ich den Brief auf der Maschine schriebe und, um Vorsicht zu mimen, müßte er kurz sein und in Andeutungen gehalten und ohne Namen und mit dem Bemerken, daß ich bald, wenn die Verbindung sicherer sei, mehr schreiben würde. Sodann sollte ich den Brief zu Monsieur Renand tragen und versuchen, dort den Kurier den Agenten in die Hände zu spielen. Monsieur Renand hingegen mußte, das erkannte auch mein Freund, weiter in Freiheit bleiben, damit kein Verdacht auf mich fiel und vor allem, um Renands Ahnungslosigkeit weiterhin als womöglichen Eingang in das unterirdische System des feindlichen Geheimdienstes im Sektor Lille zu benutzen.
Der kleine Buchladen war, als ich eintrat, leer. Auf mein Räuspern hin huschte aus dem hinteren Raum, die Türe halb offenstehen lassend, sofort Monsieur Renand hervor. Als ich, die Stirn hebend und vorsichtig im Kreise blickend, den Mantel öffnete und ein Stück des Briefes vorzeigte, kniff er sofort ein Auge zu, zog ihn mit zwei Fingern heraus, sagte »einen Augenblick« und verschwand mit einem erregten Lächeln. Ich hörte ein kurzes, heftiges Flüstern. Endlich erschien Monsieur Renand wieder, ein bißchen amüsiert und vor sich hinmurmelnd, und hinter ihm ein Herr, der etwa dreißig sein mochte. Er war schwarzhaarig, hatte leicht mongolische und sehr kluge, kritische Augen, die mich hin-

ter einem gequetschten Lächeln musterten. Sein Gesicht war bleich. »Monsieur Grandel«, sagte Renand, uns vorstellend. Wir gaben uns die Hand.
Er habe von mir gehört, begann Monsieur Grandel sofort das Gespräch, seine Stimme war heiser, er sprach fast im Flüsterton. Er zog währenddessen ein Buch aus dem Regal und blätterte darin, aber das sollte nicht unhöflich wirken, denn er sagte viele freundliche Dinge über mich. Ich stellte mich ziemlich erregt und bemerkte, der Brief sei so, daß, falls er nicht an den Bestimmungsort gelange, er mich nicht belasten könne. »Welcher Brief?« Grandel räusperte sich und blätterte weiter.
Ich zog mein Zigarettenetui, Monsieur Grandel hob dabei seine Hand, fast ohne aus dem Buch aufzublicken und griff ungeniert hinein, nahm sich eine Zigarette und sagte: »Sie gestatten? Ich bin zwar heiser genug ...« Ich gab ihm Feuer. Nach dem ersten Zug blickte er auf die Zigarette. Es war eine deutsche Luxusmarke, an die ein Franzose damals nur durch Zufall oder überhaupt nicht geriet. Mein Freund, der Oberleutnant, hatte sie mir vor einer Stunde geschenkt. Ich sah Monsieur Grandels überraschten Blick, er schielte ein wenig vor Aufmerksamkeit. »Kaiserzigaretten?« murmelte er. Ich hielt nun auch Monsieur Renand das Etui hin und versuchte zu lachen und sagte, ja, die stammten unmittelbar vom Feind. Die Geschichte, die ich erzählte, unterbrach Monsieur Grandel beinahe unhöflich mit dem Bemerken: nun, warum nicht, jeder suche sich heutzutage seine Bezugsquelle. Er war dabei an die andere Seite des Ladens gegangen und hatte dort spielerisch ein Buch aus dem Regal gezogen. Und mit einem Ausruf des Erstaunens rief er mir plötzlich zu: »Ach, sehen Sie doch mal hier, Monsieur Montfort, etwas für Sie, Sie sprechen ja deutsch?«
Er lächelte, über den Buchrand fort, mich an. Ich nahm meinen Stock und humpelte zu ihm. Grandel schlug das Buch zu, er stand in einer Staubwolke. »Sie hinken?« fragte

er. Ich sagte, ja, ich litte an Rheuma. Aber was für eine literarische Leckerei aus Feindesland er da entdeckt habe? Ach, sagte er wegwerfend und fragte dann, ob bei schwerem Rheuma sich das Befinden des Kranken zwischendurch wesentlich ändere. Ich sprach darauf übers Rheuma, Witterungseinflüsse und dergleichen – und er: »Aber den Stock brauchen Sie immer?« Und ich lächelnd: »Ach so! Ich merke, Sie haben mit dem Curé Quinquepivoix über mich gesprochen! Er erzählt über mich Geschichten, ich weiß das, sogar mir sehr unangenehme.«
»Mit wem?« fragte Grandel, den Kopf schief haltend, »Quinquepivoix?«, und er lachte: »Wie kann man nur so heißen!«
Monsieur Grandel blickte kurz zu Renand, der sich, seltsam einsilbig geworden, auf der Theke zu schaffen machte. Der alte Buchhändler lächelte ununterbrochen, murmelte allerlei vor sich hin und warf mir von Zeit zu Zeit einen amüsierten Blick zu. Schließlich seufzte er, als spräche er für sich, ein Buch ins Regal hebend: »Montesquieu hat recht; ›Er tut das Gute, aber er tut es nicht gut!‹«
Es fällt mir, trotz meines genauen Tagebuchaufzeichnens, schwer, diese Viertelstunde im Laden Renands einigermaßen richtig wiederzugeben. Doch möchte ich nur noch so viel sagen, daß Grandel gegen Ende unseres Gespräches auf eine sehr geschickte Weise versuchte, Monsieur Renand in die Rolle des Buchhändlers und sich selber in die des Käufers zu versetzen. Er hatte sogar schließlich die Dreistigkeit, mich nach einem »gewissen Brief« zu fragen, »oder irrte ich mich? – Oje«, sagte er dann, nach der Uhr schauend, »Monsieur Renand, schicken Sie mir einfach die ganze Kollektion!« Und er begann durcheinander von einem getätigten Bucheinkauf zu sprechen. Monsieur Renand nickte, mich zwischendurch mit diesem gleichbleibend amüsierten Ausdruck betrachtend, als wollte er sagen: »Gleich ist er fort, er ist nicht recht im Kopf.«
Monsieur Grandel verabschiedete sich bald. Ich trat, wie es

verabredet war, in die Tür des Ladens, zog das Taschentuch und schneuzte mich kurz. Aus dem Café schräg gegenüber traten zwei Männer, ich ging zu Monsieur Renand zurück.
»Unter uns gesagt«, begann Renand sofort mit einem listigen Blick auf die Tür, »Monsieur Grandel hat heute seinen schlimmen Tag. Ich habe noch nie einen mit so viel Mißtrauen begabten Menschen gesehen als ihn, aber selten zeigte er es an so unangebrachter Stelle wie heute – hier. Haben Sie gemerkt, lieber Freund, die Zigaretten! Und hinzu kommt all das unendliche Gerede braver Franzosen über brave Franzosen! Curé Quinquepivoix ist ein Bretone, und was die mal im Kopf haben, das holt ihnen keiner mehr heraus. Aber, Ihr Brief ist – unterwegs!« Und er lachte. »Er wird ihn natürlich lesen«, sagte er, die Augen niederschlagend, »das sind allgemeine Vorschriften, nun wohl! Es muß unangenehm für Sie sein, Monsieur Montfort – ein Brief an Madame, hm... doch, was das angeht, Monsieur Grandel kann schweigen. Er ist in dieser Hinsicht wirklich hervorragend, ganz außerordentlich!«
»Wirklich?«
»Über allen Zweifel«, sagte Monsieur Renand vor Ehrfurcht flüsternd. Ehe ich ging, legte mir Monsieur Renand kurz die Hand auf die Schulter und kam noch einmal auf Mißtrauen und Vertrauen zu sprechen, er brachte ein Zitat und sagte zum Schluß: »Man vertraut aus Instinkt, aber man mißtraut aus Überlegung.« Er fand diese Formulierung so schön, daß er einen Augenblick sich selber nachlauschte, wobei er seinen mageren Hals aus dem viel zu weiten Stehkragen reckte.
»Ich habe mich noch nie in einem Menschen getäuscht«, murmelte er, sichtlich ergriffen über diesen Befund, »trotzdem: Monsieur Grandel in Ehren! Doch allen Ernstes: wenn nur einer von Ihnen beiden Franzose wäre, und ich hätte zu raten, wer es sei – ich zeigte auf Sie. Und warum? Nun, auch der Instinkt hat seine Gründe. Zum Beispiel Ihr Französisch... Hören Sie Monsieur Grandel nicht – unter uns

gesagt – den Elsässer an? Sogar sein Name, sein wirklicher Name, meine ich – aber das spielt keine Rolle, gewiß nicht. Übrigens – auch ich kann schweigen! Ich werde Ihnen eines Tages mehr über diesen Punkt sagen können, er ist ein interessanter Mann, Monsieur Grandel...« Und Monsieur Renand kniff mir ein Auge und lächelte, als hätte er mir noch manches mitzuteilen.

Grandels Verhaftung erwies sich als ein Fehlgriff. Man fand ein paar Briefe, meist unerheblichen Inhalts, im übrigen war aus ihm kein Wort herauszubringen. Und man wußte darum nicht einmal, wen man vor sich hatte. Überdies: der französische Nachrichtendienst funktionierte genau wie zuvor, jede Truppenverschiebung im Sektor von Lille, auch auf kleinsten Frontabschnitten, wußte man drüben oft nach überraschend kurzer Frist. Mein Freund H. sagte, es könne sich hier nur um einen geheimen Brieftaubendienst handeln. Ich schlug ihm vor, er solle Radfahrerstreifen durch die Vororte und die Dörfer, zumal die Wälder machen lassen, bei Tag und Nacht. Ich machte noch viele Vorschläge, aber er unterbrach mich plötzlich und sagte unfreundlich: »Ich weiß nicht, Sie könnten viel weiter sein, Clairmont. Sie sind nicht bei der Sache. Grandel – nun wohl! Und die paar Leute mit verbotenen Druckschriften! Es müßte Verhaftungen regnen, hageln! Wir müssen vom Oberkommando Zigarren einstecken – und ganz zu Recht!« Und mich plötzlich so scharf von der Seite anblickend, sagte er bitter: »Ich wünschte, Sie wären alt genug, um einen Sohn hier an unserm Frontabschnitt zu haben. Oder auch nur einen Bruder!« Wieder schwieg er, ich biß die Zähne aufeinander. Und er rechnete mir vor: wieviel Möglichkeiten ich hätte in meiner vollständigen Getarntheit. Ich dürfte nicht vergessen, daß man mir eine Sonderstellung eingeräumt habe, und es sei nur allzu natürlich, daß man nun auch Sonderleistungen von mir erwarte.

Ich entgegnete schroff: wenn man mit mir unzufrieden sei,

solle man mich abberufen und als Arzt ins Heer stecken oder als Soldat an die Front, mir sei alles einerlei.
»Verhaften Sie also doch in Gottes Namen diesen lächerlichen Buchhändler«, rief ich plötzlich und ich merkte geradezu mit Entsetzen, wie ich mich dadurch schützend vor Renand stellte, aber nicht um seinetwillen. Ich glaubte es mit einemmal deutlich zu wissen, daß dieser so harmlos erscheinende Alte einen Knoten im Netz darstellte, zumindest kannte er die Hauptstützen im örtlichen Geheimdienst – und auch über Denisens Aufgabe war er unterrichtet.
So verkleinerte ich Monsieur Renand auf jede nur mögliche Weise und fragte schließlich, ob man denn allen Ernstes den französischen Geheimdienst, der uns dergestalt zu schaffen gemacht habe, einfach degradieren wolle, indem man ausgesprochen krankhafte Schwätzer und senile Wichtigtuer in seinen Reihen vermute. Daß Renand Briefe vermittelt und einen Kurier kenne, sei doch kein Grund, ihn für unterrichtet oder gar für einen Mitarbeiter des feindlichen Geheimdienstes zu halten. Gut, man solle ihn verhaften, aber dann habe meine Tarnung ein Loch, und ich könnte meinen Laden schließen. Anderseits brächte ich aus dem vertrauensseligen Alten bei einem kleinen Schwätzchen mehr heraus, als ein Nachrichtenoffizier aus einem Verhör, denn es sei gar nicht ausgeschlossen, daß eine so eitle Natur wie Renand, einmal in die Rolle des nationalen Helden hineingenötigt, sie mit Ergebung und Würde spiele und im gleichen Maß schweigen könne, als er vorher schwätzte und gerade dann, wenn er etwas zu verschweigen habe; solche bis obenhin mit Literatur angefüllten Menschen seien, wenn es ums Letzte gehe, unberechenbar. Mein Freund nickte an dieser Stelle, voll eines tiefen Einverständnisses. »Im übrigen«, fuhr ich fort, »sagen Sie Monsieur Grandel beim nächsten Verhör, daß er Elsässer ist und sich wegen Fahnenflucht zu verantworten hat, seinen wirklichen Namen würden Sie ihm auch gelegentlich sagen. Sie sehen«, schloß ich mit düsterem

Lächeln, »daß ich nicht ganz untätig bin. Ich arbeite, aber bitte, man lasse mir meine Eigenart, ich bin kein Polizeihund, sondern ein sogenannter Intellektueller.«
So ähnlich erging ich mich und ich hatte, so glaubte ich, Erfolg! Man räumte mir vierzehn Tage ein. Dieses sind eigentlich die letzten vierzehn Tage meines früheren Lebens, seither begann ein anderes. Ich wußte das, als mein Freund das Notizbuch zog und so vor sich hinmurmelte: »Sagen wir mal Mitte März. Ist Ihnen das recht? Die Sache eilt, Sie verstehen!« Ich nickte. Wenn ich soeben schrieb: ich hatte Erfolg, so meine ich das so: ich glaubte vierzehn Tage Zeit zu haben, um an Denisens Sicherheit zu denken.
Ich füge von dieser Stelle an mein Tagebuch ein, einfach weil ich in dieser Nacht bereits zu müde bin, die Geschehnisse noch richtig zu kommentieren. Außerdem ist am Ablauf dieser Tage nichts mehr zu erklären und zu deuten, wenigstens nicht in der Weise, daß das Geschehene zu meinen Gunsten umgebogen werden könnte. Die Liebe, und zwar die Liebe in der Gestalt des Feuers, hatte mich ganz erfüllt, und ich wurde zum Verbrecher und verlor mich selbst, meinen freien Willen – ach Gott, gerade dieser Punkt! –, aber ich laß es stehen, ich wiederhole: ich verlor meinen freien Willen, aber freiwillig! Ja, das ist es ja: »poteris ad inferiora degenerare, poteris ad superiora ex tui animi sententia regenerari...« Konnte ich es? Ja, ich konnte – doch ich verlor freiwillig, um der Liebe willen, alles, alles und wurde ein Ehrloser, es ist so!
(Wenden. Verzeihen Sie die Art und Weise, wie ich die losen Blätter einfügte, aber ich bin müde!)
27. Februar.
Vorgestern entscheidendes Gespräch mit H. Druck und Gegendruck. Muß zu Renand, daß er keinen Verdacht schöpft. Werde ihm eine Geschichte von meiner Festnahme seitens der deutschen Behörden erzählen, wegen meines Briefes an meine Frau Simone. Heute übrigens Brief von Frau und

Kindern. Glauben mich als Lazarettarzt in Lille I wish I could!
27. Nacht.
Bei Renand! Der Narr glaubte mir die fadenscheinige Fabel sofort. Er hatte immerfort nasse Augen, umarmte mich. Gab ihm Nachrichten von Grandel. Grandel habe Verdacht gegen mich gehabt, darum habe er den Deutschen eingestanden, daß dieser Brief von mir sei. »Als mich Grandel sah, senkte er den Kopf und bat mich um Verzeihung.« Renand immer gerührter. Wunderbares Zitat! Er war auch gerührt, daß die Deutschen nicht foltern. Sagte ihm, daß ich aber unter Polizeiaufsicht stände, auch er, Renand! Beschwor ihn, jede Verbindung mit dem Curé abzubrechen. Er nickte eifrig. Und mit Denise! »Ach Gott, man müßte sie warnen«, sagte er. Ich besorgt: »Warum, um Gottes willen! Sie steht mir nahe, müssen Sie wissen!« Und er: »Sie Glücklicher – aber, o Himmel, man wird sie wohl erschießen!« Und flüsternd an meinem Ohr: »Brieftauben!«
Mein Erbleichen war echt. Ich zitterte und setzte mich. Das hatte zur Folge, daß er mir noch drei Namen sagte, die man warnen müsse, umgehend. Ich sagte ihm, er solle sich nicht einmischen. Er werde auf Schritt und Tritt überwacht. »Monsieur«, flüsterte er, aber pathetisch, »ich bin nicht feige.« »Aber man wird Sie verhaften!« Und er: »Man hat viele freiheitsliebende Männer im Laufe der Geschichte verhaftet; ich werde sie warnen!« Und ich: »Gut, ich warne den Curé und Madame Frécourt! Diese nehme ich auf mich. Und Sie?« Er nannte mir noch einmal die Namen, nun waren es vier. Ich erfuhr sogar, wo sie wohnten. Alle vier werden noch in dieser Nacht verhaftet. Morgen gehe ich zu Denise.
28. Februar abends.
Der Curé empfing mich eiskalt. Ich merkte sofort, er war von der Verhaftung der Mitarbeiter unterrichtet. Es dunkelte bereits. Denise war noch nicht zu Hause. Als ich dem Curé sagte, daß die Deutschen ihn wahrscheinlich beobachteten, fragte er mich, wie ich dazu komme, mich zu ihm zu wagen.

Seine schwarzen Augen hinter der Messingbrille – welch ein Blick: er durchbohrte mich mit seinem Wissen. Sagte mir meine Sünde. Diese seine unsagbar doppelsinnige Frage »wagen« ließ mich einen Augenblick verstummen. Ja, wie konnte ich es wagen!... Ich erklärte gewaltsam ruhig, daß mir als gutem Franzosen sein Wohlergehen am Herzen liege. Und er: »*Mein* Wohlergehen? Ich glaube, soviel liegt Ihnen nicht an meinem Wohlergehen! Übrigens – man hat doch auch die übrigen Verhafteten vorher gewarnt, Monsieur Renand tat das, wie Sie sagen. Warum wurden sie verhaftet – und ich nicht? Wem verdanke ich das?« Und ich: »Oh, auch Sie können jeden Augenblick verhaftet werden, wenn einer der Verhafteten etwa – spricht!« Und er, ganz ruhig: »Das weiß ich. Aber noch eine Frage: wird auch meine Schwester verhaftet?« Gerade in diesem Augenblick schellte es. Der Curé lächelte mich in kurzem Zögern an, ehe er öffnen ging. Denise! Sie war wie berauscht. Mein Anblick ernüchterte sie eher. Doch sie blieb in einer gewissen flatternden Erregtheit. Ich warnte auch sie. Denise sagte: »Ich weiß!« Ich hielt mich nicht auf. Sie flüsterte an der Tür: »Morgen komme ich in die Sprechstunde!« Mein Gott, sie darf nicht sterben!

29. Februar morgens.

Gestern abend noch spät H. bei mir. Er lobte meine Taktik, meine Menschenkenntnis, fragte ob ich die Verhafteten verhören wolle. Alle seien vorläufig noch ungeständig. Hätte H. gewußt, wie mich diese Mitteilung erleichterte. Verhören lehnte ich ab, vielleicht, wenn wir sie alle beisammen hätten, sagte ich. H. fand übrigens, ich sehe sehr schlecht aus, wie eine Mischung aus Rabbi und Dostojewski. Aber das Bärtchen stehe mir gut. O Himmel, wenn er wüßte, wie er mit diesen zwei Namen meine Seelenverfassung umschrieb! Aber gerade diese seine Ahnungslosigkeit machte mich giftig. Es ist leicht, seine Pflicht zu tun, wenn man nicht liebt. Wie hasse ich dieses Wort! Aber ob ich das andere Wort nicht noch mehr hasse? Was macht uns unfreier als die Liebe! Bin

ich denn ein Tier? Bin ich geritten von irgendeiner Macht, unfrei, muß ich, kann ich wirklich nicht mehr wählen nach links oder rechts, geh ich denn wirklich an der Kandare? Das Höchstmaß der Glückseligkeit, o Denise! Und wenn du mitten im Feuer stündest, die Macht, die mich zügelt, führt mich mitten hinein. Und verderbe ich denn so, so doch bei dir!
29. Februar nachts.
Denise in der Sprechstunde. Ich rief sie als die Letzte herein. »Was soll ich tun?« war ihr erstes Wort. Ich ging die Tür zum Vorraum schließen. »Was Sie tun sollen?« fragte ich müde. Wir schwiegen eine Weile. Endlich sagte ich: »Ich weiß alles, was Sie betrifft!« »Wie schade«, flüsterte sie, »ich wollte es Ihnen soeben sagen, alles!« Damit stand sie auf, wankte auf mich zu und ließ sich sanft an meine Brust sinken. Ich wollte etwas sagen, doch sie flüsterte: »Sei still, Lieber, sei still! Ich will hier ein bißchen ruhen, ausruhen, ich kann nicht mehr!«
Die Zeit floß ohne uns dahin, wir waren bei uns, anderswo, aus der Zeit heraus; es war so schön, aber wie ein Raub an der Welt, an ihrem Leid, an ihrer Zerrissenheit.
Sie schien es wie ich zu spüren. Sie sagte plötzlich zusammenfahrend: »O Gott, wir sind verrückt – ich bin schließlich eines Andern Frau!« Und dann: »O dieser Krieg.« Und wieder waren wir still, ich wußte nichts zu sagen, ich hielt sie nur. Die Zeit näherte sich langsam, wie ein Strudel, der höher stieg und uns dann von unserm goldenen Sitz der Einsamkeit herabspülte. Ich sagte: »Denise, laß das mit den Tauben! Sie entdecken dich, du wirst erschossen!« Genau das sagte ich. »Dann sollen sie – es wäre überhaupt besser«, flüsterte sie. »Kommst du mit?« Ich: »Wohin?« Sie: »Morgen! Ich muß hinaus. Ich habe noch fünf Tauben. Die Nachrichten müssen fort.« Ich: »Hast du sie hier?« Sie: »Was? Die ... ah, nein! Ich bekomme sie erst im Laufe des Vormittags. Komm mit, allein kann ich's nicht mehr. Ich habe keine Angst, aber ohne dich kann ich nichts mehr tun! Ich bin nur

eine Frau ... o warum, warum!« Sie schluchzte. Da küßte ich sie, lange, vielmals!
Und wieder waren wir allein, ohne die Zeit und die Menschen, ganz allein. Wir bewegten uns, als wären wir frei. Noch waren die Tränen in ihren Augen – und ich hatte vergessen, daß sie aus der Trauer gekommen waren, aus dem bittersten Warum nach dem Sinn unserer einsamen irdischen Existenz. Ja, dieselben Tränen sahen nun aus, als wären sie aus der Freude gestiegen, aus dem Übermaß an Freude; auch kann der Mensch fragen: warum? warum? aber ohne eine Antwort zu wollen, einfach aus der Wonne des Überflusses. Was schreibe ich da? Ich habe ihr zugesagt – morgen! Ich gehe mit ihr. Als ich Ja sagte, wußte ich auch, was ich tun wollte. Ich gehe nicht zu Bett in dieser Nacht, ich werde nicht mehr schlafen, die Zeit ist zu kostbar geworden. Ich habe den Revolver geladen, zum erstenmal, seit ich ihn besitze. Ich habe es mir genau überlegt. Wenn wir bei den Tannen sind, nahe dem Versteck der Tauben ... Ich trage das Futter, in der Linken, einen Korb. Dieses Heft lege ich unten in den Korb. Verurteilt mich, aber ihr sollt mir nicht nachsagen, daß ich ein Ehrloser bin, ein Wicht! Ich werde dicht hinter ihr gehen und ihr etwas schönes erzählen. Vielleicht die Geschichte von Nausikaa, so wie ich sie fühle, morgen. Ich werde von einem graublauen Meer erzählen, von einem Himmel nach dem Sturm, von Ölbäumen, die sich im Wind sträuben, von Mädchen, die ihre Wäsche bleichen, und, derweil sie bleicht, Ball spielen. Da fällt ein Ball in den Busch, da, wo Odysseus sich verbirgt. Und an dieser Stelle, wenn der Ball fällt und rollt – dann geschiehts. Ich bin einen Meter von ihr fort. Ich setze ihr schnell die Mündung ins Genick und rufe – was rufe ich? – ah, ich rufe: »Denise!« dann ist's geschehen. Und noch einmal rufe ich »Denise!« und dann ist alles fertig! Gott sei mir gnädig, wenn Du bist; aber dies ist die einzige Lösung. Ich weiß, wenn Denise wüßte, wie alles steht, sagte sie bestimmt Ja – aber sie soll leicht sterben, sie

soll stolpern und still daliegen, und ich will über sie stürzen. Ich las soeben den Brief des heiligen Hieronymus über den Untergang von Rom. Alles vergeht – und wird neu! Seit ich mir unser Ende deutlich vor Augen gestellt habe, nein, seit ich wieder meinen freien Willen habe, bin ich viel ruhiger geworden. Schlafen zwar – es wäre geschmacklos! Wir können lange ruhen, morgen! Wir gehen, wenn es dämmert. Mein Ausweis bringt uns sicher an jeder Patrouille vorbei. Denise ängstigt sich umsonst wegen der deutschen Streife, aber diese Angst kann ich ihr nicht abnehmen. Aber ich weiß auch: ohne daß sie ahnte, wer ich bin – meine Nachbarschaft macht sie ruhig. Sie braucht mich; an das, was später sein soll, denkt sie nicht. Sie sagte, ehe sie ging: »Jeder Kuß, Guillaume, ist ein Jahr voll Leben.« Und ich: »Wie alt sind wir dann in dieser einen Stunde geworden!« Wie heiter sieht doch alles aus, wenn man entschieden ist. Selbst das Rollen von der Front ist sanfter geworden, ich weiß jetzt: all dieser Unsinn hört auf; was bleibt, wissen wir nicht, vielleicht aber bleibt uns die Liebe. Gute Nacht, Denise!
30. Februar morgens.
Nicht geschlafen. Schrieb einen Abschiedsbrief an meine Frau und die Kinder. Ich erklärte ihr alles, als wäre sie Simone. Mein Gott, wie hart macht eine neue Liebe gegen eine alte, vergangene, vergessene! Wie bestialisch sind wir, wenn wir unsere Handlungsweise verteidigen gegen jemand, der uns liebt, und den wir nicht mehr lieben. Es ist das Schlimmste! Arme Luise! Arme Simone! Und ich hatte es so ganz anders im Sinn mit uns, als ich dich, liebe Luise, zum erstenmal im Arm hielt. Ein Leben, eine Liebe, so einfältig wie ein Jüngling dachte ich es mir. Denn was ich von jeher verabscheute, haßte, ja geradezu als krankhaft empfand, als opernhaft, als egoistisch zuchtloses Sichgehenlassen, ja, als verächtlich: das war die Leidenschaft, la passion! Nun habe ich die Antwort. Es ist ein Verhängnis! Vorsicht, Selbstdisziplin, Mißtrauen gegen die Maßlosigkeit der Gefühle und

gegen das Spiel mit dem Feuer – es half mir ungefähr zehn Jahre; und dann brachte dieser alte Schwätzer mir Denise – warum eigentlich? Ich weiß es nicht mehr. Es ist ja auch einerlei! Ich war übrigens der Meinung, daß unsere Zeit keine großen »Passionen« mehr hervorbringe. Es ist unheimlich, wenn man merkt, daß das Schicksal uns meint, gerade uns! Wir lieben im stillen alle das gewöhnliche Leben. Die übrige Zeit der Nacht las ich die Zeitung, nur das Dümmste – die politischen Nachrichten und die Annoncen. Aber das war wirklich belustigend. Ein Mensch, der zum Sterben entschlossen, findet im Gerede der Politiker nur wichtigtuerisches Getöse, die Angebote der Geschäftsleute wirken dagegen beinahe seriös. Wozu dienen all diese Konferenzen, diese Beschlußfassungen, diese Ansprachen, diese Aufzüge und all diese durchsichtigen Lügen, wenn das Morden weitergeht, durch die Jahre! Dieser Krieg kann auch zehn Jahre dauern, man stelle sich ein besiegtes und den Deutschen offenstehendes Rußland vor. Aber – das alles ist mir bereits so unsagbar fern. Meine armen Kinder, die ich euch in eine solche Zeit hineingezeugt habe! Wäret ihr nicht, mir wäre leichter zumute. Man zeugt doch immer in einer Art Wut oder Gedankenlosigkeit, wir Heutigen wenigstens: denn, wer könnte für den Moloch hoffnungsfreudigen Herzens zeugen? Mein Kopf ist gläsern! Zum letztenmal geh ich in mein Sprechzimmer. Ich war gerne Arzt, solange ich an die Möglichkeit glaubte, daß unserem Geschlecht zu helfen sei. Ein an der Heilung Verzweifelter kann nicht mehr heilen! Dieser Krieg dauert so lange, bis kein Pflaster mehr hilft! Ich habe genug! Ich gehe! Bin ich feige? Beides kann Feigheit sein: Das Gehen und das Bleiben.

Finis!

Nein, nein, nein; hier bin ich noch am Abend dieses Tages, es ist 11 Uhr. Hier bin ich, ein von sich selbst Geschändeter, ein Ehrloser, ein Verräter an seinem eigenen Volk.

Ich ging mit ihr, dies Heft lag wirklich unten in der Aktentasche, und darin war Futter für die Tauben. Und der Revolver war geladen, o gewiß! Sie ging auch vor mir – mit diesem ihrem Schritt. Der Rock war zu lang für das Gras und das Gestrüpp. Ich sah sie einherschreiten, ruhevoll, ihr Schritt ist so anmutig. Weiter, weiter, dachte ich, geh weiter! Manchmal sagte sie etwas, ohne umzublicken, leise und immer mit meinem Namen beginnend: »Guillaume, gehst du jetzt immer mit mir – hierher?« »Ja, Denise, immer!« Und nach einer Weile: »Guillaume, wenn ich aber jetzt demnächst keine Tauben mehr habe, mit der heute habe ich nur noch fünf.« Und ich: »Wir finden schon neue, Denise! Denk nicht an morgen!« Und sie, nach zehn Schritten: »Guillaume?« »Ja?« »Bist du bedrückt?« Und da blickte sie sich um.

Gerade an dieser Stelle breitete sich ein weiches Moospolster. Ich dachte, ehe es geschieht, muß sie ganz mein geworden sein, ganz! Die Küsse im Sprechzimmer, nein, das war nicht alles! Ich setzte mich und blickte sie an, sie näherte sich mit ihrem Gesicht. Ich zog sie zu mir herab, sie seufzte. Es dämmerte, und die Tannen umstanden uns, als hielten sie es mit uns, als sorgten sie sich für uns. Sie hatten keine Augen, sie waren nicht wie die Menschen, die dies dulden und jenes nicht. Die Tannen schwiegen und dufteten und waren freundlich, manchmal regten sie ihre Wipfel im Wind. Ein kleines Stück Himmel sah ich manchmal in Denisens Augen, wenn sie – nur kurz, nur allzu kurz – sie öffnete.

Wir gingen weiter, zu den Tauben. Jetzt schwiegen wir. Ich griff nicht einmal mehr in die Tasche, wo der Revolver drückte, brannte. Ich trug das Taubenfutter. Ich ließ den Kopf tief hängen! Ich fühlte mich wie einer, der zum Galgen geführt wird. Denise war der Henker! Ich sah den Taubenschlag, sie zog aus einer Tanne eine Einbaumleiter hervor und stieg hinan, ich hielt die Leiter. Einmal rüttelte ich an der Leiter, aber so schwach, daß Denise glaubte, es sei ein Scherz. »Nicht doch, ich falle, Äffchen!« rief sie leise. Ja, ich wollte sie zum Fallen bringen, gewiß, aber nur in Gedanken, in der

Vorstellung; meine Arme an der Leiter, die ihren Leib umschlungen hatten, gehorchten nicht, sie liebten diese Umschlingung.

Hundert deutsche Soldaten, dachte ich, als die Taube stieg – ich sah sie steigen! – hundert brave Männer zerstört dies schwache Geschöpf, diese unschuldige Taube. Es mag sein – es mögen jedoch auch zweihundert sein. Und, hätte ich gehandelt, die Taube wäre nicht gestiegen. Das ging ganz langsam durch meinen Sinn, und ganz langsam durchzog mich das Bewußtsein dessen, was ich getan hatte. Denise war noch oben, sie fütterte die Tauben. Warum, so fragte ich mich, habe ich ihr nicht gesagt, im allerletzten Augenblick, wer ich bin? Aber mein Gott, wie sollte ich ihr das sagen. Und ich wiederhole auch jetzt noch: wie soll ich es ihr morgen oder übermorgen sagen – einmal muß es ja sein! Sie wird die Augen aufreißen, voll Entsetzen, Haß, Empörung! Du bist ein Deutscher und auch noch einer von denen, die uns nachstellen, uns, die wir unsere Heimat verteidigen. So einer bist du: ein Lockspitzel, ein Denunziant! Deshalb hast du dich an mich herangemacht! Geh fort! – So wird sie sprechen und sich umdrehen und gehen. Und sie hat recht.

Gern stellte ich mich freiwillig einem Kriegsgericht, aber was wird aus ihr? Ich muß etwas tun! Wo ist nun meine Ruhe hin? Ach, warum begann ich nicht mit der Geschichte von Nausikaa? Statt dessen legte ich mich ins Moos. Ich weiß nun, wer ich bin! Aber was soll geschehen, wenn sie es weiß! Nun muß sie zum Haß auch noch die Verachtung tun, das ertrage ich nicht. Vor einem Kriegsgericht wird man mich vielleicht zum Tode verurteilen, vor dem Gericht ihres Herzens aber – um Gottes willen, was wird sie tun, was wird sie mir sagen? Sie tat, was sie nicht gern tut, ihrer Heimat zuliebe, freiwillig, weil es sein muß. Ein Mann nun gar, der seinen Eid darauf leistete, alles zu tun was seines Auftrages ist, und es doch nicht tut, weil ihn die Liebe zu schwach machte – was wird sie, was muß sie von diesem Mann

denken? Wird auch sie die Liebe schwach machen, daß ihr Urteil sanft ausfällt? Ich glaube es nicht, ich bin verloren! Ich habe die letzte Chance freiwillig und noch halbwegs in Ehren unterzugehen, versäumt, es ist zu spät. Sogar für meinen Tod ist es zu spät. Denn, wenn ich jetzt Hand an mich legte – was wäre das? Ausweichen, Flucht! O Gott, welch ein Leben steht vor mir, welche Jahre – lange Jahre, voller Tage und Nächte! Durch sie muß ich hindurch! Nun ist es zu spät! Und Denise ist mir verloren, ich weiß es, ich weiß es genau! Dieser 30. Februar – mein Gott, welch ein Wahnsinn, es ist der 2. März! – aber was soll das? Warum will ich diesen Tag so genau benennen? Es ist der Tag meines Untergangs!
3. März abends.
Ein langer Tag, der längste meines Lebens. Nichts geschah. Nur ein paar Patienten. Wie dem sehend gewordenen Blinden von Bethsaida erscheinen mir die andern: »Ich sehe Menschen wie Bäume einhergehen.« Alles ist anders geworden, auch die Menschen! Wenn ich einen wüßte, der so tief drin sitzt in der Schuld, in der Hölle – wie ich! Ich ginge ihn besuchen, und wir würden uns gegenseitig unsere Schandtaten bis in alle Einzelheiten erzählen. Vor einem solchen brauchte ich mich wenigstens nicht zu schämen – vor einem Mörder, einem Mann, der betrunken in den Führerstand der Lokomotive trat. Die Kanonen, die Sprache der Kanonen, den ganzen Tag über! Sie reden nur zu mir. Und alles verhöhnt mich: der Vogelflügel auf dem Hut der uralten Patientin heute – die Leiter im Hof – das Moos auf dem zerschossenen Schindeldach vor meinem Fenster – und der Name Denise – es ist ein allzuhäufiger Name.
4. März morgens.
Freund H. bestand darauf, daß Renand verhaftet würde. In Gottes Namen, aber ich muß Denise sehen, ich muß, ich schicke das Mädchen von Frau Petite, heißt auch Denise ...
4. März nachts.
Halluzinationen gehabt! Gräßlich! Kein Wort! ... Nur –

beginnt so der Wahnsinn? Ich muß mit jemandem reden. Diese Träume, ich wage nicht, ins Bett zu gehen, es ist ein Hinterhalt geworden für böse Geister, eine Falle, eine Bleikammer, ach und ein Sumpf – ich versinke, schwitze, verwese. Unsinn, ich meine: viel wichtiger dieser mir unbekannte Zustand im Wachen plötzlich – daß ich für Minuten nur noch mühsam mich erinnere, wer ich bin! Gedanken im Schneckentempo! Alle Gegenstände überdeutlich und zu gleicher Zeit auch wieder unbekannt! Und Ekel! Und Bedürfnis zu schlafen, aber gleich Angst vor dem Traum! O meine Kinder, meine Kinder, was habe ich getan! Ich habe auch euch verraten! Leben, leben, für euch! Ist das Feigheit? Dann dies plötzliche Gelächter hinter mir – und immer bin ich es selber!

5. März nachts.

Denise war bei mir! O welch ein Tag. Curé war, als das Mädchen mit meinem kurzen Brief kam, allein da. Curé öffnete den Brief, durfte es! Wir küßten uns nicht, als sie eintrat. Sie hatte wieder das grüne Kleid mit dem Pelzbesatz an. Gab mir sofort einen Brief ihres Bruders. Ich war erregt, konnte ihn kaum öffnen. Sie half mir mit ihrer Hutnadel. Ich nahm ihr darauf den Hut ab. Wir küßten uns. Ich hatte den Brief von Curé vergessen. Sie wies endlich mit dem Finger darauf, ich küßte ihr die Hand. Sie müsse bald gehen, sagte sie, der Bruder warte. Dann las ich, der Brief lautet:

»Aus Pico della Mirandola, zum Thema: die Würde des Menschen, an einen Herrn, der sich Montfort nennt.«

(Von hier ab ging die hohe, winklige Schrift des Curé auf Latein weiter.)

»Poteris ad inferiora – quae sunt brutta – degenerare; poteris in superiora – quae sunt divina – ex tui animi sententia regenerari. O summam Dei Patris liberalitatem, o summam et admirandam hominis felicitatem.«

Denise stand, während ich diese Worte mehrmals überflog, mit brennenden Augen vor mir, sie wartete und blickte bald auf den Brief, bald auf mich. Schließlich fragte sie, mich wieder und nun angstvoll betrachtend, ob der Brief etwas für uns beide Gefährliches enthalte. Statt einer Antwort versuchte ich stotternd eine Übersetzung, es war mir (und es ist mir noch so) wie einem Enterbten zumute, wenn er das ihm eigentlich zugedachte, aber umgestoßene Testament des Vaters liest. »Es steht bei dir: zum Untermenschlichen, das gemein ist, hinabzuleben – und ebenso: emporzuleben nach deiner Seele Entscheidungsspruch in das Reich über dir, das göttlich ist. O höchste Freigebigkeit Gottes des Vaters, o höchstes, bewunderungswürdiges Glück des Menschen!« Ich hatte kaum diese Worte hervorgebracht, als meine Stimme darunter richtig hinstürzte. Ich schwieg eine Weile, dann sank ich auf den Stuhl, ließ den Zettel fallen und geriet in ein schütterndes, trostloses Schluchzen.

Denisens Stimme mußte mich schon eine Weile umschmeichelt und umflüstert haben, das Streifen ihres Atems, ihr Tonfall, silbrig, sanft! Und wieder war die Dämmerung um uns. Schließlich spürte ich ihren Mund in meinem Ohr und endlich hörte ich, verstand ich, was sie in mich hineinweinte: »Und nichts antwortest du? Überläßt du mich ihm? Diesem Gerechten? Und wenn es die Wahrheit wäre, was er glaubt, ich schwöre es dir: mir ist es gleich!«

Ich hob darauf den Kopf und blickte sie an, zuerst ungläubig, überrascht, fast glücklich, und dann muß wohl die ganze Wahrheit schwarz und dickflüssig in meine Augen getreten sein. Als ich sah, wie sie nun doch – ach, es war keine Handbreit! – zurückfuhr, da nickte ich einmal, es blieb mir nichts anderes übrig. Ihr Gesicht war wie aus Porzellan, aber wie aus ganz dünnem.

Ich schlug die Augen nieder und als ich wieder aufblickte, sah sie mich noch immer so an. »Guillaume«, flüsterte sie, o so entsetzt! Ich nickte nur. Und da sagte sie noch einmal meinen Namen, aber nun anders, so ganz und gar anders, zärtlich, mütterlich, als wäre ich todkrank und mein Name sei eine Arznei, so ähnlich! Ich wußte keine andere Antwort als auf dieselbe Weise »Denise« zu sagen, zu lispeln, ja ganz leise, als dürfte ich ihn nicht mehr aussprechen, ihren Namen.

Sie saß ganz nahe vor mir. Langsam hob sie beide Hände und hielt darin mein Gesicht eine Weile, streichelte mir übers Haar und endlich sagte sie, doch ganz ohne Ausdruck: »Um meinetwillen!« Ach, wie sie die Hände in die Höhe hob, ihre Augen ins Leere richtete: »O Gott, das war zu viel, Guillaume, zu viel, das durftest du nicht! Ich bin doch nur – du, was hast du getan!« Nach einer Weile fragte sie, fast nüchtern: »Jetzt mußt du Franzose werden!« »Nein!« Ich schüttelte den Kopf. »Ich muß mich einem Kriegsgericht stellen!«

Da sprang sie auf, riß mich an ihre Brust und rief nur immer: »Nein, nein – nein, nein! Du sollst nicht – du nicht, sie werden dich töten!« Dann ließ sie von mir und setzte sich. Sie atmete schwer.

»Erzähle mir«, sagte sie nach einer Weile, »ich weiß so wenig von dir, erzähle mir von dir, Guillaume! Ich kenne dich, aber nicht genug.«

Ich erzählte ihr, von meiner Familie, meinem Beruf, dem Entschluß, in den Abwehrdienst zu treten, von den letzten Tagen.

Sie unterbrach mich plötzlich: »Nicht daß du Angst hast! Das alles hast du mir erzählt, deiner Denise! Verstehst du? Das gehört niemand sonst auf der Welt als mir! Glaubst du mir das?«

Ich nickte. Und an dieser Stelle bat ich sie, die Tauben zu entfernen, keine weitere mehr mit Geheimbotschaft zu schicken.

»Gern tue ich das«, sie lächelte dabei, »ich will genau so – so treulos zu den Meinen sein wie du zu den Deinen! – Ich habe meinen Mann verraten, um deinetwillen, und du deine Frau! Was jetzt noch zu verraten ist, wenn es sein muß, fällt nicht mehr schwer. Denn mein Mann ist ein guter Mann, aber« (ja, so sagte sie wörtlich) »was man verraten kann, was man abtun kann, war das notwendig für unser Leben?« Sie versank in Schweigen. Plötzlich sagte sie, als hätte sie die ganze Zeit gesprochen: »Aber die Ehre ist notwendig! Das gute Gewissen – Guillaume! Du hast mich zu hoch geschätzt, du hast mich zu teuer erkauft, zu teuer, mein Gott, was sollen wir tun? Jetzt ...«

Ich schreibe diese ihre letzten Worte hin, wie ich sie ungefähr behalten habe, ungefähr, sie sagte alles so viel einfacher, natürlicher, jedes Wort war feucht, betaut von ihrer – ach ja, von ihrer Seele, wenn sie mit mir sprach. Ihre Stimme, heute, ihre Stimme, sie kam ganz aus der Mitte, immer, aber heute ... O ich werde sie nicht mehr hören.

Weil ich keine Antwort wußte, weil ich ihr nichts sagen konnte, was zu tun sei, weil wir nicht länger voreinander sitzen durften; vielleicht weil sie meinen Anblick nicht mehr ertrug, den Anblick eines gebrochenen, geistesabwesenden, ehrlosen Mannes, und weil es so sein mußte: als ich aufblickte, sah ich, wie sie leise zur Türe hinausging. Ich blieb wie gelähmt sitzen, ich starrte sie nur an, ich glaube, ich habe gelächelt, aber was für ein Lächeln war das!

6. März mittags.

Ein Mädchen bringt mir soeben ein Körbchen, ich wollte gerade zum Essen gehen. Ich lüfte das Tuch: vier geschlachtete Tauben. Und kein Wort! Oh, Denise, dieselbe Weise, wie sie wegging! Ihre Hutnadel hat sie vergessen. An der Spitze ist eine Schraube angebracht, damit sie niemanden verletze. Ich werde die Tauben ins Restaurant mitnehmen, ich schenke sie dem Wirt. Ich fühle mich ein wenig normaler – aber ich gehe umher wie ein Automat. H. war soeben auf einen Sprung hier – alles Unsinn, was er redet. Er glaubt, ich sei schwerhörig geworden, kein Wunder! Ich war versucht, ihn zum Taubenessen einzuladen, aber ich darf mich nicht öffentlich mit ihm zeigen – außerdem, ich habe allen Grund, mich allein und nur mich allein zu verhöhnen.

6. März abends.
Denisens Fotografie! Ich fand sie, als ich das Papier mit den geschlachteten Tauben vor dem Wirt auswickelte. Er sagte, das sei die Sängerin Ch. Ich lachte und steckte es schnell zu mir. Ich radierte zu Hause den Karton sauber, es war Blut daran; aber das war Zufall, es wäre nicht Denisens Art, solche Symbolsprache stünde ihr nicht. Die Tauben, ja, und daß ihr Foto sozusagen als Einwickelpapier diente! Auf diese Weise sprach sie zu mir. Das Bild muß aus den letzten Tagen stammen. Sie hat es für mich anfertigen lassen! Es ist wie die Tauben, ja, ich weiß – ein Abschiedsgruß! Alles ist vorbei! O Denise!

*

Das war die letzte Eintragung; seit der Zeit, lieber Monsieur Frécourt, führe ich kein Tagebuch mehr. Am 7. März nämlich starb Denise. Ich habe sie gesehen, wie sie im weißen Sterbehemd auf ihrem Bett lag. Der Curé hatte mich bestellt, ihr den Totenschein auszustellen ... Das kann ich dem Curé nicht übelnehmen, es war gerecht; überdies: ich sah sie noch einmal. Ich erhielt auch vom Curé einen Brief, den Denise, bevor sie das Gift nahm, an mich schrieb. Der Curé war nicht zu Hause, und sie hatte sich selber für das Sterben zurechtgemacht und auf das Bett gestreckt.
Der Curé war furchtbar. Er sagte kein Wort zu mir. Er hatte die Festtagssoutane an und das Birett, er stand steif neben dem Bett der Toten und schaute mich unverwandt an, was auch immer ich tat. Ich wollte Denisens Brief zu Hause lesen und steckte ihn in die Tasche. Der Curé duldete es nicht, wiewohl ich ihn darum bat, mich allein von der Toten zu verabschieden. Seine Härte in diesem Augenblick kam nicht aus Haß, ich spürte die Unerbittlichkeit des Gesetzes, des Schicksals darin, ich habe oft an sein kurzes, messerscharfes Kopfschütteln gedacht. Ich kniete mich also in seiner Gegen-

wart nieder, verneigte mich, küßte die Erde und ging. Ich tat das, weil ich ihre Stirn in seiner Gegenwart nicht küssen konnte.

Er ging mit mir die Treppe hinunter. Auf der Diele blieb er stehen, wieder blickte er mich an. Ich streckte die Hand in die Richtung, wo der schwarze Strich seiner Gestalt stand, seine Augen waren jetzt wie die eines Toten. Und ich sagte: »Vergeben Sie mir, ich bitte Sie darum! Sie wissen, wer ich bin!« Der Curé nickte. »Vor allen Dingen«, sagte er tonlos und rauh, »ein unbeherrschter, haltloser Mensch! Ihre Schuld am Tode meiner Schwester kann ich nicht genau abwägen, aber Einer wägt, glauben Sie mir!«

»Ich weiß es, Abbé«, sagte ich, wie gerne wäre ich zur Tür hinausgegangen. Meine Hand hatte ich zurückgezogen.

»Hätten Sie uns nach der üblichen Routine vernichtet«, begann er wieder, »mich und meine Schwester, dann wären Sie nur, was heute viele sind. Aber daß Sie uns schonten – ich weiß warum...«, seine Stimme erhob sich, er bebte am ganzen Leib. »Jedoch« – er schlug sich mit der Faust vor die Stirn – »es ist meine Schuld! Ich hätte Sie erschießen müssen, hier in meinem Haus, hätte Sie einladen müssen und hier erwürgen, seit ich ahnte, daß Sie der Ehre meiner Schwester nachstellten. Nicht weil Sie Deutscher sind – aber auch das, aber auch das... gehen Sie! Was wollen Sie hier?... alle Mörder, Mörder!« – er röchelte das Wort wie in kalter Wollust.

Als ich wie betäubt zur Tür eilte – ich konnte diese Stimme, dies Gesicht nicht mehr ertragen –, stöhnte es plötzlich hinter meinem Rücken. Gleich darauf spürte ich mich an der Schulter gehalten und zurückgezerrt. Im ersten Augenblick dachte ich, er sei vor Schmerz rasend geworden und wollte mich töten. Und, ich gestehe Ihnen die Wahrheit, ich hätte mich nicht gewehrt, Ich war zu sehr mit Trauer angefüllt und mit Ekel gegen mich selbst.

Aber es geschah etwas anderes. Der Curé zerrte mich in die

Diele zurück, keuchend, er brachte dabei bruchstückhaft immer denselben Satz hervor: »O Herz unseres Gottes! O Herz unseres Gottes!« Und dann mich an den Schultern packend und mein Gesicht zu dem Bild des Erlösers aufrichtend, der sein Herz in der Hand dem Beschauer hinreicht, verweilte er einige Sekunden. Der Curé bebte am ganzen Leibe. Wenn jemand in diesem Augenblick durch die Haustür eingetreten wäre, hätte er glauben müssen, wir beide befänden uns in einem Ringkampf und schöpften, zu dem flimmernden Öllicht vor dem Bilde aufblickend, kurz Atem. »Zusammensuchen«, röchelte er dann, »die Teile des zerstückelten Herzens unseres Gottes zusammensuchen, aus allen Ländern, Völkern...« Seine Stimme verging in einem neuen scharfen Atemholen. Und plötzlich: »O wie ich Sie hasse, hasse... Beten Sie mit mir, Monsieur... nein, gehen Sie!«
Damit ließ er mich mit einer stoßenden Bewegung frei. Ich ging. Hinter mir war es still. Als ich auf der ersten Treppenstufe stand, hörte ich des Curé Stimme: »O du Lamm Gottes, das du tilgst die Sünden – die Sünden der Welt...«, das waren die letzten Worte, die ich im Hause des Curé hörte. Es klang, als ob er an der Erde läge, und sonst war er ein so nüchterner, ausgewogener Mann.
Ich ging vollständig betäubt dahin oder eher wie ein Betrunkener. Ich dachte nicht an Denise, ich dachte: was war das nur?... Wie gräßlich... Was ist geschehen?... Bin ich einem Gott begegnet?... Was für einem starken Gott, daß er diesen Curé... Und da spürte ich einen furchtbaren Schlag im Rücken, und mir verging alles im Dunkel.
Ein Sanitätsauto, zum Glück leer, wie man mir später versicherte, hatte mich überfahren und brachte mich ins Hospital. Ich lag über ein halbes Jahr und genoß meine Schmerzen. Wollen Sie mir das »genoß« glauben? Schmerzen, das sind die Glieder einer Kette, die uns zwischen Leben und Tod aufhängen, manchmal genau in der Mitte; und da ich nicht ganz im Leben sein wollte, aber auch nicht zu ihr auf die

andere Seite entweichen konnte – niemand rief mich! –, genoß ich die Schmerzen als eine Kette, die mich mit ihr verband. Seit der Zeit bin ich nie wieder ganz gesund geworden. Ich diente später als Militärarzt und kam auch einigemal nach Trier. Hier ließ ich mich nach dem Krieg nieder.

Und dann kamen Sie, Monsieur Frécourt, das übrige wissen Sie!

Dies Heft gehört Ihnen, machen Sie damit, was Ihnen gefällt. Die Offenheit in den Tagebuchblättern mußte Ihnen weh tun, aber übersehen Sie nicht, daß ich das Tagebuch für mich selber führte. Daß ich es Ihnen öffnete, geschah, damit Sie genau wüßten, wie alles war und wie es kam, das heißt, genau weiß ich selber nicht, wie es kam. Monsieur, meine Geschichte soll Sie warnen vor der Leidenschaft, auch vor einer erlaubten – Ihre Liebe aber zu meiner Tochter erscheint mir unerlaubt. Ich kann es Ihnen nicht erklären, wenn Sie es nicht fühlen. Zwischen uns ist etwas, das uns verbindet und trennt – wie bei den Blutsverwandten das Blut – Sie wissen, was es *ist*? Ich beschwöre Sie: machen Sie sich und meine Tochter nicht unglücklich.

Clairmont.

Sekundanten

Als die Geschwister am andern Morgen im Frühstückszimmer des Gasthauses Platz nahmen, lächelten beide, da sie die Serviette entfalteten, und jedes versuchte mit diesem Lächeln sein Gegenüber zu täuschen. Wilhelm wollte mit diesem Lächeln sozusagen sein Gesicht verhüllen: die Schwester durfte es nicht wissen, welcher Lektüre er diese Nacht gewidmet hatte, und niemals sollte sie die Erniedrigung des Vaters mit ihren schönen Augen lesen, niemals, das war ihm nun gewiß. Luises Lächeln aber war der gleichen Art, nur voll eines rücksichtsvollen, ja mütterlichen Wissens – und Verschweigens. – Als Wilhelm gegen fünf Uhr das Hotel verlassen hatte, um an der aufgehenden Sonne sein Gesicht zu heilen und zu glätten, da hatte die Schlaflose das Türeklappern vernommen; und kaum daß er hinuntergegangen, hatte sie ihren Morgenrock übergezogen und war in sein Zimmer hinübergehuscht. Mit einem einzigen Griff hatte sie das Heft aus dem Koffer des Bruders gezogen – und am Fenster, damit sie den Zurückkehrenden sähe, beim wachsenden Licht des frühen Morgens gelesen, bis der Bruder kam. Sie war soeben an der Stelle des Tagebuches, da der Vater mit Denise zu den Tauben ging, – da kam Wilhelm vom Ufer der Cisse her, mit hängendem Kopf und schleppendem Schritt, genau auf die Weise, wie er gestern abend gekommen und in der Dämmerung des Zimmers sie erschreckt hatte. Sie legte das Heft an seinen Platz und eilte in ihr Zimmer, in ihr Bett zurück und stellte sich schlafend. Jedoch er kam nicht; erst zum Frühstück, das Wilhelm voll Rücksicht reichlich spät ansetzte, hatte er geklopft und, wie er arglos glaubte, sie geweckt.

Und nun lächelten sie einander an. Aber ihr Gespräch verlief sparsam, er sprach von Abreise, Paris und Kunstverhandlungen. Er vermied es dabei tunlichst, die Schwester anzuschauen.
Wilhelm war noch mitten in seinem ungewohnten Kaffeefrühstück darin – er aß sonst morgens nur einen Teller Haferflocken –, als Luise aufstand, sich für einige Minuten entschuldigte und hinausging. Dem Serviermädchen flüsterte sie zu: sie solle Monsieur, falls der Bruder das Hotel verließe, ausrichten, sie sei in einer Stunde wieder da. Und sie eilte davon.
Ein Briefträger, den sie nach dem Clos Frécourt fragte, wies die Straße hinauf. Luise bemerkte, daß die starr ausgestreckte Hand des Mannes in einem Lederhandschuh steckte, während die Linke unbekleidet war – der Mann trug eine Prothese, wohl aus dem Kriege. Seine Auskunft war kurz und heiser. Luise bedankte sich – und im Weitergehen erblickte sie immer wieder die starre, rindsledergläzende Hand; sie fühlte sich bedrückt.
Sie hatte die saubere Dorfstraße verlassen und war auf einem mit weißen Mauern gefaßten Weg in die sanft ansteigenden Weinfelder hineingekommen. Da stand sie auch schon vor dem ihr beschriebenen Gittertor, das zwischen zwei rohen Tuffsteinen hing und auf den grünen, gestutzen Rasen dahinter den Schatten seiner Stäbe und Rosetten und Kringel zeichnete. Luise trat durch das offene Nebentürchen in der Mauer ein. Ein Klingelzug hing dort, es schien sonst geschlossen zu sein, denn die unteren Enden der Stäbe des kleinen Gittertürchens hatten im Sand eine Spur von vielen Bögen gezogen, die frisch war ebenso wie die Fußstapfen, welche das Muster der regelmäßigen Viertelkreise durchschritten hatten.
Luise trat langsam ein. Als sie die Schwelle, sie war von Sand fast verdeckt, unter ihrer Sohle spürte, knickten ihr die Knie ein wenig ein, es war ihr, als hätte sie auf einen

lebendigen Körper getreten. Ihr Blick glitt über das frische Grün der Rasenfläche, die nach dem weißen Hause zu und den Seiten sanft anstieg. In dieser Mulde glänzte dunkelbraun ein kleiner Teich. Das Haus lag breit hingestreckt, sein erster Stock war in das große Schieferdach hineingebaut, die Kamine waren säuberlich wie die Hausfront geweißt.

Zu beiden Seiten des Hauses, an den abgeschrägten Giebeln, standen zwei Blutbuchen, die das Haus überragten und seine weiße Fläche mit ihren Schatten marmorierten.

Am Eingang in der Mitte befanden sich zu beiden Seiten irdene Kübel, aus denen ein dunkelrotes Geranke an der Hauswand emporkletterte. Luise konnte aus der Entfernung nicht sehen, was für Blumen es waren. In einer Zustimmung zu dem Bild, das sich bot, nickte das Mädchen, trotzdem trat es nur zögernd näher. Der Anblick des Hauses, wo er wohnte all die Zeit, und wo mit ihm zu wohnen Luise in so viel verträumten Stunden gewünscht hatte, war für sie so erregend, so wunderbar, ja so unglaublich, daß sie einige Atemzüge lang ihre Angst vergaß. Doch da war sie wieder und saß ihr in den Knien, in den Füßen, sie ging wie eine alte Frau.

Die Haustür war weit offen. In dem mit roten Fließen belegten Vorraum standen einige Korbmöbel. Eine große altmodische Glastür im Hintergrund trennte diesen Eingangsraum von einem Stübchen, das sehr unbequem aussah, weil eine zweite Fenstertür an der Hinterseite des Stübchens ins Freie führte, Luise fühlte förmlich den Durchzug. Indessen ging kein Wind, und alles war still. Sie rief: »Ist niemand da?« Und sie machte ein paarmal »Huhu« und wiederholte ihre Frage. Plötzlich wurde es ihr bewußt, was sie da sagte, und sie erschrak... Natürlich ist jemand da, dachte sie angestrengt und rief wieder: »Huhu, Monsieur Frécourt!«

Da erschien an der Fenstertür hinter dem Stübchen ein alter, hochgewachsener Mann, der einmal den Kopf gegen die Scheiben drückte, als wollte er besser sehen. Gleich darauf fuhr er mit der Hand ein paarmal waagerecht durch die Luft

und rief mit einer hohen, meckernden Stimme: »Geh zum Teufel, ich mach mir den Dreck allein, mach ihn mir hin und fort! Dafür brauch ich keine Weibsbilder im Hause! Ja, ja, wenn er wiederkommt, kriegst du Bescheid!« Er hielt einen Augenblick inne und rief dann freundlicher: »He, Marie!«
Luise öffnete entschlossen die erste Glastür, die in das Stübchen führte, versuchte ein Lächeln und näherte sich dem zweiten Fenster.
Das Gesicht des alten Mannes bewegte sich einigemal hin und her, Luise war ihm nun fast auf einen Meter nahe gekommen. Seine blauen Augen waren gekniffen. Er hatte glühend rote Bäckchen und ganz weißes Haar, auch seine Bartstoppeln waren weiß (es war einer jener alten Männer, die sich nur zu Sonn- und Feiertagen rasieren).
Er hatte jetzt sein Gesicht in angestrengtem Zusehen gegen die Scheiben gedrückt, so daß die lange Nase breitgequetscht wurde. Plötzlich legte er den Kopf schief, und die vielen senkrechten Falten in seinen Stoppeln begannen zu vibrieren – und schließlich lächelte er, nickte, sehr höflich, sehr verlegen, putzte sich die Hand am Hosenboden und griff zur Türklinke. Er rüttelte daran, seine Miene wurde ärgerlich, aber sofort blickte er Luise wieder an, als wollte er keinen Augenblick verlieren, und lächelte wieder. Nun öffnete er und schüttelte verlegen den Kopf. Plötzlich reichte er ihr die Hand, als hätte er das vor lauter Freude vergessen.
»Guten Tag«, sagte er, »ich sehe nicht gut, vor allen Dingen nicht durch Glas! Glas ist mal so, mal so! Und die Marie kommt immer um diese Zeit, und ich brauche sie doch nicht! Jetzt nämlich nicht, unter diesen Umständen. Ja, ja, ich weiß genau, wer Sie sind! Nein, nein, mir brauchen Sie nichts zu sagen. Es ist sehr traurig! Ich bin der Onkel Charles, wie gesagt, ich sage das, weil es so ist. Ich kenne auch den Herrn Bruder, nur von ferne, ich hab ihm eine gute Flasche hinaufgeschickt! Ja, Mademoiselle, in Frankreich ist jedermann radikal, ich habe ihm gesagt: François, man rückt niemals

vor einer Frau aus, niemals, vorausgesetzt, daß man nichts angestellt hat. François war nie radikal, plötzlich ist er – ah, oh, Mademoiselle, nicht weinen, nicht weinen, mein Gott, das ertrag ich nicht – dieser imbécile!«
Er hatte sich umgewandt und mit dem Fuß aufstampfend sein »imbécile!« hinausgemeckert –, in den morgendlichen Garten. Luise mußte lächeln. Sie sah den gewaltigen leeren Hosenboden Onkel Charles' herabhängen, über den Pantoffeln trug er kurze, ehemals weiße Gamaschen, die an den Seiten silbrige Schnallen hatten. Sein blaues Hemd war an der Schulter aufgerissen. Aber er sah so lieb aus, fand Luise: die roten Bäckchen und diese schalkhaften, eifrigen, blauen Äugelchen und dies freundliche Gemecker. Und wie zartfühlend und geschickt hatte er ihr diese Nachricht gegeben, die Luise, wäre sie ihr nur kalt und höflich übermittelt worden, mit Scham und Verzweiflung erfüllt hätte.
Onkel Charles drehte sich langsam zu ihr um, als wagte er nicht, in ihr Gesicht zu sehen. Als er Luise lächeln sah, nickte er vergnügt, packte sie ohne weiteres an der Hand und murmelte: »Aber jetzt – jetzt wird mal gründlich gefrühstückt, wir beide, warten Sie – kommen Sie!«
Luise war gänzlich verwirrt und warf ein, sie komme soeben vom Frühstückstisch, aber er schüttelte nur den Kopf und führte sie so, als könnte sie ihm fortlaufen, in die Küche. Sie lag neben dem Stübchen und war rings mit blauweißen Kacheln, Kupfergeschirr und kleinen Schränkchen angefüllt. Die Mitte des Raumes nahm ein großer, schwerer Eichentisch ein, ohne Decke, mit zwei Stühlen, sie standen einander gegenüber.
Luise setzte sich, nicht weil sie müde war. Und sie fragte, sie schämte sich gar nicht vor Onkel Charles: »Ist das hier sein Platz?«
»Genau, er will nämlich durchs Fenster gucken, da in den Garten! Genau sein Platz!«
Onkel Charles kam zuerst mit einem Kognak, er stellte auf

einem silbernen, großen Tablett zwei Gläschen hin, seine Hand beim Kredenzen zitterte ein wenig.
»Zum Wohl«, sagte er, »Mademoiselle, es ist noch nicht aller Tage Abend! Ich sage das, weil das so ist!« Und er kippte das Gläschen, begann zu kauen, zu schmatzen und zu prusten, er schloß dabei die Augen. »Diesem imbécile brock' ich was ein, aber zunächst zur Hauptsache! Da hab ich nämlich einen Schinken, essen Sie ihn gerne mit Wacholder geräuchert oder mit Rosmarin? Eh, wie, mit Wacholder! O ja – Wald und Schwein zusammen, nicht übel, wie! Und ein Gürkchen dazu, na, Sie werden schon Appetit kriegen. In den Hotels ist ja das mit dem Frühstück noch immer sehr jämmerlich modern! Wir sind doch schließlich Menschen, wie? Und wir essen nicht wie die Tiere oder die Leute in den Hotels, um satt zu werden! Satt ist ein ganz schlimmes Wort, wissen Sie?«
Er hatte derweil vor Luise den Tisch gedeckt, alles lag bunt durcheinander. Als er überlegend, was etwa noch fehle, sich so das Kinn rieb, fuhr er zusammen: »Großer Gott, ah, wie steh ich hier vor Ihnen. Verzeihen Sie, aber ich wußte ja nicht...«, und er eilte, ohne ihr eine weitere Erklärung zu geben, davon.
Nach einigen Minuten kam er wieder, hatte schwarze Hosen an, die Backen eingeseift und in der Hand ein Rasiermesser, in der anderen einen Spiegel, den er zuerst an dem Küchenschrankschlüssel, dann am Nagel eines Bildes, schließlich am Fenstergriff aufzuhängen suchte, doch nirgendwo erhielt er, wie Luise merkte, das richtige Licht.
Sie stand auf und sagte: »Geben Sie her, Onkel Charles, ich halte Ihnen den Spiegel!«
»Ja, wirklich?« Er zögerte zuerst, lächelte sie dann zärtlich an, murmelte »dieser imbécile«, gab ihr den Spiegel, sagte: »hierhin, ein bißchen mehr nach rechts, sehen Sie, auf mich muß das Licht fallen, darauf kommt es an, ein bißchen höher, den oberen Rand ein wenig zurück, ah, wunderbar,

nein, so bequem hab ich es in meinem Leben noch nicht gehabt! Ich sag ja, die Marie, die denkt gar nicht an so was, die würde mich auslachen! Nun, wenn sie kommt, pfeffere ich sie heute hinaus. Sind Sie immer so – liebenswürdig?« Das fragte er, bereits das Gesicht zur ersten Grimasse verzogen, das Messer schnittbereit.
»Ich hoffe!« Luise mußte immerzu ein Lachen verbergen, sie wunderte sich, daß ihr die Abwesenheit von François nicht näher ging. – Immerhin, ich bin hier, dachte sie, Onkel Charles mag mich, und mir gefällt diese einfache ländliche Welt. Hier könnte man froh sein und leben, Kinder auf die Welt setzen – welch ein Garten! Und wie mild ist der Himmel hier!
Onkel Charles keuchte zwischendurch und sah fürchterlich aus, wenn er das Kinn vorschob, die Zunge in die faltigen Backen steckte, sie gar aufblies und schließlich die Oberlippe herabschob – Luise schöpfte immer wieder tief Atem, um nicht laut herauszulachen, denn das hätte Onkel Charles gestört, wenn nicht gekränkt.
Das Messer mit dem bunt eingelegten Horngriff putzte er am Handballen ab, den Handballen darauf an einem Stück Zeitung und die Zeitung wickelte er zum Schluß säuberlich zusammen und trug sie in den Herd. Während er das tat, murmelte er allerlei vor sich hin, plötzlich blieb er stehen: »Jetzt weiß ich auch, warum ich mir die Sonntagshosen angezogen habe. Ich weiß es! Man muß den Fuchs im Bau stellen – in der rue Racine, ich kenne sein Hotel! Wir fahren nach Paris, jawohl! Das steht fest! Ich weiß nämlich genau, mit wem er konferiert.«
Luise hörte den Namen Quinquepivoix fallen. Onkel Charles konnte den Priester nicht gut leiden. Bald erkannte sie auch den Grund. Bei Ausbruch des Krieges war Denise zu ihrem Bruder nach Lille gegangen, und Onkel Charles grollte dem Curé und auch der toten Denise immer noch. »Warum, fragt man sich, ging sie nach Lille? Kann man das verste-

hen? Ich nicht, oder Sie, Mademoiselle? Hatte sie hier nicht alles, was man während eines Krieges braucht? Nur François fehlte ihr, das ist wahr, aber da war ja auch noch Onkel Charles. Aber nein, der Curé glaubte wohl, ich wäre damals noch zu jung gewesen...«, er kicherte vergnügt. »Damals war ich ungefähr, sagen wir mal rund, beinahe sechzig! Nun, schön und gut, gefährlich ist ein Mann wie ich, solange er lebt, Sie verstehen?... Aber – sehen Sie, wenn man zu einer Frau Onkel ist, beinahe Schwiegervater und wenn man beinahe Großvater werden könnte, eben durch diese Frau, dann vergehen einem die Flausen, und man benimmt sich seriös. Ich konnte das und ich kann das, wenn ich muß – ich sage das, weil es so ist. Oder glauben Sie mir das nicht, Mademoiselle?«

»O doch, durchaus!« Luise lächelte.

»Sehen Sie, Denise hat es mir auch geglaubt. Wir haben uns immer gern gehabt, aber dann ging sie doch fort und hing sich dem Bruder an die Soutane! Da glaubte sie sich sicher, weil er mit dem Himmel Extrabeziehungen hatte – ja, ja, und wir sahen die Folgen.« Er brach ab und blickte Luise unsicher an. Soeben war er dabei, sich das Gesicht mit Essig zu waschen. Er studierte ihre Miene einige Sekunden lang. Als sie die Augen niederschlug, sagte er: »Ach, Sie wissen Bescheid?«

»Ja«, sie nickte, »ich las Vaters Aufzeichnungen für François!« Onkel Charles murmelte: »Ich auch, ich auch, das heißt: François hat mir alles erzählt, alles!« Er suchte nach etwas, hatte aber vergessen, wonach. Er blieb stehen und betrachtete sie von oben bis unten. »Ihr Monsieur père«, sagte er so, halb mit Respekt, halb mit Bedenken und nickte ein paarmal. »Ich kann ihn verstehen«, seufzte er, schließlich blies er die Backen auf und nickte wieder, »Denise war – war eine Schönheit, und, was selten vorkommt, sie glich überdies einem Engel! Aber solche schönen Engel ruinieren uns Männer beinahe immer, das sage ich, weil es so ist! Sie

sind, Gott sei Dank, kein Engel«, er schmunzelte mit einem schnellen Blick auf Luise, fuhr aber gleich sehr ernst fort: »Was aber soll dieses unwürdige Getuschel von ausgewachsenen Männern? Wenn man was mit einer Frau hatte, hält man's Maul, vor ihrem Tod und nach ihrem Tod! Man kann es dem Pfaffen sagen, aber auch nur dort, wo man seine Sünden in die Sparbüchse tut. Warum hat Monsieur père nicht das Maul gehalten? Wäre alles viel besser heute! Und François – aber manchmal ist er dumm, durch sein Zuviel an Gemüt, wissen Sie, Mademoiselle. Er ist aus purem Gold, aber jetzt hat er Angst, er könnte Sie, Mademoiselle, jawohl! – eines Tages – hassen! Ich hab ihm gesagt: François, du heiratest das Mädchen und nicht den Vater. Und vor allem nicht die Sünden des Vaters! Außerdem – mit den Sünden ist das so eine Sache. Ein Mensch kommt ohne sie nicht aus, ohne seine Sünden. Das sage ich, weil es so ist. Und hat er sie getan, ist das ja noch lange kein Pakt auf Lebenszeit mit dem ›Gewissen‹« – er flüsterte und blickte scheu um sich, »ich meine mit dem Pferdefüßigen. Ich will mit dem nichts zu tun haben! Zwischen dem ›Gewissen‹ und mir ist eine Menge Licht, verstehen Sie! Und nicht jede Sünde ist überhaupt ein Pakt mit ihm, nur manche. Wo zum Beispiel die Liebe drin vorkommt, ich meine in der Sünde, da ist überhaupt kein Pakt mit ihm abgeschlossen worden, das sagte ich auch François. Wer wirklich liebt und nicht nur Sauereien macht – pardon, aber ich muß das sagen, weil es so ist – der, der ... Ja, ein solcher Mann oder eine solche Frau tut das bloß, weil er oder sie sonst Langeweile hätte auf dieser Erde! Und das ist nicht zum Aushalten! – Jetzt zieh ich mir das weiße Hemd an und dann schließe ich das Haus von hinten und vorn ab, sag dem Martin Bescheid, und wir fahren nach Paris!«
Er wartete gar nicht ab, was Luise dazu sagte, er eilte davon und polterte die Treppe hinauf, immerzu vor sich hinredend.
Luise saß in der Küche, strich langsam über den Tisch, blickte

alle Geräte und Gegenstände an, als wären sie lebendige Wesen, nickte vor sich hin und lächelte.
Wilhelms Gesicht, als er hörte, wer dieser hohe, in den Schultern gebeugte, magere Mann im Sonntagsstaat sei, wurde noch länger, das beträchtliche und schmale Kinn aber sank ihm sichtlich herab, und sein Mund öffnete sich ein wenig, als ihm Luise sagte, daß Onkel Charles mit ihnen nach Paris fahre.
Auf Luisens Zimmer, wo sie packten, endlich allein, fragte er nur: »Ist das dein Ernst?«
»Warum soll es nicht mein Ernst sein?« Sie hob schroff das Gesicht.
»Aber du willst doch nicht mit diesem alten Küfer nach Paris fahren um – um ... das ist doch unmöglich!«
»Bitte, Wilhelm, dieser alte Küfer wird vielleicht so etwas wie mein Schwiegervater! Und er ist, abgesehen davon, daß er wie die meisten alten Leute ein bißchen viel redet, ein prächtiger, kerngesunder und gütiger Mensch! Was willst du weiter – oder vielmehr: ich? Und um die Liebe betteln gehen, das ist nichts Besonderes. Das tun beinahe alle Menschen, offener oder versteckter. So und nun setz dich mal bitte auf diesen Koffer, sonst rufe ich Onkel Charles, der kriegt ihn sofort zu.«
Wilhelm sagte nur: »Wenn das unser Vater wüßte!«
Auf der ganzen Reise erwies sich Onkel Charles als der liebenswürdigste Begleiter. Er zeigte dahin und dorthin – aus dem Omnibus und ebenso aus dem Abteilfenster des Zuges, auf die Hügel und Saatfelder, auf die Dörfer und Kirchen und fragte: »Ist unsere Touraine nicht wie das Paradies? Ein bißchen langweilig, das ist wahr, es fehlen die Berge und die lustigen Flüsse, wie? – Aber sonst! ... Wein und Korn und stattliche Frauen, und so viel Sonne, wenn gutes Wetter ist. Das sage ich, weil es so ist!« Mehrmals betonte er, daß die Deutschen (er sagte höflicherweise nicht: die boches) »nie vermocht hätten, ihren Krieg bis in die goldene Touraine« zu

bringen. »Schlösser wohl, aber keine Ruinen! Die Touraine hat keine Ruinen, alle Zähne noch da, hübsche, nicht zu kleine Zähne, aber auch nicht zu große und schön weiß, wie bei Ihnen, Mademoiselle! Wie Sie zu uns passen!« Sie innig betrachtend schüttelte er lächelnd den Kopf. Gleich darauf schaute er Wilhelm ein bißchen scheu an und fragte ihn, ob die Deutschen im allgemeinen dunkelhaarig und schwarzäugig seien.

Wilhelm erklärte ihm: im Gegenteil, in Deutschland gebe es mehr blonde Menschen als in Frankreich. Das wollte nun Onkel Charles nicht recht glauben, er war sogar ein bißchen gekränkt. In versöhnlichem Tonfall jedoch meinte er korrigierend: es komme schließlich darauf an, »was für einen Teint das Herz« habe. Überhaupt die Völker ... Die Könige in früheren Zeiten hätten sie wie die Schafe behandelt, und jeder hätte sein Land mit einem Pferch umgeben. Aber die Republiken trieben es noch toller, das seien richtige Sardinenbüchsen, kein Mensch in der einen Büchse wüßte, was in der nächsten sei: Anchovis oder Hummern!

»Da fällt mir ein, in Paris werden wir mal in eine bestimmte Budike gehen, chez Emil! Der stammt von Tours.«

Luise aber dachte, derweil Onkel Charles plauderte, in einem fort daran, wie sie den Rest von Vaters Aufzeichnungen lesen könnte, ehe sie François traf. Sie konnte Wilhelm sagen, daß sie bereits einen Teil gelesen habe und nun zu Ende lesen möchte. Aber das war ihr lästig. Und so bat sie ihn um das Kölnischwasser-Fläschchen und behauptete, es befinde sich in seinem Handköfferchen, wo sie das Heft wußte. Luise sah zu, wie der Bruder aufschloß und – wie sie wohl wußte – vergeblich nach dem Gewünschten suchte. Sie fuhren soeben in einen Bahnhof ein, Onkel Charles lehnte sich weit aus dem Fenster.

»Geh mal nachschauen, wo wir sind«, sagte Luise auf deutsch und Wilhelm ging. Als er auf den Gang trat, griff sie eilig in den Koffer, nahm das Heft, steckte es in ihre Hand-

tasche, schloß das Köfferchen ab und nahm das Schlüsselchen zu sich.
Wilhelm kam zurück und sagte, sie seien in Chartres, sie müßten unbedingt von Paris nach hierhin zurück, wenigstens für einen Tag.
Sie nickte nur und sagte zu Onkel Charles, sie lasse ihn einen Augenblick mit Wilhelm allein, sie sollten sich gut vertragen, sie gehe in den Speisewagen – nein, allein! Onkel Charles war nämlich sofort aufgesprungen, und beim Aufglänzen seiner Augen war es allzuklar, was er vorhatte.
Wilhelm nickte der Schwester zu und murmelte auf deutsch: »Du bist so unbeschreiblich tapfer, Luise!«
Sie wandte sich ab und ging.
Als der Zug in den Bahnhof Montparnasse einfuhr, kehrte Luise zurück. Sie trug den Kopf ein wenig zu steif und in den Nacken gelegt. Auch ihr Lächeln war steif, erst als sie Onkel Charles' eifrige Stimme im Ohr hatte – er rief armeschwingend nach einem Gepäckträger – wurde ihr wohler zumute.
Es war gegen fünf Uhr, als die Geschwister mit Onkel Charles in Paris ankamen.
Um diese Stunde saßen François Frécourt und sein Schwager, der Curé Quinquepivoix, vor einem kleinen, stillen Café am Seineufer. Sie saßen nebeneinander und blickten über ihre geleerten Tassen auf die Seineinsel, wo Notre Dame wie eine braune Spinne sich soeben an glänzenden Sonnenfäden aus der Unendlichkeit des flimmernden Himmels herabgelassen hatte, und das düstere, riesige Tier war nun bemüht, daß das Blatt, darauf es inmitten des gelben Wassers saß, nicht forttrieb. An den Quaimauern jenseits der Straße saß alle zehn Schritt ein Angler, manchmal auch zwei nebeneinander.
Eine Gruppe Kinder umstand einen aufgeschichteten Ziegelsteinhaufen, oben darauf hockte eine Malerin. Die Ziegelsteine sahen in der späten Nachmittagssonne wie glühendes Eisen aus, und man wunderte sich, daß nicht rings um die

Malerin plötzlich Flammen heraufleckten. Dann und wann brummte ein Auto mit schmatzenden Pneus vorüber.
François Frécourt und der Curé sahen sehr ernst aus, sie wechselten nur selten ein Wort miteinander, manchmal hob Frécourt die breiten Schultern kurz und heftig hoch, er rauchte ununterbrochen.
»Meine Philosophie«, sagte der Curé mit plötzlichem Ansatz, »ist bis heute dieselbe geblieben, wirklich, ich blieb bei meiner ersten. Es sind die frühen Erfahrungen, die wir machen, die sind entscheidend. Was wir später aufnehmen, wird entweder nicht mehr verdaut, oder es formt sich um den ersten, den inneren Kern. So ist es wenigstens bei mir, und ich glaube auch bei dir, François! Und so habe ich nur das Bedenken: es ist eine Fremde! Und dazu noch eine Deutsche! Sie kann nie eine gute Französin werden. Dieses Volk, ich will nicht sagen, daß es Wilde sind ... Wären sie nur Wilde, dann könnte man sie formen, erziehen, zur Raison bringen. Nein, ich mag sie nicht ... Am Karfreitag betet die Kirche für die Juden und Heiden – man sollte an dieser Stelle ein Gebet für die Deutschen einfügen! Noch halsstarriger, hochmütiger und – unglücklicher als die Juden, warte mal, mein lieber François ...! Ich traue diesem Volk alles zu! Alles! Ich will nicht hassen, keinen Menschen – wiewohl ich jedesmal, wenn ich daran denke, nach so viel Jahren ... Schauerlich allerdings, ja, wirklich schauerlich, daß du auf die Tochter dieses Mannes stoßen mußtest ... Andrerseits – ich glaube auch wieder nicht an den Zufall, wenigstens nicht, wenn Menschen im Spiel sind – in einem solchen Spiel ... Ich weiß es wirklich nicht, François, ich habe seit deinem langen Brief so oft um Erleuchtung gebetet, aber ich finde keine. Mein Gott, wir täuschen uns meistens fürchterlich, wenn wir uns inmitten der Erleuchtung dünken. Damals, als ich schrieb, daß Denise zu mir nach Lille kommen sollte, da hatte ich nächtelang vorher gebetet, ohne Übertreibung, nächtelang, ehe ich schrieb. – Du weißt, welche Gefühle ich für meine

Schwester hege: die eines Vaters, die eines Bruders und überdies die eines Priesters! Und mein Brief entstammte trotzdem nicht der Erleuchtung, sondern purer Selbstsucht. Ich schrieb ihr damit das Todesurteil, ein solches dazu noch!« Er verstummte jäh.

»Aber das ist doch Unsinn«, sagte François müde und hob die Schultern. »Du meintest es gut! Darauf kommt doch alles an! Was daraus wird – was können wir dafür? Du konntest doch nicht im August 14 wissen, daß die Deutschen durch Belgien wie durch einen Gartenzaun brächen.«

Er schwieg. Ohne Übergang murmelte er: »Soviel Liebe! Das fiel ihr nicht leicht, mir so nachzureisen. Sie ist stolz! Aber wie getrieben, das arme Kind!... Ich weiß nicht!... Onkel Charles hat mir noch heute morgen vor der Abreise einen fürchterlichen Tanz gemacht! Jedoch – er hat keinen Sinn für das – Geheimnisvolle an dieser – dieser Sache! Er sagt: ›Wenn sie gesund ist und dir gefällt, dann schaff' sie endlich her!‹ Und jetzt kam sie nach Vouvray – das Ganze ist... Daß sie eine Deutsche ist, stört mich nicht, ich sehe das ganz anders. Ich denke da wie Onkel Charles, der sagt: mit den Völkern ist's wahrscheinlich wie mit den Erbsen, Bohnen und Linsen, in jedem gibt's Steine, Kroppzeug und Maden!«

»Wenn die Welt so einfach wäre wie dein Onkel Charles«, sagte der Curé ein wenig wegwerfend, doch Frécourt wehrte ab: »Nein, nein, der Alte, der ist aus purem Gold! Und nicht dumm, durchaus nicht! Und vielleicht hätte ich ihm folgen sollen und wäre zu Hause geblieben... mein Gott, das arme Kind! Wie mag das in so einem Mädchenherzen jetzt aussehen! Sie ist achtzehn!«

Frécourts Gesicht glühte wie der Ziegelsteinhaufen jenseits der Straße, seine Augen schimmerten feucht.

»Du mußt es wissen«, murmelte der Curé, »jede Ehe ist im Grunde ein Wagnis! Und tiefer enttäuscht als das erstemal könntest du ja schwerlich werden!« Er verzog dabei sein Gesicht, seine Augen waren starr gegen Notre Dame gerich-

tet. »Ich habe die Schuld, Gott weiß es, ich hätte sie nicht in diese unweiblichen Dinge einbeziehen dürfen. Jede Woche riskierte sie zweimal ihr Leben. Sie wollte es, sie war immer so bereit! Und der Mann, dieser Clairmont – oder Montfort, wie er sich nannte –, er hatte offenbar eine magische Gewalt über sie. Aber siehst du, alles was du mir da von seiner Buße erzähltest – geh mir, ich hasse jede Reue, die nicht christlichen Ursprungs, christlicher Prägung ist. Und was sage ich: er bereut ja gar nicht die Tat, das Motiv, sondern einzig die Folgen! Es ist überhaupt keine Reue! Er ist ein Atheist! Übrigens: ist das Mädchen gläubig?«
»O durchaus, sie will sogar katholisch werden.« François wurde eifrig.
Der Curé schüttelte wegwerfend den Kopf: »Ja – deinetwegen, mein lieber François! Das ist wieder nicht das richtige Motiv. Und in Onkel Charles' Nachbarschaft wird sie auch keine eifrige Christin. Na« – sagte er mit einem Seufzer – »in dieser Hinsicht würde sie ja zu dir passen. Büßte doch sogar Denise in der kurzen Zeit in deinem Hause so viel von ihrer früheren Frömmigkeit ein – leider! Das ist übrigens sehr töricht von euch Ehemännern, die Frauen von der Kirche zu entfernen! Eine fromme Frau ist von innen her treu – das Gewissen war noch immer der beste Obereunuch. Du verstehst, wie ich das meine!«
François lächelte, doch der Curé blieb ernst.
»Sie ist wohl sehr hübsch?« fragte er nach einer Weile und wandte sich kurz François zu.
Der lachte wieder in sich hinein und sagte nichts. Schließlich blinzelte er den Curé an: »Darüber hab ich bereits mit Onkel Charles geredet.«
»Eine Frage, sie ist indiskret, aber du hast mich um mein Urteil gebeten: fühlst du dich stärker in körperlicher Hinsicht zu dieser Deutschen hingezogen als zu Denise?«
François hob verlegen das Kinn an: »In körperlicher ... Mein Gott – und mehr als ... Guter Himmel, das sind Fragen!

Denise war schwarz, sie ist blond. Denise war sanft und neckisch und sie ist – ach nein, körperlich? ... Sie ist strammer als Denise, ja, Denise war zarter! Ach Gott, so zart! Der Teufel soll ihn holen ...«

»Weiß Gott«, der Curé nickte, »und alles andre als schön war dieser Mensch! Aber die Frauen gucken ja nicht nach Schönheit, glaub ich!«

»Gott sei Dank nicht«, seufzte François aus Herzensgrund auf. Und er dachte: verdammt, wär' sie hier! ... Doch gleich verfinsterte sich sein Gesicht und er murmelte: »Wenn ich an ihn denke, könnte ich ihm an die Gurgel fahren. Er war sehr kühn, mir in seinem eignen Haus diesen klaren Wein einzuschenken.«

»Kühn?! Er ist ein sehr guter Psychologe, dieser Clairmont. Vielleicht hat er dir auch nur alles gesagt, um dich endlich los zu sein – weil er andre Ziele mit seiner Tochter verfolgt.«

»Pierre, hier irrst du dich! Er ist ein aufrichtiger Mann. Er leidet, er leidet furchtbar!«

»Er soll leiden!« stieß der Curé hervor, seine Miene verkrampfte sich.

»Um Gottes willen, Pierre!« François war verwirrt, »das solltest du nicht sagen, du zumal nicht!«

»Ich weiß!« Der Curé senkte den Kopf und seufzte, »aber ich vergesse es nie, François, du hast es nicht gesehen, du weißt es nicht ...«

»Und will auch nichts wissen, sie ist tot! Ich weiß genug, er hat mir mehr gesagt, mehr als genug!«

»Ich habe viele Sünden um dieses Mannes willen begangen«, murmelte der Curé, »in Gedanken, viele Sünden! Ich habe ihn mehr als hundertmal getötet, in allen Formen! Und ich weiß ja, daß mein Haß Wahnsinn ist! Ja – richtiger Wahnsinn! Ich bin eben kein Christ, das ist mir in den jetzigen Exerzitien furchtbar deutlich aufgegangen! Weißt du, François, was ich tun will – tun werde, ja, ich sag's dir: ich bin Sulpizianer, wie du weißt! Aber ich werde einen Schritt weiter tun. Ich gehe in die Mission und zwar – doch, doch, ich geh zu den Aussätzigen! Ich kenne eine Genossenschaft, weißt du – ja, François, vielleicht siehst du mich nie mehr wieder. Nein, wenn ich jetzt abreisen werde, niemals mehr! Aber ich vergeß euch nicht! Euch alle nicht! Ich muß fortgehen, weit fort – in die Wunde hinein« – er wiederholte mehrmals, als betete er diese letzten Worte – »in die Wunde hinein!« Er schöpfte langsam und vorsichtig Atem. »Ich muß meinen Haß überwinden – in seiner Wunde, in der Seitenwunde seines Herzens. Nichts mehr darüber, François! Trinken wir ein Glas Wein, ich habe Durst. Durst – sieh doch, wie schön ist diese Stunde! Und wie die Kinder doch vergnügt sind – wegen gar nichts; und die Angler geduldig, um gar nichts willen – und diese Malerin... Ah, wenn wir das begriffen, aber wir müssen es begreifen. Vielleicht – vielleicht ist Denise doch nicht – schlecht gestorben!... Gott ist die Liebe... Aber trinken wir ein Glas Wein, François, eins aus Vouvray!«

Die Brautführer

Onkel Charles hatte im Hotel in der rue Racine für die Geschwister und sich Zimmer genommen, hatte sich sodann das Zimmer des Neffen aufschließen lassen – der Hotelier kannte Onkel Charles! – und sich stumm auf das Sofa gesetzt und dem Zimmermädchen bemerkt, er warte hier auf seinen Neffen, aber daß man drunten ja den Heimkehrenden nicht warne, »der Filou wäre imstande und käme nicht!«

Dann, allein gelassen, nahm er eine Prise, guckte sich mürrisch im Zimmer um und wartete. Luise und Wilhelm auf ihren Zimmern warteten ebenfalls. Onkel Charles hatte ihnen in einer gewissen Feierlichkeit, ja Strenge eingeschärft, daß sie sich als abgeschlossen betrachten sollten, bis er sie rufe und die Sache erledigt sei. Hinterher – vorausgesetzt, daß dieser imbécile zeitig genug nach Hause käme –, werde man zu Emile essen gehen, alle zusammen.

Und wie Onkel Charles nun auf dem Sofa des Zimmers saß und es plötzlich und nicht ohne Grund entsetzlich langweilig fand – er murmelte das mehrmals vor sich hin, als könnte das Zimmer es hören, ja, als wollte er es beleidigen – überlegte er, was man wohl bei Emile essen könnte. Was für ein Tag in der Woche war eigentlich heute? Ein Tag, ein nackter Tag ohne Namen... gab es denn keinen Kalender hier? Er überlegte sodann, ob er an einem Kalender den Wochentag ablesen könne... Ja, wie denn, wenn man nicht den Tag im Monat weiß! Es ärgerte ihn plötzlich maßlos, daß dieser dumme Tag ihm nicht seinen Namen nannte, und das kam, weil er schon ärgerlich über das scheußlich langweilige Zimmer war, und offenbar fand er das Zimmer hauptsächlich

deshalb so langweilig, weil »dieser Kretin, diese imbezille Bestie« – er murmelte das voll Genugtuung – ihn hier derart warten ließ, sicher schon eine Stunde (es waren aber kaum fünf Minuten vergangen).
Wie rücksichtslos dieser Bengel wird, knurrte es in seinen Gedanken, rücksichtslos gegen junge Mädchen und alte Männer, ein schlimmes Zeichen für einen Mann! Was die jungen Mädchen angeht, bedeutet es Gefühlsroheit oder gar Grausamkeit; was die alten Männer angeht: Hohn, Überheblichkeit, Prahlerei. Onkel Charles zog eine neue Prise hoch (das Rauchen verdarb nach seiner Meinung die Weinzunge) und starrte düster auf eine Stubenfliege. Das Insekt flog auf, umzirkelte kurz seinen Kopf und ließ sich jäh auf seiner Stirn nieder. Er blieb in seiner betont feierlichen, aufrechten Haltung, regte sich nicht, sondern blickte nur nach oben, sah aber nichts als seine weißen, weitvorgebuschten Brauen, die dicht über den Augen wuchsen. Plötzlich schlug er sich klatschend gegen die Stirn, hatte aber die Fliege nicht getroffen. »So eine imbezille Bestie!« sagte er leise, seine Stimme zitterte vor Zorn. Nach einer Weile juckte es ihm im Rücken, und da er nicht merkte, daß es ein feiner Schweißausbruch war – im Zimmer lastete der heiße Sommerabend –, war er sofort bereit, Flöhe in dem Sofa zu vermuten oder gar Wanzen. »Natürlich«, murmelte er giftig, »was kann einem andres passieren in so einer Schublade von Zimmer, in so einem Flohzirkus, in so einem Wanzenstall! Dafür muß ich nun nach Paris, um hier zu verwanzen!«
Onkel Charles glaubte allen Ernstes, als die Tür langsam aufging und ebenso langsam zugemacht wurde, daß er zwei Stunden gewartet habe. François Frécourt bemerkte weder, daß das Licht auf dem Schreibtisch brannte, noch daß da jemand auf dem Sofa saß.
Er seufzte einmal tief auf, ging langsam zum Wasserkranen in der Ecke, bespülte sich Gesicht und Hände, seufzte wieder, während er sich abtrocknete und fuhr gleich mit einem

kleinen Aufschrei herum, das Handtuch in den Händen, als Onkel Charles' Stimme, ebenso ruhig wie grimmig, sagte, ohne den ihm eigenen Meckerton:

»Ja, ja, zwei Stunden! Und nicht mal ›Guten Abend‹ kannst du mir sagen, aber waschen, ja gewiß! Wasch dich nur, deine Dummheit kriegst du nie runter und wenn du dich in die Seine stürzt, oder in die Loire, oder in die Cisse.«

»Mein Gott, hast du mich erschreckt! Wo kommst du her?«

»Ich? – aus Vouvray, woher denn sonst! Und ich dich erschrecken? Tu nur nicht so zimperlich, das Licht war doch an, du hast mich doch gesehen, du willst mich bloß nicht sehen! Hier mich zwei Stunden warten lassen. Und Flöhe und alles mögliche Ungeziefer rund um mich her! Ich kann dir sagen – zwei Stunden, jawohl!«

»Aber wie konnte ich denn wissen, daß du kamst?« Frécourt blickte halb empört und halb auch nachdenklich drein, indem er schnell überlegte, ob er nicht doch etwa mit dem Onkel sich verabredet habe und als er merkte, daß er ganz und gar unschuldig sei, lächelte er, beinahe jungenhaft stolz, doch auch nachgiebig gegen den Onkel hin.

Der blieb ruhig sitzen. Seine großen Hände lagen vor ihm auf der grünen Tischdecke. Er sah, als würdigte er den Neffen keines Blickes, entweder auf die Hände oder geradeaus.

»Nein, ich sage ja, was für eine imbezille Bestie du doch bist! Und dazu wie roh, wie grausam gegen junge Mädchen und rüstig überlegen gegen alte Männer! Ich sage das, weil es so ist! Ich habe es mir überlegt. Seit du heute morgen vor diesem Mädchen, dem hübschesten Kind auf dieser Welt, ausgerückt bist, habe ich keinen Respekt mehr vor dir. Ich überlegte schon, ob du vielleicht deine Männlichkeit an irgendeinen Großfürsten vermietet oder gar verkauft hast!«

An dieser Stelle warf der Sprechende seinem Neffen, der ruhig in der Mitte des Zimmers stand, einen schnellen Blick zu, offenbar um zu prüfen, ob seine Worte auch die richtige Wirkung hätten. »Paß mal auf«, begann er, als Frécourt nichts entgegnete, »wir beide haben uns jetzt über vierzig Jahre gut verstanden, wir haben ein glückliches Familienleben geführt, aber mir wird das auf die Dauer langweilig, wenn du immer vor mir sitzt und so dumm aussiehst und nicht weißt, was du mir erzählen sollst, und wenn ich dich beinahe genau so dumm angucke und auch nicht weiß, was ich dir erzählen soll. Mit dieser Langeweile auf dieser Erde hat es auch mal Grenzen. Ich bin kein Tier, das sage ich, weil es so ist.«

Als François Frécourt an dieser Stelle nur die Schultern hob und vernehmlich den Atem von sich blies und düster nickte, fuhr Onkel Charles noch gebieterischer fort: »Ich weiß wohl, daß deine Roheit von heute morgen aus deinem zarten Gemüt kommt, aber das mit den Gespenstern hört mir jetzt auf! Ich sage dir, es gibt keine. Ich bin jetzt über siebzig und habe noch nie eins gesehen, Ich kenne einen Mann, der hat sich ein Haus bauen wollen. Und als er grub, du weißt, um auf festen, steinigen Boden zu kommen, da fand er ein Grab. Und in dem Grab war ein Gerippe, und das Gerippe hatte in der Hand einen Zettel, und auf dem Zettel stand: ›Ich bin deine Mutter!‹ Da hat der Mann gesagt: ›Gut, das mag wohl sein, hier in der Nachbarschaft war früher der Friedhof. Aber daß du das auf einen Zettel geschrieben hast, ist nicht sehr nett von dir. Denn was soll ich jetzt tun? Ich habe die ganze Arbeit mit dem Ausschachten gehabt und den Boden für teures Geld gekauft – ich kann jetzt nicht rücken! Ich weiß, du auch nicht! Also bauen wir das Haus drüber!‹ Und das tat der Mann, und es wurde ein solides, anständiges und warmes Haus, und nie starb einer zu früh darin, und auch ›der Gewisse‹ fand nicht über die Schwelle. Das sage ich, weil es wahr ist!«

»Das hast du mir noch nie erzählt.«

Onkel Charles lachte nachgiebig: »Schwachsinniger Bursche, du hast sie ja auch noch nie gebraucht, diese Geschichte. Deshalb hab ich sie dir ja eben erzählt, weil du sie brauchst. Extra für den Zweck gemacht!«

»Also erfunden, du alter Lügner! Und eben sagst du, sie sei wahr!«

Onkel Charles war empört. »Lügner, ich? Wenn ich dir eine Geschichte erzähle, die du brauchst? Nun hör mal einer an! Was du für Vorstellungen vom Leben und von Geschichten hast! Ich kannte noch die Schwester von dem Schwiegersohn – ich meine vom Schwiegersohn dieses Mannes! Die hatte eine Holzkohlenhandlung und andre Kohlen in Monnaie, der Mann stammte aus Savoyen und hat im Krieg siebzig einen Arm verloren! Was du dir einbildest! Er zog sich mit Marschall Bourbaki hinter die Loire zurück, wie ich es ebenfalls notgezwungen tat. Er hat mir abends im Biwak viele Geschichten erzählt. Damals warst du ja noch nichts – rein gar nichts, bedenke das! Und du bist bereits über vierzig, und hast immer noch keine Spuren auf dieser Erde von dir zurückgelassen. Das ist armselig, auch für mich, der ich ja wenigstens so etwas wie dich zurücklasse, ich bin ja beinahe dein Vater! Und jetzt, da es darauf ankommt, scheust du wie ein verrücktes Pferd vor einem Fetzen Papier auf deinem Wege. Angenommen, stell dir das mal vor: ich wäre ein alter Gauner, hätte zehn Mädchen dick gemacht und mich nicht drum gekümmert, wär dreimal desertiert und hätte die Regimentskasse mit lustigen Damen durchgebracht. Stell dir das mal ruhig vor – nur mal zu! Schön – und nun würde ich an Mademoiselle Luise einen langen Brief schreiben und ihr alles erzählen! Was müßtest du von mir denken? Der Onkel Charles – nicht wahr – der ist übergeschnappt. Nun – nimm auch das noch ruhig an! – Und jetzt: was dächtest du von dem Mädchen, von Mademoiselle, meine ich, wenn sie nun Hals über Kopf ausrückte? Und bei deiner zweiten Attacke packte sie gar ihr Köfferchen und reiste nach Paris und setzte sich in ein Hotel, nur weil sie Angst hat vor dir – das heißt, vor mir! So ein Mädchen solltest du in der Tat nicht ehelichen, weil sie roh ist, grausam und dich armen Jungen im Stich läßt, dich von sich stößt, allein aus dem Grunde, weil

ich ein alter Gauner bin, ich meine: wäre, angenommen diese Geschichte stimmte.«
François Frécourt stand noch immer auf derselben Stelle. Er hatte die Hände auf dem Rücken und starrte vor sich hin.
»Wenn die Welt so einfach wäre, wie du es bist...«, murmelte er.
»Höhö«, höhnte der Alte, »hör einer sich das an!« Er stand umständlich auf, ging an dem unbewegt Dastehenden vorbei und tippte ihn mit einem langen Finger an. »Wenn du nur so einfach wärest wie die Welt! Die ist einfach, wie's Kindermachen, die Welt, oder machst du die Kinder oder ich? Oder der oder jener? Die Welt macht sie, höhö, ganz einfach, und doch sehr hübsch – ich meine, so ein Kind! Du dämlicher Hund, da stehst du und warst sicher bei dem Curé – ich riech es dir an. Diese Leute nehmen es sowieso dem lieben Herrgott für übel, daß er so einfach ist und die Welt so geradezu gemacht hat! Aus jeder Mücke machen sie einen Elefanten und aus einem Kuß und einem kleinen Drückerchen gleich einen Pfandbrief des ›Gewissen‹. Hol mich der Teufel! – das heißt... ich meine im Gegenteil, laß mich doch mit diesen Essighändlern in Frieden. Und laß auch Denise in Frieden! Die Seelen heiraten später zwar nicht mehr, das wissen wir ja aus dem Katechismus genau, aber darum sind sie auch nicht mehr eifersüchtig, die Seelen im Himmel – oder wo sie sind, und wir sollen ihnen auch nichts nachtragen. Und wenn eine Frau tot ist, gehört sie keinem mehr, und daß du immer wieder diesem armen Hund, ich meine dem Monsieur Clairmont, es derart verübelst, daß er was mit Denise hatte, das ist von deiner Seite – ich weiß gar nicht, was! Das sag ich, weil es wahr ist. Paß mal auf, der Monsieur Clairmont ist ein gelehrter und feiner Mann, ein Gentilhomme! Was bist du dagegen? Du mußt auch manchmal ein bißchen dein Gehirn brauchen und denken! Denise wurde ja nicht von irgendeinem geliebt, sondern von so einem! Und dann gleich so viel Pech hinterher, so viel Jammer und Not! Und er liebt sie

immer noch, trotz allem, so hat er dir ja geschrieben! Ja, ist das denn nicht – wie soll ich sagen – seriös und fein gedacht und ein Zeichen von einem tiefen Gemüt? Aber jetzt stehst du da richtig wie ein Ochse, ich kann dich gar nicht mehr länger ansehen, ein Elend, einen dicken, großen Mann zu sehen, der seiner Frau fortgelaufen ist, weil er Angst hat vor dem Schwiegervater! Merk dir das, was ich dir gesagt habe, ich gehe jetzt mal gerade auf die Toilette, du schlägst mir auf die Blase. Gleich komme ich, und dann gehn wir zu »Emile« essen! Ich habe einen verdammten Hunger!«

Damit verließ er das Zimmer langsam, änderte aber, kaum daß er auf dem Läufer vor der Tür stand, sofort seine Haltung: er duckte sich, stieß den Kopf weit vor in einem erregten, fiebrigen Lächeln, setzte die langen Beine geknickt wie ein Weberknecht in Bewegung und hastete leise zu Nummer 17. Er klopfte, machte die Tür auf, winkte Luise herbei, nahm sie bei der Hand und, sie über den Flur fast neben sich herziehend, flüsterte er ihr zu: »In allen Farben hab ich's ihm gegeben, der sagt nichts mehr! Nein, nein, er weiß nichts, Mädchen. Der nimmt dich jetzt wie ein Ertrinkender das Seil! Aber sei lieb zu ihm, ja, er ist aus purem Gold!« Und Onkel Charles trat, als Luise nach kurzem tiefen Atemholen klopfte – sie war bleich wie die Wand – schnell zurück und ging langsam auf Wilhelms Zimmertür zu, er rieb sich in einem fort die Hände, manchmal lauschte er noch, den Schritt anhaltend, doch die Tür von Nummer 5 bewegte sich nicht, und keine Stimme und kein Geräusch drang heraus.

Frécourts Aufmerksamkeit ging, kaum daß der Onkel hinaus war, in einer Mischung aus Entspannung und Trauer von seiner eigenen Person fort. Er setzte sich an den Schreibtisch und lauschte den mancherlei Stimmen des langsam zur Nacht erwachenden Paris. Als die Tür sich öffnete, glaubte er, es sei der Onkel. Er hatte für eine Weile genug von ihm. Als aber alles im Zimmer ruhig blieb, blickte er sich gleichgültig

um, und was er sah, hatte eine zweifache Wirkung: er wollte aufspringen und zugleich versagten ihm die Knie; zuerst glaubte er, er habe etwas wie eine Vision.
In dem weißen Rechteck aus Lack stand da in einem schwarzen, langen Spitzenkleid, die sonnengelben Arme gegen die Tür zu beiden Seiten gebreitet, als wollte sie jemandem, der etwa aus dem Zimmer zu gehen beabsichtigte, den Austritt verwehren: Luise, schmal und hochgewachsen – mit einer Miene, in welcher gebannte Schwermut und letzte Hoffnung sich die Waage hielten. Die Bewegung der Arme zu scherzendem Wegversperren erschien in ihrer müden Bemühtheit mitleiderregend. »Gefangen!« kam es von der Tür her im Flüsterton. Frécourt erhob sich bei ihrer Stimme mühsam und wie geweckt. Er trat langsam und zögernd auf sie zu, flüsterte ihren Namen, so auf dem Wege zu ihr hin, ergriff ihre Hand, ließ sie, ihr in die Augen blickend, sinken. – Endlich ergriff er ihre beiden Hände, zog die Zögernde, langsam rückwärts gehend, ins Zimmer, schüttelte einige Male den Kopf, als begriffe er nichts, und ließ ihre Gestalt in einen Polstersessel sinken. So blieb er vor ihr stehen. Luise blickte nun in ihre Hände, sie sagte: »Ja, Ihr Onkel – Onkel Charles – «, sie hielt sich an diesem Namen wie einige Sekunden vorher an seiner Hand, »ich meine, Sie haben natürlich das volle – und – ganze – Recht, Monsieur Frécourt, mich endgültig fortzuschicken! Ich werde allerdings dies Zimmer nicht eher verlassen, bis Sie das getan haben. Fortschicken, ja! Ich werde gehen! Und keinen Haß auf Sie haben... denn ich verstehe Sie nun!« Sie blickte mit feierlich zusammengezogenen Brauen zu Frécourt auf, im Blau ihrer Augen war selbstvergessenes Mitleid. Frécourt hatte das Gefühl, als stände er allein unter einem dunkelnden, stillen Himmel, an dem soeben die Sonne untergegangen war. Er merkte zu seiner Verlegenheit, daß er eine ungeziemend lange Weile so gestanden und geschwiegen hatte, und da stammelte er: »Was – was – fortschicken... fortgehen?... warum?« Sie

nickte einmal, als wollte sie ihn damit, ohne Worte sprechen zu müssen, auf den einzig naheliegenden Gedanken bringen. Frécourt warf in jähem Verstehen den Kopf zurück. »Wie – Ihr Bruder gab Ihnen ...« Sie schüttelte den Kopf: »Nein, ich erlistete mir das Heft, las es heimlich und legte es wieder an seinen Platz! Aber Sie sollen – Sie müssen es wissen, daß – daß ich Sie nun verstehe... aber auch, daß dadurch in meinen Gefühlen nichts anders geworden ist... im Gegenteil!« Damit erhob sie sich langsam, sie wuchs und wuchs – Frécourt trat einen Schritt zurück und an seinem Schnurrbart zupfend, murmelte er: »Ja, Onkel Charles... mein Gott, ich bin vollständig durcheinander... Sie müssen verstehen... ich tappe seit Wochen nun wie in einem Labyrinth herum – und eigentlich... tatsächlich, die Welt ist einfach, wenn man will... Man kann auf dem Grab der Mutter ein Haus bauen... ich meine auf dem Grab des Vaters... ah, verzeihen Sie... das ist eine Geschichte... er hat mich fürchterlich hereingelegt, in der Tat... ich bin ganz... wirklich ein Imbeziller... Moment, einen Moment!« Er ging eifrig zur Nachttischlampe, schaltete sie ein, ging zum Schreibtisch, schaltete dort das große Licht aus, ging zur Tür, schloß ab und blieb mitten im Zimmer stehen. Er kam sich nun wie ein vollendeter Dummkopf vor. Luise hatte mit stetem Kopfwenden all seine Bewegungen mitgemacht. »Zu viel Licht«, sagte er endlich »aber nein, machen wir doch die Schreibtischlampe an! So... jetzt sind wir ganz allein!« Und darauf Luise: »Das wäre schön!« »Wieso – das wäre? Sind wir nicht allein?« Er hielt den Kopf schief und wartete. »Es liegt bei Ihnen, Monsieur Frécourt, bei Ihnen – wenn Sie den Schatten, den Schatten, der auf mir liegt, vergessen können... ich bin seine Tochter!... Wirklich, wir sind nicht allein... werden es nie sein!« Unvermittelt lachte sie schmerzlich hoch auf: »Ja, wenn ich ein Findelkind wäre!« Sie verstummte und schwankte ein wenig – und griff, mit der Bewegung, als wollte sie die Lehne des Sessels greifen, schräg vor sich hin, doch Frécourt war schneller, er machte einen Schritt, einen ungewohnten, großen Schritt und da hielt er sie, ihre Gestalt auffangend. Und, seinen Mund an ihrem Ohr, rief er leise mit einem ungestümen Drohen in der Stimme: »Genug jetzt, es ist genug! Es gibt keine Gespenster! Da hat er recht!« Sie verharrten so, sich umschlungen haltend, eine Weile. Endlich sagte Luise, ganz ruhig: »Ich kann nichts ersetzen, aber ich kann dich lieben, François! Und ich möchte dich lieben, wie Denise ihn geliebt hat – ohne Rücksicht, ohne Grenzen!« Indem zuckte sie zusammen: ihr Oberarm lag in seiner Hand wie in einer Klammer, seine Linke strich ihr federleicht über die Wange. Plötzlich spürte Luise eine leise Erschütterung im Körper des Mannes und schließlich merkte sie, daß es ein ganz tiefes, aus der Brust kommendes, lautloses Lachen war. Und – als wäre sie in dieses Beben, das betäubend und erregend war, mit einbezogen – sie lachte auf dieselbe sinnlose, erlösende Weise. Endlich kam Frécourts Stimme, geschaukelt von ihrer beider Lachen: »Ach Gott, nein, ich bin kein scheuender Gaul! Durchaus nicht! Aber das war alles ein bißchen zu viel für uns! Weißt du noch? Auf dem Montroyal, der schlecht gesprengte Gang, wie ich da gefangen stand, euch zuhören mußte. Und euer Erschrecken! Und jetzt mein Erschrecken, vorhin, als du plötzlich da warst! Und all die Geschichten, mein Gott!« Er schöpfte Atem und rief, sich reckend: »Verdammt, ich hab genug von diesen Aufregungen und all diesem Hin und Her. Der Teufel hol's, du bist doch Fleisch und Blut!« »Und wie!« Sie umschlang ihn mit einer jähen Kraft, daß der starke Mann keuchte: »Oh, warte – das geht gut! – Und überhaupt, ich hab es satt, dies – dies – was man nicht fassen kann! Oder...«, seine Stimme klang nun zornig, »sollen wir das büßen, was andere verbrachen, wie?« Da griff sie mit einer langsamen, flehenden Gebärde nach seinem Gesicht, und seine Wangen so haltend, flüsterte sie: »François, wenn die Buße in unserer Liebe besteht, warum nicht? Das könnte ich aushalten!« Und ebenso langsam und kosend wie ihre Bewegung, erschien ein Lächeln auf ihrem Gesicht, es war nicht ohne Schalkhaftigkeit – und zugleich lag so viel Ernst und Entschiedenheit in ihren Augen, daß Frécourt einfach sagte: »Aber deswegen soll unsere Liebe nicht wie eine Buße aussehen!« Das kam in einer knabenhaften Beschlußkraft, so daß Luise hell auflachte. Sie warf den Kopf zurück – oh, lachen – lachen! – das war Wasser, springendes, kühles Wasser.

»Mädchen«, murmelte Frécourt und hielt sie an den Schultern ein wenig von sich ab, seine Augen ruhten in milder Glut auf ihrem zurückgeworfenen Gesicht, »wie traurig mußt du gewesen sein – heute morgen und die letzten Wochen... Aber jetzt...« Er blickte sich eifrig im Kreise um, als suche er etwas. »Weißt du was, in diesem Haus führt man meinen Wein, den sollst du kennenlernen, heute nacht noch, hörst du!« Luise legte den Kopf schief und machte eine Grimasse des Mitleids: »Armer Junge, zu spät! Deinen Wein kenne ich schon, oh, seit – seit gestern! Ich hatte einen Rausch davon, den ersten meines Lebens – vom Wein aus dem Clos Frécourt!« Dem Manne schoß das Blut ins Gesicht. Er schüttelte den Kopf.

»Aber jetzt«, rief Luise, »ich muß schnell zu meinem Bruder und Onkel Charles!«

»Meinetwegen, wiewohl ich fest überzeugt bin, daß der alte Gauner seiner Sache ganz sicher ist.«

»Er ist kein alter Gauner«, sagte Luise schmollend, »er ist einfach – oh – unbezahlbar ist er!«

»Trotzdem«, sagte Frécourt schmunzelnd und doch in strengem Anordnen, »hier wird heute abend niemand empfangen. Und zu ›Emile‹ können die beiden allein gehen. Ach so, das weißt du nicht, das ist so ein kleines Speiselokal, gehört einem aus Tours, und da geht der Alte jedesmal hin, wie andere Leute nach Notre-Dame. Aber, nicht wahr, wir bleiben unter uns?«

Sie lief hinaus. Und noch keine halbe Minute später erschien

Onkel Charles, steckte den Kopf durch die Tür und meckerte: »Höhö – imbezille Bestie, hast du endlich begriffen? Hoffentlich brauchst du mich weiterhin nicht mehr... Aber zuerst mal zu ›Emile‹.«
Frécourt kam langsam bis zur Tür, sein großes Gesicht strahlte. Soeben kam Luise über den Flur, alles an ihr flog. »O dieser Junge«, rief sie, »er muß heute abend bei uns sein!«
Onkel Charles nickte eifrig: »Also los! Ich werde euch mal zeigen, was Emile kann.«
Frécourt ließ seine Hand Onkel Charles mächtig auf die Schulter fallen: »Gut also! Du hast dir das verdient, wir kommen mit!«
Über den Flur kam Wilhelm, langsam, steifen Schrittes. »Eine Gangart wie ein Klapperstorch hat Monsieur frère«, murmelte Onkel Charles. Alle drei lachten. Aber Wilhelm trat ernst auf Frécourt zu, reichte ihm die Hand und sagte: »Monsieur Frécourt, gestatten Sie mir, daß ich es auf diesem Hotelflur sage: ich war nie gegen Ihre Person eingestellt – ich meine... aber ich sah die Gefahr für meine Schwester. Ich meine, eine Gefahr, die ihr in zwanzig oder dreißig Jahren entstehen könnte! Das war es – und nicht die düstere Argumentation meines Vaters! Zuletzt aber war ich bereit, Ihnen meine Schwester zuzuführen.«
»Höhö, das hab ich gemacht«, murmelte Onkel Charles eifersüchtig und schnüffelte eine Prise hoch.
»Einen Augenblick, Monsieur«, sagte Wilhelm, »ich bin noch nicht fertig. Ich muß nun an meinen Vater schreiben! Das ist schwer, in jeder Hinsicht!«
»Unsinn, das ist ganz leicht! Dem schreibe ich, ich schreibe an Monsieur père.« Onkel Charles klappte die Dose zu. »Allons, enfants, zu Emile!«
»Bitte – also, Monsieur Frécourt, ich wollte nur noch sagen: die Haltung meiner Schwester in ihrer Unbeirrbarkeit und Ihre Haltung voll christlichen Verzeihens«, an dieser Stelle

schnappte Wilhelm nach Luft, er war einem Tränenausbruch nahe – »ich bitte Sie, ich möchte... ja, ich hätte gern in diesem Augenblick ein großes Publikum... ich bin sonst nicht für Öffentlichkeit, nur um den Symbolcharakter dieser Vereinigung auszudrücken. Ich sehe ihn – und das erschüttert mich! Denn, ja – es ist eine Hochzeit der Feinde.«
Onkel Charles schob den Kopf wie eine neugierige Schildkröte vor. »Monsieur?...« Seine Stimme klang beinahe scharf, so verdutzt war er, er blickte alle der Reihe nach an und fand kein Wort.
»Ich verstehe Sie, mein lieber Guillaume«, sagte Frécourt langsam und nickte, auch er war trotz Onkel Charles' Nachbarschaft ergriffen. Luise aber seufzte: »Ach, er war so froh, der Wilhelm, er hat mich in den Arm gekniffen, hier – und da hab ich ihm eine Ohrfeige gegeben!«
»Hat er verdient«, mumelte Onkel Charles verdrießlich und wandte sich zum Gehen: »Also, wenn ihr nicht mitkommt, geh ich allein! Hier gescheite Reden zu halten, hinterher, wenn alles gemacht ist!...«
Sie folgten ihm alle drei in einer behaglichen Langsamkeit die rue Racine hinunter gegen das Odeon. Luise seufzte in François' Ohr: »So ähnlich hab ich es mir einmal geträumt, so ähnlich – nur, was wird Vater dazu sagen!«
»Ich denke«, sagte Frécourt mit besorgtem Gesicht, »Onkel Charles wird ihm schreiben, der geht für uns durch dick und dünn, und du siehst, was er kann!«

»Sei gegrüßt, Paraklet-Dionysos«

Das Haus auf dem Apollonsberg lag, seit die Geschwister nach Frankreich abgereist waren, in einer schalenhaften Leere da. Babette ging ohne Sinn und Plan und lauter auftretend, als sie es sonst zu tun pflegte, oftmals am Tage treppauf und treppab. Vor der Bibliothekstür blieb sie manchmal stehen, griff in die Ecken der Pfosten und eines Tages behauptete sie dem Küchenmädchen gegenüber, welches sie jetzt gelegentlich ins Gespräch zog: es hingen »Spinnegewäppse« an der Tür zum Arbeitszimmer des Herrn von Clairmont.

So kündete sie, die Geschwister waren etwa seit acht Tagen fort, großen Hausputz an. Eine Woche sollte er dauern und nach und nach durch alle Räume des Hauses dringen: bis dahin hoffte sie Luise zurück. Clairmont hielt Babettes Eifer für Langeweile, sie aber schüttelte den Kopf, fast beleidigt: »Wie, Langeweile? Es sind meine Nerven, Monsieur, wissen Sie, ich bin gespannt!« Als Clairmont sie nun genauer und unsicher fragend anblickte, zuckte sie die Schulter: »Nun ja, ich meine, wie sie aussehen, wenn sie aus Frankreich zurückkommen.«

Eigentlich wollte sie etwas ganz anderes als Grund ihrer Gespanntheit angeben, sie wollte sagen: »Jawohl, gespannt, was da passiert in Frankreich!« Sie hatte, seit Luise ihr – natürlich ohne das geheime Ziel zu erwähnen – von dieser Reise sprach, die unbestimmte Erwartung, daß etwas geschehen müßte, etwas, das mit Luise und – ja, auch mit Frécourt in Zusammenhang stehe. Vielleicht war es die von Erwartung und Hoffen gespannte Miene des Mädchen, die der Alten mehr als Worte verraten hatte; vielleicht war es auch nur ihr

eigenes Herz, das alles so eigensinnig herbeiwünschte, alles – ach ja, was ihrem Verstand als bereits verloren erschien! Immerhin, Babette war gespannt, wenn dieses Wort hinreichte, die zuckende Ungeduld auszudrücken, welche sie durch die Stunden wie durch dunkle Tunnels hintrieb. Aus Babette, die früher wie ein Brummkreisel behaglich ihre gleitenden Gänge zog, war ein schwer berechenbares Vieleck geworden, das in seinem Hinrollen ganz unerwartete Wendungen nimmt; das Küchenmädchen und die Katze, sie wenigstens empfanden es so.
Bis zu dem Vormittag, da der Brief aus Paris eintraf! – da trat eine Änderung ein. Babette stand vor der Haustür auf der Anstreicherleiter, bis ganz obenhin war sie geklettert, die Beine in Richtung der beiden Leitern gespreizt. Und wie die Röcke darüberhingen, sah es aus, als hätte sie über Nacht Stelzbeine gekriegt, was ihr gar nicht schlecht anstehe: Hanni, der stets ein wenig angetrunkene Briefträger war es, der diesen Vergleich mit behaglichem Kopfverdrehen anstellte und dabei an das Leiterchen faßte. Babette warf ihm ohne ein Wort den nassen Schwamm, mit dem sie die weiße Porzellankugel der Türlampe zu säubern im Begriff war, an den Kopf, stieg keuchend herunter und vor Erregung griff sie einmal an dem dargereichten Brief vorbei.
Als Herr von Clairmont den Brief mit der fremden Schrift öffnete und zum Schreibtisch ging, ruhig wie stets, verweilte Babette in der Nähe der Tür. »Von den Kindern?« fragte sie.
»Nein«, sagte Clairmont, auch er war enttäuscht, als er diesen Absender las: »Charles Noir, zur Zeit Paris, rue Racine, Hotel Racine.«
Dann las er, Babette ging mit einem Seufzer davon.
»Sehr geehrter Herr Clairmont!
Ich, Endesunterzeichneter und, um es der Einfachheit wegen gleich zu sagen – nun ja, ich bin der Onkel von Monsieur Frécourt, der Ihre Tochter heiratet, wogegen Sie, darum möchte ich Sie in diesem Brief bitten, nichts mehr einwen-

den möchten, indem Sie uns mit Ihren Privatangelegenheiten vom Halse bleiben zu wollen die Güte haben möchten. Nein, ich erreg mich wirklich, wenn ich bloß an Sie denke, ich meine – ach, das Briefschreiben! Wollen Sie uns nicht bald in Vouvray beehren, mit Ihrem Besuch, meine ich? Da könnten wir uns mündlich aussprechen, ich bin nämlich weit über siebzig und fürs Briefschreiben durchaus nie sonderlich geeignet gewesen. Man muß nämlich alles so durch Papier und Tinte schleifen, und da komme ich nicht mehr mit! Ich sage das, weil es so ist! Alles ruht in letzter Zeit auf meinen Schultern, so auch dieser unerledigte Brief. Ihr Herr Sohn, ein sonst ganz seriöser junger Mann, hatte nicht den Mut dazu. Das heißt, ich will nicht lügen, er wollte, aber sagte, es sei so schwer – und weiß Gott, einem so gelehrten und feinen Herrn und auch so schwierigen Charakter – das Vorgefallene richtig beizubringen, daß die Kinder sich nicht ängstigen, ist ja auch ein Kunststück!
Also nun hab ich es Ihnen gesagt, sehr geehrter Herr Clairmont, und reden Sie mir bitte nichts vor von einer Hochzeit der Feinde, wie Ihr kluger Sohn das neulich einmal tat! Wie kommt er zu solchen Behauptungen? Meine Ansicht geht dahin: die Menschen sind zuerst einmal vom guten Gott auf die Erde gesetzt worden, Ihm, dem Allerhöchsten, zum Vergnügen, das sage ich, weil es wahr ist! Und Er sieht die Menschen an, wie ich meine Weinstöcke, nein, mit noch viel größerer Liebe, sehr geehrter Herr! Auch ein Weinstock hat mannigfaltige Schwierigkeiten zu überwinden und zurückzulegen, ich könnte Ihnen darüber ein dickes Buch schreiben, wenn ich nicht zu viel zu tun hätte! Und da müßten Sie nun – ach, mein armer Kopf, haben Sie doch Mitleid mit mir und verderben Sie mir nicht mit Ihren lächerlichen Spitzfindigkeiten meinen Lebensabend und die gute Laune meiner Schwiegertochter, bitte ja – denn François ist ja beinahe mein Sohn! Er hat jetzt eingesehen, was für eine imbezille Bestie er war, da er sich von Ihnen, ich meine von Ihrer Geschichte,

das Blut beirren ließ. Ihre Geschichte, sehr geehrter Herr, hat mich persönlich sehr angesprochen. Ihr Leben war nicht langweilig, Sie hatten an vieles zu denken, das ist wahr – aber bitte, warum denken Sie an alles in einer so düsteren Form? Denise war schön, sehr schön und ein Engel als Charakter. Es ist gewiß traurig, wenn einer dem andern die Frau wegnimmt, und noch trauriger ist, daß dieser schöne Engel uns alle so früh verließ! O mein Herr, ich kenne diese Frau und habe sie auf Händen getragen, bildlich gesprochen. Das ist so! Mir könnten an dieser Stelle die Tränen kommen – aber, bitte, was machen Sie aus dieser Sache! Und daß Sie an Ihrem Diensteid schwach wurden und sozusagen desertierten, das ist gewiß ebenfalls sehr traurig für Sie – aber gewesen, bitte, jetzt ist es doch vorbei! Sie können doch nicht ewig daran denken! Und: für Denise oder Luise, wenn ich noch ein junger Mann wäre, könnte mir auch allerlei passieren. Der Mensch ist eben kein Tier – das Tier gehorcht, aber auch nicht mal immer. Ich hatte einmal einen Hengst in jener glücklichen Zeit, als ich noch nach Ville aux Dames ritt – aber das führt hier zu weit, wiewohl es sehr lehrreich wäre zu sehen, was so ein Tier unternimmt trotz aller unsrer menschlichen Vernunft! Die Welt ist so einfach, das sagte ich noch vor einer Woche François, man muß es nur lernen, ebenso einfach zu sein. Das ist allerdings in der Tat schwierig, besonders für so einen Charakter, wie Sie ihn mitbekommen haben. Aber das ist alles Ihre Sache! Sie müssen Ihre Sache von der unsern trennen, mein Herr, sonst wird Ihre Tochter, meine Schwiegertochter, immer an Sie denken und leiden, und das wäre nicht schön von Ihnen! Gehn Sie mal beichten, das rate ich Ihnen. Das habe ich immer gemacht, wenn ich etwas angestellt hatte, etwas Dickes, versteht sich! Dafür sind die Pfaffen da, die haben sowieso nicht genug zu tun! Die Beichte ist wie so eine Weinbergschere: zuck – und der unnütze Trieb ist weg, bis er wieder nachwächst – und wieder weg! So kriegt man den Stock in eine anständige Form!

Aber lassen Sie uns mit Ihren Sünden in Frieden! Die Sünden sind Haustiere und gehören nur uns, verstehen Sie das, ich habe darüber schon manchmal mit François gesprochen. Ich finde überhaupt keineswegs, daß Sie ein häßlicher Mensch sind. Manche aber, die nie etwas Häßliches tun, sind trotzdem sehr häßlich, wenn man näher hinschaut! Mein Gott – und Sie haben mit Ihren bösen Taten auch manches Gute bewirkt! Denken Sie mal darüber genauer nach, und Sie werden es selber finden, Sie sind ja so intelligent! Hoffentlich können Sie das alles lesen! Ich sehe ziemlich schlecht und eine Brille entstellt, finde ich, und da muß mir François vorlesen, aber das tut jetzt bald meine Schwiegertochter. Ich bin jetzt fast um die siebzig, und wenn die beiden ein bißchen Druck dahintergeben, kann ich noch erleben, daß mir meine Enkelkinder schöne Geschichten vorlesen, das lieb ich nämlich über die Maßen, weil ich leicht Langeweile habe auf dieser Erde, kennen Sie das auch? Wenn Sie merken, wie sich die Erde dreht, und wenn Sie plötzlich an gar nichts mehr glauben und nichts andres mehr wissen, als daß die Erde sich dreht und Sie nichts andres tun als sich mitdrehen! Das ist ein ganz abscheuliches Gefühl, diese Langeweile! Dann singe ich ein frommes Lied und ich sage laut: Ich glaube an Gott, den allmächtigen Vater, oder ich guck einem Mädchen nach oder ich trink mir einen Liter vom Besten! Und dann geht's vorbei! Seien Sie vorsichtig mit dieser Langeweile, die ganze Welt geht noch einmal daran in Scherben!

Unsern Kindern geht es sehr gut. Die Luise hat ein ganz andres Gesicht – ich weiß nicht –, wie Brot, wenn es zehn Minuten im Backofen liegt: es hebt sich, es bräunt sich, es fängt an zu duften! Wir backen unser Brot selber, aber das machen alles die Marie und der Martin!

Und hiermit alles Gute! Ich schicke Ihnen bald den Guillaume, und ein Kistchen Wein geht jetzt auch ab! Der Guillaume soll alles genau erzählen, aber wenn Sie mir mit

dem Jungen schimpfen, ist's mit unsrer begonnenen Freundschaft Essig! Bitte nichts für ungut!
Und leben Sie wohl, und wenn es Sie drängt, kommen Sie und sehen Sie, wie wir es hier treiben.
Mit geziemendem Respekt und Ihnen sehr verbunden

Ihr Charles Noir

PS.: Wir bleiben noch ein bißchen in Paris, bis wir nach Vouvray zurückkehren. Über die Hochzeit gebe ich Ihnen dann noch Bescheid.«

Clairmont hatte gleich nach dem ersten Satz dieses Briefes und zwar bei dem Namen Frécourt, sich eilig in den Schreibtischsessel geschoben, aber er las ohne Unterbrechung weiter; doch legte er den Brief vor sich auf den Tisch und rührte ihn nicht an. Als er ihn einige Male gelesen hatte, blieb er so, den Kopf zwischen den Händen, sitzen, er sah nur das schwarze, schmiedeeiserne Gitter der Schrift und darunter das weiße Nichts. Plötzlich lachte er kurz und hoch auf, wie man lacht, wenn man in einer verzweifelten Lage den Rat eines altklugen Kindes hört. So ein Rat kann überraschend in seiner Logik klingen, ist aber stets unbrauchbar, weil das Kind eben mit seiner Vernunft im leeren Raum arbeitet ohne Widerstände, sein Herz ist noch nicht an der Wirklichkeit gewitzt...

Clairmont schüttelte wieder und wieder den Kopf. Und wie er an seine Kinder dachte, erhob er sich ungestüm. Es überkam ihn das quälende Bedürfnis, ihnen sofort zu schreiben und sie zu bitten, sein durch über zehn Jahre erduldetes und vor jedermanns Blick sorgfältig bewahrtes seelisches Gebrest nicht durch einen alten Winzer aus der Touraine, wenn auch in noch so guter Absicht, bagatellisieren zu lassen. Er hatte das Schicksal, als er die Kinder auf diese Reise entließ, noch einmal und nun entscheidend herausgefordert. Er war sich, als er von Paris sprach, ganz darüber klar, wie nahe Vouvray lag. Er konnte Luise diese Liebe nicht aus dem Herzen reißen – sie müßte gewarnt sein, aber dann aus sich selbst

heraus die Entscheidung treffen und zwar in vollständiger Freiheit, jede Stunde nach Tours hinzufahren und ihn zu treffen.
Ja, das hatte man alles überlegt – und dabei doch fest gehofft, daß Frécourt so gut wie Luise die Unmöglichkeit ihrer Vereinigung begriffen hätten. Und nun fanden beide plötzlich wieder: die Welt ist so einfach. Das Hindernis, davon auch sie beide so tief überzeugt gewesen, galt nun bereits als »seine Privatangelegenheiten«. Die Kinder standen auf der andren Seite – man konnte nicht sagen auf der gegnerischen Seite – nein, einfach auf der andren Seite.
Clairmont wandte sich langsam auf seinem Platz und starrte auf die Regalwand mit den französischen Festungsmodellen, als wollte er wissen, was das eigentlich sei: die andere Seite? »Leere Kartuschen«, murmelte er, »alles Karton!« Verächtlich schüttelte er vor der Arbeit so vieler Jahre den Kopf.
Und er dachte an den »Paraklet-Dionysos« – der bei den Barmherzigen Brüdern die Lumpenkammer verwaltete und sich noch immer in seiner Weiß- und Kurzwarenhandlung wähnte. Clairmont besuchte ihn gelegentlich. Der »Paraklet-Dionysos« hatte vor dem Weltkrieg klassische Sprachen studiert, sein Doktorexamen gemacht und, als er aus dem Krieg heimkam, die Tochter eines Weiß- und Kurzwarenhändlers geheiratet, um die er Jahre vergeblich geworben hatte. Erst als er sich bereit erklärte, in das Geschäft einzutreten, erreichte er das Ziel seiner Liebe – doch nach neun Monaten entriß ihm der Tod, was er um so hohen Preis erkauft hatte. Seit der Zeit war er der »Paraklet-Dionysos«. Als er – in einer Stadt an der Saar – öffentlich auftrat und der Welt verkündigte, daß die Menschheit vom Vater, Sohn und Geist abgefallen sei und, wie die Alten einst, nachdem Zeus, Apollon und Dionysos entthront, der antlitzlosen Göttin Tyche folgte, der großen Massenmörderin – da sperrte man ihn ein. Und nun, da er in der Lumpenkammer die Fetzen, als handelte es sich um Leinen, Seide und Wolle, ordnete, predigte er seinen

geisteskranken Gefährten dieselbe Lehre. Hier endlich und hier allein fand er gläubige Hörer.
Oft überlegte Clairmont in seiner Einsamkeit, wenn er an einem Modell bastelte, ob er nicht ähnlich wie der »Paraklet« unter einem seelischen Zwang stehe. Indes – Clairmont merkte, daß es leichter sei, den »Paraklet-Dionysos« als sich selber seelisch zu sezieren. Es half ihm wenig, daß der Arzt Clairmont dem Menschen Wilhelm Clairmont klar machte, dieses täglich durch die Jahre betriebene selbstquälerische Hinstarren auf die eigene Schuld habe in ihm einen seelischen Krampf bewirkt, den er instinkthaft, wie andere durch Musik, Zeichnen und Reden, in diesem Modellgebastel zu lockern versuchte. Überdies – von Lockerung konnte keine Rede sein, es wäre, man schriebe der seelischen Kasteiung eine lockernde Wirkung zu. Trotzdem, so oft er geistigerweise auch nur einen Schritt Abstand zu diesem in mancher Nacht geradezu selbstmörderischen Tun fand; wenn er sich selbst beschimpfte und sich Tagedieb, Zeitvergeuder und einen bösen Witzbold nannte, – die Vernunft verstummte alsbald wieder, und seine Seele, blind, einsam und schutzlos, begann sofort aufs neue, der Schnecke gleich, diesen unbegreiflichen Stoff des Grauens vor der Wirklichkeit abzusondern und zwar in Bildern, die dieser Wirklichkeit, wenn auch nur andeutungsweise, entsprachen. Moses errichtete für die von der Schlange Gebissenen das Bild der Schlange – Gift gegen Gift! Manche Menschen flüchten vor dem Grauen, sie sind wie Anfänger im Florett, die, von der Spitze des Gegners verwirrt, statt ihrer Klinge den Körper bewegen und schließlich gar den Rücken darbieten, als einen Schutz ... Clairmont vermochte das nicht; zugleich aber wußte er – seine Vernunft sagte es ihm häufiger, als er es hören wollte –: seine Denk- und Lebensweise, seine Art, sich der Wirklichkeit, dem Schicksal zu stellen, war falsch, krankhaft, heillos – und sie unterschied sich von der des »Paraklet-Dionysos« nur dadurch, daß er sie als krankhaft erkannte, ohne aber

über diese vollständig ohnmächtige Selbstkritik hinauszukommen.
Er wußte, es gab einen Ausweg, einen einzigen nur, so kam es ihm vor... Oft wenn er sich rasierte und das Messer in der Hand hielt und seine Augen ihn aus dem Spiegel in diesem hilflosen Fragen anstarrten; wenn er die Worte seiner Frau vernahm, die sie gesprochen hatte an jenem Abend, da Frécourt ging (für immer, wie man damals glaubte); wenn er es flüstern hörte: »Wie hältst du das aus, bist du kein Mensch?« – dann setzte er das Messer ab und betrachtete es. Ein gutes Messer, es hatte ihn durch den Krieg begleitet, auch durch die Monate, da er ein Bärtchen trug und Montfort hieß. Das Messer war blank und lockte. Und er dachte oft daran, daß ehrenwerte Männer auf diese Weise den Schnitt mit der Vergangenheit getan hatten, Männer, die nicht so ehrlos und mit solcher Schuld beladen waren wie er.
Und das Rasieren dauerte immer länger, er ging darum auch in den letzten Jahren nicht mehr in das gemeinsame Badezimmer, sondern ließ sich von Babette heißes Wasser in sein Schlafgemach bringen.
Einigemal schon wollte er sich einen Rasierhobel anschaffen, aber er blieb dann doch dem Messer treu. Es wäre ein Ausweg, sagte er jedesmal, während er sich einseifte; und der Satz, den er einst im Traum gesprochen und nicht mehr vergessen konnte, stand ihm bei, der Satz nämlich, daß das Leben eine ernste Sache sei, nicht der Tod! Es wäre eine Flucht, sagte er sich oft hörbar, wenn er das Messer aufklappte und es über den Riemen zog. Ich habe mich dem Schicksal gestellt, ich zog in diese Stadt, es schickte mir seinen Abgesandten. Ich habe die Wahrheit bekannt, ich habe mich nicht getarnt!
Aber, so fuhr eine andere Stimme gleich fort, du weißt, wie die Dominosteine in einer langen, unabsehbaren Reihe durch den Raum und durch die Zeit – so stehen endlos die Möglichkeiten, wohlbemerkt die Möglichkeiten im Leben

anderer Menschen. Du hast um deiner Liebe willen, wer weiß wie vielen Menschen das Leben verwirkt. Als die Taube stieg, da fiel der erste Dominostein, der erste in der unabsehbaren Reihe. Und heute noch, jetzt da du dich rasierst, klappt es irgendwo in einer Stadt, die du nicht kennst, von den Folgen deiner Tat weiter...

Clairmont hatte in tausend Nächten tausend Folgen und mehr, die aus seiner Pflichtvergessenheit entsprungen sein mochten, sich vor die Seele gestellt – ganze Geschichten! Ja, in jener Nacht war ein Vater gefallen, ein braver Soldat, ein harmloser Mensch. Seine Frau wartete vergeblich. Sie veräußerte das Geschäft, verarmte. Die Tochter geriet auf Abwege, bekam ein krankes Kind. Das ist *eine* Geschichte. Und vielleicht sind die Folgen aus dieser einen Tat bereits zahlreicher als mein Barthaar, dachte er; und alles wächst nach, wächst, wächst!

Auch an diesem Vormittag, als Onkel Charles' Brief angekommen war, fühlte Herr von Clairmont plötzlich das Bedürfnis, sich zu rasieren. Er ging ins Treppenhaus und rief Babette, daß sie ihm heißes Wasser bringe. Darauf ging er in sein Schlafgemach. Und er empfand plötzlich, so stark wie noch nie, das Grauen »vor dieser Kombination des Schicksals« – er murmelte das, während er die Rasiergeräte aus dem Kommodenschub auf die Platte legte, Stück für Stück. Gewiß, man hatte es herausgefordert, dieses geheimnisvolle Wesen, man wollte – büßen! Man zog in diese Stadt, man wollte der allgegenwärtigen Logik in den Dingen nachspüren; man wollte erkennen und nicht wegblicken. Was man erwartet hatte, war eine Verhaftung von seiten der französischen Behörden, im schlimmsten Fall Deportation! Die Familie hätte, vor der Welt verborgen, um einen getrauert! Man wäre vielleicht nach ein paar Jahren zurückgekommen, schweigsam, freundlich, ein gebrochener Mann, der sich nicht beklagt!

Und dann kam es so: man beichtete der Frau und versetzte

ihr den Todesstoß! Dann kam er, den man beraubte – und ging und kam wieder! Und man jagte ihn fort mit dem Geständnis der Wahrheit, nur um ihn nicht mehr sehen zu müssen. Ja, denn das war der eigentliche Grund, und nicht, was man ihm von den magischen Zonen der Schuld vorschwatzte. Nein, das hält kein Mensch aus, das Opfer seiner Tat, einer unbereuten und unbereubaren Tat, so nahe zu haben auf Lebzeiten, um sich von ihm täglich alles aufs neue verzeihen zu lassen, auf Lebzeiten; um von seiner Gnade zu leben und ihm die Tochter sozusagen als Sühneopfer zu weihen – oh, das ist alles unsinnig! Nein, unsinnig ist es nicht, aber unmöglich! Diese Logik ist infam; so nackt und arm und wehrlos darf das Schicksal selbst einen Ehrlosen nicht machen – auf Lebzeiten!

»Monsieur – gehen Sie aus?« Babette trat mit dem Wasser ein. »Ich? – Wohin? – Ah so – weil ich – ah nein, ich rasiere mich nur aus – Lebenskunst!« Er lachte unvermittelt und betrachtete, ohne sich um Babette zu kümmern, das Rasiermesser.

Babette zog die Brauen zusammen und sie fixierte ihren Herrn. Sonst spreche Monsieur mit ihr auf eine Weise, begann sie in einer ungewohnten Keckheit, die ihr verständlich sei. Was denn Lebenskunst mit Rasieren zu tun habe?

Clairmont blickte sie zerstreut an, er schärfte das Messer.

»Babette, haben Sie das schon bemerkt, wir brennen bloß die Ziegelsteine und tragen sie hin auf den Bauplatz. Dort aber steht – na, wie soll ich sagen? – geben Sie doch das Wasser her, hierhin, danke, danke! Ich bin gleich fertig.«

»Aber Sie wollten mir doch sagen, wer dort steht?«

»Ach, das verstehen Sie doch nicht, Babette. Da steht die Logik – sagen wir mal so – die Weltlogik, das Schicksal, und macht aus unsern Taten, aus unsern Ziegelsteinen etwas ganz andres, als wir dachten.«

»Ah«, Babette hielt nachdenklich den Kopf schief, sie lächelte ein wenig, »ja, Monsieur, der Mensch denkt, und

Gott lenkt.« Clairmont hielt den Pinsel voll Seifenschaum wie erschrocken in die Höhe, wo der Schaum den Mund bedeckt hatte, entstand ein Loch. »Wahrhaftig, ungefähr das – ja, das wollte ich ungefähr sagen... Das heißt, es ist doch ein bißchen anders.«
Die Hausglocke schellte, und Babette war, von dem Klingelgeräusch wie ein Automat in Bewegung gesetzt, in einem Nu verschwunden. Und beinahe ebenso schnell erschien sie wieder, noch auf der Treppe im Hinaufkeuchen rief sie: »Von Monsieur le Capitaine aus Paris, Monsieur, ein Expreß! Nun wird es gut – Hotel Racine, o mein Täubchen! – Monsieur, warten Sie – hier Monsieur, sehen Sie, ein Expreß, von Monsieur le Capitaine, zur Zeit Paris!«
Babette überreichte, noch in der Tür zum Schlafgemach, den Brief, als käme sie von Marathon. Sie bog sich vor, knickste, bauschte sich auf, erweiterte sich nach allen Seiten, seufzte und – das war der Gipfel! – ließ sich, als sie keine andere Sitzmöglichkeit fand, auf dem Bett von Herrn Clairmont nieder, jedoch nur auf dem Rande. So blieb sie sitzen, bebend, flüsternd, die Hände vorm Gesicht.
Und das war gut. Denn Clairmonts Miene hätte sie noch tiefer erregt. Er sah, das Kinn von einem Schaumbart bedeckt, wie eine tragische Maske aus. Auch so stumm wandte er sich ab, zum Fenster hin, er hatte schon eine Zeile gelesen, als er mit ausdrucksloser Stimme bat, Babette möge ihn einen Augenblick allein lassen. Erst als sie – es dauerte ungewöhnlich lange – das Zimmer verlassen hatte, las er.
»Lieber Herr von Clairmont!
Ich fürchte, der Brief von Onkel Charles, wenigstens nach dem, was er uns sagte, hat Sie befremdet! Aber ich versichere Ihnen, jedes Wort von ihm kommt aus der Feder eines Mannes, der es verdient, daß Sie ihn noch kennenlernen. Was ich mit diesem Brief aber will, ist, Sie um Entschuldigung zu bitten für mancherlei, vor allem für die Art und Weise, wie ich bei meinem letzten Aufenthalt Ihr Haus

verließ. Ich habe aus Luisens Augen gelernt, daß ich mich überstürzt, ja, sogar dumm benahm. Ferner möchte ich um Verzeihung bitten, daß ich, wahrscheinlich gegen Ihren Willen, hier in Paris mit Ihren Kindern täglich in engster Verbindung bin – aber es ging nicht anders. Eigentlich müßten Sie, lieber Herr von Clairmont, für diese meine Gefühle ein besonderes Verständnis haben, ich meine, für das Unabwendbare in solchen Gefühlen. Erst seit ich Ihre Tochter so liebe – ich muß es sage – kann ich verstehen, aus ganzem und vollem Herzen. Und auch Denise kann ich nun verzeihen. Ich kann ferner begreifen, daß Sie, wie Sie mir in Ihrer Erklärung so furchtbar offen schrieben, nicht auf Denise verzichten können, in der Weise, nun, Sie verstehen...
Ich hielt damals Ihre Eröffnung für eine Roheit, jetzt nicht mehr. Denn ich befinde mich jetzt in derselben Lage, nicht ganz in derselben, aber fast... Sie mögen sich hier mit Ihrem Vermuten sehr weit vorwagen, so weit wie wir bereits sind, Luise und ich, kommen Sie nicht. Nur der Tod könnte noch zwischen uns treten, wie damals zwischen Sie und Denise. Aber, Gott verzeihe mir meine Kühnheit, – ich sehe dafür keinen Grund! Es gibt in diesem Augenblick auf der Welt zwei Menschen, die Sie, lieber Herr von Clairmont, in ihrem ungemessenen Glück nicht ausschließen und nicht vergessen. Denn – das überkommt mich so oft – Ihnen verdanken wir diese unsere Liebe. Und auch Denise. Wissen Sie, wie Luise unsere Denise nennt: ›Mein Schutzgeist!‹ Genügt Ihnen das? Wollen sie nicht mit uns glücklich sein? Wir schicken Wilhelm. Onkel Charles wollte zuerst selber kommen, weil sich Wilhelm fürchtet. Aber, das ginge nun doch nicht, er ist *zu* einfach! Aber Sie müssen ihn kennenlernen. Er hat sich einen Kalender angeschafft, um die Monate zu zählen, verstehen Sie, er ist furchtbar offen und direkt. Curé Quinquepivoix will, wenn Ihre Einwilligung zur Hochzeit hier eintrifft, uns gleich am andern Tage in Notre Dame trauen, weil er in unserer Liebe etwas wie ein ›Konkubinat‹

sieht, so sagte er, darum hat er Eile. Außerdem hat er auch Eile, weil er in eine Genossenschaft zur Pflege von Aussätzigen einzutreten fest entschlossen ist. Ich kann dazu kein Wort sagen, aber er hat einen Grund, und der Grund ist schön. Er will den Haß überwinden, denken Sie sich, auf solche Weise. Aber Sie bei der Trauung sehen, das will er nicht, und ich weiß, Sie wollen es ebenso wenig. Aber wir – wir wollen Sie bald in Vouvray sehen.
Ich denke, ich habe alles geschrieben. Luise hat den Brief durchgelesen. Sie wird in Zukunft meine Briefe schreiben. Alles soll durch Luisens Hände gehen. Dieser mein Brief ist auch Luisens Brief (ja, Vater!).

Ihr zukünftiger Schwiegersohn
François Frécourt
(und Deine Luise)

Clairmont seufzte einmal tief auf, dann ging er an den Rasierspiegel, seifte sich neu ein, ergriff das Messer, rasierte sich fast eilig in glatten, langen Strichen, er dachte an nichts. Manchmal nur seufzte er auf, aber wie ein müder Mensch, wenn er soeben einen erquickenden Atemzug tut. Nun wohl... Also denn... so sagte es dabei in seinen Gedanken.
Er legte sich gleich nach dem Rasieren auf sein Bett, er fühlte eine große Müdigkeit. Als Babette kam, merkte sie, daß er schlief. Sie blickte sich mit einem diskreten Blick im Zimmer um, sie wollte den Brief sehen – ach nein, nicht ihn lesen, nur sehen wollte sie ihn. Und da entdeckte sie: – der Schlafende hielt ihn in der Hand...
Gegen Nachmittag dieses Tages bekam Herr von Clairmont einen unerwarteten Besuch, der noch im Treppenhaus sich mit dröhnender Stimme ankündigte. Clairmont reckte den Kopf: diesen Ton kannte er doch?! Da erschien bereits Babette und mit einem unsicheren Augenaufheben meldete sie Pater Hänsel an. Er sei krank und wolle Monsieur konsultieren.
Clairmont lächelte, als er langsam auf Babette zutrat und,

was er noch nie getan, seit sie in diesem Haus war, ihr wie etwa einem beim Naschen ertappten Schulmädchen das Kinn hochhob: »Babette, Babette, wenn Sie keine Intrigantin sind ...«

»Ich – aber Monsieur, ich habe noch nie ... er ist krank! Und was sollte ich schon ...«

»Sie haben recht; was sollte er schon, Ihr Pater Hänsel! Wenn er mich braucht, gut, ich brauche ihn nicht! Auch Luise braucht ihn nicht, nein, Babette. Die Liebe geht ihren Weg ...«

Babette reckte sich, kaum daß sie Luisens Namen hörte, sie reckte das Gesicht, nein, die Augen, sie glotzten einen Augenblick. Und die Blättchen ihrer Lippen regten sich, bebten, doch sie räusperte sich bloß. Endlich kam ihr die Stimme zurück: »Monsieur, sprechen Sie! – Ich – ich kann es nicht mehr aushalten. Ist es gut – ja? ... Ist es ...«

Clairmont nickte einmal kurz und wandte sich ab, Babette sah noch, daß er sich auf die Lippen biß. Sie stürzte hinaus, und Clairmont hörte, wie sie draußen auf dem Flur sagte: »Ah – es ist gut! Pater Hänsel, kommen Sie, hören Sie, treten Sie bitte näher! Wir sind erhört! Aber die Messe muß feierlich sein, ich bestehe darauf, ganz feierlich – und wie gesagt: zu Ehren des Heiligen Herzens! Ach, so viel Liebe, Pater, so viel Liebe – treten Sie doch näher, nein, niesen Sie bitte nicht mehr, das wird sich jetzt alles geben, ah – diese Freude!«

Pater Hänsel trat allein ein, er war rot im Gesicht und lächelte. Er schüttelte einmal, die Tür schließend, den Kopf, trat langsam auf Clairmont zu und noch ehe er ihn erreichte, nieste er wieder.

Ja, begann er, es sei kaum noch zu ertragen. Wie die Trompeten von Jericho, er wundre sich, daß das Kloster noch stehe.

Die Konsultation war sehr kurz. Herr von Clairmont hatte Eile, sie könnten ja unterwegs plaudern, er wolle zu den Barmherzigen Brüdern.

Sie gingen zu Fuß. In der Tat, begann Clairmont, seine Stimme klang von innerer Erregtheit zerstreut, er müsse mit jemandem sprechen, mit einem Irren, ah, gar nicht übel, ja, mit einem richtigen Geisteskranken. Er lachte –, das sei manchmal so erholend.

»Ja wirklich«, sagte Pater Hänsel und ging heiter geradeausblickend dahin, oft schwiegen sie für Minuten.

Auf der alten Römerbrücke trat Clairmont an die Brüstung. Pater Hänsel wartete ein wenig, dann trat er neben Clairmont. »Glauben Sie«, begann der, »daß die Schuld – ich meine unsre persönliche Schuld aus uns fortgeschafft werden kann? – Ach, natürlich, Sie glauben daran, Sie erteilen ja Lossprechungen. Ich meine aber – für jene, die keine Lossprechungen erhalten? Sehen Sie, das Wasser fließt unter den Bögen her, immerzu, immer neues Wasser! Nein, ich meine, ach, gehen wir lieber! Was ist eigentlich Reue?«

Pater Hänsel aber blieb stehen: »Das hilft niemandem zu wissen, was sie ist, wenn man sie nicht hat.«

»Habe ich keine, Pater?« Clairmont lächelte spöttisch, doch zugleich in einer zuckenden Art, als gingen Wellen von neuralgischen Schmerzen unter seiner Haut dahin.

»Ja, das kann nur Gott wissen«, mumelte Pater Hänsel und warf einen kurzen, fast scheuen Blick in Clairmonts Gesicht.

»Wissen Sie eigentlich, was ich getan habe?«

»Warum fragen Sie mich das?«

»Meine Frau hat doch bei Ihnen gebeichtet.« Clairmonts Gesicht hing tief über die Brüstung.

Pater Hänsel schwieg und blickte ebenfalls, doch ohne sich vorzubeugen, auf den gelblich grünen Wasserspiegel. Plötzlich begann er zu niesen. Als er sich von seinem Anfall erholt hatte, murmelte er, das Taschentuch fortsteckend: »Sie gehen zu Doktor Groß, ja?«

Clairmont richtete sich langsam auf, er blickte den Ordensmann eine Weile überrascht an, seine Miene entspannte sich, und er sagte: »Sie kennen also den ›Paraklet‹?«

Pater Hänsel nickte –, ja wirklich, er habe schon öfters mit ihm gesprochen...

Clairmont setzte sich langsam in Bewegung. Als sie sich verabschiedeten, sagte er: »Pater, daß Sie diesen Irren bei seinem früheren Namen nennen, das sagt mir, nun, kurzum – Sie sind doch nicht das, was ich annahm: ein Gewissensfachmann. Wir sprechen uns noch!«

Pater Hänsel errötete und schlug die Augen nieder: »Also – auf Wiedersehen! Es wird schon so kommen, wie Gott es will!«

Als Clairmont in die Lumpenkammer bei den Barmherzigen Brüdern eintrat, saß »Paraklet-Dionysos« in feierlicher Haltung auf dem Tisch, neben sich Stöße von bunten Lumpen. Um ihn standen einige Kranke; der eine nickte immerzu, der andere bewegte den Kopf im Kreise, die übrigen hörten regungslos zu. Sie waren, wie der Paraklet, in ihren, wenn auch abgetragenen, bürgerlichen Kleidern. Der Paraklet hatte den Eintretenden nicht bemerkt, er fuhr ruhig fort:

»Es verhält sich dies ungefähr so wie mit den Jahreszeiten. Ich bin in jeder, aber in jeder anders. Wohl dem, der mich im Frühling erkennt und im Winter, in der Blüte und im Schnee! Und das Jahr ist zutiefst gesehen stets dasselbe.«

Der Ordensbruder, der Clairmont hereingeführt hatte, ein vollblütiger Bauernbursche, hielt sich die Nase zu und lachte. Clairmont ging zur Tür, öffnete sie und machte eine Bewegung des Hinausweisens. Der Bruder erschrak, senkte den Kopf, um ein überhebliches Lächeln zu verbergen, und ging betreten hinaus.

Clairmont trat leise näher. Der Paraklet schien ihn erst jetzt, den Blick aus der Ferne nehmend, zu bemerken. »Ich grüße dich, Paraklet-Dionysos«, sagte Clairmont leise und reichte ihm die Hand.

»Ich grüße dich, Äskulap, aber du bist bleicher als sonst! Hast du immer noch Unüberwundenes? Ah, schlage den Blick nicht nieder! Hättest du alles überwunden, warum lebtest du noch?! Dann wärest du ja ein Entrückter, der Wind trüge dich fort, die Wolken wären dein Gefährt. Du fändest in mein liebendglühendes Geistgeäder, wärest ein schwerer, runder Weintropfen inmitten der andern, die mir durch die Adern rollen. Du wärest mein Blut, mein göttliches Blut. Aber ich destilliere dich noch, auch dich, und du entgehst mir nicht, du genialer Schwarzgallentropfen; denn, wie wäre meine Gottheit rund ohne dich! Darum auch: Ariadne war nur ein Versuch, eine Probe. Wie sollte sie in den Himmel entrückt werden, wenn ich sie nicht verlassen hätte! Aber als sie sich ausgeweint, als es still um sie wurde, als alles vergeblich war – o ihr geliebten Tropfen, da kam sie erst zurück, wurde erst eigentlich. Das verhält sich ungefähr so: dies hier um mich sieht aus wie eine Weiß- und Kurzwarenhandlung – ich meine, dem irdischen Blick, nicht euch, die ihr schon anfangt zu sehen und den eigentlichen Sachverhalt näher kennt. Was aber ist die Weiß- und Kurzwarenhandlung in Wirklichkeit? Seht: der Logos-Apollon ist zur Hölle gefahren und hat, nachdem er die Hölle erlitten: an Händen und Füßen und am Herzen, sodann mich, den Paraklet, geschickt, daß ich die Augen öffne den Blinden, die Herzen entzünde den Vereisten. Die mich erkannt haben, wissen: dies ist keine Weiß- und Kurzwarenhandlung, sondern es ist aus Licht und Feuer geronnene Liebe. Darum auch: überseht nichts, denn nichts ist, was es vorgibt zu sein! Alles ist in Bewegung von Zeus, dem Vater. Was sich da bewegt, ist von ihm bewegt, das überseht nicht! Als mich die rasenden Weiber, von Ariadnes Vater geführt, zerrissen, verschlangen – seht, ich murrte nicht, ich klagte nur: es ist Zeus, der Beweger! Und der Logos-Apollon deutet den Vorgang, erhellt seinen Sinn! Ich aber – o tiefes Geheimnis, bin der Vorgang selber! Ich bin bewegt und erkannt und darum die Liebe, die wabernde, ewig bindende zwischen dem Vater und dem Sohn! Und ihr in mir! O bleibet in mir – und hütet euch vor der Antlitzlosen, welche aus dem Nichts auffährt und ins

Nichts herabreißt, Menschen und Völker und Welten: Tyche! welche ich die Tochter des Wahnsinns und der Verzweiflung nenne! Seht ihr denn nicht, daß sie kein Gesicht hat und kein Herz? Daß aus ihrer rechten Brust rinnt: Gleichgültigkeit, und aus ihrer linken: Gleichgültigkeit? Wehe dem, den sie mit ihrer Milch des Nichts betäubte. Die Augen ihrer Brustkinder erblinden, und die Götter selber erreichen nicht mehr die von Tyche Genährten. Und sie bewegt sich, hebt ihren Fuß auf zum unaufhörlichen Tanze: mit dem rechten zertritt sie, mit dem linken vergoldet sie, aber alle, die sie berührt, vernichtet sie. Darum auch wurde ich ergossen und so hört, liebe Kindlein, das Seufzen des Parakleten, das leise Seufzen des Mitleids mit eurer Not! Ich will wohnen an euren Herzensfirsten, will da machen mein Nest und euch immer nahe sein. Und wenn das Haus verbrennt: es war Zeus mit seinem Strahl – und es leuchtet der Logos-Apollon auch im grausigsten Licht! Aber der Paraklet verläßt als Letzter die zusammenstürzende Hütte mit euch, Kinderlein, mit euch im Schnabel steige ich – o wenn ihr wüßtet! – zu höheren Firsten. Ariadne weiß es, ich habe viel für sie getan, und gerade dadurch, o vergeßt es nicht, daß ich sie verließ! Nun wächst sie bis zu den Sternen, zu jenen Sternen hinter den Sternen. In meiner Sehnsucht wachst ihr ewiglich nach allen Seiten! Denn es gibt nur den Raum, und der gehört euch ganz, euch ganz, seid ihr im Parakleten, dem sich Dehnenden, dem alles Erfüllenden! Fürchtet euch nicht, erkennet, wie alles ist, und der Schrecken vergeht! Und laßt euch ohne Murren zerreißen, der Paraklet sammelt alle eure Teile zu neuer Gestalt! Fürchtet euch nicht! Und reißt euch ein Blitz aus dem Mutterleib der Zeit, des wachsenden Jahres; und wäret ihr noch nicht ausgetragen zu selbiger Stunde, wie Ariadne, die auch noch nicht ausgetragen war, wiewohl sie doch selber schon ein Kindlein in sich hatte; wäret ihr also unreif – in unzeitigem Tode, ein Stück eures Wesens nur –, ah, wenn ihr im Paraklet-Dionysos lebt, wird Zeus selber euch austragen in

seiner Hüfte und euch gebären nach seiner Art, wenn er euch für reif hält, für fertig!
Und damit bin ich für heute auch fertig! Im Namen des Zeus, des Apollon und des Dionysos! So, Äskulap, nein, wirklich, du bist bleicher als sonst! Aber für heute muß ich euch entlassen, alle, ich muß weiter, der Raum ist unendlich, und ich muß überall sein! Alle warten auf mich!«
Damit ließ sich der Paraklet-Dionysos leicht nach vorne kommen, zog die Beine auf den Tisch, überkreuzte sie, legte die Hände vor sich wie zwei leere Schalen ineinander, schlug die Augen nieder und lächelte sanft.
Clairmont verneigte sich ein wenig, er sah niemandem mehr ins Gesicht, sondern verließ langsam und ruhig den öden Raum, schritt durch lange, nach Schmierseife und Lysoform riechende Korridore in den Garten hinaus, strebte dem Pförtnerhaus zu, grüßte ohne aufzublicken und ging.
Vor dem Gebäude der Hauptpost blieb er stehen, schöpfte einmal tief Atem und trat ein, verlangte ein Formular für ein Brieftelegramm und an einem Tisch im Winkel stehend, schrieb er dies längste Telegramm seines Lebens: daß er morgen Babette schicke; daß er, was ihm an Segenskraft geblieben sei, dem Brautpaar zuwende und – daß er langsam zu dem Glauben komme, es müsse da eine Macht geben, die aus dem Bösen das Gute schaffe. Doch möchten sie ihn noch eine Weile seitab stehen lassen, er könne das alles noch nicht fassen – »denn, nicht wahr, auch zum Dankeschön bedarf es der Zeit!«